D1335251

COLLECTION FOLIO

Mario Vargas Llosa

La guerre de la fin du monde

Traduit de l'espagnol
par Albert Bensoussan

Gallimard

Titre original :

LA GUERRA DEL FIN DEL MUNDO

Mario Vargas Llosa, un des chefs de file de la littérature latino-américaine, est né à Arequipa (Pérou) en 1936. Il a fait ses études en Bolivie, au Pérou et à Madrid, et a été journaliste dans la presse écrite et à la radio.

De son œuvre romanesque, il faut citer *La ville et les chiens, La maison verte, Conversation à « La Cathédrale », Les chiots, Les caïds, Pantaleón et les Visiteuses, La tante Julia et le scribouillard, La guerre de la fin du monde, Histoire de Mayta*. Il a aussi écrit du théâtre et des essais.

La maison verte a reçu le prix Rómulo Gallegos, la plus haute récompense littéraire d'Amérique latine, en 1967. Mario Vargas Llosa a reçu, en 1984, le prix Ritz-Hemingway pour l'ensemble de son œuvre.

[illegible] Vargas Llosa, un des chefs de file de la littérature latino-américaine, est né à Arequipa (Pérou) en 1936. Il a fait ses études [illegible] à Madrid [illegible] il a été journaliste dans la presse [illegible] et à la [illegible].

[illegible] quelques [illegible] il est l'auteur de [illegible] Pérou [illegible] *La tante Julia et le scribouillard* [illegible] *La guerre de la fin du monde* [illegible] Histoire de [illegible]

[illegible] le prix [illegible] Mario Vargas Llosa [illegible] de plus [illegible]

À Euclides da Cunha dans l'autre monde ;
et, dans celui-ci, à Nélida Piñón.

O Anti-Christo nasceu
Para o Brasil governar
Mas ahi está O Conselheiro
Para delle nos livrar

L'Antéchrist est né
Pour gouverner le Brésil
Mais le Conseiller est là
Pour nous en délivrer

Un

I

L'homme était grand et si maigre qu'il semblait toujours de profil. Sa peau était foncée, les os saillants et son regard brûlait d'un feu perpétuel. Il portait aux pieds des sandales de berger et la bure violette qui couvrait son corps rappelait l'habit de ces missionnaires qui, de temps en temps, visitaient les villages du sertão*[1], baptisant des multitudes d'enfants et mariant les couples illégitimes. Il était impossible de savoir son âge, son origine, son histoire, mais il y avait quelque chose dans son allure tranquille, dans ses habitudes frugales, dans son imperturbable sérieux qui, même avant qu'il ne donnât conseil, attirait les gens.

Il surgissait à l'improviste, seul au début, toujours à pied, couvert par la poussière des chemins, périodiquement après un certain nombre de semaines ou de mois. Sa silhouette allongée se découpait dans la lumière crépusculaire ou naissante, tandis qu'il traversait l'unique rue du village, à grands pas, avec une sorte d'urgence. Il avançait résolument au milieu des chèvres agitant leurs clochettes, parmi les chiens et les enfants qui s'écartaient et le regardaient avec curiosité, sans répondre aux femmes qui, le connaissant déjà, le saluaient de la tête et couraient lui apporter des carafes de lait, des assiettes de farinha* et de feijão*. Mais il ne mangeait ni ne buvait avant d'atteindre l'église du village et constater une fois, cent fois et plus, qu'elle tombait en ruine, en décrépitude, avec ses tours tronquées, ses murs crevassés, son sol éventré et ses autels rongés par les vers. La tristesse se

1. Les mots suivis d'un astérisque sont répertoriés dans le lexique en fin de volume. *(N.d.T.)*

lisait sur son visage, une douleur de retirante* dont la sécheresse a tué enfants et bêtes et qui, privé de biens, doit abandonner sa maison, les ossements de ses morts, pour fuir, fuir, sans savoir où. Parfois il pleurait et l'on voyait au milieu des sanglots le feu noir de ses yeux s'aviver de terribles éclairs. Immédiatement il se mettait à prier. Mais non pas comme prient les autres hommes ou les femmes : il se couchait à plat ventre sur la terre, les pierres, ou les dalles ébréchées, face à ce qui était, avait été ou aurait dû être l'autel, et là il priait, parfois en silence, parfois à voix haute, une heure ou deux, observé avec respect et admiration par la population. Il récitait le credo, le pater et les ave Maria habituels, ainsi que d'autres prières que nul n'avait entendues auparavant mais que les gens, au long des jours, des mois, des années, allaient apprendre par cœur. Où se trouve le curé ? l'entendait-on demander. Pourquoi n'y a-t-il pas de pasteur pour le troupeau ? Oui, l'absence de prêtre dans ces hameaux l'attristait autant que les ruines de la maison du Seigneur.

Ce n'est qu'après avoir demandé pardon au Bon Jésus de l'état où se trouvait sa maison qu'il acceptait de manger et de boire quelque chose, à peine un brin de ce que les gens s'efforçaient de lui offrir même les années de pénurie. Il consentait à dormir sous un toit, dans une des cabanes que les sertanejos* mettaient à sa disposition, mais on le voyait rarement se reposer sur le hamac, le grabat ou le matelas de celui qui l'hébergeait. Il s'allongeait sur le sol, sans nulle couverture et, appuyant sur son bras sa tête hirsute aux cheveux de jais, il dormait quelques heures. Toujours si peu qu'il était le dernier à se coucher et lorsque les vachers et les bergers les plus matinaux se mettaient en route ils le voyaient déjà qui travaillait à réparer les murs et le toit de l'église.

Il donnait ses conseils au crépuscule, quand les hommes étaient de retour des champs, les femmes avaient achevé leurs travaux domestiques et les enfants dormaient déjà. Il se tenait sur ces terrains vagues, sans arbres et caillouteux, qu'il y a dans tous les villages du sertão, au croisement des rues principales, et qui auraient pu s'appeler des places s'il y avait eu des bancs, un square, des jardins ou si elles avaient conservé ceux de naguère qui furent détruits par la sécheresse, les calamités, la négligence. Il leur parlait à cette heure où le ciel du nord du Brésil, avant de s'assombrir et s'étoiler, flamboie au milieu de floconneux nuages blancs, gris ou bleuâtres et il y a comme un vaste feu d'artifice tout là-haut, sur l'immensité du monde. Il leur parlait à cette heure où l'on allume les feux pour chasser les insectes et préparer le repas, quand mollit l'accablante chaleur et s'élève une brise qui donne aux gens plus de cœur pour supporter la maladie, la faim et les souffrances de la vie.

Il parlait de choses simples et importantes, sans regarder personne en particulier dans la foule qui l'entourait, ou plutôt regardant de ses yeux de braise, à travers le cercle de vieillards, femmes, hommes et enfants, quelque chose ou quelqu'un que lui seul pouvait voir. Des choses que l'on comprenait parce qu'obscurément connues depuis des temps immémoriaux et apprises dès la plus tendre enfance. Des choses actuelles, tangibles, quotidiennes, inévitables, comme la fin du monde et le Jugement dernier, qui pouvaient peut-être bien arriver avant que le village eût le temps de relever les ruines de la chapelle. Que se produirait-il quand le Bon Jésus verrait dans quel abandon l'on avait laissé sa maison ? Qu'allait-il dire de l'attitude de ces pasteurs qui, au lieu d'aider le pauvre, vidaient ses poches en lui faisant payer les services de la religion ? La parole de Dieu pouvait-elle se vendre, ne devait-elle pas être donnée gratis ? Quelle excuse donneraient-ils au Père, ces pères qui, en dépit du vœu de chasteté, forniquaient ? Pouvaient-ils peut-être inventer des mensonges aux yeux de qui lisait les pensées comme le chasseur lit dans la terre le passage du jaguar ? Des choses pratiques, quotidiennes, familières, telles que la mort, qui conduit à la félicité si on l'aborde avec une âme propre, comme une fête. Les hommes étaient-ils des animaux ? S'ils ne l'étaient pas, ils devaient franchir cette porte ornée de leur plus bel habit, en signe de respect pour Celui qu'ils allaient rencontrer. Il leur parlait du ciel et aussi de l'enfer, la demeure du Chien, pavée de braises et de crotales, et leur disait comment le démon pouvait se manifester étrangement sous un visage inoffensif.

Les vachers et paysans de l'intérieur l'écoutaient en silence, intrigués, effrayés, émus, les esclaves et les affranchis des plantations de canne du littoral l'écoutaient aussi et les femmes et les pères et les enfants des uns et des autres. Parfois quelqu'un – mais rarement car son sérieux, sa voix caverneuse ou sa sagesse les intimidaient – l'interrompait pour dissiper un doute. Est-ce que le siècle arriverait à son terme ? Le monde atteindrait-il l'an 1900 ? Il répondait sans regarder, avec une sûreté tranquille et, parfois, au moyen d'énigmes. En 1900 les lumières s'éteindraient et il pleuvrait des étoiles. Mais auparavant des faits extraordinaires se produiraient. Un silence suivait, où l'on entendait crépiter les feux et le bourdonnement des insectes dévorés par les flammes, tandis que les villageois, contenant leur souffle, pressaient à l'avance leur mémoire pour se rappeler l'avenir. 1896 verrait un millier de troupeaux courir de la plage au sertão, la mer deviendrait le sertão, le sertão la mer. En 1897 le désert se couvrirait de pâturages, bergers et troupeaux se mélangeraient si bien qu'il n'y aurait plus qu'un seul troupeau et un seul berger. 1898 verrait croître le nombre de chapeaux et diminuer celui des têtes. En 1899 les fleuves deviendraient rouges et une nouvelle planète traverserait l'espace.

Il fallait, donc, s'y préparer. Il fallait restaurer l'église et le cimetière, la construction la plus importante après la maison du Seigneur, car elle était l'antichambre du ciel ou de l'enfer, et il fallait consacrer tout le temps qui restait à l'essentiel : l'âme. Est-ce que par hasard l'homme ou la femme s'en irait avec jupes, robes, chapeaux de feutre, sandales de corde et tous ces luxes de laine et de soie que le Bon Jésus n'avait jamais revêtus ?

C'étaient des conseils pratiques, simples. Quand l'homme s'en allait, on parlait de lui : on disait que c'était un saint, qu'il avait fait des miracles, qu'il avait vu le buisson ardent dans le désert, tout comme Moïse, et qu'une voix lui avait révélé le nom ineffable de Dieu. Et l'on commentait ses conseils. Ainsi, avant la fin de l'Empire et après le début de la République, les villageois de Tucano, Soure, Amparo et Pombal les écoutèrent ; et mois après mois, année après année, ils ressuscitèrent de leurs ruines les églises de Bom Conselho, de Geremoabo, de Massacará et d'Inhambupe ; et, suivant ses enseignements, des murettes et des niches avaient surgi dans les cimetières de Monte Santo, d'Entre Rios, d'Abadia et de Barracão, et la mort fut célébrée avec de dignes enterrements à Itapicurú, Cumbe, Natuba et Mocambo. Mois après mois, année après année, les nuits d'Alagoinhas, Uauá, Jacobina, Itabaiana, Campos, Itabahianinha, Gerú, Riochão, Lagarto et Simão Dias furent peuplées de ses conseils. Aux yeux de tous c'étaient de bons conseils ; c'est pourquoi, d'abord dans l'un, puis dans l'autre et à la fin dans tous les villages du Nord, l'homme qui les donnait, quoique ses prénoms fussent Antonio Vicente et son nom Mendes Maciel, fut bientôt appelé le Conseiller*.

Une barrière en bois sépare les rédacteurs et employés du *Jornal de Notícias* – dont le nom se détache, en caractères gothiques, à l'entrée – des gens qui viennent pour passer une annonce ou apporter une information. Les journalistes ne sont que quatre ou cinq. L'un d'eux consulte des archives encastrées dans le mur ; deux autres discutent avec animation, sans veste mais avec col dur et nœud papillon, près d'un almanach qui donne la date – octobre, lundi 2, 1896 –, et un autre, jeune et dégingandé, avec de grosses lunettes de myope, écrit sur un pupitre avec une plume d'oie, indifférent à ce qui se passe autour de lui. Au fond, derrière une porte vitrée, se trouve la Direction. Un homme à visière et manchettes de lustrine s'occupe des clients au guichet des Petites Annonces. Une femme vient de lui remettre un carton. Le caissier, en portant l'index à ses lèvres, compte les mots – Lavements Giffoni / Remède Souverain / Contre Gonorrhées, Hémorroïdes, Pertes Blanches et toutes les affections des Voies Urinaires / Préparé par Madame A. de Carvalho / Rua Primero de Marzo n° 8 – et dit le prix. La dame paie, prend son reçu et, quand elle se retire, celui qui attendait derrière elle s'avance à son tour et tend un papier au caissier. Il est vêtu de sombre, avec une redingote un peu passée et un chapeau melon. Une chevelure rouquine et bouclée couvre ses oreilles. Il est plutôt grand, les épaules larges, robuste, mûr. Le caissier compte les mots de l'annonce en parcourant du doigt le papier. Soudain, son front se ride, il lève le doigt et rapproche le texte tout près des yeux, comme s'il craignait d'avoir mal lu. Finalement il regarde perplexe le client qui demeure imperturbable. Le caissier sourcille, gêné, puis fait signe à l'homme d'attendre. Traînant les pieds, il traverse la salle, le papier se balançant à sa main, frappe à la porte vitrée de la Direction et entre. Quelques secondes plus tard il reparaît et fait signe au client d'entrer. Puis il retourne à son travail.

L'homme vêtu de sombre traverse la salle du *Jornal de Notícias* en frappant des talons qui résonnent comme s'il portait des fers. Quand il pénètre dans le petit bureau, encombré de papiers, de journaux et de prospectus du Parti Républicain Progressiste – Un Brésil Uni, Une Nation Forte –, un homme est là qui le regarde avec une curiosité amusée, comme un drôle d'animal. Il occupe le seul bureau, il porte des bottes, un costume gris, il est jeune, brun et a l'air énergique.

– Je suis Epaminondas Gonçalves, le directeur du journal, dit-il. Entrez donc.

L'homme vêtu de sombre fait un léger salut de la tête et porte la main à son chapeau mais sans l'ôter ni dire un mot.

– Vous prétendez faire publier cela ? demande le directeur en agitant le petit papier.

L'homme acquiesce. Il a une petite barbe rousse comme ses cheveux, le regard clair et pénétrant, une large bouche serrée avec fermeté, et ses narines, très dilatées, semblent aspirer plus d'air qu'il ne leur en faut.

– À condition que cela ne coûte pas plus de mille reis*, murmure-t-il en un portugais difficile. C'est tout mon capital.

Epaminondas Gonçalves ne sait s'il doit rire ou se fâcher. L'homme reste debout, sérieux et l'observe. Le Directeur finit par approcher le papier de ses yeux :

– « Ceux qui aiment la justice sont appelés à une manifestation publique de solidarité avec les idéalistes de Canudos et avec tous les rebelles du monde, sur la place de la Liberté, le 4 octobre, à six heures du soir », lit-il lentement. Peut-on savoir qui appelle à ce meeting ?

– Pour le moment, moi, répond l'homme aussitôt. Si le *Jornal de Notícias* veut le patronner, *wonderful.*

– Savez-vous ce qu'ils ont fait à Canudos ? murmure Epaminondas Gonçalves en frappant sur son bureau. Occuper une terre qui ne leur appartient pas et vivre dans la promiscuité, comme des bêtes.

– Deux choses dignes d'admiration, acquiesce l'homme vêtu de sombre. Aussi ai-je décidé de dépenser mon argent en publiant cette annonce.

Le directeur demeure un moment silencieux. Avant de poursuivre, il s'éclaircit la voix :

– Peut-on savoir qui vous êtes, monsieur ?

Sans arrogance ni fanfaronnade et avec le minimum de solennité, l'homme se présente ainsi :

– Un combattant de la liberté, monsieur. Mon annonce sera-t-elle publiée ?

– Impossible, monsieur, répond Epaminondas Gonçalves, maintenant maître de la situation. Les autorités de Bahia n'attendent qu'un prétexte pour saisir mon journal. Elles ont beau, officiellement, avoir accepté la République*, elles demeurent monarchistes. Nous sommes le seul journal vraiment républicain de l'État, je suppose que vous vous en êtes aperçu.

L'homme vêtu de sombre fait une moue dédaigneuse et marmonne entre ses dents : « Je m'y attendais. »

– Je vous conseille d'apporter cette annonce au *Diário de Bahia*, ajoute le directeur en lui redonnant son papier. Il appartient au baron de Canabrava, le maître de Canudos. Vous finiriez en prison.

Sans dire un mot, l'homme vêtu de sombre fait demi-tour et s'éloigne, en remettant son annonce dans sa poche. Il traverse la salle de rédaction sans regarder ni saluer personne, de sa démarche sonore, observé du coin de l'œil – silhouette funèbre, ondoyante chevelure rouge – par les journalistes et les clients des Petites Annonces. Le jeune journaliste aux lunettes de myope se lève de son bureau après son passage, une feuille jaune à la main, et se dirige vers la Direction où Epaminondas Gonçalves continue de suivre du regard l'inconnu.

– « Sur ordre du gouverneur de l'État de Bahia, Son Excellence Luis Viana, une compagnie du 9e régiment d'infanterie, sous le commandement du lieutenant Pires Ferreira, a quitté aujourd'hui Salvador avec pour mission de chasser de

Canudos les bandits qui ont occupé le domaine et de s'emparer de la personne de leur chef, le sébastianiste* Antonio le Conseiller », lit-il à la porte. Première page ou pages intérieures, monsieur ?

– À publier sous les avis de décès et les messes, dit le directeur. – Puis désignant la rue où l'homme vêtu de sombre a disparu : – Savez-vous par hasard qui est ce type-là ?

– Galileo Gall, répond le journaliste myope. Un Écossais qui se promène dans Bahia et demande aux gens l'autorisation de leur toucher la tête.

Il était né à Pombal, d'un cordonnier et de sa maîtresse, une infirme qui, malgré cela, lui donna trois garçons avant lui et allait ensuite accoucher d'une fillette qui survécut à la sécheresse. Il fut appelé Antonio et, s'il y avait eu une logique dans le monde, il n'aurait pas dû vivre, car, alors qu'il était encore bébé, la catastrophe se produisit qui dévasta la région et ses cultures, tuant les hommes et les bêtes. À cause de la sécheresse presque tout Pombal émigra vers la côte, mais Tiburcio da Mota, qui dans son demi-siècle de vie ne s'était jamais éloigné de plus d'une lieue de ce bourg où il n'y avait de pieds qui n'eussent été chaussés de ses mains, fit savoir qu'il n'abandonnerait pas sa maison. Et il tint parole, restant à Pombal avec à peine deux douzaines de personnes, car même la mission des prêtres lazaristes s'était vidée.

Lorsque, un an plus tard, ceux qui avaient fui commencèrent à revenir, encouragés par les nouvelles selon lesquelles les terres basses avaient été à nouveau recouvertes par les eaux et l'on pouvait semer des céréales, Tiburcio da Mota était mort et enterré, ainsi que sa concubine infirme et leurs trois aînés. Ils avaient mangé tout ce qui pouvait l'être et, lorsque plus rien de vert n'était resté, tout ce que leurs dents pouvaient triturer. Le vicaire Dom Casimiro, qui les enterra, assurait qu'ils n'étaient pas morts de faim mais de stupidité, après avoir mangé le cuir de la cordonnerie et bu les eaux de la Lagune du Bœuf, infestée de moustiques et de pestilence, que même les chèvres évitaient. Dom Casimiro avait recueilli Antonio et sa petite sœur, qui avaient survécu grâce au bon air et à ses prières, et lorsque les maisons du village se peuplèrent à nouveau de leurs habitants, il leur chercha un foyer.

La fillette fut emmenée par sa marraine qui alla travailler dans un domaine du baron de Canabrava. Antonio, alors âgé de cinq ans, fut adopté par l'autre cordonnier de Pombal, appelé le Borgne – il avait perdu un œil dans une rixe – qui avait appris son métier dans l'échoppe de Tiburcio da Mota et avait hérité, au retour à Pombal, de sa clientèle. C'était un homme renfrogné, souvent ivre et qu'on ramassait le matin dans la rue, puant la cachaça*. Il n'avait pas de femme et faisait travailler Antonio comme une bête de somme, qui devait balayer, nettoyer, lui apporter les clous, les ciseaux, les harnais, les bottes, ou aller à la tannerie. Il le faisait dormir sur une peau, près de la table basse où le Borgne passait son temps quand il n'était pas en train de boire avec ses compères.

L'orphelin était menu et docile, tout maigre et avec des yeux craintifs qui inspiraient pitié aux femmes de Pombal, qui, chaque fois qu'elles le pouvaient, lui donnaient un peu à manger ou lui laissaient les vêtements que leurs enfants ne mettaient plus. Elles se rendirent une fois – une demi-douzaine de bonnes femmes qui avaient connu l'infirme et comméré de concert en d'innombrables baptêmes, confirmations, veillées funèbres et mariages – à l'échoppe du Borgne pour exiger de lui qu'il envoyât Antonio au catéchisme, afin d'y préparer sa première communion. Elles l'effrayèrent tellement en lui disant que Dieu lui demanderait des comptes si cet enfant mourait sans l'avoir faite, que le cordonnier consentit, à contrecœur, à le laisser aller à la Mission chaque après-midi avant les vêpres.

L'instruction religieuse des lazaristes opéra alors des changements si remarquables dans la vie de l'enfant que peu après on l'appela le Ravi*. Il sortait des prêches le regard absent à ce qui l'entourait et comme purifié de scories. Le Borgne raconta qu'il le trouvait très souvent la nuit agenouillé dans le noir, pleurant sur les souffrances du Christ, et si absorbé qu'il fallait le secouer pour le ramener au monde. D'autres fois il l'entendait parler dans son sommeil, agité, de la trahison de Judas, du repentir de Marie-Madeleine, de la couronne d'épines, et une nuit même il l'entendit faire vœu de chasteté perpétuelle, comme saint François de Sales à l'âge de onze ans.

Antonio avait trouvé une occupation à laquelle consacrer sa vie. Il continuait de se soumettre aux ordres du Borgne, mais il le faisait en fermant à demi les yeux et en remuant les lèvres de sorte que tout le monde comprenait que bien qu'il balayât, qu'il courût chez le bourrelier ou qu'il tînt entre ses mains la semelle martelée par le Borgne, en réalité il était en train de prier. Son père adoptif était troublé et effrayé par l'attitude de l'enfant. Dans le coin où il dormait le Ravi construisit un autel, avec des images offertes par la Mission et une croix en xique-xique* taillée et peinte de ses mains. Il y accrochait une bougie pour prier, au réveil et au coucher, et à genoux, les mains jointes et l'air contrit, il passait là ses moments de liberté, au lieu de courailler au milieu des bêtes, de monter à cru les chevaux sauvages, de chasser des pigeons ou d'aller voir castrer les taureaux, comme les autres garçons de Pombal.

Depuis sa première communion il était devenu l'enfant de chœur de Dom Casimiro et lorsque ce dernier mourut il continua à servir la messe chez les lazaristes de la Mission, quoiqu'il dût, pour ce faire, parcourir en allées et venues une lieue par jour. Dans les processions il tenait l'encensoir et aidait à décorer les estrades et les autels d'angle où la Vierge et le Bon Jésus faisaient une halte pour se reposer. La religiosité du bienheureux enfant était aussi grande que sa bonté. C'était un spectacle familier aux habitants de Pombal que de le voir servir de guide à l'aveugle Adelfo, qu'il accompagnait parfois jusqu'aux pâtis du colonel* Ferreira, où il avait travaillé jusqu'à ce qu'il eût contracté la cataracte et dont il ressentait la nostalgie. Il le conduisait par le bras à travers champs, un bâton à la main pour gratter par terre à l'affût des serpents, l'écoutant patiemment raconter ses histoires. Et Antonio recueillait aussi des vêtements et de la nourriture pour Simeon le lépreux, qui vivait comme une bête sauvage depuis que les habitants lui avaient interdit de s'approcher de Pombal. Une fois par semaine, le Ravi lui apportait dans un balluchon les bouts de pain et de viande séchée et le peu de céréales qu'il avait mendiés pour lui ; les habitants l'apercevaient au loin, au milieu des rochers de la colline où se trouvait sa grotte, guidant vers le puits d'eau le vieillard qui allait pieds nus, avec sa longue tignasse, couvert seulement d'une peau jaune.

La première fois qu'il vit le Conseiller, le Ravi avait quatorze ans, et il avait éprouvé, quelques semaines auparavant, une terrible déception. Le père Moraes, de la Mission lazariste, lui avait dit qu'étant enfant naturel il ne pouvait être prêtre, ce qui lui avait fait l'effet d'une douche glacée. Pour le consoler, il lui avait dit qu'il pouvait pareillement servir le Seigneur sans recevoir les ordres, et lui avait promis d'essayer de le faire entrer dans un couvent de capucins comme frère lai. Le Ravi avait pleuré cette nuit-là avec tant de désespoir que le Borgne, en colère, l'avait roué de coups pour la première fois depuis plusieurs années. Vingt jours plus tard on avait vu, sous le brûlant soleil de midi, une longue silhouette sombre surgir dans la rue principale de Pombal, cheveux noirs et regard fulminant, enveloppée dans une bure violette qui, suivie d'une demi-douzaine de personnes qui semblaient être des mendiants et avaient pourtant un visage heureux, avait traversé en trombe le bourg en direction de la vieille chapelle en briques et tuiles qui, depuis la mort de Dom Casimiro, était devenue une telle ruine que les oiseaux avaient fait leurs nids entre les statues. Le Ravi, comme maints autres habitants de Pombal, avait vu le pèlerin prosterné par terre, ainsi que ceux qui l'accompagnaient, et l'avait entendu, le soir même, donner des conseils pour le salut de l'âme, critiquer les impies et prédire l'avenir.

Cette nuit-là, le Ravi ne dormit pas chez le cordonnier mais sur la place de Pombal, près des pèlerins qui s'étaient couchés par terre, autour du saint. Le lendemain et tous les jours qu'il passa à Pombal, le Ravi travailla à ses côtés, remettant des pieds et des dossiers aux bancs de la chapelle, nivelant le sol et élevant une clôture de pierres pour établir le cimetière sur cette langue de terre qui jusqu'alors s'entremêlait au village. Et chaque nuit il resta accroupi près de lui, absorbé, écoutant les vérités qui sortaient de sa bouche.

Mais lorsque, l'avant-dernière nuit du séjour du Conseiller à Pombal Antonio le Ravi lui demanda la permission de l'accompagner de par le monde, le regard – intense en même temps que glacé – du saint, d'abord, sa bouche ensuite, répondirent non. L'enfant pleura amèrement, à genoux près de lui. Il faisait nuit noire, Pombal dormait, ainsi que les gueux, l'un contre l'autre. Les feux s'étaient éteints mais les étoiles resplendissaient au-dessus de leur tête, et l'on entendait le chant des grillons. Le Conseiller le laissa pleurer, lui permit de baiser le bord de sa bure et demeura impassible quand Antonio le Ravi le supplia à nouveau de le laisser le suivre, mais son cœur lui disait qu'ainsi il servirait mieux le Bon Jésus. Le garçon embrassa ses mollets et baisa les pieds calleux. Lorsqu'il le sentit épuisé, le Conseiller saisit sa tête entre ses deux mains et l'obligea à le regarder. Approchant son visage il lui demanda solennellement s'il aimait Dieu au point de lui sacrifier sa douleur. Le Ravi fit oui de la tête, plusieurs fois. Le Conseiller releva sa tunique et l'enfant put voir, dans la clarté de l'aube, le fil de fer qui entourait sa taille, lacérant sa chair. « Maintenant porte-le, toi », l'entendit-il dire. Il aida lui-même l'enfant à écarter ses vêtements et à serrer le cilice contre son corps.

Quand, sept mois plus tard, le Conseiller et ses adeptes – quelques visages avaient changé, leur nombre avait augmenté, il y avait maintenant parmi eux un Noir immense et à demi nu, mais leur pauvreté et leur regard illuminé de bonheur étaient les mêmes – réapparurent à Pombal, dans un grand tourbillon de poussière, le cilice était encore à la taille du Ravi, toute violacée avec des stries recouvertes de croûtes brunes. Il ne l'avait pas enlevé un seul jour et au bout d'un certain temps il resserrait le fil de fer relâché par les mouvements quotidiens du corps. Le père Moraes avait tenté de le dissuader de continuer à le porter, en lui expliquant qu'une certaine dose de mortification volontaire plaisait à Dieu, mais qu'au-delà d'une certaine limite, ce sacrifice pouvait devenir un plaisir morbide encouragé par le Diable et qu'il était à tout moment en danger de franchir cette limite.

Mais Antonio ne lui obéit pas. Le jour du retour du Conseiller et de ses adeptes à Pombal, le Ravi se trouvait dans la boutique d'Umberto Salustiano le caboclo* et son cœur se pétrifia dans sa poitrine, tout comme l'air qu'il respirait, quand il le vit passer à un mètre de lui, entouré de ses apôtres et de dizaines de fidèles, et se diriger, comme la fois précédente, tout droit vers la chapelle. Il le suivit, se mêla à l'effervescence et à l'agitation du village et, confondu dans la foule, il pria, à discrète distance, sentant son sang bouillir. Et cette nuit-là il l'entendit prêcher, à la lumière des flammes, sur la place comble, sans encore oser s'approcher. Tout Pombal était là cette fois, pour l'écouter.

Presque à l'aube, quand les habitants qui avaient prié et chanté, qui lui avaient amené leurs enfants malades pour qu'il demandât à Dieu leur guérison, qui lui avaient raconté leurs peines et l'avaient interrogé sur ce que leur réservait l'avenir, s'en furent allés, et les disciples s'étaient étendus pour dormir, comme ils le faisaient toujours, en se servant réciproquement d'oreillers et de refuge, le Ravi s'approcha, avec l'extrême révérence de qui s'apprête à communier, en enjambant les corps loqueteux, jusqu'à la silhouette sombre, mauve, qui appuyait sa tête hirsute sur l'un de ses bras. Les feux s'épuisaient. Les yeux du Conseiller s'ouvrirent en le voyant venir et le Ravi – il ne se lasserait jamais de le répéter aux auditeurs de son histoire – vit tout de suite que cet homme l'avait attendu. Sans dire un mot – il n'aurait pas pu – il ouvrit sa chemise de toile et lui montra le fil de fer qui lui en serrait la taille.

Après l'avoir observé quelques secondes, sans sourciller, le Conseiller acquiesça et un sourire traversa hâtivement son visage qui, dirait des centaines de fois le Ravi dans les années qui suivirent, fut sa consécration. Le Conseiller désigna un petit espace de terre libre, à ses côtés, qui semblait réservé pour lui parmi l'entassement des corps. Le garçon se blottit là, comprenant, sans nul besoin de paroles, que le Conseiller le considérait digne de partir avec lui sur les chemins du monde combattre le démon. Les chiens noctambules, les villageois matinaux de Pombal entendirent longtemps encore les sanglots du Ravi sans se douter que c'étaient des sanglots de bonheur.

Son vrai nom n'était pas Galileo Gall, mais il était, pour sûr, un combattant de la liberté, ou, comme il le disait, révolutionnaire et phrénologue. Deux condamnations à mort l'accompagnaient de par le monde et il avait passé en prison cinq de ses quarante-six ans. Il était né au milieu du siècle, dans une ville du sud de l'Écosse où son père exerçait la médecine et il avait tenté sans succès de fonder un cénacle libertaire pour propager les idées de Proudhon et de Bakounine. Comme d'autres enfants nourris de contes de fées, lui avait poussé en entendant dire que la propriété est l'origine de tous les maux de la société et que l'homme ne romprait les chaînes de l'exploitation et de l'obscurantisme que par la violence.

Son père avait été le disciple d'un homme qu'il considérait comme l'un des plus grands savants de son temps : Franz Joseph Gall, anatomiste, physicien et fondateur de la science phrénologique. Tandis que pour d'autres adeptes de Gall, cette science consistait à peine à croire que l'intellect, l'instinct et les sentiments sont des organes situés dans l'écorce cérébrale, et qu'ils peuvent être mesurés et touchés, pour le père de Galileo cette discipline signifiait la mort de la religion, le fondement empirique du matérialisme, la preuve que l'esprit n'était pas, ainsi que le soutenait la sorcellerie philosophique, impondérable et impalpable, mais qu'il était une dimension du corps, comme les sens, et tout comme eux susceptible d'être étudié et traité cliniquement. L'Écossais inculqua à son fils, dès qu'il eut l'âge de raison, ce précepte simple : la révolution libérera la société de ses fléaux et la science libérera l'individu des siens. Galileo avait consacré son existence à lutter pour ces deux objectifs.

Comme ses idées subversives lui rendaient la vie difficile en Écosse, son père s'installa dans le Midi de la France, où il fut arrêté en 1868 pour avoir prêté main-forte aux ouvriers en grève des filatures de Bordeaux, et envoyé à Cayenne. Il y mourut. L'année suivante Galileo alla en prison, accusé de complicité dans l'incendie d'une église – le curé était tout ce qu'il détestait, après le militaire et le banquier –, mais au bout de quelques mois il s'évada et travailla avec un médecin parisien, un ancien ami de son père. C'est à cette époque qu'il adopta le nom de Galileo Gall, au lieu du sien, trop connu de la police, et il se mit à publier de petites notes politiques et de divulgation scientifique dans un journal de Lyon : *L'Étincelle de la révolte*.

L'une de ses fiertés était d'avoir combattu de mars à mai 1871 auprès des Communards de Paris pour la liberté du genre humain et d'avoir été témoin du génocide de trente mille hommes, femmes et enfants perpétré par les forces de Thiers. Il fut aussi condamné à mort, mais réussit à s'évader de prison avant l'exécution, en empruntant l'uniforme d'un sergent-geôlier qu'il tua. Il gagna Barcelone et y demeura quelques années apprenant la médecine et pratiquant la phrénologie auprès de Mariano Cubí, un savant qui se flattait de détecter les inclinations et les traits les plus cachés de n'importe quel homme en promenant seulement le bout des doigts une seule fois sur son crâne. Il allait, semble-t-il, obtenir son titre de médecin quand son amour de la liberté et du progrès ou sa vocation d'aventurier mit à nouveau sa vie en mouvement. Avec une poignée d'adeptes de l'Idée il donna un soir l'assaut à la caserne de Montjuich afin de déchaîner, croyaient-ils, la tempête qui allait ébranler les fondements de l'Espagne. Mais quelqu'un les dénonça et les soldats les accueillirent par un feu nourri. Il vit tomber ses compagnons au combat, l'un après l'autre ; quand il fut arrêté il avait plusieurs blessures. On le condamna à mort, mais comme, selon la loi espagnole, on n'applique pas la garrotte à un blessé, on décida de le soigner avant de l'exécuter. Des personnes amies et influentes l'aidèrent à s'enfuir de l'hôpital et l'embarquèrent, avec de faux papiers, sur un cargo.

Et il avait parcouru des pays et des continents, toujours fidèle aux idées de son enfance. Il avait palpé des crânes jaunes, noirs, rouges et blancs et exercé, au hasard des circonstances, l'action politique et la pratique scientifique, griffonnant au long de cette vie d'aventures, de prisons, de coups de main, de réunions clandestines, de fuites et de revers, des cahiers qui corroboraient, en les enrichissant d'exemples, les enseignements de ses maîtres : son père, Proudhon, Gall, Bakounine, Spurzheim et Cubí. Il avait été prisonnier en Turquie, en Égypte, aux États-Unis pour avoir attaqué l'ordre social et les idées religieuses, mais grâce à sa bonne étoile et à son mépris du danger il ne resta jamais longtemps sous les verrous.

En 1894 il était médecin sur le bateau allemand qui fit naufrage sur les côtes de Bahia et dont les débris allaient rester à tout jamais échoués en face du Fort de San Pedro. Il y avait à peine six ans que le Brésil avait aboli l'esclavage et cinq qu'il était passé de l'Empire à la République. Il fut fasciné par son mélange de races et de cultures, par son effervescence sociale et politique, par cette société où se côtoyaient l'Europe et l'Afrique, et par quelque chose d'autre que jusqu'à maintenant il ne connaissait pas. Il décida de rester. Il ne put pas ouvrir de cabinet car il manquait de titres, de sorte qu'il gagna sa vie, comme il l'avait fait ailleurs, en donnant des leçons de langues étrangères et en effectuant des tâches éphémères. Bien qu'il vagabondât dans le pays, il revenait toujours à Salvador, où on le rencontrait d'ordinaire dans la Librairie Catilina, à l'ombre des palmiers du Mirador des Affligés ou dans les tavernes de marins de la ville basse, expliquant à des interlocuteurs de passage que toutes les vertus sont compatibles si la raison et non la foi constitue l'axe de la vie, que non pas Dieu mais Satan – le premier rebelle – est le véritable prince de la liberté et qu'une fois détruit l'ordre ancien grâce à l'action révolutionnaire, la nouvelle société allait fleurir spontanément, libre et juste. Or bien qu'on l'écoutât, on ne semblait guère lui prêter attention.

II

Lors de la sécheresse de 1877, durant ces mois de famine et d'épidémies qui tuèrent la moitié des hommes et des animaux de la région, le Conseiller ne se déplaçait plus seul mais accompagné, ou plutôt suivi (il semblait à peine remarquer le sillage humain qui prolongeait ses traces) par des hommes et des femmes qui, les uns touchés dans l'âme par ses conseils, d'autres par curiosité ou simple inertie, abandonnaient ce qu'ils possédaient pour aller derrière lui. Certains l'escortaient un bout de chemin, de rares autres semblaient être à ses côtés pour toujours. En dépit de la sécheresse, il continuait à marcher, quoique les champs fussent maintenant semés d'ossements de bêtes que becquetaient les vautours et qu'il fût accueilli dans des bourgs à moitié vides.

Que tout au long de 1877 il cessât de pleuvoir, que les rivières fussent à sec et qu'apparussent dans la caatinga* d'innombrables caravanes de réfugiés qui, portant sur des charrettes ou sur le dos leurs misérables richesses, erraient en quête d'eau et de nourriture, ce ne fut peut-être pas ce qu'il y eut de plus terrible en cette terrible année. Mais sans aucun doute les bandits et les cobras qui envahirent le sertão du Nord. Il y avait toujours des voleurs de bétail rôdant autour des fazendas*, faisant le coup de feu contre les capangas* des propriétaires terriens et des villages éloignés, que périodiquement venait pourchasser la police des campagnes. Avec la faim les bandes de brigands se multiplièrent comme le pain et le poisson bibliques. Ils s'abattaient, voraces et criminels, sur les villages déjà décimés par la catastrophe pour s'emparer des ultimes denrées, outils et vêtements, et criblaient de balles les habitants qui osaient leur tenir tête.

Mais Antonio le Conseiller, jamais ils ne l'offensèrent ni du geste ni de la parole. Ils le croisaient sur les pistes du désert, entre les cactus et les pierres, sous un ciel de plomb, ou dans la caatinga enchevêtrée où les broussailles s'étaient desséchées et les troncs des arbres se crevassaient. Les cangaceiros*, dix ou vingt hommes armés de tous les outils capables de couper, piquer, trouer, arracher, voyaient l'homme maigre à l'habit mauve passer au milieu d'eux, une seconde, avec son indifférence habituelle, son regard glacé et obsédant, et continuer de faire ce qu'il faisait toujours : prier, méditer, marcher, conseiller. Les pèlerins pâlissaient en voyant les hommes du cangaço* et se serraient autour du Conseiller comme des poussins autour de la poule. Les bandits, en voyant leur pauvreté extrême, passaient leur chemin, mais parfois ils s'arrêtaient en reconnaissant le saint dont les prophéties étaient peut-être arrivées à leurs oreilles. Ils ne l'interrompaient pas s'il était en prières ; ils attendaient qu'il veuille bien les voir. Il leur parlait à la fin, de cette voix caverneuse qui savait trouver les raccourcis du cœur. Il leur disait des choses qu'ils pouvaient comprendre, des vérités auxquelles ils pouvaient croire. Que cette calamité était sans doute le premier des signes annonçant l'arrivée de l'Antéchrist et des fléaux qui précéderaient la résurrection des morts et le Jugement dernier. Que s'ils voulaient sauver leur âme ils devaient se préparer aux combats qui feraient rage quand les démons de l'Antéchrist – qui serait le Chien lui-même venu sur terre recruter des prosélytes – envahiraient comme une tache de feu le sertão. Tout comme les vachers, les péons, les affranchis et les esclaves, les cangaceiros réfléchissaient. Et certains d'entre eux – Pajeú le courtaud, l'énorme Pedrão et même le plus sanguinaire de tous, João Satan – se repentaient de leurs crimes, se convertissaient au bien et le suivaient.

Et tout comme les bandits, les serpents à sonnettes qui par milliers surgissaient dans les champs à cause de la sécheresse le respectaient miraculeusement. Allongés, glissants, triangulaires, contorsionnés, ils abandonnaient leurs tanières et fuyaient eux aussi, comme les hommes, tuant dans leur fuite enfants, veaux, chèvres et n'hésitant pas à investir en plein jour les villages à la recherche de liquide et d'aliment. Ils étaient si nombreux qu'il n'y avait pas assez d'acanã pour en venir à bout et il n'était pas rare, en cette époque bouleversée, de voir des serpents qui dévoraient cet oiseau de proie au lieu de voir, comme autrefois, l'acanã s'envoler en tenant sa proie dans son bec. Les gens du sertão devaient circuler jour et nuit munis de bâtons et de machettes, et il y eut des retirantes qui arrivèrent à tuer leurs cent crotales en un seul jour. Le Conseiller n'en laissa pas pour autant de dormir par terre, là où la nuit le surprenait. Un soir qu'il entendit ses compagnons parler de serpents, il leur expliqua que ce n'était pas la première fois que pareille chose arrivait. Quand les enfants d'Israël rentraient d'Égypte vers leur pays et se plaignaient des rigueurs du désert, le Père leur envoya en châtiment une plaie d'ophidiens. Moïse intercéda et le Père lui ordonna de fabriquer un serpent en bronze qu'il suffisait de regarder pour guérir de la morsure. Devaient-ils faire de même ? Non, car les miracles ne se répétaient pas. Mais le Père verrait sûrement d'un bon œil qu'ils portassent, comme scapulaire, le visage de Son Fils. Une femme de Monte Santo, Maria Quadrado, porta désormais dans une urne un bout de toile avec l'image du Bon Jésus peinte par un garçon de Pombal qui, par sa piété, s'était acquis le surnom de Ravi. Ce geste-là dut plaire au Père car aucun des pèlerins ne fut mordu.

Le Conseiller fut également épargné par les épidémies qui, des suites de la sécheresse et de la famine, s'acharnèrent les mois et les années suivants contre ceux qui avaient pu survivre. Les femmes avortèrent au début de leur grossesse, les enfants perdaient leurs dents, leurs cheveux et les adultes se mettaient soudain à cracher et à faire du sang, à sentir des tumeurs gonfler en eux ou à se couvrir de pustules qui les faisaient se frotter aux pierres comme des chiens galeux. L'homme filiforme continuait à errer entre la pestilence et la mortalité, imperturbable, invulnérable, ainsi que le navire du pilote avisé qui rentre à bon port en essuyant des tempêtes.

Vers quel port se dirigeait le Conseiller dans son errance incessante ? Nul ne le lui demandait, pas plus qu'il ne le disait ni probablement le savait. Il était maintenant entouré de dizaines d'adeptes qui avaient tout abandonné pour se consacrer à l'esprit. Durant les mois de sécheresse le Conseiller et ses disciples travaillèrent sans trêve pour ensevelir les morts d'inanition, peste ou angoisse qu'ils rencontraient sur le bord des chemins, cadavres en décomposition et mangés par les bêtes, voire par des humains. Ils fabriquaient des cercueils et creusaient des tombes pour ces frères et sœurs. Ils constituaient une collectivité bigarrée où se mêlaient races, lieux, serpents. Il y avait parmi eux des hommes vêtus de cuir qui avaient vécu en veillant sur le bétail des riches colonels* ; des caboclos à la peau cuivrée dont les ancêtres indiens vivaient demi-nus, mangeant le cœur de leurs ennemis ; des mamelucos* qui furent contremaîtres, ferblantiers, forgerons, cordonniers ou charpentiers et des mulâtres, des nègres marrons qui avaient fui les plantations du littoral, le chevalet de torture, les ceps, les coups de nerf de bœuf suivis d'applications de sel et autres châtiments inventés dans les sucreries pour les esclaves. Et il y avait les femmes, vieilles et jeunes, bien portantes ou infirmes, qui étaient toujours les premières à s'émouvoir quand le Conseiller, durant la halte nocturne, leur parlait du péché, des infamies du Chien ou de la bonté de la Vierge. C'est elles qui reprisaient l'habit mauve faisant d'épines de chardons des aiguilles et des fibres de palmiers du fil, elles qui s'ingéniaient à lui en faire un neuf quand le vieux se déchirait sur les arbustes, elles qui remplaçaient ses sandales et se disputaient les vieilles pour conserver, comme des reliques, ces vêtements qui avaient touché son corps. C'est elles qui, chaque soir, quand les hommes avaient allumé les feux, préparaient le hangu* à la farine de riz, de maïs ou de manioc doux avec de l'eau et les beignets de melon d'eau dont s'alimentaient les pèlerins. Ceux-ci n'eurent jamais à se préoccuper de leur nourriture, car c'étaient des êtres frugaux et qui recevaient des offrandes là où ils passaient. De la part de gens humbles qui accouraient offrir au Conseiller une poule ou un sac de maïs, ou bien des fromages frais, et aussi de la part des propriétaires qui, lorsque cette cour des miracles bivouaquait dans les fermes et, par initiative propre, sans percevoir un centime, nettoyait et balayait les chapelles des fazendas, leur faisaient apporter par leurs serviteurs du lait frais, des vivres et, parfois, une chèvre ou un chevreau.

Il avait tant de fois sillonné le sertão en tout sens, monté et descendu tant de chapadas*, que tout le monde le connaissait. Les curés aussi. Il n'y en avait guère, et ceux-là étaient comme perdus dans l'immensité de la brousse, en tout état de cause insuffisants pour entretenir les nombreuses églises qui n'étaient fréquentées par les bergers que le jour du saint patron du village. Les vicaires de certains endroits, tels que Tucano et Cumbe, lui permettaient de s'adresser aux fidèles du haut de la chaire et se comportaient bien avec lui ; d'autres, comme ceux d'Entre Rios et Itapicurú l'en empêchaient et le combattaient. Dans les autres villages, pour le récompenser de ce qu'il faisait pour les églises et les cimetières, ou parce que son pouvoir parmi les sertanejos était si grand qu'ils ne voulaient pas se mettre à dos leurs paroissiens, les curés consentaient à contrecœur à ce qu'après la messe il chantât des litanies et prêchât sur le parvis.

Quand le Conseiller et sa cour de pénitents apprirent-ils, en 1888, que là-bas au loin, dans ces villes dont le nom leur était même étranger – São Paulo, Rio de Janeiro, même Salvador, la capitale de l'État – la monarchie avait aboli l'esclavage et que la mesure provoquait des troubles dans les plantations de canne de Bahia qui s'étaient trouvées d'un coup sans bras ? Ce n'est que des mois après que la nouvelle se répandit dans le sertão, mais tardivement et déformée, voire caduque, comme se répandaient toujours les nouvelles dans ces extrémités de l'Empire, et les autorités la firent annoncer à haute voix sur les places et placarder sur la porte des mairies.

Et c'est probablement l'année suivante que le Conseiller et sa ribambelle apprirent, avec le même retard, que la nation à laquelle ils appartenaient sans le savoir avait cessé d'être un Empire pour être maintenant une République. Ils ne pouvaient savoir que cet événement n'avait éveillé le moindre enthousiasme parmi les vieilles autorités, ni chez les ex-propriétaires d'esclaves (ils restaient maîtres des plantations et des troupeaux) ni chez les professionnels et les fonctionnaires de Bahia qui voyaient dans ce changement quelque chose comme le coup de grâce donné à l'hégémonie déjà révolue de l'ex-capitale, centre de la vie politique et économique du Brésil durant deux cents ans et maintenant nostalgique parent pauvre qui voyait se déplacer vers le sud tout ce qui lui appartenait auparavant – la prospérité, le pouvoir, l'argent, les bras, l'histoire –, et quand bien même l'auraient-ils su, ils ne l'auraient pas compris ni s'y seraient même intéressés, car les préoccupations du Conseiller et des siens étaient autres. D'ailleurs qu'y avait-il de changé pour eux hormis quelques noms ? Cette terre desséchée et ce ciel de plomb n'étaient-ils pas leur paysage de toujours ? Et en dépit de plusieurs années de sécheresse, la région ne continuait-elle pas à panser ses plaies, à pleurer ses morts, à tenter de ressusciter les biens perdus ? Que ce soit un Président au lieu d'un Empereur, qu'est-ce que cela changeait pour la terre tourmentée du Nord ? Le paysan ne devait-il pas toujours lutter contre la stérilité du sol et l'avarice de l'eau pour faire pousser le maïs, le feijão la patate et le manioc et pour garder en vie ses cochons, ses poules et ses chèvres ? Les villages ne grouillaient-ils pas de gens désœuvrés et les chemins de dangereux bandits ? N'y avait-il pas de tous côtés des armées de mendiants comme lors des catastrophes de 1877 ? Les conteurs de fables n'étaient-ils pas les mêmes ? Et malgré les efforts du Conseiller, ne tombaient-elles pas en ruine les maisons du Bon Jésus ?

Mais pourtant quelque chose avait changé avec la République. Pour le malheur et la confusion du monde : l'Église avait été séparée de l'État, on avait établi la liberté des cultes et la sécularisation des cimetières, dont ne s'occuperaient plus les paroisses mais les municipalités. Tandis que les prêtres, déconcertés, ne savaient que dire devant ces nouveautés que la hiérarchie se résignait à accepter, le Conseiller le sut aussitôt : c'étaient des sacrilèges inadmissibles pour le croyant. Et lorsqu'il apprit l'instauration du mariage civil – comme si un sacrement créé par Dieu n'était pas suffisant – il eut assez de force de caractère pour dire à voix haute, à l'heure des conseils, ce que les curés murmuraient, à savoir que ce scandale était l'œuvre des protestants et des francs-maçons. Comme, sans doute, ces autres dispositions étranges, suspectes, qui pénétraient dans les villages : la carte statistique, le recensement, le système métrique décimal. Aux sertanejos abasourdis qui venaient lui demander ce que tout cela signifiait, le Conseiller expliquait, lentement : ils voulaient savoir la couleur des gens pour rétablir l'esclavage et rendre les mulâtres à leurs maîtres, ils voulaient connaître leur religion pour identifier les catholiques quand commenceraient les persécutions. Sans hausser la voix, il les exhortait à ne pas répondre à de semblables questionnaires ni à accepter que le mètre et le centimètre remplacent l'aune et l'empan.

Un matin de 1893, en entrant à Natuba, le Conseiller et les pèlerins perçurent un bourdonnement de guêpes furieuses qui montait au ciel depuis la grand-place où hommes et femmes s'étaient rassemblés pour lire ou entendre lire des décrets qu'on venait d'afficher. On allait leur faire payer des impôts, la République voulait leur faire payer des impôts. Et qu'est-ce que c'étaient les impôts ? demandaient plusieurs villageois. Comme les dîmes, leur expliquaient d'autres. La même chose qu'auparavant quand il vous naissait cinquante poules il fallait en donner cinq à la Mission et un boisseau sur dix de ce que vous récoltiez. Les décrets prévoyaient pareillement de donner à la République une partie de tout ce que l'on héritait ou produisait. Les habitants devaient déclarer aux municipalités, maintenant autonomes, ce qu'ils avaient et ce qu'ils gagnaient afin de déterminer ce qu'il leur fallait payer. Les percepteurs confisqueraient pour la République tout ce qui aurait été dissimulé ou diminué de valeur.

L'instinct animal, le bon sens et des siècles d'expérience firent comprendre aux habitants que cela serait peut-être pire que la sécheresse, que les percepteurs de contributions seraient plus voraces que les vautours et les bandits. Perplexes, effrayés, irrités, ils serraient les rangs et se communiquaient les uns aux autres leur appréhension et leur colère en poussant des cris qui, mêlés et intégrés, produisaient cette musique belliqueuse qui montait au ciel de Natuba quand le Conseiller et ses déguenillés entrèrent au village par la route de Cipó. Les gens entourèrent l'homme en violet et lui barrèrent la route de l'église de Notre-Dame-de-la-Conception (restaurée et peinte par lui-même plusieurs fois dans les décennies antérieures) où il se dirigeait comme toujours à grandes enjambées, pour l'informer des nouvelles qu'il ne sembla, sérieux et regardant à travers eux, à peine écouter.

Et pourtant, quelques instants plus tard, en même temps

qu'une sorte d'explosion intérieure enflammait son regard, il se mit à marcher, à courir au milieu de la foule qui s'écartait devant lui, vers le lieu de l'affichage. Il s'approcha des décrets et, sans prendre la peine de les lire, les arracha, le visage décomposé par une indignation qui semblait résumer celle de tous. Puis il demanda d'une voix vibrante de brûler ces maudits écrits. Et quand, sous les yeux surpris des conseillers municipaux, le peuple s'exécuta et, de surcroît, célébra la chose en faisant éclater des pétards comme en un jour de fête, quand le feu dissipa en fumée les décrets et la peur qu'ils avaient provoquée, le Conseiller, avant d'aller prier à l'église de la Conception, annonça aux habitants de ce coin reculé une grave nouvelle : l'Antéchrist était venu sur terre et s'appelait République.

– Des sifflets, oui, monsieur le délégué, répète en s'effarant une fois de plus de ce qu'il a vécu et, sans doute, rappelé et raconté plusieurs fois le lieutenant Pires Ferreira. Des coups de sifflet très stridents dans la nuit. Ou plutôt, à l'aube.

L'hôpital de campagne est une baraque en bois recouverte de feuilles de palmier aménagée n'importe comment pour abriter les soldats blessés. Il est situé aux environs de Joazeiro, dont on aperçoit les maisons et les rues parallèles au large fleuve São Francisco – chaulées ou colorées – entre les cloisons, sous les frondaisons poussiéreuses de ces arbres qui ont donné son nom à la ville.

– Nous avons mis douze jours d'ici à Uauá, qui est aux portes de Canudos, un plein succès, dit le lieutenant Pires Ferreira. Mes hommes tombaient de fatigue, aussi décidai-je de camper là. Et au bout de quelques heures nous fûmes réveillés par les sifflets.

Il y a là seize blessés, allongés dans des hamacs alignés se faisant face : pansements grossiers, têtes, bras et jambes tachés de sang, corps nus ou à demi nus, pantalons et vareuses en lambeaux. Un médecin en blouse blanche, nouveau venu, passe en revue les blessés, suivi d'un infirmier qui tient une pharmacie portative. Le visage plein de santé, l'air citadin du médecin contrastent avec les faces défaites et les cheveux collés de sueur des soldats. Au fond de la baraque une voix angoissée implore confession.

– N'avez-vous pas placé des sentinelles ? Ne pensiez-vous pas qu'on pouvait vous surprendre, lieutenant ?

– Il y avait quatre sentinelles, monsieur le délégué, réplique Pires Ferreira en montrant quatre doigts énergiques. Nous n'avons pas été surpris. En entendant les sifflets, toute la compagnie s'est levée et s'est préparée au combat. – Il baisse la voix. – Nous n'avons pas vu arriver l'ennemi mais une procession.

Par un angle de la baraque-hôpital, sur la berge du fleuve sillonné de barques chargées de pastèques, on distingue le petit campement où se trouve le reste de la troupe : soldats affalés à l'ombre de quelques arbres, fusils alignés en faisceaux, tentes de campagne. Jacasseur, un envol de perroquets.

– Une procession *religieuse*, lieutenant ? demande la voix nasillarde, intruse, imprévue.

L'officier jette un œil sur celui qui a parlé et acquiesce :

– Ils venaient du côté de Canudos, explique-t-il en s'adressant toujours au délégué. Ils étaient cinq à six cents, peut-être un millier.

Le délégué lève les mains et son adjoint secoue la tête, également incrédule. Ce sont, cela saute aux yeux, des gens de la ville. Ils sont arrivés à Joazeiro ce matin même par le train de Salvador, ils sont encore étourdis et meurtris par le cahotement, mal à l'aise dans leurs vestons aux larges manches, dans leurs pantalons bouffants et leurs bottes déjà toutes crottées, échauffés, sûrement fâchés d'être là, entourés de chair blessée, de pestilence, et de devoir enquêter sur une défaite. Tout en parlant avec le lieutenant Pires Ferreira ils vont de hamac en hamac et le délégué, homme sévère, se penche parfois pour tapoter les blessés. Il se contente d'écouter ce que dit le lieutenant, mais son adjoint prend des notes, tout comme le nouveau venu, celui à la petite voix enrhumée et qui éternue fréquemment.

– Cinq cents, mille ? dit le délégué sur un ton sarcastique. La plainte du baron de Canabrava est parvenue à mon bureau et je la connais, lieutenant. Les envahisseurs de Canudos, en comptant les femmes et les enfants, étaient au nombre de deux cents. Le baron doit savoir ce qu'il dit, puisqu'il est le propriétaire de la fazenda.

– Ils étaient mille, des milliers, murmure le blessé du hamac le plus proche, un mulâtre à la peau claire et aux cheveux crépus, une épaule bandée. Je vous le jure, monsieur.

Le lieutenant Pires Ferreira le fait taire d'un mouvement si brusque qu'il frôle la jambe du blessé qui se trouve derrière et qui rugit de douleur. Le lieutenant est jeune, plutôt petit, avec des petites moustaches découpées comme en portent les dandys qui se réunissent là-bas, à Salvador, dans les confiseries de la rua de Chile à l'heure du thé. Mais la fatigue, la frustration, l'épuisement nerveux ont ajouté maintenant à cette petite moustache française des cernes mauves, une peau livide et une grimace. Il porte une barbe de plusieurs jours, les cheveux en désordre, son uniforme déchiré et le bras droit en écharpe. Dans le fond, la voix incohérente continue d'implorer confession et extrême-onction.

Pires Ferreira se tourne vers le délégué :

– Enfant j'ai vécu dans une fazenda, j'ai appris à compter les troupeaux d'un coup d'œil, murmure-t-il. Je n'exagère pas. Il y en avait plus de cinq cents, peut-être mille.

– Ils portaient une croix de bois, immense, et une bannière du Divin Esprit-Saint, ajoute quelqu'un dans un hamac.

Et avant que le lieutenant puisse les arrêter, d'autres racontent précipitamment : ils portaient aussi des images de saints, des chapelets, ils soufflaient tous dans des sifflets ou chantaient des kyrie eleison et acclamaient saint Jean-Baptiste, la Vierge Marie, le Bon Jésus et le Conseiller. Ils se sont dressés sur leur hamac et se disputent la parole jusqu'à ce que le lieutenant les fasse taire.

– Et soudain ils nous sont tombés dessus, poursuit-il au milieu du silence. Ils avaient l'air si pacifiques, on aurait dit une procession de Semaine sainte, comment les attaquer ? Et tout à coup ils se sont mis à crier : à mort ! et à tirer à bout portant. Nous étions un contre huit, un contre dix.

– À crier : à mort ! l'interrompt la petite voix impertinente.

– À mort la République ! dit le lieutenant Pires Ferreira. À mort l'Antéchrist ! – Il s'adresse à nouveau au délégué : – Je n'ai rien à me reprocher. Mes hommes se sont battus comme des braves. Nous avons résisté plus de quatre heures, monsieur. J'ai donné l'ordre de la retraite seulement quand nos munitions se sont épuisées. Vous savez bien les problèmes que nous avons eus avec les Mannlichers. Grâce à la discipline des soldats nous avons pu revenir jusqu'ici en seulement dix jours.

– Le retour fut plus rapide que le départ, grogne le délégué.

– Venez, venez, voyez ça, les appelle le médecin en blouse blanche à l'autre bout.

Le groupe de civils et le lieutenant traversent la rangée des hamacs pour aller jusqu'à lui. Sous la blouse, le médecin porte un uniforme militaire, couleur bleu indigo. Il a retiré le pansement d'un soldat à l'air indien, qui se tord de douleur, et il regarde avec intérêt le ventre de l'homme. Il le leur montre comme quelque chose de précieux : il y a près de l'aine une plaie purulente de la taille d'un poing, avec du sang coagulé aux rebords et de la chair qui bat.

– Une balle explosive ! s'écrie le médecin avec enthousiasme, en saupoudrant la peau tuméfiée avec une poudre blanche. En pénétrant dans le corps elle éclate comme du shrapnel, elle détruit les tissus et provoque cet orifice. Je ne l'avais vu que dans les manuels de l'armée anglaise. Comme est-ce possible que ces pauvres diables disposent d'armes aussi modernes ? L'armée brésilienne elle-même n'en a pas.

– Vous voyez, monsieur le délégué ? dit le lieutenant Pires Ferreira d'un air triomphant. Ils étaient armés jusqu'aux dents. Ils avaient des fusils, des carabines, des mousquetons, des machettes, des poignards, des bâtons. En revanche, nos Mannlichers s'enrayaient et...

Mais celui qui délire sur la confession et l'extrême-onction pousse maintenant des cris et parle d'images sacrées, de la bannière du Divin, des sifflets. Il n'a pas l'air blessé ; il est attaché à un pieu et son uniforme est mieux conservé que celui du lieutenant. Quand il voit s'approcher le médecin et le groupe de civils il les implore en larmoyant :

– Un prêtre, messieurs ! Je vous en prie ! je vous en prie !

– C'est le médecin de votre compagnie, le docteur Antonio Alves de Santos ? demande le médecin en blouse. Pourquoi le tenez-vous attaché ?

– Il a essayé de se tuer, monsieur, balbutie Pires Ferreira. Il s'est tiré une balle et j'ai réussi par miracle à faire dévier sa main. Il est comme cela depuis le combat à Uauá, je ne savais que faire de lui. Au lieu de nous aider, il est devenu un problème de plus, surtout durant la retraite.

– Écartez-vous, messieurs, dit le médecin en blouse. Laissez-moi seul avec lui, je le calmerai.

Quand le lieutenant et les civils lui ont obéi, on entend à nouveau la petite voix nasillarde, inquisitoriale, péremptoire de l'homme qui a interrompu plusieurs fois les explications :

– Combien de morts et de blessés au total, lieutenant ? Dans votre compagnie et parmi les bandits.

– Dix morts et seize blessés parmi mes hommes, répond Pires Ferreira, d'un air impatient. L'ennemi a eu une centaine de pertes, au moins. Tout cela figure dans le rapport que je vous ai remis, monsieur.

– Je ne fais pas partie de la Commission, j'appartiens au *Jornal de Notícias*, de Bahia, dit l'homme.

Il est différent des fonctionnaires et du médecin à la blouse blanche avec lesquels il est venu. Jeune, myope, avec des verres épais. Il ne prend pas de notes avec un crayon, mais avec une plume d'oie. Il porte un pantalon décousu, une casaque blanchâtre, une casquette à visière et tout cela semble postiche, erroné, dans sa silhouette sans grâce. Il tient une tablette avec plusieurs feuilles de papier et il trempe sa plume d'oie dans un encrier accroché à la manche de sa casaque et fermé avec un bouchon de bouteille. Son aspect est, en quelque sorte, celui d'un épouvantail.

– J'ai parcouru six cents kilomètres seulement pour vous poser ces questions, lieutenant Pires Ferreira, dit-il, et il éternue.

João Grande est né près de la mer, dans une plantation de cannes du Reconcavo, dont le propriétaire, Adalberto de Gumucio, était grand amateur de chevaux. Il se flattait de posséder les alezans les plus fougueux et les juments aux chevilles les plus fines de Bahia, et d'avoir obtenu ces spécimens sans recourir aux étalons anglais, grâce à de savants croisements qu'il surveillait lui-même. Il se flattait moins (en public) d'avoir fait de même avec les esclaves de la senzala*, pour ne pas remuer l'eau trouble des disputes que cela lui avait values de la part de l'Église et du baron de Canabrava lui-même, mais il est sûr qu'il en avait agi avec les esclaves ni plus ni moins que comme avec les chevaux. Sa conduite était dictée par le regard et l'inspiration. Elle consistait à sélectionner les jeunes négresses les plus agiles et les mieux formées et à les accoupler aux nègres que par l'harmonie de leurs traits et la netteté de leur teint il appelait les plus purs. Les meilleurs couples recevaient une alimentation spéciale et des privilèges de travail afin d'être en condition pour se reproduire à plusieurs reprises. Le chapelain, les missionnaires et la hiérarchie de Salvador avaient adressé maintes remontrances au seigneur de Gumucio pour mêler de la sorte ses nègres, « les faisant vivre dans la bestialité », mais au lieu de mettre fin à ces pratiques, ces réprimandes les avaient rendues plus discrètes.

João Grande fut le résultat d'une de ces combinaisons menées à bien par cet éleveur aux goûts perfectionnistes. Dans son cas, assurément, un magnifique produit était né. L'enfant avait des yeux très vifs et des dents qui, lorsqu'il riait, inondaient de lumière sa face ronde, couleur bleu foncé. Il était potelé, gracieux, folâtre, et sa mère – une femme magnifique qui accouchait tous les neuf mois – imagina pour lui un avenir exceptionnel. Elle ne se trompa pas. Le chevalier Gumucio s'y attacha quand il marchait encore à quatre pattes et le retira de la senzala pour le conduire à la maison des maîtres – un édifice rectangulaire, avec un toit à quatre pans, des colonnes toscanes et des balustrades en bois d'où l'on dominait les plantations, sa chapelle néoclassique, l'usine où l'on broyait la canne à sucre, l'alambic et une avenue de palmiers impériaux – pensant qu'il pouvait servir de page à ses filles et, plus tard, de majordome ou de conducteur de carrosse. Il ne voulait pas le voir s'abîmer trop vite, comme cela arrivait souvent avec les enfants voués à l'essartage, la plantation et la récolte de la canne à sucre.

Mais João Grande devint la propriété de mademoiselle Adelinha Isabel de Gumucio, sœur célibataire du chevalier, qui vivait avec lui. Elle était toute mince et menue, avec un petit nez qui semblait flairer les odeurs laides du monde, et elle passait son temps à tisser des coiffes, des châles, à broder des nappes, des dessus-de-lit et des blouses ou à préparer des douceurs, toutes tâches pour lesquelles elle était douée. Mais la plupart du temps les brioches à la crème, les tartes aux amandes, les meringues au chocolat, les massepains spongieux qui faisaient les délices de ses neveux, de sa belle-sœur et de son frère, elle n'y goûtait même pas. Mademoiselle Adelinha s'éprit de João Grande du jour où elle le vit grimper à la citerne. Effrayée de voir à deux mètres du sol un enfant qui pouvait à peine se tenir debout, elle lui ordonna de descendre, mais João continua à monter l'échelle. Quand la demoiselle appela un domestique, l'enfant était déjà parvenu au bord et tombé à l'eau. On l'en retira vomissant, les yeux écarquillés par la peur. Adelinha le déshabilla, l'enveloppa et le tint dans ses bras jusqu'à ce qu'il s'endormît.

Peu après la sœur du chevalier Gumucio installa João dans sa chambre, dans un des berceaux qu'avaient utilisés ses nièces, et elle le fit dormir à ses côtés, comme d'autres dames leurs servantes de confiance et leurs chiens de manchon. João fut dès lors un privilégié. Adelinha le tenait toujours engoncé dans des maillots bleu marine, rouge sang ou jaune or qu'elle cousait elle-même. Il l'accompagnait chaque après-midi au promontoire du haut duquel on voyait les îles et le soleil du crépuscule les incendiant, ainsi que lorsqu'elle rendait visite ou accomplissait ses bonnes œuvres au hameau. Le dimanche, il allait avec elle à l'église, lui portant son prie-Dieu. La demoiselle lui apprit à tenir les écheveaux pour démêler la laine, à changer les bobines du métier à tisser, à combiner les teintes et à enfiler les aiguilles, tout comme à lui servir de marmiton à la cuisine. Ils mesuraient ensemble le temps de cuisson en récitant à voix haute les credo et les pater que les recettes prescrivaient. Elle le prépara en personne à la première communion, communia avec lui et lui fit un somptueux chocolat pour fêter l'événement.

Mais contrairement à ce qui aurait dû se produire chez un enfant élevé dans des murs tapissés de papier peint, au milieu d'un mobilier de jacaranda recouvert de damas et de soie, d'armoires pleines de pièces de cristal, à l'ombre d'une femme délicate et voué à des activités féminines, João Grande ne devint pas un être doux, domestique, comme il en allait chez les esclaves de maison. Il fut dès l'enfance extraordinairement fort, au point qu'ayant l'âge de João Meninho, le fils de la cuisinière, il semblait le gagner de plusieurs années. Il était brutal dans ses jeux et la demoiselle disait toujours, avec peine : « Il n'est pas fait pour la vie civilisée. Il regrette les bois. » Parce que le garçon était à l'affût de la moindre occasion pour aller trotter dans les champs. Une fois qu'ils traversaient les plantations, en le voyant regarder l'œil brillant les nègres qui, à demi nus et avec leurs machettes, travaillaient au milieu des feuilles vertes, la demoiselle s'écria : « On dirait que tu les envies. » Il répondit : « Oui, maîtresse, je les envie. » Quelque temps après, le chevalier Gumucio lui fit mettre un brassard noir et l'envoya aux baraquements de la plantation pour assister à l'enterrement de sa mère. João n'en fut guère affecté, car il l'avait vue fort peu. Il fut vaguement incommodé au cours de la cérémonie, sous une claie de paille, et durant le trajet au cimetière, entouré de négresses et de nègres qui le regardaient sans dissimuler leur envie ou leur mépris pour ses culottes bouffantes, sa blouse à rayures et ses bottines qui contrastaient tellement avec leurs chemises de toile et leurs pieds nus. Il ne se montra jamais affectueux envers sa maîtresse, ce qui avait fait penser à la famille Gumucio qu'il était peut-être un de ces sauvages dépourvus de sentiments, capables de cracher dans la main qui leur donnait à manger. Mais ils ne pouvaient même pas se douter, à partir de cet antécédent, que João Grande était capable de faire ce qu'il fit.

Cela se produisit durant le voyage de mademoiselle Adelinha au couvent de l'Incarnation, où elle faisait retraite chaque année. João Meninho conduisait la voiture tirée par deux chevaux et João Grande était assis près de lui sur le siège du cocher. Le voyage prenait quelque huit heures ; ils quittaient la fazenda à l'aube pour arriver au couvent au milieu de l'après-midi. Or deux jours après les religieuses firent demander pourquoi mademoiselle Adelinha n'était pas arrivée à la date prévue. Le chevalier Gumucio dirigea les recherches des policiers bahianais et des esclaves de la fazenda qui, durant un mois, passèrent la région au peigne fin et interrogèrent une foule de gens. La route entre le couvent et la fazenda fut minutieusement explorée sans qu'on rencontrât la moindre trace de la voiture, de ses occupants ou des chevaux. Comme si, à l'instar des récits fantastiques des conteurs, ils s'étaient envolés et avaient disparu dans les airs.

La vérité se fit jour quelques mois plus tard lorsqu'un directeur d'orphelinat de Salvador découvrit, sur la voiture d'occasion qu'il avait achetée à un marchand de la ville haute, dissimulé sous la peinture, le monogramme de la famille Gumucio. Le marchand avoua qu'il avait acquis la voiture dans un village de métis cafusos*, en sachant qu'elle était volée, mais sans imaginer que les voleurs pouvaient être aussi des assassins. Le baron de Canabrava lui-même offrit une forte récompense pour les têtes de João Meninho et João Grande et le chevalier Gumucio implora qu'ils fussent capturés vivants. Une troupe de brigands qui opérait dans le sertão livra João Meninho à la police, en échange de la récompense. Le fils de la cuisinière était méconnaissable tant il était sale et hirsute quand on le soumit à la torture pour le faire parler.

Il jura que l'idée n'était pas venue de lui mais du démon qui possédait son compagnon d'enfance. Il conduisait la voiture en sifflant entre ses dents, en pensant aux friandises du couvent de l'Incarnation, quand soudain João Grande lui donna l'ordre de freiner. Alors que la demoiselle Adelinha demandait pourquoi l'on s'arrêtait, João Meninho vit son compagnon la frapper au visage avec tant de force qu'elle s'évanouit, puis lui ravir les rênes et pousser les chevaux jusqu'au promontoire où la maîtresse montait voir les îles. Là, avec une énergie telle que João Meninho, épouvanté, n'avait pas osé l'affronter, João Grande soumit mademoiselle Adelinha à mille méchancetés. Il l'avait déshabillée et se moquait d'elle qui, toute tremblante, couvrait d'une main sa poitrine et de l'autre son sexe, et il l'avait fait courir d'un côté et de l'autre en essayant d'esquiver les pierres qu'il lui lançait, tout en l'insultant de la façon la plus abominable que Meninho eût jamais entendue. Tout à coup il lui plongea son poignard dans le ventre et, une fois morte, s'acharna sur elle en lui coupant les seins et la tête. Puis haletant, inondé de sueur, il s'était endormi contre ce corps sanglant. João Meninho en avait été si terrifié que ses jambes lui avaient manqué pour fuir.

À son réveil, quelque temps après, João Grande était calme. Il avait regardé avec indifférence la boucherie qui les entourait. Puis avait ordonné à Meninho de l'aider à creuser une tombe où ils avaient enterré les morceaux de la demoiselle. Ils avaient attendu la nuit pour fuir et s'éloigner du lieu du crime ; le jour ils dissimulaient la voiture dans quelque grotte, crevasse ou sous des branches et ils roulaient la nuit avec pour seule idée claire d'avancer dans la direction opposée à la mer. Après avoir réussi à vendre la voiture et les chevaux, ils avaient acheté des provisions et gagné l'intérieur des terres, avec l'espoir de se joindre à ces groupes d'esclaves marrons qui, selon les légendes, pullulaient dans la caatinga. Ils restaient sur le qui-vive, évitant les villages et vivant de mendicité ou de menus larcins. Une seule fois João Meninho essaya de faire parler João Grande de ce qui s'était passé. Ils étaient allongés sous un arbre, fumant un cigare et, dans un élan audacieux, il lui demanda à brûle-pourpoint : « Pourquoi avoir tué la maîtresse ? – Parce que j'ai le Chien au corps, répondit aussitôt João Grande. Ne me parle plus de ça. » Meninho pensa que son compagnon lui avait dit la vérité.

Son compagnon d'enfance lui inspirait une peur croissante, car, depuis l'assassinat de la maîtresse, il le reconnaissait de moins en moins. Il ne dialoguait presque plus avec lui mais, en revanche, le surprenait continuellement à parler tout seul, à voix basse, les yeux injectés de sang. Une nuit il l'entendit appeler le Diable « père » et lui demander de lui venir en aide. « Est-ce que je n'en ai pas déjà fait assez, mon père ? balbutiait-il en se tordant. Que veux-tu que je fasse d'autre ? » Il fut convaincu que João avait fait un pacte avec le Malin et redouta que, pour continuer ses bonnes œuvres, il ne le sacrifiât à son tour comme il avait fait avec la demoiselle. Il décida de prendre les devants. Il prépara son plan, mais la nuit où il s'approcha de lui en rampant, prêt à plonger son couteau, il tremblait tellement que João Grande ouvrit les yeux avant qu'il eût pu agir. Il le vit penché sur son corps, la lame vacillant sans nulle équivoque. Il demeura impassible. « Tue-moi, Meninho », l'entendit-il dire. Alors il partit en courant, en sentant que les diables le poursuivaient.

Meninho fut pendu dans la prison de Salvador et les restes de mademoiselle Adelinha furent transportés à la chapelle néoclassique de la fazenda, mais son meurtrier ne fut pas retrouvé, bien que la famille Gumucio élevât périodiquement la récompense pour sa capture. Pourtant, depuis la fuite de Meninho, João Grande ne se cachait pas. Gigantesque, demi-nu, misérable, mangeant ce qui tombait dans ses pièges ou ce que ses mains cueillaient aux arbres, il allait sur les chemins comme une âme en peine. Il traversait les villages en pleine lumière, demandant à manger, et la souffrance de son visage impressionnait les gens qui lui donnaient toujours quelques restes.

Un jour, à la croisée des chemins aux alentours de Pombal, il tomba sur une poignée de gens qui écoutaient les paroles d'un homme maigre, enveloppé dans une tunique violette, dont les cheveux balayaient les épaules et les yeux étaient de braise. Il parlait du Diable, précisément, qu'il appelait Lucifer, Chien, Can et Belzébuth, des catastrophes et des crimes qu'il provoquait dans le monde et de ce que devaient faire les hommes qui voulaient se sauver. Sa voix était persuasive, elle touchait l'âme sans passer par la tête, et même chez un être accablé de confusion comme lui, elle devenait un baume qui effaçait de vieilles et atroces blessures. Immobile, sans sourciller, João Grande l'écouta, ému jusqu'aux entrailles par ce qu'il entendait et par la musique de ces paroles. La figure du saint était par moments voilée par les larmes qui montaient à ses yeux. Quand l'homme reprit sa route, il se mit à le suivre à distance, comme un animal timide.

Un contrebandier et un médecin furent les personnes qui purent le mieux connaître Galileo Gall dans la ville de San Salvador de Bahia de Tous les Saints (appelée, simplement, Bahia ou Salvador), et les premières à lui expliquer le pays, quoique aucune ne partageât les opinions sur le Brésil que le révolutionnaire exprimait dans ses lettres à *L'Étincelle de la révolte* (fréquentes à cette époque). La première, écrite une semaine après son naufrage, évoquait Bahia, « kaléidoscope où un homme nanti de la notion d'histoire voit coexister les tares qui ont avili les différentes étapes de l'humanité ». La lettre se référait à l'esclavage qui, bien qu'aboli, existait de facto, car, pour ne pas mourir de faim, de nombreux nègres libérés étaient revenus implorer leurs maîtres de les reprendre. Ceux-ci n'engageaient, pour un salaire de misère, que les bras utiles, si bien que les rues de Bahia, selon les propos de Gall, « grouillent de vieillards, de malades et de gueux qui mendient ou volent et de prostituées qui rappellent Alexandrie et Alger, les ports les plus abjects de la planète ».

La seconde lettre, deux mois plus tard, sur « la collusion de l'obscurantisme et de l'exploitation », décrivait le défilé dominical des familles opulentes se rendant à la messe à l'église de Notre-Dame de-la-Conception-de-la Plage, avec des domestiques qui portaient des prie-Dieu, des cierges, des missels et des ombrelles pour protéger du soleil les joues de ces dames ; « celles-ci, disait Gall, comme les fonctionnaires anglais des colonies, ont fait de la blancheur un paradigme, la quintessence de la beauté ». Mais le phrénologue expliqua à ses camarades de Lyon, dans un article postérieur, qu'en dépit des préjugés les descendants de Portugais, d'Indiens et d'Africains s'étaient assez mêlés pour produire une variété bigarrée de métis : mulâtres, mamelucos, cafusos, caboclos, curibocas*. Et il ajoutait : « Ce qui signifie tout autant de défis pour la science. » Ces types humains et les Européens échoués pour une raison ou une autre sur ses rivages, donnaient à Bahia une atmosphère cosmopolite et bariolée.

Ce fut parmi ces étrangers que Galileo Gall – alors il baragouinait à peine le portugais – fit sa première connaissance. Il vivait au début à l'Hôtel des Étrangers, à Campo Grande, mais quand il eut noué des relations avec le vieux Jan Van Rijsted, celui-ci lui céda une mansarde avec un simple lit et une table, au-dessus de la librairie Catilina où il vivait, et il lui procura des leçons particulières de français et d'anglais pour payer ses repas. Van Rijsted était d'origine hollandaise, né à Olinda, et il avait fait le trafic du cacao, de la soie, des épices, du tabac, de l'alcool et des armes entre l'Europe, l'Afrique et l'Amérique depuis l'âge de quatorze ans (sans avoir été une seule fois en prison). Il n'était pas riche par la faute de ses associés – marchands, armateurs, capitaines de vaisseaux – qui lui avaient volé une bonne part de ses trafics. Gall était convaincu que les bandits, grands criminels ou simples filous, luttaient aussi contre l'ennemi – l'État –, et, sans le savoir, rongeaient les fondations de la propriété. Cela facilita son amitié avec l'ex-fripon. Ex, car il vivait retiré des fricotages. Il était célibataire, mais il avait vécu avec une jeune fille aux yeux arabes, plus jeune de trente ans, au sang égyptien ou marocain, dont il s'était épris à Marseille. Il l'avait ramenée à Bahia et installée dans une villa sur les hauteurs qu'il avait décorée en dépensant une fortune pour la rendre heureuse. Au retour d'un de ses voyages, il se trouva que la belle s'était envolée, après avoir liquidé tout ce que la maison renfermait, en emportant le petit coffre-fort où Van Rijsted cachait un peu d'or et des pierres précieuses. Il rapporta ces détails à Gall tout en se promenant sur le front de mer, regardant les voiliers, passant de l'anglais au français et au portugais sur un ton négligent que le révolutionnaire apprécia. Jan vivait maintenant d'une rente qui, à ses yeux, devait lui permettre de boire et de manger jusqu'à sa mort, à condition qu'elle ne tardât pas trop.

Le Hollandais, homme inculte mais curieux, écoutait avec déférence les théories de Galileo sur la liberté et les formes du crâne comme symptôme de la conduite, quoiqu'il se permît de n'être pas d'accord quand l'Écossais lui assurait que l'amour du couple était une tare et un germe d'infortune. La cinquième lettre de Gall à *L'Étincelle de la révolte* portait sur la superstition, c'est-à-dire l'église du Seigneur de Bonfim, que les pèlerins avaient remplie d'ex-voto, avec des jambes, des mains, des bras, des têtes, des seins et des yeux de bois et de verre, qui imploraient ou remerciaient des miracles. La sixième, sur l'avènement de la République, qui dans l'aristocratique Bahia avait signifié seulement le changement de quelques noms. Dans la suivante, il rendait hommage à quatre mulâtres – les tailleurs Lucas Dantas, Luis Gonzaga de las Virgenes, Juan de Dios et Manuel Faustino – qui, un siècle auparavant, inspirés par la Révolution française, s'étaient conjurés pour renverser la monarchie et établir une société égalitaire de Noirs, Bruns et Blancs. Jan Van Rijsted mena Galileo à la petite place où les artisans avaient été pendus et écartelés et il le vit avec surprise y déposer des fleurs.

Entre les rayons de la librairie Catilina Galileo Gall connut un jour le docteur José Bautista de Sà Oliveira, médecin déjà âgé, auteur d'un livre qui l'avait intéressé : *Craniométrie comparée des espèces humaines de Bahia, du point de vue évolutionniste et médico-légal.* Le vieil homme, qui avait été en Italie et avait connu Cesare Lombroso dont les théories l'avaient séduit, fut heureux d'avoir au moins un lecteur pour ce livre qu'il avait publié avec son argent et que ses collègues tenaient pour extravagant. Surpris par les connaissances médicales de Gall – quoique toujours déconcerté et souvent scandalisé par ses opinions – le docteur Oliveira trouva en l'Écossais un interlocuteur avec qui il passait parfois des heures à discuter fougueusement du psychisme de la personne criminelle, de l'héritage biologique ou de l'Université, institution dont Gall disait pis que pendre, la considérant responsable de la division entre travail physique et intellectuel, et par là même d'inégalités sociales pires que l'aristocratie et la ploutocratie. Le docteur Oliveira recevait Gall dans son cabinet de consultation et parfois lui prescrivait une saignée ou une purge.

Tout en le fréquentant et, peut-être l'estimant, ni Van Rijsted ni le docteur Oliveira n'avaient l'impression de connaître vraiment cet homme à la barbe et aux cheveux roux, mal habillé de sombre qui, en dépit de ses idées, semblait mener une vie paisible : faire la grasse matinée, donner des cours de langues à domicile, marcher inlassablement dans la ville, ou rester dans sa mansarde à lire et à écrire. Parfois il disparaissait pour plusieurs semaines sans crier gare et lorsqu'il réapparaissait, ils apprenaient qu'il avait effectué de longs voyages à travers le Brésil, dans les conditions les plus précaires. Il ne leur parlait jamais de son passé ni de ses projets et, s'ils l'interrogeaient sur ces sujets, il leur répondait dans le vague ; si bien qu'ils l'acceptaient l'un et l'autre tel qu'il était ou semblait être : solitaire, exotique, énigmatique, original, avec ses propos et ses idées incendiaires sous une conduite inoffensive.

Au bout de deux ans, Galileo Gall parlait avec aisance le portugais et avait envoyé plusieurs lettres encore à *L'Étincel-*

le de la révolte. La huitième, sur les châtiments corporels qu'il avait vu administrer aux serfs dans les cours et les rues de la ville, et la neuvième sur les instruments de torture utilisés au temps de l'esclavage : le chevalet, le cep, le collier à pointes ou *gargalheira*, les boulets de métal et les *infantes*, ces anneaux qui trituraient les pouces. La dixième, sur le Pelourinho, l'échafaud de la ville, où l'on fouettait encore les auteurs de délits (Gall les appelait « frères ») à la chicote en cuir cru que l'on trouvait dans les magasins sous le surnom maritime de *morue.*

Il arpentait tellement, de jour comme de nuit, les venelles de Salvador qu'on aurait pu le prendre pour un amoureux de la ville. Mais Galileo Gall ne s'intéressait pas à la beauté de Bahia, seul retenait son attention le spectacle qui n'avait jamais cessé de le soulever : l'injustice. Ici, expliquait-il dans ses lettres à Lyon, à la différence de l'Europe, il n'y a pas de quartiers résidentiels. « Les taudis misérables jouxtent les palais à azulejos des propriétaires de plantations et les rues sont pleines, depuis la sécheresse d'il y a trois lustres qui poussa jusqu'ici des milliers de réfugiés des terres hautes, d'enfants qui ont l'air de vieillards, de vieillards qui ont l'air d'enfants et de femmes maigres comme des clous parmi lesquels un homme de science peut identifier toutes les variétés de la maladie physique, depuis les bénignes jusqu'aux atroces : la fièvre bilieuse, le béri-béri, l'anasarque, la dysenterie, la variole. » « Tout révolutionnaire qui sentirait vaciller ses convictions sur la grande révolution, disait l'une de ses lettres, devrait jeter un coup d'œil sur ce que je vois à Salvador : alors, il ne douterait plus. »

III

Quelques semaines plus tard, lorsqu'on apprit à Salvador que dans un bourg reculé du nom de Natuba les décrets de la toute jeune République sur les nouveaux impôts avaient été brûlés, le gouvernement de province décida d'envoyer un détachement de la gendarmerie bahianaise pour arrêter les responsables. Trente gendarmes, en uniforme bleu et vert, portant képis où la République n'avait pas encore remplacé les emblèmes monarchiques, entreprirent d'abord en chemin de fer, puis à pied, la traversée hasardeuse jusqu'à ce lieu qui, pour eux tous, n'était qu'un nom sur la carte. Le Conseiller n'était pas à Natuba. Les gendarmes en sueur interrogèrent les autorités municipales et les habitants, avant de partir à la recherche de ce séditieux dont ils allaient colporter le nom, le surnom et la légende jusqu'au littoral et dans les rues de Bahia. Conduits par un guide de la région, bleu verdâtre dans la matinée radieuse, ils se perdirent derrière les montagnes sur le chemin de Cumbe.

Sur les traces du Conseiller ils parcoururent en tout sens une terre rougeâtre, sableuse, la caatinga aux mandacarús* épineux et aux faméliques troupeaux de moutons qui broutaient les feuilles mortes. Tout le monde l'avait vu, le dimanche il avait prié dans cette église, prêché sur cette place, dormi près de ces rochers. Ils le localisèrent enfin à sept lieues de Tucano, dans un village aux huttes en pisé et tuiles qui s'appelait Masseté, sur les contreforts de la Serra* de Ovó. La nuit tombait, ils virent des femmes portant des cruches sur la tête, ils soupirèrent en sachant qu'ils touchaient au terme. Le Conseiller passait la nuit chez Severino Vianna, un paysan qui avait un champ de maïs à un kilomètre du village. Les gendarmes s'y dépêchèrent, au milieu des joazeiros* aux branches coupantes et des touffes de velame* qui irritaient la peau. Quand ils y parvinrent, presque dans l'obscurité, ils virent une maison clôturée et un essaim d'êtres amorphes entassés autour de quelqu'un qui devait être celui qu'ils recherchaient. Nul ne s'enfuit, personne ne se mit à crier en apercevant les uniformes et les fusils.

Etaient-ils cent, cent cinquante, deux cents ? Il y avait parmi eux autant d'hommes que de femmes et la plupart, à en juger par leurs vêtements, semblaient sortir d'entre les plus pauvres des pauvres. Tous affichaient – ainsi le rapporteraient à leurs femmes, leurs maîtresses, leurs putains, leurs compagnons les gendarmes qui revinrent à Bahia – des regards d'une inébranlable résolution. Mais à vrai dire ils n'eurent pas le temps de les observer ni d'identifier leur meneur, car sitôt que le brigadier-chef leur ordonna de livrer celui qu'ils appelaient le Conseiller, la foule se jeta sur eux, en une action d'une folle témérité, si l'on songe que les gendarmes avaient des fusils et eux seulement des bâtons, des faux, des pierres, des couteaux et quelques escopettes. Mais tout cela survint de façon si soudaine que les gendarmes se virent encerclés, dispersés, traqués, frappés et blessés, en même temps qu'ils s'entendaient traiter de « Républicains ! » comme si c'était une insulte. Ils réussirent à tirer, mais même lorsqu'ils tombaient la poitrine trouée ou le visage écrabouillé, rien ne les décourageait et, soudain, les gendarmes bahianais se trouvèrent en train de fuir, ahuris par l'incompréhensible déroute. Ils allaient dire ensuite que parmi leurs assaillants il n'y avait pas seulement des fous et des fanatiques mais aussi des délinquants avérés, tels que Pajeú le balafré et ce bandit dont les cruautés lui avaient valu le surnom de João Satan. Trois policiers moururent et furent livrés en pâture aux prédateurs de la Serra de Ovó ; huit fusils disparurent. Un autre gendarme se noya dans le Masseté. Les pèlerins ne les poursuivirent pas. Au lieu de cela, ils s'occupèrent d'enterrer leurs cinq morts et de soigner les nombreux blessés tandis que les autres, agenouillés près du Conseiller, rendaient grâces à Dieu. Jusque tard dans la nuit, autour des tombes creusées dans le champ de Severino Vianna, on entendit des pleurs et des prières de morts.

Lorsqu'un second détachement bahianais de soixante gendarmes, mieux armé que le premier, débarqua du chemin de fer à Serrinha, quelque chose avait changé dans l'attitude des villageois envers les soldats en uniforme. Parce que ces derniers, quoique sachant la haine avec laquelle ils étaient accueillis dans les villages quand ils partaient en chasse contre les bandits, ne furent jamais comme cette fois-là aussi sûrs d'être délibérément déroutés. Les provisions des magasins étaient toujours épuisées, même quand ils offraient de les payer un bon prix, et, en dépit des primes élevées, aucun guide de Serrinha ne voulut les conduire. Et personne ne sut cette fois leur donner le moindre indice sur l'endroit où se trouvait la bande. Et les gendarmes, tandis qu'ils roulaient d'Olhos d'Agua à Pedra Alta, de Tracupá à Tiririca et de là à Tucano, et de là à Caraiba et à Pontal, pour enfin revenir à Serrinha, et ne trouvaient chez les bouviers, les paysans, les artisans et les femmes qu'ils surprenaient en chemin que des regards indolents, des refus contrits et des haussements d'épaules, avaient l'impression de refermer leurs mains sur un mirage. La bande n'était pas passée par là, nul n'avait vu l'homme brun à l'habit mauve et maintenant personne ne se souvenait que des décrets avaient été brûlés à Natuba ni n'avait eu connaissance de l'échauffourée de Masseté. À leur retour dans la capitale de l'État, indemnes et déprimés, les gendarmes annoncèrent que la horde de fanatiques – à l'instar de tant d'autres, fugacement cristallisée autour d'une « béate » ou d'un prédicateur – s'était certainement dissoute et, à cette heure, effrayés par leurs propres forfaits, ses membres devaient assurément fuir en toutes directions, peut-être après avoir tué leur meneur. N'en avait-il pas été ainsi, tant de fois, dans la région ?

Mais ils se trompaient. Cette fois, en dépit des apparences, tout allait être différent. Les pénitents étaient maintenant plus unis et, au lieu de sacrifier le saint après la victoire de Masseté, interprétée comme un signe venu d'en haut, ils le vénéraient davantage. Au lendemain de l'échauffourée, le Conseiller qui avait prié toute la nuit sur la tombe des jagunços* morts, les avait réveillés, l'air fort triste. Il leur dit que ce qui s'était produit la veille préludait sans doute à de plus grandes violences et leur demanda de retourner chez eux, car s'ils restaient avec lui, ils pouvaient aller en prison ou mourir comme ces cinq frères qui se trouvaient maintenant en présence du Père. Nul ne bougea. Il promena son regard sur les cent, cent cinquante, deux cents loqueteux qui l'écoutaient, pénétrés encore des émotions de la veille, et il sembla même les voir. « Rendez grâces au Bon Jésus, leur dit-il avec douceur, qui vous a peut-être choisis pour donner l'exemple. »

Et ils le suivirent, bouleversés d'émotion point tant par ce qu'il leur avait dit que par la douceur de sa voix, qui était toujours sévère et impersonnelle. Certains avaient du mal à suivre ses enjambées d'échassier sur l'invraisemblable route où il les menait cette fois et qui n'était pas chemin muletier ou sentier de cangaceiros, mais désert sauvage, peuplé de cactus, de favelas* et de cailloux. Mais il n'hésitait pas sur la direction à prendre. Lors de la halte de la première nuit, après les actions de grâces et le rosaire, il leur parla de la guerre, des pays qui s'entretuaient pour un butin comme des hyènes pour la charogne, et annonça dans l'angoisse que le Brésil, maintenant République, agirait aussi comme les nations hérétiques. Ils l'entendirent déclarer que le Chien devait être de la fête, que les temps étaient venus de se fixer et de construire un Temple qui serait, à la fin du monde, ce qu'avait été en son début l'Arche de Noé.

Et où se fixeraient-ils et construiraient-ils ce Temple ? Ils le surent après avoir traversé ravins, plateaux, montagnes, brousse – randonnées qui naissaient et mouraient avec le soleil –, escaladé une crête de montagnes et traversé un fleuve qui avait peu d'eau et s'appelait Vasa Barris. Désignant au loin l'ensemble de huttes qui avaient été l'habitat de péons et la demeure déglinguée qui avait été la maison des maîtres quand l'ensemble constituait une fazenda, le Conseiller dit : « Nous resterons là. » D'aucuns se rappelèrent que depuis des années, dans ses causeries nocturnes, il prophétisait qu'avant la fin les élus du Bon Jésus trouveraient refuge sur une terre haute et privilégiée où aucun impur n'entrerait. Ceux qui l'atteindraient auraient l'assurance du repos éternel. Étaient-ils, donc, parvenus à la terre du salut ?

Heureux, fatigués, ils avancèrent derrière leur guide vers Canudos, où étaient sortis pour les regarder venir les familles des frères Vilanova, deux commerçants qui tenaient là une boutique, et tous les autres habitants du coin.

Le soleil calcine le sertão, brille dans les eaux vert sombre de l'Itapicurú, se reflète dans les maisons de Queimadas qui se déploie sur la rive droite du fleuve, au pied de ravins de grés rougeâtre. Des arbres clairsemés ombrent la surface pierreuse qui s'éloigne en ondulant vers le sud-ouest, en direction de Riacho da Onça. Le cavalier – bottes, chapeau à larges bords, redingote sombre – avance sans hâte, escorté par son ombre et celle de sa mule, vers un bosquet aux arbustes couleur de plomb. Derrière lui, loin maintenant, étincellent encore les toits de Queimadas. Sur sa gauche, à quelques centaines de mètres, en haut d'un promontoire se dresse une cabane. La chevelure qui déborde du chapeau, sa barbiche rousse et ses vêtements sont pleins de poussière ; il transpire copieusement et, de temps en temps, essuie son front de la main et se passe la langue sur les lèvres desséchées. Aux premières broussailles du bosquet, il fait halte et ses yeux clairs, avides, cherchent en l'une et l'autre direction. Il distingue enfin, à quelques pas, accroupi, explorant un piège, un homme chaussé de sandales et portant un chapeau en cuir, une machette à la taille, un pantalon et une blouse de toile. Galileo Gall met pied à terre et va vers lui en tirant sa mule par la bride.

– Rufino ? demande-t-il. Le guide Rufino, de Queimadas ?

L'homme se tourne à moitié, lentement, comme s'il avait remarqué depuis longtemps sa présence et un doigt sur les lèvres lui demande de faire silence : chut ! chut ! En même temps il jette un coup d'œil sur lui et, l'espace d'une seconde, la surprise se lit dans son regard sombre, peut-être à cause de l'accent du nouveau venu, peut-être à cause de son accoutrement funèbre. Rufino – homme jeune, au corps souple et maigre, au visage anguleux, imberbe et tanné par les intempéries – retire la machette de sa taille et se penche à nouveau sur la trappe dissimulée par des feuilles et les mailles d'un filet : une confusion de plumes noires sort de la brèche en croassant. C'est un petit vautour qui ne peut s'envoler, une patte prise au filet. La déception se lit sur le visage du guide qui, de la pointe de sa machette, dégage l'oiseau et le regarde se perdre dans le ciel d'azur, battant des ailes désespérément.

– Une fois c'est un jaguar de cette taille qui m'a sauté dessus, murmure-t-il en signalant le piège. Il était à demi aveuglé après tant d'heures au fond du trou.

Galileo Gall acquiesce. Rufino se redresse et fait deux pas vers lui. Maintenant, au moment de parler, l'étranger semble indécis.

– J'ai été te chercher chez toi, dit-il en gagnant du temps. Ta femme m'a envoyé ici.

La mule gratte la terre de ses sabots arrière et Rufino lui prend la tête et lui ouvre la bouche. Tandis qu'en connaisseur il examine ses dents, il semble réfléchir à haute voix :

– Le chef de gare de Jacobina connaît mes conditions. Je suis l'homme d'une seule parole, tout le monde vous le dira à Queimadas. Ce travail est rude.

Comme Galileo Gall ne lui répond pas, il se retourne et le regarde.

– Vous n'êtes pas du chemin de fer ? demande-t-il en parlant lentement, car il a deviné que l'étranger a du mal à le comprendre.

Galileo Gall rejette en arrière son chapeau et, désignant du menton la terre aux collines désertes qui les entoure, il murmure :

– Je veux aller à Canudos.

Il marque un temps d'arrêt, bat des cils comme pour cacher l'excitation de ses pupilles, et ajoute :

– Je sais que tu y as été plusieurs fois.

Rufino prend un air très grave. Ses yeux le scrutent maintenant avec une méfiance qu'il n'essaie pas de cacher.

– J'allais à Canudos quand c'était un domaine d'élevage, dit-il prudemment. Depuis que le baron de Canabrava l'a abandonné, je n'y suis pas retourné.

– Le chemin est toujours le même, réplique Galileo Gall.

Ils sont tout près l'un de l'autre, s'observant, et la tension silencieuse qui a surgi semble affecter la mule qui agite la tête soudain et commence à reculer.

– C'est le baron de Canabrava qui vous envoie ? demande Rufino, en même temps qu'il calme l'animal en lui tapotant l'encolure.

Galileo Gall fait non de la tête et le guide n'insiste pas. Il passe la main sur une des pattes arrière de la mule, l'obligeant à la soulever et il se baisse pour examiner le sabot :

– À Canudos il se passe des choses, murmure-t-il. Ceux qui ont occupé le domaine du baron ont attaqué des soldats de la Garde nationale, à Uauá. Ils en ont tué plusieurs, à ce qu'on dit.

– As-tu peur qu'ils ne te tuent toi aussi ? grogne Galileo Gall, en souriant. Est-ce que tu es un soldat, toi ?

Rufino a trouvé enfin ce qu'il cherchait au sabot : une épine, peut-être, ou un petit caillou qui se perd dans ses grosses mains. Il le jette et lâche l'animal.

– Peur, pas du tout, répond-il doucement en amorçant un sourire. Canudos est loin.

– Je te paierai le juste prix. – Galileo Gall respire profondément, incommodé par la chaleur ; il ôte son chapeau et secoue sa chevelure rousse et bouclée. – Nous partirons dans une semaine ou, tout au plus, dix jours. Autre chose : je te recommande le plus grand secret.

Le guide Rufino le regarde sans se troubler, sans rien demander.

– À cause de ce qui s'est passé à Uauá, ajoute Galileo Gall, en passant sa langue sur ses lèvres. Nul ne doit savoir que nous nous rendons à Canudos.

Rufino montre du doigt la cabane solitaire, en terre et pieux, à moitié effacée par la lumière en haut du promontoire :

– Venez chez moi, nous parlerons de cette affaire, dit-il.

Ils se mettent à marcher, suivis de la mule que Galileo tient en laisse. Ils sont tous deux presque de la même taille, mais l'étranger est plus corpulent et sa démarche est saccadée et énergique, tandis que le guide semble flotter sur le sol. Il est midi et de rares nuages blanchâtres sont apparus dans le ciel. La voix du guide se perd tandis qu'ils s'éloignent :

– Qui vous a parlé de moi ? Et, si ce n'est pas indiscret, pourquoi voulez-vous aller si loin ? Qu'avez-vous donc perdu là-bas à Canudos ?

Elle apparut un matin sans pluie, en haut d'une colline sur le chemin de Quijingue, traînant une croix en bois. Elle avait vingt ans, mais avait tant souffert qu'elle semblait très vieille. C'était une femme au visage large, aux pieds meurtris et au corps sans formes, avec un teint de souris.

Elle s'appelait Maria Quadrado et venait de Salvador. Elle se rendait à pied à Monte Santo en traînant sa croix depuis déjà trois mois et un jour. Au milieu des gorges pierreuses et des caatingas hérissées de cactus, dans ces déserts où le vent ululait en tourbillonnant, dans ces hameaux qui étaient une seule rue boueuse avec trois palmiers et des marécages pestilentiels où se plongeaient les bêtes pour échapper aux chauves-souris, Maria Quadrado avait dormi à la belle étoile, sauf les rares fois où quelque tabaréu* ou berger qui la regardait comme une sainte lui offrait son refuge. Elle s'était nourrie de morceaux de rapadura* que lui donnaient des âmes charitables et de fruits sauvages qu'elle arrachait quand, à force de jeûner, son estomac criait famine. En quittant Bahia, décidée à pèleriner jusqu'au miraculeux Calvaire de la Serra de Piquaraçá où deux kilomètres creusés aux flancs de la montagne et parsemés de chapelles, en souvenir des Stations du Seigneur, conduisaient à l'église de la Santa Cruz de Monte Santo, où elle avait fait vœu de se rendre à pied en expiation de ses péchés, Maria Quadrado portait deux jupons, une blouse bleue, des chaussures de corde et des tresses nouées avec un ruban. Mais en chemin elle avait fait don de ses vêtements aux mendiants et deux Indiens lui avaient volé ses chaussures à Palmeira. De sorte qu'en vue de Monte Santo, ce matin-là, elle allait nu-pieds et son vêtement était réduit à un sac en alfa avec deux trous pour les bras. Sa tête, aux mèches mal coupées et au crâne pelé, rappelait celle des fous de l'hôpital de Salvador. Elle s'était tondue elle-même après avoir été violée pour la quatrième fois.

Parce qu'elle avait été violée quatre fois depuis le début de ses pérégrinations : par un agent municipal, par un vacher, par deux chasseurs de gros gibier et par un chevrier qui l'avait abritée dans sa grotte. Les trois premières fois, tandis qu'on la souillait, elle n'avait senti que répugnance pour ces bêtes qui tremblaient au-dessus de son corps comme atteintes de danse de Saint-Guy et elle avait supporté l'épreuve en priant Dieu de ne pas tomber enceinte. Mais la quatrième fois elle avait senti un élan de pitié pour le garçon juché sur elle qui, après l'avoir frappée pour la soumettre, lui balbutiait des mots tendres. Pour se punir de sa compassion elle s'était tondue et transformée en quelque chose d'aussi grotesque que les monstres promenés par le cirque du Gitan dans les villages du sertão.

En atteignant la côte d'où elle vit enfin la récompense de tant d'efforts – les gradins en pierres grises et blanches de la Voie sacrée, serpentant entre les toits coniques des chapelles, qui s'achevaient là-haut au Calvaire vers lequel affluaient chaque Semaine sainte les foules depuis tous les confins de Bahia et, en bas, au pied de la montagne, les maisonnettes de Monte Santo groupées autour d'une place ornée de deux vastes tamariniers où des ombres s'agitaient – Maria Quadrado tomba à plat ventre et baisa le sol. C'était là, entouré d'une plaine à la végétation naissante où broutaient des troupeaux de chèvres, le lieu désiré dont le nom lui avait servi d'aiguillon pour entreprendre sa traversée et l'avait aidée à supporter la fatigue, la faim, le froid, la chaleur et le stupre. Baisant le bois qu'elle avait elle-même cloué, la femme rendit grâces à Dieu avec de confuses paroles pour lui avoir permis d'accomplir sa promesse. Et reposant une fois de plus la croix sur son épaule, elle trottina jusqu'à Monte Santo comme un animal qui flaire, imminente, sa proie ou sa tanière.

Elle entra au village à l'heure où les gens s'éveillaient et sur son passage, de porte en porte, de fenêtre en fenêtre, la curiosité se propagea. Des visages amusés et compatissants s'avançaient pour la regarder – sale, laide, souffrante, décidée – et lorsqu'elle traversa la rua dos Santos Passos, établie sur le ravin où l'on brûlait les ordures et où se baugeaient les porcs du coin, au commencement de la Voie sacrée, une foule la suivait en procession. Elle se mit à escalader la montagne à genoux, entourée de muletiers qui avaient abandonné leurs tâches, de cordonniers et de boulangers, ainsi que d'un essaim d'enfants et de dévotes arrachées à la neuvaine du matin. Les villageois qui, au début de son ascension, la considéraient comme un oiseau rare, la virent avancer péniblement et toujours à genoux, traînant la croix qui devait peser autant qu'elle, refusant d'être aidée par personne, et ils la virent s'arrêter pour prier dans chacune des vingt-quatre chapelles et baiser, les yeux remplis d'amour, les pieds des statues de toutes les niches creusées dans la roche, et ils la virent tenir des heures et des heures sans manger une bouchée ni boire une goutte, si bien qu'au crépuscule ils la respectaient désormais comme une véritable sainte. Maria Quadrado atteignit le sommet – un monde à part où il faisait toujours froid et où poussaient des orchidées entre les pierres bleuâtres – et eut encore la force de remercier Dieu pour sa chance avant de s'évanouir.

De nombreux habitants de Monte Santo, dont l'hospitalité proverbiale n'avait pas été entamée par l'invasion périodique de pèlerins, s'offrirent à héberger Maria Quadrado. Mais elle s'installa dans une grotte, à mi-parcours de la Voie sacrée, où n'avaient dormi jusqu'alors qu'oiseaux et rongeurs. C'était une petite cavité si basse de plafond qu'aucune personne ne pouvait s'y tenir debout, humide de surcroît par les infiltrations qui avaient couvert de mousse ses parois et qui faisaient éternuer. Les gens du pays pensèrent qu'un tel endroit en finirait en peu de temps avec son habitante. Mais la volonté qui avait permis à Maria Quadrado de marcher trois mois en traînant une croix lui permit aussi de survivre dans cette caverne inhospitalière durant toutes les années qu'elle resta à Monte Santo.

La grotte de Maria Quadrado se transforma en lieu de dévotion et, conjointement avec le Calvaire, en l'endroit le plus visité par les pèlerins. Elle la décora au fil des mois. Elle fabriqua des peintures avec de l'essence de plantes, de la poudre de minéraux et du sang de cochenille (qu'utilisaient les tailleurs pour teindre les vêtements). Sur un fond bleu qui suggérait le firmament elle peignit les éléments de la Passion du Christ : les clous qui triturèrent ses paumes et ses pieds ; la croix qu'il porta et sur laquelle il expira ; la couronne d'épines qui enserra ses tempes ; la tunique du martyre ; la lance du centurion qui traversa sa chair ; le marteau avec lequel il fut cloué ; le fouet qui le flagella ; l'éponge de vinaigre ; les dés avec lesquels les impies jouaient à ses pieds et la bourse que Judas reçut avec les deniers de la trahison. Elle peignit aussi l'étoile qui guida jusqu'à Bethléem les Rois Mages et les bergers, ainsi qu'un cœur divin traversé par une épée. Et elle fit un autel avec un recoin pour que les pénitents pussent allumer des bougies et suspendre des ex-voto. Elle dormait au pied de l'autel, sur une paillasse.

Sa dévotion et sa bonté la firent aimer par les villageois de Monte Santo qui l'adoptèrent comme si elle avait vécu là toute sa vie. Bien vite les enfants l'appelèrent marraine et les chiens la laissèrent entrer dans les maisons et les enclos sans aboyer après elle. Sa vie était consacrée à Dieu et au service du prochain. Elle passait des heures au chevet des malades, leur humectant le front et priant pour eux. Elle aidait les accoucheuses à assister les parturientes et veillait sur les enfants des femmes qui devaient s'absenter. Elle se proposait pour les tâches les plus difficiles, comme d'aider les vieillards impotents à faire leurs besoins. Les jeunes filles en âge d'être mariées la consultaient sur leurs prétendants et ces derniers la suppliaient d'intercéder auprès des pères rétifs à autoriser le mariage. Elle réconciliait les couples, et les femmes que leur mari voulait battre pour leur paresse ou tuer pour cause d'adultère couraient se réfugier dans sa grotte, car elles savaient qu'avec elle pour les défendre aucun homme de Monte Santo n'oserait leur faire du mal. Elle mangeait de la charité, et si peu qu'elle avait toujours de trop de la nourriture laissée dans sa grotte par les fidèles et qu'elle partageait chaque après-midi avec les pauvres. Elle offrait à ceux-ci les vêtements qu'on lui donnait et personne ne la vit jamais, en période de sécheresse ou sous l'orage, porter autre chose que le sac troué avec lequel elle était arrivée.

Ses rapports avec les missionnaires de Massacará qui venaient à Monte Santo célébrer des offices dans l'église du Sacré-Cœur-de-Jésus n'étaient pourtant pas des meilleurs. Ils attiraient toujours son attention sur la religiosité mal comprise, celle qui échappait au contrôle de l'Église, et rappelaient ces Pierres Enchantées, dans la région des Flores, à Pernambuco, que l'hérétique João Ferreira et un groupe de prosélytes avaient arrosées du sang de dizaines de personnes (parmi lesquelles, le leur) en croyant de cette façon désenchanter le roi Dom Sebastião qui ressusciterait les sacrifiés et les conduirait au ciel. En Maria Quadrado les missionnaires de Massacará voyaient un cas à la limite de la déviation. Quant à elle, bien qu'elle s'agenouillât sur leur passage et leur baisât la main en demandant leur bénédiction, elle gardait une certaine distance ; personne ne l'avait vue entretenir avec ces pères à l'ample habit, à la barbe longue et au langage souvent difficile à comprendre, les relations familières et directes qui l'unissaient aux habitants.

Les missionnaires prévenaient aussi, dans leurs sermons, les fidèles contre les loups qui pénétraient dans la bergerie déguisés en agneaux pour manger le troupeau. C'est-à-dire ces faux prophètes que Monte Santo attirait comme du miel les mouches. Ils surgissaient dans ses ruelles vêtus de peaux de mouton comme le Baptiste ou de tuniques qui imitaient les habits de moine, ils montaient au Calvaire et de là lançaient des sermons enflammés et incompréhensibles. Ils constituaient une grande source de distraction pour la population, ni plus ni moins que les conteurs d'histoires ou le géant Pedrin, la femme à barbe ou le désossé du cirque du Gitan. Mais Maria Quadrado ne s'approchait même pas des grappes de spectateurs qui se formaient autour des extravagants prédicateurs.

Aussi fut-on d'autant plus surpris de voir Maria Quadrado s'approcher du cimetière qu'un groupe de volontaires avait commencé à clôturer, animés par les exhortations d'un homme brun aux longs cheveux et à l'habit mauve qui, arrivé au village ce jour-là avec un groupe de personnes parmi lesquelles il y avait un être mi-homme mi-animal qui galopait, les avait réprimandés pour ne pas même prendre la peine d'élever un mur autour de la terre où reposaient leurs morts. La mort qui permettait à l'homme de voir le visage de Dieu, ne devait-elle pas être vénérée ? Maria Quadrado s'approcha silencieusement des personnes qui ramassaient des pierres et les empilaient en une ligne sinueuse autour des petites croix brûlées par le soleil, et se mit à les aider. Elle travailla au coude à coude avec eux jusqu'à la tombée de la nuit. Puis elle demeura sur la grand-place, sous les tamariniers, parmi la foule qui se forma pour écouter l'homme brun. Bien qu'il mentionnât Dieu et dît qu'il était important, pour sauver son âme, de détruire sa propre volonté – venin qui donnait à chacun l'illusion d'être un petit dieu supérieur aux dieux qui l'entouraient – et de la remplacer par celle de la Troisième Personne, celle qui construisait, celle qui travaillait, la Fourmi Diligente, et des choses du même style, il les exprimait dans un langage clair, dont ils comprenaient tous les mots. Son sermon, quoique religieux et profond, tenait davantage de ces conversations soutenues par les familles dans la rue, en prenant l'air au crépuscule. Maria Quadrado écouta le Conseiller, ramassée sur elle-même, sans rien demander, sans écarter les yeux de lui. Alors qu'il était tard et que les habitants qui restaient offraient à l'étranger un toit pour se reposer, elle aussi – tous se retournèrent pour la regarder – lui proposa timidement sa grotte. Sans l'ombre d'une hésitation, l'homme maigre la suivit dans la montagne.

Le temps que le Conseiller demeura à Monte Santo, donnant ses conseils et travaillant – il nettoya et restaura toutes les chapelles de la montagne, il construisit un double mur de pierres pour la Voie sacrée – il dormit dans la grotte de Maria Quadrado. Il fut dit ensuite qu'il ne dormit pas, non plus qu'elle, et qu'ils passaient la nuit à parler des choses de l'esprit au pied du petit autel multicolore, et il fut même dit qu'il dormait sur la paillasse et qu'elle veillait sur son sommeil. Le fait est que Maria Quadrado ne s'écarta pas de lui un seul instant, portant des pierres à ses côtés durant le jour et l'écoutant les yeux grands ouverts durant la nuit. Malgré cela, tout Monte Santo fut stupéfait quand on apprit, ce matin-là, que le Conseiller avait quitté le village et que Maria Quadrado s'en était allée aussi parmi ses adeptes.

Sur une place de la ville haute de Bahia il est un antique édifice de pierre, orné de coquilles blanches et noires et protégé, comme les prisons, par des gros murs jaunes. C'est, le lecteur l'aura compris, une forteresse de l'obscurantisme : le monastère de Notre-Dame-de-la-Piedade. Un couvent de capucins, un de ces ordres célèbre par l'abêtissement de l'esprit qu'il pratique et son zèle missionnaire. Pourquoi vous parlé-je d'un endroit qui, aux yeux de tout libertaire, symbolise l'odieux ? Pour vous raconter qu'il y a deux jours j'y passai tout un après-midi.

Je n'ai pas été tâter le terrain en vue d'un de ces messages de violence pédagogique adressé aux casernes, couvents, préfectures et, en général, tous les bastions de l'exploitation et de la superstition qui, dans l'esprit de maints compagnons, sont indispensables pour combattre les tabous avec lesquels on a habitué les travailleurs à voir ces institutions et leur démontrer qu'elles sont vulnérables. (Vous souvenez-vous des cénacles barcelonais qui proposaient de donner l'assaut aux couvents pour rendre aux nonnes, au moyen de la grossesse, leur condition de femmes que la réclusion leur avait ravie ?) Je me rendis à ce monastère pour m'entretenir avec un certain Frei João Evangelista de Monte Marciano, dont le destin m'avait donné de lire un curieux rapport.

Un patient du docteur José Bautista de Sà Oliveira – je vous ai déjà parlé de son livre sur la craniométrie – avec lequel je collabore parfois, est apparenté à l'homme le plus puissant sous ces latitudes : le baron de Canabrava. L'homme dont je veux parler, Lelis Piedades, un avocat, tandis que le docteur Oliveira lui administrait une purge contre le ver solitaire, raconta qu'un domaine du baron se trouve depuis près de deux ans occupé par des fous qui ont constitué là une terre de personne. C'est lui qui s'occupe des requêtes devant les tribunaux pour que son patron récupère son domaine, au nom du droit de propriété que le baron en question, peut-on en douter ? doit défendre avec ferveur. Qu'un groupe d'exploités se soit approprié les biens d'un aristocrate, voilà qui est toujours agréable à entendre pour un révolutionnaire, même quand ces pauvres sont – comme disait l'avocat tandis qu'il essayait d'expulser au petit coin la bestiole déjà anéantie par la chimie – des fanatiques religieux. Mais ce qui attira mon attention fut d'entendre soudain qu'ils rejettent le mariage civil et pratiquent ce que Lelis Piedades appelle promiscuité mais qui, pour tout homme doté d'une culture sociale, est l'institution de l'amour libre. « Avec pareille preuve de corruption, l'autorité n'aura d'autre solution que d'expulser de là les fanatiques. » La preuve de l'avocaillon c'était ce rapport, qu'il s'était procuré grâce à sa fréquentation de l'Église, à qui il rend aussi des services. Frei João

Evangelista de Monte Marciano fut envoyé au domaine de Canabrava par l'archevêque de Bahia, qui avait reçu des lettres dénonçant l'hérésie. Le moine alla voir ce qui se passait à Canudos et en revint très vite, effrayé et fâché de ce qu'il avait vu.

Ainsi l'indique le rapport et sans aucun doute l'expérience dut être amère pour le capucin. Pour un être libre ce que le rapport laisse deviner entre ses chassies ecclésiastiques est exaltant. L'instinct de liberté que la société de classe étouffe au moyen de ces machines triturantes que sont la famille, l'école, la religion et l'État, guide les pas de ces hommes qui, en effet, semblent s'être révoltés, entre autres choses, contre l'institution qui prétend brider les sentiments et les désirs. Sous prétexte de rejeter la loi du mariage civil, édictée au Brésil après la chute de l'Empire, les gens de Canudos ont appris à s'unir et à se séparer librement, chaque fois qu'un homme et une femme sont d'accord pour le faire, et à se désintéresser de la paternité des grossesses, car leur conducteur ou guide – qu'ils appellent le Conseiller – leur a appris que tous les êtres sont légitimes du seul fait de leur naissance. N'y a-t-il pas quelque chose là qui nous est familier ? N'est-ce pas comme si se matérialisaient là certaines idées centrales de la révolution ? L'amour libre, la libre paternité, la disparition de l'infâme frontière entre enfants légitimes et bâtards, la conviction que l'homme n'hérite ni la dignité ni l'indignité. Avais-je ou non raison, surmontant une répugnance naturelle, d'aller rendre visite au capucin ?

Le propre avocaillon du baron de Canabrava m'obtint l'entrevue, en croyant que je m'intéresse depuis des années à la superstition religieuse (ce qui, au demeurant, est vrai). Elle eut lieu au réfectoire du monastère, une pièce remplie de tableaux de saints et de martyrs, donnant sur un petit cloître dallé avec un puits où de temps en temps des moines encapuchonnés à bure marron et cordon blanc venaient puiser des seaux d'eau. Le moine répondit à toutes mes questions et se montra loquace en découvrant que nous pouvions converser dans sa langue maternelle, l'italien. Méridional encore jeune, petit, trapu, à la barbe abondante, son front très large dénonce chez lui l'imaginatif et la dépression des tempes et la nuque plate un esprit rancunier, mesquin et susceptible. Et en effet, au cours de notre conversation, je remarquai qu'il est plein de haine contre Canudos, après l'échec de la mission qui le conduisit là-bas et la peur qu'il dut avoir parmi ces « hérétiques ». Mais même en tenant compte de l'exagération et de la rancœur de son témoignage, le reste de vérité qui demeure est, vous l'allez voir, impressionnant.

Ce que j'ai entendu donnerait matière à plusieurs numéros de *L'Étincelle de la révolte.* L'essentiel est que l'entretien confirma mes soupçons qu'à Canudos des hommes humbles et inexpérimentés mettent en pratique, grâce à leur instinct et leur imagination, bien des choses que nous, révolutionnaires européens, savons nécessaires pour implanter la justice sur terre. Jugez vous-mêmes. Frei João Evangelista resta une semaine à Canudos, accompagné par deux religieux : un autre capucin de Bahia et le curé d'un bourg voisin de Canudos, un certain Dom Joaquim que, soit dit en passant, il déteste (il l'accuse d'être un ivrogne, un impur et de nourrir des sympathies pour les bandits). Avant d'arriver – après un pénible voyage de dix-huit jours – ils remarquèrent « des indices d'insubordination et d'anarchie », car aucun guide n'acceptait de les conduire et à trois lieues de la fazenda ils tombèrent sur une avant-garde d'hommes armés de mousquetons et de machettes qui les accueillirent avec hostilité et ne les laissèrent passer que grâce à l'intercession de Dom Joaquim, qu'ils connaissaient. À Canudos ils trouvèrent une quantité de gens haves, cadavériques, entassés dans des huttes de terre et de paille, et armés jusqu'aux dents « pour protéger le Conseiller, que les autorités avaient déjà essayé de tuer auparavant ». Les paroles alarmées du capucin tintent encore dans mes oreilles lorsqu'il se rappela l'impression produite par tant d'armes. « Ils ne les laissent ni pour manger ni pour prier, tant ils sont orgueilleux de leurs tromblons, carabines, pistolets, couteaux et cartouchières à la ceinture, comme s'ils étaient sur le point de livrer une guerre. » (Je ne pouvais pas lui ouvrir les yeux en lui expliquant que cette guerre, ils la livraient depuis qu'ils avaient pris par la force les terres du baron.) Il m'assura qu'il y avait parmi ces hommes des malfaiteurs célèbres par leurs brutalités et il mentionna l'un d'eux, « très réputé pour sa cruauté », João Satan, qui s'est installé à Canudos avec sa bande et qui est l'un des lieutenants du Conseiller. Frei João Evangelista raconte qu'il lui en a fait reproche : « Pourquoi admet-on des délinquants à Canudos si c'est vrai, comme vous le prétendez, que vous êtes chrétiens ? » La réponse : « Pour les rendre bons. S'ils ont volé ou tué c'est à cause de la pauvreté dans laquelle ils vivaient. Ici, ils se sentent appartenir à la famille humaine, ils sont reconnaissants et feront n'importe quoi pour se racheter. Si nous les repoussions, ils commettraient de nouveaux crimes. Nous autres entendons la charité comme la pratiquait le Christ. » Ces phrases, compagnons, coïncident avec la philosophie de la liberté. Vous savez que le bandit est un rebelle à l'état naturel, un révolutionnaire qui s'ignore, et vous vous rappelez qu'aux jours dramatiques de la *Commune*, bien des frères considérés comme délinquants et sortis des prisons de la bourgeoisie, furent à l'avant-garde de la lutte, au coude à coude avec les travailleurs, donnant des preuves d'héroïsme et de générosité.

Quelque chose de significatif : les gens de Canudos s'appellent eux-mêmes des *jagunços*, mot qui signifie rebelles. Le moine, en dépit de ses tournées missionnaires à l'intérieur, ne reconnaissait pas ces femmes pieds nus ni ces hommes autrefois si discrets, si respectueux envers les envoyés de l'Église et de Dieu. « Ils sont méconnaissables. Il y a en eux trouble et exaltation. Ils parlent en criant, ils s'arrachent la parole pour affirmer les pires stupidités que puisse entendre un chrétien, des doctrines subversives de l'ordre, de la morale et de la foi. Du genre de : qui veut se sauver doit aller à Canudos, car le reste du monde est tombé entre les mains de l'Antéchrist. » Savez-vous qui est l'Antéchrist pour les jagunços ? La République ! Oui, compagnons, la République. Ils la considèrent responsable de tous les maux, quelques-uns abstraits sans doute, mais aussi les maux concrets et bien réels que sont la faim et les impôts. Frei João Evangelista de Monte Marciano ne pouvait arriver à croire ce qu'il entendait. Je doute que lui, son ordre ou l'Église en général soient très heureux de ce nouveau régime au Brésil, mais, je vous le disais dans une lettre antérieure, la République, où abondent les francs-maçons, a représenté un affaiblissement de l'Église. Mais de là à la considérer comme l'Antéchrist ! Croyant m'effrayer ou m'indigner, le capucin disait des choses qui étaient de la musique pour mes oreilles : « C'est une secte politico-religieuse révoltée contre le gouvernement légal du pays, qui constitue un État dans l'État, car là-bas on n'accepte pas les lois, les autorités n'y sont point reconnues ni l'argent de la République n'est admis. » Son aveuglement intellectuel ne lui permettait pas de comprendre que ces frères, avec un instinct sûr, ont orienté leur révolte vers l'ennemi né de la liberté : le pouvoir. Et quel est le pouvoir qui les opprime, qui leur dénie le droit à la terre, à la culture, à l'égalité ? N'est-ce pas justement la République ? Et qu'ils soient armés pour la combattre montre qu'ils ont trouvé aussi la méthode, la seule dont disposent les exploités pour briser leurs chaînes : la force.

Mais ce n'est pas tout, préparez-vous à quelque chose d'encore plus surprenant. Frei João Evangelista assure qu'à l'instar de la promiscuité des sexes on a établi à Canudos la promiscuité des biens : tout est à tous. Le Conseiller aurait convaincu les jagunços du péché qu'il y a – écoutez bien – à considérer comme propre tout bien meuble ainsi que le cheptel vif. Les maisons, les champs, les animaux appartiennent à la communauté, ils sont à tous et à personne. Le Conseiller les a convaincus que plus une personne possède de choses, moins elle a de possibilités pour compter parmi les élus le jour du Jugement dernier. C'est comme s'il mettait en pratique nos idées, les recouvrant de prétextes religieux pour une raison tactique, vu le niveau culturel des humbles qui le suivent. N'est-il pas remarquable qu'au fond du Brésil un groupe d'insurgés forme une société où l'on a aboli le mariage, l'argent et où la propriété collective a remplacé la propriété privée ?

Cette idée me trottait dans la tête tandis que Frei João Evangelista de Monte Marciano me disait qu'après avoir prêché sept jours à Canudos, au milieu d'une sourde hostilité, il s'était vu traité de franc-maçon et de protestant parce qu'il incitait les jagunços à retourner dans leurs villages, et qu'en leur demandant de se soumettre à la République il les avait enflammés au point qu'il avait dû partir quasiment en fuyant de Canudos. « L'Église a perdu son autorité là-bas à cause d'un dément qui passe son temps à faire travailler toute la population à l'érection d'un temple en pierre. » Je ne pouvais éprouver la consternation de cet homme, mais au contraire joie et sympathie pour ces hommes grâce auxquels, dirait-on, au fond du Brésil, renaît de ses cendres l'Idée que la réaction croit avoir enterrée là-bas en Europe dans le sang des révolutions étouffées. À la prochaine ou à jamais.

IV

Quand Lelis Piedades, l'avocat du baron de Canabrava communiqua au Tribunal de Salvador que le domaine de Canudos avait été envahi par des malfaiteurs, cela faisait trois mois que le Conseiller s'y était installé. La nouvelle s'était propagée au sertão que dans ce lieu entouré de montagnes caillouteuses appelé Canudos à cause des pipes de canne que les villageois fumaient autrefois, avait pris racine le saint homme qui avait parcouru le monde en long et en large pendant un quart de siècle. L'endroit était connu des bouviers qui menaient leurs troupeaux passer la nuit aux bords du Vasa Barris. Dans les semaines et les mois qui suivirent, on vit des groupes de curieux, de pécheurs, de malades, de vagabonds, de fuyards qui des quatre coins cardinaux se dirigeaient sur Canudos avec le pressentiment ou l'espoir d'y trouver pardon, refuge, santé, félicité.

Au lendemain de son arrivée, le Conseiller se mit à bâtir un Temple qui, dit-il, serait tout en pierre, avec deux tours très hautes, et consacré au Bon Jésus. Il décida de l'élever en face de la vieille église de São Antonio, chapelle de la fazenda. « Que les riches lèvent les mains », disait-il en prêchant à la lumière d'un feu de bois, dans le bourg à ses débuts. « Moi je les lève. Parce que je suis fils de Dieu, qui m'a donné une âme immortelle, et que je peux mériter le ciel, la véritable richesse. Je les lève parce que le Père m'a fait pauvre dans cette vie pour être riche dans l'autre. Que les riches lèvent les mains ! » Des ombres crépitantes émergeait alors, d'entre les haillons, les cuirs et les blouses rapées en coton, une forêt de bras. Ils priaient avant et après les conseils, ils faisaient des processions parmi les cahutes à moitié construites et les abris de chiffons et de bois où ils dormaient, et dans la nuit du sertão on les entendait applaudir la Vierge et le Bon Jésus et huer le Chien et l'Antéchrist. Un homme de Mirandela, qui préparait des feux d'artifice dans les foires – Antonio Fogueteiro* – fut un des premiers pèlerins et, dès lors, dans les processions de Canudos on lançait des fusées et on enflammait des feux de Bengale.

Le Conseiller dirigeait les travaux du Temple, assisté par un maître maçon qui l'avait aidé à restaurer maintes chapelles et à construire depuis ses fondations l'église du Bon Jésus à Crisópolis, et il désignait les pénitents qui iraient tailler des pierres, tamiser le sable ou ramasser du bois. Au crépuscule, après un dîner frugal – s'il ne jeûnait pas – qui consistait en un croûton de pain, quelque fruit, une bouchée de farinha et quelques gorgées d'eau, le Conseiller souhaitait la bienvenue aux nouveaux, exhortait les autres à l'hospitalité, et après le credo, le pater et les ave Maria, de sa voix éloquente il leur prêchait l'austérité, la mortification, l'abstinence et leur faisait part de visions qui ressemblaient aux contes des trouvères. La fin était proche, on pouvait l'apercevoir comme Canudos du haut de Favela. La République continuerait à envoyer des hordes de soldats et des fusils pour essayer de se saisir de lui, de l'empêcher de parler aux miséreux, mais, le sang aurait beau couler, le Chien ne mordrait pas Jésus. Il y aurait un déluge, puis un tremblement de terre. Une éclipse de soleil plongerait le monde dans des ténèbres si profondes qu'on devrait tout faire en tâtonnant, comme des aveugles, tandis qu'au loin résonnerait la bataille. Des milliers mourraient de panique. Mais une aube diaphane dissiperait les brumes, les femmes et les hommes verraient autour d'eux, sur les collines et les montagnes de Canudos, l'Armée de Dom Sebastião. Le Grand Roi aurait défait les portées du Chien, nettoyé le monde pour le Seigneur. Ils verraient Dom Sebastião, avec son étincelante armure et son épée ; ils verraient son visage bienveillant, adolescent, il leur sourirait du haut de sa monture parée d'or et de diamants, et ils le verraient s'éloigner, sa mission rédemptrice accomplie, pour retourner avec son Armée au fond de la mer.

Les tanneurs, les métayers, les guérisseurs, les colporteurs, les lavandières, les accoucheuses et les mendiantes qui étaient arrivés à Canudos après des jours et des nuits de voyage, avec leurs biens sur une carriole ou à dos d'âne, et qui étaient là maintenant, accroupis dans l'ombre, à écouter et à vouloir croire, sentaient leurs yeux s'emplir de larmes. Ils priaient et chantaient avec la même conviction que les anciens pèlerins ; ceux qui ne savaient pas apprenaient à la hâte les prières, les chants, les vérités. Antonio Vilanova, le commerçant de Canudos, était l'un des plus avides de savoir ; la nuit, il se promenait longuement au bord du fleuve ou des champs récemment semés avec Antonio le Ravi qui, patiemment, lui expliquait les commandements et les interdictions de la religion qu'il répétait ensuite à son frère, Honorio, sa femme, Antonia, sa belle-sœur, Assunção et les enfants des deux couples.

La nourriture ne manquait pas. Il y avait des grains, des légumes, de la viande et comme le Vasa Barris avait de l'eau, on pouvait semer. Ceux qui arrivaient apportaient des provisions et d'autres villages on leur envoyait des volailles, des lapins, des cochons, des céréales, des chevreaux. Le Conseiller demanda à Antonio Vilanova de stocker les vivres et de surveiller leur répartition entre les nécessiteux. Sans directives spécifiques, mais en fonction des enseignements du Conseiller, la vie s'organisa, quoique non sans difficultés. Le Ravi se chargeait d'instruire les pèlerins qui arrivaient et de recevoir leurs dons, à condition qu'ils ne fussent pas en espèces. Les réis de la République, ils devaient aller les dépenser à Cumbe ou à Joazeiro, escortés par João Abade ou Pajeú, qui savaient se battre, en achats pour le Temple : pelles, pioches, fils à plomb, bois de qualité, images de saints et crucifix. La mère Maria Quadrado mettait dans une urne les bagues, boucles, broches, colliers, peignes, monnaies anciennes ou simples ornements d'argile et d'os qu'offraient les pèlerins et ce trésor était exposé à l'église de São Antonio chaque fois que le Père Joaquim, de Cumbe, ou un autre curé de la région, venait dire la messe, confesser, baptiser et marier les habitants. C'étaient toujours des jours de fête. Deux repris de justice, João Grande et Pedrão, les hommes les plus forts de l'endroit, dirigeaient les équipes qui transportaient, des carrières des environs, les pierres pour le Temple. Catarina, l'épouse de João Abade, et Alejandrinha Correa, une femme de Cumbe qui, disait-on, faisait des miracles, préparaient le repas pour les travailleurs de la construction. La vie était loin d'être parfaite et sans complications. Bien que le Conseiller prêchât contre le jeu, le tabac et l'alcool, il y en avait qui jouaient, fumaient et buvaient de la cachaça et, quand Canudos se mit à s'accroître, il y eut des affaires de jupons, des vols, des querelles d'ivrognes et même des rixes sanglantes. Mais ces choses se produisaient là à une moindre échelle qu'ailleurs et à la périphérie de ce centre actif, fraternel, fervent et ascétique que constituaient le Conseiller et ses disciples.

Le Conseiller n'avait pas défendu aux femmes de se parer, mais il dit bien des fois que celle qui soignait trop son corps pouvait négliger son âme et que, comme Luzbel, une belle apparence cachait souvent un esprit sale et nauséabond : les couleurs disparurent des robes des jeunes filles et des vieilles, et les jupes s'allongèrent jusqu'aux chevilles, les corsages s'étirèrent jusqu'au cou et les vêtements finirent par ressembler à des tuniques de bonnes sœurs. En même temps que les décolletés, s'évanouirent les parures et même les rubans qui tenaient les cheveux, qui se portaient maintenant dénoués ou cachés sous des fichus. Il se produisait parfois des incidents avec « les Madeleines », ces filles perdues qui, quoiqu'elles fussent venues jusque-là au prix de sacrifices et qu'elles eussent baisé les pieds du Conseiller en implorant pardon, étaient harcelées par des femmes intolérantes qui voulaient leur faire porter des peignes d'épines comme preuve de repentir.

Mais en général la vie était paisible et un esprit de collaboration régnait entre les habitants. Une source de problèmes était l'inacceptable argent de la République : s'ils surprenaient quelqu'un à l'utiliser dans quelque transaction les hommes du Conseiller lui prenaient ce qu'il avait et le forçaient à quitter Canudos. On commerçait avec les monnaies à l'effigie de l'empereur Dom Pedro ou celle de sa fille, la princesse Isabel, mais comme elles étaient rares on vit se généraliser le troc des produits et des services. On échangeait du sucre contre des espadrilles, des poules contre des herbes à soigner, la farinha contre des fers à cheval, des tuiles contre des tissus, des hamacs contre des machettes et les travaux dans les champs, le bâtiment ou les étables étaient rétribués par des travaux. Personne ne faisait payer le temps et l'effort donnés au Bon Jésus. Outre le Temple, on construisait des édifices qu'on appellerait ensuite Maisons de Santé, où l'on abrita et accorda la nourriture et les soins aux malades, vieillards et enfants orphelins. Maria Quadrado dirigea au début cette tâche, mais, une fois bâti le Sanctuaire – une maisonnette en terre, deux pièces, un toit de chaume – pour que le Conseiller pût se reposer ne fût-ce que quelques heures de l'incessant harcèlement des pèlerins, la Mère des Hommes se consacra entièrement à lui, si bien que les Maisons de Santé furent à la charge des Sardelinha – Antonia et Assunção – les femmes des Vilanova. Il y eut aussi des disputes pour les terres cultivables, proches du Vasa Barris, qui furent occupées par les pèlerins installés à Canudos et que d'autres leur disputaient. Antonio Vilanova, le commerçant, arbitrait ces rivalités. Sur les recommandations du Conseiller, il distribua des lots pour le logement des nouveaux venus et sépara les terres pour l'enclos des animaux que les croyants envoyaient ou apportaient en cadeau, et lorsque surgissaient des litiges sur les biens et les propriétés il rendait la justice. Il n'y en avait guère, évidemment, car les gens qui venaient à Canudos n'étaient pas attirés par la cupidité ou l'idée de la prospérité matérielle. La communauté se vouait à des occupations spirituelles : prières, enterrements, jeûnes, processions, la construction du Temple du Bon Jésus et, surtout, les conseils du crépuscule qui pouvaient se prolonger tard la nuit et durant lesquels tout était interrompu à Canudos.

À l'heure brûlante de midi, la fête organisée par le Parti Républicain Progressiste couvre les murs de Queimadas d'affiches UN BRÉSIL UNI, UNE NATION FORTE suivi du nom d'Epaminondas Gonçalves. Mais dans sa chambre de la pension Notre-Dame-des-Gracias, Galileo Gall ne pense pas à la fête politique qui retentit au-dehors mais aux aptitudes contradictoires qu'il a découvertes chez Rufino. « C'est une conjonction peu commune », pense-t-il. Orientation et Concentration sont voisines, naturellement, et rien de plus normal que de les trouver chez quelqu'un qui passe sa vie à parcourir cette immense région, guidant voyageurs, chasseurs, convois, servant de courrier ou recherchant à la trace le bétail égaré. Mais le Merveilleux ? Comment concilier la propension à la fantaisie, au délire, à l'irréalité, typique des artistes et des gens dépourvus de sens pratique, chez un homme où tout indique le matérialiste, le terrien, le pragmatique ? C'est pourtant ce que disent ses os : Sens de l'Orientation, de la Concentration, du Merveilleux. Galileo Gall l'a découvert dès qu'il a pu palper le guide. Il pense : « C'est une conjonction absurde, incompatible. Comme d'être pudique et exhibitionniste, avare et prodigue. »

Il se débarbouille, penché sur un seau, au milieu des cloisons constellées de graffiti, des coupures de journaux représentant un spectacle d'opéra et un miroir brisé. Des cafards couleur café apparaissent et disparaissent par les fentes du sol et un petit lézard est pétrifié au plafond. Le mobilier comprend un grabat sans draps. L'atmosphère de fête pénètre dans la pièce par une fenêtre grillagée : des cris amplifiés par un haut-parleur, des coups de cymbales, des roulements de tambour et le charivari des gosses qui lancent des cerfs-volants. Quelqu'un mêle les attaques contre le Parti Autonomiste de Bahia, le gouverneur Luis Viana, le baron de Canabrava aux éloges d'Epaminondas Gonçalves et du Parti Républicain Progressiste.

Galileo Gall poursuit sa toilette, indifférent au brouhaha extérieur. Une fois faite, il s'essuie le visage avec sa propre chemise et se laisse tomber sur le grabat et se couche, un bras sous la tête en guise d'oreiller. Il regarde les cafards, le lézard. Il pense : « La science contre l'impatience. » Il est depuis huit jours à Queimadas, et bien qu'il soit homme à savoir attendre, il commence à éprouver quelque angoisse : c'est ce qui l'a poussé à demander à Rufino à se laisser palper. Il n'a pas été facile de le convaincre, car le guide est méfiant et Gall se rappelle, tandis qu'il le palpait, l'avoir senti tendu, prêt à lui sauter dessus. Ils se sont vus quotidiennement, ils se comprennent sans difficulté et, pour tuer l'attente, Galileo a étudié son comportement en prenant des notes : « Il lit dans le ciel, les arbres et la terre comme dans un livre ; c'est un homme aux idées simples, inflexible, avec un code de l'honneur strict et une morale qui est le fruit de son commerce avec la nature et les hommes et non de l'étude car il ne sait lire, ni de la religion, car il ne semble pas très croyant. » Tout cela coïncide avec ce que ses doigts ont senti, sauf le Merveilleux. Où se manifeste-t-il, comment n'a-t-il pas trouvé chez Rufino aucun de ses symptômes, durant ces huit jours, tandis qu'il négociait avec lui le voyage à Canudos, dans sa cabane des environs, prenant un rafraîchissement à la gare de chemin de fer ou marchant parmi les tanneries, le long de l'Itapicurú ? Chez Jurema, en revanche, la femme du guide, cette vocation pernicieuse, antiscientifique – sortir du champ de l'expérience, plonger dans la fantasmagorie et la rêverie – est évidente. Car, en dépit de la réserve qu'elle manifeste en sa présence, Galileo a entendu Jurema raconter l'histoire du saint Antoine en bois qui se trouve sur le maître-autel de l'église de Queimadas. « On l'a trouvé dans une grotte il y a des années, on l'a mis à l'église et le lendemain il a disparu pour apparaître à nouveau dans sa grotte. Alors on l'a attaché sur l'autel pour qu'il ne s'échappe pas, mais malgré cela il est reparti dans la grotte. Et ainsi fut-il, allant et venant, jusqu'à l'arrivée à Queimadas d'une sainte Mission, avec quatre pères capucins et l'évêque, qui consacrèrent l'église à saint Antoine et rebaptisèrent le village São Antonio das Queimadas en son honneur. C'est seulement ainsi que la statue demeura tranquille sur l'autel où on lui allume maintenant des cierges. » Galileo Gall se souvient qu'en demandant à Rufino s'il croyait à l'histoire racontée par sa femme, le guide avait haussé les épaules et souri avec scepticisme. Jurema, en revanche, croyait. Galileo aurait aimé la palper aussi, mais il ne s'y est pas risqué ; il est sûr que l'idée seule qu'un étranger touche la tête de sa femme doit être inconcevable pour Rufino. Oui, il s'agit d'un homme soupçonneux. Il lui en a coûté pour qu'il accepte de le conduire à Canudos. Il a marchandé le prix, soulevé des objections, douté et, bien qu'il ait finalement accepté, Galileo le sent gêné chaque fois qu'il lui parle du Conseiller et des Jagunços.

Imperceptiblement son attention s'est détournée de Rufino vers la voix qui parvient de l'extérieur : « L'autonomie régionale et la décentralisation sont des prétextes utilisés par le gouverneur Viana, le baron de Canabrava et ses sbires pour conserver leurs privilèges et empêcher que Bahia ne se modernise autant que les autres États du Brésil. Qui sont les autonomistes ? Des monarchistes embusqués qui, si nous n'étions pas là, ressusciteraient l'Empire corrompu et assassineraient la République ! Mais le Parti Républicain Progressiste d'Epaminondas Gonçalves les en empêchera... » C'est quelqu'un de différent de celui qui parlait auparavant, plus clair aussi, Galileo comprend tout ce qu'il dit, il semble même avoir quelques idées alors que son prédécesseur n'émettait que des hurlements. Ira-t-il espionner à la fenêtre ? Non, il ne bouge pas du grabat, il est sûr que le spectacle reste le même : des groupes de curieux qui circulent entre les stands de boissons et repas, écoutent les conteurs ou entourent l'homme aux échasses qui prédit l'avenir, et, parfois, daignent s'arrêter un moment pour regarder, non pas écouter, devant l'estrade où fait sa propagande le Parti Républicain Progressiste sous la protection de capangas armés de fusils de chasse. « Leur indifférence est sage », pense Galileo Gall. À quoi leur sert-il, aux gens de Queimadas, de savoir que le Parti Autonomiste du baron de Canabrava est contre le système centraliste du Parti Républicain et que celui-ci combat la décentralisation et le fédéralisme proposés par son adversaire ? Est-ce que ces querelles théoriques des partis bourgeois ont quelque chose à voir avec les intérêts des humbles ? Ils font bien de profiter de la fête et de se désintéresser de ce que l'on dit à l'estrade. La veille, Galileo a détesté certaine excitation à Queimadas, non à cause de la fête du Parti Républicain Progressiste mais parce que les gens se demandaient si le Parti Autonomiste du baron de Canabrava enverrait des capangas gâcher le spectacle de leurs ennemis et s'il y aurait des fusillades, comme d'autres fois. Au milieu de la matinée il ne s'est rien produit, et probablement rien ne se produira. Pourquoi prendraient-ils la peine d'attaquer un meeting si pauvre d'appui ? Gall pense que les fêtes des Autonomistes doivent être identiques à celle qui a lieu là dehors. Non, la politique de Bahia, du Brésil n'est pas là. Il pense : « Elle est là-bas, parmi ceux qui ne savent même pas qu'ils sont les authentiques politiciens de ce pays. » L'attente durera-t-elle longtemps ? Galileo Gall s'assoit sur son lit. Il murmure : « La science contre l'impatience. » Il ouvre la valise qui est par terre et écarte le linge, un revolver, il prend le carnet où il a pris des notes sur les tanneries de Queimadas, façon pour lui de tuer le temps ces derniers jours, et il parcourt ce qu'il a écrit : « Constructions de briques, toit de tuiles, colonnes rustiques. Partout des tas d'écorce d'angico*, coupée et lacérée au marteau et au couteau. Ils jettent l'angico dans des poches remplies d'eau de la rivière. Ils y plongent les peaux après en avoir retiré les poils et les laissent macérer quelque huit jours, le temps qu'elles mettent à se tanner. C'est de l'écorce de l'arbre appelé angico qu'ils tirent le tanin, la substance qui les tanne. Ils suspendent les peaux à l'ombre jusqu'à ce qu'elles sèchent et les raclent au couteau pour en enlever tout résidu. Ils soumettent à ce procédé les bêtes, moutons, chèvres, lapins, gibier, renards et lynx. L'angico a une couleur de sang et une forte odeur. Les tanneries sont des entreprises familiales, primitives, où travaillent père, mère, enfants et proches parents. Le cuir cru est la principale richesse de Queimadas. » Il replace son carnet dans son bagage. Les tanneurs ont été aimables, ils lui ont expliqué leur travail. Pourquoi alors leur réticence à parler de Canudos ? Se méfient-ils de quelqu'un dont ils ont de la peine à comprendre le portugais ? Il sait que Canudos et le Conseiller sont le centre des conversations à Queimadas. Mais lui, malgré ses tentatives, n'a pu parler avec personne, pas même avec Rufino et Jurema, de ce sujet. Aux tanneries, à la pension Notre-Dame-des-Grâces, sur la place de Queimadas, chaque fois qu'il l'a mentionné il a lu la même méfiance dans tous les regards, il a perçu le même silence et entendu les mêmes réponses évasives. « Ils sont prudents. Ils se méfient, pense-t-il. Ils savent ce qu'ils font. Ils sont sages. »

Il fouille à nouveau au milieu du linge et du revolver et retire le seul livre qu'il transporte. C'est un vieil exemplaire, usé, en parchemin sombre, sur lequel on lit à peine le nom de Pierre Joseph Proudhon, mais où le titre reste encore clair : *Système des contradictions,* ainsi que la ville où il fut imprimé : Lyon. Il ne parvient guère à se concentrer, distrait par le brouhaha de la fête et, surtout, par la perfide impatience. Serrant les dents, il s'efforce alors de réfléchir à des choses objectives. Un homme qui n'est pas intéressé par les problèmes généraux ni par les idées vit cloîtré dans la Particularité, et cela peut se vérifier derrière ses oreilles à la courbure de deux petits os saillants, presque coupants. Les a-t-il sentis chez Rufino ? Le Merveilleux se manifeste-t-il, peut-être, par l'étrange sens de l'honneur qu'il montre, ce qu'on pourrait appeler l'imagination éthique de l'homme qui le conduira à Canudos ?

Ses premiers souvenirs, ses meilleurs également et qui reviendraient le plus ponctuellement, ce n'était ni sa mère, qui l'avait abandonné pour courir derrière un sergent de la Garde nationale qui était passé par Custodia à la tête d'une brigade volante poursuivant des cangaceiros, ni son père qu'il n'avait jamais connu, ni son oncle et sa tante qui l'avaient recueilli et élevé – Zé Faustino et Dona Angela – ni la trentaine de baraquements et les rues tortueuses de Custodia, mais les chanteurs ambulants. Ils venaient périodiquement, pour égayer les noces, ou sur le chemin d'une fazenda où l'on organisait un rodéo, ou d'une fête célébrée dans quelque village en l'honneur de son saint patron, et pour un verre de cachaça et un plat de charqui* et de manioc ils racontaient les histoires d'Olivier, de la princesse Maguelone, de Charlemagne et des Douze Pairs de France. João les écoutant les yeux écarquillés, ses lèvres remuant au rythme de celles du trouvère. Puis il avait des rêves somptueux où résonnaient les lances des chevaliers qui sauvaient la Chrétienté des hordes païennes.

Mais l'histoire qui devint la chair de sa chair fut celle de Robert le Diable, ce fils du duc de Normandie qui, après avoir commis toutes les turpitudes, s'était repenti et mis à marcher à quatre pattes, aboyant au lieu de parler et dormant au milieu des bêtes, jusqu'à ce qu'ayant obtenu la miséricorde du Bon Jésus, il eût sauvé l'Empereur de l'attaque des Maures et se fût marié avec la reine du Brésil. L'enfant voulait toujours que les trouvères la racontassent sans omettre le moindre détail : comment, dans son époque scélérate, Robert le Diable avait plongé son couteau dans d'innombrables gorges de demoiselles et d'ermites, pour le plaisir de voir souffrir, et comment, dans sa période d'esclave de Dieu, il parcourait le monde à la recherche des parents de ses victimes auxquels il baisait les pieds et demandait châtiment. Les habitants de Custodia pensaient que João deviendrait chanteur du sertão et irait de village en village, la guitare à l'épaule, portant des messages et réjouissant les gens avec des histoires et de la musique.

João aidait Zé Faustino à son magasin, qui pourvoyait en tissus, grains, boissons, instruments de labour, confiseries et babioles tous les environs. Zé Faustino voyageait beaucoup, apportant des marchandises aux fazendas ou allant en acheter à la ville, et dans son absence, Dona Angela tenait le commerce, une cahute en pisé avec une basse-cour. Elle avait reporté sur son neveu la tendresse qu'elle n'avait pu donner aux enfants qu'elle n'avait pas eus. Elle avait fait promettre à João de l'accompagner un jour à Salvador, pour se jeter aux pieds de la statue miraculeuse du Senhor de Bonfim, dont elle avait une collection d'images à son chevet.

Les habitants de Custodia redoutaient comme la peste et la sécheresse deux calamités qui périodiquement ruinaient le village : les cangaceiros et les brigades de la Garde nationale. Les premiers avaient été, au début, des bandes organisées parmi leurs péons et fidèles par les colonels des fazendas pour les disputes qui éclataient entre eux sur des questions de bornes, d'eau et de pâturages ou pour des ambitions politiques, mais ensuite plusieurs de ces groupes armés de tromblons et de machettes s'étaient émancipés et vaquaient en liberté, vivant de rapine et d'agression. Pour les combattre étaient nées les brigades. Les uns et les autres dévoraient les provisions des habitants de Custodia, s'enivraient de leur cachaça et voulaient abuser de leurs femmes. Avant d'avoir l'usage de sa raison, João apprit, dès l'alarme donnée, à ranger bouteilles, victuailles et marchandises dans les cachettes préparées par Zé Faustino. Le bruit courait qu'il faisait commerce avec les bandits et leur procurait information et cachettes. Il en était furieux. Son magasin n'avait-il peut-être pas été dévalisé ? Les bandits n'emportaient-ils pas vêtements et tabac sans payer un sou ? João entendit bien souvent son oncle se plaindre de ces histoires stupides que par envie les gens de Custodia inventaient contre lui. « Ils finiront par me créer des ennuis », murmurait-il. Et c'est ce qui se produisit.

Un matin arriva à Custodia une brigade de trente gardes, commandée par le sous-lieutenant Geraldo Macedo, un caboclo tout jeune mais réputé féroce, qui poursuivait la bande d'Antonio Silvino. Celle-ci n'était pas passée par Custodia mais le sous-lieutenant s'entêtait à l'affirmer. Il était grand et bien bâti, louchant légèrement et il était toujours à passer sa langue sur une dent en or. On disait qu'il poursuivait les bandits avec acharnement parce qu'ils avaient violé sa fiancée. Le sous-lieutenant, tandis que ses hommes fouillaient les cahutes, interrogea personnellement les habitants. À la nuit tombée, il entra au magasin en exultant et ordonna à Zé Faustino de le conduire au refuge de Silvino. Avant que le commerçant ne pût répliquer, il le renversa à terre d'une gifle : « Je sais tout, vieux. On t'a dénoncé. » Ses protestations d'innocence ne lui servirent à rien, pas plus que les prières de Dona Angela. Macedo dit que pour servir de leçon il fusillerait Zé Faustino à l'aube s'il ne révélait pas le repaire de Silvino. Le commerçant sembla à la fin y consentir. Ce matin-là les trente gars de Macedo quittèrent Custodia, avec Zé Faustino en tête, sûrs de tomber par surprise sur les bandits. Mais celui-ci les égara au bout de quelques heures de marche et revint à Custodia pour emmener Dona Angela et João, craignant que les représailles ne s'exercent sur eux. Le sous-lieutenant le rattrapa tandis qu'il empaquetait encore quelques affaires. Il l'aurait tué lui seul si Dona Angela ne s'était interposée. Quant à João qui s'était accroché à ses jambes, il l'étourdit d'un coup de crosse. Quand ce dernier revint à lui, il vit les habitants de Custodia, l'air affligé, veiller deux cercueils. Il n'accepta pas leur sollicitude et d'une voix qui était devenue adulte – il n'avait alors que douze ans – il leur dit, en passant sa main sur son visage sanguinolent, qu'il reviendrait un jour venger son oncle et sa tante, car il les tenait tous pour leurs véritables assassins.

L'idée de vengeance l'aida à survivre les semaines qu'il passa à rôder sans but dans un désert hérissé de mandacarús. On voyait au ciel les cercles des charognards attendant sa chute pour descendre le piquer du bec. C'était janvier, pas une goutte de pluie n'était tombée. João ramassait des fruits secs, suçait le suc des palmiers et mangea même un tatou. À la fin il fut secouru par un chevrier qui le trouva près du lit sec d'une rivière, délirant sur des lances et des chevaux et le Senhor de Bonfim. Il le ranima avec une écuelle de lait et quelques bouchées de rapadura que l'enfant savoura. Ils marchèrent plusieurs jours en direction de la colline d'Angostura où le chevrier avait son troupeau. Mais avant d'y parvenir, une fin d'après-midi, ils furent surpris par une troupe d'hommes bien reconnaissables avec leurs chapeaux de cuir, leurs cartouchières en peau de lynx, leurs musettes brodées de perles, tromblons en bandoulière et machettes jusqu'aux genoux. Ils étaient six et leur chef, un cafuso aux cheveux crépus et un foulard rouge autour du cou, demanda en riant à João qui lui demandait à genoux de l'emmener avec lui, pourquoi il voulait être cangaceiro. « Pour tuer des gardes », répondit l'enfant.

Ce fut alors pour João le début d'une vie qui en fit un homme en peu de temps. « Un homme méchant », préciseraient les gens des provinces qu'il allait parcourir dans les vingt ans qui suivirent, d'abord comme appendice des troupes d'hommes à qui il lavait le linge, préparait les repas, cousait les boutons ou cherchait les poux, puis comme compagnon de forfaits, ensuite comme tireur d'élite, guide, manieur de couteau et stratège du groupe et finalement comme lieutenant et chef de bande. Il n'avait pas vingt-cinq ans que l'on offrait déjà pour sa tête le meilleur prix dans les casernes de Bahia, Pernambuc, Piauí et Ceará. Sa chance prodigieuse qui l'avait sauvé des embuscades où ses compagnons succombaient ou étaient capturés et qui, malgré sa témérité au combat, semblait l'immuniser contre les balles, avait fait dire qu'il avait commerce avec le Diable. Il est sûr qu'à la différence des autres hommes du cangaço qui s'encombraient de médailles pieuses, se signaient devant toutes les croix et calvaires des chemins et, au moins une fois par an, se glissaient dans un hameau pour que le curé les mît en règle avec Dieu, João (appelé au début João Petit, puis João Rapide, ensuite João Tranquille et surnommé maintenant João Satan) semblait dédaigneux des choses de la religion et résigné à aller en enfer payer ses fautes incommensurables.

La vie de bandit, aurait pu dire le neveu de Zé Faustino et

Dona Angela, consistait à errer, se battre et voler. Mais surtout, marcher. Que de lieues par centaines avaient parcouru durant ces années les jambes robustes, fibreuses, indociles de cet homme qui pouvait faire des étapes de vingt heures sans s'arrêter ? Ils avaient parcouru le sertão dans toutes les directions et nul ne connaissait mieux qu'eux les pistes des collines, les enchevêtrements de la caatinga, les méandres des fleuves et les grottes des montagnes. Ces marches sans but fixe, en file indienne, à travers champs, essayant d'imposer une distance ou une confusion aux réels ou imaginaires poursuivants de la Garde nationale étaient, dans la mémoire de João, une seule et interminable errance à travers des paysages identiques, sporadiquement troublés par le bruit des balles et les cris des blessés, en direction de quelque lieu ou fait obscur qui semblait l'attendre.

Il crut longtemps que ce qui l'attendait c'était de retourner à Custodia et d'y exécuter sa vengeance. Des années après la mort de son oncle et sa tante, il entra une nuit de lune en grand secret à la tête d'une douzaine d'hommes dans le hameau de son enfance. Était-ce le point d'arrivée du cruel parcours ? La sécheresse avait chassé de Custodia de nombreuses familles, mais il restait encore des cahutes habitées et bien qu'au milieu des visages chassieux et ensommeillés des habitants que ses hommes bousculaient dans la rue João en reconnût quelques-uns dans son souvenir, il n'épargna à personne son châtiment. Les femmes, jeunes ou vieilles, furent obligées de danser avec les cangaceiros qui avaient déjà bu tout l'alcool de Custodia, tandis que les habitants chantaient et jouaient de la guitare. De temps en temps elles étaient traînées à la cahute la plus proche pour être violées. Finalement, un des villageois se mit à pleurer, d'impuissance ou de terreur. Sur-le-champ, João Satan lui plongea son couteau et l'ouvrit de haut en bas comme un tueur d'abattoir qui abat une bête. Ce jet de sang agit comme un ordre et, peu après, les cangaceiros, excités, rendus fous, déchargèrent leurs tromblons jusqu'à transformer l'unique rue de Custodia en cimetière. Plus encore que le massacre, ce qui forgea la légende de João Satan c'est qu'il outrageait personnellement les hommes qu'il tuait en leur coupant les testicules et en les leur enfonçant dans la bouche (c'est ce qu'il faisait toujours avec les indicateurs de police). En se retirant de Custodia, il demanda à l'un de ses gars de griffonner sur un mur cette inscription : « Mon oncle et ma tante ont recouvré leur dette. »

Qu'y avait-il de certain dans les nombreuses iniquités attribuées à João Satan ? Tant d'incendies, d'enlèvements, de mises à sac et de tortures auraient exigé, pour être commis, plus d'années et d'hommes que les trente ans de João et les bandits qu'il commandait, dont le nombre ne dépassa jamais la vingtaine. Ce qui contribua à sa réputation c'est qu'à la différence d'autres, comme Pajeú, qui compensaient le sang versé par des accès de prodigalité – partageant un butin entre les misérables, obligeant un propriétaire terrien à ouvrir ses dépenses aux métayers, remettant à un curé l'intégralité d'une rançon pour la construction d'une chapelle ou assurant les frais de la fête du patron du village –, à ce que l'on disait, João n'avait jamais eu de ces gestes propres à lui valoir la sympathie des gens ou la bienveillance du ciel. Rien de tout cela ne lui importait.

C'était un homme fort, plus grand que la moyenne des sertanejos, à la peau brune, les pommettes saillantes, les yeux bridés, le front large, laconique, fataliste, qui avait des compères et des subordonnés mais pas d'amis. Il eut une femme, cependant, une fille de Quixeramobin qu'il avait connue alors qu'elle lavait le linge d'un propriétaire terrien qui servait d'indicateur aux bandits. Elle s'appelait Leopoldina et avait un visage rond, des yeux expressifs et un corps étroit. Elle vécut avec João tant qu'il demeura dans ce refuge, puis elle partit avec lui. Mais elle demeura peu de temps en sa compagnie parce que João ne tolérait pas de femmes dans sa bande. Il l'installa à Aracati, où il venait la voir périodiquement. Il ne se maria pas avec elle, si bien que lorsqu'on apprit que Leopoldina s'était enfuie d'Aracati avec un juge de Geremoabo, on pensa que l'offense n'était pas aussi grave que s'il s'était agi de sa femme. Mais João se vengea comme si elle l'avait été. Il alla à Quixeramobin, coupa les oreilles et marqua le visage des deux frères de Leopoldina, et il emmena avec lui son autre sœur, Mariquinha, âgée de treize ans. La fillette apparut un matin dans les rues de Geremoabo, le visage marqué au fer avec les initiales J.S. Elle était enceinte et portait un écriteau indiquant que tous les hommes de la bande étaient, tous ensemble, le père du bébé.

D'autres bandits rêvaient d'amasser assez de réis pour s'acheter des terres dans quelque commune reculée où passer le reste de leur vie en changeant de nom. João, nul ne le vit garder de l'argent ni faire des projets d'avenir. Quand la bande mettait à sac un magasin ou un hameau, ou obtenait une bonne rançon après un enlèvement, João, après avoir mis à part l'argent destiné aux gardes-chasse chargés de lui acheter des armes, des munitions et des médicaments, divisait le reste en parts égales entre ses compagnons et lui. Cette largesse, sa sagesse dans l'art de tendre des embuscades aux brigades volantes ou d'échapper à celles qu'on lui tendait, son courage et sa capacité à imposer la discipline, firent que ses hommes lui témoignèrent une loyauté et une fidélité de chien. Avec lui ils se sentaient sûrs et traités avec équité. Cela dit, bien qu'il n'exigeât d'eux aucun risque qu'il ne courût aussi, il ne manifestait envers eux le moindre ménagement. Si l'un d'eux s'endormait en montant la garde, traînait les pieds lors d'une marche ou volait un compagnon, il le faisait fouetter. Si quelqu'un reculait quand il avait donné l'ordre de résister, il le marquait de ses initiales ou lui rognait une oreille. Il exécutait lui-même les punitions, froidement. Et c'est lui aussi qui châtrait les traîtres.

Or ses hommes non seulement le craignaient, mais semblaient même l'aimer. Peut-être parce que João n'avait jamais abandonné au combat aucun compagnon. Les blessés étaient emportés dans un hamac suspendu à un tronc jusqu'à une cachette, même quand l'opération mettait en danger la bande. João les soignait lui-même et, s'il le fallait, faisait amener de force un infirmier pour s'occuper de la victime. Les morts étaient aussi emportés afin de leur donner une sépulture où ils ne pussent être profanés ni par la garde ni par les oiseaux de proie. Cela et aussi la sûre intuition avec laquelle il dirigeait ses gens au combat, les dispersant en groupes qui couraient, étourdissant l'adversaire, tandis que d'autres le contournaient et lui tombaient dessus par-derrière ou les ruses qu'il imaginait pour rompre l'encerclement, affirmèrent son autorité ; il ne lui fut jamais difficile de recruter de nouveaux membres pour le cangaço.

Ce chef silencieux, taciturne, différent intriguait ses subordonnés. Il portait le même chapeau, les mêmes sandales qu'eux, mais n'avait pas comme eux de goût pour la brillantine et les parfums – la première chose qu'ils pillaient dans les boutiques – ni n'avait les doigts chargés de bagues, la poitrine couverte de médailles. Ses carniers étaient moins ornés que ceux du plus novice cangaceiro. Sa seule faiblesse c'étaient les chanteurs ambulants, qu'il ne permit jamais à ses hommes de maltraiter. Il les écoutait avec déférence, leur demandait de raconter quelque chose et ne les interrompait jamais tant que durait l'histoire. Quand il tombait sur le cirque du Gitan il se faisait donner une représentation et lui offrait des cadeaux.

Quelqu'un l'entendit dire une fois qu'il avait vu mourir plus de gens à cause de l'alcool, qui ruinait leur adresse au tir et les faisait se battre au couteau pour des bêtises, que par la maladie ou la sécheresse. Comme pour lui donner raison, le jour où il surprit le capitaine Geraldo Macedo avec sa brigade volante, toute la bande était saoule. Le capitaine, surnommé Traque-bandits, pourchassait João Satan depuis qu'il avait assailli une délégation du Parti Autonomiste Bahianais qui venait s'entretenir avec le baron de Canabrava dans sa fazenda de Calumbí. João avait tendu une embuscade, dispersé les capangas et détroussé les hommes politiques de leurs valises, chevaux, vêtements et argent. Le baron avait lui-même envoyé un message au capitaine Macedo en lui proposant une récompense spéciale pour la tête du cangaceiro.

Cela se produisit à Rosario, une cinquantaine de masures parmi lesquelles les hommes de João Satan surgirent un petit matin de février. Peu avant ils avaient affronté de façon sanglante une bande rivale, celle de Pajeú, et ne voulaient que se reposer. Les habitants consentirent à leur donner à manger et João paya ce qu'ils consommèrent, ainsi que les tromblons, les fusils, la poudre et les balles dont il s'empara. Les gens de Rosario invitèrent les cangaceiros à assister à la noce qui allait être célébrée deux jours plus tard entre un vacher et la fille d'un villageois. La chapelle avait été ornée de fleurs et les hommes et les femmes de l'endroit portaient leurs meilleurs habits ce midi-là, quand le Père Joaquim arriva de

Cumbe pour célébrer la messe de mariage. Le curé était si effrayé que les cangaceiros riaient de le voir bégayer et bafouiller. Avant de dire la messe, il confessa la moitié du village, y compris plusieurs bandits. Puis il assista au feu d'artifice et au déjeuner à l'air libre, sous une ramée, et trinqua avec les habitants. Mais il s'entêta ensuite à regagner Cumbe avec tant d'obstination que João soupçonna soudain quelque chose. Il défendit à quiconque de quitter Rosario et explora lui-même les environs, depuis la crête jusqu'à, à l'opposé, un plateau pelé. Il ne trouva pas d'indice de danger. Il revint à la fête, le sourcil froncé. Ses hommes, ivres, dansaient, chantaient, mêlés à la population.

Une demi-heure plus tard, incapable de supporter la tension nerveuse, le Père Joaquim, tremblant et pleurnichant, avoua que le capitaine Macedo et sa brigade se trouvaient en haut de la montagne attendant des renforts pour attaquer. Il avait reçu l'ordre de Traque-bandits de distraire l'attention de João Satan à tout prix. Là-dessus éclatèrent les premiers coups de feu, du côté du plateau. Ils étaient cernés. João cria aux cangaceiros, dans le désordre, de résister jusqu'à la nuit à tout prix. Mais les bandits avaient tellement bu qu'ils n'arrivaient même pas à savoir d'où venaient les coups de feu. Ils s'offraient en cibles faciles aux Comblain des gardes et tombaient en rugissant, au milieu d'une fusillade ponctuée par les hurlements des femmes qui essayaient en courant d'échapper aux balles. Quand tomba la nuit il ne restait que quatre cangaceiros debout et João, qui combattait avec une épaule perforée, s'évanouit. Ses hommes l'enveloppèrent dans un hamac et escaladèrent la montagne. Ils franchirent le barrage des assaillants en profitant d'une soudaine pluie torrentielle. Ils se réfugièrent dans une grotte et quatre jours plus tard entrèrent à Tepidó où un guérisseur soigna la blessure de João et lui fit tomber sa fièvre. Ils y demeurèrent deux semaines, le temps que mit João Satan à pouvoir marcher. La nuit qu'ils quittèrent Tepidó, ils surent que le capitaine Macedo avait décapité les cadavres de ses compagnons tombés à Rosario et qu'il avait emporté leurs têtes dans un baril, salées comme de la viande de charqui.

Et ils reprirent leur vie violente, sans trop penser à leur bonne étoile et à la mauvaise fortune des autres. Ils marchèrent de nouveau, volèrent, bataillèrent, se cachèrent et vécurent dangereusement. João Satan sentait toujours au fond de lui quelque chose d'indéfinissable, la certitude qu'il allait se produire à tout moment quelque chose qu'il avait toujours espéré aussi loin qu'il s'en souvenait.

L'ermitage à demi en ruine apparut à un détour du sentier qui mène à Cansanção. Devant une cinquantaine de haillonneux, un homme sombre et très grand, enveloppé d'une tunique violette, parlait. Il n'interrompit pas sa péroraison ni ne jeta un regard aux nouveaux venus. João sentit quelque chose de vertigineux bouillir dans sa tête tandis qu'il écoutait ce que le saint disait. Il racontait l'histoire d'un pécheur qui, après avoir perpétré tout le mal du monde, se repentait, vivait dans l'humilité, recevait le pardon du Seigneur et montait au ciel. Quand il acheva son histoire il regarda les étrangers. Sans hésiter, il s'adressa à João qui gardait le regard baissé. « Comment t'appelles-tu ? lui demanda-t-il. – João Satan, murmura le cangaceiro. – Il vaut mieux que tu t'appelles João Abade, qui veut dire apôtre du Bon Jésus », dit la voix rauque.

Trois jours après avoir adressé à *L'Étincelle de la révolte* la lettre rapportant sa visite à Frei João Evangelista de Monte Marciano, Galileo Gall entendit frapper à la porte de sa chambre, dans les combles de la librairie Catilina. Dès qu'il les vit, il sut que les individus étaient des sbires de la police. Ils lui demandèrent ses papiers, examinèrent ses affaires et l'interrogèrent sur ses activités à Salvador. Le lendemain l'ordre d'expulsion arriva : il était indésirable. Le vieux Jan Van Rijsted fit des démarches et le docteur José Bautista de Sá Oliveira écrivit au gouverneur Luis Viana en se proposant comme garant, mais l'autorité intransigeante notifia à Gall qu'il devait quitter le Brésil sur la *Marseillaise*, cap sur l'Europe, une semaine plus tard. On lui remettait, par faveur, un billet de troisième classe. Gall dit à ses amis qu'être banni – ou emprisonné ou tué – est l'avatar de tout révolutionnaire et que c'est de ce pain qu'il mangeait depuis son enfance. Il était sûr qu'il y avait derrière l'ordre d'expulsion le consul anglais, ou français ou espagnol, mais, les rassura-t-il, aucune des trois polices ne lui mettrait la main au collet car il tirerait sa révérence à l'une des escales africaines de la *Marseillaise* ou dans le port de Lisbonne. Il ne semblait pas inquiet.

Et Jan Van Rijsted et le docteur Oliveira l'avaient entendu parler avec enthousiasme de sa visite au monastère de Notre-Dame-de-la-Piedade, mais tous deux furent stupéfaits quand il leur annonça que, puisqu'on le chassait du Brésil, il ferait, avant de s'en aller, « un geste pour les frères de Canudos », en appelant à un acte public de solidarité avec eux. Il convoquerait les gens épris de liberté qu'il y avait à Bahia pour le leur expliquer : « À Canudos, de façon spontanée, une révolution est en train de germer et les hommes de progrès doivent l'appuyer. » Jan Van Rijsted et le docteur Oliveira tâchèrent de l'en dissuader, ils lui répétèrent que c'était insensé, mais Gall tenta, malgré tout, de passer son appel dans le seul journal d'opposition. Son échec au *Jornal de Notícias* ne le découragea pas. Il réfléchissait à la possibilité d'imprimer des feuilles volantes qu'il distribuerait lui-même dans les rues, quand se produisit quelque chose qui lui fit écrire : « Enfin ! Je menais une vie trop paisible et mon esprit commençait à s'émousser. »

Cela se passa l'avant-veille de son voyage, à la tombée de la nuit. Jan Van Rijsted entra dans son grenier, une pipe crépusculaire à la main, pour lui dire que deux individus demandaient après lui. « Ce sont des capangas », l'avertit-il. Galileo savait qu'on appelait ainsi les hommes que les puissants et les autorités employaient pour des tâches louches et, en effet, ceux-ci avaient l'air sinistre. Mais ils n'étaient pas armés et se montrèrent respectueux : quelqu'un voulait le voir. Pouvait-on savoir qui ? Non. Il les accompagna, intrigué. Ils le conduisirent depuis la place de la Cathédrale le long de la ville haute, puis de la ville basse, et ensuite dans les environs. Quand ils dépassèrent dans l'obscurité les rues pavées – la rua Conselheiro Dantas, la rua de Portugal, la rua das Princesas –, les marchés de Santa Bárbara et de São João, et le firent passer par le sentier des charrettes qui, bordant la mer, allait à Barra, Galileo Gall se demanda si l'autorité n'avait pas décidé de le tuer au lieu de l'expulser. Mais il ne s'agissait pas d'un piège. Dans une auberge éclairée par une lampe à pétrole, l'attendait le directeur du *Jornal de Notícias*. Epaminondas Gonçalves lui tendit la main et l'invita à s'asseoir. Il entra dans le vif du sujet sans plus attendre.

– Voulez-vous rester au Brésil malgré l'ordre d'expulsion ?

Galileo Gall le regarda, sans répondre.

– Votre enthousiasme pour ce qui se passe à Canudos est-il réel ? demanda Epaminondas Gonçalves. Ils étaient seuls dans la pièce et l'on entendait dehors bavarder les capangas ainsi que le bruit régulier de la mer. Le dirigeant du Parti Républicain Progressiste l'observait, très sérieux, en tapant du talon. Il portait le costume gris que Galileo lui avait vu dans son bureau du *Jornal de Notícias*, mais l'insouciance et la morgue qu'il lui avait manifestées avaient disparu. Il était tendu, une ride au front vieillissait son visage juvénile.

– Je n'aime pas les mystères, dit Gall. Expliquez-moi plutôt de quoi il s'agit.

– Je veux savoir si vous voulez aller à Canudos apporter des armes aux rebelles.

Galileo attendit un moment, sans rien dire, soutenant le regard de son interlocuteur.

– Il y a deux jours, les rebelles ne vous inspiraient aucune sympathie, fit-il remarquer, lentement. Vous estimiez barbare d'occuper la terre d'autrui et de vivre dans la promiscuité.

– Telle est l'opinion du Parti Républicain Progressiste, acquiesça Epaminondas Gonçalves. Et la mienne, bien entendu.

– Mais..., l'aida Gall, en avançant un peu la tête.

– Mais les ennemis de nos ennemis sont nos amis, affirma Epaminondas Gonçalves en cessant de taper du talon. Bahia est un bastion de propriétaires terriens rétrogrades, monarchistes dans l'âme, bien que nous soyons en république depuis huit ans. Si pour en finir avec la dictature du baron de Canabrava sur Bahia il est nécessaire d'aider les bandits et les sébastianistes de l'intérieur, je le ferai. Nous sommes de plus en plus à la traîne et pauvres. Il faut retirer ces gens du pouvoir, coûte que coûte, avant qu'il ne soit trop tard. Si l'affaire de Canudos dure, le gouvernement de Luis Viana entrera en crise et, tôt ou tard, il y aura une intervention fédérale. Au moment où Rio de Janeiro interviendra, Bahia cessera d'être le fief des Autonomistes.

– Et commencera le règne des Républicains Progressistes, murmura Gall.

– Nous ne croyons pas aux rois, nous sommes républicains jusqu'à la moelle des os, rectifia Epaminondas Gonçalves. Allons, je vois que vous me comprenez.

– Oui, je vous comprends, dit Galileo. Mais pas jusqu'au bout. Si le Parti Républicain Progressiste veut armer les jagunços, pourquoi à travers moi ?

– Le Parti Républicain Progressiste ne veut aider ni avoir le moindre contact avec des gens qui se révoltent contre la loi, martela Epaminondas Gonçalves.

– L'Honorable Député Epaminondas Gonçalves, alors, dit Galileo Gall. Pourquoi à travers moi ?

– L'Honorable Député Epaminondas Gonçalves ne peut aider des rebelles, martela le directeur du *Jornal de Notícias*. Ni personne qui soit lié de près ou de loin à lui. L'Honorable Député livre une bataille inégale pour l'idéal républicain et démocratique dans cette enclave autocratique, aux ennemis puissants, et il ne peut courir pareil risque. – Il sourit et Gall vit qu'il avait une dentition blanche, vorace. – Vous êtes venu vous proposer. L'idée ne m'en serait jamais venue sans votre étrange visite avant-hier. J'ai pensé alors : « S'il est assez fou pour appeler à un meeting public en faveur des rebelles, il le sera aussi pour leur apporter des fusils. » – Il cessa de sourire et parla avec sévérité. – Dans ce cas, soyons francs. Vous êtes la seule personne qui, si elle est découverte ou capturée, ne pourra en aucun cas nous compromettre, mes amis politiques et moi.

– Vous m'avertissez qu'en cas d'échec je ne pourrai compter sur vous ?

– Vous m'avez parfaitement compris, martela Epaminondas Gonçalves. Si la réponse est non, adieu et oubliez que vous m'avez vu. Si c'est oui, discutons du prix.

L'Écossais remua sur son siège, un petit banc de bois qui se mit à craquer.

– Le prix ? murmura-t-il en sourcillant.

– Pour moi il s'agit d'un service, dit Epaminondas Gonçalves. Je vous paierai bien et je vous garantirai, ensuite, la sortie du pays. Mais si vous préférez le faire *ad honorem*, par idéalisme, c'est votre affaire.

– Je vais faire un tour dehors, dit Galileo Gall en se levant. Je pense mieux quand je suis seul. Je ne tarderai pas.

En sortant de l'auberge il lui sembla qu'il pleuvait, mais c'était l'embrun des vagues. Les capangas s'écartèrent et il sentit l'odeur forte et piquante de leurs pipes. La lune brillait et la mer, qui semblait pétiller, dégageait un arôme agréable, salé, qui pénétrait jusqu'aux entrailles. Galileo Gall marcha, entre le sable et les roches nues, jusqu'à un petit fort dont un canon pointait vers l'horizon. Il pensa : « La République a aussi peu de force à Bahia que le roi d'Angleterre au-delà du détroit d'Aberboyle, à l'époque de Rob Roy McGregor. » Fidèle à son habitude, bien que son sang fût en ébullition, il essaya d'examiner la situation de façon objective. Était-ce moral pour un révolutionnaire de s'allier à un politicard bourgeois ? Oui, si cette alliance aidait les jagunços. Et leur apporter des armes serait toujours la meilleure façon de les aider. Pouvait-il être utile aux hommes de Canudos ? Sans fausse modestie, quelqu'un d'aguerri aux luttes politiques et qui a voué sa vie à la révolution pourrait les aider à prendre certaines décisions et à l'heure du combat. Finalement l'expérience serait valable s'il la communiquait aux révolutionnaires du monde entier. Peut-être y laisserait-il sa peau, mais n'était-ce pas préférable à la mort de maladie ou de vieillesse ? Il retourna à l'auberge et, du seuil, dit à Epaminondas Gonçalves : « Je suis assez fou pour le faire. »

– *Wonderful*, l'imita le politicien, les yeux brillants.

V

Le Conseiller avait tellement prédit dans ses sermons que les forces du Chien viendraient l'arrêter et passer la ville au fil de l'épée, que nul ne fut surpris à Canudos lorsqu'on apprit, par des pèlerins venus à cheval de Joazeiro, qu'une compagnie du 9e bataillon d'infanterie de Bahia avait débarqué dans cette ville avec pour mission de capturer le saint.

Les prophéties commençaient à se réaliser, les paroles devenaient actes. Cette nouvelle eut pour effet de tout mettre en ébullition, vieux, jeunes, hommes et femmes se mirent en action. Les carabines, les fusils à pierre que l'on devait charger par le canon furent immédiatement empoignés et toutes les balles placées dans les cartouchières, en même temps que surgissaient comme par enchantement coutelas et couteaux aux ceinturons et, entre les mains, faucilles, machettes, lances, poinçons, frondes, arbalètes de chasseurs, bâtons, pierres.

Cette nuit-là, où commençait la fin du monde, tout Canudos se rassembla autour du temple du Bon Jésus – un squelette de deux étages, avec des tours qui poussaient et des murs qui se remplissaient – pour écouter le Conseiller. La ferveur des élus saturait l'air. Celui-là semblait plus retiré en lui-même que jamais. Après que les pèlerins de Joazeiro lui apprirent la nouvelle, il ne fit pas le moindre commentaire, et continua à surveiller les travaux de maçonnerie, le damage du sol, le brassage de sable et de cailloux pour la construction du temple, avec une concentration absolue, sans que personne n'osât l'interroger. Mais tous sentaient, tandis qu'ils s'apprêtaient, que cette silhouette ascétique les approuvait. Et tous savaient tandis qu'ils huilaient les arbalètes, écouvillonnaient l'âme des épingards et des tromblons et mettaient à sécher la poudre, que cette nuit-là le Père, par la bouche du Conseiller, les instruirait.

La voix du saint retentit sous les étoiles, dans l'atmosphère sans brise qui semblait conserver plus longtemps ses paroles, si sereine qu'elle dissipait toute crainte. Avant la guerre, il parla de la paix, de la vie future, où disparaîtraient le péché et la douleur. Avec la déroute du Démon, viendrait le règne du Saint-Esprit, le dernier âge du monde avant le Jugement dernier. Est-ce que Canudos deviendrait la capitale de ce Royaume ? Si le Bon Jésus le voulait. Alors les lois impies de la république seraient abolies et les curés redeviendraient, comme aux premiers temps, les pasteurs pleins d'abnégation de leurs troupeaux. Le sertão reverdirait avec la pluie, il y aurait du maïs et du bétail en abondance, tous mangeraient et chaque famille pourrait enterrer ses morts dans des cercueils tapissés de velours. Mais auparavant, il fallait abattre l'Antéchrist. On devait fabriquer une croix et une bannière avec l'image du Divin pour que l'ennemi sût de quel côté se trouvait la véritable religion. Et marcher au combat comme les Croisés allant délivrer Jérusalem : en chantant, en priant, en acclamant la Vierge et Notre-Seigneur. Et tout comme ceux-ci avaient triomphé, les croisés du Bon Jésus triompheraient de la République.

Personne ne dormit cette nuit-là à Canudos. Les uns priant, les autres se préparant, tous restèrent debout, tandis que des mains diligentes clouaient la croix et cousaient la bannière. Elles furent prêtes avant l'aube. La croix mesurait trois mètres sur deux de large et la bannière se composait de quatre draps réunis sur lesquels le Ravi peignit une colombe blanche, les ailes déployées, et le Lion de Natuba écrivit, de sa précieuse calligraphie, une oraison jaculatoire. À l'exception d'une poignée de personnes désignées par Antonio Vilanova pour demeurer à Canudos afin de ne pas interrompre la construction du Temple (on y travaillait jour et nuit, sauf le dimanche), tout le reste du village partit, au point du jour, en direction de Bendengo et de Joazeiro, pour prouver aux capitaines du mal que le bien avait encore des défenseurs sur terre. Le Conseiller ne les vit pas partir, car il priait pour eux dans la petite église de São Antonio.

Ils durent parcourir dix lieues pour rencontrer les soldats. En chemin ils chantèrent, prièrent et acclamèrent Dieu et le Conseiller. Ils ne se reposèrent qu'une fois, après avoir passé le mont Cambaio. Ceux qui avaient un besoin urgent sortaient des rangs désordonnés pour s'esquiver derrière un rocher et rejoindre ensuite les autres en courant. Parcourir ce terrain plat et desséché leur prit un jour et une nuit sans que personne ne demandât une autre halte pour se reposer. Ils n'avaient pas de plan de bataille. Les rares voyageurs s'étonnaient d'apprendre qu'ils allaient à la guerre. On eût dit une foule en fête ; certains avaient mis leurs plus beaux vêtements. Ils étaient armés et criaient à mort le Diable et la République, mais même alors leur visage réjoui estompait la haine de leurs cris. La croix et la bannière ouvraient la marche, la première portée par l'ex-bandit Pedrão et la seconde par l'ex-esclave João Grande, et derrière eux Maria Quadrado et Alejandrinha Correa tenaient l'urne avec l'image du Bon Jésus peinte sur toile par le Ravi. En arrière, dans un nuage de poussière, pelotonnés, diffus, arrivaient les élus. Plusieurs d'entre eux accompagnaient les litanies en soufflant dans les canutos* qui autrefois servaient de pipes et que les bergers trouaient pour siffler leurs troupeaux.

En cours de route, imperceptiblement, obéissant à un appel du sang, la colonne s'ordonna, les vieux clans se regroupèrent, les habitants d'un même hameau, ceux d'un quartier, les membres d'une famille, comme si, à l'approche de l'heure, chacun réclamait la présence contiguë d'êtres connus et éprouvés au moment décisif. Ceux qui avaient l'expérience du crime s'avancèrent et maintenant, tandis qu'ils approchaient de ce village appelé Uauá à cause des lucioles qui l'éclairent la nuit, João Abade, Pajeú, Taramela, José Venancio, les Macambira et autres rebelles et insoumis entouraient la croix et la bannière, en tête de la procession ou armée, sachant bien, sans que personne ne le leur eût dit, qu'ils devaient, par leur ancienneté et leurs péchés, donner l'exemple à l'heure de l'affrontement.

À minuit passé un paysan vint à leur rencontre pour les avertir que cent quatre soldats, arrivés la veille de Joazeiro, campaient à Uauá. Un étrange cri de guerre – Vive le Conseiller ! Vive le Bon Jésus ! – émut les élus qui, excités d'allégresse, pressèrent le pas. Uauá leur apparut à l'aube, poignée de masures qui était la halte obligatoire des troupes qui allaient de Monte Santo à Curaçá. Ils entonnèrent des litanies en l'honneur de saint Jean-Baptiste, patron du village. La colonne déboucha soudain sous les yeux des soldats somnolents qui montaient la garde au bord de la lagune, aux environs. Après les avoir regardés, incrédules, quelques secondes, ils se mirent à courir. Priant, chantant et soufflant dans leurs canutos, les élus entrèrent dans Uauá, tirant du sommeil pour plonger dans une réalité de cauchemar la centaine de soldats qui avaient mis douze jours pour arriver jusque-là et qui ne comprenaient pas ces prières qui les réveillaient. C'étaient les seuls habitants de Uauá, car tous les villageois avaient fui durant la nuit et se trouvaient maintenant parmi les croisés, faisant le tour des tamariniers de la Place, voyant surgir les visages des soldats aux portes et fenêtres, mesurant leur surprise, leurs hésitations entre faire le coup de feu et retourner à leurs hamacs et lits de camp.

Le rugissement d'un commandement, brisé par le cocorico d'un coq, déclencha la fusillade. Les soldats tiraient en appuyant leur fusil sur les murettes des cahutes et les élus se mirent à tomber, baignés de sang. La colonne s'éparpilla, des groupes intrépides s'élancèrent, derrière João Abade, José Venancio et Pajeú à l'assaut des maisonnettes et d'autres couraient se protéger dans les angles morts ou se pelotonner entre les tamariniers tandis que le reste continuait à défiler. Les élus aussi faisaient feu. C'est-à-dire, ceux qui avaient des carabines et des tromblons, et ceux qui réussissaient à charger de poudre les épingards et à voir une cible dans la poussière. Ni la croix ni la bannière, durant toutes les heures de combat et de confusion ne cessèrent de se dresser l'une, de danser l'autre, au milieu d'un îlot de croisés qui, quoique criblé de balles, se maintint compact, fidèle, autour de ces emblèmes où plus tard tous verraient le secret de la victoire. Parce que ni Pedrão, ni João Grande, ni la Mère des Hommes qui portait l'urne avec le visage du Fils, ne moururent en cette échauffourée.

La victoire ne fut pas rapide. Il y eut de nombreux martyrs en ces heures de fracas. Aux courses folles et aux fusillades nourries succédaient des parenthèses d'immobilité et de silence qui, quelques instants plus tard, étaient de nouveau abolies. Mais au milieu de la matinée, et même un peu avant, les hommes du Conseiller surent qu'ils avaient gagné, quand ils virent des silhouettes à moitié nues courir à toute allure, ou sur ordre de leurs chefs ou parce que la peur les avait vaincus avant les jagunços, à travers champs, abandonnant armes, vareuses, guêtres, bottes et musettes. Ils leur tirèrent dessus, en sachant qu'ils ne les atteindraient pas, mais personne n'eut l'idée de les poursuivre. Peu après les autres soldats fuyaient et, dans leur course, quelques-uns tombaient sur des nids de jagunços qui s'étaient constitués dans les coins, où ils étaient achevés à coups de pelles et de couteaux en un tour de main. Ils mouraient en s'entendant traiter de chiens, de diables et prédire que leur âme se damnerait en même temps que leur corps pourrirait.

Ils restèrent quelques heures à Uauá, après leur victoire. La majorité, endormis, appuyés les uns sur les autres, se remettant des fatigues de la marche forcée et de la tension du combat. Certains, à l'initiative de João Abade, fouillaient les maisons en quête de fusils, de munitions, de baïonnettes et de cartouchières abandonnés par les soldats. Maria Quadrado, Alejandrinha Correa et Gertrudis, une vendeuse de Terehinha qui avait reçu une balle dans le bras et demeurait tout autant active, enveloppaient dans des hamacs les cadavres des jagunços pour les emporter avec eux et les enterrer à Canudos. Les guérisseuses, les curandeiros*, les commères, les fossoyeurs, les âmes serviables entouraient les blessés, nettoyaient leurs plaies, faisaient les pansements ou, simplement, leur offraient des prières et des conjurations contre la douleur.

Emportant leurs morts et leurs blessés et suivant le lit du Vasa Barris, cette fois moins vite, les élus refirent en sens inverse les dix lieues. Ils entrèrent un jour et demi plus tard à Canudos, criant vive le Conseiller, applaudis, embrassés et choyés par ceux qui étaient restés à travailler au Temple. Le Conseiller qui avait strictement jeûné depuis leur départ, donna ses conseils ce soir-là du haut d'un échafaudage des tours du Temple. Il pria pour les morts, remercia le Bon Jésus et le Baptiste pour la victoire, et évoqua comment le mal prit racine sur terre. Avant les temps le Père avait dû se retirer en lui-même afin de faire le vide et l'absence de Dieu provoqua l'espace où surgirent, en sept jours, les astres, la lumière, les eaux, les plantes, les animaux et l'homme. Mais la création de la terre au moyen de la privation de la divine substance créa aussi les conditions propices pour que ce qui était le plus opposé au Père, c'est-à-dire le péché, eût une patrie. Ainsi le monde naquit maudit, comme terre du Diable. Mais le Père eut pitié des hommes et envoya son Fils reconquérir pour Dieu cet espace terrestre devenu le trône du Démon.

Le Conseiller dit qu'une des rues de Canudos s'appellerait Saint-Jean-Baptiste comme le patron de Uauá.

– Le gouverneur Viana envoie à Canudos une nouvelle expédition, dit Epaminondas Gonçalves. Commandée par quelqu'un que je connais, le major Febronio de Brito. Cette fois il ne s'agit pas de quelques soldats, comme ceux qui furent attaqués à Uauá, mais d'un bataillon. Les troupes doivent quitter Bahia à tout moment, si elles ne l'ont déjà fait. Il reste peu de temps.

– Je peux partir dès demain, répond Galileo Gall. Le guide attend. Avez-vous apporté les armes ?

Epaminondas offre un cigare à Gall, qui le refuse d'un mouvement de tête. Ils sont assis dans des fauteuils en osier sur la terrasse délabrée d'une ferme située quelque part entre Queimadas et Jacobina, jusqu'à laquelle Gall a été conduit par un cavalier vêtu de cuir au nom biblique – Caifás – qui l'a fait tourner et retourner dans la caatinga comme s'il avait voulu l'égarer. La nuit tombe ; au-delà de la balustrade en bois, on aperçoit une rangée de palmiers royaux, un pigeonnier, des enclos. Le soleil, une boule rougeâtre, incendie l'horizon. Epaminondas Gonçalves suce son cigare avec parcimonie.

– Deux dizaines de fusils français, de bonne qualité, murmure-t-il en regardant Gall à travers la fumée. Et dix mille cartouches. Caifás les apportera dans le chariot jusqu'aux abords de Queimadas. Si vous n'êtes pas trop fatigué, il vaut mieux revenir cette nuit même avec les armes pour continuer vers Canudos dès demain.

Galileo Gall acquiesce. Il est fatigué mais quelques heures

de sommeil lui suffiront pour récupérer. Il y a tant de mouches sur la terrasse qu'il garde une main devant son visage, pour les chasser. Malgré sa fatigue, il se sent comblé ; l'attente commençait à l'exaspérer et il craignait que le politicien républicain n'eût changé d'idée. Ce matin, quand l'homme vêtu de cuir l'a tiré intempestivement de sa pension Notre-Dame-des-Grâces, au moyen du mot de passe convenu, il s'est senti tant de courage qu'il en a même oublié de déjeuner. Il a fait le voyage jusqu'ici sans boire ni manger, sous un soleil de plomb.

– Je regrette de vous avoir fait attendre tant de jours, mais réunir et apporter les armes jusqu'ici n'a guère été facile, dit Epaminondas Gonçalves. Avez-vous vu la campagne pour les élections municipales dans quelques villages ?

– J'ai vu que le Parti Autonomiste Bahianais dépense plus d'argent que vous en propagande, bâille Gall.

– Il dispose de tout ce qu'il faut. Non seulement de l'argent de Viana, mais aussi du gouvernement provincial et du parlement de Bahia. Et surtout, du baron.

– Ce baron est riche comme Crésus, n'est-ce pas ? s'intéresse Gall soudain. Un personnage probablement antédiluvien, une curiosité archéologique. J'ai appris certaines choses sur lui, à Queimadas. Par Rufino, le guide que vous m'avez recommandé. Sa femme appartenait au baron. Elle lui appartenait, oui, comme une chèvre ou une génisse. Il la lui a offerte comme épouse. Rufino lui-même parle de lui comme s'il avait été sa propriété. Sans rancœur, avec une gratitude canine. Intéressant, senhor Gonçalves. Le Moyen Age est ici encore vivant.

– C'est contre cela que nous luttons, c'est pour cela que nous voulons moderniser cette terre, dit Epaminondas en soufflant la cendre de son cigare. C'est pour cela que l'Empire est tombé et qu'il y a la République.

« Contre cela que luttent les jagunços, plutôt », le corrige mentalement Galileo Gall, en sentant qu'il va s'endormir d'un moment à l'autre. Epaminondas Gonçalves se lève.

– Qu'avez-vous dit au guide ? demande-t-il en se promenant sur la terrasse.

Les grillons ont commencé à chanter, il ne fait plus chaud.

– La vérité, dit Gall et le directeur du *Jornal de Notícias* s'arrête net. Je n'ai absolument pas mentionné votre nom. Je parle de moi. Je lui ai dit que je voulais aller à Canudos pour une question de principe. Par solidarité idéologique et morale.

Epaminondas le regarde en silence et Galileo sait qu'il se demande s'il dit ces choses-là sérieusement, s'il est vraiment assez fou ou stupide pour y croire. Il pense : « Je le suis », tandis qu'il chasse les mouches de son visage.

– Lui avez-vous dit aussi que vous leur apporterez des armes ?

– Sûrement pas. Il l'apprendra quand nous serons en route.

Epaminondas reprend sa promenade sur la terrasse, les mains dans le dos ; il laisse un sillage de fumée. Il porte une blouse ouverte, un gilet sans boutons, un pantalon et des bottes de cavalier et il donne l'impression de ne pas s'être rasé. Son apparence est très différente de celle qu'il avait à la rédaction de son journal ou à l'auberge de Barra, mais Gall reconnaît l'énergie enfouie dans ses mouvements, la détermination ambitieuse dans son expression, et il se dit qu'il n'a pas besoin de les toucher pour savoir comment sont ses os : « Un avide de pouvoir. » Cette ferme lui appartient-elle ? La lui prête-t-on pour ses conspirations ?

– Une fois que vous aurez livré les armes, ne revenez pas à Salvador par ici, dit Epaminondas en s'appuyant sur la balustrade et en lui tournant le dos. Le guide vous conduira à Joazeiro. C'est plus prudent. Là-bas il y a un train tous les deux jours qui vous mènera à Bahia en douze heures. Je me chargerai de vous faire embarquer discrètement pour l'Europe et avec une bonne gratification.

– Une bonne gratification, répète Gall avec un long bâillement qui tord comiquement son visage et ses paroles. Vous avez toujours cru que je fais cela pour de l'argent.

Epaminondas rejette une bouffée de fumée qui s'étend en arabesques sur la terrasse. Au loin le soleil commence à disparaître et la campagne se couvre d'ombre par endroits.

– Non, je sais bien que vous le faites pour une question de principe. En tout cas je me rends compte que vous ne le faites pas par tendresse pour le Parti Républicain Progressiste.

Pour nous c'est un service et nous avons l'habitude de rétribuer les services, je vous l'ai déjà dit.

– Je ne peux pas vous assurer que je reviendrai à Bahia, l'interrompt Gall, en s'étirant. Notre accord n'inclut pas cette clause.

Le directeur du *Jornal de Notícias* se retourne et le regarde :

– Nous n'allons pas en discuter encore, sourit-il. Vous pouvez faire ce qu'il vous plaira. Simplement, vous savez quelle est la meilleure façon de revenir sur vos pas, et vous savez aussi que je peux faciliter votre sortie du pays sans que les autorités interviennent. Maintenant, si vous préférez rester avec les rebelles, cela vous regarde. Quoique, j'en suis sûr, vous changerez d'idée quand vous les connaîtrez.

– J'ai déjà connu l'un d'eux, murmure Gall légèrement moqueur. Et à propos, est-ce que cela ne vous ferait rien d'expédier de Bahia cette lettre pour la France ? Elle est ouverte, si vous lisez le français vous verrez qu'il n'y a là rien de compromettant pour vous.

Il est né, comme ses parents, ses grands-parents et son frère Honorio, à Assaré, un village de la province de Ceará, où l'on séparait les bêtes qui allaient à Jaguaribe et celles qui prenaient le chemin de la vallée de Cariri. Au village tout le monde était agriculteur ou vacher, mais Antonio manifesta dès l'enfance sa vocation pour le commerce. Il se mit à trafiquer durant les cours de catéchisme du Père Matias (qui lui apprit aussi à lire et à compter). Antonio vendait et achetait aux autres enfants toupies, frondes, billes, cerfs-volants, grives, canaris, grenouilles chanteuses et il en tirait un si bon profit que, bien que sa famille ne fût pas prospère, son frère et lui étaient des consommateurs voraces des bonbons de l'épicier Zuquieta. À la différence des autres frères qui étaient comme chien et chat, les Vilanova étaient cul et chemise. Ils se traitaient, très sérieusement, de « compadres ».

Un matin, Adelinha Alencar, la fille du charpentier d'Assaré, s'éveilla avec une forte fièvre. Les herbes brûlées par Dona Camuncha pour exorciser le mal ne firent aucun effet et quelques jours plus tard Adelinha avait le corps couvert de boutons qui firent de la plus jolie fille du village l'être le plus repoussant. Une semaine plus tard une demi-douzaine d'habitants déliraient de fièvre et avaient des pustules. Le Père Tobias réussit à dire une messe en demandant à Dieu de mettre fin à la peste avant de tomber, lui aussi, contaminé. Presque aussitôt les malades se mirent à mourir, tandis que l'épidémie s'étendait, inéluctable. Comme les villageois terrifiés se disposaient à fuir, le colonel Miguel Fernandez Vieira, chef politique de la commune et propriétaire des terres qu'ils cultivaient et des troupeaux qu'ils menaient paître, le leur interdit pour qu'ils ne propagent pas la variole dans la région. Le colonel Vieira plaça des capangas aux sorties du village avec ordre de tirer sur toute personne qui désobéirait.

Parmi les rares qui réussirent à partir se trouvaient les Vilanova. La maladie avait tué leurs parents, leur sœur Luz Maria, un beau-frère et trois neveux. Après avoir enterré tout le monde, Antonio et Honorio, garçons robustes de quinze ans, aux cheveux bouclés et aux yeux clairs, décidèrent de fuir. Mais au lieu d'affronter les capangas les armes à la main, comme d'autres, Antonio, fidèle à sa vocation, réussit à les convaincre, en échange d'un veau, d'une arrobe de sucre et une autre de rapadura, de fermer les yeux. Ils partirent la nuit en emmenant avec eux deux cousines – Antonia et Assunção Sardelinha – et les biens de la famille : deux vaches, une mule, une valise de linge et une bourse de dix mille réis. Antonia et Assunção étaient cousines germaines des Vilanova et Antonio et Honorio les emmenèrent avec eux par compassion, car la variole en avait fait des orphelines. C'étaient presque des enfants et leur présence gêna leur fuite ; elles ne savaient pas marcher dans la caatinga et supportaient mal la soif. La petite expédition traversa néanmoins la Serra d'Araripe, laissa en arrière São Antonio, Ouricuri, Petrolina et traversa le fleuve São Francisco. Quand ils entrèrent à Joazeiro et qu'Antonio décida de tenter leur chance dans ce village bahianais, les deux sœurs étaient enceintes : Antonia d'Antonio et Assunção d'Honorio.

Le lendemain, Antonio commença à travailler tandis

qu'Honorio, aidé par les Sardelinha, bâtissait une cahute. Ils avaient vendu les vaches d'Assaré en chemin, mais ils conservaient la mule ; aussi Antonio chargea une bassine d'eau-de-vie qu'il alla vendre, par petits verres, dans la ville. Les mois et les années suivants il allait charger de marchandises cette mule, puis d'autres et d'autres, pour vendre de maison en maison, au début, puis en faisant le tour des hameaux aux environs, et finalement dans toute la longueur et la largeur du sertão qu'il finit par connaître comme la paume de sa main. Il vendait de la morue, du riz, des haricots, du sucre, de la rapadura, du poivre, des tissus, de l'alcool et tout ce qu'on lui commandait. Il devint pourvoyeur d'immenses fazendas et de pauvres métayers, et ses caravanes furent bientôt aussi célèbres que le cirque du Gitan dans les villages, les Missions et les campements, Honorio et les Sardelinha s'occupaient de tenir la boutique de Joazeiro, sur la place de la Miséricorde. Avant dix ans, disait-on, les Vilanova étaient en passe de devenir riches.

C'est alors que survint la calamité qui, pour la seconde fois, allait ruiner la famille. Les bonnes années, les pluies commençaient en décembre ; les mauvaises, en février ou mars. Cette année-là, en mai il n'était pas encore tombé une goutte d'eau. Le São Francisco perdit les deux tiers de son débit et pouvait à peine satisfaire les besoins de Joazeiro, dont la population quadrupla sous l'afflux des retirantes de l'intérieur.

Antonio Vilanova ne recouvra cette année-là aucune dette et tous ses clients, propriétaires de fazendas ou pauvres paysans, annulèrent leurs commandes. Même Calumbi, la meilleure propriété du baron de Canabrava, lui fit savoir qu'elle ne lui achèterait pas même une poignée de sel. Pensant tirer parti de l'adversité, Antonio avait enterré les grains dans des boîtes enveloppées de toile pour les vendre au moment où la pénurie aurait fait grimper vertigineusement les prix. Mais la calamité fut trop grande, même pour ses calculs. Il comprit vite que s'il ne vendait pas d'un coup il allait rester sans acheteurs, car les gens dépensaient le peu qu'ils avaient en messes, processions et offrandes (et tout le monde voulait se joindre à la confrérie des Pénitents qui s'encapuchonnaient et se flagellaient) pour que Dieu fît pleuvoir. Il déterra alors ses boîtes : les grains, malgré la toile, avaient pourri. Mais Antonio ne se déclarait jamais vaincu. Honorio, les Sardelinha et même les enfants – un de lui et trois de son frère – l'aidèrent à nettoyer les grains comme ils purent et l'on annonça le lendemain, sur la grand-place, que par force majeure le magasin des Vilanova liquidait son stock. Antonio et Honorio s'armèrent et placèrent quatre serviteurs avec des bâtons bien en vue pour éviter le débordement. Tout fonctionna bien la première heure. Les Sardelinha servaient au comptoir tandis que les six hommes contenaient la foule à la porte, laissant entrer dans la boutique seulement des groupes de dix personnes. Mais bientôt il fut impossible de contenir la populace qui finit par déborder, renverser les portes et fenêtres et envahir le magasin. En quelques minutes elle s'empara de tout ce qu'il y avait à l'intérieur, même de l'argent de la caisse. Et ce qu'elle ne put prendre, elle le réduisit en poussière.

La dévastation ne dura qu'une demi-heure à peine. Quoique les pertes fussent grandes, personne de la famille ne fut maltraité. Honorio, Antonio, les Sardelinha et les enfants, assis dans la rue, virent les pillards se retirer de ce qui avait été le magasin le mieux fourni de la ville. Les femmes avaient les larmes aux yeux et les enfants regardaient, éparpillés par terre, les restes des lits où ils dormaient, des vêtements qu'ils portaient et des objets avec lesquels ils jouaient. Antonio était pâle. « Il nous faut repartir à zéro, compadre, murmura Honorio. – Mais pas dans ce bled », lui répondit son frère.

Antonio n'avait pas encore trente ans. Mais sous l'effet du labeur excessif, des voyages harassants, de l'obsession de son négoce, il semblait plus âgé. Il avait perdu des cheveux et son front large, sa barbiche et sa moustache lui donnaient un air intellectuel. Il était fort, aux épaules un peu tombantes, et il marchait les jambes arquées comme un vacher. Il ne manifesta jamais d'autre intérêt que pour les affaires. Alors qu'Honorio allait aux fêtes, et qu'il ne lui déplaisait pas de boire un petit verre d'anis en écoutant un conteur ou de bavarder avec des amis en regardant passer sur le São Francisco les barques sur lesquelles apparaissaient des figures de proue aux couleurs vives, il n'avait pas de vie sociale. Quand il n'était pas en voyage, il restait derrière son comptoir à vérifier ses comptes ou à imaginer de nouveaux champs d'activité. Il avait beaucoup de clients et peu d'amis, et bien qu'on le vît le dimanche à l'église de Notre-Dame-des-Grottes et qu'il assistât parfois aux processions où les flagellants de la confrérie se martyrisaient pour aider les âmes du Purgatoire, il ne se distinguait pas non plus par la ferveur religieuse. C'était un homme sérieux, serein, obstiné, bien préparé pour affronter l'adversité.

Cette fois, la pérégrination de la famille Vilanova sur un territoire épuisé de faim et de soif fut plus longue que celle qu'ils avaient accomplie une décennie plus tôt, lorsqu'ils fuyaient la peste. Ils perdirent bientôt leurs bêtes. Après un premier heurt avec une troupe de retirantes sur lesquels les frères firent le coup de feu, Antonio décida que ces cinq mules étaient une tentation trop grande pour l'humanité affamée qui errait dans le sertão. Si bien qu'à Barro Vermelho il en vendit quatre pour une poignée de pierres précieuses. Ils tuèrent l'autre, en firent un banquet et salèrent ce qui restait de viande de façon à tenir quelques jours. L'un des enfants d'Honorio mourut de dysenterie et on l'enterra à Borracha où ils avaient installé un refuge où les Sardelinha proposaient des soupes faites de patates d'imbuzeiro*, de moço* et de xique-xique. Mais ils ne purent tenir là longtemps non plus et ils émigrèrent à Patamuté et Mato Verde où Honorio fut piqué par un scorpion. Une fois guéri, ils poursuivirent vers le Sud, parcours angoissé de semaines où ils ne trouvaient que des villages fantômes, des fazendas désertes, des caravanes de squelettes qui allaient à la dérive, comme des hallucinés.

À Pedra Grande un autre enfant d'Honorio et d'Assunção mourut d'un simple rhume. Ils l'enterraient, enveloppé dans une couverture, quand, au milieu d'un nuage de poussière couleur de cire, une vingtaine d'hommes et de femmes entrèrent dans le hameau – il y avait parmi eux un être à visage d'homme qui marchait à quatre pattes et un Noir à demi nu –, avec pour la plupart la peau sur les os, des tuniques élimées et des sandales qui semblaient avoir foulé tous les chemins du monde. Ils étaient conduits par un homme de haute taille, brun, les cheveux tombant sur les épaules et des yeux vif-argent. Il alla directement vers la famille Vilanova et contint d'un geste les frères qui descendaient déjà le cadavre dans la tombe. « Ton fils ? » demanda-t-il à Honorio, la voix grave. Celui-ci acquiesça. « Tu ne peux l'enterrer comme ça, dit l'homme brun avec assurance. Il faut le préparer et l'envoyer au ciel comme il faut, afin qu'il soit reçu dans la fête éternelle. » Et avant qu'Honorio ne répondît, il se tourna vers ceux qui l'accompagnaient : « Nous allons lui faire un enterrement décent, pour que le Père le reçoive dans la joie. » Les Vilanova virent alors les pèlerins s'animer, courir vers les arbres, les couper, les clouer, fabriquer un cercueil et une croix avec une adresse qui témoignait d'une longue pratique. L'homme brun prit l'enfant mort dans ses bras et le plaça dans le cercueil. Tandis que les Vilanova comblaient la tombe, l'homme pria à voix haute et les autres chantèrent des bénédictions et des litanies, agenouillés autour de la croix. Plus tard, quand, après s'être reposés sous les arbres, les pèlerins se disposaient à partir, Antonio Vilanova tira une pièce de monnaie et la tendit au saint. « Pour te montrer notre reconnaissance, insista-t-il en voyant que l'homme ne la prenait pas et le regardait l'air moqueur. – Il n'y a rien à remercier, dit-il enfin. Mais le Père, tu ne pourrais lui payer ce que tu lui dois pas même avec mille pièces comme celle-ci. » Il fit une pause et ajouta doucement : « Tu n'as pas appris à compter, mon fils. »

Les Vilanova restèrent pensifs longtemps après que les pèlerins furent partis, assis près d'un feu qui chassait les insectes. « C'était un fou, compadre ? dit Honorio. – J'ai vu bien des fous au cours de mes voyages, dit Antonio, mais il y a chez celui-ci quelque chose de plus qu'un fou. »

Quand l'eau revint après deux années de sécheresse et de calamités, les Vilanova étaient installés à Caatinga do Moura, un hameau près duquel était une saline qu'Antonio se mit à exploiter. Tout le reste de la famille – les Sardelinha et les deux enfants – avait survécu, mais l'enfant d'Antonio et d'Antonia, à la suite d'une chassie qui lui fit se frotter les yeux plusieurs jours durant, avait perdu la vue et s'il distinguait encore le jour et la nuit, il n'apercevait plus le visage des personnes ni la nature des choses. La saline se révéla une bonne affaire. Honorio, les Sardelinha et les enfants passaient la journée à sécher le sel et à préparer les sacs qu'Antonio allait vendre. Il s'était fabriqué une charrette et était armé d'un fusil à deux canons en prévision d'agressions.

Ils demeurèrent à Caatinga do Moura près de trois ans. Avec les pluies, les paysans retournèrent travailler la terre et les vachers s'occuper des troupeaux décimés, ce qui signifia pour Antonio le retour à la prospérité. Outre la saline, il eut bientôt un magasin et commença à faire le commerce des chevaux, qu'il achetait et revendait avec une bonne marge de bénéfice. Lorsque les pluies diluviennes de ce décembre-là – décisif dans sa vie – transformèrent le ruisseau qui traversait le village en torrent qui emporta les cahutes, noya les bêtes et inonda la saline en l'enterrant en une nuit sous une mer de boue, Antonio se trouvait à la foire de Nordestina où il s'était rendu avec un chargement de sel dans l'intention d'acheter des mules.

Il rentra une semaine plus tard. Les eaux avaient commencé à baisser. Honorio, les Sardelinha et la demi-douzaine de péons qui travaillaient maintenant pour eux étaient inconsolables, mais Antonio prit la nouvelle catastrophe avec calme. Il recensa ce qui avait pu être sauvé, fit des calculs sur un petit cahier et leur remonta le moral en leur disant qu'il restait de nombreuses dettes à recouvrer et qu'à l'instar des chats il avait trop de vies à lui pour se sentir ruiné par une inondation.

Mais cette nuit-là il ne ferma pas l'œil. Ils étaient logés chez un ami paysan sur la colline où s'étaient réfugiés tous les habitants. Sa femme le sentit remuer dans son hamac et la lumière de la lune lui montra le visage de son mari dévoré d'inquiétude. Le lendemain matin, Antonio leur fit savoir qu'ils devaient préparer leurs affaires car ils abandonnaient Caatinga do Moura. Il fut si catégorique que ni son frère ni les femmes n'osèrent lui demander pourquoi. Après avoir liquidé ce qu'ils ne pouvaient emporter, ils s'élancèrent une fois de plus, la charrette couverte de ballots, sur les chemins incertains. Et ils entendirent un jour Antonio prononcer ces paroles troublantes : « Ç'a été le troisième avis, murmura-t-il, une ombre au fond de ses pupilles claires. Cette inondation nous est tombée dessus pour que nous fassions quelque chose que j'ignore. » Honorio, comme honteux, lui demanda : « Un avertissement de Dieu, compadre ? – Peut-être du Diable », dit Antonio.

Ils roulèrent leur bosse, une semaine ici, un mois là, et chaque fois que la famille croyait prendre racine quelque part, Antonio, impulsivement, décidait de partir. Cette recherche de quelque chose ou quelqu'un d'aussi incertain les inquiétait mais aucun d'eux ne protesta contre les continuels déplacements.

À la fin, après huit mois presque d'errance au sertão, ils finirent par s'installer dans une fazenda du baron de Canabrava abandonnée depuis la sécheresse. Le baron avait emporté ses troupeaux et il restait quelques familles, disséminées aux alentours, cultivant de petits lopins sur les rives du Vasa Barris et menant paître leurs chèvres sur la Serra de Canabrava, toujours verte. Par sa maigre population et sa proximité des montagnes, Canudos semblait l'endroit le moins indiqué pour un commerçant. Cependant, dès qu'ils occupèrent la vieille maison de l'administrateur qui était en ruine, Antonio sembla délivré d'un poids. Il se mit immédiatement à inventer des affaires et à organiser la vie de la famille avec le courage d'antan. Et une année après, grâce à son obstination, le magasin des Vilanova achetait et vendait des marchandises à dix lieues à la ronde. Antonio voyageait à nouveau constamment.

Mais le jour où les pèlerins apparurent sur les pentes du Cambaio et entrèrent par l'unique rue de Canudos en chantant des louanges au Bon Jésus de toute la force de leurs poumons, il se trouvait chez lui. De la balustrade de l'ancienne administration transformée en maison-magasin, il vit s'approcher ces êtres fervents. Son frère, sa femme, sa belle-sœur le virent pâlir quand l'homme vêtu de violet à la tête de la procession s'avança vers lui. Ils reconnurent les yeux incandescents, la voix caverneuse, la maigreur. « As-tu appris à compter ? » dit le saint avec un sourire en tendant la main au marchand. Antonio Vilanova tomba à genoux et baisa les doigts du nouveau venu.

Dans ma lettre précédente je vous ai parlé, compagnons, d'une rébellion populaire à l'intérieur du Brésil, dont j'ai eu connaissance par l'intermédiaire d'un témoin de parti pris (un capucin). Aujourd'hui je peux vous communiquer un meilleur témoignage sur Canudos, celui d'un homme venu de la révolte, qui parcourt les régions sans doute avec pour mission de recruter des prosélytes. Je peux aussi vous dire quelque chose de piquant : il y a eu un choc armé et les jagunços ont mis hors de combat cent soldats qui prétendaient atteindre Canudos. Les indices révolutionnaires ne se confirment-ils pas ? D'une certaine façon oui, mais de manière relative, à en juger d'après cet homme qui donne une impression contradictoire de ces frères : intuitions sûres et actions correctes se mêlent chez eux à d'invraisemblables superstitions.

J'écris d'un village dont vous ne devez pas connaître le nom, une terre où les servitudes morales et physiques des femmes sont extrêmes, car elles sont opprimées par patron, père, frères et mari. Ici le propriétaire terrien choisit les épouses de ses serviteurs et les femmes sont frappées en pleine rue par des pères irascibles ou des maris ivres à l'indifférence générale. Un motif de réflexion, compagnons : s'assurer que la révolution supprime non seulement l'exploitation de l'homme par l'homme, mais aussi celle de la femme par l'homme et établisse, en même temps que l'égalité de classes, celle des sexes.

J'ai su que l'émissaire de Canudos était arrivé à cet endroit grâce à un guide qui est aussi chasseur de tigres ou de suçuaranas* (beaux métiers : explorer le monde et venir à bout des prédateurs du troupeau), grâce auquel j'ai pu aussi le voir. L'entrevue a eu lieu dans une tannerie, au milieu des peaux qui séchaient au soleil et d'enfants qui jouaient avec des lézards. Mon cœur s'est mis à battre quand j'ai vu l'homme : petit et trapu, avec cette pâleur mi-jaune mi-grise qui est chez les métis la trace de leurs ancêtres indiens, et une cicatrice au visage qui m'a révélé, au premier regard, son passé de capanga, de bandit ou de criminel (en tout cas, de victime, car, comme l'a expliqué Bakounine, la société prépare les crimes et les criminels sont seulement les instruments qui les exécutent). Il était vêtu de cuir – comme les vachers qui chevauchent dans la campagne épineuse – avec un chapeau et un fusil. Ses yeux étaient enfoncés et rusés, ses façons obliques, évasives, ce qui est ici fréquent. Il n'a pas voulu que nous parlions seul à seul. Nous avons dû le faire devant le propriétaire de la tannerie et sa famille, qui mangeaient par terre, sans nous regarder. Je lui ai dit qu'il était révolutionnaire et qu'il y avait de par le monde beaucoup de compagnons qui applaudissaient à ce qu'ils avaient fait à Canudos, c'est-à-dire s'emparer des terres d'un seigneur féodal, établir l'amour libre et mettre hors de combat une troupe. Je ne sais s'il m'a compris. Les gens de l'intérieur ne sont pas comme ceux de Bahia, que l'influence africaine a dotés de loquacité et d'exubérance. Ici les visages sont inexpressifs, des masques dont la fonction semble être celle de dissimuler les sentiments et les pensées.

Je lui ai demandé s'ils étaient prêts pour de nouvelles attaques, car la bourgeoisie réagit comme une bête quand on attente à la sacro-sainte propriété privée. Il m'a quitté brusquement en murmurant que le propriétaire de toutes les terres est le Bon Jésus et qu'à Canudos le Conseiller élève l'église la plus grande du monde. J'ai essayé de lui expliquer que ce n'est pas parce qu'ils construisaient des églises que le pouvoir avait envoyé des soldats contre eux, mais il m'a dit que si, que c'était précisément pour cela, car la République veut exterminer la religion. Étrange diatribe que celle que j'ai alors entendue, compagnons, contre la République, proférée avec une tranquille assurance, sans une ombre de passion. La République se propose d'opprimer l'Église et les fidèles, d'en finir avec tous les ordres religieux comme elle l'a déjà fait avec la Compagnie de Jésus et la preuve la plus flagrante en est l'institution du mariage civil, scandaleuse impiété, quand il existe le sacrement du mariage institué par Dieu.

J'imagine la déception de bien des lecteurs et l'idée qu'ils pourraient se faire, en lisant ce qui précède, que Canudos, comme la Vendée lors de la Révolution, est un mouvement rétrograde, inspiré par les curés. Ce n'est pas si simple, compagnons. Vous savez déjà, par ma lettre antérieure, que l'Église condamne le Conseiller et Canudos et que les jagunços se sont emparés des terres d'un baron. J'ai demandé à l'homme à la cicatrice si les pauvres du Brésil vivaient mieux à l'époque de la monarchie. Il m'a aussitôt répondu oui, car c'est la monarchie qui a aboli l'esclavage. Et il m'a expliqué que le diable, à travers les francs-maçons et les protestants, avait fait tomber l'empereur Pedro II pour le rétablir. Comme vous l'entendez : le Conseiller a inculqué à ses hommes que les républicains sont esclavagistes. (Une manière subtile d'enseigner la vérité, n'est-ce pas, car l'exploitation de l'homme par les maîtres de l'argent, base du système républicain, n'en est pas moins esclavage qu'à l'époque féodale.) L'émissaire s'est montré catégorique : « Les pauvres ont beaucoup souffert mais c'est fini : nous ne répondrons pas aux questions du recensement parce que l'on prétend, à travers elles, reconnaître les affranchis afin de leur remettre des chaînes et les rendre à leurs maîtres. » « À Canudos personne ne paye l'impôt à la République parce que nous ne la reconnaissons pas ni n'admettons qu'elle s'attribue des fonctions qui correspondent à Dieu. » Quelles fonctions, par exemple ? « Marier les couples ou lever la dîme. » Je lui ai demandé ce qu'il se passait avec l'argent à Canudos et il m'a confirmé qu'on y acceptait seulement les pièces à l'effigie de la Princesse Isabel, c'est-à-dire celles de l'Empire, mais comme il n'en existe presque plus, en réalité l'argent est en train de disparaître. « On n'en a pas besoin, parce qu'à Canudos ceux qui possèdent donnent à ceux qui n'ont rien et ceux qui peuvent travailler travaillent pour ceux qui ne le peuvent. »

Je lui ai dit qu'abolir la propriété et l'argent et établir une communauté de biens, peu importe au nom de qui, fût-ce au nom d'abstractions évanescentes, est quelque chose d'audacieux et d'utile pour les déshérités du monde, un début de rédemption pour tous. Et que ces mesures allaient déchaîner contre eux, tôt ou tard, une dure répression, car la classe dominante ne permettra jamais l'extension de pareil exemple : dans ce pays il y a suffisamment de pauvres pour prendre toutes les richesses. Sont-ils conscients, le Conseiller et les siens, des forces qu'ils soulèvent ? En me regardant dans les yeux, sans sourciller, l'homme m'a récité des phrases absurdes, du genre : les soldats ne représentent pas la force mais la faiblesse du gouvernement, quand il le faudra les eaux du Vasa Barris deviendront du lait et ses ravins des champs de maïs, et les jagunços morts ressusciteront pour être vivants quand surgira l'Armée du Roi Dom Sebastião (un roi portugais qui est mort en Afrique, au XVIe siècle).

Est-ce que ces diables, empereurs et fétiches religieux sont les pièces d'une stratégie utilisée par le Conseiller pour lancer les humbles dans la voie d'une rébellion qui, dans les faits – à la différence des paroles –, est réussie, car il les a poussés à s'insurger contre la base économique, sociale et militaire de la société de classes ? Est-ce que les symboles religieux, mythiques, dynastiques sont les seuls capables de secouer l'inertie de masses soumises depuis des siècles à la tyrannie superstitieuse de l'Église et c'est pour cela que le Conseiller les utilise ? Ou est-ce que tout cela est l'œuvre du hasard ? Nous autres savons, compagnons, qu'il n'y a pas de hasard en histoire et que, pour arbitraire qu'elle paraît, il y a toujours une rationalité cachée derrière l'apparence la plus confuse. Le Conseiller se doute-t-il du bouleversement historique qu'il provoque ? S'agit-il d'un intuitif ou d'un malin ? Aucune hypothèse n'est à écarter, et moins que les autres celle d'un mouvement populaire spontané, non prémédité. La rationalité est gravée dans la tête de tout homme, même celle du plus inculte, et, dans certaines circonstances, elle peut le guider, au milieu des nuages dogmatiques qui voilent ses yeux ou des préjugés qui ternissent son vocabulaire, pour agir dans la direction de l'histoire. Quelqu'un qui n'est pas des nôtres, Montesquieu, a écrit que le bonheur ou le malheur consiste en une certaine disposition des organes qui nous gouvernent, même avant que la science éduque l'esprit des pauvres. Est-ce cela qui se passe dans le sertão bahianais ? On ne peut le vérifier que dans Canudos même. À la prochaine ou à jamais.

VI

La victoire de Uauá fut célébrée à Canudos par deux jours de fête. Antonio le Fogueteiro prépara fusées et feux d'artifice et le Ravi organisa des processions qui parcoururent les méandres des cahutes qui avaient surgi sur la fazenda. Le Conseiller prêchait chaque fin d'après-midi du haut d'un échafaudage du Temple. Des épreuves plus dures attendaient Canudos, il ne fallait pas se laisser abattre par la peur, le Bon Jésus aiderait ceux qui avaient la foi. Un thème fréquent restait celui de la fin du monde. La terre, fatiguée après tant de siècles de produire plantes et animaux et de donner abri à l'homme, demanderait au Père de pouvoir se reposer. Dieu y consentirait et les destructions commenceraient. C'était cela qu'indiquaient les paroles bibliques : « Je ne suis pas venu établir l'harmonie ! Je suis venu pour attiser un incendie ! »

Ainsi, tandis qu'à Bahia les autorités, critiquées impitoyablement par le *Jornal de Notícias* et le Parti Républicain Progressiste à la suite des événements de Uauá, organisaient une seconde expédition six fois plus nombreuse que la première et la munissaient de deux canons Krupp de calibre 7,5 et de deux mitrailleuses Nordenfelt puis, sous le commandement du major Febronio de Brito, l'expédiaient par le train à Queimadas, pour de là continuer à pied et châtier les jagunços, ceux-ci, à Canudos, se préparaient au Jugement dernier. Quelques impatients, sous prétexte de le hâter ou de gagner le repos de la terre, sortirent semer la désolation. Exaspérés d'amour ils mettaient le feu aux palissades et caatingas qui séparaient Canudos du monde. Pour sauver leurs terres, de nombreux propriétaires et paysans leur faisaient des cadeaux, malgré quoi bon nombre de masures, d'enclos, de maisons abandonnées, de refuges de bergers et de tanières de hors-la-loi brûlèrent. Il fallut que José Venancio, Pajeú, João Grande et les Macambira vinssent contenir ces exaltés qui voulaient donner le repos éternel à la nature en la carbonisant et que le Ravi, la Mère des Hommes et le Lion de Natuba leur expliquassent qu'ils avaient mal interprété les conseils du saint.

Ces jours-là, en dépit des nouveaux pèlerins qui arrivaient, Canudos ne souffrit pas de la faim non plus. Maria Quadrado emmena vivre avec elle au Sanctuaire un groupe de femmes – que le Ravi appela : le Chœur Sacré – pour l'aider à soutenir le Conseiller quand les jeûnes faisaient plier ses genoux, et lui donner à manger les maigres croûtons qui composaient son ordinaire ; elles lui servaient par ailleurs de bouclier pour n'être pas écrasé par les pèlerins qui voulaient le toucher et le traquaient en lui demandant d'intercéder auprès du Bon Jésus pour la fille aveugle, le fils invalide ou le mari disparu. Entre-temps d'autres jagunços s'occupaient de pourvoir à la nourriture de la ville et à sa défense. Ils avaient été esclaves marrons comme João Grande, ou cangaceiros avec des tas de morts sur la conscience comme Pajeú ou João Abade, et c'étaient maintenant des hommes de Dieu. Mais ils continuaient d'être des hommes pratiques, avertis sur le terrain, sensibles à la faim et à la guerre, et ce furent eux qui, comme ils l'avaient fait à Uauá, prirent l'initiative. Tandis qu'ils contenaient les foules d'incendiaires, ils canalisaient vers Canudos les têtes de bétail, chevaux, mules, ânes, chevreaux que les fazendas se résignaient à donner au Bon Jésus, et remplissaient les magasins d'Antonio et Honorio Vilanova des farines, grains, vêtements et surtout armes qu'ils rapportaient de leurs incursions. En peu de jours, Canudos déborda de ressources. En même temps, des envoyés solitaires parcouraient le sertão, comme des prophètes bibliques, et descendaient jusqu'au littoral incitant les gens à partir à Canudos pour combattre aux côtés des élus contre cette invention du Chien : la République. C'étaient de curieux émissaires du Ciel qui, au lieu de porter des tuniques, avaient des pantalons et des chemises de cuir et dont la bouche crachait les gros mots des gens vils, et que tout le monde connaissait pour avoir partagé avec eux toit et misère jusqu'à ce qu'un jour, effleurés par l'ange, ils s'en allassent à Canudos. C'étaient les mêmes, portant les mêmes couteaux, carabines, machettes et, cependant, ils étaient autres, car maintenant ils ne parlaient que du Conseiller, de Dieu ou du lieu d'où ils venaient avec une conviction et un orgueil contagieux. Les gens leur donnaient l'hospitalité, les écoutaient et beaucoup, ressentant de l'espoir pour la première fois, faisaient un ballot de leurs affaires et partaient.

Les forces du major Febronio de Brito se trouvaient maintenant à Queimadas. Elles comprenaient cinq cent quarante-trois soldats, quatorze officiers et trois médecins sélectionnés parmi les trois bataillons d'infanterie de Bahia – le 9e, le 26e et le 33e –, que la petite ville accueillit avec un discours du maire, une messe à l'église de São Antonio, une séance au conseil municipal et un jour férié pour que les habitants assistent au défilé avec musique militaire autour de la grand-place. Avant le début du défilé, des messagers spontanés étaient déjà partis vers le Nord pour informer Canudos du nombre de soldats, de l'armement de l'expédition et de son plan de voyage. La nouvelle ne causa pas de surprise. Comment être surpris que la réalité confirme ce que Dieu avait annoncé par la bouche du Conseiller ? La seule nouveauté c'est que les soldats viendraient cette fois par la route du Cariacá, la Serra de Acari et la vallée d'Ipueiras. João Abade suggéra aux autres de creuser des tranchées, de transporter de la poudre et des projectiles et de poster des gens sur les pentes du Cambaio, car c'est forcément par là que passeraient les protestants.

Le Conseiller semblait pour le moment plus préoccupé de hâter la construction du Temple du Bon Jésus que de la guerre. Il continuait à diriger les travaux dès l'aube, car ils étaient retardés à cause des pierres : il fallait les acheminer de carrières chaque fois plus éloignées et les monter aux tours était une tâche difficile où parfois les câbles cassaient et les grosses pierres emportaient sur leur passage échafaudages et ouvriers. De plus, le saint ordonnait parfois d'abattre un mur déjà monté et de le reconstruire plus loin ou de rectifier des fenêtres parce que son inspiration lui disait qu'elles n'étaient pas orientées en direction de l'amour. On le voyait circuler parmi les gens, entouré du Lion de Natuba, du Ravi, de

Maria Quadrado et des béates du Chœur qui battaient constamment des mains pour chasser les mouches qui venaient le perturber. Chaque jour arrivaient à Canudos trois, cinq, dix familles ou groupes de pèlerins, avec leurs minuscules troupeaux de chèvres et leurs chariots, et Antonio Vilanova leur désignait un creux dans le dédale des cahutes pour édifier la leur. Chaque après-midi, avant les conseils, le saint recevait à l'intérieur du Temple encore sans toiture les nouveaux venus. Ils étaient conduits jusqu'à lui par le Ravi, à travers la masse des fidèles, et bien que le Conseiller essayât de les en empêcher en leur disant « Dieu est un autre », ils tombaient à ses pieds pour les lui baiser ou toucher sa tunique tandis qu'il les bénissait, en les regardant avec ce regard qui donnait toujours l'impression de regarder l'au-delà. À un moment donné, il interrompait la cérémonie de bienvenue en se levant et on s'écartait alors jusqu'à l'échelle qui montait aux échafaudages. Il prêchait d'une voix rauque, sans bouger, sur les thèmes habituels : la primauté de l'esprit, les avantages d'être pauvre et frugal, la haine des impies et la nécessité de sauver Canudos pour en faire le refuge des justes.

Les gens l'écoutaient passionnés, convaincus. La religion comblait maintenant leurs journées. Au fur et à mesure qu'elles surgissaient, les ruelles tortueuses étaient baptisées du nom d'un saint, lors d'une procession. Il y avait dans tous les coins des niches et des images de la Vierge, de l'Enfant, du Bon Jésus et du Saint-Esprit, et chaque quartier et métier élevait des autels à son saint protecteur. Plusieurs parmi les nouveaux venus changeaient de nom pour ainsi symboliser la nouvelle vie qu'ils entreprenaient. Mais aux pratiques catholiques se greffaient parfois, comme des plantes parasites, des coutumes douteuses. Ainsi des mulâtres se mettaient à danser en priant et croyaient ainsi, disait-on, expulser, en piétinant frénétiquement la terre et en suant, leurs péchés. Les Noirs se regroupèrent dans le secteur Nord de Canudos, un pâté de cahutes en pisé connu plus tard sous le nom de Mocambo. Les Indiens de Mirandela qui, de façon surprenante, étaient venus s'installer à Canudos, préparaient aux yeux de tous des décoctions de plantes qui dégageaient une forte odeur et qui leur procuraient l'extase. Outre les pèlerins, vinrent aussi, naturellement, des curieux et des crédules, des trafiquants et des aventuriers. Devant les cabanes qui s'emboîtaient les unes dans les autres on voyait des femmes lire les lignes de la main, des charlatans se faire gloire de parler avec les morts et des conteurs comme ceux du cirque du Gitan gagner leur subsistance en chantant des romances ou en se transperçant d'aiguilles. Certains guérisseurs prétendaient guérir tous les maux avec des breuvages de jurema* et de manacá* et quelques béats, pris de délire de contrition, déclamaient à tue-tête leurs péchés et priaient ceux qui les entendaient de leur imposer des pénitences. Un groupe de gens de Joazeiro se mit à pratiquer à Canudos les rites de la confrérie des Pénitents de cette ville : jeûne, abstinence sexuelle, flagellations publiques. Quoique le Conseiller encourageât la mortification et l'ascétisme – la souffrance, disait-il, endurcit la foi – il finit par s'alarmer et demanda au Ravi de vérifier que les pèlerins n'introduisent pas la superstition, le fétichisme ou toute autre impiété sous couvert de dévotion.

La diversité humaine coexistait à Canudos sans violence, au milieu d'une solidarité fraternelle et un climat d'exaltation que les élus n'avaient pas connus. Ils se sentaient vraiment riches d'être pauvres, fils de Dieu, privilégiés, comme le leur disait chaque soir l'homme au manteau plein de trous. Dans cet amour pour lui, par ailleurs, cessaient les différences qui pouvaient les séparer : lorsqu'il s'agissait du Conseiller ces femmes et ces hommes qui avaient été des centaines et commençaient à être des milliers devenaient un seul être soumis et respectueux, disposé à tout donner pour celui qui avait été capable d'arriver jusqu'à leur prostration, leur faim et leurs poux pour leur inspirer l'espoir et les rendre fiers de leur destin. Malgré la multiplication d'habitants la vie n'était pas chaotique. Les émissaires et les pèlerins apportaient du bétail et des provisions, les enclos étaient pleins tout comme les resserres et le Vasa Barris avait heureusement de l'eau pour cultiver les terres. Tandis que João Abade, Pajeú, José Venancio, João Grande, Pedrão et d'autres préparaient la guerre, Honorio et Antonio Vilanova administraient la ville : ils recevaient les offrandes des pèlerins, distribuaient des lopins, des aliments et des vêtements et surveillaient les dispensaires pour malades, vieillards et orphelins. C'est eux qui recevaient les dénonciations lorsqu'il y avait des disputes dans l'agglomération pour des litiges de propriété.

Chaque jour arrivaient des nouvelles de l'Antéchrist. L'expédition du major Febronio de Brito s'était rendue de Queimadas à Monte Santo, qu'elle avait profané au soir du 29 décembre, diminuée d'un caporal qui avait péri des suites d'une piqûre de crotale. Le Conseiller expliqua sans animosité ce qui se passait. N'était-ce donc pas un blasphème, une exécration, que des hommes munis d'armes à feu et animés de desseins destructeurs campassent dans un sanctuaire qui attirait des pèlerins du monde entier ? Mais Canudos, qu'il appela cette nuit-là Belo Monte, ne devait pas être foulé par ces impies. S'exaltant, il les adjura à ne pas se rendre aux ennemis de la religion, qui voulaient à nouveau enchaîner les esclaves, écraser les paysans sous les impôts, les empêcher de se marier et d'être enterrés selon les lois de l'Église, et les égarer avec des pièges tels que le système métrique, la carte statistique et le recensement, dont le but véritable était de les tromper et de les faire pécher. Ils veillèrent tous ensemble cette nuit-là, les armes qu'ils avaient à portée de la main. Les francs-maçons n'arrivèrent pas. Ils étaient à Monte Santo, réparant les deux canons Krupp, décentrés par ces routes escarpées, et attendant des renforts. Quand deux semaines plus tard ils partirent en colonnes en direction de Canudos, par la vallée du Cariacá, toute la route qu'ils allaient suivre était semée d'espions, postés dans des grottes de chèvres, dans la trame de la caatinga ou dans des trous du sol dissimulés sous le cadavre d'une bête dont le crâne était devenu une tour de guet. Des messagers très rapides informaient Canudos de la progression ou des difficultés de l'ennemi.

Quand on apprit que la troupe, après maints embarras pour traîner les canons et les mitrailleuses, était enfin arrivée à Mulungú et que, poussée par une faim de loup, elle s'était vue obligée de sacrifier le dernier bœuf et deux mulets, le Conseiller dit à Pajeú qu'il ne devait pas être mécontent de voir que Canudos commençait à défaire les soldats de la République avant le début du combat.

– Sais-tu comment s'appelle ce qu'a fait ton mari ? articule Galileo Gall d'une voix brisée par la contrariété. Une trahison. Non, deux trahisons. Envers moi, avec qui il s'était engagé. Et envers ses frères de Canudos. Une trahison de classe.

Jurema lui sourit, comme si elle ne comprenait ou ne l'écoutait pas. Penchée sur son fourneau, elle fait bouillir quelque chose. Elle est jeune, le visage lisse et bruni, les cheveux longs, elle porte une tunique sans manches, elle est pieds nus et ses yeux sont encore lourds du sommeil auquel l'a arrachée l'arrivée de Gall, voici un moment. Une faible clarté d'aube s'insinue dans la cabane entre les palis. On aperçoit une lampe et, dans un coin, une rangée de poules qui dorment au milieu d'ustensiles de cuisine, fagots de bois et caisses, ainsi qu'une image de Notre-Dame-de-Lapa. Un petit caniche se prend dans les jambes de Jurema et quoiqu'elle l'écarte à coups de pied il revient à la charge. Assis dans un hamac, haletant après ce voyage de toute une nuit au rythme de l'homme en cuir qui l'a ramené à Queimadas avec les armes, Galileo l'observe, irrité. Jurema va vers lui avec une écuelle fumante. Elle la lui tend.

– Il a dit qu'il ne voulait pas aller avec ceux du chemin de fer de Jacobina, murmure Gall, l'écuelle entre les mains, cherchant les yeux de la femme. Pourquoi a-t-il changé d'opinion ?

– Il ne le voulait pas parce qu'ils ne lui donnaient pas ce qu'il leur demandait, réplique Jurema avec douceur, en soufflant sur l'écuelle qui fume entre ses mains. Et il a changé d'opinion quand ils sont venus lui dire qu'ils le lui donneraient. Il est parti hier à la pension Notre-Dame-des-Grâces vous chercher mais vous étiez parti sans dire où ni si vous alliez revenir. Rufino ne pouvait perdre ce travail.

Galileo soupire, accablé. Il choisit de boire une gorgée de son écuelle, il se brûle le palais, il fait la grimace. Il boit une autre gorgée, en soufflant dessus. La fatigue et le dépit ont ridé son front et ses yeux ont des cernes noirs. De temps en temps il mordille sa lèvre inférieure. Il halète, il transpire.

– Ce maudit voyage va durer combien de temps ? grogne-t-il à la fin, en avalant la soupe.

– Trois ou quatre jours. – Jurema s'est assise devant lui, au bord d'une vieille malle à courroies. – Il a dit que vous pouviez l'attendre et qu'à son retour il vous conduirait à Canudos.

– Trois ou quatre jours, Gall roule des yeux avec exaspération, trois ou quatre siècles, tu veux dire.

On entend un tintement de clochettes dehors, et le petit caniche aboie avec force en s'élançant contre la porte. Galileo se lève, va vers les palis et regarde à l'extérieur : la charrette est à la place où il l'a laissée, près de l'enclos contigu à la cabane où il y a quelques moutons. Les animaux ont les yeux ouverts mais sont maintenant tranquilles et le bruit des sonnailles a cessé. La baraque se trouve en haut d'un promontoire d'où l'on aperçoit par temps clair Queimadas ; mais dans cette aube grise, au ciel couvert, on ne voit que le désert sinueux et pierreux. Galileo revient s'asseoir. Jurema remplit à nouveau son écuelle. Le petit caniche aboie et gratte la terre, près de la porte.

« Trois ou quatre jours », pense Gall. Trois ou quatre siècles où mille contretemps peuvent se produire. Cherchera-t-il un autre guide ? Partira-t-il seul à Monte Santo et engagera-t-il là-bas un autre pisteur pour Canudos ? N'importe quoi plutôt que de rester ici avec les armes : l'impatience rendrait l'attente insupportable et de plus il se pourrait bien, comme le craignait Epaminondas Gonçalves, que l'expédition du major Brito arrivât d'ici là à Queimadas.

– Est-ce que tu n'es pas coupable de ce départ de Rufino ? murmure Gall. – Jurema éteint le feu avec un bâton. – Tu n'as jamais aimé l'idée que Rufino me conduisît à Canudos.

– Je n'ai jamais aimé, reconnaît-elle avec tant de sûreté que Galileo sent, l'espace d'un moment, fondre sa colère et a envie de rire.

Mais elle est très sérieuse et le reconnaît sans sourciller. Son visage est allongé, sous sa peau tendue ressortent les os de ses pommettes et du menton. Sont-ils de même, saillants, nets, loquaces, révélateurs, ceux que cachent ses cheveux ?

Jurema ajoute :

– Ils ont tué ces soldats à Uauá. Tout le monde dit qu'ils enverront plus de soldats à Canudos. Je ne veux pas qu'on le tue, ou qu'on le fasse prisonnier. Il ne pourrait pas rester prisonnier. Il a besoin de bouger tout le temps. Sa mère lui dit : « Tu as la danse de Saint-Guy. »

– La danse de Saint-Guy ? dit Gall.

– Ceux qui ne peuvent pas rester en place, explique Jurema. Ceux qui dansent.

Le chien aboie à nouveau furieusement. Jurema va à la porte de la cabane, l'ouvre et le fait sortir en le poussant du pied. On entend des aboiements dehors et, à nouveau, le bruit des sonnailles. Galileo suit d'un air lugubre le déplacement de Jurema, qui revient près du fourneau et remue les braises avec une branche. Un filet de fumée se dissout en spirales.

– Mais aussi Canudos appartient au baron et le baron nous a toujours aidés, dit Jurema. Cette maison, cette terre, ces moutons nous les avons grâce au baron. Vous défendez les jagunços, il veut les aider. Vous conduire à Canudos c'est comme les aider. Croyez-vous que le baron aimerait que Rufino aide les voleurs de sa fazenda ?

– Bien sûr qu'il n'aimerait pas ça, grogne Gall, goguenard.

Les clochettes des moutons se font entendre à nouveau, avec plus de force et, sursautant, Gall se lève et bondit vers les palis. Il regarde à l'extérieur : sur l'étendue blanchâtre se profilent maintenant les arbres, les massifs de cactus, les taches des rochers. La charrette se trouve là, avec ses ballots enveloppés dans une toile couleur du désert, et à côté, attachée à un pieu, la mule.

– Croyez-vous que le Conseiller a été envoyé par le Bon Jésus ? dit Jurema. Croyez-vous les choses qu'il annonce ? Que la mer sera sertão et le sertão mer ? Que les eaux du Vasa Barris deviendront du lait et les ravins champs de maïs pour que les pauvres puissent manger ?

Il n'y a pas la moindre trace de moquerie dans ses paroles, pas plus que dans ses yeux quand Galileo Gall la regarde, tâchant de deviner par son expression comment elle prend ces racontars. Il n'y parvient pas : le visage bruni, allongé, paisible est, pense-t-il, aussi impénétrable que celui d'un

Hindou ou d'un Chinois. Ou que celui de l'émissaire de Canudos rencontré à la tannerie d'Itapicurú. Il était également impossible de savoir, en observant son visage, ce que sentait ou pensait cet homme laconique.

– Chez les mourants de faim l'instinct est souvent plus fort que les croyances, murmure-t-il, après avoir bu jusqu'au bout la soupe de son écuelle, en scrutant les réactions de Jurema. Ils peuvent croire à des absurdités, des niaiseries, des bêtises. N'importe. Seul compte ce qu'ils font. Ils ont aboli la propriété, le mariage, les hiérarchies sociales, refusé l'autorité de l'Église et de l'État, anéanti une troupe. Ils ont affronté l'autorité, l'argent, l'uniforme, la soutane.

Le visage de Jurema ne dit rien, pas un seul de ses muscles ne bouge ; ses yeux sombres, légèrement fendus, le regardent sans curiosité, sans sympathie, sans surprise. Ses lèvres se froncent aux commissures, humides.

– Ils ont repris la lutte où nous l'avons laissée, quoiqu'ils ne le sachent pas. Ils ressuscitent l'Idée, dit encore Gall en se demandant ce que peut penser Jurema de ce qu'elle entend. C'est pour cela que je suis ici. C'est pour cela que je veux les aider.

Il souffle, comme s'il avait parlé en s'égosillant. Maintenant la fatigue des deux derniers jours, aggravée par la déception qu'il a ressentie en découvrant l'absence de Rufino à Queimadas, s'empare à nouveau de son corps et le désir de dormir, de s'étendre, de fermer les yeux, est si grand qu'il décide de s'allonger quelques heures sous la charrette. Ou peut-être pourrait-il le faire ici, dans ce hamac ? Jurema trouvera-t-elle scandaleux qu'il le lui demande ?

– Cet homme qui est venu de là-bas, celui qu'a envoyé le saint et que vous avez vu, savez-vous qui il était ? l'entend-il dire. C'était Pajeú. – Et comme Gall n'est pas impressionné, elle ajoute, déconcertée : – N'avez-vous pas entendu parler de Pajeú ? Le plus grand bandit de tout le sertão. Il vivait en volant et en tuant. Il coupait le nez et les oreilles de ceux qui avaient la malchance de se trouver sur son chemin.

Le tintement des clochettes recommence, en même temps que les aboiements furieux à la porte de la cabane et le braiment de la mule. Gall se rappelle l'émissaire de Canudos, la cicatrice qui mangeait son visage, son calme étrange, son indifférence. A-t-il commis une erreur, peut-être, en ne lui parlant pas des armes ? Non, car il ne pouvait pas les lui montrer alors : il ne l'aurait pas cru, sa méfiance aurait augmenté, il aurait mis en péril tout le projet. Le chien aboie dehors, frénétique, et Gall voit Jurema saisir le bâton avec lequel elle a éteint le feu et courir vers la porte. Distrait, pensant toujours à l'émissaire de Canudos, se disant que s'il avait su qu'il s'agissait d'un ex-bandit il aurait peut-être été plus facile de dialoguer avec lui, il voit Jurema batailler avec la barre, la soulever, et à ce moment quelque chose de subtil, un bruit, une intuition, un sixième sens, le hasard lui disent ce qui va se passer. Parce que, au moment où Jurema est soudain rejetée en arrière par la violence avec laquelle s'ouvre la porte – poussée ou piétinée de l'extérieur – et la silhouette de l'homme armé d'une carabine se dessine dans l'embrasure, Galileo a déjà tiré un revolver et le braque sur l'intrus. Le fracas de la carabine réveille les poules qui battent des ailes épouvantées tandis que Jurema, qui est tombée par terre sans que la balle l'ait touchée, se met à crier. L'assaillant, en voyant une femme à ses pieds, hésite, tarde quelques secondes à localiser Gall dans l'agitation effrayée des poules et quand il dirige sa carabine vers lui Galileo lui a déjà tiré dessus, en le regardant d'un air stupide. L'intrus lâche sa carabine et recule, en soufflant bruyamment. Jurema crie à nouveau. Galileo réagit enfin et se précipite sur la carabine. Il se penche pour la prendre et aperçoit alors par l'ouverture de la porte, le blessé qui se tord par terre, en se plaignant, un autre homme qui s'approche en courant en brandissant sa carabine et en criant quelque chose au blessé, et plus loin un troisième homme attelant la charrette avec les armes à un cheval. Presque sans viser il tire. Celui qui venait en courant trébuche et roule par terre en rugissant, et Galileo se remet à tirer. Il pense : « Il reste deux balles. » Il voit Jurema près de lui, poussant la porte, il la voit la fermer, abaisser la barre et se réfugier au fond de la cabane. Il se remet debout en se demandant à quel moment il est tombé par terre. Il est plein de terre, il transpire, il claque des dents et appuie sur la détente du revolver avec tant de force qu'il en a mal aux doigts. Il épie entre les palis : la charrette avec les armes se perd au loin, dans un nuage de poussière, et devant la cabane le chien aboie frénétiquement après les deux hommes blessés qui rampent vers l'enclos des moutons. Pointant sur eux, il tire les deux dernières balles de son revolver et il lui semble entendre un rugissement humain au milieu des aboiements et des sonnailles. Oui, il les a touchés : ils sont immobiles, à mi-chemin entre la cabane et l'enclos. Jurema continue à glapir et les poules affolées caquettent, volent en tout sens, renversent des objets, s'écrasent contre les palis, contre son corps. Il les écarte de la main et recommence à épier, à droite et à gauche. N'étaient ces corps à moitié juchés l'un sur l'autre, on dirait qu'il ne s'est rien passé. S'ébrouant, il titube entre les poules jusqu'à la porte. Il aperçoit par les rainures le paysage solitaire, les corps qui font comme un tas informe. Il pense : « Ils ont emporté les fusils. » Il pense : « Cela aurait été pire de mourir. » Il halète, les yeux écarquillés. À la fin, il ouvre la porte en abaissant la barre. Rien, personne.

Plié en deux, il court à l'endroit où se trouvait la charrette, entendant les clochettes des moutons qui tournent sur eux-mêmes, se croisent et se décroisent entre les pieux de l'enclos. Il sent l'angoisse dans son estomac, à sa nuque : un sillage de poussière se perd à l'horizon, en direction de Riacho da Onça. Il respire profondément, se passe la main sur sa barbiche rousse ; ses dents continuent à claquer. La mule, attachée au tronc, paresse béatement. Il retourne à la cabane, lentement. Il s'arrête devant les corps tombés : ce sont des cadavres. Il examine les visages inconnus, brûlés, les grimaces qui les crispent. Soudain, il est pris d'un accès de rage qui le fait piétiner les formes inertes avec férocité en marmonnant des injures. Sa colère se transmet au chien qui aboie, saute et mordille les sandales des deux hommes. À la fin Gall se calme. Il revient à la cabane en traînant les pieds. Un envol de poules le reçoit qui le fait lever les mains et protéger son visage. Jurema est au milieu de la pièce : une silhouette tremblante, la tunique déchirée, la bouche entrouverte, les yeux pleins de larmes, les cheveux défaits. Elle regarde, l'air absent, le désordre qui règne autour d'elle, comme si elle ne comprenait pas ce qui se passe chez elle, et en voyant Gall elle court vers lui et se presse contre sa poitrine, en balbutiant des mots qu'il ne comprend pas. Il reste raide, l'esprit vide. Il sent la femme contre lui, il regarde surpris, effrayé ce corps qui se colle au sien, ce cou qui palpite sous ses yeux. Il sent son odeur et parvient obscurément à penser : « C'est l'odeur d'une femme. » Ses tempes sont en feu. Faisant un effort il soulève un bras, entoure Jurema par les épaules. Il lâche son revolver et ses doigts lissent maladroitement la chevelure désordonnée. « Ils voulaient me tuer, moi, murmure-t-il à l'oreille de Jurema. Il n'y a plus de danger, ils ont emporté ce qu'ils voulaient. » La femme se calme peu à peu. Ses sanglots cessent, et le tremblement de son corps, ses mains lâchent Gall. Mais il la tient encore contre lui, il caresse toujours ses cheveux et quand Jurema tente de s'écarter, il la retient. « *Don't be afraid*, articule-t-il, en battant des cils vertigineusement, *they are gone. They...* » Quelque chose de nouveau, d'équivoque, d'urgent, d'intense, est apparu sur son visage, quelque chose qui croît de plus en plus et dont il semble à peine conscient. Ses lèvres sont tout près du cou de Jurema. Elle fait un pas en arrière, avec force, en même temps qu'elle couvre sa poitrine. Maintenant, elle fait des efforts pour se dégager de Gall, mais celui-ci ne la lâche pas et, tandis qu'il la presse, il murmure plusieurs fois la même phrase qu'elle ne peut comprendre : « *Dont't be afraid, don't be afraid.* » Jurema le frappe des deux mains, le griffe, réussit à lui échapper et file. Mais Galileo court derrière elle dans la chambre, l'attrape, l'étreint et, trébuchant sur la vieille malle, tombe avec elle par terre. Jurema donne des coups de pied, lutte de toutes ses forces, mais sans crier. On entend seulement le halètement entrecoupé des deux corps, le bruit de la lutte, le caquètement des poules, l'aboiement du chien, le bruit des sonnailles. Au milieu des nuages plombés, le soleil apparaît.

Il naquit les jambes très courtes et la tête énorme, si bien que les habitants de Natuba pensèrent qu'il valait mieux pour lui et pour ses parents que le Bon Jésus l'emportât au plus vite car, s'il survivait, il serait infirme et taré. Seule la première chose s'avéra certaine. Parce que s'il est vrai que le cadet du dresseur de poulains Celestino Pardinas ne put jamais marcher à la façon des autres hommes, il eut en revanche une intelligence pénétrante, un esprit avide de tout savoir et capable, lorsqu'une chose était entrée dans sa grosse tête qui faisait rire les gens, de la conserver à tout jamais. Tout en lui fut bizarre : qu'il naquît difforme dans une famille aussi normale que celle des Pardinas, qu'en dépit de sa monstruosité rachitique il ne mourût ni ne connût de maladies, qu'au lieu de marcher sur deux pieds comme les humains il le fît à quatre pattes et que sa tête grossît tant et si bien qu'il semblait miraculeux que son petit corps menu pût la soutenir. Mais ce pourquoi les habitants de Natuba commencèrent à dire partout qu'il n'avait pas été engendré par le dresseur de poulains mais par le Diable, c'est qu'il apprit à lire et à écrire sans que personne ne le lui enseignât.

Ni Celestino ni Dona Gaudencia n'avaient pris la peine – pensant probablement que c'était inutile – de le mener chez Dom Asenio qui, à part la fabrication des briques, enseignait le portugais, le latin et un peu de religion. Le fait est qu'un jour le courrier arriva sur la grand-place et y afficha un édit au lieu de prendre la peine de le lire, alléguant qu'il devait passer dans dix autres localités avant le coucher du soleil. Les habitants essayaient de déchiffrer les hiéroglyphes quand ils entendirent s'élever du sol la petite voix du Lion : « Il est dit qu'il y a danger d'épidémie pour les animaux, qu'il faut désinfecter les étables au crésyl, brûler les ordures et faire bouillir l'eau et le lait avant d'en boire. » Dom Asenio confirma que cela disait bien ça. Harcelé par les habitants qui voulaient savoir qui lui avait appris à lire, le Lion fournit une explication jugée suspecte par beaucoup : il avait appris en voyant ceux qui savaient, comme Dom Asenio, le contremaître Felisbelo, le guérisseur Dom Abelardo ou le ferblantier Zósimo. Aucun d'eux ne lui avait donné de leçons, mais les quatre se rappelèrent avoir vu bien souvent sa grosse tête hirsute et ses yeux inquisiteurs près du tabouret où ils lisaient ou écrivaient les lettres que leur dictait un voisin. Le fait est que le Lion avait appris et qu'on le vit dès cette époque lire et relire à toute heure, recroquevillé à l'ombre des jasmins de Natuba, les journaux, livres de prières, missels, affiches et tout papier imprimé qui lui tombait sous la main. Il devint celui qui, muni d'une plume d'oiseau taillée par ses soins et d'une encre à base de cochenille et de plantes, rédigeait en grosses lettres harmonieuses les vœux d'anniversaires, les avis de décès, de noces, de naissances, de maladies ou simplement des ragots que les habitants de Natuba communiquaient à ceux d'autres villages et qu'une fois par semaine venait prendre le cavalier du Courrier. Le Lion lisait aussi aux villageois les lettres qu'on leur envoyait. Il servait aux autres de scribe et de lecteur par pur plaisir, sans leur prendre un centime, mais parfois il recevait des cadeaux pour ses services.

Il s'appelait en réalité Felicio mais le surnom de Lion, comme cela se passait souvent dans la région, avait remplacé le prénom. On l'appela Lion peut-être pour se moquer, sûrement à cause de sa tête énorme qui plus tard, comme pour donner raison aux plaisantins, se couvrirait en effet d'une épaisse crinière qui lui cachait les oreilles et se balançait quand il se déplaçait. Ou peut-être à cause de sa façon de marcher, animale sans aucun doute, car il s'appuyait à la fois sur les pieds et les mains (qu'il protégeait de semelles de cuir comme des sabots) quoique son allure en marchant avec ses jambes toutes courtes et ses longs bras qui se posaient par terre de façon intermittente, fût davantage celle d'un singe que celle d'un fauve. Il n'était pas toujours à quatre pattes ; il pouvait se tenir debout un moment et faire quelques pas humains sur ses jambes ridicules, mais cela le fatiguait excessivement. À cause de cette manière particulière de se déplacer, il ne portait jamais de pantalons, mais des tuniques, comme les femmes, les missionnaires ou les pénitents du Bon Jésus.

Bien qu'il s'occupât de rédiger leur correspondance, il ne fut jamais tout à fait admis par les gens. Si ses propres parents ne pouvaient cacher la honte qu'ils ressentaient d'avoir engendré un tel monstre et avaient même essayé de s'en débarrasser, comment les femmes et les hommes de Natuba auraient-ils pu considérer le Lion comme étant de la même espèce qu'eux ? La douzaine de frères et sœurs Pardinas l'évitaient et d'ailleurs il ne mangeait pas avec eux mais dans un coin à part. Aussi ne connut-il ni l'amour paternel ni l'amour fraternel (quoique, semble-t-il, il eût deviné un peu l'autre amour) ni l'amitié, car les garçons de son âge lui manifestèrent d'abord de la peur, puis du dégoût. Ils le criblaient de pierres, de crachats et d'insultes s'il avait l'audace de s'approcher pour les voir jouer. Il est vrai qu'il ne s'y frottait guère. Dès son plus jeune âge, son intuition ou son intelligence sans faille lui avait appris qu'à son égard les autres seraient toujours réticents ou désagréables, et même souvent le martyriseraient, si bien qu'il devait se tenir éloigné de tous. C'est ce qu'il fit, du moins jusqu'à l'épisode du canal, et les gens le virent toujours à distance prudente, même dans les foires et les marchés. Quand il y avait à Natuba une sainte Mission, le Lion écoutait les sermons du toit de l'église Notre-Dame-de-la-Conception, comme un chat. Mais même cette stratégie du retrait ne le libéra pas de la peur. Le cirque du Gitan lui en provoqua une des pires. Il passait à Natuba deux fois par an, avec sa caravane de monstres : acrobates, devins, conteurs, clowns. Le Gitan, une de ces fois-là, demanda au dresseur de poulains et à Dona Gaudencia de lui permettre d'emmener avec lui le Lion pour en faire un objet de cirque. « Mon cirque est le seul endroit où il n'attirera pas l'attention, leur dit-il, et il se rendra utile. » Ils y consentirent. Le Gitan l'emmena, mais une semaine après le Lion s'était échappé et était à nouveau à Natuba. Dès lors, chaque fois qu'apparaissait le cirque du Gitan, il se volatilisait.

Ce qu'il craignait par-dessus tout c'étaient les ivrognes, ces bandes de vachers qui après une journée de travail à mener les bêtes, les marquer, les castrer ou les tondre, retournaient au village, mettaient pied à terre et couraient à la taverne de Dona Epifania apaiser leur soif. Ils en sortaient bras dessus bras dessous, braillant et titubant, parfois joyeux, parfois furieux, et ils le cherchaient dans les ruelles pour s'amuser ou se défouler. Il avait développé une ouïe extraordinairement aiguë et les détectait à distance, par leurs éclats de rire ou leurs gros mots et sautillant alors collé aux murs et aux façades pour passer inaperçu, il courait chez lui ou, s'il était loin, allait se cacher dans les fourrés ou sous un toit, jusqu'à laisser passer le danger. Il ne réussissait pas toujours à leur échapper. Quelquefois, en usant de ruse – par exemple en lui envoyant un messager pour lui dire qu'Un tel l'appelait pour rédiger une requête au juge de paix – ils l'attrapaient. Alors ils jouaient des heures avec lui, le dénudant pour vérifier s'il cachait sous sa tunique d'autres monstruosités que celles qui étaient visibles, le hissant sur un cheval ou prétendant le croiser à une chèvre pour voir ce que produirait le mélange.

Par une réaction d'honneur plus que par tendresse, Celestino Pardinas et les siens intervenaient s'ils l'apprenaient et menaçaient les plaisantins ; une fois même les aînés s'étaient rués à coups de couteau et de bâton pour arracher le scribe des mains d'un groupe d'hommes qui, excités par la cachaça, l'avaient trempé dans de la mélasse, roulé dans un tas d'ordures et le promenaient dans les rues au bout d'une corde comme un animal d'une espèce inconnue. Mais la famille était lasse de ces incidents. Le Lion le savait mieux que personne, aussi ne dénonçait-il jamais ses tortionnaires.

Le destin du benjamin de Celestino Pardinos connut un tour décisif le jour où la fillette du ferblantier Zósimo, Almudia, la seule à avoir survécu des six enfants qui moururent à leur naissance ou quelques jours après, fut un jour clouée au lit par la fièvre et des vomissements. Les remèdes et conjurations de Dom Abelardo furent sans effet, comme l'avaient été les prières de ses parents. Le guérisseur diagnostiqua le « mauvais œil » et décida que tout antidote serait vain tant qu'on n'aurait pas identifié la personne qui lui avait « jeté un sort ». Désespérés par l'état de cette fille qui était la prunelle de leurs yeux, Zósimo et sa femme Eufrasia parcoururent les cahutes de Natuba afin de la découvrir. Et la médisance leur parvint, par trois bouches différentes, selon laquelle leur fille avait été vue en étrange conciliabule avec le Lion, au bord du canal qui coule vers la fazenda Mirandola. Interrogée, la malade avoua dans son demi-délire que ce matin-là, alors qu'elle se rendait chez son parrain Dom Nautilo, en passant près du canal, le Lion lui avait demandé la permission de lui chanter une chanson qu'il avait composée pour elle. Et il la lui avait chantée, avant qu'Almudia ne s'échappât en courant. C'était la seule fois qu'il lui avait parlé, mais elle avait déjà remarqué auparavant la présence, comme fortuite, du Lion lors de ses promenades au village et quelque chose, dans sa façon de se contracter sur son passage, lui avait fait deviner qu'il voulait lui parler.

Zósimo prit son fusil et, accompagné de neveux, beaux-frères et amis, également armés, et suivi d'une foule de gens, se rendit chez les Pardinas, attrapa le Lion et, lui mettant le canon de son fusil entre les deux yeux, il le somma de redire la chanson afin que Dom Abelardo pût l'exorciser. Le Lion resta muet, les yeux écarquillés, tremblant comme une feuille. Après lui avoir répété à plusieurs reprises que s'il ne révélait pas l'envoûtement il ferait éclater sa grosse tête immonde, le ferblantier arma son fusil. Un éclair de panique affola, une seconde, les grands yeux intelligents. « Si tu me tues, tu ne connaîtras pas l'envoûtement et Almudia mourra », murmura sa petite voix, rendue méconnaissable par la terreur. Le silence était absolu. Zósimo transpirait. Ses parents maintenaient à distance, avec leurs fusils, Celestino Pardinas et ses enfants. « Me laisses-tu partir si je te le dis ? » reprit la petite voix du monstre. Zósimo acquiesça. Alors, s'étranglant et avec des couacs d'adolescent, le Lion se mit à chanter. Il chanta – commenteraient, rappelleraient, rapporteraient les habitants de Natuba présents et ceux qui, sans y être, jureraient l'avoir été – une chanson d'amour, où apparaissait le nom d'Almudia. Quand il acheva de chanter, ses yeux étaient pleins de honte. « Lâche-moi maintenant, rugit-il. – Je te lâcherai quand ma fille sera guérie, répondit le ferblantier, sourdement. Et si elle ne guérit pas, je te brûlerai près de sa tombe. Je le jure sur son âme. » Il regarda les Pardinas – père, mère, frères et sœurs tenus en respect par les fusils – et ajouta sur un ton qui ne laissait plus aucun doute : « Je te brûlerai vivant, même si les miens et les tiens doivent s'entre-tuer pendant des siècles. »

Almudia mourut le soir même, après avoir vomi du sang. Les gens pensaient que Zósimo allait pleurer, s'arracher les cheveux, maudire Dieu ou boire de la cachaça jusqu'à rouler par terre. Mais il ne fit rien de tout cela. À son inconséquence des jours précédents succéda une froide détermination qui le fit préparer conjointement l'enterrement de sa fille et la mort de son ensorceleur. Il n'avait jamais été méchant, ni violent ni excessif, mais au contraire il se montrait toujours serviable et sociable. Aussi tout le monde le plaignait-il et lui pardonnait-il d'avance ce qu'il allait faire. D'aucuns, même, l'approuvaient.

Zósimo fit planter un poteau près de la tombe et apporter

de la paille et du bois sec. Les Pardinas restaient prisonniers à l'intérieur de leur maison. Le Lion se trouvait dans la cour du ferblantier, pieds et mains liés. Il y passa la nuit dans le murmure des prières de veillée mortuaire, des condoléances, des litanies et des sanglots. Le lendemain matin, on le hissa sur une charrette tirée par des ânes pour qu'il suive, à distance comme toujours, le cortège funèbre. En arrivant au cimetière, comme l'on descendait le cercueil et de nouvelles prières s'élevaient, suivant les instructions du ferblantier, il fut attaché au poteau par deux neveux qui l'entourèrent de la paille et du bois pour le faire brûler. Presque tout le village était rassemblé pour assister à l'immolation.

C'est alors qu'arriva le saint. Il avait dû arriver à Natuba la veille au soir, ou ce matin même, et quelqu'un avait dû l'informer de ce qui allait se passer. Mais cette explication était trop banale pour les habitants qui préféraient toujours croire au surnaturel. Ils diraient, par la suite, que son don de divination ou le Bon Jésus l'avait conduit à cet endroit du sertão bahianais pour corriger une erreur, éviter un crime ou, simplement, donner une preuve de son pouvoir. Il n'était pas seul, comme la première fois qu'il avait prêché à Natuba, bien des années auparavant, ni accompagné seulement de deux ou trois pèlerins, comme la seconde où, outre les conseils qu'il avait donnés, il avait reconstruit la chapelle du couvent de jésuites délabré de la grand-place. Cette fois il était accompagné d'au moins une trentaine de disciples, aussi maigres et pauvres que lui, mais au regard illuminé. Suivi d'eux, il se fraya passage parmi la foule jusqu'à la tombe sur laquelle on jetait les ultimes pelletées.

L'homme à la tunique violette s'adressa à Zósimo qui, la tête basse, regardait à terre. « L'as-tu enterrée avec sa plus belle robe et dans un cercueil bien fait ? » lui demanda-t-il d'un ton affable, quoique pas précisément affectueux. Zósimo acquiesça, en remuant à peine la tête. « Nous allons prier notre Père pour qu'il la reçoive dans la joie au ciel », dit le Conseiller. Les pénitents et lui psalmodièrent et chantèrent autour de la tombe. Ce n'est qu'après que le saint montra du doigt le poteau où était attaché le Lion. « Que vas-tu faire de ce garçon, mon frère ? demanda-t-il. – Le brûler », répondit Zósimo. Et il lui expliqua pourquoi, au milieu d'un silence qui semblait sonore. Le saint acquiesça, sans sourciller. Puis il se tourna vers le Lion et fit un geste pour que les gens s'écartent un peu. Ceux-ci reculèrent de quelques pas. Le saint se pencha et parla à l'oreille de l'enfant, puis approcha son oreille de la bouche du Lion pour entendre ce que celui-ci lui disait. Et ainsi, le Conseiller déplaçant sa tête vers l'oreille et vers la bouche de l'autre, ils chuchotèrent. Nul ne bougeait, attendant quelque chose d'extraordinaire.

Et en effet, ce fut aussi stupéfiant que de voir griller un homme sur un bûcher. Car lorsqu'ils se turent, le saint, avec la tranquillité dont il ne se départissait jamais, et sans bouger de place, s'écria : « Viens et détache-le ! » Le ferblantier le regarda, les yeux écarquillés. « Tu dois le détacher toi-même ! rugit le Conseiller, d'un ton qui fit trembler la foule. Veux-tu que ta fille aille en enfer ? Les flammes ne sont-elles pas là-bas plus ardentes, ne durent-elles pas plus longtemps que celles que tu prétends allumer ? » rugit-il encore, comme stupéfait par tant de bêtise. « Superstitieux, impie, pécheur, répéta-t-il, repens-toi de ce que tu voulais faire, viens et détache-le, demande-lui pardon et prie notre Père pour qu'il n'envoie pas ta fille dans la demeure du Chien à cause de ta lâcheté et de ta méchanceté, à cause de ton peu de foi en Dieu. » Ainsi il l'insulta, le somma, le terrifia à l'idée que par sa faute Almudia s'en irait en enfer. Jusqu'à ce que les villageois vissent Zósimo, au lieu de tirer, d'enfoncer son couteau ou d'enflammer le bûcher, lui obéir et implorer à genoux et en larmes le Père, le Bon Jésus, le Divin, la Vierge pour que la petite âme de son Almudia ne descendît pas en enfer.

Quand le Conseiller, après deux semaines de séjour au village où il pria, prêcha, consola les affligés et conseilla les sains d'esprit, partit en direction de Mocambo, Natuba avait un cimetière entouré de briques et de nouvelles croix sur les tombes. Son cortège s'était accru d'une silhouette mi-animale mi-humaine qui, vue tandis que la tache des pèlerins s'éloignait sur la terre couverte de mandacarús, semblait trottiner parmi les haillonneux comme trottent les chevaux, les chèvres, les mulets...

Pensait-il, rêvait-il ? Je me trouve aux environs de Queimadas, il fait jour, ceci est le hamac de Rufino. Le reste était confus. Surtout le concours de circonstances qui ce matin-là avait une fois de plus bouleversé sa vie. Dans son demi-sommeil persistait la stupeur qui l'avait saisi depuis qu'après avoir fait l'amour il avait sombré dans le sommeil.

Oui, pour quelqu'un qui croyait que le destin était en grande partie inné et inscrit dans la masse encéphalique, où des mains expertes et un regard perspicace pouvaient l'ausculter, il était dur de vérifier l'existence de cette marge imprévisible, que d'autres êtres pouvaient manipuler à l'horrible insu de la volonté propre, de l'aptitude personnelle. Depuis combien de temps se reposait-il ? Sa fatigue avait disparu, en tout cas. La jeune femme aussi avait-elle disparu ? Était-elle allée chercher du secours, des gens allaient-ils venir l'arrêter ? Il pensa ou rêva : « Les plans sont partis en fumée quand ils devaient se matérialiser. » Il pensa ou rêva : « L'adversité est plurielle. » Il remarqua qu'il se mentait à lui-même ; il n'était pas vrai que son trouble et sa stupeur venaient de n'avoir pas trouvé Rufino, d'avoir été sur le point de mourir, d'avoir tué ces deux hommes, du vol des armes qu'il devait amener à Canudos. C'était cet emportement brutal, incompréhensible, irrépressible qui l'avait fait violer Jurema alors qu'il n'avait pas touché de femme depuis dix ans, qui taraudait l'esprit somnolent de Galileo Gall.

Il avait aimé quelques femmes dans sa jeunesse, il avait eu des compagnes – qui luttaient pour le même idéal – avec qui il avait fait un petit bout de chemin ; durant son séjour à Barcelone il avait vécu avec une ouvrière qui se trouvait enceinte au moment de l'attaque de la caserne et dont il avait appris, après sa fuite d'Espagne, qu'elle s'était finalement mariée avec un boulanger. Mais la femme n'avait jamais occupé une place prépondérante dans la vie de Galileo Gall, comme la science ou la révolution. Le sexe avait été pour lui, tout comme la nourriture, quelque chose qui satisfaisait un besoin primaire puis provoquait de l'ennui. La décision la plus secrète de sa vie eut lieu dix ans plus tard. Ou était-ce onze ? Ou douze ans ? Les dates dansaient dans sa tête, pas l'endroit : Rome. C'est là qu'il se réfugia en fuyant Barcelone, chez un pharmacien qui collaborait à la presse anarchiste et avait connu l'ergastule. Là étaient les images, vivantes, dans la mémoire de Gall. D'abord il le soupçonna, puis le vit de ses yeux : ce compagnon ramassait des prostituées aux alentours du Colisée, les amenait chez lui quand il se trouvait absent et les payait pour qu'elles se laissent fouetter. Là, les larmes du pauvre diable la nuit où il lui en fit reproche, et là, son aveu de ne trouver de plaisir qu'en infligeant ce châtiment, de ne pouvoir aimer qu'en voyant un corps meurtri et peureux. Il pensa ou rêva qu'il l'entendait encore réclamer son aide et dans son demi-sommeil, comme cette nuit-là, il le palpa, sentit la rondeur de la zone des appétits inférieurs, la température de ce sommet où Spurzheim avait localisé l'organe de la sexualité, et la déformation, au creux occipital inférieur, presque à la naissance du cou, des cavités qui représentent les instincts destructeurs. (Et il revécut à cet instant la chaude atmosphère du cabinet de Mariano Cubí, et il entendit l'exemple que celui-ci avait l'habitude de citer : celui de Jobard le Joly, l'incendiaire de Genève, dont il avait examiné la tête après sa décapitation : « Il avait cette région de la cruauté si volumineuse qu'elle ressemblait à une grosse tumeur, un crâne enceinte. ») Alors, il lui redonna le remède : « Ce n'est pas le vice que tu dois supprimer de ta vie, compagnon, c'est le sexe », et lui expliqua derechef que, ce faisant, la puissance destructrice de sa nature, une fois aveuglée la voie sexuelle, se tournerait vers des buts éthiques et sociaux, multipliant son énergie pour le combat de la liberté et l'anéantissement de l'oppression. Et sans que sa voix ne tremblât, le scrutant dans les yeux, il le lui reproposa fraternellement : « Faisons-le ensemble. Je t'accompagnerai dans ta décision, pour te prouver que c'est possible. Jurons de ne plus jamais toucher une femme, mon frère. » Le pharmacien avait-il tenu parole ? Il se rappela son regard consterné, sa voix de cette nuit-là, et il pensa ou rêva : « C'était un faible. » Le soleil traversait ses paupières fermées, blessait ses pupilles.

Lui n'était pas un faible, lui avait pu, jusqu'à ce matin, tenir promesse. Parce que le raisonnement et le savoir donnèrent fondement et vigueur à ce qui avait été, au début, une pure impulsion, un geste de camaraderie. Eh quoi ! la recherche du plaisir, l'asservissement à l'instinct, n'était-ce pas un danger pour qui était engagé dans une guerre sans quartier ? Les besoins pressants du sexe ne pouvaient-ils pas le distraire de son idéal ? Ce qui tourmenta Gall durant ces années-là ce n'est pas d'avoir banni la femme de sa vie, mais de penser que ce qu'il faisait, ses ennemis aussi le faisaient, les curés catholiques, bien qu'il se dît que dans son cas les raisons n'obéissaient pas à l'obscurantisme ni aux préjugés, comme dans leur cas, mais visaient à le rendre plus léger, plus disponible, plus fort pour ce combat parce qu'elles rapprochaient et confondaient ce qu'ils avaient contribué plus que personne à tenir pour ennemis : le ciel et la terre, la matière et l'esprit. Sa décision ne se trouva jamais menacée et Galileo Gall rêva ou pensa : « Jusqu'à ce jour. » Au contraire, il croyait fermement que cette absence s'était traduite en plus grand appétit intellectuel, en une capacité accrue d'action. Non : il se mentait à nouveau. La raison avait pu soumettre le sexe dans la veille, non dans les rêves. Bien des nuits ces années-là, quand il s'endormait, des formes féminines tentatrices se glissaient dans son lit, se collaient contre son corps et lui arrachaient des caresses. Il rêva ou pensa qu'il lui en avait coûté plus d'effort pour résister à ces fantômes qu'aux femmes en chair et en os et il se rappela qu'à l'instar des adolescents ou compagnons enfermés en prison de par le vaste monde, bien des fois il avait fait l'amour avec ces silhouettes impalpables que fabriquait son désir.

Angoissé, il pensa ou rêva : « Comment ai-je pu ? Pourquoi ai-je pu ? » Pourquoi s'était-il précipité sur la jeune femme ? Elle résistait et il l'avait frappée, et il se demanda anxieusement s'il l'avait frappée aussi quand elle ne résistait plus et se laissait déshabiller. Qu'était-il arrivé, compagnon ? Il rêva ou pensa : « Tu ne te connais pas, Gall. » Non, sa tête ne lui parlait pas. Mais d'autres l'avaient examinée et trouvé chez lui, développées, les tendances impulsives et la curiosité, aucune aptitude pour le contemplatif, pour l'esthétique et en général pour tout ce qui ne se rattachait pas à l'action pratique et à l'activité corporelle, et nul ne perçut jamais, dans le réceptacle de son âme, la moindre anomalie sexuelle. Il rêva ou pensa quelque chose à quoi il avait déjà pensé : « La science est encore une chandelle qui tremblote dans une grande caverne ténébreuse. »

De quelle façon cet événement affecterait sa vie ? La décision de Rome avait-elle encore sa raison d'être ? Devait-il la renouveler après cet accident ou la réviser ? Était-ce un accident ? Comment expliquer scientifiquement ce qui s'était produit ce matin ? Dans son âme – non, dans son esprit, le mot âme était couvert de crasse religieuse –, à l'insu de sa conscience, s'étaient entassés durant ces années les appétits qu'il croyait déracinés, les énergies qu'il supposait détournées vers des fins meilleures que le plaisir. Et cette accumulation secrète avait éclaté ce matin, enflammée par les circonstances, c'est-à-dire la nervosité, la tension, la peur, la surprise de l'attaque, du vol, des coups de feu, des morts. Était-ce l'explication juste ? Ah ! s'il avait pu examiner tout cela comme un problème étranger, objectivement, avec quelqu'un comme le vieux Cubí ! Et il se rappela ces conversations que le phrénologue qualifiait de socratiques, sur le chemin du port de Barcelone ou dans le dédale du quartier gothique, et son cœur fut pris de nostalgie. Non, il serait imprudent, maladroit, stupide de persévérer dans sa décision romaine, ce serait risquer à l'avenir un événement identique ou plus grave que celui de ce matin. Il pensa ou rêva, avec une amertume sarcastique : « Tu dois te résigner à forniquer, Galileo. »

Il pensa à Jurema. Était-ce un être pensant ? Un petit animal domestique, plutôt. Diligent, soumis, capable de croire que les statues de saint Antoine s'échappent des églises pour rejoindre les grottes où elles furent taillées, dressé comme les autres esclaves du Baron à s'occuper des poules et des moutons, à donner à manger à son mari, à laver son linge et ouvrir ses cuisses seulement pour lui. Il pensa : « Maintenant, peut-être, elle sortira de sa léthargie et découvrira l'injustice. » Il pensa : « Je suis ton injustice. » Il pensa : « Peut-être lui as-tu fait du bien. »

Il pensa aux hommes qui l'avaient attaqué et s'étaient emparé du chariot, aux deux hommes qu'il avait tués. Étaient-ce des gens du Conseiller ? Étaient-ils commandés par cet homme de la tannerie de Queimadas, ce Pajeú ? Il ne dormait pas, il ne rêvait pas, mais gardait les yeux clos, immobile. N'était-ce pas naturel que cet homme, Pajeú, le prenant pour un espion à la solde de l'armée ou un marchand avide de tromper son monde, l'eût fait surveiller, et, découvrant des armes en sa possession, s'en fût emparé pour approvisionner Canudos ? Tant mieux s'il en était ainsi, tant mieux si à cette heure ces fusils allaient renforcer les jagunços à qui ils étaient destinés. Pourquoi ce Pajeú aurait-il eu confiance en lui ? Quelle confiance pouvait lui inspirer un étranger qui prononçait mal sa langue et avait des idées obscures ? « Tu as tué deux compagnons, Gall », pensa-t-il. Il était éveillé : cette chaleur c'est le soleil de la matinée, ces bruits, les sonnailles des moutons. Et si ces armes étaient entre les mains de simples bandits ? Ils avaient pu les suivre, l'homme vêtu de cuir et lui, la veille au soir, quand ils les convoyaient depuis la fazenda où Epaminondas les leur avait remises. Ne disait-on pas que la région grouillait de cangaceiros ? Avait-il agi avec précipitation, imprudence ? Il pensa : « J'aurais dû décharger le chariot, ranger les armes ici. » Il pensa : « Alors je serais mort et ils les auraient également emportées. » Il se sentit rongé de doutes : retournerait-il à Bahia ? Irait-il encore à Canudos ? Ouvrirait-il les yeux ? Se lèverait-il de ce hamac ? Regarderait-il enfin la réalité en face ? Il entendait les sonnailles, il entendait les aboiements et maintenant il entendit, aussi, des pas et une voix.

VII

Quand les colonnes de l'expédition du major Febronio de Brito et la poignée de vivandières qui les suivait encore convergèrent sur la localité de Mulungú, à deux lieues de Canudos, elles se retrouvèrent sans porteurs ni guides. Ces derniers, recrutés à Queimadas et Monte Santo pour orienter les patrouilles de reconnaissance et qui, depuis qu'ils avaient traversé des hameaux fumants, s'étaient montrés rétifs, avaient disparu d'un seul coup à la nuit tombante, tandis que les soldats, couchés épaule contre épaule, réfléchissaient sur les blessures et peut-être la mort qui les attendaient derrière ces sommets, découpés sur un ciel indigo qui devenait noir.

Quelque six heures après, les déserteurs arrivaient à Canudos et, haletants, demandaient pardon au Conseiller d'avoir servi le Chien. Ils furent conduits au magasin des Vilanova où João Abade les interrogea, avec un luxe de détails, sur la troupe qui s'avançait, avant de les laisser entre les mains du Ravi qui accueillait toujours les nouveaux venus. Les guides durent jurer devant lui qu'ils n'étaient pas républicains, qu'ils n'acceptaient pas la séparation de l'Église et de l'État, ni le renversement de l'empereur Pedro II, ni le mariage civil, ni les cimetières laïcs, ni le système métrique décimal, qu'ils ne répondraient pas aux questions du recensement et qu'ils ne voleraient plus jamais, ne s'enivreraient ni ne joueraient à l'argent. Ensuite ils se firent une petite incision avec leurs couteaux comme preuve de leur volonté de verser leur sang dans la lutte contre l'Antéchrist. C'est alors seulement qu'ils furent conduits par des hommes en armes ainsi qu'une foule tirée de son sommeil par la nouvelle de leur arrivée et qui leur donnait l'accolade et leur serrait les mains, jusqu'au

Sanctuaire. À la porte, apparut le Conseiller. Ils tombaient à genoux, se signaient, voulaient toucher sa tunique, lui baiser les pieds. Plusieurs ne pouvaient retenir leur émotion et sanglotaient. Le Conseiller, au lieu de seulement les bénir, regardant à travers eux, comme il le faisait avec les nouveaux élus, s'inclina et les releva en les regardant un à un de ses yeux noirs et ardents que nul d'entre eux n'oublierait jamais. Puis il demanda à Maria Quadrado et aux huit dévotes du Chœur Sacré – elles portaient des tuniques bleues nouées d'un cordon de lin – d'allumer les lampes du Temple du Bon Jésus, comme elles le faisaient chaque soir, quand il montait à la tour pour donner ses conseils.

Quelques minutes plus tard il était sur l'échafaudage, entouré du Ravi, du Lion de Natuba, de la Mère des Hommes et des dévotes, et à ses pieds, entassés et avides dans l'aube qui pointait, il y avait les hommes et les femmes de Canudos, conscients que c'était là une occasion peut-être encore plus extraordinaire que les autres. Le Conseiller alla, comme toujours, à l'essentiel. Il parla de la transsubstantiation, du Père et du Fils qui étaient deux et un, trois et un avec le Divin Saint-Esprit et, pour que ce qui était obscur fût plus clair, il expliqua que Belo Monte pouvait être, aussi, Jérusalem. De son index il montra, dans la direction de la Favela, le Jardin des Oliviers, où le Fils avait passé l'atroce nuit de la trahison de Judas et, un peu plus loin, dans la Serra de Canabrava, le Calvaire, où les impies le crucifièrent entre deux voleurs. Il ajouta que le Saint-Sépulcre se trouvait à un quart de lieue, à Grajaú, parmi les rocailles cendreuses, où des fidèles anonymes avaient planté une croix. Il précisa ensuite, devant les élus silencieux et émerveillés, par quelles ruelles de Canudos passait le chemin du Calvaire, où Christ était tombé pour la première fois, où il avait rencontré sa mère, à quel endroit la pécheresse repentie avait essuyé son visage et où Simon de Cyrène l'avait aidé à traîner sa croix. Alors qu'il expliquait que la vallée d'Ipueira était la vallée de Josaphat on entendit des coups de feu de l'autre côté des montagnes qui séparaient Canudos du monde. Sans se hâter, le Conseiller demanda à la foule – déchirée entre le charme de sa voix et la fusillade – de chanter un hymne composé par le Ravi : « À la louange du Chérubin. » Ce n'est qu'ensuite que des groupes d'hommes partirent avec João Abade et Pajeú renforcer les jagunços qui étaient déjà aux prises avec l'avant-garde du major Febronio de Brito sur les pentes du mont Cambaio.

Quand ils parvinrent en courant à se poster dans les crevasses, tranchées et saillants de la montagne que des soldats en uniforme rouge et bleu les uns, vert et bleu les autres, tentaient d'escalader, il y avait déjà des morts. Les jagunços disposés par João Abade à ce passage obligatoire avaient vu s'approcher encore dans l'obscurité les troupes et, tandis que le plus gros se reposait à Rancho das Pedras – quelque huit cabanes disparues sous le feu des incendiaires – ils virent une compagnie d'infanterie, commandée par un lieutenant sur un cheval moucheté, s'avancer vers le Cambaio. Ils la laissèrent approcher jusqu'à l'avoir à portée et, sur un signe de José Venancio, ils l'arrosèrent de coups de carabine, de fusil, de pierres, de flèches d'arbalète et d'insultes : « Chiens », « francs-maçons », « protestants ». C'est alors seulement que les soldats s'aperçurent de leur présence. Ils firent demi-tour et s'enfuirent, sauf trois blessés qui furent rattrapés et achevés par les jagunços bondissants, et le cheval qui se cabra et, renversant son cavalier, roula entre les pierres en se brisant les pattes. Le lieutenant put s'abriter derrière des rochers et se mettre à tirer tandis que l'animal restait étendu là, hennissant lugubrement, après plusieurs heures de fusillade.

Plusieurs jagunços avaient été déchiquetés par les coups de canon des Krupp qui, peu après la première escarmouche, s'étaient mis à bombarder la montagne provoquant des éboulis et une pluie d'éclats. João Grande, qui se trouvait aux côtés de José Venancio, comprit que c'était un suicide que de rester tous groupés ; aussi, bondissant entre les pierres, agitant ses bras comme des ailes, cria-t-il à ses hommes de se disperser et de ne pas offrir de cible compacte. Ils lui obéirent, sautant de rocher en rocher ou s'aplatissant contre le sol, tandis qu'en bas, répartis en sections de combat sous le commandement de lieutenants, sergents et caporaux, les soldats, au milieu d'un nuage de poussière et au son du clairon, grimpaient le long du Cambaio. Lorsque João Abade et Pajeú arrivèrent avec les renforts, ils étaient déjà à mi-pente. Les jagunços qui tentaient de les repousser, bien que décimés, n'avaient pas reculé. Ceux qui avaient des armes à feu s'étaient mis à tirer sur-le-champ, accompagnant leurs tirs de vociférations. Ceux qui ne portaient que des machettes et des couteaux, ou ces arbalètes pour lancer des flèches avec lesquelles les sertanejos chassaient le canard ou le gibier et qu'Antonio Vilanova avait fait fabriquer par dizaines par les charpentiers de Canudos, se contentaient de former des grappes autour d'eux et de leur passer la poudre ou de charger leurs carabines, en attendant que le Bon Jésus les fît hériter d'une arme ou rapprochât suffisamment l'ennemi pour l'attaquer à main nue.

Les Krupp continuaient à lancer des obus contre les hauteurs et les éboulements de roches causaient autant de victimes que les balles. Au début du crépuscule, quand des silhouettes en rouge-bleu et vert-bleu commencèrent à percer les lignes des élus, João Abade convainquit les autres de se replier sinon ils seraient encerclés. Plusieurs dizaines de jagunços étaient morts et plus encore étaient blessés. Ceux qui étaient en condition d'entendre l'ordre, de reculer et de se glisser le long de la plaine connue sous le nom de Tabolerinho jusqu'à Belo Monte, furent à peine un peu plus de la moitié de ceux qui la veille et ce matin avaient parcouru en sens contraire ce chemin. José Venancio qui se retirait parmi les derniers, appuyé sur un bâton, la jambe pliée et sanglante, reçut une balle dans le dos qui le tua sans lui donner le temps de faire le signe de la croix.

Le Conseiller se trouvait depuis ce matin-là dans le Temple inachevé, priant entouré des dévotes, de Maria Quadrado, du Ravi, du Lion de Natuba et d'une multitude de fidèles également en prières, et ils percevaient le fracas qu'apportait à Canudos, à certains moments très net, le vent du Nord. Pedraõ, les frères Vilanova, Joaquim Macambira et les autres qui étaient restés là, préparant la ville à l'assaut, étaient déployés le long du Vasa Barris. Ils avaient apporté sur les berges toutes les armes, la poudre et les projectiles qu'ils avaient trouvés. Quand le vieux Macambira vit apparaître les jagunços qui revenaient du Cambaio, il murmura qu'apparemment le Bon Jésus voulait que les chiens entrassent à Jérusalem. Aucun de ses enfants ne remarqua qu'il s'était trompé de mot.

Mais ils n'entrèrent pas. Le combat se décida ce même jour, avant la nuit, au Tabolerinho, où les soldats des trois colonnes du major Febronio de Brito se jetaient maintenant au sol, étourdis de fatigue et de bonheur, après avoir vu s'enfuir les jagunços des derniers contreforts de la montagne et pressentant là, à moins d'une lieue, la proximité des toits de paille et des deux très hautes tours de pierre de ce qu'ils considéraient déjà comme le butin de leur victoire. Tandis que les jagunços survivants entraient à Canudos – leur arrivée soulevait le désarroi, des conversations surexcitées, des pleurs, des cris, des prières à tue-tête –, les soldats se laissaient choir, dégrafaient leurs vareuses rouge-bleu, vert-bleu, retiraient leurs guêtres, si épuisés qu'ils ne pouvaient même pas se dire les uns aux autres comme ils étaient heureux de la déroute de l'ennemi. Réunis en conseil de guerre, le major Febronio et ses quatorze officiers décidaient de camper au fond de cette vallée pelée, près d'une lagune inexistante que les cartes appelaient Cipó* et qu'on appellerait, depuis ce jour, lagune du Sang. Le lendemain matin, aux premières lueurs, ils donneraient l'assaut au réduit des fanatiques.

Mais avant une heure, quand lieutenants, sergents et caporaux passaient encore en revue les compagnies meurtries, établissaient la liste des morts, blessés et disparus et des soldats de l'arrière-garde surgissaient encore d'entre les rochers, ce furent eux qui leur donnèrent l'assaut. Valides ou malades, hommes ou femmes, jeunes ou vieux, tous les élus en état de combattre leur tombèrent dessus comme une avalanche. João Abade les avait convaincus qu'ils devaient attaquer à cet instant même, là même, tous ensemble, parce qu'il n'y aurait plus d'après s'ils ne le faisaient pas. Ils lui avaient emboîté le pas, ils avaient traversé comme un lourd troupeau la vallée. Ils étaient armés de toutes les images du Bon Jésus, de la Vierge, du Divin qu'il y avait dans la ville, ils tenaient à la main tous les gourdins, piques, faux, fourches, couteaux et machettes qu'il y avait à Canudos, en plus des tromblons, escopettes, carabines, fusils et Mannlichers conquis à Uauá, et en même temps qu'ils tiraient des balles, des bouts de métal, des clous, flèches et pierres, ils poussaient des hurlements, possédés par ce courage téméraire qui était l'air respiré par les sertanejos depuis leur naissance, multipliés maintenant en eux par l'amour de Dieu et la haine du Prince des Ténèbres que le saint avait su leur inculquer. Ils ne laissèrent pas le temps aux soldats de sortir de leur stupeur en voyant soudain, dans cette plaine, la masse vociférante d'hommes et femmes courir vers eux comme s'ils n'avaient pas été déjà battus. Quand la peur les réveilla, les secoua, les mit debout et qu'ils prirent leurs armes, il était trop tard. Déjà les jagunços étaient sur eux, parmi eux, derrière eux, devant eux, leur tirant dessus, les poignardant, les lapidant, les transperçant, les mordant, leur arrachant leurs fusils, leurs cartouchières, leurs cheveux, les yeux et, surtout, les maudissant avec les mots les plus étranges qu'ils eussent jamais entendus. Les uns d'abord, puis d'autres réussirent à fuir, abasourdis, affolés, épouvantés devant cette charge soudaine, insensée, qui ne semblait pas humaine. Dans l'ombre qui tombait derrière la boule de feu qui venait de s'enfoncer derrière les cimes, ils se dispersèrent seuls ou groupés sur ces pentes du Cambaio qu'ils avaient si vaillamment escaladées toute la journée durant, courant en toutes directions, trébuchant, se relevant, arrachant leurs uniformes dans l'espoir de passer inaperçus et priant pour que la nuit arrive une bonne fois.

Ils auraient pu tous mourir, il aurait pu ne rester ni un officier ni même un soldat de ligne pour raconter au monde l'histoire de cette bataille déjà gagnée et subitement perdue ; ils auraient pu être poursuivis, pistés, traqués et achevés jusqu'au dernier, chacun de ce demi-millier d'hommes vaincus qui couraient sans but, dispersés par la peur et la confusion, si les vainqueurs avaient su que la logique de la guerre est la destruction totale de l'adversaire. Mais la logique des élus du Bon Jésus n'était pas de ce monde. La guerre qu'ils livraient n'était qu'en apparence celle du monde extérieur, celle de soldats en uniforme contre des loqueteux, celle du littoral contre l'intérieur, celle du nouveau Brésil contre le Brésil traditionnel. Tous les jagunços avaient conscience d'être seulement les fantoches d'une guerre profonde, intemporelle et éternelle, celle du bien et du mal, qui durait depuis le début des temps. Aussi les laissèrent-ils s'échapper, tandis qu'eux, à la lumière des lampes, ramassaient les frères morts et blessés qui gisaient dans la vallée ou dans le Cambaio avec des grimaces de douleur et d'amour de Dieu imprimées sur leur visage (quand la mitraille avait épargné leur visage). Toute la nuit ils transportèrent les blessés aux dispensaires de Belo Monte, et les cadavres qui, revêtus de leurs meilleurs habits et placés dans des cercueils fabriqués à la hâte, étaient conduits pour être veillés au Temple du Bon Jésus et à l'Église de Saint-Antoine. Le Conseiller décida qu'ils ne seraient pas enterrés jusqu'à ce que le curé de Cumbe vînt dire une messe pour leurs âmes, et une des dévotes du Chœur Sacré, Alejandrinha Correa, alla le chercher.

En l'attendant, Antonio Fogueteiro prépara des feux d'artifice et il y eut une procession. Le lendemain, plusieurs jagunços retournèrent au lieu du combat. Ils déshabillèrent les soldats et abandonnèrent les cadavres nus à la putréfaction. À Canudos, ils brûlèrent les guêtres et les pantalons avec tout ce qu'ils contenaient, billets de la République, tabac, images, mèches de cheveux de femmes ou de filles, souvenirs qui leur semblaient être des objets de damnation. Mais ils conservèrent les fusils, les baïonnettes, les balles, ainsi que le leur avaient demandé João Abade, Pajeú, les Vilanova et parce qu'ils comprenaient qu'ils seraient indispensables si on les attaquait à nouveau. Comme certains s'y refusaient, le Conseiller lui-même dut leur demander de remettre ces Mannlichers, Winchesters, revolvers, caisses de poudre, chapelets de munitions et boîtes de graisse aux soins d'Antonio Vilanova. Les deux canons Krupp étaient restés au pied du Cambaio, à l'endroit d'où ils avaient bombardé la montagne. Tout ce qui pouvait brûler – les roues et les affûts – fut brûlé et les tubes d'acier furent traînés, avec l'aide des mules, jusqu'à la ville pour être fondus par les forgerons.

À Rancho das Pedras, où s'était trouvé le dernier campement du major Febronio de Brito, les hommes de Pedrão trouvèrent, affamées et hirsutes, six femmes qui avaient suivi les soldats, leur faisant la cuisine, lavant leur linge et leur donnant de l'amour. Elles furent conduites à Canudos d'où le Ravi les expulsa en leur disant que ceux qui avaient servi délibérément l'Antéchrist ne pouvaient demeurer à Belo Monte. Mais l'une d'elles, qui était enceinte, fut attrapée aux alentours par deux cafusos qui appartenaient à la bande de José Venancio et qui, inconsolables après sa mort, lui ouvrirent le ventre à coups de machette, lui arrachèrent son fœtus et y mirent à la place un coq vivant, convaincus qu'ils rendaient ainsi service à leur chef dans l'autre monde.

Il entend deux ou trois fois le nom de Caifás, parmi des mots qu'il ne comprend pas, et faisant un effort il ouvre les yeux : la femme de Rufino est là, près du hamac, agitée, remuant les lèvres, faisant du bruit, et c'est plein jour car par la porte et les interstices des pieux le soleil entre à flots dans la cabane. La lumière le blesse si fort qu'il doit fermer les yeux et se frotter les paupières tandis qu'il se redresse. Des images confuses lui parviennent à travers une eau laiteuse, et au fur et à mesure que son cerveau se dégourdit et le monde s'éclaire, le regard et l'esprit de Galileo Gall découvrent une métamorphose dans la pièce : elle a été soigneusement rangée ; le sol, les murs, les objets semblent briller, comme si tout avait été frotté et astiqué. Il comprend maintenant ce que lui dit Jurema : Caifás arrive, Caifás arrive. Il remarque que la femme du guide a changé la tunique qu'il lui avait déchirée pour une blouse et une jupe sombres, qu'elle est pieds nus et effrayée, et tandis qu'il tâche de se rappeler où est tombé son revolver ce matin-là, il se dit qu'il n'y a pas de quoi s'alarmer, que celui qui arrive est l'homme vêtu de cuir qui l'a conduit jusqu'à Epaminondas Gonçalves et l'a ramené au retour avec les armes, justement la personne dont il a le plus besoin en ce moment. Voilà le revolver, près de son bagage, au pied de la Vierge de Lapa suspendue à un clou. Il s'en saisit et quand il pense qu'il est déchargé il voit, à la porte de la baraque, Caifás.

– *They tried to kill me,* dit-il précipitamment et, s'apercevant de son erreur, il s'adresse à lui dans sa langue : – Ils ont voulu me tuer, ils ont pris les armes. Je dois voir Epaminondas Gonçalves le plus tôt possible.

– Bonjour, dit Caifás, en portant deux doigts à son chapeau aux lanières de cuir, sans l'ôter, s'adressant à Jurema d'une façon qui semble à Gall absurdement solennelle, puis il se tourne vers lui et fait le même geste en répétant : « Bonjour. »

– Bonjour, répond Gall qui se sent soudain ridicule avec son revolver à la main.

Il le glisse à la taille, entre son pantalon et son corps, et fait deux pas vers Caifás en remarquant le trouble, la honte, l'embarras qui se sont emparés de Jurema à son arrivée : elle ne bouge pas, regarde par terre, ne sait que faire de ses mains. Galileo désigne l'extérieur :

– As-tu vu ces deux hommes morts là dehors ? Il y en avait un autre, celui qui a emporté les armes. Je dois parler à Epaminondas, je dois l'avertir. Mène-moi jusqu'à lui.

– Je les ai vus, dit laconiquement Caifás. – Et il se tourne vers Jurema qui reste tête basse, pétrifiée, remuant ses doigts comme si elle avait une crampe. – Des soldats sont arrivés à Queimadas. Plus de cinq cents. Ils cherchent des guides pour aller à Canudos. Celui qui ne veut pas accepter y est traîné de force. Je suis venu avertir Rufino.

– Il n'est pas là, balbutie Jurema, sans lever la tête. Il est allé à Jacobina.

– Des soldats ? – Gall fait un autre pas en avant, jusqu'à frôler presque le nouveau venu. – L'expédition du major Brito est déjà ici ?

– Il va y avoir un défilé, acquiesce Caifás. Les soldats sont déjà en rangs sur la place. Ils sont arrivés par le train de ce matin.

Gall se demande pourquoi l'homme n'est pas surpris des morts qu'il a vus là dehors, en arrivant à la cabane, pourquoi il ne l'interroge pas sur ce qui s'est passé et comment, pourquoi il reste ainsi, tranquille, impassible, inexpressif, espérant quoi ? et il se dit une fois de plus que les gens d'ici sont étranges, impénétrables, insondables, autant que le lui semblaient les Chinois ou les Hindous. Caifás est très maigre, osseux, tanné, les pommettes saillantes et des yeux vineux qui mettent mal à l'aise parce qu'ils ne battent jamais des cils, presque sans voix, car c'est à peine s'il a ouvert la bouche durant le double voyage qu'il a fait à ses côtés, et dont le gilet de cuir, le pantalon renforcé aux fonds, les jambes également entourées de lanières de cuir et même les espadrilles de corde semblent faire partie de son corps, une âpre peau complémentaire, une croûte. Pourquoi son arrivée a-t-elle plongé Jurema dans pareille confusion ? Est-ce à cause de ce qui s'est passé il y a quelques heures entre eux deux ? Le petit caniche apparaît dans un coin et saute, bondit, folâtre entre les pieds de Jurema et Galileo Gall s'aperçoit alors que les poules ont disparu de la pièce.

– Je n'en ai vu que trois, celui qui s'est échappé a emporté les armes, dit-il en lissant sa chevelure rousse en désordre. Il faut aviser au plus vite Epaminondas, cela peut être dangereux pour lui. Peux-tu me conduire à la fazenda ?

– Il n'y est plus, dit Caifás. Vous l'avez entendu, hier. Il a dit qu'il partait à Bahia.

– Oui, dit Gall.

Il n'y a pas d'autre solution, il devra retourner à Bahia lui aussi. Il pense : « Les soldats sont ici maintenant. » Il pense : « Ils vont venir chercher Rufino, ils vont trouver les morts, ils vont me trouver. » Il doit s'en aller, secouer cette langueur, cette torpeur qui le tenaillent. Mais il ne bouge pas.

– Si ça se trouve c'étaient des ennemis d'Epaminondas, des gens du gouverneur Luis Viana, du baron, murmure-t-il, comme s'il s'adressait à Caifás, mais en réalité il parle à lui-même. Pourquoi, alors, la garde nationale n'est-elle pas venue ? Ces trois-là n'étaient pas gendarmes. Peut-être des bandits, peut-être voulaient-ils les armes pour leurs forfaits ou pour les vendre.

Jurema reste immobile, la tête basse, et, à un mètre de lui, toujours tranquille, paisible, inexpressif, Caifás. Le caniche sautille, halète.

– De plus, il y a quelque chose de bizarre, réfléchit Gall à voix haute, en pensant « je dois me cacher jusqu'au départ des soldats et retourner à Salvador », en pensant, en même temps, que l'expédition du major Brito se trouve maintenant là à moins de deux kilomètres, qu'elle ira à Canudos et qu'elle anéantira sans doute cette poussée de révolte aveugle où il a cru ou voulu voir la graine d'une révolution. – Non seulement ils cherchaient les armes. Ils voulaient me tuer, c'est sûr. Et c'est incompréhensible. Qui peut avoir intérêt à me tuer, moi, ici, à Queimadas ?

– Moi, monsieur, entend-il dire Caifás, de sa même voix sans nuances, en même temps qu'il sent la lame du couteau sur son cou, mais ses réflexes sont, ont toujours été rapides et il a réussi à écarter la tête, à reculer de quelques millimètres au moment où l'homme sautait sur lui, si bien que son couteau, au lieu de se planter dans sa gorge, est dévié et frappe plus bas, à droite, au bord même du cou et de l'épaule, lui laissant au corps une sensation de froid et de surprise plus que de douleur.

Il est tombé par terre, il touche sa blessure, conscient que du sang coule entre ses doigts, il regarde les yeux écarquillés, ébahi, cet homme au nom biblique dont l'expression ne s'est même pas altérée, sauf peut-être les pupilles qui étaient opaques et qui maintenant brillent. Il tient dans la main gauche son couteau ensanglanté et un petit revolver à la crosse de nacre dans la droite. Il le vise à la tête, penché sur lui, en même temps qu'il lui donne une sorte d'explication :

– C'est un ordre du colonel Epaminondas Gonçalves, monsieur. C'est moi qui ai emporté les armes ce matin, je suis le chef de ceux que vous avez tués.

– Epaminondas Gonçalves ? répète Galileo Gall d'une voix rauque, et maintenant la douleur à sa gorge devient très vive.

– Il a besoin d'un cadavre anglais, semble s'excuser Caifás, en même temps qu'il presse sur la détente et Gall, qui a penché automatiquement son visage, sent une brûlure à la mâchoire, aux cheveux et comme si on lui arrachait l'oreille.

– Je suis écossais et je hais les Anglais, parvient-il à murmurer, en pensant que le second coup l'atteindra au front, à la bouche ou au cœur, qu'il perdra conscience et mourra, car l'homme en cuir allonge à nouveau la main, mais ce qu'il voit plutôt est un bolide, un bondissement, Jurema qui tombe sur Caifás, s'accroche à lui et le fait trébucher ; alors il cesse de penser et, découvrant en lui des forces qu'il ne croyait plus avoir, il se relève et saute aussi sur Caifás, tout à la fois inquiet de saigner et de brûler, et avant de se remettre à penser, de tâcher de comprendre ce qui s'est passé, ce qui l'a sauvé, il frappe avec la crosse de son revolver, de toutes les forces qui lui restent, l'homme en cuir auquel Jurema reste accrochée.

Avant de le voir perdre conscience, il se rend compte que ce n'est pas lui que Caifás regarde tandis qu'il se débat et reçoit ses coups, mais Jurema et qu'il n'y a pas de la haine ni de la colère, mais une incommensurable stupéfaction dans ses pupilles vineuses, comme s'il ne pouvait comprendre ce qu'elle a fait, comme si de se jeter contre lui, de dévier son bras, de permettre à sa victime de se relever et de l'attaquer étaient des choses qu'il ne pouvait pas même imaginer, même en rêve. Mais lorsque Caifás, presque inerte, le visage enflé sous les coups, sanglant aussi de son propre sang ou celui de Gall, lâche son couteau et son minuscule revolver et que Gall s'en saisit et va tirer, c'est Jurema elle-même qui l'en empêche, s'accrochant à sa main, comme auparavant à celle de Caifás, et criant hystériquement.

– *Don't be afraid,* dit Gall, sans forces désormais pour résister. Je dois partir d'ici, les soldats vont arriver. Aide-moi à monter sur ma mule, allons.

Il ouvre et ferme la bouche, plusieurs fois, sûr qu'à ce même moment il va s'écrouler près de Caifás, qui semble remuer. Le visage tordu par l'effort, remarquant que la brûlure à son cou s'est accrue et qu'il a mal maintenant aux os aussi, aux ongles, aux cheveux, il part en titubant et se cognant contre les ballots et les objets de la cabane, jusqu'à cette flambée de lumière blanche qui est la porte, en pensant : « Epaminondas Gonçalves », en pensant : « Je suis un cadavre anglais. »

Le nouveau curé de Cumbe, Dom Joaquim, arriva au village sans tambour ni trompette un après-midi nuageux qui annonçait l'orage. Il apparut sur un char à bœufs, portant une vieille valise et une ombrelle pour le soleil et pour la pluie. Il avait fait un long voyage, depuis Bengalas, dans l'État de Pernambouc, où il avait été curé deux ans. Les mois suivants on allait dire que son évêque l'avait éloigné de là pour s'être mal conduit avec une mineure.

Les habitants qu'il avait trouvés à l'entrée de Cumbe l'avaient conduit jusqu'à la place de l'Église et lui avaient montré la baraque effondrée où le curé du village habitait, à l'époque où Cumbe avait un curé. La maison était maintenant un trou avec des murs et sans toit qui servait de dépotoir et d'abri aux animaux sans maître. Dom Joaquim entra dans la petite église de Notre-Dame-de-la-Conception et, réunissant les bancs utilisables, se prépara un grabat et se mit à dormir, tel qu'il était.

Il était jeune, un peu courbé, petit, légèrement ventru et avec un air enjoué qui lui valut aussitôt la sympathie des gens. N'étaient sa soutane et sa tonsure, on ne l'aurait pas pris pour un homme ayant commerce actif avec le monde de l'esprit, car il suffisait de le fréquenter une fois pour comprendre que les choses de ce monde (surtout les femmes) lui importaient autant, ou peut-être davantage. Le jour même de son arrivée il démontra à Cumbe qu'il était capable de coudoyer les habitants comme l'un d'eux et que sa présence ne troublerait pas notablement les habitudes de la population. Presque toutes les familles étaient rassemblées sur la place de l'église pour lui souhaiter la bienvenue, quand il ouvrit les yeux, après plusieurs heures de sommeil. La nuit était profonde, il avait plu et cessé de pleuvoir et dans la chaude humidité les grillons stridulaient en même temps que le ciel fourmillait d'étoiles. Les présentations commencèrent, long défilé de femmes qui lui baisaient la main et d'hommes qui ôtaient leur chapeau en passant près de lui, en murmurant leur nom. Au bout de peu de temps, le Père Joaquim interrompit le baisemain en expliquant qu'il mourait de faim et de soif. Quelque chose qui ressemblait au chemin de croix de la Semaine sainte commença alors, où le curé s'arrêtait de maison en maison, se voyait offrir les meilleurs mets de la part des villageois. La lumière du matin le trouva encore éveillé dans une des deux tavernes de Cumbe, savourant des cerises à l'eau-de-vie et faisant assaut de poésie avec le caboclo Matias de Tavares.

Il commença aussitôt ses fonctions, dire des messes, baptiser les enfants qui naissaient, confesser les adultes, administrer les derniers sacrements à ceux qui mouraient et marier les nouveaux couples ou ceux qui, déjà en concubinage, voulaient se mettre en règle devant Dieu. Comme il desservait une vaste région, il voyageait très souvent. Il était actif et plein d'abnégation dans l'exercice de son sacerdoce. Il faisait payer modérément ses services, acceptant les dettes ou qu'on ne le payât pas car de tous les péchés capitaux celui dont il était absolument dépourvu était la cupidité. Des autres, non, mais du moins les pratiquait-il sans discrimination. Il acceptait avec le même ravissement le succulent chevreau au four d'un propriétaire et la bouchée de rapadura que lui proposait un paysan et sa gorge ne faisait pas la différence entre la vieille eau-de-vie et l'alcool à brûler tempéré d'eau que l'on buvait en temps de pénurie. Quant aux femmes, aucune ne lui était repoussante, ni les vieilles chassieuses ni les fillettes impubères, ni les femmes affublées par la nature de verrues, de becs-de-lièvre ou de stupidité. À toutes il faisait la cour et insistait pour qu'elles viennent décorer l'autel de l'église. Quand l'alcool lui montait à la tête, lors des fêtes, sans la moindre gêne il leur mettait la main au panier. Et les pères, maris et frères, aux yeux de qui sa condition de prêtre semblait le déviriliser, supportaient résignés ces audaces qui chez tout autre leur auraient fait tirer le couteau. Si bien qu'ils furent soulagés quand le Père Joaquim noua des relations permanentes avec Alejandrinha Correa, la fille qui, parce qu'elle était rhabdomancienne, avait coiffé Sainte-Catherine.

La légende disait que la miraculeuse faculté d'Alejandrinha s'était révélée quand elle était une toute petite fille, l'année de la grande sécheresse, alors que les habitants de Cumbe, désespérés par le manque d'eau, creusaient des puits de tous côtés. Partagés en équipes, ils foraient dès l'aube, partout où il y avait eu quelquefois une végétation épaisse, en pensant que c'était le signe qu'il y avait de l'eau dans le sous-sol. Les femmes et les enfants participaient à cette tâche exténuante. Mais la terre extraite, au lieu d'humidité, ne révélait que de nouvelles couches de sable noirâtre ou de roches incassables. Jusqu'à ce qu'un jour, Alejandrinha, parlant avec véhémence, étourdie, comme si on lui dictait des mots qu'elle avait à peine le temps de répéter, fit irruption dans l'équipe de son père en disant qu'au lieu de creuser là il fallait le faire plus haut, au début du sentier qui monte à Massacará. On ne lui accorda aucune attention. Mais la fillette insista encore, en trépignant et agitant les mains comme inspirée. « Soit, dit son père, ça ne fera qu'un trou de plus. » Ils s'exécutèrent à l'endroit indiqué, sur cette esplanade de cailloux jaunâtres où bifurquent les sentiers de Carnaiba et de Massacará. Après avoir retiré deux jours durant mottes de terre et pierres, le sous-sol devint plus sombre, plus humide et finalement, au milieu de l'enthousiasme des habitants, l'eau suinta. Trois autres puits furent trouvés aux alentours, qui permirent à Cumbe de supporter mieux que d'autres villages ces deux années de misère et de mortalité.

Alejandrinha Correa devint dès lors un objet de respect et de curiosité. Ses parents, en outre, tâchèrent d'en tirer parti en faisant payer les hameaux et les paysans chaque fois qu'elle devinait l'endroit où il fallait chercher l'eau. Cependant, les habilités d'Alejandrinha ne se prêtaient pas au négoce. La fillette se trompait plus souvent qu'elle ne réussissait et, en maintes occasions, après avoir flairé l'endroit avec son petit nez retroussé, elle disait : « Je ne sais pas, ça ne me vient pas. » Mais ni ces passages à vide ni ces erreurs, qui disparaissaient toujours sous le souvenir de ses trouvailles, ne ternirent sa réputation. Son aptitude de sourcière la rendit célèbre, pas heureuse. Dès que l'on apprit ses pouvoirs, un mur se dressa autour d'elle qui l'isola des gens. Les autres enfants ne se sentaient pas à l'aise avec elle et les aînés ne la traitaient pas avec naturel. Ils la regardaient de façon insistante, ils lui demandaient des choses étranges sur l'avenir ou la vie post mortem et la faisaient s'agenouiller au chevet des malades et s'efforcer de les soigner par la pensée. Ses efforts pour être une femme comme toutes les autres ne lui servirent à rien. Les hommes se tinrent toujours à distance respectueuse. Ils ne la faisaient pas danser durant les fêtes, ni ne lui donnaient la sérénade, et aucun d'eux n'eut l'idée de la demander pour épouse. Comme si l'aimer avait été une profanation.

Jusqu'à ce qu'arrivât le nouveau curé. Le Père Joaquim n'était pas homme à se laisser intimider par des auréoles de sainteté ou de sorcellerie pour ce qui était des femmes. Alejandrinha avait laissé derrière elle ses vingt ans. C'était une femme élancée, au nez fureteur et au regard inquiet, qui vivait encore avec ses parents à la différence de ses quatre sœurs plus jeunes qui avaient déjà un mari et un foyer. Elle menait une existence solitaire, à cause du respect religieux qu'elle inspirait et qu'elle ne parvenait pas à dissiper malgré sa simplicité. Comme elle n'allait à l'église que le dimanche, à la messe, et qu'elle était rarement invitée aux cérémonies privées (les gens craignaient que sa présence, entachée de surnaturel, n'empêchât la joie d'éclater) le nouveau curé tarda à nouer des relations avec elle.

La romance dut commencer très modestement, sous les cajaranas* feuillus de la place de l'Église, ou dans les ruelles de Cumbe où le prêtre et la rhabdomancienne purent se croiser, et lui la regarder et l'examiner de ses petits yeux impertinents, vifs et malicieux, en même temps que son visage tempérait l'acuité de la reconnaissance par un sourire bon enfant. Et ce fut lui qui dut le premier lui adresser la parole, naturellement, l'interrogeant peut-être sur la fête du village, le huit décembre, ou lui demandant pourquoi on ne la voyait pas aux rosaires et d'où lui venait ce don qu'on lui attribuait. Et elle probablement de lui répondre de cette façon rapide, directe, sans préjugés qui était la sienne, en le regardant sans rougir. Ainsi durent se produire ces rencontres fortuites, d'autres qui l'étaient moins, des conversations où, à part les ragots du moment sur les bandits, les brigades volantes, les querelles, les amourettes locales et les confidences réciproques, peu à peu allaient apparaître des malices et des audaces.

Le fait est qu'un beau jour tout Cumbe commenta sournoisement le changement d'Alejandrinha, paroissienne indifférente qui devint soudain la plus zélée. On la voyait tôt le matin époussetant les bancs de l'église, arrangeant l'autel et balayant devant la porte. Et on la vit aussi dans la maison du curé, qui, avec l'aide des habitants, avait recouvré toiture, portes et fenêtres. Qu'il existât entre eux quelque chose de plus que des égarements de fortune, voilà qui fut évident le jour où Alejandrinha entra d'un air décidé dans la taverne où le Père Joaquim, après une fête de baptême, s'était réfugié avec un groupe d'amis, jouait de la guitare et buvait, plein de félicité. L'irruption d'Alejandrinha le rendit muet. Elle s'avança vers lui et lui lâcha tout de go cette phrase : « Vous allez venir avec moi tout de suite, vous avez bien assez bu. » Sans répliquer, le curaillon la suivit.

La première fois que le saint se présenta à Cumbe, Alejandrinha Correa vivait déjà depuis plusieurs années chez le curé. Elle s'y était installée pour le soigner d'une blessure qu'il avait reçue à Rosario, un village où il s'était trouvé pris dans la fusillade qui avait opposé le cangaço de João Satan et les policiers du capitaine Geraldo Macedo, le Traque-bandits. Et elle y était restée. Ils avaient eu trois enfants que tout le monde désignait seulement comme étant les enfants d'Alejandrinha, elle-même qualifiée de « gardienne » de Dom Joaquim. Sa présence eut un effet modérateur dans la vie du prêtre, quoiqu'elle ne corrigeât pas du tout ses habitudes. On l'appelait lorsque, plus ivre que de mesure, le curaillon faisait des siennes, car devant elle il filait doux toujours, même au dernier degré de la saoulerie. Ce qui contribua probablement à mieux faire tolérer cette union. Quand le saint vint à Cumbe pour la première fois, elle était alors à ce point acceptée que les parents, frères et sœurs d'Alejandrinha lui rendaient visite chez elle et traitaient de « petits-fils » et de « neveux » ses enfants sans le moindre embarras.

Aussi le premier sermon de ce grand homme maigre aux yeux étincelants et à la chevelure nazaréenne, enveloppé d'une tunique mauve que le Père Joaquim avait autorisé avec son sourire complaisant à monter en chaire à l'église de Cumbe, et qui se déchaîna contre les mauvais bergers fit l'effet d'une bombe. Un silence sépulcral tomba sur la nef pleine de fidèles. Personne ne regardait le curé qui, assis au premier rang, ouvrait les yeux avec un léger tressaillement et demeurait immobile, le regard droit devant lui fixant le crucifix ou son humiliation. Et les gens ne regardaient pas non plus Alejandrinha Correa, assise au troisième rang, qui, elle oui, contemplait, toute pâle, le prédicateur. On eût dit que le saint était venu à Cumbe, instruit par des ennemis du couple. Grave, inflexible, d'une voix qui se répercutait sur les murs fragiles et la voûte concave, il disait des choses terribles contre les élus du Seigneur qui, bien qu'ils fussent ordonnés et portassent soutane, devenaient les valets de Satan. Il s'acharnait à dénoncer tous les péchés du Père Joaquim : la honte des bergers qui, au lieu de donner l'exemple de la sobriété, buvaient de la cachaça jusqu'à en perdre la tête ; l'indécence de ceux qui au lieu de jeûner et d'être frugaux s'empiffraient sans s'apercevoir qu'ils vivaient entourés de gens qui avaient à peine de quoi manger ; le scandale de ceux qui oubliaient leur vœu de chasteté et batifolaient avec des femmes qu'au lieu de guider spirituellement ils perdaient en offrant leur pauvre âme au Chien des enfers. Quand les fidèles osaient regarder du coin de l'œil leur curé, ils le voyaient toujours au même endroit regardant devant lui, le visage cramoisi.

Ce qui arriva ensuite et alimenta les commérages plusieurs jours durant n'empêcha pas le Conseiller de continuer à prêcher dans l'église de Notre-Dame-de-la-Conception tout le temps qu'il resta à Cumbe ou lorsqu'il revint, des mois plus tard, accompagné d'une foule de bienheureux, voire les années suivantes. La différence c'est que les autres fois le Père Joaquim était toujours absent. Alejandrinha non, en revanche. Elle était toujours là, au troisième rang, avec son nez retroussé, écoutant le saint tonner contre la richesse et les excès, défendre les coutumes austères et exhorter l'assistance à préparer son âme à la mort au moyen du sacrifice et de la prière. L'ancienne rhabdomancienne donna des signes de croissante religiosité. Elle allumait des bougies dans les niches des rues, restait des heures à genoux devant l'autel, en attitude de profonde concentration, organisait des actions de grâces, des prières publiques, des rosaires, des neuvaines. Elle apparut un jour un chiffon noir sur la tête et un scapulaire sur la poitrine avec l'image du Bon Jésus. La rumeur courut selon laquelle, bien qu'ils continuassent à vivre sous le même toit, il n'y avait plus rien entre le curé et elle qui offensât Dieu. Quand les gens se hasardaient à demander au Père Joaquim des nouvelles d'Alejandrinha, il déviait la conversation. On le sentait aux abois. Bien qu'il continuât à vivre joyeusement, ses relations avec la femme qui partageait son quotidien et était la mère de ses enfants, changèrent. Du moins en public, ils se traitaient avec la politesse de deux personnes qui se connaissent à peine. Le Conseiller éveillait chez le curé de Cumbe des sentiments indéfinissables. Éprouvait-il de la peur, du respect, de l'envie, de la commisération ? Le fait est que chaque fois qu'il arrivait il lui ouvrait l'église, le confessait, le faisait communier et tout le temps qu'il restait à Cumbe était un modèle de tempérance et de dévotion.

Quand, à la dernière visite du saint, Alejandrinha Correa s'en fut derrière lui, au milieu de ses pèlerins, abandonnant tout ce qu'elle avait, le Père Joaquim fut la seule personne du village qui n'en sembla pas surpris.

Il pensa qu'il n'avait jamais craint la mort et qu'il ne la craignait pas maintenant non plus. Mais ses mains tremblaient, il frissonnait et à tout moment s'approchait davantage du feu pour réchauffer son corps glacé. Et pourtant il transpirait. Il pensa : « Tu es mort de peur, Gall. » Ces grosses gouttes de sueur, ces frissons, ce froid et ce tremblement traduisaient la panique de qui pressent la mort. Tu te connais mal, compagnon. Ou avait-il changé ? Car il était sûr de n'avoir rien senti de semblable étant enfant, dans le cachot de Paris, quand il attendait d'être fusillé, ni à Barcelone, à l'infirmerie, tandis que les bourgeois stupides le soignaient pour qu'il pût monter au gibet pour y être étranglé dans un collier de fer. Il allait mourir : l'heure était venue, Galileo.

Est-ce que son phallus se redresserait à l'instant suprême, comme cela se produisait, disait-on, chez les pendus et les décapités ? Cette croyance grand-guignolesque recelait quelque tortueuse vérité, quelque mystérieuse affinité entre le sexe et la conscience de la mort. S'il n'en était pas ainsi, l'histoire de ce matin ne se serait pas produite, pas plus que cette autre un moment plus tôt. Un moment ? Des heures, oui. Il faisait nuit noire et il y avait des myriades d'étoiles au firmament. Il se rappela que, tandis qu'il attendait à la pension de Queimadas, il avait songé à écrire une lettre à *L'Étincelle de la révolte* pour expliquer que le paysage du ciel était infiniment plus varié que celui de la terre dans cette région du monde et que cela influait sans doute sur la disposition religieuse des gens. Il perçut la respiration de Jurema, mêlée au craquement du feu de bois déclinant. Oui, c'est d'avoir flairé la mort toute proche qui l'avait précipité sur cette femme, le sexe tendu, deux fois en un même jour. « Étrange relation faite de peur et de sperme, et de rien d'autre », pensa-t-il. Pourquoi l'avait-elle sauvé, en s'interposant, quand Caifás allait lui donner le coup de grâce ? Pourquoi l'avait-elle aidé à monter sur la mule, accompagné, soigné, amené jusqu'ici ? Pourquoi se conduisait-elle de la sorte envers quelqu'un qu'elle devait haïr ?

Fasciné, il se rappela cette image soudaine, pressante, irrépressible, quand l'animal tomba en plein trot, les jetant tous deux à terre. « Son cœur a dû éclater comme un fruit », pensa-t-il. À quelle distance étaient-ils de Queimadas ? Était-ce le Rio do Peixe ce ruisselet où il avait lavé et pansé ses blessures ? Avaient-ils laissé derrière, en le contournant, Riacho da Onça, ou n'étaient-ils pas encore arrivés à ce village ? Son cerveau bouillonnait de questions ; mais la peur s'était éclipsée. Avait-il été effrayé quand la mule s'était écroulée et lui qui tombait, qui roulait ? Oui. C'était l'explication : la peur. La pensée instantanée que l'animal était mort, non de fatigue, mais d'un coup de feu des capangas qui le pourchassaient pour le transformer en cadavre anglais. Et ce dut être en cherchant instinctivement protection qu'il sauta sur la femme qui avait roulé à terre avec lui. Jurema avait-elle pensé qu'il était fou, qu'il était peut-être le diable ? La prendre dans ces circonstances, à ce moment, dans cet état. Là, le désarroi dans les yeux de la femme, son trouble, quand elle comprit, à la façon dont les mains de Gall fouillaient ses vêtements, ce qu'il prétendait d'elle. Elle n'offrit pas de résistance cette fois, mais ne dissimula pas non plus son déplaisir, ou plutôt son indifférence. Là, cette tranquille résignation de son corps qui était restée imprimée dans l'esprit de Gall tandis qu'il gisait à terre, confus, étourdi, comblé de quelque chose qui pouvait être désir, peur, angoisse, incertitude ou un refus aveugle du piège où il se trouvait. À travers un brouillard de sueur, et la douleur de ses blessures à l'épaule et au cou si vive qu'elles semblaient s'être rouvertes et que la vie s'en échappât, il vit Jurema, dans la nuit qui tombait, examiner la mule, lui ouvrir les yeux et la bouche. Il la vit ensuite, toujours du sol où il gisait, rassembler des branches et des feuilles et allumer un feu. Et la vit, avec le couteau qu'elle avait retiré de sa ceinture sans lui dire mot, taillader des tranches rougeâtres des flancs de l'animal, les embrocher et les faire rôtir. Elle donnait l'impression d'accomplir une routine domestique, comme si rien d'anormal n'était advenu, comme si les événements de ce jour n'avaient pas révolutionné son existence. Il pensa : « Ce sont les gens les plus énigmatiques de la planète. » Il pensa : « Fatalistes, éduqués pour accepter ce que la vie leur apporte, en bien, en mal ou en atroce. » Il pensa : « Pour elle tu représentes l'atroce. »

Après un moment, il avait pu se redresser, boire quelques gorgées d'eau et, à grand-peine à cause de la brûlure de sa gorge, mâcher. Les morceaux de viande lui firent l'effet d'un mets. Tandis qu'ils mangeaient, imaginant la perplexité de Jurema face à ce qui s'était passé, il avait tâché de le lui expliquer : qui était Epaminondas Gonçalves, sa proposition de convoyer des armes, comment avait-ce été lui qui avait projeté l'attentat chez Rufino pour voler ses propres fusils et le tuer, car il lui fallait un cadavre à la peau claire et rouquin. Mais il s'aperçut que tout cela ne l'intéressait pas. Elle l'écoutait en mordillant de ses petites dents régulières, chassant les mouches, sans acquiescer ni rien demander, posant de temps en temps sur ses yeux un regard que l'obscurité avalait et qui le faisait se sentir stupide. Il pensa : « Je le suis. » Il l'était, il l'avait démontré. Il avait l'obligation morale et politique de se méfier, de se douter qu'un bourgeois ambitieux, capable de machiner une conspiration contre ses adversaires comme celle des armes, pouvait en ourdir une autre contre lui. Un cadavre anglais ! Autrement dit, l'histoire des fusils n'avait été qu'une erreur, un lapsus : il lui avait dit qu'ils étaient français en sachant qu'ils étaient anglais. Galileo l'avait découvert en arrivant chez Rufino, tandis qu'il installait les caisses sur le chariot. La marque de fabrication, sur la culasse, sautait aux yeux : Liverpool, 1891. Il lui avait fait une blague, mentalement : « La France n'a pas encore envahi l'Angleterre, que je sache. Les fusils sont anglais, non français. » Des fusils anglais, un cadavre anglais. Que se proposait-il ? Il pouvait se l'imaginer : c'était une idée froide, cruelle, audacieuse et peut-être même effective. L'angoisse renaquit dans sa poitrine et il pensa : « Il me tuera. » Il ne connaissait pas le pays, il était blessé, c'était un étranger dont tout le monde pourrait signaler la trace. Où allait-il se cacher ? « À Canudos. » Oui, oui. Il y serait à l'abri ou, du moins, ne mourrait-il pas avec la pitoyable impression d'être stupide. « Canudos t'amnistiera, compagnon », conclut-il.

Il tremblait de froid, l'épaule, le cou, la tête lui faisaient mal. Pour oublier ses blessures il tâcha de penser aux soldats du major Febronio de Brito : étaient-ils déjà partis de Queimadas en direction de Monte Santo ? Anéantiraient-ils ce refuge hypothétique avant qu'il pût y atteindre ? Il pensa : « Le projectile n'a pas pénétré, il n'a pas touché la peau, c'est à peine s'il l'a déchirée en son frôlement brûlant. La balle, par ailleurs, devait être toute petite, comme le revolver, pour tuer des moineaux. » Ce n'était pas le coup de feu mais le coup de couteau qui était grave : il était entré profondément, il avait coupé veines et nerfs. De là venaient la brûlure et les élancements jusqu'à l'oreille, les yeux, la nuque. Les frissons le secouaient des pieds à la tête. Allais-tu mourir, Gall ? Il se rappela soudain la neige d'Europe, son paysage si apprivoisé quand on le comparait à cette nature indomptable. Il pensa : « Peut-il exister une hostilité géographique comparable en quelque région d'Europe ? » Au Sud de l'Espagne, en Turquie, sans doute, et en Russie. Il se souvint de l'évasion de Bakounine, après être resté onze mois enchaîné au mur d'une prison. Son père le lui racontait en l'asseyant sur ses genoux : la traversée épique de la Sibérie, le fleuve Amour, la Californie, de nouveau l'Europe et, en arrivant à Londres, la formidable question : « Y a-t-il des huîtres dans ce pays ? » Il se rappela les auberges qui jalonnaient les routes européennes, où il y avait toujours une cheminée allumée, une soupe chaude et d'autres voyageurs avec qui fumer une pipe et commenter son voyage. Il pensa : « La nostalgie est une lâcheté, Gall. »

Il se laissait gagner par l'autocompassion et la mélancolie. Quelle honte, Gall ! N'avait-il pas au moins appris à mourir avec dignité ? L'Europe, le Brésil ou tout autre bout de terre, qu'est-ce que cela pouvait faire ? Le résultat ne serait-il pas le même ? Il pensa : « La désagrégation, la décomposition, le pourrissement, les vers, et, si les animaux affamés n'interviennent pas, une fragile armature d'os jaunis recouverte d'une peau sèche. » Il pensa : « Tu es brûlant et mort de froid, cela s'appelle la fièvre. » Ce n'était pas la peur, ni la balle pour tuer des petits oiseaux, ni le coup de couteau : c'était une maladie. Parce que son malaise avait commencé avant l'attaque de l'homme en cuir, quand il était dans cette fazenda avec Epaminondas Gonçalves ; elle avait sournoisement miné quelque organe et s'étendait maintenant au reste de l'organisme. Il était malade, pas grièvement blessé. Autre nouveauté, compagnon. Il pensa : « Le destin veut compléter ton éducation avant que tu ne meures, en t'infligeant des expériences inconnues. » D'abord violeur et ensuite malade ! Parce qu'il ne se souvenait pas l'avoir été pas même en sa plus tendre enfance. Blessé oui, plusieurs fois, et cette fois-là à Barcelone, grièvement. Mais malade, jamais. Il avait l'impression d'être à tout moment au bord de l'évanouissement. Pourquoi cet effort insensé pour continuer à penser ? Pourquoi cette intuition qu'il resterait en vie tant qu'il penserait ? L'idée que Jurema était partie lui traversa l'esprit. Atterré, il tendit l'oreille : sa respiration était toujours là, vers la droite. Il ne pouvait plus la voir parce que le feu s'était tout à fait consumé.

Il essaya de se donner du courage en sachant que c'était inutile, en se disant que les circonstances adverses stimulaient le véritable révolutionnaire, et qu'il écrirait une lettre à *L'Étincelle de la révolte* associant ce qui se passait à Canudos à l'allocution de Bakounine aux horlogers et artisans de La Chaux-de-Fonds et de la vallée de Saint-Imier où il soutint que les grands soulèvements ne se produiraient pas dans les sociétés les plus industrialisées, comme le prophétisait Marx, mais dans les pays arriérés, agraires, dont les misérables masses paysannes n'avaient rien à perdre, comme l'Espagne, la Russie, et, pourquoi pas ? le Brésil, et il s'en prit à Epaminondas Gonçalves : « Tu seras refait, bourgeois. Tu aurais dû me tuer quand j'étais à ta merci, sur la terrasse de la fazenda. Je guérirai, je m'échapperai. » Il guérirait, il s'échapperait, la fille le guiderait, il volerait une monture et, à Canudos, il lutterait contre ce que tu représentais, bourgeois, l'égoïsme, le cynisme, l'avidité et...

Deux

I

La chaleur n'a pas été tempérée par la nuit et, contrairement à d'autres soirées d'été, il n'y a pas le moindre brin de brise. Salvador s'embrase dans l'obscurité. Maintenant il fait nuit noire car, à minuit, par ordonnance municipale, l'éclairage public est éteint, ainsi que, depuis un moment, les lampes des maisons des couche-tard. À l'exception des fenêtres du *Jornal de Notícias*, tout en haut de la vieille ville, où la lumière complique davantage encore la calligraphie gothique du nom du journal sur les vitres de l'entrée.

Une calèche est arrêtée près de la porte ; le cocher et le cheval somnolent de concert. Mais les capangas d'Epaminondas Gonçalves sont éveillés, ils fument accoudés au mur de la falaise, près de l'immeuble du journal. Ils parlent à mi-voix, désignant quelque chose là en bas, où l'on aperçoit à peine la masse de l'église de Notre-Dame-de-la-Conception de la Plage et la frange d'écume du brise-lames. La ronde de la garde montée est passée il y a un moment et ne repassera pas avant l'aube.

À l'intérieur, dans la salle de rédaction-administration, se trouve, seul, ce jeune journaliste, maigre, efflanqué, dont les verres épais de myope, les fréquents éternuements et la manie d'écrire à la plume d'oie au lieu d'utiliser une plume d'acier alimentent les plaisanteries des gens du métier. Penché sur son pupitre, sa tête disgracieuse plongée dans le halo de la lampe de bureau, dans une attitude qui le rend bossu et le fait écrire de biais, il rédige à la hâte, en s'arrêtant seulement pour tremper sa plume dans l'encrier ou pour consulter un carnet de notes qu'il approche de ses lunettes jusqu'à presque les toucher. Le raclement de la plume est le seul bruit de la nuit. Ce jour-là on n'entend pas la mer et le bureau de la direction, également éclairé, demeure en silence, comme si Epaminondas Gonçalves s'était endormi sur sa table.

Mais quand le journaliste myope met un point final à sa chronique et traverse rapidement la vaste salle pour entrer dans son bureau, il trouve le chef du Parti Républicain Progressiste les yeux ouverts qui l'attend. Ses coudes sont posés sur la table, ses mains croisées. En le voyant, son visage brun, anguleux, où les traits et les os sont soulignés par cette énergie intérieure qui lui permet de passer des nuits blanches dans des réunions politiques et ensuite de travailler tout le jour suivant sans manifester la moindre fatigue, se détend comme s'il se disait : « enfin. »

– Fini ? murmure-t-il.

– Fini.

Le journaliste myope lui tend la liasse de feuilles. Mais Epaminondas Gonçalves ne les prend pas.

– Je préfère que vous lisiez, dit-il. En vous entendant, je me rendrai mieux compte de l'effet. Asseyez-vous là, près de la lumière.

Quand le journaliste va commencer à lire il est saisi d'un éternuement, puis d'un autre, et finalement une rafale qui l'oblige à enlever ses lunettes et à couvrir sa bouche et son nez d'un immense mouchoir qu'il sort de sa manche, comme un prestidigitateur.

– C'est l'humidité de l'été, s'excuse-t-il, en essuyant sa face congestionnée.

– Oui, le coupe Epaminondas Gonçalves. Lisez, voulez-vous.

II

Un Brésil Uni, Une Nation Forte

JORNAL DE NOTÍCIAS

(Propriétaire : Epaminondas Gonçalves)

Bahia, 3 janvier 1897

La déroute de l'expédition du major Febronio de Brito au sertão de Canudos

Nouveaux Développements

LE PARTI RÉPUBLICAIN PROGRESSISTE ACCUSE LE GOUVERNEUR ET LE PARTI AUTONOMISTE DE BAHIA DE CONSPIRER CONTRE LA RÉPUBLIQUE POUR RESTAURER L'ORDRE IMPÉRIAL CADUC

Le cadavre de l'« agent anglais »
Une commission de Républicains se rend à Rio pour demander l'intervention de l'armée fédérale contre des fanatiques subversifs

TÉLÉGRAMME DE PATRIOTES BAHIANAIS AU COLONEL MOREIRA CÉSAR :

« SAUVEZ LA RÉPUBLIQUE ! »

La déroute de l'expédition militaire commandée par le major Febronio de Brito et composée des 9e, 26e et 33e régiments d'infanterie et les indices croissants de complicité de la couronne anglaise et des propriétaires terriens de Bahia aux idées autonomistes et nostalgies monarchistes bien connues avec les fanatiques de Canudos, ont soulevé dans la nuit de lundi une nouvelle tempête à l'assemblée législative de l'État de Bahia.

Le Parti Républicain Progressiste, à travers son président et député, son Excellence Dom Epaminondas Gonçalves, a accusé formellement le gouverneur de l'État de Bahia, Son Excellence Dom Luis Viana, et les groupes traditionnellement liés au baron de Canabrava – ex-ministre de l'Empire et ex-ambassadeur de l'Empereur Pedro II auprès de la couronne britannique – d'avoir attisé et armé la rébellion de Canudos, avec l'aide de l'Angleterre afin de provoquer la chute de la République et la restauration de la monarchie.

Les députés du Parti Républicain Progressiste ont exigé l'intervention immédiate du gouvernement fédéral dans l'État de Bahia pour étouffer ce que Son Excellence le député Epaminondas Gonçalves a appelé « la conjuration séditieuse du sang bleu autochtone et la cupidité albionique contre la souveraineté du Brésil ». On annonce, par ailleurs, qu'une commission comprenant les figures les plus éminentes de Bahia s'est rendue à Rio de Janeiro pour transmettre au président Prudente de Morais le vif souhait bahianais d'envoyer des forces de l'armée fédérale pour anéantir le mouvement subversif d'Antonio le Conseiller.

Les Républicains Progressistes ont rappelé qu'il s'est déjà écoulé deux semaines depuis la mise en déroute de l'expédition Brito par des rebelles très supérieurs en nombre et en armes, et en dépit de cela et de la découverte d'un chargement de fusils anglais destiné à Canudos, ainsi que du corps de l'agent anglais Galileo Gall dans la localité d'Ipupiará, les autorités de l'État, à commencer par Son Excellence le gouverneur Dom Luis Viana, ont montré une passivité et une aboulie suspectes en ne sollicitant pas sur-le-champ, comme le réclament les patriotes de Bahia, l'intervention de l'armée fédérale afin d'écraser cette conjuration qui menace l'essence même de la nation brésilienne.

Le vice-président du Parti Républicain Progressiste, Son Excellence le député Dom Elisio de Roque a lu un télégramme envoyé au héros de l'armée brésilienne, vainqueur du soulèvement monarchique de Santa Catalina et collaborateur éminent du maréchal Floriano Peixoto, le colonel Moreira César, au texte laconique : « Venez et sauvez la République. » Malgré les protestations des députés de la majorité, Son Excellence le député a lu les noms des 325 chefs de famille et électeurs de Salvador qui signent ce télégramme.

Pour leur part, Leurs Excellences les députés du Parti Autonomiste Bahianais ont réfuté énergiquement ces accusations et ont tenté de les minimiser sous différents prétextes. La véhémence des répliques et échanges de mots, des ironies, sarcasmes et menaces de duel, a créé au long de la séance, qui a duré plus de cinq heures, des moments d'extrême tension où, à plusieurs reprises, Leurs Excellences les députés ont été sur le point d'en venir aux mains.

Le Vice-Président du Parti Autonomiste et Président de l'assemblée législative, Son Excellence Dom Adalberto de Gumucio, a dit que c'était une infamie que de suggérer seulement que quelqu'un comme le baron de Canabrava, notable bahianais grâce auquel cet État disposait de routes, de chemin de fer, de ponts, d'hôpitaux de bienfaisance, d'écoles et de maintes œuvres publiques, pût être accusé, et pour comble *in absentia*, de conspirer contre la souveraineté brésilienne.

Son Excellence le député Dom Floriano Mártir a déclaré que le Président de l'Assemblée préférait encenser son parent et chef de parti, le baron de Canabrava, au lieu de parler du sang des soldats versé à Uauá et au Cambaio par des Sébastianistes dégénérés, ou des armes anglaises saisies dans le sertão ou de l'agent anglais Gall, dont le corps avait été trouvé par la Garde Rurale à Ipupiará. Et il s'est demandé : « Cet escamotage est-il dû, peut-être, à la gêne que sur ces sujets doit ressentir Son Excellence le Président de l'Assemblée ? » Le député du Parti Autonomiste, Son Excellence Dom Eduardo Glicério a dit que les Républicains, dans leur soif de pouvoir, inventent de guignolesques conspirations d'espions carbonisés et de cheveux albinos qui sont la risée des gens sensés de Bahia. Et il s'est écrié : « Est-ce que le baron de Canabrava n'est peut-être pas le premier à pâtir de la rébellion des fanatiques scélérats ? Est-ce que ces derniers n'occupent pas illégalement des terres de sa propriété ? » À ces mots Son Excellence le député Dom Dantas Horcadas l'a interrompu pour dire : « Et si ces terres n'étaient pas usurpées mais prêtées ? » Son Excellence le député Dom Eduardo Glicério a répliqué en demandant à Son Excellence le député Dom Dantas Horcadas si au collège des Salésiens on ne lui avait pas appris à ne pas interrompre un gentilhomme lorsqu'il parle. Son Excellence le député Dom Dantas Horcadas a répondu qu'il ignorait qu'il y eût aucun gentilhomme. Dom Eduardo Glicério s'est écrié que cette insulte ne resterait pas sans réponse, à moins que des excuses lui fussent présentées *ipso facto*. Le président de l'assemblée, Son Excellence Dom Adalberto de Gumucio a exhorté Son Excellence le député Dom Dantas Horcadas à présenter des excuses à son collègue au nom de l'harmonie et de la majesté de l'institution. Son Excellence le député Dom Dantas Horcadas a dit qu'il s'était borné à dire qu'il n'était pas au courant qu'au sens strict il existât encore au Brésil des gentilshommes, ou des barons, ou des vicomtes, parce que depuis le glorieux gouvernement républicain du maréchal Floriano Peixoto, héros de la Patrie, dont le souvenir vivra éternellement dans le cœur des Brésiliens, tous les titres nobiliaires étaient devenus caducs. Mais qu'il n'entrait pas dans son intention d'offenser personne, encore moins Son Excellence le député Dom Eduardo Glicério. Là-dessus ce dernier s'est déclaré satisfait.

Son Excellence le député Dom Rocha Seabrá a dit qu'il ne pouvait permettre qu'un homme qui est l'honneur et la gloire de l'État, tel que le baron de Canabrava, fût traîné dans la boue par des gens dépités dont les mérites n'arrivent pas à la cheville des biens dispensés à Bahia par le fondateur du Parti Autonomiste. Et qu'il ne pouvait comprendre qu'on envoyât des télégrammes appelant à Bahia un jacobin tel que le colonel Moreira César, dont le rêve, à en juger d'après la cruauté avec laquelle il avait réprimé le soulèvement de Santa Catalina, était d'installer des guillotines sur les places du Brésil et d'être le Robespierre national. D'où une protestation irritée de Leurs Excellences les députés du Parti Républicain Progressiste qui, debout, ont acclamé l'Armée, le maréchal Floriano Peixoto, le colonel Moreira César et ont exigé réparation pour l'insulte faite à un héros de la République. Reprenant la parole Son Excellence, le député Dom Rocha Seabrá a dit qu'il n'avait pas eu l'intention d'insulter le colonel Moreira César, dont il admirait les vertus militaires, ni d'offenser la mémoire de feu le maréchal Floriano Peixoto, dont il reconnaissait les services rendus à la République, mais qu'il voulait seulement préciser qu'il était opposé à l'intervention des militaires dans la politique, car il ne voulait pas que le Brésil connût le sort de ces pays sud-américains dont l'histoire n'est qu'une succession de pronunciamientos. Son Excellence le député Dom Eliseo de Roque l'a interrompu pour lui rappeler que c'était l'armée du Brésil qui avait mis fin à la monarchie séculaire et installé la République, et, debout à nouveau, Leurs Excellences les députés de l'opposition ont rendu hommage à l'Armée, au maréchal Floriano Peixoto et au colonel Moreira César. Reprenant son intervention interrompue, Son Excellence le député Dom Rocha Seabrá a dit qu'il était absurde de demander une intervention fédérale quand Son Excellence le gouverneur Dom Luis Viana avait affirmé à plusieurs reprises que l'État de Bahia était en demeure d'étouffer ce cas de banditisme et de folie sébastianiste que représentait Canudos. Son Excellence le député Dom Epaminondas Gonçalves a rappelé que les rebelles avaient déjà décimé deux expéditions militaires dans le sertão et a demandé à Son Excellence le député Dom Rocha Seabrá combien d'autres forces expéditionnaires devaient être massacrées, à son avis, pour justifier une intervention fédérale. Son Excellence le député Dom Dantas Horcadas a dit que le patriotisme l'autorisait, lui et n'importe qui, à traîner dans la boue tous ceux qui se vouaient à fabriquer de la boue, c'est-à-dire, à attiser la rébellion restauratrice contre la République, en complicité avec la Perfide Albion. Son Excellence le député Dom Lelis Piedades a dit que la preuve la plus catégorique que le baron de Canabrava n'avait pas la moindre responsabilité dans les événements de Canudos était qu'il se trouvait depuis déjà plusieurs mois loin du Brésil. Son Excellence le député Floriano Mártir a dit que cette absence, au lieu de l'excuser, pouvait le dénoncer, et que nul ne pouvait être abusé par semblable alibi, car tout

Bahia était conscient qu'on ne bougeait pas un doigt dans l'État sans l'autorisation ou l'ordre exprès du baron de Canabrava. Son Excellence le député Dom Dantas Horcadas a dit trouver suspect et éclairant que Leurs Excellences les députés de la majorité se soient énergiquement refusés à débattre du chargement d'armes anglaises et de l'agent anglais Gall envoyé par la couronne britannique pour assister les rebelles dans leurs intentions scélérates. Son Excellence le président de l'assemblée, Dom Adalberto de Gumucio, a dit que les spéculations et les fantaisies dictées par la haine et l'ignorance étaient contredites par la simple mention de la vérité. Et il a annoncé que le baron de Canabrava débarquerait dans quelques jours à Bahia où non seulement les Autonomistes mais tout le peuple lui réserverait l'accueil triomphal qu'il méritait et qui serait le meilleur démenti contre les mensonges de ceux qui prétendaient associer son nom, celui de son parti et celui des autorités de Bahia aux déplorables événements de banditisme et de dégénérescence morale de Canudos. À ces mots, debout, Leurs Excellences, les députés de la majorité ont acclamé et applaudi le nom de leur Président, le baron de Canabrava, tandis que Leurs Excellences, les députés du Parti Républicain Progressiste restaient assis et claquaient leurs banquettes en signe de réprobation.

La séance a été interrompue quelques minutes pour que Leurs Excellences les députés prennent un rafraîchissement et tempèrent leurs ardeurs. Mais, dans l'intervalle, on a entendu dans les couloirs de l'assemblée de vives discussions et échanges de paroles, et Leurs Excellences les députés Dom Floriano Mártir et Dom Rocha Seabrá ont dû être séparés par leurs amis respectifs, car ils étaient sur le point d'en venir aux mains.

À la reprise de la séance, Son Excellence le président de l'assemblée, Dom Adalberto de Gumucio, a proposé, à cause de l'ordre du jour chargé, de procéder à la discussion du budget sollicité par le gouvernement de province pour l'extension de nouvelles voies de chemin de fer à l'intérieur de l'État. Cette proposition a soulevé la réaction irritée de Leurs Excellences les députés du Parti Républicain Progressiste qui, debout, aux cris de « Trahison ! » « Manœuvre indigne ! », ont exigé de reprendre le débat sur le plus chaud des problèmes de Bahia et maintenant de tout le pays. Son Excellence le député Dom Epaminondas Gonçalves a fait remarquer que si la majorité essayait d'escamoter le débat sur la rébellion restauratrice de Canudos et l'intervention de la couronne britannique dans les affaires brésiliennes, ses compagnons et lui abandonneraient l'hémicycle, car ils ne toléraient pas qu'on trompât le peuple avec des farces. Son Excellence le député Dom Eliseo de Roque a dit que les efforts de Son Excellence le président de l'assemblée pour empêcher le débat étaient une démonstration palpable de l'embarras provoqué au sein du Parti Autonomiste par cette affaire de l'agent anglais Gall et des armes anglaises, ce qui n'était pas étrange puisque tout le monde connaissait les nostalgies monarchiques et anglophiles du baron de Canabrava.

Son Excellence le président de l'assemblée, Dom Adalberto de Gumucio, a dit que Leurs Excellences les députés de l'opposition n'arriveraient pas à leurs fins et n'effraieraient personne par des chantages, ajoutant que le Parti Autonomiste Bahianais était le premier intéressé, par patriotisme, à l'écrasement des Sébastianistes fanatiques de Canudos et à la restauration de la paix et de l'ordre au sertão. De sorte que loin de fuir aucune discussion, ils la désiraient plutôt.

Son Excellence le député Dom João Seixas de Pondé a dit que seuls ceux qui manquaient du sens du ridicule pouvaient continuer à parler du soi-disant agent anglais Galileo Gall, dont le cadavre carbonisé avait été trouvé, à ce qu'elle prétendait, à Ipupiará par la Garde Rurale Bahianaise, milice qui, en outre, selon la *vox populi*, était recrutée, financée et contrôlée par le parti de l'opposition, ce qui a provoqué d'énergiques protestations de la part de Leurs Excellences les députés du Parti Républicain Progressiste. Il a ajouté que le Consulat britannique à Bahia, ayant eu connaissance des mauvais antécédents de l'individu nommé Gall, avait tenu à le faire savoir aux autorités de l'État pour qu'elles agissent en conséquence, il y avait de cela deux mois, et que le Délégué de la police de Bahia l'avait confirmé et publié l'ordre d'expulsion du pays qui fut communiqué à cet individu afin qu'il partît sur le bateau français la *Marseillaise*. Que le fait que le dénommé Galileo Gall eût désobéi à cet ordre d'expulsion et apparût un mois plus tard, mort, près des fusils, à l'intérieur de l'État, ne prouvait aucune conspiration politique ni intervention de puissance étrangère quelconque, mais, tout au plus, que le bandit susnommé faisait de la contrebande d'armes auprès de ces acheteurs assurés, pleins d'argent du fait de leurs multiples forfaits, qu'étaient les fanatiques Sébastianistes d'Antonio le Conseiller. Comme l'intervention de Son Excellence le député Dom João Seixas de Pondé a provoqué l'hilarité de Leurs Excellences les députés de l'opposition, qui lui ont adressé des gestes signifiant qu'il avait des ailes d'ange et une auréole de saint, Son Excellence le président de l'assemblée, Dom Adalberto de Gumucio, a rappelé la salle à l'ordre. Son Excellence le député Dom João Seixas de Pondé a dit que c'était une hypocrisie que d'organiser pareil scandale autour des fusils trouvés dans le sertão, quand tout le monde savait que le trafic et la contrebande d'armes étaient malheureusement généralisés à l'intérieur des terres, ou alors, que Leurs Excellences messieurs les députés de l'opposition veuillent bien dire comment le Parti Républicain Progressiste avait armé les capangas et cangaceiros qui composaient cette milice privée qu'on appelait la Garde Rurale Bahianaise, qui prétendait fonctionner en marge des institutions officielles de l'État. Cette intervention ayant été accueillie par les huées indignées de Leurs Excellences les députés du Parti Républicain Progressiste, Son Excellence le président de l'assemblée a dû une fois de plus rappeler l'hémicycle à l'ordre.

Son Excellence le député Epaminondas Gonçalves a dit que Leurs Excellences les députés de la majorité s'enfonçaient de plus en plus dans leurs contradictions et mensonges, ainsi qu'il advient toujours lorsqu'on marche sur des sables mouvants. Et il a remercié le ciel que ce soit la Garde Rurale qui ait capturé les fusils anglais et l'agent anglais Gall, car c'était un corps indépendant, sain et patriotique, profondément républicain, qui avait alerté les autorités du Gouvernement Fédéral sur la gravité des événements et avait fait le nécessaire pour empêcher de dissimuler les preuves de la collaboration des monarchistes de la région avec la couronne britannique dans la conjuration contre la souveraineté brésilienne dont Canudos était le fer de lance. Car sans la Garde Rurale, a-t-il ajouté, la République n'aurait jamais rien su de la présence d'agents anglais transportant des chargements de fusils pour les restaurateurs de Canudos dans le sertão. Son Excellence le député Dom Eduardo Glicério l'a interrompu pour lui dire que tout ce qu'on connaissait du fameux agent anglais était une poignée de cheveux qui pouvaient appartenir à une dame blonde ou être les crins d'un cheval, ce qui a soulevé des rires aussi bien sur les bancs de la majorité que sur ceux de l'opposition. Reprenant la parole Son Excellence le député Dom Epaminondas Gonçalves a dit qu'il saluait la bonne humeur de Son Excellence le député qui l'avait interrompu, mais que lorsque les intérêts supérieurs de la Patrie se trouvaient menacés et que tiède était encore le sang des patriotes tombés pour la défense de la République à Uauá et au Cambaio, le moment était peut-être mal choisi pour plaisanter, ce qui a déclenché une ovation nourrie de Leurs Excellences les députés de l'opposition.

Son Excellence le député Dom Eliseo de Roque a rappelé qu'il existait des preuves irréfutables de l'identité du cadavre trouvé à Ipupiará, près des fusils anglais, et il a dit que les nier était nier la lumière du soleil. Il a rappelé que deux personnes qui avaient connu et fréquenté l'espion anglais Galileo Gall quand il vivait à Bahia, le citoyen Jan Van Rijsted et le distingué médecin Dr. José Bautista de Sá Oliveira, avaient reconnu comme siens les vêtements de l'agent anglais, sa redingote, la ceinture de son pantalon, ses bottes et surtout sa caractéristique chevelure rousse que les hommes de la Garde Rurale qui avaient trouvé le corps avaient eu la bonne idée de couper. Il a rappelé que ces deux citoyens avaient également témoigné des idées subversives de l'Anglais et de son clair dessein conspirateur en relation avec Canudos, si bien qu'aucun d'eux n'avait été surpris qu'on eût trouvé son corps dans cette région. Et finalement il a rappelé que plusieurs citoyens des villages de l'intérieur avaient déclaré à la Garde Rurale qu'ils avaient vu l'étranger à la chevelure rousse et au portugais bizarre essayer d'engager des guides pour le conduire à Canudos. Son Excellence le député Dom João Seixas de Pondé a dit que personne ne niait que l'individu dénommé Galileo Gall eût été trouvé mort, à côté de fusils, à Ipupiará, mais qu'il se refusait à croire qu'il fût un espion anglais, car sa condition d'étranger n'indiquait absolument rien par elle-même. Pourquoi ne pouvait-il être un espion danois, suédois, français, allemand, voire de la Cochinchine ?

Son Excellence M. le député Dom Epaminondas Gonçalves a dit qu'en entendant les paroles de Leurs Excellences les députés de la majorité, qui, au lieu de s'indigner de colère quand on avait à l'évidence la preuve qu'une puissance étrangère voulait s'immiscer dans les affaires intérieures du Brésil, pour saper la République et restaurer le vieil ordre aristocratique et féodal, tentaient de détourner l'attention publique vers des questions subalternes et de chercher des excuses et des circonstances atténuantes pour les coupables, il avait la preuve la plus formelle que le Gouvernement de l'État de Bahia ne lèverait pas le petit doigt pour mettre un terme à la rébellion de Canudos, car, au contraire, il se sentait intimement en accord avec elle. Mais que les machiavéliques machinations du baron de Canabrava et des Autonomistes ne prospéreraient pas car pour cela se trouvait l'Armée du Brésil qui, tout comme elle avait écrasé jusqu'alors toutes les insurrections monarchistes contre la République dans le Sud du pays, écraserait aussi celle de Canudos. Il a dit que lorsque la souveraineté de la Patrie était en jeu les paroles étaient vaines et que le Parti Républicain Progressiste allait ouvrir le lendemain même une collecte pour acheter des armes qui seraient livrées à l'Armée Fédérale. Et il a proposé à Leurs Excellences les députés du Parti Républicain Progressiste d'abandonner l'hémicycle de l'assemblée aux nostalgiques du vieil ordre, et de se rendre en pèlerinage à Campo Grande pour renouveler le serment de républicanisme devant la plaque de marbre qui rappelait le souvenir du maréchal Floriano Peixoto. Ce qu'ils ont commencé de faire immédiatement, sous les yeux étonnés de Leurs Excellences les députés de la majorité.

Quelques minutes plus tard, Son Excellence le président de l'assemblée, Dom Adalberto de Gumucio, a mis fin aux débats.

Nous rendrons compte demain de la cérémonie patriotique célébrée au point du jour à Campo Grande, devant la plaque de marbre du Maréchal de Fer, par Leurs Excellences les députés du Parti Républicain Progressiste.

III

– Pas une virgule à ajouter ni à retrancher, dit Epaminondas Gonçalves. – Plus que de la satisfaction, son visage révèle du soulagement, comme s'il avait redouté le pire de cette lecture que le journaliste vient de faire d'une traite, sans être interrompu par des éternuements. – Je vous félicite.

– Vraie ou fausse, c'est une histoire extraordinaire, mâchonne le journaliste qui ne semble pas l'entendre. Qu'un charlatan de foire, qui parcourt les rues de Salvador en disant que les os sont l'écriture de l'âme et qui prêche l'anarchie et l'athéisme dans les tavernes, devienne un émissaire de l'Angleterre qui complote avec les Sébastianistes pour restaurer la monarchie et qu'il soit brûlé vif dans le sertão, n'est-ce pas extraordinaire ?

– Ça l'est, acquiesce le chef du Parti Républicain Progressiste. Et ce qui l'est davantage encore c'est que ceux qui semblaient être un groupe de fanatiques déciment et mettent en déroute un bataillon armé de canons et de mitrailleuses. Extraordinaire, oui. Mais, surtout, terrifiant pour l'avenir de ce pays.

La chaleur s'est accrue et le visage du journaliste myope est couvert de sueur. Il s'essuie avec cette serviette qui lui tient lieu de mouchoir, puis il frotte contre le jabot froissé de sa chemise ses lunettes embuées.

– Je porterai moi-même cela aux typographes et je resterai jusqu'à ce qu'ils composent la page, dit-il en ramassant les feuilles éparpillées sur l'écritoire. Il n'y aura pas de coquilles, ne vous inquiétez pas. Allez vous reposer tranquillement, monsieur.

– Êtes-vous plus content de travailler avec moi que de collaborer au journal du baron ? lui demande son chef à brûle-pourpoint. Je sais qu'ici vous gagnez davantage qu'au *Diário de Bahia*. Je veux parler du travail. Préférez-vous celui-ci ?

– Oui, vraiment. – Le journaliste chausse ses lunettes et reste un moment pétrifié, attendant l'éternuement les yeux fermés, la bouche à demi ouverte et le nez palpitant. Mais c'est une fausse alerte. – La chronique politique est plus amusante que d'écrire sur les dégâts provoqués par la pêche aux explosifs sur la Ribeira de Itapagipe ou l'incendie de la Chocolaterie Magalhães.

– Et c'est, en plus, travailler pour la patrie, contribuer à une bonne cause nationale, dit Epaminondas Gonçalves. Parce que vous êtes des nôtres, n'est-ce pas ?

– Je ne sais ce que je suis, monsieur, répond le journaliste, de cette voix qui est aussi disgracieuse que son physique : tantôt glapissant dans l'aigu, tantôt résonnant dans le grave. Je n'ai pas d'idées politiques et la politique ne m'intéresse pas.

– J'aime votre franchise, rit le propriétaire du journal en se mettant debout et saisissant une mallette. Je suis content de vous. Vos chroniques sont impeccables, elles disent exactement ce qu'il faut dire et de la façon qui convient. Je suis heureux de vous avoir confié la rubrique la plus délicate.

Il lève la petite lampe, éteint la flamme en soufflant et sort du bureau, suivi du journaliste qui, en traversant le seuil de la Rédaction-Administration, trébuche contre un crachoir.

– Alors, je vais vous demander quelque chose, monsieur, dit-il soudain. Si le colonel Moreira César est appelé à réduire la rébellion de Canudos, je voudrais aller avec lui, comme envoyé spécial du *Jornal de Notícias*.

Epaminondas Gonçalves s'est retourné pour le regarder et l'examine, tandis qu'il met son chapeau.

– Je suppose que c'est possible, dit-il. Vous voyez bien, vous êtes des nôtres, même si la politique ne vous intéresse pas. Pour admirer le colonel Moreira César il faut être un républicain bon teint.

– Je ne sais si c'est de l'admiration, précise le journaliste en s'éventant avec les papiers. Voir un héros en chair et en os, être près de quelqu'un d'aussi célèbre est une bien grande tentation. Comme de voir et toucher un personnage de roman.

– Vous devrez faire attention, le colonel n'aime pas les journalistes, dit Epaminondas Gonçalves en gagnant la sortie. Il a débuté dans la vie publique en tuant au pistolet dans les rues de Rio un plumitif qui avait insulté l'Armée.

– Bonne nuit, murmure le journaliste.

Il trottine vers l'autre bout du local, où un couloir sombre communique avec l'atelier. Les typographes, qui sont restés de garde en attendant sa chronique, lui offriront sûrement une tasse de café.

— Vous devez faire attention, le colonel a mis [illegible]
[illegible] Gonçalves en gagnant [illegible]
[illegible] dans la vie publique [illegible]
[illegible] au moment où [illegible] l'Afrique.
— Bonne nuit, [illegible]
[illegible]
[illegible]
[illegible]
[illegible]

Trois

I

Le train entre en sifflant dans la gare de Queimadas, ornée de banderoles qui souhaitent la bienvenue au colonel Moreira César. Sur l'étroit quai aux briques rouges se presse la foule sous un grand calicot blanc qui ondule au-dessus des rails : « Queimadas Salue l'Héroïque Colonel Moreira César Et Son Glorieux Régiment. Vive Le Brésil ! » Un groupe d'enfants nu-pieds agitent des petits drapeaux et une demi-douzaine d'hommes endimanchés, portant les insignes du Conseil Municipal sur la poitrine, le chapeau à la main, entourés d'une masse de gens haillonneux et misérables, regardent avec grande curiosité ; parmi eux des mendiants demandent l'aumône et on voit aussi des vendeurs de fritures et de rapadura.

Des cris, des applaudissements saluent l'apparition, à la porte du train – les fenêtres sont bourrées de soldats avec leurs fusils – du colonel Moreira César. Portant l'uniforme de drap bleu, boutons et éperons dorés, galons et brandebourgs rouges et l'épée à la ceinture, le colonel saute à quai. Il est petit, presque rachitique, mais très souple. La chaleur congestionne tous les visages mais lui ne transpire pas. Sa faiblesse physique contraste avec la force qu'il semble engendrer alentour, due à l'énergie qui brille dans ses yeux ou à l'assurance de ses gestes. Il regarde en homme qui est maître de lui, qui sait ce qu'il veut et a coutume de commander.

Les applaudissements et les vivats s'élèvent du quai et de la rue, où les gens se protègent du soleil avec des bouts de carton. Les enfants lancent en l'air des poignées de confettis ou agitent des drapeaux. Les autorités s'avancent, mais le colonel Moreira César ne s'arrête pas pour leur serrer la main. Il a été entouré d'un groupe d'officiers. Il leur adresse un salut courtois, puis il crie en direction de la foule : « Vive la République ! Vive le maréchal Floriano ! » À la surprise des conseillers municipaux qui espéraient assurément prononcer des discours, bavarder avec lui, l'accompagner, le colonel pénètre dans la gare escorté par ses officiers. On tâche de le suivre, mais les sentinelles postées à la porte qui vient de se refermer l'interdisent. On entend un hennissement. On descend du train un beau cheval blanc, accueilli par la marmaille avec des cris de joie. L'animal se dégourdit, secoue sa crinière, hennit, heureux de sentir la proximité des champs. Maintenant, par les portes et les fenêtres du train descendent tous les soldats en déchargeant des ballots, des valises, des caisses de munitions et des mitrailleuses. Une rumeur accueille l'apparition des canons, qui brillent. Les soldats font avancer des attelages de bœufs pour tracter les lourds engins. Les autorités, d'un air résigné, vont rejoindre les curieux qui, agglutinés aux portes et fenêtres, regardent à l'intérieur de la gare, essayant d'apercevoir Moreira César au milieu du groupe mouvant d'officiers, sous-officiers et ordonnances.

La gare se compose d'un seul grand bâtiment, divisé par une cloison derrière laquelle travaille le télégraphiste. Du côté opposé au quai elle donne sur une construction de deux étages, avec pour enseigne : Hôtel Continental. Il y a des soldats de tous côtés, sur l'avenue Itapicurú sans arbres, qui monte vers la grand-place. Derrière les dizaines de visages qui s'écrasent contre les vitres, regardant à l'intérieur de la gare, le débarquement de la troupe se poursuit fébrilement. À l'apparition du fanion du régiment qu'un soldat déploie devant la foule, on entend une nouvelle salve d'applaudissements. Sur l'esplanade, entre l'Hôtel Continental et la gare, un soldat étrille le cheval blanc aux crins brillants. Dans un coin de l'enceinte se trouve une longue table avec des brocs, bouteilles et plats de victuailles protégés des myriades de mouches par des linges de tulle, à laquelle nul ne prête attention. Des petits drapeaux et des guirlandes pendent au plafond, au milieu d'affiches du Parti Républicain Progressiste et du Parti Autonomiste Bahianais, avec Vive le Colonel Moreira César, Vive la République et le Septième Régiment d'Infanterie du Brésil.

Au milieu d'une grouillante animation, le colonel Moreira César change son uniforme de drap pour une tenue de campagne. Deux soldats soulèvent une couverture devant la cloison du télégraphe et, depuis ce refuge improvisé, le colonel lance ses vêtements qu'un ordonnance saisit et range dans une malle. Tandis qu'il s'habille, Moreira César parle avec trois officiers qui sont devant lui au garde-à-vous.

– Rapport sur les effectifs, Cunha Matos.

Le major claque légèrement les talons en commençant à parler :

– Quatre-vingt-trois hommes atteints de variole et d'autres maladies, dit-il en consultant un papier. Mille deux cent trente-cinq combattants. Les quinze millions de cartouches et les soixante-dix pièces d'artillerie sont intactes, mon colonel.

– L'avant-garde partira dans deux heures au plus tard pour Monte Santo. – La voix du colonel est monocorde, sans nuances, impersonnelle – Vous, Olimpio, excusez-moi auprès du conseil municipal. Je les recevrai plus tard, un moment. Expliquez-leur que nous ne pouvons perdre du temps en cérémonies ni en agapes.

– Oui, mon colonel.

Quand le capitaine Olimpio de Castro se retire, le troisième officier s'avance. Il a des galons de colonel et c'est quelqu'un d'âgé, un peu trapu et au regard doux :

– Le lieutenant Pires Ferreira et le major Febronio de Brito sont là. Ils ont l'ordre de rejoindre le régiment, comme assesseurs.

Moreira César reste un moment pensif.

– Quelle chance pour le régiment, murmure-t-il d'une façon presque inaudible. Amenez-les, Tamarindo.

Un ordonnance, agenouillé, l'aide à chausser des bottes de cavalier, sans éperons. Un moment plus tard, précédés par le colonel Tamarindo, Febronio de Brito et Pires Ferreira viennent se mettre au garde-à-vous devant la couverture. Ils claquent des talons, déclinent leur identité, leur grade et ajoutent « À vos ordres ». La couverture tombe à terre. Moreira César porte un pistolet et une épée au côté, les manches de chemise retroussées et ses bras sont courts, maigres et glabres. Il observe les nouveaux venus des pieds à la tête, sans dire un mot, l'air glacial.

– C'est un honneur pour nous de mettre notre expérience de cette région au service du chef le plus prestigieux du Brésil, mon colonel, disent-ils l'un et l'autre.

Le colonel Moreira César regarde Febronio de Brito fixement, dans les yeux, jusqu'à le voir se troubler.

– Expérience qui ne vous a même pas servi pour affronter une poignée de bandits. – Il n'a pas élevé la voix, mais aussitôt l'enceinte semble s'électriser, se paralyser. Scrutant le major comme un insecte, Moreira César pointe un doigt sur Pires Ferreira : – Cet officier commandait une compagnie. Mais vous aviez un demi-millier d'hommes et vous avez été mis en déroute comme un bleu. Vous avez terni l'image de l'Armée, et par conséquent de la République. Votre présence est indésirable au Septième Régiment. Vous n'entrerez pas en action. Vous resterez à l'arrière-garde, vous vous occuperez des malades et du bétail. Rompez.

Les deux officiers sont livides. Febronio de Brito sue abondamment. Il entrouvre la bouche, comme s'il allait dire quelque chose, mais il choisit de saluer et de se retirer, en titubant. Le lieutenant reste pétrifié à sa place, les yeux soudain rougis. Moreira César passe près de lui, sans le regarder, et l'essaim d'officiers et d'ordonnances reprend ses activités. Sur une table se trouvent disposés des plans et une rame de papier.

– Faites entrer les correspondants de presse, Cunha Matos, ordonne le colonel.

Le major les fait entrer. Ils sont venus dans le même train que le Septième Régiment et ont l'air fatigués par le brimbalement. Ce sont cinq hommes, de différents âges, vêtus de guêtres, casquettes, culottes de cavalier, armés de crayons, de cahiers et, l'un d'eux, d'un appareil photographique à soufflet et trépied. Le plus remarquable est le jeune journaliste myope du *Jornal de Notícias*. Le petit bouc au poil rare qu'il s'est laissé pousser s'harmonise avec son aspect efflanqué, son extravagant pupitre portatif, l'encrier noué à sa manche et la plume d'oie qu'il mordille tandis que le photographe monte sa chambre noire. En appuyant sur le déclencheur, il fait jaillir un petit nuage qui arrache des cris à la marmaille tapie derrière les vitres. Le colonel Moreira César répond aux salutations des journalistes par une inclination de la tête.

– Beaucoup ont été surpris que je ne reçoive pas les notables à Salvador, dit-il sans solennité ni affectation, en manière de préambule. Il n'y a pas de mystère, messieurs. C'est une question de temps. Chaque minute est précieuse pour la mission qui nous a amenés à Bahia. Nous allons la mener à bien. Le Septième Régiment châtiera les factieux de Canudos, comme il l'a fait avec les mutins de la forteresse de Santa Cruz et celle de Lage, et comme il a puni les fédéralistes de Santa Catalina. Il n'y aura plus d'autres soulèvements contre la République.

Les grappes humaines collées aux vitres, muettes, essaient d'entendre ce qu'il dit, officiers et ordonnances sont immobiles, attentifs, et les cinq journalistes le regardent, avec un mélange de ravissement et d'incrédulité. Oui, c'est lui, il est là enfin, en chair et en os, comme le peignent les caricatures : faible, chétif, vibrant, avec de petits yeux qui étincellent ou transpercent l'interlocuteur et un mouvement de la main, en parlant, qui ressemble à de l'escrime. Ils l'attendaient deux jours plus tôt à Salvador, avec la même curiosité que des centaines de Bahianais et il frustra tout le monde en n'acceptant ni les banquets, ni le bal qu'on lui avait préparés, ni les réceptions officielles et les hommages, et, hormis une brève visite au Club Militaire et au Gouverneur Luis Viana, il ne parla avec personne, consacrant tout son temps à surveiller personnellement le débarquement de ses soldats au port et le transport de l'équipement et du parc d'artillerie à la gare de la Calzada, pour prendre le jour suivant ce train qui les avait amenés au sertão. Il avait traversé la ville de Salvador comme en la fuyant, craignant la contamination, et ce n'est que maintenant qu'il donnait une explication à sa conduite : le temps. Mais les cinq journalistes, suspendus à ses moindres gestes, ne pensent pas à ce qu'il dit en cet instant ; ils se souviennent de ce que l'on a dit et écrit sur lui, confrontant ce personnage mythique, détesté et divinisé, à ce petit bonhomme sévère qui leur parle comme s'ils n'étaient pas là. Ils essaient de se l'imaginer, engagé volontaire, quand il était jeune homme, dans la guerre contre le Paraguay, où il avait reçu autant de blessures que de médailles, et dans ses premières années d'officier, à Rio de Janeiro, quand son républicanisme militant lui avait presque valu d'être expulsé de l'Armée et envoyé en prison, ou lors des conspirations contre la monarchie dont il avait pris la tête. Malgré l'énergie de son regard, de ses gestes, de sa voix, il leur en coûte de l'imaginer tuant de cinq coups de revolver, dans la Rua do Ouvidor de la capitale, cet obscur journaliste, mais il n'est pas difficile, en revanche, de l'entendre déclarer lors du jugement qu'il était fier de l'avoir fait et qu'il le referait si quelqu'un insultait à nouveau l'armée. Mais surtout ils se remémorent sa carrière publique, au retour du Mato Grosso, où il avait été exilé jusqu'à la chute de l'Empire. Ils le revoient devenu bras droit du président Floriano Peixoto, écrasant d'une main de fer tous les soulèvements qui s'étaient produits dans les premières années de la République et, défendant, dans les colonnes de cette feuille incendiaire, *O Jacobino,* ses thèses en faveur de la République Dictatoriale, sans parlement, sans partis politiques et où l'Armée serait, comme l'Église dans le passé, le centre nerveux d'une société laïque furieusement tournée vers le progrès scientifique. Ils se demandent s'il est vrai qu'à la mort du maréchal Floriano Peixoto, au cimetière, il avait eu un évanouissement nerveux tandis qu'il prononçait l'éloge funèbre du disparu. On a dit qu'à l'arrivée au pouvoir d'un président civil, Prudente de Morais, le destin politique du colonel Moreira César et des « Jacobins » était condamné. Mais, se disent-ils, ce ne doit pas être vrai, car s'il en était ainsi, il ne serait pas là à Queimadas à la tête du corps d'armée le plus célèbre du Brésil, envoyé par le gouvernement lui-même pour une mission dont, qui pourrait en douter ? il allait revenir à Rio avec un prestige accru.

– Je ne suis pas venu à Bahia pour intervenir dans les luttes politiques locales, dit-il en même temps qu'il désigne, sans les regarder, les affiches du Parti Républicain et du Parti Autonomiste qui pendent au plafond. L'armée est au-dessus des querelles des factions, en marge de la politicaille. Le Septième Régiment est ici pour réduire une conspiration monarchiste. Parce que derrière les voleurs et les fous fanatiques de Canudos il y a une conjuration contre la République. Ces pauvres diables sont un instrument des aristocrates qui ne se résignent pas à la perte de leurs privilèges, qui ne veulent pas que le Brésil soit un pays moderne. De certains curés fanatiques qui ne se résignent pas à la séparation de l'Église et de l'État parce qu'ils ne veulent pas donner à César ce qui revient à César. Et même de l'Angleterre, apparemment, qui veut restaurer cet Empire corrompu qui lui permet de s'emparer de tout le sucre brésilien à des prix dérisoires. Mais ils se trompent. Ni les aristocrates, ni les curés ni l'Angleterre ne reviendront faire la loi au Brésil. L'Armée ne le permettra pas.

Il a élevé la voix et dit les dernières phrases d'un ton enflammé, la main droite appuyée sur le pistolet de sa cartouchière. Lorsqu'il se tait une attente déférente plane dans l'enceinte et l'on entend bourdonner les insectes qui volettent affolés au-dessus des victuailles. Le plus âgé des journalistes, un homme qui, malgré l'atmosphère brûlante, porte une veste à carreaux, lève timidement une main, dans l'intention de commenter ou de demander quelque chose. Mais le colonel ne lui accorde pas la parole ; il a fait un signe et deux ordonnances, suivant ses instructions, soulèvent une caisse du sol, la placent sur la table et l'ouvrent : ce sont des fusils.

Moreira César se met à se promener lentement, les mains derrière le dos, devant les cinq journalistes.

– Saisis dans le sertão bahianais, messieurs, dit-il ironiquement, comme s'il se moquait de quelqu'un. Ceux-là, au moins, ne sont pas parvenus à Canudos. D'où viennent-ils ? On n'a même pas pris la peine d'enlever la marque de fabrique. Liverpool, rien que cela ! On n'a jamais vu des fusils de ce type au Brésil. Avec un dispositif spécial pour tirer des balles explosives, en outre. Ainsi s'expliquent ces plaies qui ont surpris les chirurgiens : des trous de dix, douze centimètres de diamètre. Qui ne semblaient pas provoqués par une balle mais par une grenade. Est-il possible que de simples jagunços, de simples voleurs de bétail, connaissent ces raffinements européens, les balles explosives ? Et d'autre part que signifient ces personnages d'origine mystérieuse ? Le corps trouvé à Ipupiará. L'individu qui apparaît à Capim Grosso avec une bourse pleine de livres sterling et avoue avoir guidé un groupe de cavaliers qui parlaient anglais. Même à Belo Horizonte on découvre des étrangers qui veulent transporter des vivres et de la poudre à Canudos. Trop de coïncidences pour ne pas deviner, en outre, une conjuration antirépublicaine. Ils ne se rendent pas. Mais c'est en vain. Ils ont échoué à Rio, ils ont échoué à Rio Grande do Sul et ils échoueront aussi à Bahia, messieurs.

Il a fait deux, trois tours d'un pas court, rapide et nerveux devant les cinq journalistes. Maintenant il se trouve au même endroit qu'au début, près de la table aux cartes. Son ton, en s'adressant à nouveau à eux, devient autoritaire et menaçant :

– J'ai accepté que vous accompagniez le Septième Régiment, mais vous devrez vous soumettre à certaines dispositions. Les dépêches télégraphiques que vous enverrez d'ici seront préalablement approuvées par le major Cunha Matos ou par le colonel Tamarindo. Tout comme les articles que vous enverrez par messagers durant la campagne. Je dois vous avertir que si quelqu'un essayait d'envoyer un article sans le visa de mes adjoints, il commettrait une grave infraction. J'espère que je me fais comprendre : tout manquement, toute erreur, toute imprudence peut servir l'ennemi. Nous sommes en guerre, ne l'oubliez pas. Je fais des vœux pour que votre séjour avec le Régiment soit agréable. C'est tout, messieurs.

Il se tourne vers les officiers de son état-major qui l'entourent immédiatement, et à l'instant, comme si l'enchantement s'était rompu, l'activité, le bruit, le mouvement reprennent dans la gare de Queimadas. Mais les cinq journalistes restent là, à la même place, se regardant, déconcertés, abasourdis, déçus, sans comprendre pourquoi le colonel Moreira César les traite comme s'ils étaient ses ennemis potentiels, pourquoi il ne leur a pas permis de formuler la moindre question, pourquoi il ne leur a démontré la moindre sympathie ou du moins courtoisie. Le cercle qui entoure le colonel se défait au fur et à mesure que, obéissant aux instructions, chacun des officiers, après avoir claqué les talons, s'éloigne dans une direction différente. Quand il reste seul, le colonel jette un regard circulaire et, l'espace d'une seconde, les cinq journalistes croient qu'il va s'approcher d'eux, mais ils se trompent. Il regarde, comme s'il venait de les découvrir, les visages faméliques, tannés, misérables qui s'aplatissent contre les portes et les fenêtres. Il les observe avec une expression indéfinissable, le front plissé, la lèvre inférieure en avant. Soudain, résolument, il se dirige vers la porte la plus proche. Il l'ouvre toute grande et fait un geste de bienvenue en direction de l'essaim d'hommes, femmes, enfants, vieillards presque en haillons, la plupart pieds nus qui le regardent avec respect, peur ou admiration. D'un geste impérieux, il les oblige à rentrer, les tire, les traîne, les encourage en leur signalant la longue table où, sous les auréoles d'insectes avides, languissent les boissons et les viandes que le conseil municipal de Queimadas a préparées en son hommage.

– Entrez, entrez, leur dit-il en les guidant, les poussant, écartant lui-même les linges de tulle. Le Septième Régiment vous invite. Avancez, n'ayez pas peur. C'est pour vous. Vous en avez plus besoin que nous. Buvez, mangez, bon appétit.

Maintenant il n'a plus besoin de les inciter, ils sont tombés, désordonnés, avides, incrédules, sur les plats, verres, assiettes et se donnent des coups de coude, se bousculent, se poussent, se disputent le manger et le boire, sous le regard attristé du colonel. Les journalistes restent au même endroit, la bouche ouverte. Une petite vieille, un morceau mordillé à la main, qui se retire déjà, s'arrête près de Moreira César, le visage plein de reconnaissance.

– Que notre Sainte Dame vous protège, mon colonel, murmure-t-elle en faisant le signe de la croix en l'air.

– Voilà la dame qui me protège, l'entendent répondre les journalistes, dans le même temps qu'il touche son épée.

En son époque glorieuse, le cirque du Gitan avait compté vingt personnes, si l'on peut appeler personnes des êtres tels que la Femme à barbe, le Nain, l'Homme-araignée, le Géant Pedrin et Julião, l'avaleur de crapauds vivants. Le Cirque roulait alors sur un grand chariot peint en rouge, avec des figures de trapézistes, tiré par les quatre chevaux sur lesquels les Frères Français faisaient leurs acrobaties. Il y avait aussi un petit zoo, le pendant de la collection de curiosités humaines rassemblée par le Gitan au cours de ses randonnées : un mouton à cinq pattes, un petit singe à deux têtes, un cobra (normal celui-là) qu'il fallait alimenter avec des petits oiseaux et un bouquetin à trois rangées de dents que Pedrin présentait au public en lui ouvrant la gueule de ses grosses mains. Ils ne disposèrent jamais d'une tente. Les représentations avaient lieu sur les places, les jours de marché ou de fête du saint patron.

Il y avait des numéros de force et d'équilibre, de magie et de divination, le Noir Solimão avalait des sabres, l'Homme-araignée montait soyeusement le long d'un mât graissé et offrait une somme fabuleuse à qui pouvait l'imiter, le Géant Pedrin brisait des chaînes, la Femme à barbe faisait danser le cobra et l'embrassait sur la bouche et tous, peinturlurés en clowns avec du bouchon brûlé et de la poudre de riz, pliaient en deux, en quatre, en six, l'Idiot, qui ne semblait pas avoir d'os. Mais l'étoile était le Nain, qui racontait des chansons de geste avec délicatesse, véhémence, romantisme et imagination : l'histoire de la Princesse Maguelonne, fille du Roi de Naples, enlevée par le Chevalier Pierre et dont les bijoux sont trouvés par un marin dans le ventre d'un poisson ; l'histoire de la Belle Silvaninha avec qui voulut se marier rien de moins que son propre père ; celle de Charlemagne et des Douze Pairs de France ; celle de la Duchesse stérile possédée par le Chien et qui enfanta Robert le Diable ; celle d'Olivier et de Fier-à-Bras. Son numéro passait en dernier parce qu'il stimulait la générosité du public.

Le Gitan devait avoir eu maille à partir avec la police sur le littoral car, pas même aux époques de sécheresse, il ne descendait sur la côte. C'était un homme violent qui, sous n'importe quel prétexte, en venait aux mains et frappait sans miséricorde qui le fâchait, homme, femme ou animal. Mais, malgré ses mauvais traitements, aucun des gens du cirque n'aurait songé à l'abandonner. Il était l'âme du cirque, c'est lui qui l'avait créé en recueillant au hasard de ses pérégrinations ces êtres qui, dans leurs villages et familles, étaient des objets de dérision, des anomalies que les autres regardaient comme des châtiments de Dieu et des erreurs de l'espèce. Eux tous, le Nain, la Femme à barbe, le Géant, l'Homme-araignée, même l'Idiot (qui pouvait sentir ces choses même s'il ne les comprenait pas), avaient trouvé dans ce cirque itinérant un foyer plus hospitalier que celui d'où ils venaient. Dans la caravane qui montait, descendait et sillonnait le sertão brûlant, ils avaient cessé de vivre honteux et effrayés et partageaient une anormalité qui les faisait se sentir normaux.

C'est pour cela qu'aucun d'eux n'avait pu comprendre le garçon à la crinière broussailleuse, aux yeux sombres et vifs, presque sans jambes, qui marchait à quatre pattes et venait de Natuba. Ils avaient remarqué l'intérêt que lui avait porté, pendant la représentation, le Gitan. Car sans aucun doute le Gitan était attiré par les monstres – humains ou animaux – pour quelque raison plus profonde que le profit qu'il pouvait en tirer. Peut-être se sentait-il plus sain, plus complet, plus parfait, dans cette société de résidus et de bizarreries. Le fait est qu'à la fin du spectacle il s'enquit de sa maison, la trouva, se présenta à ses parents et les convainquit de lui confier l'enfant, pour en faire un artiste. L'incompréhensible c'est qu'une semaine plus tard, le garçon s'était échappé, alors que le Gitan avait commencé à lui apprendre un numéro de dompteur.

La mauvaise étoile commença avec la grande sécheresse, par l'entêtement du Gitan à ne pas descendre sur la côte, comme les gens du cirque l'en suppliaient. Ils trouvaient des villages désertés et des fazendas transformées en ossuaires ; ils comprirent qu'ils pouvaient mourir de soif. Mais le Gitan n'en démordit pas et une nuit il leur dit : « Je vous offre la liberté. Allez-vous-en. Mais si vous ne partez pas, que jamais personne ne me dise la route que doit prendre le Cirque. » Aucun d'eux ne partit, sans doute parce qu'ils craignaient davantage les autres hommes que la catastrophe. À Caatinga do Moura, Dádiva, la femme du Gitan, tomba malade, délira de fièvre et il fallut l'enterrer à Taquarandi. Ils durent commencer à manger les animaux. Au retour des pluies, une année et demie plus tard, il ne restait du zoo que le cobra ; parmi les gens du cirque, Julião et sa femme Sabina, le Noir Solimão, le Géant Pedrin, l'Homme-araignée et la Petite-Étoile avaient succombé. Ils avaient perdu le chariot aux figures peintes et ils portaient maintenant leurs affaires sur deux charrettes qu'ils tiraient eux-mêmes jusqu'à ce qu'avec le retour des gens, de l'eau et de la vie, le Gitan pût acheter deux mulets.

Ils reprirent les spectacles et gagnèrent à nouveau suffisamment pour manger. Mais ce ne fut plus comme avant. Le Gitan, rendu fou par la perte de ses enfants, se désintéressa du spectacle. Il avait laissé ses trois enfants avec une famille de Caldeirão Grande, pour s'occuper d'eux, et lorsqu'il revint les chercher, après la sécheresse, personne au village ne sut ce qu'était devenue la famille Campinas ni les enfants. Il ne se résignait pas et des années après continuait à interroger les habitants des hameaux pour savoir s'ils avaient vu ou appris quelque chose. La disparition de ses fils – que tout le monde donnait pour morts – fit de lui, qui était l'énergie personnifiée, un être apathique et rancunier, qui se saoulait souvent et s'irritait de tout. Un après-midi ils se produisaient au hameau de Santa Rosa et le Gitan faisait le numéro qui était auparavant celui du Géant Pedrin : défier n'importe quel spectateur à la lutte. Un homme fort se présenta et lui fit toucher les deux épaules dès la première empoignade. Le Gitan se releva en disant qu'il avait glissé et que l'homme devait essayer à nouveau. Le costaud le renvoya au tapis. En se levant, le Gitan, les yeux fulminants, lui demanda s'il répéterait la prouesse un couteau à la main. L'autre se refusait à combattre, mais le Gitan, qui avait perdu la raison, le provoqua de telle façon que le costaud n'eut d'autre solution que d'accepter le défi. Aussi facilement qu'il l'avait renversé à terre, il laissa le Gitan sur le carreau, la gorge ouverte et le regard vitreux. On apprit ensuite que le chef du Cirque avait eu l'audace de défier le bandit Pedrão.

Malgré tout, survivant à lui-même par simple inertie, comme une démonstration que rien ne meurt qui ne doive mourir (la phrase était de la Femme à barbe) le Cirque n'arriva pas à disparaître. À vrai dire, c'était maintenant comme un fantôme du vieux Cirque, avec seulement un chariot à la bâche rapiécée, tiré par un âne, et une tente raccommodée sous laquelle dormaient les derniers artistes : la Femme à barbe, le Nain, l'Idiot et le cobra. Ils donnaient encore des représentations et les chansons de geste – amours et aventures – du Nain connaissaient toujours le même succès. Pour ne pas fatiguer l'âne, ils allaient à pied, à l'exception du cobra – le seul à profiter du chariot – qui vivait dans un panier d'osier. En déambulant de par le monde, les ultimes gens du cirque avaient rencontré des saints, des bandits, des pèlerins, des retirantes, les personnes et les choses les plus imprévisibles. Mais jamais, jusqu'à ce matin, ils n'étaient tombés sur une chevelure masculine de couleur rouge, comme celle de l'homme étendu à terre, qu'ils aperçurent au tournant d'une piste qui va vers Riacho da Onça. Il était immobile, vêtu d'un habit noir que la poussière blanchissait par endroits. Quelques mètres plus loin, il y avait le cadavre décomposé d'une mule que dévoraient des urubus* et un feu éteint. Et, près des cendres, une jeune femme les regardait venir avec un air qui semblait triste. L'âne, comme s'il en avait reçu l'ordre, s'arrêta. La Femme à barbe, le Nain, l'Idiot examinèrent l'homme et purent voir, au milieu des cheveux de flamme, la blessure mauve de l'épaule et le sang séché sur la barbe, à l'oreille et sur le plastron.

– Est-il mort ? demanda la Femme à barbe.

– Pas encore, répondit Jurema.

« Le feu va brûler ce lieu », dit le Conseiller, en même temps qu'il se redressait sur son grabat. Ils ne s'étaient reposés que quatre heures, car la procession de la veille s'était terminée après minuit, mais le Lion de Natuba, qui avait l'ouïe très fine, sentit dans son sommeil la voix reconnaissable entre toutes, et il bondit du sol pour prendre sa plume et du papier pour noter la phrase qui ne devait pas se perdre. Le Conseiller, les yeux fermés, plongé dans sa vision, ajouta : « Il y aura quatre incendies. Les trois premiers c'est moi qui les éteindrai et le quatrième je le laisserai entre les mains du Bon Jésus. » Cette fois, ses paroles réveillèrent aussi les béates de la pièce contiguë, car, tandis qu'il écrivait, le Lion de Natuba sentit la porte s'ouvrir et vit entrer, drapée dans sa tunique bleue, Maria Quadrado, l'unique personne, avec le Ravi et lui, à pouvoir pénétrer dans le Sanctuaire de jour comme de nuit sans demander la permission. « Loué soit Notre-Seigneur Jésus-Christ, dit la Supérieure du Chœur Sacré en se signant. – Loué soit-il », répondit le Conseiller en ouvrant les yeux. Et, avec une légère inflexion de tristesse, il rêva encore : « Ils vont me tuer, mais je ne trahirai pas le Seigneur. »

Tandis qu'il écrivait, sans se distraire, conscient jusqu'à la racine des cheveux de la transcendance de la mission que le Ravi lui avait confiée et qui lui permettait de partager avec le Conseiller tous les instants, le Lion de Natuba entendait, dans l'autre pièce, les béates du Chœur Sacré, attendre avidement l'autorisation de Maria Quadrado pour entrer. Elles étaient huit et portaient, comme celle-ci, des tuniques bleues avec des manches et sans échancrure, nouées avec un cordon blanc. Elles allaient nu-pieds et la tête couverte d'un foulard également bleu. Elles avaient été choisies par la Mère des Hommes pour leur esprit de sacrifice et leur dévotion afin de se consacrer exclusivement au Conseiller et les huit avaient fait vœu de vivre chastes et de ne retourner jamais dans leur famille. Elles dormaient à même le sol, de l'autre côté de la porte, et elles accompagnaient le Conseiller, comme une auréole, quand il surveillait les travaux du Temple du Bon Jésus, priait dans l'église de São Antonio, présidait les processions, les rosaires, les enterrements, ou lorsqu'il visitait les dispensaires. Vu les habitudes frugales du saint, leurs obligations étaient minimes : laver et ravauder la tunique violette, s'occuper de l'agnelet blanc, nettoyer le sol et les murs du Sanctuaire et secouer le grabat de roseaux. Elles entraient maintenant ; Maria Quadrado ferma derrière elles la porte qu'elle venait de leur ouvrir. Alejandrinha Correa portait l'agnelet. Les huit femmes firent le signe de la croix en même temps qu'elles psalmodiaient : « Loué soit Notre-Seigneur Jésus-Christ. » « Loué soit-il », répondit le Conseiller en caressant doucement l'animal. Le Lion de Natuba demeurait accroupi, la plume à la main et le papier sur le petit banc qui lui servait de pupitre, ses yeux intelligents – brillants au milieu de la crinière crasseuse qui entourait son visage – fixés sur les lèvres du Conseiller. Celui-ci s'apprêtait à prier. Il tomba la face contre terre, tandis que Maria Quadrado et les béates s'agenouillaient autour de lui pour prier aussi. Mais le Lion de Natuba ne se prosterna ni ne s'agenouilla : sa mission l'exemptait même de prières. Le Ravi lui avait demandé de demeurer vigilant, pour le cas où l'une des phrases du saint serait une « révélation ». Mais ce matin-là le Conseiller pria en silence, dans l'aube qui de seconde en seconde s'éclairait et filtrait dans le Sanctuaire, par les interstices du plafond, des cloisons et de la porte, fibres d'or criblées par des particules de poussière. Belo Monte se réveillait : on entendait les coqs, les chiens et des voix humaines. Dehors, sans doute, avaient déjà commencé de se constituer les grappes de pèlerins et d'habitants qui voulaient voir le Conseiller ou lui demander une grâce.

Quand le Conseiller se releva, les béates lui présentèrent une écuelle avec du lait de chèvre, un bout de pain, une assiette de farine de maïs cuite à l'eau et un panier de mangabas*. Mais il se contenta de quelques gorgées de lait. Alors les béates apportèrent un seau d'eau pour le laver. Tandis que silencieuses, diligentes, sans se gêner les unes les autres, comme si elles avaient répété à l'avance leurs mouvements, elles circulaient autour du grabat et mouillaient leurs mains, humectaient son visage, frottaient ses pieds, le Conseiller demeurait immobile, concentré dans ses pensées ou ses prières. Au moment où elles lui passaient ses sandales de pasteur qu'il ôtait pour dormir, le Ravi et João Abade entrèrent dans le Sanctuaire.

Ils étaient si différents que celui-là semblait plus fragile et absorbé et celui-ci plus corpulent lorsqu'ils étaient ensemble. « Loué soit le Bon Jésus », dit l'un, et l'autre « Loué soit Notre-Seigneur Jésus-Christ. » « Loué soit-il. » Le Conseiller tendit sa main et, tandis qu'ils la baisaient, il leur demanda anxieusement :

– A-t-on des nouvelles du Père Joaquim ?

Le Ravi dit que non. Quoique menu, chétif et vieilli, on remarquait dans son visage cette indomptable énergie avec laquelle il organisait toutes les activités du culte, l'accueil des pèlerins, le parcours des processions, l'entretien des autels et il prenait le temps d'inventer des hymnes et des litanies. Sa tunique marron était pleine de scapulaires et aussi de trous par lesquels on apercevait le cilice que, disait-on, il n'avait pas enlevé depuis qu'enfant le Conseiller le lui avait ceint. Il s'avança tandis que João Abade, que les gens avaient commencé à appeler Chef du Peuple et Commandant de la Rue, reculait, et il dit :

– João a une idée qui est une inspiration, mon père, prononça-t-il de cette voix timide et révérente avec laquelle il s'adressait toujours au Conseiller. Il y a eu une guerre, ici même, à Belo Monte. Et tandis que tout le monde bataillait tu étais seul dans la tour. Personne ne te protégeait.

– Le Père me protège, Ravi, murmura le Conseiller. Comme toi et tous ceux qui croient.

– Même si nous mourons, toi tu dois vivre, insista le Ravi. Par charité pour les hommes, Conseiller.

– Nous voulons organiser une garde pour veiller sur toi, mon père, murmura João Abade. – Il parlait les yeux baissés, cherchant ses mots. – Pour que personne ne te fasse du mal. Nous choisirons les hommes comme Mère Maria Quadrado a choisi le Chœur Sacré. Les meilleurs et les plus vaillants en feront partie, des hommes de toute confiance. Ils se consacreront à ton service.

– Comme les archanges du ciel au Bon Jésus, dit le Ravi. – Il désigna la porte, l'effervescence croissante. – Chaque jour, chaque heure, il y a plus de gens. Ils sont déjà des centaines, là, qui attendent. Nous ne pouvons connaître tout le monde. Et si les chiens s'introduisent pour te nuire ? Ces hommes seront ton bouclier. Et s'il y a la guerre, tu ne resteras jamais seul.

Les béates demeuraient à genoux, tranquilles et muettes. Seule Maria Quadrado était debout, près des nouveaux venus. Le Lion de Natuba, tandis qu'ils parlaient, s'était traîné jusqu'au Conseiller et, comme l'aurait fait un chien favori pour son maître, avait appuyé son visage sur le genou du saint.

– Ne pense pas à toi mais aux autres, dit Maria Quadrado. C'est une idée inspirée, mon père. Accepte-la.

– Ce sera la Garde Catholique, la Compagnie du Bon Jésus, dit le Ravi. Ils seront les croisés, les soldats croyants de la vérité.

Le Conseiller fit un mouvement presque imperceptible, mais tous comprirent qu'il avait donné son assentiment.

– Qui la commandera ? demanda-t-il.

– João Grande, si tu es de cet avis, répondit l'ex-cangaceiro. Le Ravi croit aussi que ce pourrait être lui.

– C'est un bon croyant. – Le Conseiller fit une très brève pause et, quand il se remit à parler, sa voix s'était dépersonnalisée et ne semblait plus s'adresser à aucun d'eux mais à un auditoire plus vaste et impérissable. – Il a souffert de l'âme et du corps. Et c'est la souffrance de l'âme, surtout, qui rend bons les bons.

Avant que le Ravi ne le regarde, le Lion de Natuba avait écarté sa tête du genou où elle reposait et, avec une rapidité féline, avait pris la plume et le papier et écrit ce qu'ils avaient entendu. Quand il eut fini, toujours à quatre pattes, et se fut approché à nouveau du Conseiller, replaçant sa tête embroussaillée contre ses genoux, João Abade avait commencé à rapporter les événements des dernières heures. Des jagunços étaient partis en reconnaissance, les uns étaient revenus avec des vivres et des nouvelles, les autres avaient mis le feu à des fazendas appartenant à ceux qui ne voulaient pas aider le Bon Jésus. Le Conseiller l'écoutait-il ? Il gardait les yeux fermés et demeurait immobile et muet, tout comme les béates, comme si son âme s'en était allée célébrer un de ces colloques célestes – ainsi les appelait le Ravi – dont il rapporterait des révélations et des vérités aux habitants de Belo Monte. Bien qu'il n'y eût pas d'indices de la venue de nouveaux soldats, João Abade avait posté des gens sur les chemins qui allaient de Canudos à Geremoabo, à Uauá, au Cambaio, à Rosario, à Chorrochó et Curral dos Bois, et il faisait creuser des tranchées et élever des parapets au bord du Vasa Barris. Le Conseiller ne lui posa pas de questions. Pas plus qu'il ne le fit lorsque le Ravi lui rapporta les combats qu'il livrait. Sur le ton des litanies, il expliqua combien de pèlerins étaient arrivés la veille et ce matin ; ils venaient de Cabobó, de Jacobina, de Bom Conselho, de Pombal et se trouvaient maintenant dans l'église de São Antonio, attendant le Conseiller. Les verrait-il ce matin avant d'aller inspecter les travaux du Temple du Bon Jésus, ou l'après-midi, pendant les conseils ? Le Ravi continua en lui rendant compte des travaux. Il n'y avait plus de bois pour les voûtes et l'on ne pouvait commencer la toiture. Deux charpentiers étaient partis à Joazeiro pour en trouver. Comme heureusement les pierres ne manquaient pas, les maçons continuaient à étayer les murs.

– Le Temple du Bon Jésus devra être achevé bientôt, murmura le Conseiller en ouvrant les yeux. C'est le plus important.

– Ça l'est, mon père, dit le Ravi. Tous y mettent la main.

Ce ne sont pas les bras qui manquent, mais les matériaux. Tout s'épuise. Mais nous trouverons du bois et, s'il faut le payer, nous le payerons. Tous ici sont disposés à donner ce qu'ils ont.

– Il y a plusieurs jours que le Père Joaquim ne vient pas, dit le Conseiller avec une certaine inquiétude. Il y a plusieurs jours qu'on ne dit pas la messe à Belo Monte.

– Ce doit être à cause des mèches, mon père, dit João Abade. Il ne nous en reste presque plus et il s'est proposé d'en acheter aux mines de Caçabu. Il les aura commandées et attendu qu'on les lui apporte. Veux-tu que je le fasse chercher ?

– Il viendra, le Père Joaquim ne nous trahira pas, répondit le Conseiller. – Et il chercha du regard Alejandrinha Correa qui, depuis qu'on avait mentionné le curé de Cumbe, gardait la tête dans les épaules, visiblement confuse. – Viens ici. Tu ne dois pas avoir honte, ma fille.

Alejandrinha Correa – les années l'avaient rendue mince et ridée, mais elle conservait toujours son nez retroussé et un air turbulent qui contrastait avec ses façons humbles – se traîna vers le Conseiller sans oser le regarder. Celui-ci lui posa une main sur la tête tout en lui parlant :

– De ce mal est sorti un bien, Alejandrinha. C'était un mauvais berger et, pour avoir péché, il a souffert, il s'est repenti, il a réglé ses comptes avec le ciel et il est maintenant un bon fils du Père. Tu lui as fait un bien, à la fin. Ainsi qu'à tes frères de Belo Monte, parce que grâce à Dom Joaquim nous pouvons encore entendre la messe de temps en temps.

Il fit cette réflexion avec tristesse et il ne se rendit peut-être pas compte que l'ex-rabdomancienne se pencha pour baiser sa tunique avant de regagner son coin. Dans les premiers temps plusieurs curés venaient à Canudos dire la messe, baptiser les enfants et marier les couples. Mais depuis cette Sainte Mission, avec des missionnaires capucins de Salvador, qui finit si mal, l'archevêque de Bahia avait interdit aux curés de prêter leurs services spirituels à Canudos. Seul le Père Joaquim continuait à venir. Non seulement il apportait un réconfort religieux, mais aussi du papier et de l'encre pour le Lion de Natuba, des cierges et de l'encens pour le Ravi, ainsi que diverses commandes de João Abade et des frères Vilanova. Qu'est-ce qui le poussait à défier l'Église et, maintenant, l'autorité civile ? Peut-être Alejandrinha Correa, la mère de ses enfants, avec qui il avait à chaque visite une austère conversation dans le Sanctuaire ou la chapelle de São Antonio. Ou, peut-être, le Conseiller, face auquel il apparaissait toujours troublé et comme remué intérieurement. Ou peut-être pensait-il en venant s'acquitter d'une vieille dette contractée envers le ciel et les sertanejos.

Le Ravi s'était remis à parler à nouveau, à propos du triduum du Sang Précieux qui allait commencer cet après-midi quand, au milieu d'une agitation extérieure, on frappa à la porte. Maria Quadrado alla ouvrir. Le soleil brillant dans son dos et une foule de têtes qui essayaient d'épier autour de lui, apparut sur le seuil le curé de Cumbe.

– Loué soit Notre-Seigneur Jésus-Christ, dit le Conseiller en se levant si vite que le Lion de Natuba dut s'écarter d'un saut. Nous qui pensions à vous et vous voilà.

Il alla à la rencontre du Père Joaquim, dont la soutane était aussi terreuse que son visage. Il s'inclina devant lui, lui prit la main et la baisa. L'humilité et le respect que lui manifestait le Conseiller incommodaient toujours le curé, mais il était aujourd'hui si inquiet qu'il ne sembla pas le remarquer.

– Un télégramme est arrivé, dit-il tandis que le Ravi, João Abade, la Mère des Hommes et les Béates lui baisaient la main. Un régiment de l'Armée Fédérale arrive, en provenance de Rio. Son chef est un fameux militaire, un héros qui a gagné toutes les guerres.

– Personne n'a encore gagné une guerre contre le Père, dit le Conseiller d'une voix joyeuse.

Le Lion de Natuba, tapi, écrivait rapidement.

À la fin de son contrat avec les gens du Chemin de fer de Jacobina, à Itiuba, Rufino guide des vachers sur les sentiers de la Serra de Bendengó, celle où tomba une fois une pierre du ciel. Ils poursuivent des voleurs de bétail qui se sont emparés d'une cinquantaine de bêtes de la fazenda Pedra Vermelha, qui appartient au colonel José Bernardo Murau, mais pendant qu'ils essaient de retrouver les animaux ils apprennent la défaite de l'expédition du major Febronio de Brito, au Cambaio, et ils décident de cesser les recherches pour ne pas tomber sur les jagunços ou les soldats battant en retraite. Alors qu'il vient de se séparer des vachers, Rufino, aux contreforts de la Serra Grande, tombe aux mains d'une patrouille de déserteurs, commandée par un sergent de Pernambouc. Ils lui enlèvent son escopette, sa machette, ses provisions et la bourse avec l'argent qu'il a gagné comme guide. Mais ils ne lui font pas de mal et l'avertissent même de ne pas passer par Monte Santo où se trouvent concentrés les soldats défaits du major Brito, qui pourraient l'enrôler.

La région est sens dessus dessous avec la guerre. La nuit suivante, près du fleuve Cariaçá, le guide entend une fusillade et à l'aube il découvre que des gens venus de Canudos ont brûlé et mis à sac la fazenda Santa Rosa, qu'il connaît fort bien. La maison, qui était vaste et fraîche, avec une balustrade en bois et une allée de palmiers, n'est plus que ruines fumantes. Il voit les étables vides, la senzala et les baraquements des péons également brûlés, et un vieux des environs lui dit qu'ils sont tous partis pour Belo Monte, en emmenant les animaux et en emportant ce qui a pu être sauvé du feu.

Rufino fait un détour pour éviter Monte Santo, et le lendemain une famille de pèlerins qui se rend à Canudos l'avertit de prendre garde, car des groupes de la Garde Rurale parcourent le pays à la recherche d'hommes jeunes pour l'armée. À midi il atteint une chapelle à moitié perdue parmi les cimes jaunies de la Serra de Engorda, où traditionnellement des hommes qui ont du sang sur les mains viennent se repentir de leurs crimes et d'autres, faire des offrandes. C'est une petite construction isolée, sans portes, aux murs blancs parcourus de lézards. Ils regorgent d'ex-voto : écuelles à la nourriture pétrifiée, figurines en bois, bras, jambes, têtes en cire, armes, vêtements, toute sorte d'objets minuscules. Rufino examine couteaux, machettes, escopettes et choisit un coutelas à la lame très aiguisée, laissé là depuis peu. Puis il va s'agenouiller devant l'autel, où il y a seulement une croix, et il explique au Bon Jésus qu'il emporte ce coutelas à titre de prêt. Il dit qu'on lui a volé ce qu'il avait et qu'il en a besoin pour pouvoir arriver jusque chez lui. Il l'assure qu'il ne veut pas lui prendre ce qui lui appartient et il promet de le lui rendre, en même temps qu'un autre couteau neuf, qui sera son présent. Il lui rappelle qu'il n'est pas voleur et qu'il a toujours tenu ses promesses. Il se signe et dit : « Merci, Bon Jésus. »

Il continue sa route, d'un rythme égal, sans se fatiguer, qu'il monte des côtes ou descende des ravins, traverse la caatinga ou des lieux caillouteux. Cet après-midi il attrape un tatou qu'il fait cuire sur un feu. La viande lui fait deux jours. Au troisième, il est aux abords de Nordestina. Il se dirige vers le baraquement d'un paysan, où il a l'habitude de passer la nuit. La famille le reçoit plus cordialement que d'autres fois et la femme lui prépare à manger. Il leur raconte comment les déserteurs l'ont volé et ils discutent de ce qui va se produire après cette bataille au Cambaio où il y a eu, semble-t-il, tant de morts. Tandis qu'ils parlent, Rufino remarque que le couple échange des regards, comme s'ils avaient quelque chose à lui dire mais n'osaient pas. Il se tait et attend. Le paysan alors, en toussant, lui demande depuis combien de temps il est sans nouvelles de sa famille. Près d'un mois. Sa mère est-elle morte ? Non. Jurema, alors ? Le couple le regarde longuement. À la fin, l'homme parle : on dit qu'il y a eu une fusillade et des morts chez lui et que sa femme s'est enfuie avec un étranger aux cheveux roux. Rufino les remercie pour leur hospitalité et les quitte immédiatement.

Le lendemain matin la silhouette du guide se découpe sur une colline depuis laquelle on aperçoit sa cabane. Il traverse le petit bois de rochers et d'arbustes où il a eu son premier entretien avec Galileo Gall et il s'approche du promontoire où se trouve sa demeure du même pas égal, un petit trot entre le pas de randonnée et la course. Il porte sur son visage les traces du long voyage, des contrariétés et de la mauvaise nouvelle de la veille : ses traits se sont creusés, enfoncés, crispés. Son seul bagage est le coutelas que lui a prêté le Bon Jésus. À quelques mètres de sa cabane, son regard devient soupçonneux. La barrière est ouverte et l'enclos vide. Mais ce n'est pas l'enclos que Rufino regarde de ses yeux graves, inquisiteurs, surpris, c'est l'esplanade où il n'y avait pas auparavant ces deux croix plantées avec des pierres pour les tenir. En entrant il découvre la lampe à huile, les écuelles, le grabat, le hamac, la malle, l'image de la Vierge de Lapa, les marmites, les assiettes et le tas de bois. Tout semble en place, voire ordonné. Rufino regarde de nouveau, lentement, comme essayant d'arracher à ces objets le secret de ce qui s'est passé durant son absence. Il perçoit le silence : pas d'aboiements, ni le caquètement des poules, ni les sonnailles des moutons, ni la voix de sa femme. Finalement il fait quelques pas dans la pièce et examine tout avec soin. Quand il a fini, ses yeux sont injectés de sang. Il sort en fermant la porte sans brusquerie.

Il se dirige vers Queimadas, qui brille au loin sous un soleil maintenant vertical. La silhouette de Rufino se perd dans un coude du promontoire, réapparaît, trottinant, au milieu des pierres plombées, des cactus, des buissons jaunâtres et la haie aiguë d'un enclos. Une demi-heure plus tard il entre au bourg par l'avenue Itapicurú et la suit jusqu'à la grand-place. Le soleil donne aux maisons chaulées, aux portes bleues ou vertes, des teintes de mercure. Les soldats battant en retraite, après la déroute du Cambaio, ont commencé à arriver car on les voit, haillonneux, étrangers, formant des groupes aux coins des rues, dormant sous les arbres ou se baignant dans le fleuve. Le guide passe devant eux sans les regarder, peut-être sans les voir, pensant seulement aux habitants : des vachers à la peau tannée, des femmes qui allaitent leurs enfants, des cavaliers qui partent, des vieux qui prennent le soleil, des enfants qui courent. On lui donne le bonjour, on l'appelle par son nom et il sait que, lorsqu'il est passé, on le regarde encore, on le montre du doigt, on chuchote. Il répond à leurs saluts par une inclination de tête, regardant devant lui, sans sourire, pour décourager tout le monde de lui adresser la parole. Il traverse la grand-place, dense de soleil, de chiens, de va-et-vient, adressant des saluts de tête, conscient des ragots, des regards, des gestes, des pensées qu'il suscite. Il ne s'arrête qu'en arrivant, devant la petite chapelle de Notre-Dame-du-Rosaire, à une petite boutique de cierges et d'images pieuses suspendus à la façade. Il ôte son chapeau, respire comme quelqu'un qui va plonger et entre. En le voyant, la petite vieille, qui tend un paquet à un client, ouvre tout grands les yeux et son visage s'illumine. Mais elle attend, pour lui parler, que l'acheteur s'en soit allé.

Le local est un cube avec des trous par où pénètrent des langues de soleil. Des bougies et des cierges pendent à des clous et sont alignés sur le comptoir. Les murs sont couverts d'ex-voto, de saints, de Christs, de Vierges et d'images. Rufino s'agenouille pour baiser la main de la vieille femme : « Bonjour, mère. » Elle lui fait le signe de la croix sur le front avec ses doigts noueux aux ongles noircis. C'est une vieillarde squelettique, renfrognée, au regard dur, emmitouflée dans une couverture en dépit de l'atmosphère brûlante. Elle a à la main un chapelet à gros grains.

– Caifás veut te voir, il veut t'expliquer, dit-elle avec difficulté, parce que le sujet l'accable ou peut-être est-ce le manque de dents. Il va venir au marché du samedi. Il est venu tous les samedis, pour voir si tu étais revenu. C'est un long voyage, mais il venait. C'est ton ami, il veut t'expliquer.

– Expliquez-moi ce que vous savez, en attendant, mère, murmure le guide.

– Ils ne venaient pas pour te tuer, réplique la mère aussitôt. Elle non plus. Ils voulaient tuer l'étranger seulement. Mais il s'est défendu et en a tué deux. As-tu vu les croix là en haut, devant ta maison ? – Rufino acquiesce. – Personne n'a réclamé les corps et on les a enterrés là. – Elle se signe. – Qu'ils soient dans Ta sainte gloire, Seigneur. As-tu trouvé ta maison propre ? J'y suis allée, de temps en temps. Pour que tu ne la trouves pas toute sale.

– Vous n'auriez pas dû, dit Rufino. – Il est tête basse, le chapeau à la main. – Vous pouvez à peine marcher. Et puis désormais cette maison est sale à tout jamais.

– Alors, tu sais, murmure la vieillarde en cherchant son regard qu'il dissimule, fixant obstinément le sol. – La femme soupire. Après une pause elle ajoute : – J'ai vendu tes moutons pour qu'on ne les vole pas, comme les poules. Ton argent est dans cette boîte. – Elle marque une autre pause, tâchant de retarder l'inévitable, le seul sujet qui l'intéresse, le seul qui intéresse Rufino. – Les gens sont méchants. Ils disaient que tu n'allais pas revenir. Qu'on t'avait pris dans l'armée, peut-être, que tu étais mort à la guerre, peut-être. As-tu vu le nombre de soldats à Queimadas ? Il y a eu beaucoup de morts là-bas, paraît-il. Le major Febronio de Brito se trouve ici, aussi.

Mais Rufino l'interrompt :

– Savez-vous qui les a envoyés ? ceux qui venaient pour le tuer.

– Caifás, dit la vieillarde. Il les a conduits. Il va t'expliquer. Moi il me l'a expliqué. C'est ton ami. Ils ne venaient pas pour te tuer, ni toi ni elle. Seulement l'homme aux cheveux roux, l'étranger.

Elle se tait, Rufino aussi, et dans le brûlant, le sombre réduit on entend le bourdonnement des frelons, des essaims de mouches qui volettent au milieu des images. À la fin la vieillarde se décide à parler :

– Beaucoup les ont vus, s'écrie-t-elle d'une voix tremblante et les yeux soudain s'enflammant. Caifás les a vus. Quand il m'a raconté, j'ai pensé : j'ai péché, c'est un châtiment de Dieu. J'ai fait le malheur de mon fils. Oui, Rufino : Jurema, Jurema. Elle l'a sauvé, elle a détourné la main de Caifás. Elle est partie avec lui, dans ses bras, appuyée sur lui. – Elle tend une main et montre la rue. – Tout le monde le sait. Nous ne pouvons plus vivre ici, mon fils.

Le visage anguleux, glabre, obscurci par la pénombre du lieu ne bouge pas d'un muscle, ne sourcille pas. La petite vieille agite un poing aux petits doigts sarmenteux et elle crache avec mépris vers la rue :

– Ils venaient s'apitoyer sur moi, me parler de toi. Chaque parole était un poignard dans mon cœur. Ce sont des vipères, mon fils ! – Elle passe la couverture noire sur ses yeux, comme si elle avait pleuré, mais elle les a secs. – Tu effaceras cette tache sur toi, n'est-ce pas ? C'est pire que si l'on t'avait arraché les yeux, pire que si l'on m'avait tuée. Parle avec Caifás. Il connaît l'offense, il connaît les choses de l'honneur. Lui t'expliquera.

Elle soupire encore et maintenant baise les grains de son chapelet, avec onction. Elle regarde Rufino qui n'a bougé ni relevé la tête.

– Beaucoup s'en sont allés à Canudos, dit-elle d'une voix plus douce. Des apôtres sont venus. Moi aussi je serais partie. Je suis restée parce que je savais que tu allais revenir. Le monde va s'achever, mon fils. C'est pourquoi nous voyons ce que nous voyons. C'est pourquoi ce qui est arrivé est arrivé. Maintenant je peux partir. Est-ce que mes jambes me porteront pour ce si long voyage ? Le Père décidera. C'est Lui qui décide tout.

Elle demeure silencieuse puis, après un moment, Rufino s'incline et lui baise à nouveau la main :

– C'est un voyage très long et je ne vous le conseille pas, mère, dit-il. Il y a la guerre, des incendies, il n'y a rien à manger. Mais si vous voulez aller, allez-y. Ce que vous ferez sera toujours bien fait. Et oubliez ce que Caifás vous a raconté. Ne souffrez ni n'ayez aucune honte de cela.

Quand le baron de Canabrava et son épouse débarquèrent à l'Arsenal de la Marine de Salvador, après plusieurs mois d'absence, ils purent voir à l'accueil reçu à quel point avait perdu de force l'autrefois tout-puissant Parti Autonomiste Bahianais, ainsi que son chef et fondateur. Naguère, lorsqu'il était ministre de l'Empire, ou plénipotentiaire à Londres, et même dans les premières années de la République, les retours du baron à Bahia étaient toujours un motif pour de grandes réjouissances. Tous les notables de la ville et de nombreux propriétaires terriens accouraient au port accompagnés de serviteurs et de proches portant des banderoles de bienvenue. Les autorités étaient toujours présentes et il y avait l'orphéon et les enfants des écoles religieuses avec des bouquets de fleurs pour la baronne Estela. Le banquet de réception se tenait au Palais de la Victoire, présidé par le Gouverneur, et des dizaines de commensaux applaudissaient aux toasts, discours et l'inévitable sonnet qu'un barde local récitait en l'honneur des arrivants.

Mais cette fois il ne se trouvait à l'Arsenal de la Marine pour applaudir le baron et la baronne, quand ils mirent pied à terre, que quelque deux cents personnes et, parmi elles, aucune autorité civile ni militaire ni ecclésiastique. Dom Adalberto de Gumucio et les députés Eduardo Glicério, Rocha Seabrá, Lelis Piedades et João Seixas de Pondé – la commission désignée par le Parti Autonomiste pour recevoir son chef – s'approchèrent pour serrer la main du baron et baiser celle de la baronne, avec des têtes d'enterrement.

Eux, cependant, ne montrèrent pas qu'ils remarquaient la

différence. Leur conduite fut celle de toujours. Tandis que la baronne, souriante, montrait les bouquets de fleurs à son inséparable servante Sebastiana, comme émerveillée de les recevoir, le baron distribuait des poignées de main et des accolades parmi ses coreligionnaires, parents et amis qui faisaient la queue pour arriver jusqu'à lui. Il les saluait par leur nom, prenait des nouvelles de leurs épouses, les remerciait d'avoir pris la peine de venir l'accueillir. Et, à tout moment, comme poussé par une intime nécessité, il répétait que c'était toujours un bonheur de revenir à Bahia, de retrouver ce soleil, cet air limpide, ces gens. Avant de monter dans la voiture qui les attendait sur le quai, conduite par un chauffeur en livrée qui fit plusieurs courbettes en les voyant, le baron salua des deux bras levés. Puis il prit place en face de la baronne et de Sebastiana, aux jupes couvertes de fleurs. Adalberto de Gumucio s'assit à ses côtés et la voiture se mit à gravir la Ladeira* de la Concepção de la Praia, débordante de verdure. Bientôt les voyageurs purent voir les voiliers de la baie, le fort de São Marcelo, le Marché et de nombreux Noirs et mulâtres dans l'eau pêchant des crabes.

– L'Europe est toujours un bain de jouvence, les félicita Gumucio. Vous êtes de dix ans plus jeunes que lorsque vous êtes partis.

– Je le dois au bateau plus qu'à l'Europe, dit la baronne. Les trois semaines les plus reposantes de ma vie !

– En revanche, toi tu sembles plus vieux de dix ans. – Le baron regardait par la fenêtre le panorama majestueux de la mer et l'île qui grandissaient au fur et à mesure que la voiture grimpait, maintenant par la Ladeira de São Bento, vers la haute ville. – C'est si grave que cela ?

Le visage du président de l'Assemblée Législative bahianaise se couvrit de rides :

– Pire que tout ce que tu imagines. – Il désigna le port. – Nous voulions faire une démonstration de force, un grand acte public. Ils avaient tous promis d'amener des gens, même de l'intérieur. Nous comptions sur des milliers de personnes. Et tu as bien vu.

Le baron salua des vendeurs de poisson qui, en voyant passer la voiture devant le Séminaire, avaient ôté leur chapeau de paille. Il gronda son ami d'un air moqueur :

– C'est mal élevé de parler politique devant des dames. Ou est-ce que tu ne considères pas Estela comme une dame ?

La baronne se mit à rire, d'un rire grêle et insouciant, qui la rajeunissait. Elle avait les cheveux châtains et la peau très blanche, avec des mains aux longs doigts qui remuaient comme des oiseaux. Elle et sa servante, une femme brune, aux formes abondantes, regardaient ravies la mer bleu sombre, le vert phosphorescent des berges et les toits sanglants.

– L'absence du Gouverneur est la seule qui se justifie, dit Gumucio, comme s'il n'avait pas entendu. Nous l'avions décidée. Il voulait venir, avec le Conseil municipal. Mais, au point où en sont les choses, il est préférable de le maintenir *au-dessus de la mêlée*. Luis Viana est toujours loyal.

– Je t'ai apporté un album de gravures hippiques, lui dit le baron pour lui remonter le moral. Je suppose que les contrariétés politiques ne t'ont pas enlevé le goût des chevaux, Adalberto.

En entrant dans la ville haute, en direction du quartier de Nazareth, les arrivants, arborant leurs meilleurs sourires, se mirent à rendre leurs saluts aux passants. Plusieurs voitures et un bon nombre de cavaliers, les uns venus depuis le port et d'autres qui l'attendaient en haut de la falaise, escortèrent le baron le long des ruelles pavées, au milieu des curieux qui se pressaient sur les trottoirs, sortaient aux balcons ou penchaient la tête des tramways tirés par des ânes, pour les voir passer. Les Canabrava vivaient dans un palais aux azulejos importés du Portugal, toit de tuiles rouges, balcons en fer forgé soutenus par des cariatides aux seins robustes et une façade qui s'achevait par quatre figures de céramique jaune brillant : deux lions à longue crinière et deux ananas. Les lions semblaient surveiller les bateaux qui entraient dans la baie et les ananas annoncer aux navigants la splendeur de la ville. Le jardin qui entourait la construction était rempli de flamboyants, manguiers, acacias et ficus où bruissait le vent. Le palais avait été désinfecté au vinaigre, parfumé aux herbes aromatiques et orné de pots de fleurs pour recevoir les maîtres. À la porte, des domestiques en livrée blanche et des négrillonnes à tablier rouge et foulard sur la tête les applaudirent. La baronne se mit à parler avec eux tandis que le baron, se dressant à l'entrée, prenait congé de ses accompagnateurs. Seuls Gumucio et les députés Eduardo Glicério, Rocha Seabrá, Lelis Piedades et João Seixas de Pondé entrèrent avec lui. Pendant que la baronne montait au premier étage, suivie de sa servante, les hommes traversèrent le vestibule, un salon avec des meubles de bois, et le baron ouvrit les portes d'une pièce avec des étagères de livres, d'où l'on voyait le jardin. Une vingtaine d'hommes se turent en le voyant. Ceux qui étaient assis se levèrent et tous applaudirent. Le premier à l'embrasser fut le gouverneur Luis Viana :

– Ce ne fut pas une idée à moi de ne pas aller au port, dit-il. Tu vois en tout cas, le Gouvernement et le Conseil plénier sont là, à tes ordres.

C'était un homme énergique, avec une calvitie prononcée et un ventre arrogant, qui ne dissimulait pas son inquiétude. Tandis que le baron saluait les présents, Gumucio ferma la porte. La fumée raréfiait l'atmosphère. Il y avait des carafes avec des jus de fruits sur une table et, comme il n'y avait pas assez de sièges, les uns s'asseyaient sur les bras des fauteuils et d'autres restaient appuyés contre les étagères. Le baron mit un certain temps à saluer tout le monde. Quand il se fut assis, un silence glacial s'installa. Les hommes le regardaient et dans leurs yeux, outre la préoccupation, on lisait une prière muette, une confiance angoissée. Le baron qui avait eu jusqu'alors l'air jovial, prit une expression grave tandis qu'il passait en revue les visages funèbres.

– Je vois que les choses en sont à un point tel qu'il ne sied pas que je vous dise si le Carnaval de Nice est à la hauteur du nôtre, dit-il, très sérieux, en cherchant Luis Viana du regard. Commençons par le pire. Qu'est-ce que c'est le pire ?

– Un télégramme qui est arrivé en même temps que toi, murmura le Gouverneur depuis le fauteuil où il semblait écrasé. Rio a décidé d'intervenir militairement à Bahia, après un vote unanime du Congrès. On a envoyé un régiment de l'Armée Fédérale contre Canudos.

– C'est-à-dire que le Gouvernement et le Congrès officialisent la thèse de la conspiration, l'interrompit Adalberto de Gumucio. C'est-à-dire que les fanatiques sébastianistes veulent restaurer l'Empire, avec l'aide du comte d'Eu, des monarchistes, de l'Angleterre, et, naturellement, du Parti Autonomiste de Bahia. Toutes les fariboles stupides de l'engeance jacobine transformées en vérité officielle de la République.

Le baron ne manifesta aucune alarme.

– La venue de l'Armée Fédérale ne me surprend pas, dit-il. Au point où nous en sommes, c'était inévitable. Ce qui me surprend c'est l'affaire de Canudos. Deux expéditions mises en déroute ! – Il fit un geste de stupeur en regardant Viana. – Je ne le comprends pas, Luis. Ces fous-là il fallait les laisser en paix ou en finir avec eux la première fois. Mais ne pas faire quelque chose d'aussi mal fait, ne pas laisser cette histoire devenir un problème national, ne pas faire un tel cadeau à nos ennemis.

– Cinq cents soldats, deux canons, deux mitrailleuses, cela te semble peu de chose pour affronter une bande de coquins et de dévotes ? répliqua vivement Luis Viana. Qui pouvait imaginer qu'avec pareilles forces Febronio de Brito se ferait tailler en pièces par des pauvre diables ?

– La conspiration existe, mais elle n'est pas notre fait, l'interrompit encore Adalberto de Gumucio, le sourcil froncé et les mains crispées – et le baron pensa qu'il ne l'avait jamais vu aussi affecté par une crise politique. – Le major Febronio n'est pas aussi inepte qu'il veut nous le faire croire. Sa défaite a été délibérée, négociée, décidée à l'avance avec les jacobins de Rio de Janeiro, à travers Epaminondas Gonçalves. Pour avoir ce scandale national qu'il cherche depuis que Floriano Peixoto a laissé le pouvoir. N'ont-ils pas depuis lors inventé des conspirations monarchistes pour que l'Armée en finisse avec le Congrès et installe la République Dictatoriale ?

– Les conjectures après, Adalberto, dit le baron. D'abord je veux savoir exactement ce qui se passe, les faits.

– Il n'y a pas de faits, mais seulement les affabulations et les intrigues les plus incroyables, intervint le député Rocha Seabrá. On nous accuse d'exciter les sébastianistes, de leur envoyer des armes, de conspirer avec l'Angleterre pour restaurer l'Empire.

– Le *Jornal de Notícias* nous accuse de cela et de choses pires depuis la chute de Dom Pedro II, sourit le baron avec une moue dédaigneuse.

– La différence c'est que maintenant ce n'est pas seulement

le *Jornal de Notícias* mais la moitié du Brésil, dit Luis Viana. – Le baron le vit s'agiter sur sa chaise, nerveusement, et passer sa main sur sa calvitie. – Soudain, à Rio, à São Paulo, à Belo Horizonte, de tous côtés on se met à répéter les imbécillités et les ignominies inventées par le Parti Républicain Progressiste.

Plusieurs personnes parlèrent à la fois et le baron leur demanda, en élevant les mains, de ne pas parler précipitamment. Il pouvait apercevoir entre les têtes de ses amis le jardin, et quoique ce qu'il entendait l'intéressât et l'inquiétât, depuis qu'il était entré dans son cabinet de travail il n'avait cessé de se demander si entre les arbres et les arbustes se trouvait caché le caméléon, un animal pour lequel il s'était pris d'affection, comme d'autres pour des chiens ou des chats.

– Nous savons maintenant pourquoi Epaminondas a constitué la Garde Rurale, disait le député Eduardo Glicério. Pour fournir des preuves, au moment opportun. Des fusils de contrebande pour les jagunços et même des espions étrangers.

– Ah ! tu n'es pas au courant, dit Adalberto de Gumucio en voyant l'air intrigué du baron. Le summum du grotesque. Un agent anglais dans le sertão ! On l'a trouvé carbonisé, mais c'était un Anglais. Comment l'ont-ils su ? À cause de ses cheveux roux ! Ils les ont exhibés au Parlement de Rio, en même temps que les fusils soi-disant trouvés à côté de son corps, à Ipupiará. Personne ne veut nous entendre, même nos meilleurs amis, à Rio, gobent ces bobards. Le pays tout entier croit que la République est en danger à cause de Canudos.

– Je suppose que je suis le génie ténébreux de la conspiration, murmura le baron.

– Vous êtes éclaboussé plus que tout le monde, dit le directeur du *Diário de Bahia*. Vous avez livré Canudos aux rebelles et vous êtes parti en Europe pour rencontrer les émigrés de l'Empire et préparer la rébellion. On a même dit qu'il y avait des « finances subversives » et que vous avez mis la moitié de l'argent, l'autre moitié venant d'Angleterre.

– Associé à parts égales avec la couronne anglaise, murmura le baron. Nom d'une pipe, ils me surestiment.

– Savez-vous qui est chargé de venir à bout du soulèvement restaurateur ? dit le député Lelis Piedades qui était assis sur le bras du fauteuil du Gouverneur. Le colonel Moreira César et le Septième Régiment.

Le baron de Canabrava avança un peu la tête et leva le sourcil.

– Le colonel Moreira César ? – Il demeura pensif un bon moment, en remuant parfois les lèvres comme s'il parlait en silence. Puis, il se tourna vers Gumucio. – Peut-être as-tu raison, Adalberto. Ce pourrait être là une opération audacieuse des jacobins. Depuis la mort du maréchal Floriano, le colonel Moreira César représente leur carte maîtresse, le héros sur lequel ils comptent pour récupérer le pouvoir.

Il entendit à nouveau qu'ils se disputaient la parole, mais cette fois il laissa faire. Tandis que ses amis discutaient, il fit semblant de les écouter mais fut ailleurs, ce qu'il faisait très facilement quand un dialogue l'assommait ou ses propres pensées lui semblaient plus importantes que ce qu'il entendait. Le colonel Moreira César ! Sa venue n'était pas une bonne chose. C'était un fanatique et, comme tous les fanatiques, il était dangereux. Il se rappela la façon implacable avec laquelle il avait réprimé la révolution fédéraliste de Santa Catalina, il y avait quatre ans de cela, et se souvint comment, lorsque le Congrès Fédéral lui demanda de venir rendre compte des exécutions sommaires auxquelles il avait fait procéder, il avait répondu par un télégramme qui était un modèle de laconisme et d'arrogance : « Non. » Il se rappela qu'au nombre des victimes du colonel il y avait là-bas, dans le Sud, un maréchal, un baron et un amiral qu'il connaissait et qu'à l'avènement de la République le maréchal Floriano Peixoto l'avait chargé d'épurer l'Armée de tous les officiers connus pour leurs liens avec la monarchie. Le Septième Régiment d'Infanterie contre Canudos ! « Adalberto a raison, pensa-t-il. C'est le summum du grotesque. » Prenant sur lui, il se remit à écouter.

– Il ne vient pas liquider les sébastianistes du sertão mais nous-mêmes, disait Adalberto de Gumucio. Il vient te liquider, toi, Luis Viana, le Parti Autonomiste, et livrer Bahia à Epaminondas Gonçalves, qui est ici l'homme des jacobins.

– Il n'y a pas de raison de se suicider, messieurs, l'interrompit le baron en haussant un peu le ton. – Cette fois il ne souriait plus, il parlait d'un ton ferme et sérieux. – Il n'y a pas de raison de se suicider, répéta-t-il. – Il passa en revue l'assistance, sûr que sa sérénité finirait par gagner ses amis. – Nul ne nous ravira ce qui est à nous. N'y a-t-il pas ici, dans cette pièce, le pouvoir politique de Bahia, l'administration de Bahia, la justice de Bahia, le journalisme de Bahia ? N'y a-t-il pas ici la majorité des terres, des biens, des troupeaux de Bahia ? Le colonel Moreira César lui-même ne peut rien y changer. En finir avec nous, ce serait en finir avec Bahia, messieurs. Epaminondas Gonçalves et ceux qui le suivent sont une curiosité extravagante sur cette terre. Ils n'ont ni les moyens, ni les hommes, ni l'expérience pour prendre les rênes de Bahia même si on les leur mettait entre les mains. Le cheval les jetterait à terre aussitôt.

Il marqua une pause et quelqu'un lui tendit, diligemment, un verre de jus de fruits. Il but avec gourmandise le rafraîchissement où il reconnut le goût doucereux de la goyave.

– Ton optimisme nous réjouit tous, bien entendu, entendit-il dire Luis Viana. De toute façon, tu reconnaîtras que nous avons subi des revers et qu'il faut agir au plus vite.

– Sans aucun doute, acquiesça le baron. On va le faire. Pour l'heure nous allons dès à présent envoyer un télégramme au colonel Moreira César le félicitant pour sa venue et lui proposer l'appui des autorités de Bahia et du Parti Autonomiste. Est-ce que nous n'avons pas intérêt, par hasard, à ce qu'il vienne nous libérer des voleurs de nos terres, des fanatiques qui mettent à sac nos fazendas et ne laissent pas travailler en paix nos paysans ? Et dès aujourd'hui nous lancerons aussi une collecte pour l'Armée Fédérale afin d'aider à la lutte contre les bandits.

Il attendit que les murmures retombent en buvant une autre gorgée de goyave. Il faisait chaud et son front était en sueur.

– Je te rappelle que depuis des années toute notre politique consiste à empêcher le gouvernement central de trop mettre le nez dans les affaires de Bahia, dit Luis Viana, à la fin.

– Eh bien ! maintenant la seule politique que nous pouvons avoir, à moins de choisir le suicide, c'est de démontrer à tout le pays que nous ne sommes pas les ennemis de la

République ni de la souveraineté du Brésil, dit le baron sèchement. Il faut démonter cette intrigue immédiatement et il n'y a pas d'autre manière. Nous réserverons à Moreira César et au Septième Régiment un grand accueil. Nous, pas le Parti Républicain.

Il tamponna son front avec son mouchoir et attendit à nouveau que les murmures, plus forts qu'auparavant, s'apaisent.

– C'est un changement trop brusque, dit Adalberto de Gumucio et le baron vit que plusieurs têtes acquiesçaient, derrière lui.

– À l'Assemblée, dans la presse, toute notre stratégie a consisté à tâcher d'éviter l'intervention fédérale, dit le député Rocha Seabrá.

– Pour défendre les intérêts de Bahia il faut rester au pouvoir et pour rester au pouvoir il faut changer de politique, du moins pour le moment, riposta le baron, avec douceur. – Et comme si les objections qu'on lui faisait n'avaient pas d'importance, il continua à donner des directives. – Nous les propriétaires terriens, nous devons collaborer avec le colonel. Loger son régiment, lui procurer des guides, lui fournir des provisions. C'est nous, en même temps que Moreira César, qui viendrons à bout des conspirations monarchistes financées par la reine Victoria. – Il eut un simulacre de sourire, en même temps qu'il se passait à nouveau le mouchoir sur son front. – C'est une mascarade ridicule, mais nous n'avons pas le choix. Et quand le colonel aura liquidé les pauvres cangaceiros et illuminés de Canudos nous fêterons en grande pompe la défaite de l'Empire britannique et des Bragance.

Nul n'applaudit, nul ne sourit. Tous étaient silencieux et gênés. Mais en les observant le baron comprit que certains, bien qu'à contrecœur, admettaient maintenant qu'il n'y avait rien d'autre à faire.

– Je me rendrai à Calumbi, dit le baron. Il n'entrait pas dans mes plans de le faire encore. Mais c'est nécessaire. Je mettrai moi-même à la disposition du Septième Régiment tout ce dont ils auront besoin. Tous les propriétaires terriens de la région devront en faire de même. Que Moreira César voie à qui appartient cette terre, qui commande ici.

L'atmosphère était plus tendue, ils voulaient tous poser

des questions ou répondre. Mais le baron pensa qu'il ne convenait pas de discuter maintenant. Après avoir mangé et bu, au long de l'après-midi, il serait plus facile de dissiper leurs doutes, de lever leurs scrupules.

– Nous allons déjeuner et retrouver nos épouses, leur proposa-t-il en se levant. Nous parlerons ensuite. Il n'y a pas que la politique dans la vie. Il doit y avoir place aussi pour les choses agréables.

II

Queimadas, transformée en campement, devient une fourmilière animée sous la bourrasque qui la couvre de poussière : des ordres sont lancés, des soldats se mettent en rangs désordonnément parmi des cavaliers sabre au clair qui crient et gesticulent. Et soudain des sonneries de clairon brisent le point du jour et les curieux courent sur la rive de l'Itapicurú observer la caatinga desséchée qui se perd en direction de Monte Santo : les premières unités du Septième Régiment se mettent en route et le vent emporte l'hymne que les soldats chantent à tue-tête.

À l'intérieur de la gare le colonel Moreira César étudie dès l'aube des cartes topographiques, donne des instructions, signe des dépêches et reçoit les rapports de service des différents bataillons. Les correspondants de presse, somnolents, préparent mules, chevaux et bagages à la porte de la gare, hormis le journaliste maigrelet du *Jornal de Notícias* qui, le pupitre portatif sous son bras et son encrier accroché à la manche, rôde dans les lieux en essayant de s'approcher du colonel. Malgré l'heure matinale, les six membres du conseil municipal sont là, pour assister au départ du Septième Régiment. Ils attendent, assis sur un banc, et l'essaim des officiers et adjudants qui va et vient alentour leur prête aussi peu d'attention qu'aux affiches du Parti Républicain Progressiste et du Parti Autonomiste Bahianais qui pendent encore au plafond. Mais ils sont amusés par le manège du journaliste épouvantail qui, profitant d'un moment de calme, parvient enfin à approcher Moreira César.

– Puis-je vous poser une question, mon colonel ? articule sa petite voix nasillarde.

– La conférence de presse c'était hier, lui répond l'officier, en l'examinant comme si c'était un être venu d'ailleurs. – Mais son apparence extravagante ou l'audace du personnage le radoucit : – Soit. De quoi s'agit-il ?

– Des prisonniers, dit-il en le regardant de travers. Mon attention a été attirée par le fait que vous incorporez des voleurs et des assassins au Régiment. Hier soir je me suis rendu à la prison, avec les deux lieutenants, et j'ai vu qu'ils en ont enrôlé sept.

– En effet, dit Moreira César en le scrutant avec curiosité. Quelle est la question ?

– La voici : pourquoi ? Quelle est la raison pour laquelle vous promettez la liberté à ces délinquants ?

– Ils savent se battre, dit le colonel Moreira César, et après une pause : – Le délinquant est un exemple d'énergie humaine dévoyée. La guerre peut la remettre dans la bonne direction. Ils savent pourquoi ils se battent et cela les rend braves, parfois héroïques. Je l'ai vérifié. Et vous le vérifierez aussi, si vous arrivez à Canudos. Parce que – il le regarde encore des pieds à la tête – à première vue vous ne semblez pas de taille à supporter le sertão pas même un jour.

– J'essaierai de le supporter, mon colonel.

Le journaliste myope se retire et le colonel Tamarindo ainsi que le major Cunha Matos qui attendaient derrière, s'avancent.

– L'avant-garde vient de se mettre en route, dit le colonel Tamarindo.

Le major explique que les patrouilles du capitaine Ferreira Rocha ont reconnu la route jusqu'à Tanquinho et qu'il n'y a pas trace de jagunços. En revanche, elle est pleine de dénivellations et d'accidents de terrain qui rendront difficile le passage de l'artillerie. Les éclaireurs de Ferreira Rocha sont en train de voir s'il y a moyen d'éviter ces obstacles et, de toute façon, une équipe de sapeurs s'est portée en avant pour aplanir le chemin.

– Avez-vous bien réparti les prisonniers ? lui demande Moreira César.

– Dans des compagnies différentes et avec l'interdiction expresse de se voir ou de se parler, acquiesce le major.

– Le convoi du bétail est parti aussi, dit le colonel Tamarindo qui ajoute, après un moment d'hésitation : – Febronio de Brito était très traumatisé. Il a eu une crise de larmes.

– Un autre se serait suicidé.

C'est tout le commentaire de Moreira César. Il se lève et son ordonnance se hâte de reprendre les papiers de la table qui lui a servi de bureau. Le colonel, suivi de ses officiers, se dirige vers la sortie. Des gens courent pour le voir, mais lui, avant d'atteindre la porte, se rappelle quelque chose, il change de direction et va vers le banc où attendent les conseillers de Queimadas. Ceux-ci se lèvent. Ce sont des hommes frustes, des agriculteurs ou de modestes commerçants, qui ont revêtu leurs plus beaux habits et ciré leurs gros souliers en signe de respect. Leur chapeau à la main, on les sent gênés.

– Merci pour votre hospitalité et votre collaboration, messieurs. – Le colonel les enveloppe d'un seul regard neutre et presque aveugle. – Le Septième Régiment n'oubliera pas l'accueil affectueux de Queimadas. Je vous recommande les troupes qui restent ici.

Ils n'ont pas le temps de répondre car, au lieu de prendre congé de chacun d'eux, il fait un salut général, en portant la main droite à son képi, puis il fait demi-tour et gagne la sortie.

L'apparition de Moreira César et de sa suite dans la rue, où se trouve en rangs le Régiment – les compagnies se perdent au loin, alignées les unes derrière les autres, près des rails du chemin de fer – soulève des applaudissements et des vivats. Les sentinelles empêchent les curieux d'approcher. Le beau cheval blanc hennit, impatient de partir. Tamarindo, Cunha Matos, Olimpio de Castro et l'escorte montent à cheval ainsi que les correspondants de presse, qui entourent le colonel. Celui-ci relit le télégramme qu'il a dicté pour le gouvernement suprême : « Le Septième Régiment entreprend aujourd'hui, 8 février, sa campagne pour la défense de la souveraineté brésilienne. Aucun cas d'indiscipline parmi la troupe. Notre seule crainte c'est qu'Antonio le Conseiller et les factieux restaurateurs ne nous attendent pas à Canudos. Vive la République. » Il y ajoute ses initiales pour que le télégraphiste l'expédie immédiatement. Il fait ensuite un signe au capitaine Olimpio de Castro qui donne un ordre aux clairons. Ceux-ci exécutent une sonnerie pénétrante et lugubre qui déchire le petit matin.

– C'est la sonnerie du Régiment, dit Cunha Matos au correspondant de presse chenu, qui se trouve à ses côtés.

– A-t-elle un nom ? demande la petite voix fastidieuse de l'homme du *Jornal de Notícias.* Il a posé sur sa mule un grand sac, pour son pupitre à écrire, qui donne à l'animal une allure marsupiale.

– Sonnerie de Charge et de Massacre, dit Moreira César. Le Régiment la joue depuis la guerre du Paraguay quand, par manque de munitions, il fallait charger au sabre, à la baïonnette et au couteau.

De la main droite il donne l'ordre du départ. Mules, hommes, chevaux, chariots, armes, tout se met en mouvement au milieu des nuages de poussière qu'une bourrasque pousse à leur rencontre. Au sortir de Queimadas les différentes unités de la Colonne avancent très unies et seules les différencient les couleurs des fanions que portent les escortes. Bientôt, l'uniforme des officiers et des hommes de troupe se trouve confondu par le vent de terre qui oblige les soldats à baisser la visière de leurs casquettes et képis et même, pour beaucoup, à se couvrir la bouche d'un foulard. Peu à peu bataillons, compagnies et sections se distancent si bien que l'organisme compact au départ de la gare, ce long serpent ondulant sur la terre crevassée au milieu des troncs de favela* desséchés, éclate en membres indépendants, en petits serpents qui à leur tour s'éloignent les uns des autres jusqu'à se perdre de vue par moments et se retrouver, selon les anfractuosités du terrain. Constamment des cavaliers montent et descendent, établissant un système circulatoire d'informations, d'ordres, de vérifications, entre les parties de ce tout disséminé dont la tête, à quelques heures de marche, devine déjà au loin le premier village du trajet : Pau Seco. L'avant-garde, vérifie le colonel Moreira César à travers ses jumelles, a laissé là, au milieu des cabanes, des traces de son passage : un drapeau et deux soldats qui l'attendent sans doute avec des messages.

Les escortes s'avancent de quelques mètres vers le colonel et son état-major ; derrière eux, complément exotique de cette société uniformisée, suivent les correspondants de presse qui, tout comme de nombreux officiers, sont descendus de monture et marchent en bavardant. Exactement au milieu de la Colonne se trouve la batterie de canons traînée par des attelages de bœufs aiguillonnés par une vingtaine de soldats commandés par un officier qui porte sur les manches les losanges rouges de l'artillerie : le capitaine José Agostinho Salomão da Rocha. Les cris des hommes pour stimuler les bêtes ou les remettre sur le droit chemin quand elles s'écartent, sont les seuls bruits perçus. La troupe parle à voix basse, pour économiser son énergie, ou marche en silence, scrutant ce paysage plat et à moitié pelé qu'elle voit pour la première fois. Plusieurs soldats transpirent sous l'effet du soleil, des uniformes épais et du poids du havresac et du fusil et, suivant les instructions, tâchent de ne pas porter leur gourde à la bouche trop souvent car ils savent que le premier combat a maintenant commencé : contre le manque d'eau. Au milieu de la matinée ils atteignent et dépassent le convoi de l'approvisionnement ; les bêtes, chèvres et bouquetins sont poussés en avant par une compagnie de soldats et de vachers levés la veille, à la tête de laquelle, sombre et remuant les lèvres comme s'il réfutait ou avançait quelque chose dans un dialogue imaginaire, se trouve le major Febronio de Brito. L'escadron de cavalerie ferme la marche, aux ordres d'un cavalier sautillant et martial : le capitaine Pedreira Franco. Moreira César reste un bon moment sans parler et ses adjoints se taisent aussi, pour ne pas interrompre les réflexions de leur chef. En abordant la ligne droite de Pau Seco, le colonel consulte sa montre :

– À ce rythme ces messieurs de Canudos nous fausseront compagnie, dit-il en se tournant vers Tamarindo et Cunha Matos. Il va falloir laisser à Monte Santo l'équipement lourd et alléger les havresacs. Nous avons assurément des munitions de reste. Il serait triste d'aller jusque là-bas pour ne trouver que des vautours.

Le Régiment emporte quinze millions de cartouches et soixante-dix obus d'artillerie sur des chariots tirés par des mules qui retardent considérablement la progression. Le colonel Tamarindo explique qu'après Monte Santo ils devront probablement avancer encore plus lentement, car, selon les ingénieurs militaires Domingo Alves Leite et Alfredo do Nascimento, le terrain à partir de là est beaucoup plus accidenté.

– Sans compter qu'il y aura alors des escarmouches, ajoute-t-il.

Il est congestionné, accablé de chaleur et tamponne son visage avec un mouchoir bariolé. Il a déjà passé l'âge de la retraite et rien ne l'oblige à se trouver là, si ce n'est qu'il a voulu à tout prix accompagner le Régiment.

– Nous ne devons pas leur donner le temps d'échapper, murmure le colonel Moreira César.

C'est quelque chose que ses officiers lui ont entendu dire bien souvent depuis leur départ de Rio. Il ne transpire pas, en dépit de la chaleur. Son visage petit et pâle, au regard intense et obsédant, sourit rarement ; sa voix connaît de rares inflexions : elle est monocorde, fluette, comme menée à la bride courte que l'on recommande pour le cheval nerveux.

– Dès qu'ils sauront que nous approchons, ce sera la course éperdue et notre campagne se soldera par un échec. Nous ne pouvons pas le permettre, ajoute-t-il en regardant à nouveau ses compagnons qui l'écoutent sans dire mot. Le Brésil du Sud a déjà compris que la République est irréversible. Nous le lui avons fait comprendre. Mais ici, à Bahia, de nombreux aristocrates ne se résignent pas. Surtout depuis la mort du Maréchal ; avec un civil sans idéal au gouvernement, ils croient que l'on peut faire marche arrière. Ils ne se résigneront pas jusqu'à ce qu'ils reçoivent une bonne leçon. Et c'est maintenant l'occasion de la leur administrer, messieurs.

– Ils ont peur, mon colonel, dit Cunha Matos. Que le Parti Autonomiste organise des fêtes pour nous accueillir à Salvador et qu'il lance une collecte pour défendre la République, cela ne prouve-t-il pas qu'ils ont la queue entre les jambes ?

– Le comble a été cet arc de triomphe à la gare de la Calzada nous qualifiant de sauveurs, se rappelle Tamarindo. Quelques jours auparavant ils s'opposaient frénétiquement à l'intervention de l'Armée Fédérale à Bahia, ensuite ils nous lancent des fleurs dans les rues et le baron de Canabrava nous fait dire qu'il part à Calumbi pour mettre sa fazenda à la disposition du Régiment.

Il rit de bon cœur mais sa bonne humeur laisse de glace Moreira César.

– Cela signifie que le baron est plus intelligent que ses amis, dit-il. Il ne pouvait empêcher Rio d'intervenir dans un cas flagrant d'insurrection. Alors, il opte pour le patriotisme, pour que les républicains ne le déplacent pas. Distraire et confondre pour le moment afin de tenter ensuite un autre coup de griffe. Le baron est à la bonne école : l'école anglaise, messieurs.

Ils trouvent Pau Seco vide de gens, de choses et d'animaux, désert. Deux soldats, près du tronc sans branches où flotte le petit drapeau qu'a laissé l'avant-garde, saluent. Moreira César freine son cheval et promène son regard sur les cabanes de torchis dont on aperçoit l'intérieur par les portes ouvertes ou arrachées. De l'une d'elles émerge une femme édentée, nu-pieds, portant une tunique trouée qui laisse voir sa peau sombre. Deux gosses rachitiques, au regard vitreux, dont l'un est nu et le ventre gonflé, s'accrochent à elle, regardant avec stupéfaction les soldats. Moreira César, du haut de son cheval, les observe : ils incarnent le dénuement. Leurs visages se contractent en une expression où se mêlent la tristesse, la colère, la rancœur. Sans les quitter du regard il ordonne à l'un de ses gardes du corps :

– Qu'on leur donne à manger. – Et se tournant vers ses lieutenants : – Vous voyez dans quel état sont les gens de ce pays ?

Sa voix vibre d'indignation et son regard étincelle. D'un geste intempestif il tire son épée et la porte au visage comme s'il allait la baiser. Les correspondants de presse voient alors, en se penchant, le chef du Septième Régiment faire de son épée, avant de reprendre la marche, ce salut que l'on adresse durant les défilés au drapeau et à la plus haute autorité, ici adressé aux trois misérables va-nu-pieds de Pau Seco.

Des paroles incompréhensibles jaillissaient par rafales depuis qu'on le trouva près de la femme triste et le cadavre de la mule que becquetaient les urubus. Sporadiques, véhémentes, tonnantes, ou faibles, murmurées, secrètes, elles jaillissaient de lui le jour et la nuit effrayant parfois l'Idiot qui se mettait à trembler. La Femme à barbe dit à Jurema après avoir reniflé l'homme aux cheveux roux : « Il est atteint de fièvres délirantes comme celles qui ont tué Dádiva. Il mourra aujourd'hui, au plus tard. » Mais il n'était pas mort, quoique parfois il montrât le blanc de l'œil et semblât entreprendre le râle final. Après être resté immobile, il se retordait à nouveau en faisant des grimaces et prononçant des mots qui pour eux n'étaient que des bruits. Parfois, il ouvrait les yeux et les regardait tout étourdi. Le Nain affirma catégoriquement qu'il parlait la langue des gitans et la Femme à barbe que c'était du latin de messe.

Quand Jurema demanda s'ils pouvaient aller avec eux, la Femme à barbe y consentit, peut-être par pitié, peut-être par simple inertie. À quatre ils hissèrent l'étranger sur la carriole, près du panier du cobra, et ils reprirent la route. Les nouveaux venus leur portèrent bonheur car, le soir, à la ferme de Quererá, on les invita à manger. Une petite vieille jeta de la fumée sur Galileo Gall, traita ses blessures avec des herbes, lui fit boire une décoction et lui dit qu'il allait guérir. Ce soir-là la Femme à barbe divertit les vachers avec son cobra, l'Idiot fit le clown et le Nain leur raconta des histoires de chevalerie. Ils poursuivirent leur voyage et, en effet, l'étranger commença à avaler les bouchées qu'on lui donnait. La Femme à barbe demanda à Jurema si elle était sa femme. Non, elle ne l'était pas : il l'avait déshonorée, en absence de son mari, et après cela qu'aurait-elle pu faire sinon le suivre ? « Maintenant je comprends pourquoi tu es triste », commenta le Nain avec sympathie.

Ils prirent la direction du Nord, guidés par une bonne étoile car chaque jour ils trouvaient à manger. Le troisième jour, ils donnèrent une représentation au marché d'un hameau. Ce que les gens aimèrent par-dessus tout ce fut la barbe de la Femme : ils payaient pour vérifier qu'elle n'était pas postiche et lui toucher au passage les tétons pour s'assurer que c'était bien une femme. Le Nain, pendant ce temps, leur racontait sa vie depuis l'époque où elle était une fillette normale, là-bas dans le Ceará, et comment elle devint la honte de sa famille le jour où le poil se mit à lui pousser sur le dos, les bras, les jambes et le visage. On se mit à dire qu'il y avait du péché là-dessous, qu'elle était fille de sacristain ou du Chien. La fillette avala du verre pilé comme on en donne aux chiens enragés. Mais elle ne mourut pas et vécut en objet de risée jusqu'au jour où arriva le Roi du Cirque, le Gitan, qui la recueillit et en fit une artiste. Jurema croyait que c'était une histoire inventée, mais le Nain lui affirma que c'était la pure vérité. Ils s'asseyaient parfois pour parler, et comme le Nain était aimable et lui inspirait confiance, elle lui parla de son enfance dans la fazenda de Calumbi, au service de l'épouse du baron de Canabrava, une femme très belle et très bonne. Quelle tristesse que Rufino, son mari, au lieu de rester avec le baron, s'en soit allé à Queimadas pour devenir guide, odieux métier qui l'obligeait à voyager. Et plus triste encore, elle n'avait pu lui donner d'enfant. Pourquoi Dieu l'avait-il punie en l'empêchant d'enfanter ? « Qui sait », murmura le Nain. Les décisions de Dieu étaient, parfois, si difficiles à comprendre.

Quelques jours plus tard, ils campèrent à Ipupiará, à la croisée des chemins. Un malheur venait d'arriver. Un paysan, dans un accès de folie, avait tué ses enfants avant de se faire justice, lui aussi, avec sa machette. Comme c'était l'enterrement des enfants martyrs, il n'y eut pas de représentation de cirque, quoiqu'on en annonçât une pour le lendemain soir. Le village était petit mais disposait d'un magasin où venait s'approvisionner toute la région.

Le lendemain matin les capangas arrivèrent. Ils venaient à cheval et leur cavalcade, piaffante et accélérée, réveilla la Femme à barbe qui rampa sous la tente pour voir qui ils étaient. À toutes les maisons d'Ipupiará il y avait des curieux surpris comme elle par cette apparition. Elle vit six cavaliers armés ; c'étaient des capangas, non des cangaceiros ou des gardes ruraux à la façon dont ils étaient habillés et parce que, sur la croupe de leurs montures, on voyait très clairement la même marque d'une fazenda. Celui qui était en tête – un homme vêtu de cuir – mit pied à terre et la Femme à barbe vit qu'il se dirigeait vers elle. Jurema venait de se redresser sur sa couche. Elle la sentit trembler et vit son visage défait, la bouche ouverte. « C'est ton mari ? lui demanda-t-elle. – C'est Caifás, dit la fille. – Il vient te tuer ? » insista la Femme à barbe. Mais au lieu de lui répondre, Jurema sortit à quatre pattes de la tente, se mit debout et alla à la rencontre du capanga. Celui-ci s'arrêta net. Le cœur de la Femme à barbe s'agita, pensant que l'homme vêtu de cuir – osseux, le teint basané, le regard froid – allait la frapper, lui donner des coups de pied et peut-être lui planter son couteau avant de venir l'enfoncer dans le dos de l'homme aux cheveux roux qu'elle sentait remuer dans la carriole. Mais non, il ne la frappa pas. Bien au contraire, il ôta son chapeau et la salua comme quelqu'un que l'on respecte. Du haut de leurs chevaux, les cinq hommes regardaient ce dialogue qui, pour eux comme pour la Femme à barbe, était seulement un mouvement des lèvres. Que se disaient-ils ? Le Nain et l'Idiot s'étaient éveillés et épiaient également la scène. Après un moment, Jurema se tourna et désigna la carriole où dormait l'étranger blessé.

L'homme vêtu de cuir, suivi de la fille, s'en approcha, passa la tête sous la bâche et la Femme à barbe le vit examiner avec indifférence l'homme qui, endormi ou éveillé, continuait à parler avec ses fantômes. Le chef des capangas avait le regard tranquille de ceux qui savent tuer, le même que la Femme à barbe avait vu chez le bandit Pedrão le jour où il renversa et tua le Gitan. Jurema, toute pâle, attendait que le capanga finît son inspection. À la fin, il se tourna vers elle, lui parla, Jurema acquiesça et l'homme fit signe alors aux cavaliers de descendre de monture. Jurema s'approcha de la Femme à barbe et lui demanda des ciseaux. Tandis qu'elle les cherchait, la Femme à barbe murmura : « Il ne va pas te tuer ? » Jurema dit que non. Et avec les ciseaux qui avaient appartenu à Dádiva, elle grimpa dans la carriole. Les capangas, tenant leur monture par la bride, se dirigeaient vers le magasin d'Ipupiará. La Femme à barbe s'approcha hardiment pour voir ce que faisait Jurema, et derrière elle, le Nain, et derrière lui, l'Idiot.

Agenouillée près de lui – tous deux tenaient à peine dans l'étroit espace – la fille coupait, à ras du crâne, les cheveux de l'étranger. Elle le faisait en tenant d'une main les touffes rousses et bouclées et les ciseaux grinçaient. Il y avait des tâches de sang coagulé sur la redingote noire de Galileo Gall, des déchirures, de la poussière et des excréments d'oiseaux. Il était de dos, au milieu de chiffons et de boîtes multicolores, des anneaux, de la suie et des chapeaux pointus en carton avec des croissants de lune et des étoiles. Il avait les yeux fermés, sa barbe avait poussé, l'on y voyait aussi du sang séché, et comme on lui avait retiré ses bottes, ses doigts de pied sortaient par les trous des chaussettes, grands, très blancs et les ongles sales. La blessure au cou disparaissait sous le pansement et les herbes de la guérisseuse. L'Idiot se mit à rire et, malgré les coups de coude de la Femme à barbe, il continua à rire. Glabre, maigrichon, le regard vague, la bouche ouverte et un filet de bave pendant aux lèvres, il se tordait de rire. Jurema ne fit pas attention à lui, mais, en revanche, l'étranger ouvrit les yeux. Son visage se contracta en une expression de surprise, de douleur ou de terreur en comprenant ce qu'on lui faisait, mais la faiblesse ne lui permit pas de se relever, seulement de remuer sur place et d'émettre un de ces bruits incompréhensibles pour les gens du cirque.

Jurema mit un certain temps à finir sa tâche. Si bien que lorsqu'elle eut fini les capangas avaient eu le temps d'entrer dans le magasin, d'apprendre l'histoire des enfants assassinés par le fou et d'aller au cimetière commettre ce sacrilège qui allait laisser stupéfaits les habitants d'Ipupiará : déterrer le cadavre du meurtrier de ses enfants et le hisser avec son cercueil et tout sur un cheval pour l'emporter. Maintenant ils étaient là, à quelques mètres des gens du cirque, attendant. Quand le crâne de Gall fut tondu, recouvert d'une irisation inégale, moirée, le rire de l'Idiot éclata encore. Jurema fit une botte des touffes de cheveux qu'elle avait placés sur sa jupe, elle les attacha avec le cordon qui tenait sa propre chevelure et la Femme à barbe la vit fouiller les poches de l'étranger et retirer une petite bourse où il leur avait dit qu'il y avait de l'argent, s'ils voulaient l'utiliser. Le panache d'une main et de l'autre la bourse, elle descendit de la carriole et passa au milieu d'eux.

Le chef des capangas vint à sa rencontre. La Femme à barbe le vit recevoir des mains de Jurema les cheveux de l'étranger et, presque sans les regarder, les ranger dans sa musette. Ses pupilles immobiles étaient menaçantes, bien qu'il s'adressât à Jurema d'une façon courtoise et étudiée, voire cérémonieuse, tandis qu'il se curait les dents avec son index. Maintenant la Femme à barbe pouvait enfin les entendre.

– Il avait cela dans sa poche, dit Jurema en lui tendant la bourse.

Mais Caifás ne la prit pas.

– Je ne dois pas, dit-il comme repoussé par quelque chose d'impossible. Cela aussi appartient à Rufino.

Jurema, sans faire la moindre objection, cacha la bourse dans ses vêtements. La Femme à barbe crut qu'elle allait s'éloigner, mais la fille, regardant Caifás dans les yeux, lui demanda doucement :

– Et si Rufino est mort ?

Caifás réfléchit un moment, sans modifier son expression, sans sourciller.

– S'il est mort, il y aura toujours quelqu'un pour laver son honneur, l'entendit dire la Femme à barbe et il lui semblait entendre le Nain et ses histoires de princes et de chevaliers. Un membre de la famille, un ami. Moi-même je peux le faire, s'il le faut.

– Et si l'on raconte à ton patron ce que tu as fait ? lui demanda encore Jurema.

– C'est seulement mon patron, répliqua Caifás d'un ton assuré. Rufino est beaucoup plus que cela. Il veut que l'étranger meure et l'étranger mourra. Peut-être de ses blessures, peut-être de Rufino. Bientôt le mensonge deviendra vérité et ces cheveux seront ceux d'un mort.

Il tourna le dos à Jurema, pour monter à cheval. Elle posa anxieusement une main sur sa monture :

– Il me tuera moi aussi ?

La Femme à barbe remarqua que l'homme vêtu de cuir la regardait sans pitié et peut-être avec un peu de mépris.

– Si j'étais à la place de Rufino je te tuerais, parce que tu es aussi fautive et peut-être plus encore que lui, dit Caifás du haut de sa monture. Mais comme je ne suis pas Rufino, je ne sais pas. Lui, il saura.

Il éperonna son cheval et les capangas partirent avec leur étrange et repoussant butin dans la direction d'où ils étaient venus.

Dès la fin de la messe célébrée par le père Joaquim dans la chapelle de São Antonio, João Abade alla reprendre la caisse avec les commandes qu'il avait laissée dans le Sanctuaire. Une question agitait son esprit : « Un régiment comprend combien de soldats ? » Il hissa la caisse sur son épaule et avança à grandes enjambées sur la terre dénivelée de Belo Monte, esquivant les gens qui l'arrêtaient en chemin pour lui demander si c'était vrai qu'une autre armée venait. Il leur répondait par l'affirmative, sans s'arrêter, en sautant pour ne pas écraser les poules, chèvres, chiens et enfants qui se mettaient entre ses jambes. Il arriva à l'antique maison des maîtres transformée en magasin, l'épaule endolorie par le poids de la caisse.

Les gens groupés à la porte lui laissèrent le passage et, à l'intérieur, Antonio Vilanova interrompit sa femme Antonia et sa belle-sœur Assunção qui lui parlaient, pour venir à sa rencontre. Sur sa balançoire un petit perroquet répétait frénétique : « Félicité, Félicité. »

– Un régiment arrive, dit João Abade en posant sa caisse à terre. Combien cela fait-il d'hommes ?

– Vous avez apporté les mèches ? s'écria Antonio Vilanova. Accroupi, il fouillait avec ardeur le contenu de la caisse. Son visage s'épanouit de satisfaction tandis qu'il découvrait, en plus des paquets de mèches, des tablettes pour la diarrhée, des désinfectants, des pansements, du calomel, de l'huile et de l'alcool.

– Ce que fait pour nous le père Joaquim n'a pas de prix, dit-il en posant la caisse sur le comptoir.

Les étagères débordaient de boîtes de conserve et de flacons, de tissus et de vêtements de toute sorte, depuis les sandales jusqu'aux chapeaux, et l'on voyait éparpillés de tous côtés des sacs et des cartons au milieu desquels s'agitaient les Sardelinha et d'autres personnes. Le comptoir, une planche posée sur des bidons, était encombré de livres noirs, semblables à ceux des caissiers des fazendas.

– Le Père aussi a apporté des nouvelles, dit João Abade. Un régiment ça fait-il mille hommes ?

– Oui, je l'ai entendu dire, une armée s'avance, acquiesça Antonio Vilanova en disposant les commandes sur le comptoir. Un régiment ? C'est plus de mille, peut-être deux mille hommes.

João Abade se rendit compte qu'il ne s'intéressait pas au nombre de soldats qu'envoyait cette fois le Chien contre Canudos. Légèrement chauve, gros, la barbe épaisse, il le voyait ranger les paquets et les bouteilles avec son énergie caractéristique. Sa voix ne traduisait pas la moindre inquiétude, ni même de l'intérêt. « Il est trop occupé », pensa João Abade, en même temps qu'il expliquait au commerçant qu'il fallait envoyer quelqu'un à Monte Santo sur-le-champ. « Il a raison, mieux vaut qu'il ne s'occupe pas de la guerre. » Parce qu'Antonio était peut-être la personne qui, depuis des années, dormait le moins et travaillait le plus à Canudos. Au début, après l'arrivée du Conseiller, il avait continué son travail d'acheteur et vendeur de marchandises, mais, peu à peu, avec le consentement tacite de tous, son travail s'était doublé de l'organisation de la société qui naissait, et c'était même là sa tâche essentielle. Sans lui il aurait été difficile de manger, dormir, survivre, quand de tous les côtés affluaient sur Canudos les vagues de pèlerins. Il avait distribué le terrain pour y bâtir des maisons et semer des cultures, il avait indiqué ce qu'il fallait semer et quels animaux élever, et c'est lui qui s'occupait d'échanger dans les villages ce que Canudos produisait contre les produits de première nécessité ; lorsque les dons commencèrent d'arriver, il sépara ce qui serait le trésor du Temple du Bon Jésus de ce qui serait employé pour l'achat des armes et des provisions. Une fois que le Ravi les autorisait à demeurer à Canudos, les nouveaux venus se rendaient chez Antonio Vilanova qui les aidait à s'installer. Il avait eu l'idée d'installer des dispensaires pour les vieillards, malades et nécessiteux. Lors des combats d'Uauá et du Cambaio il s'était chargé de stocker les armes capturées et de les distribuer en accord avec João Abade. Presque tous les jours il rencontrait le Conseiller pour lui rendre compte de tout et écouter ses désirs. Il ne s'était pas remis à voyager et João Abade avait entendu dire Antonia Sardelinha que c'était le signe le plus extraordinaire du changement subi par son mari, cet homme autrefois possédé par le démon de la bougeotte. C'est Honorio maintenant qui se déplaçait et nul n'aurait pu dire si cette volonté d'enracinement chez l'aîné des Vilanova était due à l'importance de ses obligations à Belo Monte ou à la faculté d'être quotidiennement, ne fût-ce que quelques minutes, en compagnie du Conseiller. Il revenait de ces entrevues avec des forces renouvelées et une paix profonde dans le cœur.

– Le Conseiller a accepté la garde pour prendre soin de lui, dit João Abade. Il a accepté aussi que João Grande en soit le chef.

Cette fois Antonio Vilanova marqua de l'intérêt et le regarda avec soulagement. Le perroquet cria encore : « Félicité. »

– Que João Grande vienne me voir. Je peux l'aider à choisir ses gens. Je les connais tous. Enfin, si vous le jugez bon.

Antonia Sardelinha s'était approchée :

– Ce matin Catarina cherchait après toi, dit-elle à João Abade. As-tu le temps d'aller la voir maintenant ?

João secoua la tête : non, il n'avait pas le temps. Ce soir, peut-être. Il se sentit honteux, quoique les Vilanova comprissent que la famille passât après Dieu : est-ce qu'ils ne faisaient pas ainsi pour leur part ? Mais lui, au fond de son cœur, était tourmenté d'être chaque jour davantage éloigné de sa femme par les circonstances ou la volonté du Bon Jésus.

– J'irai voir Catarina et je le lui dirai, lui dit en souriant Antonia Sardelinha.

João Abade sortit du magasin en pensant combien les choses de la vie étaient étranges, et peut-être les choses de toutes les vies. « Comme dans les histoires des trouvères », pensa-t-il. Lui qui, en rencontrant le Conseiller, avait cru que le sang disparaîtrait de son chemin, voilà qu'il se retrouvait maintenant fourré dans une guerre pire que toutes celles qu'il avait connues. Est-ce pour ça que le Père l'avait fait se repentir de ses péchés ? Pour continuer à tuer et à voir mourir ? Oui, probablement pour cela. Il envoya deux garçons de la rue dire à Pedrão et au vieux Joaquim Macambira de le retrouver à la sortie de Geremoabo, et avant d'aller rejoindre João Grande, il alla chercher Pajeú qui ouvrait des tranchées sur le chemin de Rosario. Il le trouva à quelques centaines de mètres des dernières maisons, dissimulant sous des buissons épineux un fossé qui coupait la piste. Un groupe d'hommes, les uns armés d'escopettes, transportaient et plantaient des branchages, tandis que des femmes distribuaient à manger à d'autres hommes assis par terre et qui venaient d'être relevés de leur tour de travail. En le voyant arriver, tout le monde s'approcha. Il se vit au milieu d'un cercle de visages inquisiteurs. Une femme, sans dire mot, lui mit entre les mains une écuelle de viande de bouquetin frite saupoudrée de farine de maïs ; une autre lui tendit un cruchon d'eau. Il était si fatigué – il était venu en courant – qu'il dut respirer profondément et boire un long trait avant de pouvoir parler. Il le fit tout en mangeant, sans qu'il lui vînt à l'esprit que les gens qui l'écoutaient, quelques années auparavant – quand sa bande et celle de Pajeú se déchiraient l'une l'autre –, auraient donné n'importe quoi pour l'avoir ainsi, à leur merci, pour le soumettre aux pires tortures avant de le tuer. Heureusement ces temps de désordre étaient loin derrière eux.

Pajeú ne se troubla pas à l'annonce de cette nouvelle armée par le Père Joaquim. Il ne posa aucune question. Pajeú savait-il combien d'hommes composaient un régiment ? Non, il n'en savait rien ; pas plus que les autres. João Abade lui demanda alors ce qu'il était venu lui demander : qu'il partît vers le Sud, espionner et harceler cette troupe. Son cangaço avait sillonné pendant des années cette région, il la connaissait mieux que quiconque : n'était-il pas la personne la plus indiquée pour surveiller la route des soldats, y infiltrer des éclaireurs et hommes de main, pour leur tendre des embuscades et gagner du temps afin que Belo Monte fût prêt au combat ?

Pajeú acquiesça, sans encore ouvrir la bouche. En voyant sa pâleur de cendre, la grande cicatrice qui fendait son visage et sa silhouette massive, João Abade se demanda quel pouvait être son âge, si ce n'était pas un vieil homme qui n'en avait pas l'air.

– C'est bien, l'entendit-il dire. Je t'enverrai des messages chaque jour. Combien d'entre eux vais-je prendre avec moi ?

– Ceux que tu voudras, dit João Abade. Ce sont tes hommes.

– Ils l'étaient, grogna Pajeú en jetant un regard, de ses yeux enfoncés et madrés où brillait une lumière chaude, sur ceux qui l'entouraient. Maintenant ils appartiennent au Bon Jésus.

– Nous appartenons tous à lui, dit João Abade. – Et soudain : – Avant de partir, qu'Antonio Vilanova te donne des munitions et des explosifs. Nous avons reçu les mèches. Taramela peut-il rester ici ?

L'homme auquel il faisait allusion fit un pas en avant : c'était un petit bonhomme minuscule aux yeux bridés, avec des cicatrices, des rides et de robustes épaules, qui avait été le lieutenant de Pajeú.

– Je veux aller avec toi à Monte Santo, dit-il d'une voix acide. J'ai toujours veillé sur toi. Je suis ta bonne étoile.

– Veille maintenant sur Canudos, ça vaut mieux que moi, répondit Pajeú, avec brusquerie.

– Oui, sois notre bonne étoile, dit João Abade. Je t'enverrai plus de gens pour que tu ne te sentes pas seul. Loué soit le Bon Jésus.

– Loué soit-il, répondirent plusieurs.

João Abade leur avait tourné le dos et courait à nouveau à travers champs en coupant vers la masse du Cambaio où se trouvait João Grande. Tandis qu'il courait, il se rappela sa femme. Il ne la voyait pas depuis qu'il avait décidé de creuser des trous et des tranchées sur toutes les pistes, ce qui l'avait fait courir jour et nuit sur une circonférence dont Canudos était également le centre, comme elle l'était du monde. João Abade avait connu Catarina quand il appartenait à cette poignée d'hommes et de femmes – qui croissait et diminuait comme l'eau du fleuve – qui entrait dans les villages avec le Conseiller et s'étendait autour de lui la nuit, après de harassantes journées, pour prier avec lui et écouter ses conseils. Il y avait, entre eux, une silhouette si mince qu'elle semblait fantomatique, enfouie dans une tunique blanche comme un suaire. L'ex-cangaceiro avait rencontré bien souvent les yeux de la femme, fixés sur lui, durant leurs marches, les prières, les haltes. Ces yeux le mettaient mal à l'aise et, quelquefois, l'effrayaient. C'étaient des yeux dévastés par la douleur, qui semblaient le menacer de châtiments qui n'étaient pas de ce monde.

Une nuit, quand les pèlerins dormaient déjà autour d'un feu, João Abade s'était traîné vers la femme dont il pouvait voir les yeux, à la lueur des flammes, cloués sur lui. « Je veux savoir pourquoi vous me regardez toujours », murmura-t-il. Elle fit un effort, comme si sa faiblesse ou sa répugnance étaient très grandes. « Je me trouvais à Custodia la nuit où vous êtes venu vous venger, dit-elle de façon presque inaudible. Le premier homme que vous avez tué, celui qui criait était mon père. Je vous ai vu plonger votre couteau dans son ventre. » João Abade demeura silencieux, sentant craquer le feu de bois, bourdonner les insectes, respirer la femme, essayant de se rappeler ces yeux-là en cette aube si lointaine. Au bout d'un moment, d'une voix également toute basse, il demanda : « Vous n'êtes donc pas tous morts cette fois-là à Custodia ? – Nous fûmes trois à échapper à la mort, murmura la femme. Dom Matias, qui se cacha dans la paille de sa toiture. Madame Rosa qui guérit de ses blessures, quoiqu'elle restât lunatique. Et moi. Moi aussi on a voulu me tuer, et moi aussi j'ai guéri. » Ils parlaient comme s'il s'agissait d'autres personnes, d'autres événements, d'une vie différente et plus pauvre. « Quel âge aviez-vous ? demanda le cangaceiro. – Dix ou douze ans, à peu près », dit-elle. João Abade la regarda : elle devait être très jeune, alors, mais la faim et la souffrance l'avaient vieillie. Toujours à voix très basse, pour ne pas réveiller les pèlerins, l'homme et la fille évoquèrent gravement les détails de cette nuit-là, si vivement imprimés dans leur mémoire. Elle avait été violée par trois hommes et plus tard quelqu'un l'avait fait agenouiller devant un pantalon qui sentait la bouse ; des mains calleuses lui avaient incrusté un membre dur qui tenait à peine dans sa bouche et qu'elle avait dû sucer jusqu'à recevoir un jus de sperme que l'homme lui ordonna d'avaler. Quand l'un des bandits lui donna un coup de couteau, Catarina avait senti une grande sérénité. « Est-ce moi qui vous ai frappée ? murmura João Abade. – Je ne sais pas, murmura-t-elle. Malgré le jour, je ne distinguais pas alors les visages ni ne savais où je me trouvais. »

Depuis cette nuit-là, l'ex-cangaceiro et la survivante de Custodia avaient coutume de prier et d'aller ensemble, se racontant des épisodes de ces vies qui maintenant leur paraissaient incompréhensibles. Elle avait rejoint le saint dans un village de Sergipe, où elle vivait de la charité. C'était la plus malingre des pèlerins, après le Conseiller, et un beau jour, au cours d'une marche, elle était tombée inanimée. João Abade la prit dans ses bras et la porta ainsi jusqu'à la nuit. Plusieurs jours durant il la porta et s'occupa aussi de l'alimenter de petits bouts de viande ramollie que son estomac acceptait. Toutes les nuits, après avoir entendu le

Conseiller, comme il l'aurait fait avec un enfant, il lui racontait les histoires des trouvères de son enfance qui maintenant – peut-être parce que son âme avait recouvré la pureté de l'enfance – lui revenaient en mémoire avec un luxe de détails. Elle l'écoutait sans l'interrompre et des jours après, de sa voix faiblissime, elle l'interrogeait sur les Sarrasins, Fier-à-Bras et Robert le Diable, de sorte qu'il découvrait que ces fantômes s'étaient incorporés à la vie de Catarina comme auparavant à la sienne.

Elle s'était rétablie et marchait avec ses propres pieds quand, une nuit, João Abade, tremblant de confusion, s'accusa devant tous les pèlerins d'avoir bien souvent ressenti le désir de la posséder. Le Conseiller appela Catarina et lui demanda si elle était offensée de ce qu'elle venait d'entendre. Elle fit non de la tête. Devant le cercle silencieux, le Conseiller lui demanda si elle ressentait encore de la rancœur pour ce qui était arrivé à Custodia. Elle refit non. « Tu es purifiée », dit le Conseiller. Il leur fit se prendre la main et demanda à toute l'assistance de prier le Père pour eux. Une semaine plus tard le curé de Xique-Xique les maria. Combien de temps y avait-il de cela ? Quatre ou cinq ans ? Sentant son cœur éclater, João aperçut enfin, sur les pentes du Cambaio, les ombres des jagunços. Il cessa de courir et poursuivit de cette enjambée courte et rapide avec laquelle il avait tant marché de par le monde.

Une heure après il était près de João Grande, lui racontant les nouvelles tandis qu'il buvait de l'eau froide et mangeait une assiettée de maïs. Ils étaient seuls, parce que, après leur avoir annoncé la venue de ce régiment – nul ne sut lui dire combien de soldats cela représentait – il avait demandé aux autres hommes de s'éloigner. L'ex-esclave était, comme toujours, nu-pieds, avec un pantalon d'une couleur passée, noué avec une corde à laquelle pendaient un couteau et une machette, et une chemise sans boutons qui laissait à découvert son torse velu. Il avait dans le dos une carabine et deux chapelets de balles en guise de colliers. Quand il l'entendit dire qu'on allait constituer une Garde Catholique pour veiller sur le Conseiller et qu'il en serait le chef, il secoua la tête avec force.

– Pourquoi non ? dit João Abade.

– Je n'en suis pas digne, marmonna le Noir.

– Le Conseiller dit que si, répondit João Abade. Il sait mieux que toi.

– Je ne sais pas commander, protesta le Noir. Je ne veux pas apprendre à commander, non plus. Qu'un autre soit le chef.

– C'est toi qui commanderas, dit le Commandant de la Rue. Il n'y a pas de temps pour discuter, João Grande.

Le Noir observa, pensif, les groupes d'hommes répartis entre les rochers et les blocs de pierre de la colline, sous le ciel qui était devenu de plomb.

– Veiller sur le Conseiller c'est beaucoup pour moi, marmonna-t-il enfin.

– Choisis les meilleurs hommes, ceux qui sont ici depuis plus longtemps, ceux que tu as vus bien se battre à Uauá et ici, au Cambaio, dit João Abade. Quand cette armée arrivera, la Garde Catholique devra être formée et être le bouclier de Canudos.

João Grande demeura silencieux, mâchonnant bien qu'il eût la bouche vide. Il regardait les sommets des contours comme s'il y voyait les guerriers resplendissants du roi Dom Sebastião : effrayé et ébloui par la surprise.

– C'est toi qui m'as choisi, pas le Ravi ni le Conseiller, dit-il d'une voix sourde. Tu ne m'as pas fait une faveur.

– Je ne te l'ai pas faite, reconnut João Abade. Je ne t'ai pas choisi pour te faire une faveur, ni pour te faire du tort, mais parce que tu es le meilleur. Va à Belo Monte et commence à travailler.

– Loué soit le Bon Jésus Conseiller, dit le Noir.

Il se leva de la pierre où il était assis et s'éloigna dans la plaine caillouteuse.

– Loué soit-il, dit João Abade.

Quelques secondes plus tard il vit l'ex-esclave se mettre à courir.

– Autrement dit tu as manqué à ton devoir deux fois, dit Rufino. Tu ne l'as pas tué, comme Epaminondas le voulait. Et tu lui as menti, en lui faisant croire qu'il était mort. Deux fois.

– C'est grave seulement pour la première fois, dit Caifás. Je lui ai remis ses cheveux et un corps. C'était celui d'un autre, mais ni lui ni personne ne pouvaient le savoir. Et l'étranger sera bientôt un cadavre, s'il ne l'est déjà. Cette faute est minime.

Sur la rive rougeâtre de l'Itapicurú, sur la berge opposée à celle des tanneries de Queimadas, ce samedi, comme tous les autres samedis, est jour de marché où les vendeurs de toute la région viennent proposer leur marchandise. Les discussions entre marchands et clients s'élèvent sur la mer de têtes découvertes ou chapeautées qui font des taches noires, et se mêlent aux hennissements, aboiements, braiments, charivari des enfants et chahut d'ivrognes. Les mendiants excitent la générosité des gens en exagérant les contorsions de leurs membres estropiés et des chanteurs jouent de la guitare devant de petits groupes en chantant des histoires d'amour et les guerres entre les hérétiques et les croisés chrétiens. Ondulant des jupes, couvertes de bracelets, des gitanes jeunes et vieilles prédisent l'avenir.

– En tout cas, je t'en remercie, dit Rufino. Tu es un homme d'honneur, Caifás. C'est pour ça que je t'ai toujours respecté. C'est pour ça que tout le monde te respecte.

– Quel est le devoir le plus important ? dit Caifás. Envers le patron ou envers l'ami ? Un aveugle aurait vu que mon obligation était de faire ce que j'ai fait.

Ils marchent très sérieux l'un à côté de l'autre, indifférents à l'atmosphère bigarrée, à la promiscuité multicolore. Ils se fraient passage sans demander la permission, écartant les gens du regard ou d'un coup d'épaule. Parfois quelqu'un, depuis un comptoir ou une baraque, les salue, et tous deux répondent d'une façon si cassante que personne ne s'approche d'eux. Comme d'accord à l'avance, ils se dirigent vers un débit de boissons – bancs de bois, tréteaux et un abri de branchages – où il y a moins de gens qu'ailleurs.

– Si je l'avais achevé à Ipupiará, je t'aurais offensé, toi, dit Caifás, comme exprimant quelque chose qu'il a pensée et repensée. En t'empêchant de laver ton honneur.

– Pourquoi êtes-vous venus le tuer ici, la première fois ? l'interrompit Rufino. Pourquoi dans ma maison ?

– Epaminondas voulait qu'il mourût là, dit Caifás. Ni Jurema ni toi ne deviez mourir. Pour ne pas lui faire de mal, à elle, mes hommes sont morts. – Il crache devant lui, du coin de la bouche, et reste à réfléchir. – Peut-être est-ce ma faute s'ils sont morts. Je ne croyais pas qu'il allait se défendre, qu'il savait se battre. Il n'en avait pas l'air.

– Non, dit Rufino. Il n'en avait pas l'air.

Ils s'assoient et rapprochent leurs chaises pour parler sans être entendus. La femme qui les sert leur tend deux verres et demande s'ils veulent de l'eau-de-vie. Oui, ils en veulent. Elle apporte une bouteille à moitié pleine, le guide remplit les verres, ils boivent, sans trinquer. Maintenant c'est Caifás qui remplit les verres. Il est plus grand que le guide et ses yeux, toujours immobiles, sont sans expression. Il est vêtu de cuir, comme d'habitude, des pieds à la tête.

– C'est elle qui l'a sauvé ? demande Rufino, à la fin, en baissant les yeux. Elle t'a saisi le bras ?

– C'est comme ça que je me suis rendu compte qu'elle était devenue sa femme, acquiesce Caifás. – Sur son visage il y a encore des traces de la surprise de ce matin-là. – Quand elle a sauté et a dévié mon bras, quand elle m'a attaqué en même temps que lui. – Il hausse les épaules et crache. – C'était déjà sa femme, que pouvait-elle faire sinon le défendre ?

– Oui, dit Rufino.

– Je ne comprends pas pourquoi ils ne m'ont pas tué, dit Caifás. Je l'ai demandé à Jurema à Ipupiará, et elle n'a pas su me l'expliquer. Cet étranger est bizarre.

– Il l'est, dit Rufino.

Parmi les gens sur le marché, il y a aussi des soldats. Ceux qui restent de l'expédition du major Brito et qui attendent, à ce qu'on dit, l'arrivée d'une armée. Leur uniforme est déchiré, ils errent comme des âmes en peine, ils dorment sur la grand-place, à la gare, dans les ravins du fleuve. Ils circulent aussi, à deux, à quatre, entre les étals, regardant avec envie les femmes, la nourriture, l'alcool autour d'eux. Les gens du cru s'entêtent à ne pas leur parler, à ne pas les entendre, à ne pas les voir.

– Les promesses lient les mains, n'est-ce pas ? dit Rufino timidement.

Une ride profonde creuse son front.

– Elles les lient, acquiesce Caifás.

Comment pourrait se délier une promesse faite au Bon Jésus ou à la Vierge ?

– Et une promesse faite au baron ? dit Rufino en avançant la tête.

– Celle-là le baron peut la délier, dit Caifás.

Il remplit à nouveau les verres et ils boivent. Dans le brouhaha du marché éclate une discussion violente, lointaine, qui finit par des rires. Le ciel s'est couvert, comme s'il allait pleuvoir.

– Je sais ce que tu éprouves, dit Caifás soudain. Je sais que tu ne dors pas et que tout dans la vie est mort pour toi. Que même lorsque tu es avec les autres, comme maintenant avec moi, tu es en train de te venger. C'est ainsi, Rufino, c'est ainsi quand on a de l'honneur.

Une file de fourmis parcourt en ligne droite la table, contournant la bouteille qui est vide maintenant. Rufino les regarde avancer, disparaître. Il tient son verre à la main et le serre avec force.

– Il y a quelque chose que tu dois avoir présent à l'esprit, ajoute Caífás. La mort ne suffit pas, elle ne lave pas l'affront. La main ou le fouet sur le visage, en revanche, oui. Parce que le visage est aussi sacré que la mère ou la femme.

Rufino se met debout. La patronne du débit accourt et Caifás se lève, la main à la poche, mais le guide le devance et paie. Ils attendent la monnaie en silence, éloignés par leurs pensées.

– Est-ce vrai que ta mère est allée à Canudos ? demande Caifás, et comme Rufino acquiesce : – Beaucoup s'en vont là-bas. Epaminondas engage plus d'hommes pour la Garde Rurale. Une armée arrive et il veut l'aider. J'ai également de la famille à moi chez le saint. Il est difficile de faire la guerre à sa propre famille, non, Rufino ?

– Moi j'ai une autre guerre, murmure Rufino, gardant la monnaie que lui tend la femme.

– J'espère que tu le trouveras et que la maladie ne l'aura pas tué, dit Caifás.

Leurs silhouettes s'évanouissent dans le tumulte du marché de Queimadas.

– Il y a une chose que je ne comprends pas, baron, répéta José Bernardo Murau en s'étirant sur son fauteuil à bascule où il se balançait lentement, en poussant avec le pied. Le colonel Moreira César nous déteste et nous le détestons. Sa venue est une grande victoire pour Epaminondas et une défaite pour ce que nous défendons, que Rio ne se mêle pas de nos affaires. Et pourtant le Parti Autonomiste le reçoit à Salvador en héros et maintenant nous rivalisons avec Epaminondas à qui aidera davantage le Coupe-cous.

La maison de campagne, fraîche, chaulée, vieille, aux murs crevassés, apparaissait en désordre ; il y avait un bouquet de fleurs fanées dans un pot en cuivre et le sol était endommagé. Par les fenêtres on voyait les cannaies enflammées par le soleil, et tout près de la maison un groupe de serviteurs préparant des chevaux.

– Les temps sont devenus confus, mon cher José Bernardo, sourit le baron de Canabrava. Maintenant même les personnes intelligentes ne s'orientent plus dans la jungle où nous vivons.

– Intelligent je ne l'ai jamais été, ce n'est pas une vertu de propriétaires terriens, ronchonna Murau, en faisant un geste vague, vers l'extérieur. J'ai passé un demi-siècle ici seulement pour atteindre la vieillesse et voir comment tout s'effrite. Ma consolation c'est que je mourrai bientôt et que je ne verrai pas la ruine totale de cette terre.

C'était effectivement un homme très âgé, osseux, à la peau tannée et aux mains noueuses avec lesquelles il grattait souvent son visage mal rasé. Il était habillé comme un péon, avec un pantalon à la couleur passée, une chemise ouverte, et, par-dessus, un gilet de cuir cru qui avait perdu ses boutons.

– Cette mauvaise période passera bientôt, dit Adalberto de Gumucio.

– Pour moi non, fit-il en faisant craquer les os de ses doigts. Savez-vous combien de gens ont quitté ces terres ces dernières années ? Des centaines de familles. La sécheresse de 77, le mirage des plantations de café du Sud, du caoutchouc de l'Amazonie, et maintenant ce maudit Canudos. Savez-vous la quantité de gens qui partent à Canudos ? Abandonnant maisons, animaux, travail, tout. Attendant là-bas l'Apocalypse et l'arrivée du roi Dom Sebastião. – Il les regarda, accablé par la bêtise humaine. – Je vous dirai ce qui va se passer, sans être intelligent. Moreira César imposera Epaminondas comme gouverneur de Bahia et lui et ses gens nous harcèleront de telle sorte qu'il nous faudra vendre à bas prix nos fazendas ou en faire cadeau, et nous en aller aussi.

Face au baron et à Gumucio il y avait une petite table avec des rafraîchissements et une corbeille de biscuits, que personne n'avait goûtés. Le baron ouvrit une petite boîte de tabac à priser, en offrit à ses amis, et aspira avec délectation. Il resta un moment les yeux fermés.

– Nous n'allons pas offrir le Brésil aux Jacobins, José Bernardo, dit-il en les ouvrant. Bien qu'ils aient préparé cette opération avec beaucoup d'astuce, ça ne leur profitera pas.

– Le Brésil leur appartient déjà, l'interrompit Murau. La preuve, c'est que Moreira César vient ici, envoyé par le gouvernement.

– Il a été nommé sous la pression du Club Militaire de Rio, un petit réduit jacobin, profitant de la maladie du président Morais, dit le baron. En réalité, c'est une conjuration contre Morais. Le plan est des plus clairs. Canudos est le prétexte pour que son homme s'enfle de gloire et de prestige. Moreira César écrase une conspiration monarchiste ! Moreira César sauve la République ! N'est-ce pas la meilleure preuve que seule l'armée est capable de garantir la sécurité nationale ? L'armée au pouvoir, alors, la République Dictatoriale. – Il avait été souriant, mais maintenant il devint grave. – Nous n'allons pas le permettre, José Bernardo. Parce que ce ne sont pas les Jacobins mais nous qui allons écraser la conspiration monarchiste. – Il fit une moue de dégoût. – On ne peut pas agir en gentilhomme, mon cher. La politique est une occupation de brigands.

La phrase toucha un ressort intime du vieux Murau, parce que son expression s'anima et il éclata de rire.

– C'est bien, je me rends, messieurs les brigands, s'écria-t-il. J'enverrai des mules, des guides, des provisions et ce qu'il faudra au Coupe-cous. Dois-je loger ici aussi le Septième Régiment ?

– Il est sûr qu'il ne passera pas sur tes terres, le remercia le baron. Tu n'auras même pas à voir son visage.

– Nous ne pouvons laisser croire au Brésil que nous sommes dressés contre la République, et même complotant avec l'Angleterre pour restaurer la monarchie, dit Adalberto de Gumucio. Tu ne te rends pas compte, José Bernardo ? Il faut démonter cette intrigue, et très vite. Avec le patriotisme on ne joue pas.

– Epaminondas a joué et il a bien joué, mâchonna Murau.

– C'est certain, admit le baron. Moi, toi, Adalberto, Viana, tous, nous croyions qu'il ne fallait pas lui donner de l'importance. Il est sûr qu'Epaminondas a démontré qu'il était un adversaire dangereux.

– Toute l'intrigue contre nous est facile, grotesque, d'une vulgarité totale, dit Gumucio.

– Mais elle a donné de bons résultats, jusqu'à maintenant.

Le baron jeta un coup d'œil vers l'extérieur : oui, les chevaux étaient prêts. Il annonça à ses amis qu'il valait mieux qu'il poursuive sa route une bonne fois, puisqu'il avait atteint son objectif : convaincre le propriétaire terrien le plus têtu de Bahia. Il allait voir si Estela et Sebastiana pouvaient partir. José Bernardo Murau lui rappela alors qu'un homme venu de Queimadas l'attendait depuis deux heures. Le baron l'avait complètement oublié. « C'est vrai, c'est vrai », murmura-t-il. Et il donna l'ordre de le faire entrer.

Un instant plus tard la silhouette de Rufino se découpa dans l'entrée. On le vit ôter son chapeau de paille, saluer de la tête le maître des lieux et Gumucio, se diriger vers le baron, s'incliner et lui baiser la main.

– Je suis content de te voir, filleul, lui dit celui-ci en lui tapotant le dos avec affection. C'est bien que tu sois venu nous voir. Comment va Jurema ? Pourquoi ne l'as-tu pas amenée ? Estela aurait eu plaisir à la voir.

Il remarqua que le guide restait la tête basse, pressant son chapeau et, soudain, il vit qu'il était terriblement honteux. Il se douta alors du motif de la visite de son ancien péon.

– Il est arrivé quelque chose à ta femme ? demanda-t-il. Jurema est-elle malade ?

– Donne-moi la permission de rompre la promesse, parrain, dit Rufino d'un coup.

Gumucio et Murau qui étaient restés à l'écart s'intéressèrent au dialogue. Dans le silence qui était devenu énigmatique et tendu, le baron tarda à réaliser ce que cela pouvait dire, à comprendre ce qu'on lui demandait.

– Jurema ? dit-il en clignant des yeux, en reculant, en fouillant sa mémoire. Elle t'a fait quelque chose ? Elle ne t'a quand même pas abandonné, n'est-ce pas, Rufino ? Tu veux dire qu'elle l'a fait, qu'elle est partie avec un autre homme ?

La touffe de cheveux raides et sales qu'il avait devant acquiesça presque imperceptiblement. Maintenant le baron comprit pourquoi Rufino dissimulait son regard, et il sut l'effort qu'il faisait et combien il souffrait. Il ressentit de la pitié pour lui.

– Pourquoi, Rufino ? dit-il d'un geste peiné. Qu'est-ce que tu gagnerais ? Faire deux fois ton malheur au lieu d'une. Si elle est partie, d'une certaine façon elle est morte, elle s'est tuée toute seule. Oublie Jurema. Oublie un peu Queimadas, aussi. Tu trouveras une autre femme qui te sera fidèle. Viens avec nous à Calumbi où tu as tant d'amis.

Gumucio et José Bernardo Murau attendaient avec curiosité la réponse de Rufino. Le premier s'était servi un verre et le tenait près des lèvres, sans le boire.

– Donne-moi la permission de rompre la promesse, parrain, dit finalement le guide sans lever les yeux.

Un sourire cordial, d'approbation, se peignit sur les lèvres d'Adalberto de Gumucio, qui suivait très attentivement la conversation entre le baron et son ancien serviteur. José Bernardo Murau, en revanche, s'était mis à bâiller. Le baron se dit que tout raisonnement serait inutile, qu'il fallait accepter l'inévitable et dire oui ou non, mais ne pas se tromper en essayant de faire changer de décision à Rufino. Même ainsi, il tenta de gagner du temps :

– Qui te l'a volée ? murmura-t-il. Avec qui est-elle partie ?

Rufino attendit une seconde avant de parler.

– Un étranger qui est venu à Queimadas, dit-il. – Il fit une autre pause et, avec une sage lenteur, il ajouta : – On l'avait envoyé chez moi. Il voulait se rendre à Canudos, apporter des armes aux jagunços.

Le verre s'échappa des mains d'Adalberto de Gumucio et se brisa en miettes à ses pieds, mais ni le bruit, ni les éclaboussures, ni la pluie d'éclats ne détournèrent l'attention des trois hommes qui, les yeux écarquillés, regardaient ahuris le guide. Celui-ci restait immobile, la tête basse, silencieux, ignorant, eût-on dit, de l'effet que ses paroles venaient de produire. Le baron se reprit le premier.

– Un étranger voulait apporter des armes à Canudos ?

L'effort qu'il faisait pour paraître naturel altérait davantage sa voix.

– Il voulait mais il n'a pas pu, acquiesça la touffe de cheveux sales. – Rufino gardait une attitude respectueuse et regardait toujours par terre. – Epaminondas Gonçalves l'a fait assassiner. Et il le croit mort. Mais il ne l'est pas. Jurema l'a sauvé. Et maintenant Jurema et lui sont ensemble.

Gumucio et le baron se regardèrent, ébahis, et José Bernardo Murau faisait des efforts pour se redresser dans son fauteuil à bascule, en marmonnant quelque chose. Le baron se leva devant lui. Il était pâle et ses mains tremblaient. Le guide ne semblait pas remarquer, pas même maintenant, l'agitation qu'il provoquait chez les trois hommes.

– Autrement dit, Galileo Gall est vivant, articula enfin Gumucio en se frappant une paume de son poing. Autrement dit, le cadavre brûlé, la tête coupée et toute cette truculence...

– On ne la lui a pas coupée, monsieur, l'interrompit Rufino et à nouveau s'installa un silence électrique dans la petite salle en désordre. On lui a coupé les cheveux longs qu'il avait. Celui qu'on a tué c'est un fou qui avait assassiné ses enfants. L'étranger est vivant.

Il se tut et bien qu'Adalberto de Gumucio et José Bernardo Murau lui posassent plusieurs questions à la fois, et lui demandassent des détails, exigeant de lui qu'il parlât, Rufino garda le silence. Le baron connaissait assez les gens de ses terres pour savoir que le guide avait dit ce qu'il avait à dire et que rien ni personne ne tirerait de lui une parole de plus.

– Y a-t-il une autre chose que tu puisses nous dire, filleul ?

Il lui avait posé une main sur l'épaule et ne dissimulait pas son émotion.

Rufino secoua la tête.

– Je te remercie d'être venu, dit le baron. Tu m'as rendu un grand service, mon fils. À nous tous. Au pays aussi, sans le savoir.

La voix de Rufino s'éleva encore, plus insistante qu'auparavant :

– Je veux rompre la promesse que je t'ai faite, parrain.

Le baron acquiesça, affligé. Il pensa qu'il allait prononcer une sentence de mort contre quelqu'un qui était peut-être innocent, ou qui avait des raisons puissantes et respectables, qu'il allait se sentir mal et dégoûté par ce qu'il allait dire, et cependant il ne pouvait faire autrement.

– Fais ce que ta conscience te commande, murmura-t-il. Que Dieu soit avec toi et te pardonne.

Rufino redressa la tête, soupira et le baron vit que ses petits yeux étaient injectés de sang et humides, et que son visage était celui d'un homme qui a survécu à une terrible épreuve. Il s'agenouilla, le baron lui fit le signe de la croix sur le front et lui donna à nouveau sa main à baiser. Le guide se releva et sortit de la pièce sans même regarder les deux autres personnes.

Le premier à parler fut Adalberto de Gumucio :

– Je m'incline et fais amende honorable, dit-il en scrutant les morceaux de verre disséminés à ses pieds. Epaminondas est un homme de grandes ressources. C'est vrai, nous nous trompions toujours sur son compte.

– Dommage qu'il ne soit pas des nôtres, ajouta le baron.

Pourtant malgré l'extraordinaire découverte qu'il avait faite, il ne pensait pas à Epaminondas Gonçalves, mais à Jurema, la fille que Rufino allait tuer, et à la peine de sa femme si elle venait à l'apprendre.

III

– L'Ordonnance est ici depuis hier, dit Moreira César en pointant de sa cravache l'affiche qui demande à la population civile de déclarer au Septième Régiment toutes les armes à feu. Et ce matin, à l'arrivée de la colonne, elle a été lue à haute voix avant la fouille. Vous saviez à quoi vous vous exposiez, messieurs.

Les prisonniers sont attachés épaule contre épaule, sans nulle trace de sévices sur le visage et la poitrine. Nu-pieds, sans chapeau, ils pourraient être père et fils, oncle et neveu, ou deux frères, car les traits du jeune rappellent ceux du plus vieux et tous deux ont la même façon de regarder la petite table de campagne du tribunal qui vient de les juger. Des trois officiers qui ont fait office de juges, deux s'en vont, avec la même hâte qu'ils ont mise à venir et à proclamer la sentence, rejoindre les compagnies qui continuent d'arriver à Cansanção et s'ajoutent à celles qui campent déjà dans le village. Seul Moreira César se trouve là, près du corps du délit : deux carabines, une caisse de balles, une poire à poudre. Les prisonniers, non contents de dissimuler des armes, ont attaqué et blessé l'un des soldats qui les ont arrêtés. Tout le village de Cansanção – quelques dizaines de paysans – se trouve en rase campagne, derrière les soldats baïonnette au canon qui les empêchent d'approcher.

– Pour cette saleté cela ne valait pas la peine. – La botte du colonel frôle les carabines. Il n'y a pas la moindre animosité dans sa voix. Il se tourne vers un sergent qui se trouve à ses côtés et, comme s'il lui demandait l'heure, il lui dit : – Donnez-leur de l'eau-de-vie.

Tout près des prisonniers, serrés, silencieux, l'air stupéfait ou effrayé, se trouvent les correspondants de presse. Ceux qui n'ont pas de chapeau se protègent de la réverbération du soleil avec leur mouchoir. Plus loin, dans la campagne, on entend les bruits habituels : souliers et bottes contre la terre, sabots et hennissements, ordres de commandement, crissements et éclats de rire. On dirait que les soldats qui arrivent ou qui se reposent déjà se moquent éperdument de ce qui va se passer. Le sergent a débouché une bouteille et l'approche de la bouche des prisonniers. Tous deux boivent goulûment.

– Je veux mourir fusillé, mon colonel, supplie soudain le plus jeune.

Moreira César secoue la tête.

– Je ne gaspille pas de munitions avec des traîtres à la république, dit-il. Courage. Mourez comme des hommes.

Il fait un signe et deux soldats dégainent leur couteau et s'avancent. Ils agissent avec précision et des gestes identiques : ils saisissent chacun de la main gauche les cheveux d'un prisonnier, lui rejettent d'un coup la tête en arrière et les égorgent en même temps d'une entaille profonde qui coupe net la plainte animale du jeune homme et le hurlement du vieillard.

– Vive le Bon Jésus Conseiller ! Vive Belo... !

Les soldats serrent les rangs, comme pour empêcher d'avancer les paysans qui n'ont pas bougé. Quelques journalistes ont baissé les yeux, un autre regarde anéanti et le journaliste myope du *Jornal de Notícias* fait des grimaces. Moreira César observe les corps à terre, tachés de sang.

– Qu'ils restent exposés au pied de l'Ordonnance, dit-il doucement.

Et aussitôt il semble oublier l'exécution. D'un pas nerveux, rapide, il quitte les lieux et se dirige vers la cabane où on lui a préparé un hamac. Le groupe de journalistes lui emboîte le pas et le rattrape. Il va au milieu d'eux, sérieux, tranquille, la peau sèche, à la différence des correspondants de presse, congestionnés par la chaleur et l'impression. Ils ne se remettent pas du choc de ces gorges tranchées à quelques pas d'eux : la signification de certains mots comme guerre, cruauté, souffrance, destin, a déserté le domaine abstrait où ils vivaient et a pris une matérialité mesurable, tangible, qui les rend silencieux. Ils arrivent à la porte de la cabane. Un ordonnance présente au colonel une cuvette et une serviette. Le chef du Septième Régiment se rince les mains et se rafraîchit le visage. Le journaliste qui est toujours emmitouflé balbutie :

– Est-ce qu'on peut annoncer cette exécution, mon colonel ?

Moreira César n'entend pas ou ne daigne pas répondre.

– Au fond, l'homme ne craint que la mort, dit-il en s'essuyant, sans grandiloquence, avec naturel, comme lors des conversations qu'il a la nuit avec certains de ses officiers. C'est pourquoi c'est le seul châtiment efficace. À condition de l'appliquer avec justice. Il édifie la population civile et démoralise l'ennemi. Cela semble dur, je le sais. Mais c'est ainsi qu'on gagne les guerres. Aujourd'hui vous avez eu votre baptême du feu. Maintenant vous savez de quoi il s'agit, messieurs.

Il les renvoie en leur adressant un salut hâtif, glacial, qu'ils ont appris à reconnaître comme une irrévocable fin de non-recevoir. Il leur tourne le dos et pénètre dans la cabane, où ils parviennent à apercevoir un mouvement d'uniformes, une carte déployée et une poignée d'adjoints qui font claquer leurs talons. Troublés, tourmentés, décontenancés, ils traversent le terrain de l'exécution en direction du poste d'intendance où, à chaque halte, ils reçoivent leur ration, identique à celle des officiers. Mais il est sûr qu'aujourd'hui ils n'y toucheront pas.

Ils sont tous cinq très fatigués, à cause du rythme de marche de la colonne. Les jambes brisées, les cuisses mortifiées, la peau brûlée par le soleil de ce désert sableux, hérissé de cactus et de favela, qui sépare Queimadas de Monte Santo. Ils se demandent comment l'immense majorité du régiment qui marche à pied peut le supporter : ils les ont vus tomber comme des mouches et transporter dans les carrioles du service de Santé. Maintenant ils savent que ces épuisés, une fois ranimés, sont sévèrement réprimandés. « C'est cela la guerre ? » pense le journaliste myope. Parce que, avant cette exécution, ils n'ont rien vu qui ressemble à la guerre. Aussi ne comprennent-ils pas la véhémence du chef du Septième Régiment qui presse ses hommes. Est-ce que c'est une course vers un mirage ? N'y avait-il pas autant de rumeurs sur les violences des jagunços à l'intérieur ? Où sont-ils ? Ils n'ont trouvé que des hameaux à moitié désertés, dont la pauvre humanité les regarde passer avec indifférence et qui, à leurs questions, répond toujours évasivement. La colonne n'a pas été attaquée, on n'a pas entendu tirer. Est-il vrai que les bêtes disparues ont été volées par l'ennemi, comme l'affirme Moreira César ? Ce petit homme intense ne leur est pas sympathique, mais il les impressionne par son assurance, cette faculté de pouvoir manger et dormir à peine, et l'énergie qui ne l'abandonne pas un instant. Quand la nuit ils s'enveloppent dans leur couverture pour mal dormir, ils le voient encore debout, l'uniforme boutonné et les manches non retroussées, parcourir les rangées de soldats, s'arrêtant pour échanger quelques mots avec les sentinelles ou discutant avec son état-major. Et à l'aube, lorsque sonne le clairon et qu'ivres de sommeil ils ouvrent l'œil, il est déjà là, lavé et rasé, interrogeant les messagers de l'avant-garde ou examinant les pièces d'artillerie, comme s'il ne s'était pas couché. Jusqu'à l'exécution qui vient d'avoir lieu, la guerre, pour eux, c'était lui. Il était le seul à en parler tout le temps, avec une telle conviction qu'il arrivait à les convaincre, à leur faire voir qu'elle les entourait et les assiégeait. Il les a persuadés que beaucoup de ces êtres impavides et affamés – semblables à ceux qui viennent d'être exécutés – qui viennent les voir passer sont des complices de l'ennemi, que derrière ces regards éteints il y a des intelligences qui racontent, mesurent, calculent, enregistrent et que ces informations vont toujours devant eux, en direction de Canudos. Le journaliste myope se rappelle que le vieux a acclamé le Conseiller avant de mourir et il pense : « C'est peut-être bien la vérité. Peut-être bien sont-ils tous l'ennemi. »

Cette fois, contrairement aux autres haltes, aucun des correspondants de presse ne se porte en tête. Solidaires dans leur confusion et leur angoisse, ils restent près du campement, fumant et méditant, et le journaliste du *Jornal de Notícias* n'écarte pas son regard des corps gisant au pied de l'arbre où est épinglée l'Ordonnance à laquelle il ne fut pas obéi. Une heure plus tard ils sont à nouveau en tête de la colonne, immédiatement derrière les étendards et le colonel Moreira César, se dirigeant vers cette guerre qui, pour eux, a maintenant commencé.

Une autre surprise les attend avant d'arriver à Monte Santo, au carrefour où un écriteau à moitié effacé signale la déviation vers la fazenda de Calumbi ; la colonne y arrive six heures après avoir repris sa marche. Des cinq correspondants, seul l'épouvantail efflanqué du *Jornal de Notícias* sera un très proche témoin du fait. Une curieuse relation s'est établie entre le chef du Septième Régiment et lui, qu'il serait inexact d'appeler amitié ou même sympathie. Il s'agit, plutôt, d'une curiosité née d'une mutuelle répulsion, de l'attraction qu'exercent entre eux les antipodes. Mais le fait est que l'homme qui ressemble à une caricature de lui-même, non seulement lorsqu'il écrit sur l'extravagant pupitre qu'il place sur ses genoux ou sur sa monture et qu'il trempe sa plume dans cet encrier portatif qui tient davantage du godet dans lequel les caboclos chasseurs portent le venin pour le dard de leurs arbalètes, mais aussi lorsqu'il marche ou va à cheval parce qu'il donne toujours l'impression d'être sur le point de s'effondrer, semble absorbé, envoûté, obsédé par le petit colonel. Il ne cesse de l'observer, il ne perd pas une occasion de l'approcher et, lorsqu'il parle avec ses collègues, Moreira César est le seul sujet qui lui importe, plus encore, dirait-on, que Canudos et la guerre. Et en quoi ce jeune journaliste peut-il avoir suscité l'intérêt du colonel ? Peut-être est-ce son excentricité au physique et à l'habillement, ce sac d'os, cette disproportion de membres, cette prolifération de cheveux et de poils, ces ongles longs qui maintenant sont noirs, ces manières molles, cet ensemble où rien n'apparaît que le colonel puisse appeler viril ou martial. Mais le fait est qu'il y a quelque chose, dans ce bonhomme contrefait à la voix antipathique, qui séduit, peut-être malgré lui, le petit officier aux idées arrêtées et au regard énergique. Il est le seul auquel il a coutume de s'adresser lorsqu'il dialogue avec la presse, et quelquefois il parle avec lui seul à seul, après la soupe. Dans la journée, le journaliste du *Jornal de Notícias*, comme par l'initiative de sa monture, s'avance toujours et rejoint le colonel. C'est ce qui s'est produit cette fois, après le départ de la colonne de Cansanção. Le myope, se balançant avec les mouvements d'un pantin, se confond avec les officiers et ordonnances qui entourent le cheval blanc de Moreira César, quand celui-ci, en arrivant à la déviation de Calumbi, lève la main droite : le signal de la halte.

Les gardes du corps s'éloignent au galop, emportant les ordres, et le clairon exécute la sonnerie qui fera s'arrêter toutes les compagnies du régiment. Moreira César, Olimpio de Castro, Cunha Matos et Tamarindo mettent pied à terre ; le journaliste glisse jusqu'au sol. Derrière, les correspondants et plusieurs soldats vont se rafraîchir visage, bras et jambes dans une flaque d'eau stagnante. Le major et Tamarindo examinent une carte et Moreira César observe l'horizon avec ses jumelles. Le soleil disparaît derrière une montagne lointaine et solitaire – Monte Santo – à laquelle il a imposé une forme spectrale. Quand il range ses jumelles, le colonel a pâli. On le sent tendu.

– Qu'est-ce qui vous préoccupe, mon colonel ? dit le capitaine Olimpio de Castro.

– Le temps. – Moreira César parle comme s'il avait un corps étranger dans la bouche. – Qu'ils s'enfuient avant que nous arrivions.

– Ils ne s'enfuiront pas, réplique le journaliste myope. Ils croient que Dieu est de leur côté. Les gens de cette région aiment se battre.

– Ils disent : pour tout ennemi mis en fuite, pont d'or, plaisante le capitaine.

– Pas dans ce cas, articule difficilement le colonel. Il faut faire un exemple qui en finisse avec les illusions monarchistes. Et aussi venger l'affront fait à l'armée.

Il s'exprime avec de mystérieuses pauses entre chaque syllabe, en détonnant. Il ouvre la bouche encore, pour ajouter quelque chose, mais rien ne sort. Il est livide, les pupilles irritées. Il s'assoit sur un tronc d'arbre et ôte son képi d'un geste lent. Le journaliste du *Jornal de Notícias* va s'asseoir aussi quand il voit Moreira César porter ses mains au visage. Son képi roule à terre et le colonel se lève d'un bond, trébuche, congestionné, tandis qu'il arrache à grands gestes les boutons de sa chemise, comme s'il étouffait. Gémissant et bavant, en proie à des convulsions, il roule aux pieds du capitaine Olimpio de Castro et du journaliste, impuissants à le retenir. Quand ils se penchent vers lui, déjà Tamarindo, Cunha Matos et plusieurs ordonnances accourent.

– Qu'on ne le touche pas, crie le colonel Tamarindo d'une voix énergique. Vite, une couverture. Qu'on appelle le docteur Souza Ferreiro. Que personne ne s'approche. En arrière, en arrière.

Le major Cunha Matos oblige le journaliste à reculer en le tirant et, avec les ordonnances, il va à la rencontre des correspondants. Ils les écartent, sans ménagement. Entre-temps, ils jettent une couverture sur Moreira César, et Olimpio de Castro et Tamarindo plient leurs vareuses pour en faire un oreiller.

– Ouvrez-lui la bouche et tenez-lui la langue, indique le vieux colonel, parfaitement averti de ce qu'il faut faire.

Il se tourne vers deux gardes du corps et leur ordonne de monter une tente.

Le capitaine ouvre de force la bouche de Moreira César. Les convulsions continuent, un bon moment. Le docteur Souza Ferreiro arrive, enfin, dans une charrette du service de Santé. La tente est dressée et Moreira César est étendu sur un lit de camp. Tamarindo et Olimpio de Castro restent à côté de lui, se relayant pour maintenir sa bouche ouverte et le tenir au chaud. Le visage inondé, les yeux clos, en proie à l'agitation, émettant un gémissement entrecoupé, le colonel rejette par intermittence une écume blanchâtre. Le docteur et le colonel Tamarindo échangent un regard et ne disent mot. Le capitaine explique comment l'attaque est venue, depuis combien de temps, cependant que Souza Ferreiro enlève sa jaquette et fait signe à un infirmier d'approcher la boîte à pharmacie du lit de camp. Les officiers sortent de la tente pour que le docteur puisse examiner librement le patient.

Des sentinelles armées isolent la tente du reste de la colonne. Tout près, épiant entre les fusils, se trouvent les correspondants. Ils ont pressé de questions le journaliste myope et celui-ci leur a dit tout ce qu'il a vu. Entre les sentinelles et le campement il y a un no man's land qu'aucun officier ni soldat ne traverse à moins d'être appelé par le major Cunha Matos. Celui-ci fait les cent pas, les mains derrière le dos. Le colonel Tamarindo et le capitaine Olimpio de Castro s'approchent de lui et les correspondants les voient marcher autour de la tente. Leur visage s'assombrit au fur et à mesure que s'éteint le grand foyer crépusculaire. Parfois, Tamarindo entre dans la tente, en ressort, et tous trois reprennent leur ronde. Les minutes passent ainsi, peut-être une demi-heure, peut-être une heure, car, lorsque le capitaine de Castro s'avance soudain vers les correspondants et demande au journaliste du *Jornal de Notícias* de venir avec lui, un grand feu est maintenant allumé et, en arrière, retentit la sonnerie de l'ordinaire. Les sentinelles laissent passer le myope, que le capitaine conduit jusqu'au colonel et au major.

– Vous connaissez la région, vous pouvez nous aider, murmure Tamarindo, sans le ton bonasse qui est le sien, comme surmontant une répugnance intime à parler de cela avec un étranger. Le docteur insiste pour que le colonel soit conduit dans un endroit où il y ait un certain confort, où il puisse être bien soigné. N'y a-t-il pas une propriété tout près ?

– Bien sûr que si, répond la petite voix de fausset. Vous le savez aussi bien que moi.

– Je veux dire, à part Calumbi, corrige le colonel Tamarindo, mal à l'aise. Le colonel a repoussé formellement l'invitation du baron à donner l'hospitalité au régiment. Ce n'est pas l'endroit adéquat pour l'y conduire.

– Il n'y en a aucune autre, dit, tranchant, le journaliste myope qui scrute la semi-obscurité en direction de la tente, d'où sort un éclat verdâtre. Tout ce que nous voyons entre Cansanção et Canudos appartient au baron de Canabrava.

Le colonel le regarde contrit. À cet instant le docteur Souza Ferreiro sort de la tente en s'essuyant les mains. C'est un homme aux tempes argentées et au front dégarni, qui porte l'uniforme. Les officiers l'entourent, oubliant le journaliste qui, néanmoins, reste là et approche sans se gêner ses yeux qu'agrandit le verre de ses lunettes.

– C'est la fatigue physique et nerveuse des derniers jours, se plaint le docteur, en portant une cigarette à ses lèvres. Deux ans après, voilà que ça le reprend justement maintenant. Malchance, mauvais œil, que sais-je ? Je lui ai fait une saignée, pour la congestion. Mais il lui faut les bains, les frictions, tout le traitement. À vous de décider, messieurs.

Cunha Matos et Olimpio de Castro regardent le colonel Tamarindo. Celui-ci se racle la gorge, sans mot dire.

– Insistez-vous pour que nous l'emmenions à Calumbi en sachant que le baron s'y trouve ? dit-il enfin.

– Je n'ai pas parlé de Calumbi, réplique Souza Ferreiro. Je parle seulement de ce que réclame le malade. Et permettez-moi d'ajouter quelque chose. C'est risqué de le garder ici, dans ces conditions.

– Vous connaissez le colonel, intervient Cunha Matos. Sous le toit d'un des chefs de la subversion monarchiste il se sentira offensé, humilié.

Le docteur Souza Ferreiro hausse les épaules :

– Je respecte votre décision. Je ne suis qu'un subordonné. Je décline toute responsabilité.

Une agitation dans leur dos fait se tourner les quatre officiers et le journaliste vers la tente de campagne. Moreira César est là, visible dans la faible lumière de la lampe à l'intérieur, rugissant quelque chose qu'on ne comprend pas. À moitié nu, appuyé des deux mains à la bâche, il a sur la poitrine des formes obscures et immobiles qui doivent être des sangsues. Il ne peut rester debout que quelques secondes. Ils le voient s'écrouler en se plaignant. Le docteur s'agenouille, lui ouvre la bouche tandis que les officiers le saisissent par les pieds, les bras, le dos, pour le hisser à nouveau sur son lit.

– J'assume la responsabilité de le conduire à Calumbi, mon colonel, dit le capitaine Olimpio de Castro.

– C'est bon, acquiesce Tamarindo. Accompagnez Souza Ferreiro avec une escorte. Mais le régiment n'ira pas chez le baron. Il campera ici.

– Puis-je vous accompagner, mon capitaine ? dit dans la pénombre la voix importune du journaliste myope. Je connais le baron. J'ai travaillé pour son journal, avant d'entrer au *Jornal de Notícias*.

Ils restèrent à Ipupiará dix jours de plus, après la visite des capangas à cheval qui emportèrent, pour tout butin, une chevelure rousse. L'étranger commença à récupérer. Une nuit, la Femme à barbe l'entendit bavarder, dans un portugais malaisé, avec Jurema à qui il demandait quel était ce pays, quel mois et quel jour. Le lendemain soir il se laissait glisser à bas du chariot et réussissait à faire quelques pas titubants. Et deux nuits plus tard il était dans le magasin d'Ipupiará, sans fièvre, amaigri mais vaillant, accablant de questions le boutiquier (qui regardait son crâne, amusé) sur Canudos et la guerre. Il se fit confirmer plusieurs fois, avec une sorte de frénésie, qu'une armée d'un demi-millier d'hommes venue de Bahia et commandée par le major Febronio, avait été taillée en pièces au Cambaio. La nouvelle l'excita tellement que Jurema, la Femme à barbe et le Nain pensèrent qu'il allait à nouveau délirer dans une langue étrangère. Mais Gall, après avoir pris avec le commerçant un petit verre de cachaça, tomba dans un profond sommeil qui lui dura dix heures.

Ils reprirent leur marche à l'initiative de Gall. Les gens du cirque auraient préféré rester encore à Ipupiará, où ils pouvaient tant bien que mal manger, en amusant avec des histoires et des clowneries les habitants. Mais l'étranger craignait que les capangas ne revinssent pour, cette fois, emporter sa tête. Il s'était rétabli : il parlait avec tant d'énergie que la Femme à barbe, le Nain et même l'Idiot l'écoutaient ébaubis. Ils devaient deviner une partie de ce qu'il disait et ils étaient intrigués par sa manie de parler des jagunços. La Femme à barbe demanda à Jurema si c'était un de ces apôtres du Bon Jésus qui parcouraient le monde. Non, il ne l'était pas : il n'avait pas été à Canudos, il ne connaissait pas le Conseiller et ne croyait même pas en Dieu. Jurema ne comprenait pas non plus cette manie. Quand Gall leur dit qu'il partait en direction du Nord, le Nain et la Femme à barbe décidèrent de le suivre. Ils n'auraient pu expliquer pourquoi. Peut-être la raison en était-elle la loi de la gravité, les corps aimantés par les forts, ou simplement n'avoir rien de mieux à faire, aucune alternative, aucune volonté à opposer à celle de celui qui, contrairement à eux, semblait avoir un itinéraire dans la vie.

Ils partirent à l'aube et marchèrent toute la journée entre les pierres et les mandacarús coupants, sans dire un mot, en tête le chariot, sur les côtés la Femme à barbe, le Nain et l'Idiot, Jurema collée aux roues et, fermant la caravane, Galileo Gall. Pour se protéger du soleil il s'était mis un chapeau qui appartenait au géant Pedrin. Il avait tellement maigri que son pantalon lui devenait bouffant et sa chemise glissait. L'éraflure brûlante de la balle lui avait laissé une tache mauve derrière l'oreille et le couteau de Caifás une cicatrice sinueuse entre le cou et l'épaule. La maigreur et la pâleur avaient comme exacerbé la turbulence de ses yeux. Au quatrième jour de marche, à un tournant du chemin appelé Site des Fleurs, ils tombèrent sur un groupe d'hommes affamés qui leur prirent leur âne. Ils se trouvaient dans un bosquet de chardons et de mandacarús traversé par un lit de rivière à sec. Au loin, ils apercevaient les coteaux de la Serra de Engorda. Les bandits étaient huit, les uns vêtus de cuir, avec des chapeaux décorés de monnaies et armés de couteaux, de carabines et de chapelets de balles. Leur chef, petit et ventripotent, au profil d'oiseau de proie et aux yeux cruels, était appelé par les autres Barbedure, bien qu'il fût imberbe. Il donna des instructions laconiques et ses hommes, en un tour de main, tuèrent l'âne, le découpèrent, l'écorchèrent et le rôtirent par petits morceaux sur lesquels, plus tard, ils se jetèrent avec avidité. Cela devait faire plusieurs jours qu'ils ne mangeaient pas car, réjouis par ce festin, certains se mirent à chanter.

En les observant, Galileo se demandait combien de temps mettraient les bestioles et l'atmosphère à transformer le cadavre en ces petits tas d'os polis qu'il s'était habitué à trouver dans le sertão, squelettes, restes, mémoires d'homme ou d'animal qui instruisaient le voyageur sur ce qui l'attendait en cas d'évanouissement ou de mort. Il était assis sur le chariot, près de la Femme à barbe, le Nain, l'Idiot et Jurema. Barbedure ôta son chapeau, sur le bord avant duquel brillait une livre sterling, et fit signe aux gens du cirque de venir manger. Le premier à s'enhardir fut l'Idiot, qui s'agenouilla et tendit les doigts vers la grillade. La Femme à barbe, le Nain et Jurema l'imitèrent. Bientôt ils mangeaient avec appétit, mêlés aux bandits. Gall s'approcha du feu. La vie au grand air l'avait bronzé et tanné comme un sertanejo. Depuis qu'il avait vu Barbedure ôter son chapeau, il était obsédé par sa tête. Et il la regardait encore tout en portant à ses lèvres la première bouchée. En essayant d'avaler, il eut un haut-le-cœur.

– Il ne peut manger que des choses molles, expliqua Jurema aux hommes. Il a été malade.

– C'est un étranger, ajouta le Nain. Il parle des langues.

– Seuls mes ennemis me regardent comme ça, dit le chef, rudement. Hors de ma vue ces yeux qui me gênent.

Parce que, pas même en vomissant, Gall n'avait cessé de

le regarder. Tous se tournèrent vers lui. Galileo, l'observant toujours, fit quelques pas jusqu'à atteindre Barbedure.

– C'est seulement ta tête qui m'intéresse, dit-il très lentement. Laisse-moi te la toucher.

Le bandit porta sa main à son couteau, comme s'il allait l'attaquer. Gall le tranquillisa en lui souriant.

– Laisse-le te toucher, grogna la Femme à barbe. Il te dira tes secrets.

Le bandit examina Gall avec curiosité. Il avait un bout de viande dans sa bouche, mais il ne mâchait pas.

– Tu es un savant ? demanda-t-il, la cruauté de son regard subitement évaporée.

Gall lui sourit encore et fit un pas en avant, jusqu'à le frôler. Il était plus grand que le cangaceiro dont la tête hirsute dépassait à peine son épaule. Les gens du cirque et les bandits regardaient, intrigués. Barbedure, toujours la main à son couteau, semblait sur ses gardes et en même temps curieux. Galileo éleva les deux mains, les posa sur la tête de Barbedure et se mit à la palper.

– À une époque j'ai voulu être un savant, articula-t-il, tandis que ses doigts remuaient, lentement, écartant les touffes de cheveux, explorant avec art le cuir chevelu. La police ne m'a pas donné le temps.

– Les brigades volantes ? comprit Barbedure.

– Sur ce point nous nous ressemblons, dit Gall. Nous avons le même ennemi.

Les petits yeux de Barbedure s'emplirent soudain d'angoisse ; il semblait traqué, sans échappatoire.

– Je veux savoir la forme de ma mort, murmura-t-il, en se faisant violence à lui-même.

Les doigts de Gall grattaient la tignasse du cangaceiro, s'arrêtant surtout au-dessus et derrière les oreilles. Il était très sérieux, le regard fiévreux de ses moments d'euphorie. La science ne se trompait pas : l'organe de l'Agressivité, celui du penchant à l'attaque, celui du plaisir de combattre, celui des indomptés et des téméraires, saillait à la rencontre de ses doigts, bombé, insolent, sur les deux hémisphères. Mais c'était surtout celui de la Destructivité, celui des vindicatifs, des excessifs et des cruels, celui qui fait les grands sanguinaires quand le pouvoir moral et intellectuel ne l'endigue pas, qui ressortait anormalement : deux renflements durs, fougueux, au-dessus des oreilles. « L'homme-prédateur », pensa-t-il.

– Tu n'as pas entendu ? rugit Barbedure en s'écartant d'un mouvement brusque qui le fit tituber. Comment vais-je mourir ?

Gall secoua la tête, en s'excusant :

– Je ne sais pas, dit-il. Ce n'est pas écrit sur tes os.

Les hommes de la bande se dispersèrent, revinrent aux braises à la recherche de viande. Mais les gens du cirque restèrent près de Gall et Barbedure, qui était pensif.

– Je n'ai peur de rien, dit-il gravement. Quand je suis réveillé. La nuit c'est différent. Je vois mon squelette, parfois. Comme s'il m'attendait, tu te rends compte ?

Il fit un geste contrarié, passa sa main sur sa bouche, cracha. On le sentait troublé et tout le monde resta silencieux, écoutant bourdonner mouches, abeilles et frelons sur les restes de l'âne.

– Ce n'est pas un rêve récent, ajouta le bandit. Je le faisais enfant, au Cariri, bien avant de venir à Bahia. Et aussi quand j'allais avec Pajeú. Parfois il se passait des années sans que je rêve. Et soudain, à nouveau, toutes les nuits.

– Pajeú, dit Gall en regardant Barbedure l'œil allumé. Celui qui a une cicatrice ? Celui qui... ?

– Pajeú, acquiesça le cangaceiro. Je suis resté cinq ans avec lui, sans qu'on ait une discussion. C'était le meilleur au combat. L'ange l'a touché de son aile et il s'est converti. Maintenant c'est un élu de Dieu, là-bas à Canudos.

Il haussa les épaules, comme si c'était difficile à comprendre, ou comme s'il s'en moquait.

– Tu as été à Canudos ? demanda Gall. Raconte-moi. Que se passe-t-il là-bas ? Comment c'est ?

– On entend beaucoup de choses, dit Barbedure en crachant. Qu'ils ont tué un tas de soldats d'un certain Febronio. Ils les ont pendus aux arbres. Si on n'enterre pas un cadavre, le Chien l'emporte, à ce qu'on dit.

– Sont-ils bien armés ? insista Gall. Pourront-ils résister à une autre attaque ?

– Ils pourront, grogna Barbedure. Il n'y a pas que Pajeú là-bas. Également João Abade, Taramela, Joaquim Macambira et ses enfants, Pedrão. Les gars les plus terribles de ces régions. Ils se détestaient et se tuaient les uns les autres. Maintenant ils sont frères et ils luttent pour le Conseiller. Ils vont aller au ciel, malgré tout le mal qu'ils ont fait. Le Conseiller leur a pardonné.

La Femme à barbe, l'Idiot, le Nain et Jurema s'étaient assis par terre et écoutaient, ravis.

– Les pèlerins, le Conseiller leur donne un baiser sur le front, ajouta Barbedure. Le Ravi les fait mettre à genoux et le Conseiller les relève et les embrasse. C'est le baiser des élus. Les gens pleurent de félicité. Parce qu'alors tu es élu, tu sais que tu vas aller au ciel. Qu'importe la mort, après cela ?

– Toi aussi tu devrais être à Canudos, dit Gall. Ce sont tes frères aussi. Ils luttent pour que le ciel descende sur la terre. Pour que disparaisse cet enfer dont ils ont si peur.

– Je n'ai pas peur de l'enfer mais de la mort, le corrigea Barbedure sans se fâcher. Ou plutôt, du cauchemar, du rêve de la mort. C'est différent, tu ne comprends pas ?

Il cracha encore, avec une expression tourmentée. Soudain il s'adressa à Jurema, en désignant Gall :

– Il ne rêve jamais de son squelette, ton mari ?

– Ce n'est pas mon mari, répliqua Jurema.

João Grande entra dans Canudos en courant, la tête étourdie par la responsabilité qu'on venait de lui conférer et qui, de seconde en seconde, lui paraissait moins méritée pour sa pauvre personne de pécheur qu'il avait crue parfois possédée par le Chien (c'était une crainte qui revenait, comme les saisons). Il avait accepté, il ne pouvait faire marche arrière. Il s'arrêta aux premières maisons, sans savoir que faire. Il avait l'intention d'aller chez Antonio Vilanova pour qu'il lui dise comment organiser la Garde Catholique. Mais maintenant, son cœur ébranlé lui fit savoir qu'il avait besoin en ce moment, plutôt que d'une aide pratique, d'un secours spirituel. C'était le crépuscule ; bientôt le Conseiller monterait à la tour ; s'il se pressait peut-être l'atteindrait-il au Sanctuaire. Il se remit à courir par de tortueuses ruelles grouillantes d'hommes, de femmes et d'enfants qui abandonnaient maisons, cabanes, grottes, trous et confluaient, comme chaque soir, vers le Temple du Bon Jésus pour écouter les conseils. En passant devant le magasin des Vilanova, il vit Pajeú et une vingtaine d'hommes, équipés pour un long voyage, prendre congé de leur famille. Il se fraya difficilement passage dans la masse qui débordait le terre-plein jouxtant les églises. Il commençait à faire nuit et, ici et là, scintillaient déjà des petites lampes.

Le Conseiller n'était pas au Sanctuaire. Il était allé dire au revoir au Père Joaquim jusqu'à la sortie vers Cumbe et, ensuite, l'agnelet blanc dans une main et dans l'autre la houlette du berger, il visitait les dispensaires, réconfortant les malades et les vieillards. À cause de la foule qui restait soudée à lui, ces parcours du Conseiller dans Belo Monte étaient chaque jour plus difficiles. Il était accompagné cette fois du Lion de Natuba et des béates du Chœur Sacré, mais le Ravi et Maria Quadrado étaient dans le Sanctuaire.

– Je ne suis pas digne, Ravi, dit l'ex-esclave, en s'étouffant, depuis la porte. Loué soit le Bon Jésus.

– J'ai préparé le serment que devra prêter la Garde Catholique, répondit le Ravi, doucement. Plus profond que celui que font ceux qui viennent se sauver. Le Lion l'a écrit. – Il lui tendit un papier qui disparut dans ses mains sombres. – Tu l'apprendras par cœur et chacun de ceux que tu choisiras tu le feras jurer. Quand la Garde Catholique sera constituée, ils prêteront tous serment dans le Temple et nous ferons une procession.

Maria Quadrado, qui était restée dans un coin de la pièce, vint vers eux avec un chiffon et un récipient d'eau.

– Assieds-toi, João, dit-elle avec tendresse. Bois d'abord. Laisse-moi te laver.

Le Noir lui obéit. Il était si grand que, assis, il était de la même taille que la Supérieure du Chœur Sacré. Il but avec avidité. Il transpirait, agité, et ferma les yeux tandis que Maria Quadrado lui rafraîchissait le visage, le cou, la tête crépue où il y avait des cheveux blancs. Soudain il tendit un bras et se suspendit à la béate.

– Aide-moi, Mère Maria Quadrado, implora-t-il transpercé de peur. Je ne suis pas digne de cela.

– Tu as été esclave d'un homme, dit la béate, le caressant comme un enfant. Tu ne vas pas accepter d'être esclave du Bon Jésus ? Il va t'aider, João Grande.

– Je jure que je n'ai pas été républicain, que je n'accepte pas l'expulsion de l'Empereur ni son remplacement par l'Antéchrist, récita le Ravi avec une intense dévotion. Que je n'accepte pas le mariage civil ni la séparation de l'Église et de l'État ni le système métrique décimal. Que je ne répondrai pas aux questions du recensement. Que je ne volerai plus, je ne fumerai plus, ne m'enivrerai plus, ne parierai plus ni ne forniquerai par vice.

– Je l'apprendrai, Ravi, balbutia João Grande.

Là-dessus le Conseiller arriva, précédé par une grande rumeur. Une fois que la haute silhouette, sombre et cadavérique, entra dans le Sanctuaire, suivi par l'agnelet, le Lion de Natuba – une forme à quatre pattes qui semblait faire des cabrioles – et les béates, la rumeur continua, impatiente, de l'autre côté de la porte. L'agnelet vint lécher les mollets de Maria Quadrado. Les béates s'accroupirent, collées au mur. Le Conseiller se dirigea vers João Grande qui, à genoux, regardait par terre. Il semblait trembler des pieds à la tête ; il y avait quinze ans qu'il était avec le Conseiller et pourtant il se sentait toujours, à ses côtés, un être nul, presque une chose. Le saint lui prit le visage avec ses deux mains et l'obligea à redresser la tête. Les pupilles incandescentes se plantèrent dans les yeux inondés de larmes de l'ex-esclave.

– Tu souffres toujours, João Grande, murmura-t-il.

– Je ne suis pas digne de veiller sur toi, sanglota le Noir. Ordonne-moi n'importe quoi. S'il le faut, tue-moi. Je veux qu'il ne t'arrive rien par ma faute. J'ai eu le Chien au corps, mon père, rappelle-toi.

– Tu constitueras la Garde Catholique, répondit le Conseiller. Tu la commanderas. Tu as beaucoup souffert, tu souffres encore. C'est pour cela que tu es digne. Le Père a dit que le juste se lavera les mains dans le sang du pécheur. Maintenant tu es un juste, João Grande.

Il se laissa baiser la main et, d'un regard absent, attendit que le Noir se soulageât en pleurant. Un moment après, suivi de tout le monde, il sortit du Sanctuaire pour monter à la tour et délivrer ses conseils au peuple de Belo Monte. Mêlé à la foule, João Grande l'entendit prier et ensuite rapporter le miracle du serpent de bronze que, sur l'ordre du Père, Moïse fabriqua pour que tous ceux qui le regarderaient fussent guéris des morsures des cobras qui attaquaient les Juifs, et il l'entendit prophétiser une nouvelle invasion de vipères qui viendraient à Belo Monte pour exterminer les croyants en Dieu. Mais, l'entendit-il dire, ceux qui conserveraient la foi survivraient aux morsures. Quand les gens commencèrent à se retirer, il était serein. Il se rappelait que, durant la sécheresse, des années auparavant, le Conseiller avait raconté pour la première fois ce miracle et que cela avait provoqué un autre miracle dans le sertão menacé par les cobras. Ce souvenir lui donna de l'assurance.

C'était une autre personne quand il alla frapper à la porte d'Antonio Vilanova. Assunção Sardelinha, la femme d'Honorio, lui ouvrit et João vit le commerçant, sa femme et plusieurs enfants et aides des deux frères manger assis au comptoir. Ils lui firent de la place, lui tendirent une assiette fumante et João mangea sans savoir ce qu'il mangeait, avec la sensation de perdre du temps. C'est à peine s'il entendit Antonio lui raconter que Pajeú avait préféré emporter, au lieu de poudre, des sifflets de bois, des arbalètes et des flèches empoisonnées, car il pensait ainsi fustiger mieux les soldats qui venaient. Le Noir mâchait et avalait, inattentif à tout ce qui n'était pas sa mission.

Le repas terminé, les autres allèrent dormir dans les pièces contiguës ou sur des grabats, des hamacs et des couvertures étendues entre les caisses et les rayons, autour d'eux. Alors, à la lumière d'une lampe à huile, João et Antonio parlèrent. Ils parlèrent beaucoup, parfois à voix basse, parfois en haussant le ton, parfois d'accord et parfois furieux. Entre-temps le magasin s'emplit de lucioles qui étincelaient dans les coins. Antonio ouvrait parfois un des grands livres de caisse où il notait l'arrivée des pèlerins, les décès et les naissances, et il mentionnait quelques noms. Mais João ne laissa pas encore le commerçant se reposer. Dépliant un papier qu'il avait conservé entre ses doigts, il le lui tendit et le lui fit lire, plusieurs fois, jusqu'à l'apprendre par cœur. Alors qu'il s'enfonçait dans le sommeil, si fatigué qu'il n'avait même pas ôté ses bottes, Antonio Vilanova entendit l'ex-esclave, couché dans un creux libre sous le comptoir, répéter le serment conçu par le Ravi pour la Garde Catholique.

Le lendemain matin, les enfants et les aides des Vilanova se dispersèrent dans Belo Monte en proclamant, là où ils tombaient sur un attroupement, que ceux qui ne craignaient pas de donner leur vie pour le Conseiller pouvaient aspirer à faire partie de la Garde Catholique. Bientôt, les candidats se groupèrent devant l'ancienne maison des maîtres et bouchèrent Campo Grande, la seule rue droite de Canudos. João Grande et Antonio Vilanova recevaient chacun assis sur une caisse de marchandises et le commerçant vérifiait qui il était et depuis combien de temps il se trouvait dans la ville. João lui demandait s'il acceptait de mettre en gage ce qu'il avait, d'abandonner sa famille comme l'avaient fait les apôtres pour le Christ et de se soumettre à un baptême de résistance. Tous acceptaient, avec ferveur.

Ceux qui avaient combattu à Uauá et au Cambaio furent préférés, et éliminés les hommes incapables de nettoyer un fusil, de charger un tromblon ou de refroidir une escopette surchauffée. De même que les très vieux, les très jeunes et ceux qui se trouvaient dans l'incapacité de combattre, tels que les lunatiques et les femmes enceintes. Toute personne qui aurait été guide de brigades volantes ou collecteur d'impôts ou employé du recensement fut refusée. De temps en temps, João Grande emmenait ceux qu'il avait choisis sur un terrain vague et leur demandait de l'attaquer comme s'il était un ennemi. Ceux qui hésitaient étaient écartés. D'autres, il les faisait se mesurer et se battre entre eux pour tester leur bravoure. Au crépuscule, la Garde Catholique comprenait dix-huit membres, dont une femme de la bande de Pedrão. João Grande leur fit prêter serment dans le magasin, avant de leur dire de retourner chez eux faire leurs adieux, car à partir du lendemain ils n'auraient plus qu'une seule obligation : celle de protéger le Conseiller.

Le deuxième jour, la sélection fut plus rapide, car les élus aidaient João à faire passer les épreuves aux aspirants et contribuaient à calmer le tumulte que cette opération provoquait. Les Sardelinha, entre-temps, s'ingénièrent à trouver du drap bleu que les élus porteraient comme brassards ou sur la tête. Le deuxième jour, João fit prêter serment à trente autres, le troisième à cinquante et à la fin de la semaine il pouvait compter sur près de quatre cents membres. Vingt-cinq étaient des femmes qui savaient se servir d'un fusil, préparer des explosifs et manier le couteau, voire la machette.

Le dimanche suivant, la Garde Catholique parcourut en procession les rues de Canudos, entre une double haie de gens qui les applaudissaient et les enviaient. La procession commença à midi et, comme dans les grandes célébrations, on y promena les statues de l'église de São Antonio et du Temple en construction, les habitants sortirent celles qu'ils avaient chez eux, on tira des feux d'artifice et l'air s'emplit de prières et d'encens. À la nuit, dans le Temple du Bon Jésus, encore sans son toit, sous un ciel saturé d'étoiles précoces qui semblaient être sorties pour épier les réjouissances, les membres de la Garde Catholique renouvelèrent en chœur le serment du Ravi.

Et au matin suivant un messager de Pajeú venait informer João Abade que l'armée du Chien comprenait mille deux cents hommes, plusieurs canons et que le colonel qui la commandait était appelé Coupe-cous.

Avec des gestes rapides et précis, Rufino achève les préparatifs d'un nouveau voyage, plus incertain que les précédents. Il a changé de pantalon et de chemise, vêtements qu'il portait lorsqu'il était allé voir le baron, à la fazenda de Pedra Vermelha, pour d'autres identiques, et il prend une machette, une carabine, deux couteaux et une musette. Il jette un coup d'œil sur sa cabane, les écuelles, le hamac, les bancs, l'image de Notre-Dame-de-Lapa. Son visage est défait et il bat des paupières sans cesse. Mais il retrouve bientôt son expression impénétrable. Il fait ses préparatifs avec des gestes précis. Quand il a fini, il met le feu avec son briquet aux objets qu'il a disposés en divers endroits. La cabane se met à flamber. Sans se presser, il gagne la porte en emportant uniquement les armes et la musette. Dehors, il s'accroupit près de l'enclos vide et contemple de là les flammes, attisées par une petite brise, qui dévorent son foyer. La fumée arrive jusqu'à lui et le fait tousser. Il se relève. Il place sa carabine en bandoulière, engaine sa machette à la ceinture, près des couteaux, et suspend sa musette à l'épaule. Il fait demi-tour et s'éloigne, en sachant qu'il ne reviendra jamais à Queimadas. En passant devant la gare il ne remarque même pas les banderoles et les affiches souhaitant la bienvenue au Septième Régiment et au colonel Moreira César.

Cinq jours plus tard, à la nuit tombante, sa silhouette sèche, souple et poussiéreuse, entre à Ipupiará. Il a fait un détour pour rendre le couteau emprunté au Bon Jésus et a marché en moyenne dix heures par jour, se reposant aux moments de plus grande obscurité et de plus grosse chaleur. Sauf un jour où il a mangé en payant, il s'est procuré sa nourriture en utilisant sa carabine ou ses pièges. Assis à la porte du magasin, il y a une poignée de vieillards identiques, fumant une même pipe. Le guide se dirige vers eux et, ôtant son chapeau, les salue. Ils doivent le connaître car ils l'interrogent sur Queimadas ; tous veulent savoir s'il a vu des soldats et ce que l'on dit de la guerre. Il leur répond ce qu'il sait, assis au milieu d'eux, et il s'intéresse aux gens d'Ipupiará. Les uns sont morts, les autres partis vers le Sud en quête de fortune et deux familles viennent de partir pour Canudos. Lorsqu'il fait nuit, Rufino et les vieillards entrent dans le magasin pour boire un petit verre d'eau-de-vie. Une tiédeur agréable a remplacé l'ardente atmosphère. Rufino porte alors, avec les circonlocutions dues, la conversation sur le sujet auquel ils s'attendaient tous. Il use des formes les plus impersonnelles pour les interroger. Les vieillards l'écoutent sans feindre la surprise. Ils acquiescent tous et parlent, chacun leur tour. Oui, le cirque est passé par ici, plus fantomatique que jamais et si pauvre qu'il était difficile de croire qu'il avait un jour été cette somptueuse caravane conduite par le Gitan. Rufino les écoute respectueusement se remémorer les vieux spectacles. À la fin, après une pause, il les ramène là où il les avait menés et cette fois les vieillards, comme s'ils estimaient que les formes étaient préservées, lui disent ce qu'il est venu savoir ou confirmer : le temps qu'il a campé ici, comment la Femme à barbe, le Nain et l'Idiot ont gagné leur nourriture en disant la bonne aventure, en racontant des histoires et en faisant des pitreries, les folles questions de l'étranger sur les jagunços et comment une bande de capangas est venue couper ses cheveux roux et voler le cadavre d'un assassin. Et il ne demande pas plus qu'ils ne mentionnent l'autre personne qui n'était pas du cirque ni étrangère. Mais cette absence éminemment présente hante la conversation chaque fois que quelqu'un rapporte comment l'étranger était soigné et alimenté. Savent-ils que cette ombre est la femme de Rufino ? Ils le savent sûrement ou le devinent, comme ils savent ou devinent ce que l'on peut dire et ce qu'il faut taire. Presque fortuitement, à la fin de la conversation, Rufino s'informe de la direction prise par les gens du cirque. Il dort dans le magasin, sur un grabat que lui offre le propriétaire et il part le lendemain à l'aube, de son petit trot méthodique.

Sans accélérer ni diminuer son rythme, la silhouette de Rufino traverse un paysage où la seule ombre est celle de son corps, d'abord le suivant, puis le précédant. Le visage serré, les yeux mi-clos, il marche sans hésiter, malgré le vent qui a effacé par endroits les traces. Il commence à faire nuit quand il atteint un baraquement dominant des cultures. Le paysan, sa femme et ses enfants demi-nus le reçoivent familièrement. Il mange et boit avec eux, leur donnant des nouvelles de Queimadas, d'Ipupiará et d'autres lieux. Ils parlent de la guerre et des craintes qu'elle suscite, des pèlerins qui se rendent à Canudos et ils spéculent sur la possibilité de la fin du monde. C'est seulement après que Rufino les interroge sur le cirque et l'étranger pelé. Oui, ils sont passés par ici et ont continué en direction de la Serra de Olhos d'Agua pour prendre le chemin de Monte Santo. La femme se souvient surtout de l'homme maigre et imberbe, aux yeux jaunâtres, qui évoluait comme un animal sans os et qui, sans raison, se mettait à rire. Le couple cède un hamac à Rufino et, le lendemain matin, on lui remplit sa musette sans accepter paiement.

Une bonne partie du jour Rufino trotte sans voir personne, dans un paysage rafraîchi par des broussailles au milieu desquelles jacassent des bandes de perruches. Cet après-midi il commence à rencontrer des bergers de chèvres avec lesquels parfois il bavarde. Peu après le Site des Fleurs – nom qui ressemble à une plaisanterie car on n'y trouve que des pierres et de la terre desséchée – il tourne en direction d'une croix de troncs d'arbre entourée d'ex-voto qui sont des figurines sculptées dans le bois. Une femme sans jambe veille près du calvaire, couchée par terre comme un cobra. Rufino s'agenouille et la femme le bénit. Le guide lui donne un peu à manger et ils bavardent. Elle ne sait pas qui ils sont, elle ne les a pas vus. Avant de partir, Rufino allume une bougie et s'incline devant la croix.

Pendant trois jours il perd leur trace. Il interroge des paysans et des vachers, et il en conclut que le cirque, au lieu de poursuivre en direction de Monte Santo, s'est détourné ou est revenu sur ses pas. Peut-être en quête d'un marché, pour pouvoir manger ? Il tourne autour du Site des Fleurs, élargissant le cercle, interrogeant partout. Quelqu'un a-t-il vu une femme avec des poils sur le visage ? Un nain de cinq pouces ? Un idiot au corps mou ? Un étranger au crâne roux tondu qui parle une langue difficile à comprendre ? La réponse est toujours négative. Il fait des suppositions, couché dans des refuges d'occasion. Et si on l'avait déjà tué ou il était mort de ses blessures ? Il descend jusqu'à Tanquinho et monte à nouveau, sans retrouver les traces. Un après-midi qu'il s'est étendu pour dormir, épuisé, des hommes armés s'approchent de lui, secrets comme des revenants. Une espadrille posée sur sa poitrine le réveille. Il voit que les hommes, outre leurs carabines, portent des machettes, des sifflets de bois, des couteaux, des chapelets de munitions et qu'ils ne sont pas des bandits, en tout cas qu'ils ne le sont plus. Il a du mal à les convaincre qu'il n'est pas un guide de l'armée, qu'il n'a pas vu un seul soldat depuis Queimadas. Il témoigne si peu d'intérêt pour la guerre qu'ils croient qu'il ment et, à un moment, l'un d'eux lui met son couteau sous la gorge. Finalement l'interrogatoire devient conversation. Rufino passe la nuit parmi eux, les écoutant parler de l'Antéchrist, du Bon Jésus, du Conseiller et de Belo Monte. Il comprend qu'ils ont enlevé, tué, volé et vécu en hors-la-loi, mais qu'ils sont maintenant des saints. Ils lui expliquent qu'une armée avance comme une calamité, confisquant les armes des gens, levant des hommes et plongeant le poignard dans le cou de tous ceux qui refusent de cracher sur les crucifix et de maudire le Christ. Quand ils lui demandent de se joindre à eux, Rufino leur répond par la négative. Il leur explique pourquoi et ils comprennent.

Le lendemain matin, il arrive à Cansanção presque en même temps que les soldats. Rufino rend visite au forgeron, qu'il connaît. L'homme, transpirant près de la forge qui crépite, lui conseille de partir au plus vite, car les diables enrôlent par la force tous les guides. Quand Rufino lui explique, lui aussi comprend. Oui, il peut l'aider ; il n'y a guère, Barbe-dure est passé par là et a rencontré ceux qu'il recherche. Et il lui a parlé de l'étranger qui lit les têtes. Où les a-t-il trouvés ? L'homme le lui explique et le guide demeure dans la forge à discuter jusqu'à la nuit. Il sort alors du village sans être découvert par les sentinelles et deux heures plus tard il se retrouve à nouveau en compagnie des apôtres de Belo Monte. Il leur dit qu'en effet la guerre est arrivée à Cansanção.

Le docteur Souza Ferreiro imprégnait d'alcool les ventouses et les tendait à la baronne Estela qui avait disposé un fichu sur sa tête comme une coiffe. Elle allumait la ventouse et l'appliquait adroitement sur le dos du colonel. Celui-ci restait si calme que les draps en étaient à peine froissés.

– Ici à Calumbi j'ai dû faire le médecin et la sage-femme bien des fois, disait la voix mélodieuse en s'adressant peut-être au docteur, peut-être au malade. Mais en vérité il y a des années que je ne mettais plus de ventouses. Est-ce que je vous fais mal, mon colonel ?

– Absolument pas, madame. – Moreira César faisait des efforts pour dissimuler sa douleur, mais il n'y parvenait pas. – Je vous prie d'accepter mes excuses et de les transmettre à votre époux, pour cette invasion. L'idée n'est pas venue de moi.

– Nous sommes enchantés de votre visite. – La baronne avait fini d'appliquer les ventouses et remettait en place les oreillers. – J'avais grande envie de connaître un héros en chair et en os. Bon naturellement, j'aurais préféré que ce ne fût pas une maladie qui vous eût conduit à Calumbi...

Sa voix était aimable, enchanteresse, superficielle. Près du lit se trouvait une table avec des brocs et cuvettes de porcelaine peinte de paons, des pansements, du coton, un bocal de sangsues, des ventouses et plusieurs flacons. Dans la pièce fraîche, propre, aux rideaux blancs, l'aube entrait. Sebastiana, la bonne de la baronne, restait près de la porte, immobile. Le docteur Souza Ferreiro examina le dos du malade, caparaçonné de ventouses, avec des yeux qui trahissaient la nuit blanche.

– Bon, maintenant attendre une demi-heure pour le bain et les frictions. Vous ne nierez pas que vous vous sentez mieux, Excellence : vos couleurs sont revenues.

– Le bain est prêt et je serai là, si l'on a besoin de moi, dit Sebastiana.

– Moi aussi je suis à vos ordres, enchaîna la baronne. Maintenant je vous laisse. Ah ! j'oubliais. J'ai demandé au docteur l'autorisation pour que vous preniez le thé avec nous, mon colonel. Mon mari veut vous saluer. Vous aussi vous êtes invité, docteur. Ainsi que le capitaine de Castro, et ce jeune homme si original, comment s'appelle-t-il ?

Le colonel tenta de lui sourire, mais dès que l'épouse du baron de Canabrava eut passé le seuil de la porte, suivie de Sebastiana, il foudroya le médecin :

– On devrait vous fusiller pour m'avoir fourré dans ce piège.

– Si la colère vous prend, je vous saignerai et vous devrez garder le lit un jour de plus. – Le docteur Souza Ferreiro se laissa tomber dans un fauteuil, ivre de fatigue. – Et maintenant laissez-moi me reposer moi aussi, une demi-heure. Et ne bougez pas, je vous en prie.

Exactement une demi-heure plus tard, il ouvrit les yeux, se les frotta et commença à lui ôter les ventouses. Elles se détachaient facilement, laissant un cercle violacé à l'endroit où elles s'appuyaient. Le colonel restait à plat ventre, la tête enfoncée dans ses bras croisés et à peine ouvrit-il la bouche que le capitaine Olimpio de Castro entra lui donner des nouvelles de la colonne. Souza Ferreiro accompagna Moreira César dans la salle de bains, où Sebastiana avait tout préparé suivant ses instructions. Le colonel se déshabilla – à l'inverse de son teint et de ses bras bronzés son petit corps était très blanc –, entra dans la baignoire sans faire un geste et y demeura longtemps, en serrant les dents. Puis, le docteur le frotta vigoureusement avec de l'alcool, lui appliqua un cataplasme à la moutarde et lui fit inhaler des herbes qui fumaient sur un brasero. Le traitement fut appliqué en silence, mais à la fin des inhalations, le colonel, pour détendre l'atmosphère, murmura qu'il avait l'impression d'être soumis à des pratiques de sorcellerie. Souza Ferreiro fit remarquer que la frontière entre la science et la magie était imperceptible, car elles avaient fait la paix. Un plateau les attendait dans la chambre avec des fruits, du lait frais, du pain, de la confiture et du café. Moreira César mangea sans appétit et s'assoupit. Quand il se réveilla, il était midi et le correspondant du *Jornal de Notícias* se trouvait à ses côtés avec un jeu de cartes, proposant de lui apprendre à jouer à l'hombre, à la mode dans la bohème de Bahia. Ils jouèrent sans échanger un mot jusqu'à ce que Souza Ferreiro, lavé et rasé de près, vînt dire au colonel qu'il pouvait se lever. Lorsqu'il entra dans le salon pour prendre le thé avec les maîtres de céans, il y avait là le baron et son épouse, le docteur, le capitaine de Castro et le journaliste, qui était le seul à ne s'être pas lavé depuis la veille.

Le baron de Canabrava s'avança pour serrer la main au colonel. La vaste pièce aux dalles rouges et blanches était meublée de jacaranda, de chaises de bois et de paille nommées « autrichiennes », de petites tables portant des lampes à pétrole, des photos, des vitrines présentant des services en cristal, des porcelaines et des papillons cloués au fond de boîtes de velours. Sur les murs, des aquarelles champêtres. Le baron s'enquit de la santé de son hôte et tous deux échangèrent des politesses ; mais le propriétaire terrien était meilleur à ce jeu que l'officier. Par les fenêtres, ouvertes sur le crépuscule, on apercevait les colonnes de pierre de l'entrée, un puits, et les côtés du terre-plein d'en face, avec des tamariniers et des palmiers impériaux, ce qui avait été la senzala des esclaves et qui était maintenant le lieu où vivaient les ouvriers agricoles. Sebastiana et une domestique portant un tablier à carreaux disposaient les théières, les tasses, les gâteaux secs et les friandises. La baronne expliquait au docteur, au journaliste et à Olimpio de Castro combien il avait été difficile, au long des années, de transporter jusqu'à Calumbi les objets et tout ce que renfermait cette maison, et le baron, montrant à Moreira César un herbier, lui disait que dans son jeune temps il rêvait de science et de passer sa vie dans des laboratoires et des amphithéâtres. Mais l'homme propose et Dieu dispose ; à la fin, il avait voué son existence à l'agriculture, la diplomatie et la politique, ce qui ne l'avait jamais intéressé, jeune homme. Et le colonel ? Avait-il toujours voulu être militaire ? Oui, il avait senti l'appel de la carrière des armes dès qu'il avait atteint l'âge de raison, et peut-être même avant, là-bas dans le village de la région de São Paulo où il était né : Pindamonhangaba. Le journaliste s'écarta de l'autre groupe et se trouvait maintenant près d'eux, les écoutant sans se gêner.

– Quelle surprise de voir arriver ce jeune homme avec vous, sourit le baron en désignant le myope. Vous a-t-il dit qu'il a travaillé pour moi autrefois ? En ce temps-là il admirait Victor Hugo et voulait devenir dramaturge. Il disait alors pis que pendre du journalisme.

– Encore maintenant, dit la petite voix antipathique.

– Des mensonges ! s'écria le baron. En réalité sa vocation c'est le ragot, l'indiscrétion, la calomnie, la ruse. C'était mon protégé et lorsqu'il entra au service de mon adversaire, il se transforma en le plus vil de mes censeurs. Prenez garde, mon colonel, cet homme est dangereux.

Le journaliste myope était radieux, comme si on avait fait son éloge.

– Tous les intellectuels sont dangereux, acquiesça Moreira César. Faibles, sentimentaux et capables d'user des meilleures idées pour justifier les pires canailleries. Le pays a besoin d'eux, mais il doit les considérer comme d'étranges animaux.

Le journaliste myope se mit à rire avec tant de bonheur que la baronne, le docteur et Olimpio de Castro le regardèrent. Sebastiana servait le thé. Le baron prit par le bras Moreira César et le mena vers une armoire :

– J'ai un cadeau pour vous. C'est une habitude du sertão : offrir un présent à son hôte. – Il en tira une bouteille de brandy poussiéreuse et lui montra l'étiquette en clignant de l'œil : – Je sais bien que vous voulez extirper du Brésil toute influence européenne, mais je suppose que votre haine ne va pas jusqu'au brandy.

Dès qu'ils furent assis, la baronne tendit une tasse de thé au colonel et y jeta deux morceaux de sucre.

– Mes fusils sont français et mes canons allemands, dit Moreira César sur un ton si sérieux que les autres interrompirent leur conversation. Je ne déteste pas l'Europe, pas plus que le brandy. Mais comme je ne bois pas d'alcool, cela ne vaut pas la peine de gâcher un cadeau de ce prix pour quelqu'un qui ne peut pas l'apprécier.

– Gardez-le alors en souvenir, intervint la baronne.

– Je déteste les propriétaires terriens locaux et les marchands anglais qui ont maintenu cette région dans la préhistoire, poursuivit le colonel sur un ton glacé. Je déteste ceux qui s'intéressent davantage au sucre qu'à la population du Brésil.

La baronne s'occupait de ses invités, imperturbable. Le maître de maison, en revanche, avait cessé de sourire. Mais son ton demeura cordial :

– Les commerçants nord-américains que le Sud reçoit à bras ouverts sont-ils intéressés par la population, ou seulement par le café ? demanda-t-il.

Moreira César avait toute prête la réponse :

– Ils apportent avec eux les machines, la technique et l'argent dont a besoin le Brésil pour son progrès. Parce que progrès signifie industrie, travail, capital, comme l'ont démontré les États-Unis d'Amérique. – Ses petits yeux froids clignotèrent lorsqu'il ajouta : – C'est quelque chose que ne comprendront jamais les maîtres d'esclaves, baron de Canabrava.

Dans le silence qui suivit ses paroles, on entendit les petites cuillères remuer dans les tasses et les gorgées du journaliste myope, qui semblait faire des gargarismes.

– Ce n'est pas la République mais la monarchie qui a aboli l'esclavage, rappela la baronne en souriant comme d'une plaisanterie, en même temps qu'elle présentait des gâteaux secs à son invité. À propos, savez-vous que dans la fazenda de mon mari les esclaves furent libérés cinq ans avant la promulgation de la loi ?

– Je ne le savais pas, répondit le colonel. C'est louable, sans aucun doute.

Il eut un sourire forcé et avala une gorgée. L'atmosphère était maintenant tendue, en dépit des sourires de la baronne, du soudain intérêt du docteur Souza Ferreiro pour les papillons de la collection et de l'histoire rapportée par le capitaine Olimpio de Castro d'un avocat de Rio assassiné par sa femme. La tension fut encore aggravée par un compliment de Souza Ferreiro :

– Les propriétaires de par ici abandonnent leurs terres, parce que les jagunços les leur brûlent, dit-il. Vous, en revanche, vous donnez l'exemple en revenant à Calumbi.

– Je suis revenu pour mettre ma fazenda à la disposition du Septième Régiment, dit le baron. Dommage que mon aide n'ait pas été acceptée.

– Qui pourrait dire en voyant cette paix qui règne ici que la guerre est proche, murmura le colonel Moreira César. Les jagunços ne vous ont pas touché. Vous êtes un homme verni.

– Les apparences sont trompeuses, reprit le baron sans se départir de son calme. De nombreuses familles de Calumbi sont parties et les terres cultivées ont été réduites de moitié. D'autre part, Calumbi m'appartient, n'est-ce pas ? J'ai payé ma part de sacrifice plus que personne dans cette région.

Le baron parvenait à dissimuler la colère provoquée par les paroles du colonel, mais la baronne était une autre personne quand elle reprit la parole :

– Je suppose que vous ne prenez pas au sérieux cette calomnie selon laquelle mon mari aurait livré Canudos aux jagunços, dit-elle d'un air indigné.

Le colonel avala une autre gorgée sans acquiescer ni nier.

– Alors on vous a convaincu de cette infamie, murmura le baron. Vraiment, croyez-vous que j'aide ces fous d'hérétiques, des incendiaires et des voleurs de terres ?

Moreira César posa sa tasse sur la table. Il regarda le baron d'un air glacial et promena rapidement sa langue autour de ses lèvres.

– Ces fous tuent des soldats avec des balles explosives, articula-t-il comme s'il avait craint que quelqu'un pût ne pas entendre toutes les syllabes. Ces incendiaires ont des fusils très modernes. Ces voleurs reçoivent l'aide d'agents anglais. Qui donc sinon les monarchistes peut-il fomenter une insurrection contre la République ?

Il était devenu pâle et la petite tasse se mit à trembler dans ses mains. Tous, sauf le journaliste, regardaient par terre.

– Ces gens-là ne volent, ne tuent ni n'incendient quand ils sentent un ordre, quand ils voient que le monde est organisé, car personne ne sait mieux qu'eux respecter les hiérarchies, dit le baron d'une voix ferme. Mais la République a détruit notre système avec des lois irréalistes, remplaçant le principe d'obéissance par celui des enthousiasmes sans fondement. Une erreur du maréchal Floriano, mon colonel, parce que l'idéal social réside dans la tranquillité, non dans l'enthousiasme.

– Vous vous sentez mal, Excellence ? l'interrompit le docteur Souza Ferreiro, en se levant.

Mais un regard de Moreira César l'empêcha d'arriver jusqu'à lui. Il était devenu livide, le front humide et les lèvres violacées, comme s'il s'était mordu. Il se mit debout et s'adressa à la baronne, d'une voix qui lui restait entre les dents :

– Je vous prie de m'excuser, madame. Je sais que mes manières laissent beaucoup à désirer. Je viens d'un milieu modeste et je n'ai connu d'autre société que la caserne.

Il se retira du salon en titubant entre les meubles et les vitrines. Dans son dos la voix incongrue du journaliste demanda une autre tasse de thé. Olimpio de Castro et lui demeurèrent dans le salon, mais le docteur suivit les traces du chef du Septième Régiment, qu'il trouva au lit, respirant avec difficulté, dans un état de grande fatigue. Il l'aida à se déshabiller, lui administra un sédatif et l'entendit dire qu'il rejoindrait le régiment dès le lever du jour : il n'acceptait aucune discussion à ce sujet. Cela dit, il se prêta à une autre séance de ventouses et se plongea derechef dans une baignoire d'eau froide, dont il sortit tout tremblant. Des frictions d'huile de térébenthine et de moutarde le réchauffèrent. Il mangea dans sa chambre, mais ensuite se leva en robe de chambre et resta quelques minutes dans le salon, remerciant le baron et la baronne de leur hospitalité. Il s'éveilla à cinq heures du matin. Il assura le docteur Souza Ferreiro, tandis qu'ils prenaient un café, qu'il ne s'était jamais mieux senti et prévint à nouveau le journaliste myope qui, échevelé et bâillant, s'éveillait à côté de lui, que s'il y avait dans quelque journal que ce soit la moindre nouvelle sur sa maladie, il le tiendrait pour responsable. Quand il allait sortir, un domestique vint lui dire que le baron le priait de passer dans son bureau. Il le guida jusqu'à une petite pièce, avec un grand bureau en bois sur lequel trônait un appareil à rouler des cigarettes, et sur le mur de laquelle il y avait, outre des étagères chargées de livres, des couteaux, des fouets, des gants et des chapeaux de cuir et des harnais. La pièce donnait sur l'extérieur et l'on voyait dans la lumière naissante les hommes de l'escorte discuter avec le journaliste bahianais. Le baron était en robe de chambre et pantoufles.

– Malgré nos divergences, je vous crois un patriote qui désire le meilleur avenir pour le Brésil, mon colonel, dit-il en guise de salut. Non, je ne veux pas gagner votre sympathie par des flatteries. Ni vous faire perdre du temps. J'ai besoin de savoir si l'armée, ou du moins vous, vous êtes au courant des manœuvres ourdies contre moi et contre mes amis par nos adversaires.

– L'armée ne se mêle pas de querelles politiques locales, l'interrompit Moreira César. Je suis venu à Bahia pour étouffer une insurrection qui met en danger la République. Rien d'autre.

Ils étaient debout, tout près, et se regardaient fixement.

– C'est en cela que consiste la manœuvre, dit le baron. Elle consiste à faire croire à Rio, au gouvernement, à l'armée, que Canudos représente ce danger. Ces misérables n'ont aucune sorte d'armes modernes. Les balles explosives sont des projectiles de limonite, ou d'hématite brune si vous préférez le terme technique, un minerai qui abonde dans la Serra de Bendengó et que les sertanejos ont de tout temps utilisé pour leurs escopettes.

– Les défaites essuyées par l'armée à Uauá et au Cambaio sont-elles aussi une manœuvre ? demanda le colonel. Les fusils apportés de Liverpool et passés en contrebande par des agents anglais le sont-ils aussi ?

Le baron examina attentivement la petite face impavide de l'officier, ses yeux hostiles, sa moue méprisante. Était-il cynique ? Il ne pouvait encore le savoir : la seule chose claire était que Moreira César le détestait.

– Les fusils anglais le sont à coup sûr, dit-il. Apportés par Epaminondas Gonçalves, votre plus fervent partisan à Bahia, pour nous accuser de complicité avec une puissance étrangère et avec les jagunços. Et quant à l'espion anglais d'Ipupiará c'est lui aussi qui l'a fabriqué, en faisant assassiner un pauvre diable qui pour son malheur était roux. Saviez-vous cela ?

Moreira César ne sourcilla pas ni ne bougea un muscle ; il n'ouvrit pas non plus la bouche. Il continua de rendre son regard au baron, en lui faisant savoir plus éloquemment que par des paroles ce qu'il pensait de lui et de ce qu'il disait.

– De sorte que vous le savez, que vous êtes complice et peut-être l'éminence grise de tout cela. – Le baron détourna les yeux et resta un moment tête basse, comme s'il réfléchissait, mais en réalité son esprit était vide, victime d'un étourdissement dont il sortit à la fin. – Croyez-vous que cela en vaut la peine ? Je veux dire, tous ces mensonges, ces intrigues, voire ces crimes, pour établir la République Dictatoriale ? Croyez-vous que quelque chose né ainsi sera la panacée de tous les maux du Brésil ?

Quelques secondes passèrent sans que Moreira César ouvrît la bouche. Dehors un éclat rougeâtre précédait le soleil, on entendait hennir les chevaux, crier ; à l'étage du dessus, quelqu'un traînait les pieds.

– Il y a ici une rébellion de gens qui refusent la République et qui ont mis en échec deux expéditions militaires, dit le colonel soudain, sans que sa voix ferme, sèche, impersonnelle, ne se soit le moins du monde altérée. Objectivement, ces gens sont les instruments de ceux qui, comme vous, ont accepté la République seulement pour mieux la trahir, s'en emparer et, en changeant quelques noms, maintenir le système traditionnel. Vous étiez sur le point d'y parvenir, c'est vrai. Maintenant il y a un président civil, un régime de partis qui divise et paralyse le pays, un parlement où tout effort pour changer les choses peut être retardé et dénaturé grâce aux ruses où vous êtes passé maître. Vous chantiez déjà victoire, n'est-il pas vrai ? On parle même de réduire de moitié les effectifs de l'Armée, non ? Quel triomphe ! Eh bien ! vous vous trompez. Le Brésil ne continuera pas d'être le fief que vous exploitez depuis des siècles. Pour cela il y a l'Armée. Pour imposer l'unité nationale, pour apporter le progrès, pour établir l'égalité entre les Brésiliens et faire un pays moderne et fort. Nous allons balayer les obstacles, oui :

Canudos, vous, les marchands anglais, ceux qui se mettent en travers de notre chemin. Je ne vais pas vous expliquer la République telle que nous la comprenons, nous, les véritables républicains. Vous ne le comprendriez pas, parce que vous êtes un homme du passé, quelqu'un qui regarde en arrière. Ne comprenez-vous donc pas combien il est ridicule d'être baron quatre ans avant que ne commence le vingtième siècle ? Vous et moi sommes des ennemis mortels, notre guerre est sans quartier et nous n'avons rien à nous dire.

Il fit un salut, fit demi-tour et gagna la porte.

– Je vous remercie de votre franchise, murmura le baron.

Sans bouger de sa place, il le vit sortir du bureau et, ensuite, apparaître à l'extérieur. Il le vit monter sur le cheval blanc que lui tenait son ordonnance et partir, suivi de son escorte, dans un nuage de poussière.

IV

Le son des sifflets ressemble à celui de certains oiseaux, c'est une lamentation démesurée qui traverse le tympan et va s'incruster dans les nerfs des soldats, les réveillant dans la nuit ou les surprenant au cours de la marche. Il prélude à la mort, il est suivi de balles ou de flèches qui, dans un sifflement rasent, brillent sur le ciel lumineux ou étoilé avant d'atteindre leur cible. Le son des sifflets cesse alors et l'on entend les soufflements plaintifs des bêtes, chevaux, mules, chèvres ou cabris. Quelquefois un soldat tombe blessé, mais c'est exceptionnel, parce que, tout comme les sifflements sont destinés aux oreilles – l'esprit, l'âme – des soldats, les projectiles cherchent obstinément les animaux. Il a suffi des deux premières bêtes pour découvrir que ces victimes ne sont pas comestibles, pas même pour ceux qui dans toutes les campagnes qu'ils ont vécues ensemble ont appris à manger des pierres. Ceux qui ont goûté à ces bêtes se sont mis à vomir de telle sorte et à souffrir de telles diarrhées que, avant le verdict des médecins, ils ont su que les flèches des jagunços tuent doublement les animaux, en leur ôtant la vie et en empêchant de survivre ceux qui les conduisaient. Depuis lors, dès qu'une bête tombe, le major Febronio de Brito l'arrose de pétrole et y met le feu. Amaigri, les pupilles irritées, quelques jours après avoir quitté Queimadas le major est devenu un être amer et renfrogné. C'est probablement la personne de la colonne sur laquelle les sifflets opèrent le plus efficacement, l'empêchant de dormir et le martyrisant. Sa malchance fait qu'il a la responsabilité de ces quadrupèdes qui tombent au milieu d'élégies sonores, que c'est lui qui doit ordonner de les achever et de les brûler en sachant que ces morts signifient de prochaines famines. Il a fait ce qui était à sa portée pour amortir l'effet des flèches, en disposant des patrouilles en cercle autour des troupeaux et en protégeant les bêtes au moyen de cuir et de chiffons, mais, à cause de la température très élevée de l'été, cette protection les fait transpirer, s'attarder et parfois s'écrouler. Les soldats ont vu le major à la tête des patrouilles qui, dès le début de la symphonie, font des battues. Ce sont des incursions épuisantes, déprimantes qui ne servent qu'à vérifier l'impalpable, l'évanescente, la fantomatique présence des assaillants. Le puissant bruit des sifflets suggère qu'ils sont nombreux, mais c'est impossible qu'il en soit ainsi, car comment alors pourraient-ils devenir invisibles dans ce terrain plat à la maigre végétation ? Le colonel Moreira César l'a expliqué : il s'agit de tout petits groupes, embusqués dans des endroits clés, qui restent des heures et des jours à l'affût dans des grottes, crevasses, caches, fourrés, et le bruit des sifflets est trompeusement amplifié par le silence astral du paysage parcouru. Ces subterfuges ne doivent pas les distraire, ils sont incapables d'affecter la colonne. Et en redonnant l'ordre de marche, après avoir reçu l'information des animaux perdus, il a commenté :

– C'est une bonne chose, ça nous allège, nous arriverons plus vite.

Sa sérénité impressionne les correspondants de presse devant qui, chaque fois qu'il reçoit de mauvaises nouvelles, il se permet de plaisanter. Ils sont de plus en plus nerveux face à ces adversaires qui épient leurs mouvements et que personne ne voit. Ils n'ont pas d'autre sujet de conversation. Ils traquent le journaliste myope du *Jornal de Notícias,* lui demandant ce que pense réellement le colonel de ce harcèlement incessant des nerfs et des réserves de la colonne, et le journaliste leur répond, à chaque fois, que Moreira César ne parle pas de ces flèches ni n'entend ces sifflets parce qu'il est voué corps et âme à une seule préoccupation : arriver à Canudos avant que le Conseiller et les insurgés n'aient le temps de fuir. Il sait, il en est sûr, que ces flèches et ces sifflets n'ont d'autre objet que de distraire le Septième Régiment afin de donner aux bandits le temps de préparer leur retraite. Mais le colonel est un soldat avisé qui ne se laisse pas tromper, il ne perd pas un jour en battues inutiles ni ne dévie d'un millimètre sa trajectoire. Aux officiers qui s'inquiètent de l'approvisionnement futur il a dit qu'à ce point de vue aussi il convient d'arriver au plus vite à Canudos où le Septième Régiment trouvera, dans les magasins, champs et étables de l'ennemi, tout ce qu'il lui faudra.

Combien de fois les journalistes ont-ils vu, depuis qu'ils ont repris leur marche, un jeune officier galoper en tête de la colonne avec une poignée de flèches ensanglantées et rendre compte de nouveaux attentats ? Mais ce midi-là, quelques heures avant d'entrer à Monte Santo, l'officier envoyé par le major Febronio de Brito apporte, en plus des flèches, un sifflet de bois et une arbalète. La colonne s'est arrêtée dans un ravin, sous un soleil qui fait dégouliner de sueur les visages. Moreira César examine soigneusement l'arbalète. C'est un modèle très primitif, fabriqué avec du bois non poli et des cordes grossières, d'usage simple. Le colonel Tamarindo, Olimpio de Castro et les journalistes l'entourent. Le colonel prend une des flèches, la place dans l'arbalète, montre aux journalistes comment cela fonctionne. Puis, il porte à sa bouche le sifflet fabriqué avec un roseau, avec des incisions, et tous écoutent la lamentation lugubre. C'est alors que le messager fait la grande révélation :

– Nous avons deux prisonniers, Excellence. L'un est blessé, mais l'autre peut parler.

Dans le silence qui suit, Moreira César, Tamarindo et Olimpio de Castro se regardent. Le jeune officier explique maintenant que trois patrouilles se trouvent toujours prêtes à sortir dès qu'elles entendront les sifflets et que voici deux heures, au bruit de ceux-ci, elles sont parties toutes trois dans des directions différentes avant que les flèches ne tombent : l'une d'elles a aperçu les lanceurs de flèches alors qu'ils se glissaient derrière des rochers. On les avait poursuivis, rattrapés, on avait essayé de les capturer vivants mais l'un d'eux avait attaqué les soldats et avait été blessé. Moreira César part sur-le-champ vers l'arrière-garde, suivi des journalistes, surexcités à l'idée de voir enfin le visage de l'ennemi. Ils ne le pourront pas immédiatement. Quand ils atteignent, une heure plus tard, l'arrière-garde, les prisonniers sont enfermés dans une baraque devant laquelle des soldats, baïonnette au canon montent la garde. Ils ne les laissent pas approcher, si bien qu'ils rôdent aux environs, voient les allées et venues des officiers, reçoivent des réponses évasives de ceux qui les ont vus. Deux ou peut-être trois heures plus tard Moreira César va reprendre son poste à la tête de la colonne. Enfin ils apprennent quelque chose.

– L'un d'eux est dans un état assez grave, explique le colonel. Peut-être n'arrivera-t-il pas à Monte Santo. Dommage. Ils doivent être exécutés là-bas pour que leur mort serve d'exemple. Ici, ce serait inutile.

Quand le journaliste d'un certain âge, qui a toujours l'air de se remettre d'un refroidissement, demande si les prisonniers ont fourni des informations utiles, le colonel a un geste sceptique :

– L'alibi de Dieu, de l'Antéchrist, de la fin du monde. C'est là-dessus qu'ils parlent et d'abondance. Mais rien sur leurs complices et ceux qui sont derrière eux. Il est possible que ces pauvres diables ne sachent pas grand-chose. Ils appartiennent à la bande de Pajeú, un cangaceiro.

La colonne reprend aussitôt sa marche, à un rythme endiablé, et entre à la nuit tombante à Monte Santo. Il ne se produit pas là la même chose que dans les autres villages, où le régiment fait seulement une fouille rapide, à la recherche d'armes. Ici, les correspondants de presse, alors qu'ils mettent seulement pied à terre sur la place quadrangulaire, sous les tamariniers, au pied de la montagne aux chapelles, entourés d'enfants, de vieillards et de femmes dont ils ont appris à reconnaître les regards – indolents, méfiants, distants, obstinés à paraître stupides et au courant de rien – voient les soldats se précipiter, deux par deux, trois par trois, vers les maisons en terre, où ils pénètrent le fusil en l'air comme s'ils allaient rencontrer de la résistance. À leurs côtés, devant eux, partout, au rythme des ordres et des cris, les patrouilles font sauter portes et fenêtres à coups de crosse et de pied, et l'on voit alors se former des rangs de pauvres gens traînés vers quatre enclos gardés par des sentinelles. Là ils sont interrogés. On entend les insultes, les protestations, les rugissements de douleur à quoi s'ajoutent les pleurs et les efforts des femmes qui tentent d'approcher. Quelques minutes suffisent pour faire de Monte Santo le théâtre d'un étrange combat, sans coups de feu ni charges. Abandonnés, sans qu'aucun officier ne leur explique ce qui se passe, les journalistes déambulent d'un bout à l'autre du village des calvaires et des croix. Ils vont d'un enclos à l'autre et voient toujours la même chose : des files d'hommes entre des soldats armés de baïonnettes et parfois un prisonnier qu'ils emmènent rudement ou font sortir d'une cahute si brutalement qu'il peut à peine se tenir debout. Ils restent groupés, craignant de tomber dans l'engrenage de ce mécanisme qui craque autour d'eux, sans comprendre ce qui se passe, mais devinant que c'est la conséquence de ce qu'ont révélé les prisonniers de ce matin.

C'est ce que leur confirme le colonel Moreira César, avec qui ils peuvent converser le soir même, après l'exécution des prisonniers. Avant l'exécution, qui a lieu au milieu des tamariniers, un officier lit un ordre du jour qui précise que la République est obligée de se défendre contre ceux qui, par cupidité, fanatisme, ignorance ou tromperie attentent contre elle et servent les appétits d'une caste rétrograde, soucieuse de maintenir le Brésil dans son retard pour mieux l'exploiter. Ce message arrive-t-il à la connaissance des habitants ? Les journalistes pressentent que ces paroles, proférées d'une voix tonitruante par le crieur public, traversent ces êtres silencieux derrière les sentinelles comme un simple bruit. Après l'exécution, quand les habitants peuvent s'approcher des égorgés, les journalistes accompagnent le chef du Septième Régiment jusqu'à la demeure où il passera la nuit. Le myope du *Jornal de Notícias* s'arrange, comme à l'accoutumée, pour être à ses côtés.

– Était-il nécessaire de transformer tout Monte Santo en ennemi avec ces interrogatoires ? lui demande-t-il.

– Ils le sont déjà, tout le village est complice, répond Moreira César. Le cangaceiro Pajeú est passé par ici, ces derniers jours, avec une cinquantaine d'hommes. Ils ont été fêtés et ont reçu des provisions. Voyez-vous ? La subversion a profondément pénétré ces pauvres gens, grâce à un terrain préparé par le fanatisme religieux.

Il n'a pas l'air inquiet. De tous côtés brûlent des lampes, des bougies, des feux, et dans l'ombre circulent, spectrales, les patrouilles du régiment.

– Pour exécuter tous les complices, il aurait fallu passer Monte Santo tout entier au fil de l'épée.

Moreira César est arrivé à une maisonnette où l'attendent le colonel Tamarindo, le major Cunha Matos et un groupe d'officiers. Il renvoie les correspondants de presse d'un geste de la main et, sans transition, s'adresse à un lieutenant :

– Combien de bêtes reste-il ?

– Entre quinze et dix-huit, Excellence.

– Avant qu'ils les empoisonnent, nous allons offrir un banquet à la troupe. Dites à Febronio de les abattre une bonne fois. – L'officier part en courant et Moreira César se tourne vers ses autres subordonnés. – À partir de demain, il faudra se serrer la ceinture.

Il disparaît dans la cahute et les journalistes se dirigent vers la baraque de l'Intendance. Là ils boivent du café, fument, échangent des impressions et entendent les litanies qui descendent des chapelles de la montagne où le village veille les deux morts. Plus tard, ils assistent à la distribution de viande et voient les soldats se régaler de ce somptueux repas, s'échauffer, jouer de la guitare et chanter. Quoiqu'ils mangent aussi de la viande et boivent de l'eau-de-vie, ils ne participent pas à l'effervescence qui s'est emparée des soldats pour quelque chose qui pour eux est la proximité de la victoire. Peu après, le capitaine Olimpio de Castro vient leur demander s'ils vont rester à Monte Santo ou continuer vers Canudos. Ceux qui continueront auront du mal à revenir, car il n'y aura pas d'autre campement intermédiaire. Sur les cinq journalistes, deux décident de demeurer à Monte Santo et un autre, qui ne se sent pas bien, de rentrer à Queimadas. Le capitaine suggère à ceux qui vont poursuivre avec eux – le vieillard emmitouflé et le myope – d'aller dormir au plus vite, car à partir de maintenant ils avanceront en marches forcées.

Le lendemain, quand les deux journalistes se réveillent – c'est l'aube et l'on entend des cocoricos – ils apprennent que Moreira César est déjà parti à cause d'un incident sur l'avant-garde : trois soldats ont violé une fillette. Ils partent aussitôt avec une compagnie commandée par le colonel Tamarindo. Quand ils atteignent la tête de l'expédition, les violeurs sont en train d'être fouettés, l'un à côté de l'autre, attachés à des troncs d'arbre. L'un rugit à chaque coup de fouet ; l'autre semble prier et le troisième garde une expression arrogante tandis que son dos rougit et gicle le sang.

Ils se trouvent dans une clairière, entourée de mandacarús, de velame et de calumbi*. Les compagnies d'avant-garde sont là, entre les arbustes et les fourrés, observant le châtiment. Il règne un silence absolu entre les hommes qui ne détournent pas les yeux de ceux qui reçoivent le fouet. On entend parfois le jacassement des perruches et des sanglots de femme. Celle qui pleure est une fillette albinos, un peu contrefaite, nu-pieds, dont la robe déchirée laisse voir des traces d'ecchymoses. Nul ne fait attention à elle et lorsque le journaliste myope demande à un officier s'il s'agit de la victime, celui-ci acquiesce. Moreira César se trouve près du major Cunha Matos. Son cheval blanc paresse quelques mètres plus loin, sans harnais, frais et propre comme si l'on venait de le bouchonner.

À la fin de la punition, deux des soldats se sont évanouis, mais le troisième, l'arrogant, affecte encore de se mettre au garde-à-vous pour écouter le colonel.

– Que cela vous serve de leçon, soldats, crie celui-ci. L'armée est et doit être l'institution la plus pure de la République. Nous sommes obligés, du plus gradé au plus humble, d'agir toujours de façon à faire respecter notre uniforme. Vous connaissez la tradition du régiment : les fautes sont punies avec la plus grande rigueur. Nous sommes ici pour protéger la population civile et non pour rivaliser avec les bandits. Le prochain cas de viol sera puni de la peine de mort.

Aucun murmure ni mouvement ne fait écho à ses paroles. Le corps des soldats évanouis s'affaisse absurdement, comiquement. La petite albinos a cessé de pleurer. Elle a un regard égaré et par moments elle sourit.

– Donnez quelque chose à manger à cette malheureuse, dit Moreira César en la montrant du doigt. – Et, aux journalistes qui se sont approchés : – C'est une folle. Est-ce que c'est un bon exemple, pour une population déjà montée contre nous ? N'est-ce pas la meilleure façon de donner raison à ceux qui nous traitent d'Antéchrist ?

Un ordonnance selle son cheval et la clairière retentit d'ordres et de mouvements. Les compagnies s'ébranlent, en directions diverses.

– Les complices importants commencent à apparaître, dit Moreira César, oubliant soudain cette histoire de viol. Oui, messieurs. Savez-vous qui est le pourvoyeur de Canudos ? Le curé de Cumbe, un certain Père Joaquim. La soutane, un sauf-conduit idéal, un sésame qui assure l'immunité ! Un prêtre catholique, messieurs !

Son expression est plus satisfaite qu'irritée.

Le cirque avance entre les macambiras* et les graviers, chacun tirant le chariot à tour de rôle. Le paysage s'est desséché et ils réalisent de longues étapes sans rien à se mettre sous la dent. Depuis le Site des Fleurs, ils ont rencontré des pèlerins qui allaient à Canudos, des gens encore plus misérables qu'eux, avec toutes leurs affaires sur le dos et en traînant, parfois, des invalides. Là où ils le pouvaient la Femme à barbe, l'Idiot et le Nain disaient la bonne aventure, chantaient des romances et faisaient des pitreries, mais les gens rencontrés avaient peu à leur donner en échange. Comme le bruit courait qu'à Monte Santo la Garde Rurale bahianaise bloquait le passage en direction de Canudos et enrôlait tout homme en âge de se battre, ils avaient pris la route plus longue de Cumbe. De temps en temps ils apercevaient des fumées ; selon les gens, c'était l'œuvre des jagunços qui brûlaient les terres pour que les armées du Chien meurent de faim. Eux aussi pouvaient être victimes de cette désolation. L'Idiot, très faible, avait perdu son rire et sa voix.

Ils tiraient à deux le chariot ; l'aspect des cinq était lamentable, comme s'ils avaient subi de grandes souffrances. Chaque fois qu'il faisait la bête de somme, le Nain pestait contre la Femme à barbe :

– Tu sais que c'est une folie d'aller là-bas et nous y allons. Il n'y a rien à manger et les gens meurent de faim à Canudos. – Il montra Gall avec une grimace de colère. – Pourquoi t'occupes-tu de lui ?

Le Nain transpirait et ainsi, ramassé sur lui et tendu en avant, il semblait encore plus petit. Quel âge pouvait-il avoir ? Il ne le savait même pas lui-même. Des rides sillonnaient déjà son visage ; les petites bosses du dos et de la poitrine s'étaient prononcées avec la maigreur. La Femme à barbe regarda Gall :

– Parce que c'est un homme, un vrai ! s'écria-t-elle. Je suis fatiguée d'être entourée de monstres.

Le Nain fut pris de fou rire.

– Et toi, qu'est-ce que tu es ? dit-il, plié en deux. Oui, je sais quoi. Une esclave. Tu aimes obéir, comme autrefois avec le Gitan.

La Femme à barbe, qui s'était mise à rire aussi, tenta de le gifler, mais le Nain esquiva.

– Tu aimes être esclave, criait-il. Il t'a achetée le jour où il t'a touché la tête et t'a dit que tu aurais été une mère parfaite. Tu l'as cru et tes yeux se sont remplis de larmes.

Il riait à gorge déployée et dut se mettre à courir pour que la Femme à barbe ne le rattrape pas. Elle lui lança des pierres, durant un moment. Peu après, le Nain marchait à nouveau près d'elle. Leurs querelles étaient ainsi faites, elles ressemblaient davantage à un jeu ou à une drôle de communication.

Ils marchaient en silence, sans un système de tour pour tirer le chariot ou se reposer. Ils s'arrêtaient quand l'un d'eux n'en pouvait plus de fatigue, ou lorsqu'ils tombaient sur un ruisselet, un puits ou un lieu ombragé pour les heures de canicule. En marchant ils gardaient l'œil en alerte, explorant le paysage en quête d'aliment, et ainsi avaient-ils capturé parfois une proie comestible. Mais la chose restait rare et ils devaient se contenter de mastiquer tout ce qui était vert. Ils recherchaient surtout l'imbuzeiro, arbre que Galileo Gall avait appris à apprécier : le goût douceâtre, aqueux, rafraîchissant de ses racines semblait en faire un véritable aliment.

Cet après-midi, après Algodones, ils trouvèrent un groupe de pèlerins qui avaient fait une halte. Ils laissèrent leur chariot et les rejoignirent. La plupart étaient les habitants du village qui avaient décidé de partir à Canudos. Ils étaient conduits par un apôtre, un homme déjà vieux qui portait des espadrilles et une tunique sur son pantalon. Il avait un scapulaire immense et les gens qui le suivaient le regardaient avec admiration et timidité, comme quelqu'un venu d'un autre monde. Galileo Gall, s'accroupissant à ses côtés, lui posa des questions. Mais l'apôtre le regarda de loin, sans entendre, et continua à parler avec les siens. Plus tard, cependant, le vieillard parla de Canudos, des Livres Saints et des prophéties du Conseiller, qu'il appelait messager de Jésus. Ils ressusciteraient au bout de trois mois et un jour, exactement. Ceux du Chien, en revanche, mourraient à tout jamais. C'était là la différence : celle de la vie et de la mort, celle du ciel et de l'enfer, celle de la damnation et du salut. L'Antéchrist pouvait envoyer des soldats à Canudos : à quoi bon ? Ils pourriraient, disparaîtraient. Les croyants pouvaient mourir, mais trois mois et un jour plus tard ils seraient de retour, avec tout leur corps et l'âme purifiée par le contact avec les anges et l'émanation du Bon Jésus. Gall le scrutait de ses yeux allumés, s'efforçant de ne pas perdre une syllabe. Lors d'une pause du vieillard il dit que les guerres étaient remportées non seulement par la foi, mais par les armes. Canudos était-elle en condition de se défendre contre l'armée des riches ? Les pèlerins regardèrent celui qui venait de parler puis se tournèrent vers l'apôtre. Celui-ci avait écouté, sans regarder Gall. À la fin de la guerre, il n'y aurait plus de riches, ou, plutôt, on ne le remarquerait pas, puisque tout le monde serait riche. Ces pierres deviendraient des sources, ces collines des champs fertiles et le sable qui recouvrait Algodones un jardin d'orchidées comme celles qui poussaient sur les hauteurs de Monte Santo. Le cobra, l'araignée, la suçuarana seraient des amis de l'homme, comme il en aurait été s'il ne s'était pas fait expulser du Paradis. Le Conseiller était sur terre pour rappeler ces vérités.

Quelqu'un, dans la pénombre, se mit à pleurer. Sincères, profonds, discrets, les sanglots durèrent longtemps. Le vieillard reprit la parole, avec une sorte de tendresse. L'esprit était plus fort que la matière. L'esprit était le Bon Jésus et la matière était le Chien. Les miracles tant attendus se produiraient : la misère, la maladie, la laideur disparaîtraient. Ses mains touchèrent le Nain, blotti contre Galileo. Lui aussi serait grand et beau, comme les autres. Maintenant on entendait pleurer d'autres personnes, gagnées par les sanglots de la première. L'apôtre appuya sa tête sur le corps le plus proche et se mit à dormir. L'assistance se calma et, les uns après les autres, les pèlerins l'imitèrent. Les gens du cirque retournèrent à leur chariot. Bientôt on entendit ronfler le Nain, qui parlait souvent dans ses rêves.

Galileo et Jurema dormaient séparés, sur la toile du chapiteau qu'on n'avait plus dressé depuis Ipupiará. La lune, ronde et brillante, présidait un cortège d'innombrables étoiles. La nuit était fraîche, claire, sans bruit, dans l'ombre des mandacarús et des mangabeiras. Jurema ferma les yeux et sa respiration se fit régulière, tandis que Gall, à côté d'elle, sur le dos, les mains derrière la tête, regardait le ciel. Quelle stupidité de mourir dans ce désert, sans avoir vu Canudos ! Ce pouvait être quelque chose de primitif, d'ingénu, plein de superstition, mais il n'y avait pas de doute : c'était aussi quelque chose de différent. Une citadelle libertaire, sans argent, sans patrons, sans police, sans curés, sans banquiers, sans propriétaires terriens, un monde construit avec la foi et le sang des plus pauvres entre les pauvres. Si elle durait, le reste viendrait seul : les préjugés religieux, le mirage de l'au-delà se faneraient, inutiles, obsolètes. L'exemple se répandrait, il y aurait d'autres Canudos et qui sait... Il s'était mis à sourire. Il se gratta la tête. Ses cheveux repoussaient, il pouvait les saisir du bout des doigts. D'être le cheveu ras lui produisait de l'angoisse, des bouffées d'effroi. Pourquoi ? Cela venait de la fois où, à Barcelone, on le soignait pour le conduire à la garrotte. Le pavillon de l'infirmerie, les fous de la prison. Ils étaient tondus et portaient des camisoles de force. Les gardiens étaient des prisonniers de droit commun ; ils mangeaient les rations des malades, les frappaient sans pitié et prenaient plaisir à les asperger d'eau glacée avec des tuyaux d'arrosage. Tel était le fantôme qui ressuscitait chaque fois que dans un miroir, un ruisseau ou un puits il apercevait son visage : la tête de ces fous que geôliers et médecins torturaient. Il avait écrit à cette époque un article dont il était fier : « Contre l'oppression de la maladie. » La révolution n'arracherait pas seulement l'homme au joug du capital et de la religion, mais le libérerait aussi des préjugés qui entouraient les maladies dans la société de classes ; le malade, surtout l'aliéné, était une victime sociale, non moins pitoyable et malheureuse que l'ouvrier, le paysan, la prostituée et la servante. Ce saint vieillard n'avait-il pas dit, voici un instant, en croyant parler de Dieu alors qu'en réalité il parlait de la liberté, qu'à Canudos disparaîtraient la misère, la maladie et la laideur ? N'était-ce pas là l'idéal révolutionnaire ? Jurema avait les yeux ouverts et l'observait. Avait-il pensé à voix haute ?

– J'aurais donné n'importe quoi pour être avec eux quand ils ont mis en déroute Febronio de Brito, murmura-t-il, comme s'il avait prononcé des mots d'amour. J'ai passé ma vie à lutter et je n'ai vu que des trahisons, des divisions et des défaites dans notre camp. J'aurais aimé voir une victoire, ne fût-ce qu'une fois. Savoir ce que l'on ressent, comment c'est, à quoi ressemble une victoire à nous.

Il vit que Jurema le regardait, comme d'autres fois, distante et intriguée. Ils étaient à quelques millimètres l'un de l'autre, mais ils ne se touchaient pas. Le Nain avait commencé à délirer, doucement.

– Tu ne me comprends pas, moi non plus je ne te comprends pas, dit Gall. Pourquoi ne m'avoir pas tué quand j'étais inconscient ? Pourquoi n'as-tu pas convaincu les capangas d'emporter ma tête au lieu de mes cheveux ? Pourquoi es-tu avec moi ? Tu ne crois pas aux choses auxquelles je crois.

– Celui qui doit te tuer c'est Rufino, murmura Jurema, sans haine, comme pour expliquer quelque chose de très simple. En te tuant je lui aurais fait plus de mal que tu ne lui en as fait.

C'est cela que je ne comprends pas, pensa Gall. Ils en avaient parlé d'autres fois et il restait toujours sans rien y comprendre. L'honneur, la vengeance, cette religion si rigoureuse, ces codes de conduite si pointilleux, comment se les expliquer en cette fin du monde, au milieu de gens qui n'avaient que des haillons et les poux qu'ils avaient sur eux ? L'honneur, le serment, la parole, ces luxes et jeux de riches, d'oisifs et de parasites, comment les comprendre ici ? Il se souvint qu'à Queimadas, depuis la fenêtre de sa chambre à la pension Notre-Dame-des-Grâces, il avait écouté un jour de marché un chanteur ambulant raconter une histoire qui, quoique déformée, était une légende médiévale qu'il avait lue enfant et vue jeune homme transformée en vaudeville romantique : Robert le Diable. Comment était-elle arrivée jusqu'ici ? Le monde était encore plus imprévisible qu'il ne paraissait.

– Je ne comprends pas non plus que les capangas aient emporté mes cheveux, murmura-t-il. Ce Caifás, je veux dire. Me laisser en vie pour ne pas priver son ami du plaisir d'une vengeance ? Ce n'est pas agir en paysan mais en aristocrate.

D'autres fois Jurema avait essayé de le lui expliquer, mais cette nuit elle resta silencieuse. Peut-être était-elle désormais convaincue que l'étranger ne comprendrait jamais ces choses-là.

Le lendemain matin ils reprirent la route, rattrapant les pèlerins d'Algodones. Il leur fallut un jour pour traverser la Serra de Francia et cette nuit-là ils étaient si fatigués et affamés qu'ils s'effondrèrent. L'Idiot s'évanouit deux fois durant la marche et la seconde fois resta si pâle et immobile qu'ils le crurent mort. Le crépuscule les récompensa des fatigues de l'étape grâce à la découverte d'un puits d'eau verdâtre. Ils burent, en écartant les plantes, et la Femme à barbe approcha de l'Idiot la conque de ses mains et rafraîchit le cobra en l'aspergeant de gouttes d'eau. L'animal ne souffrait pas de privations, car il y avait toujours des petites feuilles ou quelque ver pour l'alimenter. Une fois étanchée leur soif ils arrachèrent des racines, des tiges, des feuilles et le Nain disposa des pièges. La brise qui soufflait était un baume après la terrible chaleur de tout le jour. La Femme à barbe s'assit à côté de l'Idiot et lui fit appuyer sa tête sur ses genoux. Le destin de l'Idiot, du cobra et le chariot la préoccupaient autant que le sien ; elle semblait croire que sa survie dépendait de sa capacité à protéger cette personne, cet animal et cette chose qui constituaient son monde.

Gall, Jurema et le Nain mastiquaient lentement, sans joie, en crachant les brindilles et les racines une fois extrait tout le jus. Aux pieds du révolutionnaire il y avait une forme dure, à demi enterrée. Oui, c'était une tête de mort, jaunâtre et brisée. Depuis le temps qu'il était dans le sertão il avait vu des os humains le long des chemins. Quelqu'un lui avait raconté que certains sertanejos déterraient leurs ennemis et les laissaient à l'air libre, pour servir d'aliment aux prédateurs, car ils croyaient ainsi envoyer leur âme en enfer. Il examina la tête de mort dans un sens et dans l'autre.

– Pour mon père les têtes étaient des livres, des miroirs, dit-il avec nostalgie. Que penserait-il s'il savait que je suis là en ce lieu, en cet état ? La dernière fois que je l'ai vu, j'avais seize ans. Je l'ai déçu en lui disant que l'action était plus importante que la science. C'était un rebelle, à sa manière. Les médecins se moquaient de lui, le traitaient de sorcier.

Le Nain le regardait, essayant de comprendre, tout comme Jurema. Gall continua à mâcher et à cracher, pensif.

– Pourquoi es-tu venu ? murmura le Nain. N'as-tu pas peur de mourir loin de ta patrie ? Ici tu n'as pas de famille, d'amis, personne ne se souviendra de toi.

– Vous êtes ma famille, dit Gall. Et aussi les jagunços.

– Tu n'es pas un saint, tu ne pries pas, tu ne parles pas de Dieu, dit le Nain. Pourquoi cet entêtement envers Canudos ?

– Moi je ne pourrais pas vivre parmi d'autres gens, dit Jurema. Ne pas avoir de patrie c'est être orphelin.

– Un jour le mot patrie disparaîtra, répliqua aussitôt Galileo. Les gens regarderont en arrière, vers nous, enfermés dans des frontières, nous entre-tuant pour des traits sur les cartes, et ils diront : quels idiots !

Le Nain et Jurema se regardèrent et Gall sentit qu'ils pensaient que c'était lui l'idiot. Ils mâchaient et crachaient, parfois avec un air dégoûté.

– Crois-tu ce qu'a dit l'apôtre d'Algodones ? demanda le Nain. Qu'un jour il y aura un monde sans méchanceté, sans maladies...

– Et sans laideur, ajouta Gall. – Il acquiesça, à plusieurs reprises : – Je crois à cela comme d'autres en Dieu. Il y a longtemps que bien des gens se font tuer pour que cela soit possible. C'est pour cela que j'ai cet entêtement envers Canudos. Là-bas, dans le pire des cas, je mourrai pour quelque chose qui en vaut la peine.

– Toi, Rufino te tuera, balbutia Jurema, en regardant par terre. – Sa voix s'anima. – Crois-tu qu'il a oublié l'offense ? Il nous cherche et, tôt ou tard, il se vengera.

Gall la saisit par le bras.

– Tu restes avec moi pour cette vengeance, n'est-ce pas

vrai ? lui demanda-t-il. – Il haussa les épaules. – Rufino non plus ne pourrait comprendre. Je n'ai pas voulu l'offenser. Le désir balaye tout : la volonté, l'amitié. Il ne dépend pas de nous, il se trouve dans les os, dans ce que d'aucuns appellent l'âme. – Il approcha à nouveau son visage de Jurema. – Je ne me repens pas, cela a été... instructif. Ce que je croyais était faux. Le plaisir n'est pas fâché avec l'idéal. Il ne faut pas avoir honte de son corps, tu comprends ? Non, tu ne comprends pas.

– Autrement dit cela peut être vrai ? l'interrompit le Nain. – Sa voix était brisée et son regard implorant. – On dit qu'il a redonné la vue aux aveugles, l'ouïe aux sourds, fermé les plaies des lépreux. Si je lui dis : « Je suis venu parce que je sais que tu feras le miracle », me touchera-t-il et grandirai-je ?

Gall le regarda, déconcerté, et ne trouva aucune vérité, aucun mensonge à lui répondre. Là-dessus la Femme à barbe éclata en sanglots, émue par l'Idiot. « Il n'en peut plus, disait-elle. Il ne sourit plus, ni ne se plaint, il meurt à petit feu, chaque seconde. » Ils l'entendirent gémir ainsi un bon moment encore, avant de s'endormir. À l'aube, une famille de Carnaiba les réveilla qui leur donna de mauvaises nouvelles. Des patrouilles de la Garde Rurale et des capangas des propriétaires terriens de la région bloquaient les issues de Cumbe, en attente de l'Armée. La seule façon d'arriver à Canudos consistait à se détourner vers le Nord et faire un grand tour par Massacará, Angico et Rosario.

Un jour et demi plus tard ils atteignirent São Antonio, minuscule station thermale au bord verdâtre du Massacará. Les gens du cirque avaient fréquenté la station des années auparavant et se rappelaient la multitude de gens qui y venaient soigner des maladies de peau dans les bassins bouillonnants et fétides. São Antonio avait également été une victime permanente des bandits qui venaient dévaliser les malades. Maintenant elle semblait déserte. Ils ne trouvèrent pas de lavandières sur le fleuve, et dans ses ruelles empierrées, avec leurs cocotiers, leurs ficus et leurs cactus, on ne voyait pas non plus le moindre être vivant – humain, chien ou oiseau. Malgré cela, le Nain se mit de bonne humeur. Il saisit un cornet à pistons, lui arracha en soufflant un son comique et commença à bonimenter. La Femme à barbe éclata de rire et même l'Idiot, en dépit de sa faiblesse, voulait décharger le chariot, s'aidant des épaules, des mains et de la tête ; sa bouche était entrouverte et des filets de salive dégoulinaient. À la fin, ils aperçurent un vieillard informe qui plantait un clou dans une porte. Il les regarda comme s'il ne les voyait pas, mais lorsque la Femme à barbe lui envoya un baiser il sourit.

Les gens du cirque installèrent leurs tréteaux sur une placette ornée de plantes grimpantes ; portes et fenêtres commençaient de s'ouvrir et des visages surgissaient attirés par le cornet à pistons. Le Nain, la Femme à barbe et l'Idiot installaient chiffons et engins et un moment après ils se peinturluraient, se noircissaient le visage, s'habillaient de toutes les couleurs et dans leurs mains apparaissaient les vestiges d'un vestiaire en voie d'extinction : la cage du cobra, des cerceaux, des baguettes magiques, un accordéon en papier. Le Nain soufflait furieusement et rugissait : « Le spectacle va commencer ! » Peu à peu un auditoire de cauchemar se constitua autour d'eux. Des squelettes humains, d'âge et de sexe indéfinissables, la majorité le visage, les bras et les jambes mangés de gangrène, de plaies, de boutons et d'abcès sortaient des maisons et, surmontant une appréhension initiale, s'appuyant les uns sur les autres, à quatre pattes ou se traînant, ils venaient grossir le cercle. « On ne dirait pas des gens à l'agonie, pensa Gall, ils ont l'air d'être morts depuis longtemps. » Tous, surtout les enfants, semblaient très vieux. Quelques-uns souriaient à la Femme à barbe qui enroulait autour d'elle le cobra, le baisait sur la bouche et le faisait se tordre sur ses bras. Le Nain prit l'Idiot et mima avec lui le numéro de la Femme à barbe et de l'animal : il le faisait danser, se contorsionner, se nouer. Les habitants et malades de São Antonio regardaient, graves ou souriants, en remuant leurs têtes en signe d'approbation, et parfois en applaudissant. Certains se tournaient vers Gall et Jurema comme s'ils se demandaient à quelle heure ils feraient leur numéro. Le révolutionnaire les observait, fasciné, et Jurema inscrivait sur son visage défiguré une grimace de répulsion. Elle faisait des efforts pour se contenir, mais soudain elle murmura qu'elle n'en pouvait plus, qu'elle voulait s'en aller. Galileo ne la calma pas. Ses yeux s'étaient enflammés et il sentait la révolte gronder en lui. La santé était égoïste, tout comme l'amour, tout comme la richesse et le pouvoir : elle vous enfermait en vous-même, elle abolissait les autres. Oui, il valait mieux ne rien avoir, ne pas aimer, mais comment renoncer à la santé pour être solidaire des frères malades ? Il y avait tant de problèmes, l'hydre avait tant de têtes, l'iniquité pointait partout où l'on portait son regard. Il devina le dégoût et la crainte de Jurema et il lui saisit le bras.

– Regarde-les, regarde-les, dit-il avec fièvre, avec indignation. Regarde les femmes. Elles étaient jeunes, fortes, jolies. Qui les a rendues ainsi ? Dieu ? Les canailles, les vauriens, les riches, les gens sains, les égoïstes, les puissants.

Il avait un air exalté, passionné et, lâchant Jurema, il avança vers le centre du cercle, sans se rendre compte que le Nain avait commencé à raconter l'histoire singulière de la princesse Maguelonne, fille du roi de Naples. Les spectateurs virent l'homme à la tête et barbe rousses, au pantalon déchiré et à la cicatrice au cou, se mettre à gesticuler :

– Ne perdez pas courage, mes frères, ne succombez pas au désespoir. Vous pourrissez sur pied non parce qu'un fantôme caché dans les nuages l'a décidé mais parce que la société est mal faite. Vous êtes dans cet état parce que vous ne mangez pas, parce que vous n'avez ni médecins ni médicaments, parce que personne ne s'occupe de vous, parce que vous êtes pauvres. Votre maladie s'appelle l'injustice, l'abus, l'exploitation. Ne vous résignez pas, mes frères. Du fond de votre malheur, révoltez-vous, comme vos frères de Canudos. Occupez les terres, les maisons, emparez-vous des biens de ceux qui se sont emparés de votre jeunesse, qui vous ont volé votre santé, votre humanité...

La Femme à barbe ne le laissa pas poursuivre. Congestionnée de colère elle le secoua en l'injuriant :

– Crétin ! crétin ! Personne ne te comprend ! Tu les rends tristes, tu les ennuies, ils ne nous donneront pas à manger ! Touche-leur la tête, prédis-leur l'avenir, quelque chose qui les réjouisse !

Le Ravi, les yeux encore fermés, entendit chanter le coq et pensa : « Loué soit le Bon Jésus ! » Sans bouger, il pria et demanda au Père des forces pour la journée. Son petit corps supportait mal l'intense activité ; les derniers jours, avec l'afflux des pèlerins, il avait parfois des vertiges. La nuit, quand il se jetait sur sa paillasse, derrière l'autel de la chapelle de saint Antoine, la douleur dans ses os et ses muscles l'empêchait de se reposer ; il restait parfois des heures, les dents serrées, avant que le sommeil ne le libérât de ce supplice secret. Parce que le Ravi, quoique faible, avait l'esprit assez fort pour que personne ne remarque les lâchetés de sa chair, dans cette ville où il exerçait les fonctions spirituelles les plus hautes, après le Conseiller.

Il ouvrit les yeux. Le coq avait recommencé à chanter et l'aube pointait par la lucarne. Il dormait avec la tunique que Maria Quadrado et les béates du Chœur Sacré avaient raccommodée d'innombrables fois. Il chaussa ses espadrilles, baisa le scapulaire et l'insigne du Sacré Cœur qu'il portait sur la poitrine et serra autour de sa taille le silice oxydé que le Conseiller lui avait donné quand il était encore un enfant, à Pombal. Il enroula sa paillasse et alla réveiller le portier et majordome qui dormait à l'entrée de l'église. C'était un vieillard de Chorrochó ; en ouvrant les yeux il murmura : « Loué soit Notre-Seigneur Jésus-Christ. – Loué soit-il », répondit le Ravi. Il lui tendit le fouet avec lequel chaque matin il offrait le sacrifice de sa douleur au Père. Le vieillard prit le fouet – le Ravi s'était agenouillé – et lui administra dix coups, sur le dos et les fesses, de toute la force de ses bras. Il les reçut sans la moindre plainte. Puis, ils se signèrent à nouveau. Ainsi commençaient les tâches de la journée.

Tandis que le portier allait nettoyer l'autel, le Ravi gagna la porte et, en s'approchant, il devina les pèlerins arrivés à Belo Monte durant la nuit, que les hommes de la Garde Catholique avaient dû surveiller en attendant qu'il décidât s'ils pouvaient demeurer ou s'ils en étaient indignes. La peur de se tromper, en repoussant un bon chrétien ou en admettant quelqu'un dont la présence causerait préjudice au Conseiller, meurtrissait son cœur, c'était quelque chose pour laquelle il implorait avec le plus d'angoisse l'aide du Père. Il ouvrit la porte et entendit une rumeur ; il vit alors des dizaines d'êtres qui campaient en face du portail. Il y avait parmi eux des membres de la Garde Catholique, portant brassards ou foulards bleus et carabines, qui entonnèrent : « Loué soit le Bon Jésus. – Loué soit-il », murmura le Ravi. Les pèlerins se signaient, ceux qui n'étaient pas invalides ou malades se levaient. Dans leurs yeux il y avait de la faim et du bonheur. Le Ravi en compta au moins cinquante.

– Bienvenue à Belo Monte, terre du Père et du Bon Jésus, psalmodia-t-il. Le Conseiller demande deux choses à ceux qui viennent écouter l'appel : foi et vérité. Ni l'incrédulité ni le mensonge n'ont leur place sur cette terre du Seigneur.

Il dit à la Garde Catholique de commencer à les faire passer. Autrefois, il conversait avec chaque pèlerin seul à seul ; maintenant il devait le faire par groupes. Le Conseiller ne voulait pas qu'on l'aidât ; « Tu es la porte, Ravi », répondait-il chaque fois qu'il demandait à partager cette fonction.

Un aveugle, sa fille, son mari et leurs deux enfants entrèrent. Ils venaient de Querará et le voyage leur avait pris un mois. Durant le trajet la mère du mari ainsi que deux jumeaux du couple étaient morts. Les avaient-ils enterrés chrétiennement ? Oui, dans des cercueils et avec des prières. Tandis que le vieillard aux paupières collées lui rapportait le voyage, le Ravi les observa. Il se dit que c'était une famille unie, où l'on respectait les aînés, car tous quatre écoutaient l'aveugle sans l'interrompre, acquiesçant à l'appui de ce qu'il disait. Les cinq visages montraient ce mélange de fatigue que donnaient la faim et la souffrance physique et de réjouissance de l'âme qui envahissait les pèlerins dès qu'ils foulaient le sol de Belo Monte. Sentant le frôlement de l'ange, le Ravi décida qu'ils étaient les bienvenus. Il demanda encore si aucun d'eux n'avait servi l'Antéchrist. Après leur avoir fait jurer qu'ils n'étaient pas républicains, qu'ils n'acceptaient pas l'expulsion de l'Empereur, ni la séparation de l'Eglise et de l'Etat, ni le mariage civil, ni les nouveaux poids et mesures, ni les questions du recensement, il les embrassa et les envoya avec quelqu'un de la Garde Catholique chez Antonio Vilanova. A la porte, la femme murmura quelque chose à l'oreille de l'aveugle. Celui-ci, craintif, demanda quand ils allaient voir le Bon Jésus Conseiller. Il y avait une telle angoisse chez cette famille qui attendait sa réponse que le Ravi pensa : « Ce sont des élus. » Ils le verraient ce soir dans le Temple ; ils l'entendraient donner des conseils et leur dire que le Père était heureux de les recevoir dans son troupeau. Il les vit partir, étourdis de plaisir. Purificatrice était la présence de la grâce dans ce monde condamné à sa perte. Ces habitants – le Ravi le savait – avaient déjà oublié leurs trois morts et leurs souffrances et ils sentaient que la vie valait la peine d'être vécue. Maintenant Antonio Vilanova les inscrirait sur ses registres, enverrait le vieillard dans un dispensaire, la femme aider les Sardelinha et le mari avec ses enfants travailler comme porteurs d'eau.

Tandis qu'il écoutait un autre couple – la femme avait un paquet dans les mains – le Ravi pensa à Antonio Vilanova. C'était un homme de foi, un élu, une brebis du Père. Son frère et lui étaient des gens instruits, ils avaient eu un négoce, du bétail, de l'argent ; ils auraient pu consacrer leur vie à thésauriser et à acquérir des maisons, des terres, des domestiques. Mais ils avaient préféré partager avec leurs humbles frères le service de Dieu. N'était-ce pas une grâce du Père d'avoir ici quelqu'un comme Antonio Vilanova, dont la sagesse résolvait tant de problèmes ? Il venait, par exemple, d'organiser la distribution de l'eau. Elle était puisée au Vasa Barris et aux bassins de la Fazenda Velha, puis distribuée gratuitement. Les porteurs d'eau étaient des pèlerins nouveaux venus ; de la sorte, ils se faisaient connaître, ils se sentaient utiles au Conseiller, au Bon Jésus et les gens leur donnaient à manger.

Le Ravi comprit, au jargon de l'homme, que le paquet était une enfant nouveau-née, morte la veille alors qu'ils descendaient la Serra de Canabrava. Il souleva le bout de toile et regarda : le cadavre était rigide, couleur de parchemin. Il expliqua à la mère que c'était une faveur du ciel que sa fille fût morte sur le seul bout de terre débarrassé du Démon. Ils ne l'avaient pas baptisée et il le fit, l'appelant Maria Eufrasia et priant le Père d'emmener cette petite âme dans Sa Gloire. Il fit jurer le couple et les envoya chez les Vilanova pour que leur fille fût enterrée. Le bois se faisant rare, les enterrements étaient devenus un problème à Belo Monte. Un frisson le parcourut. C'était ce qu'il redoutait le plus : son corps enseveli dans une fosse, sans rien pour le couvrir.

Tandis qu'il s'entretenait avec de nouveaux pèlerins, des béates du Chœur Sacré entrèrent pour arranger la chapelle et Alejandrinha Correa lui apporta une écuelle en terre et une recommandation de Maria Quadrado : « Pour que tu le manges tout seul. » Parce que la Mère des Hommes savait qu'il offrait sa ration aux affamés. En même temps qu'il écoutait les pèlerins, le Ravi remercia Dieu de lui avoir donné assez de force d'âme pour ne pas souffrir ni de faim ni de soif. Quelques gorgées, une bouchée lui suffisaient ; pas même lors de leurs pérégrinations dans le désert il n'avait souffert comme d'autres frères de l'absence de nourriture. C'est pourquoi seul le Conseiller avait offert plus de jeûnes que lui au Bon Jésus. Alejandrinha Correa lui dit aussi que João Abade, João Grande et Antonio Vilanova l'attendaient au Sanctuaire.

Il resta encore près de deux heures à recevoir des pèlerins et il interdit de rester seulement à un commerçant en grains de Pedrinhas, qui avait été collecteur d'impôts. Les ex-soldats, guides et pourvoyeurs de l'armée, le Ravi ne les repoussait pas. Mais les percepteurs d'impôts devaient repartir et ne plus revenir, sous peine de mourir. Ils avaient saigné à blanc les pauvres, ils leur avaient pris leurs récoltes, volé leurs animaux, implacables de cupidité : ils pouvaient être le ver dans le fruit. Le Ravi expliqua à l'homme de Pedrinhas que, pour obtenir la miséricorde du ciel, il devait lutter contre le Chien, loin, pour son compte et à ses risques. Après avoir demandé aux pèlerins qui se trouvaient dehors de l'attendre, il se dirigea vers le Sanctuaire. C'était au milieu de la matinée, le soleil faisait briller les pierres. Plusieurs personnes tentèrent de l'arrêter, mais il leur expliqua par gestes qu'il était pressé. Il était escorté par la Garde Catholique. Au début il avait refusé l'escorte, mais maintenant il comprenait qu'elle était indispensable. Sans ces frères, traverser les quelques mètres qui séparaient la chapelle du Sanctuaire lui aurait pris des heures, tant les gens le harcelaient de requêtes et de consultations. Il pensait que parmi les pèlerins de ce matin il y en avait quelques-uns venus d'Alagoas et de Ceará. N'était-ce pas extraordinaire ? La foule agglomérée autour du Sanctuaire était si compacte – des gens de tout âge tendant la tête vers la porte en bois où, à certain moment du jour, apparaîtrait le Conseiller – que les quatre agents de la Garde Catholique et lui s'enlisèrent. Ils agitèrent alors leurs chiffons bleus et leurs compagnons qui veillaient sur le Sanctuaire ouvrirent une haie pour le Ravi. Tandis que, voûté, il avançait dans cette ruelle de corps, il se dit que sans la Garde Catholique le chaos se serait installé dans Belo Monte : c'était la porte par où le Chien serait entré.

« Loué soit Notre-Seigneur Jésus-Christ », dit-il et il entendit : « Loué soit-il. » Il perçut la paix que le Conseiller installait autour de lui. Même le bruit de la rue devenait ici musique.

– J'ai honte de m'être fait attendre, mon père, murmura-t-il. Il vient de plus en plus de pèlerins et je n'arrive pas à parler avec eux ni à me rappeler leur visage.

– Ils ont tous droit au salut, dit le Conseiller. Réjouis-toi pour eux.

– Mon cœur se réjouit en voyant qu'ils sont chaque jour plus nombreux, dit le Ravi. Je suis en colère contre moi, parce que je n'arrive pas à les connaître bien.

Il s'assit par terre, entre João Abade et João Grande, qui avaient leur carabine sur leurs genoux. Il y avait là aussi, outre Antonio Vilanova, son frère Honorio, qui semblait rentrer de voyage à cause de la poussière qui le couvrait. Maria Quadrado lui tendit un verre d'eau et il but en savourant. Le Conseiller, assis sur son grabat, demeurait droit, enveloppé dans sa tunique violette, et à ses pieds le Lion de Natuba, cahier et crayon en main sa grosse tête appuyée sur les genoux du saint ; une main de ce dernier s'enfonçait dans les cheveux crasseux et emmêlés. Muettes et immobiles, les béates étaient accroupies contre le mur et l'agnelet blanc dormait. « Il est le Conseiller, le Maître, le Chérubin, l'Aimé, pensa le Ravi avec onction. Nous sommes ses enfants. Nous n'étions rien et il a fait de nous des apôtres. » Il se sentit submergé de bonheur : un autre frôlement de l'ange.

Il comprit qu'il y avait une divergence d'opinions entre João Abade et Antonio Vilanova. Celui-ci disait qu'il était opposé à ce qu'on brûlât Calumbi, comme l'autre le voulait, car c'est Belo Monte et non le Malin qui en pâtirait si la fazenda du baron de Canabrava disparaissait, elle qui était leur meilleure source d'approvisionnement. Il s'exprimait comme s'il craignait de blesser quelqu'un ou de dire quelque chose de très grave, d'une voix si faible qu'il fallait tendre l'oreille. Que l'aura du Conseiller était indiscutablement surnaturelle pour qu'un homme tel qu'Antonio Vilanova fût troublé en sa présence, pensa le Ravi. Dans la vie quotidienne, le commerçant était une force de la nature dont l'énergie sidérait et dont les opinions étaient exprimées avec une conviction contagieuse. Et cette voix de stentor, ce travailleur infatigable, ce puits d'idées, face au Conseiller se faisait tout petit. « Mais il ne souffre pas, pensa-t-il, il ressent le baume. » Lui-même se l'était dit, bien souvent, avant, quand ils marchaient en bavardant, après les conseils. Antonio voulait tout savoir sur le Conseiller, l'histoire de ses pérégrinations, les enseignements déjà semés, et le Ravi l'instruisait. Il pensa avec nostalgie aux premiers temps de Belo Monte, à la disponibilité perdue. On pouvait alors méditer, prier, bavarder. Lui et le commerçant parlaient quotidiennement, en marchant d'un bout à l'autre du village, alors tout petit et non peuplé. Antonio Vilanova lui avait ouvert son cœur, lui révélant combien le Conseiller avait transformé sa vie. « Je vivais dans l'agitation, les nerfs à fleur de peau et la sensation que ma tête allait éclater. Maintenant, il me suffit de savoir qu'il est tout près pour ressentir une sérénité que je n'ai jamais eue. C'est un baume, Ravi. » Ils ne pouvaient plus bavarder, enchaîné chacun à ses devoirs respectifs. Que la volonté du Père soit faite.

Il avait été si absorbé dans ses souvenirs qu'il n'avait pas remarqué à quel moment Antonio Vilanova s'était tu. Maintenant, João Abade lui répondait. Les nouvelles étaient catégoriques et Pajeú les avait confirmées : le baron de Canabrava servait l'Antéchrist, ordonnait aux propriétaires terriens de fournir des capangas, des vivres, des guides, des chevaux et des mules à l'armée et Calumbi était en train de devenir un camp militaire. Cette fazenda était la plus riche, la plus grande, la mieux fournie en stocks et elle pouvait approvisionner dix armées. Il fallait la raser, ne rien laisser qui pût servir aux chiens ou alors il serait beaucoup plus difficile de défendre Belo Monte quand ils arriveraient. Il n'y avait pas à discuter davantage : le saint saurait si Calumbi devait être sauvée ou brûlée. En dépit de leurs divergences – le Ravi les avait vus bien souvent être en désaccord – leur sens de la fraternité était sans faille. Mais avant que le Conseiller ouvrît la bouche, on frappa à la porte du Sanctuaire. C'étaient des hommes armés qui venaient de Cumbe. João Abade alla voir quelles nouvelles ils apportaient.

Quant il fut dehors, Antonio Vilanova prit à nouveau la parole, mais pour parler des morts. Elles augmentaient avec l'invasion des pèlerins, et le vieux cimetière, derrière les églises, était devenu insuffisant pour loger toutes ces tombes. Aussi avait-il fait nettoyer et clôturer un terrain au Tabolerinho, entre Canudos et le Cambaio afin d'en faire un nouveau. Est-ce que le Conseiller l'approuvait ? Le saint fit un bref signe d'assentiment. Quand João Grande, agitant ses grands bras, confus, ses cheveux crépus brillant de sueur, racontait que la Garde Catholique ouvrait depuis hier une tranchée à double parapet de pierres qui, commençant aux bords du Vasa Barris, arriverait jusqu'à la Fazenda Velha, João Abade revint. Même le Lion de Natuba dressa son énorme tête aux yeux inquisiteurs.

– Les soldats sont arrivés à Cumbe ce matin. Ils sont entrés en demandant après le Père Joaquim, en le cherchant. Il semble qu'on lui ait coupé le cou.

Le Ravi entendit un sanglot, mais il ne regarda pas : il savait que c'était Alejandrinha Correa. Les autres ne la regardèrent pas non plus, en dépit des sanglots accrus. Le Conseiller n'avait pas bougé.

– Nous allons prier pour le Père Joaquim, dit-il enfin, d'une voix affectueuse. Maintenant il est près du Père. Là-haut il continuera à nous aider, plus que dans ce monde. Réjouissons-nous pour lui et pour nous. La mort est une fête pour le juste.

Le Ravi, s'agenouillant, envia avec force le curé de Cumbe, maintenant sauvé du Chien, là-haut, dans ce lieu privilégié auquel seuls accèdent les martyrs du Bon Jésus.

Rufino entre dans Cumbe en même temps que deux patrouilles de soldats qui se conduisent comme si les habitants étaient l'ennemi. Ils fouillent les maisons, frappent à coups de crosse ceux qui protestent, clouent une ordonnance promettant la mort à qui cachera des armes à feu et la proclament avec des roulements de tambour. Ils cherchent le curé. Ils racontent à Rufino qu'ils l'ont enfin localisé et qu'ils n'ont aucun scrupule à entrer dans l'église et de l'en faire sortir avec brutalité. Après avoir parcouru Cumbe en demandant après les gens du cirque, Rufino s'en va loger chez un briquetier. La famille commente les fouilles, les mauvais traitements, mais elle est davantage impressionnée par le sacrilège : envahir l'église et frapper un ministre de Dieu ! Ce doit être vrai, alors, ce qu'on dit : ces impies servent le Chien.

Rufino sort du village sûr que l'étranger n'est pas passé par Cumbe. Se trouve-t-il peut-être à Canudos ? Ou entre les mains des soldats ? Il est sur le point d'être pris à un barrage de gardes ruraux qui ferment la route de Canudos. Plusieurs le connaissent et intercèdent en sa faveur auprès des autres ; après un moment on lui permet de continuer. Il prend un raccourci en direction du Nord et, en quelque temps de marche, il entend un coup de feu. Il comprend qu'on lui tire dessus à cause de la poussière soulevée à ses pieds. Il se jette à terre, il rampe, il localise ses agresseurs : deux gardes embusqués sur une butte. Ils lui crient de jeter sa carabine et son couteau. Il s'élance, rapide, en courant en zigzag, vers un angle mort. Il atteint le refuge sain et sauf, et de là peut prendre de la distance à travers les rochers. Mais il perd son chemin et quand il est sûr de n'être pas suivi, il est si épuisé qu'il s'endort comme une souche. Le soleil le met dans la direction de Canudos. Des groupes de pèlerins affluent de différents côtés sur ce sentier mal tracé que n'empruntaient, voici quelques années, que des convois de bêtes et de très pauvres commerçants. À la nuit tombante, campant parmi eux, il entend un petit vieillard couvert de furoncles, originaire de São Antonio, raconter un spectacle de cirque. Le cœur de Rufino bat à tout rompre. Il laisse parler le vieillard sans l'arrêter et un moment plus tard il sait qu'il a retrouvé la piste.

Il arrive dans la nuit à São Antonio et il s'assoit près d'un des bassins, au bord du Massacará, attendant le jour. L'impatience ne le laisse pas penser. Dès le premier rayon de soleil il commence à parcourir les maisonnettes identiques. La plupart sont vides. Le premier habitant qu'il rencontre lui indique où aller. Il pénètre dans un intérieur sombre et pestilentiel et il s'arrête, jusqu'à ce que ses yeux s'habituent à la pénombre. Bientôt apparaissent les murs, avec des traits, des dessins et un Cœur de Jésus. Il n'y a pas de meubles, de tableaux ni même une lampe, mais il reste comme un souvenir de ces choses emportées par les occupants.

La femme est par terre et se redresse en le voyant entrer. Il y a autour d'elle des chiffons de couleurs, un panier d'osier et un brasero. Elle a, dans sa jupe, quelque chose qu'il lui coûte de reconnaître. Oui, c'est la tête d'un serpent. Le guide remarque alors les poils qui ombrent le visage et les bras de la femme. Entre elle et le mur il y a quelqu'un d'étendu, dont il aperçoit le demi-corps et les pieds. Il découvre la désolation qui ravage le regard de la Femme à barbe. Il se penche et, d'un air respectueux, lui demande des nouvelles du cirque. Elle continue à le regarder sans le voir et, à la fin, découragée, elle lui tend le cobra : il peut le manger. Rufino, accroupi, lui explique qu'il ne veut pas lui enlever sa nourriture sans savoir quelque chose. La Femme à barbe parle du mort. Il a agonisé lentement et la veille au soir a rendu l'âme. Il l'écoute en acquiesçant. Elle s'accuse, elle a un poids sur la conscience, peut-être aurait-elle dû tuer Idilica plus tôt pour lui donner à manger. L'aurait-elle sauvé, si elle l'avait fait ? Elle-même répond que non. Le cobra et le mort partageaient sa vie depuis les débuts du cirque. La mémoire rend à Rufino des images du Gitan, du Géant Pedrin et d'autres artistes qu'il avait vus, enfant, à Calumbi. La femme a entendu dire que s'ils ne sont pas enterrés dans un cercueil, les morts vont en enfer ; cela l'angoisse. Rufino s'offre à fabriquer un cercueil et à creuser une tombe pour son ami. Elle lui demande à brûle-pourpoint ce qu'il veut. Rufino – sa voix tremble – le lui dit. L'étranger ? répète la Femme à barbe. Galileo Gall ? Oui, lui. Des hommes à cheval l'ont emmené quand ils quittaient le village. Et elle parle à nouveau du mort, elle ne pouvait pas le traîner, cela lui faisait de la peine, elle avait préféré rester pour le soigner. Etaient-ce des soldats ? Des gardes ruraux ? Des bandits ? Elle ne le sait pas. Ceux qui lui coupèrent les cheveux à Ipupiará ? Non, ce n'étaient pas eux. Le cherchaient-ils, lui ? Oui, les gens du cirque ils les avaient laissés en paix. Étaient-ils partis pour Canudos ? Elle ne le sait pas non plus.

Rufino ensevelit le défunt avec les planches de bois de la fenêtre, qu'il noue avec les chiffons de couleurs. Il met sur son dos le douteux cercueil et sort, suivi de la femme. Quelques habitants le guident vers le cimetière et lui prêtent une pelle. Il creuse une tombe, y dépose le cercueil, le recouvre et reste là tandis que la Femme à barbe prie. En revenant au hameau, elle le remercie du fond du cœur. Rufino, le regard perdu, l'interroge : ont-ils emmené aussi la femme ? La Femme à barbe cligne des yeux. « Tu es Rufino », dit-elle. Il acquiesce. Elle lui raconte que Jurema savait qu'il allait venir. Elle aussi l'ont-ils emmenée ? Non, elle est partie avec le Nain en direction de Canudos. Un groupe de malades et de gens en bonne santé les entend parler, amusés. La fatigue que Rufino ressent soudain le fait tituber. On lui offre l'hospitalité et il accepte de dormir dans la maison qu'occupe la Femme à barbe. Il dort jusqu'à la nuit. En s'éveillant, la femme et un couple lui tendent une écuelle avec une substance épaisse. Il bavarde avec eux sur la guerre et les bouleversements du monde. Quand le couple s'en va, il interroge la Femme à barbe sur Galileo et Jurema. Elle lui dit ce qu'elle sait et, aussi, qu'elle s'en va à Canudos. Ne craint-elle pas de se jeter dans la gueule du loup ? Elle craint davantage de rester seule ; là-bas, peut-être, retrouvera-t-elle le Nain et pourront-ils se tenir encore compagnie.

Le lendemain matin ils se disent adieu. Le guide part en direction de l'Ouest, car les habitants affirment que les capangas sont partis par là. Il marche entre des arbustes, des buissons et des fourrés et au milieu de la matinée il esquive une patrouille d'explorateurs qui passent au peigne fin la caatinga. Il s'arrête souvent pour examiner les traces. Ce jour-là il ne prend aucune bête et il doit mastiquer des herbes. Il passe la nuit au Riacho de Varginha. Peu après avoir repris la route, il aperçoit l'armée du Coupe-cous, celui qui est sur toutes les lèvres. Il voit briller les baïonnettes dans la poussière, il entend le craquement des affûts roulant sur le sentier. Il reprend son petit trot, mais n'entre pas à Zélia avant la nuit. Les habitants lui racontent qu'outre les soldats, les jagunços de Pajeú sont passés par là. Personne ne se rappelle un groupe de capangas avec quelqu'un comme Gall. Rufino entend ululer au loin les sifflets de bois qui, de façon intermittente, retentiront toute la nuit.

Entre Zélia et Monte Santo, le terrain est plat, sec et pointu, sans sentiers. Rufino avance en craignant de voir à tout moment surgir une patrouille. Il trouve de l'eau et de quoi manger au milieu de la matinée. Peu après, il a l'impression de n'être pas seul. Il regarde autour de lui, il examine la caatinga, va et vient : rien. Cependant, un moment plus tard, il n'a plus aucun doute : on l'épie, plusieurs hommes. Il tente de les semer, il change de direction, se cache, court. En vain : ce sont des guides qui connaissent le métier et sont toujours là, invisibles et proches. Résigné, il avance maintenant sans prendre de précautions, espérant qu'on le tuera. Peu après il entend un troupeau de chèvres. Finalement il avise une clairière. Avant les hommes armés il voit la fillette, albinos, contrefaite, aux yeux égarés. À travers ses vêtements déchirés on aperçoit des ecchymoses. Elle s'amuse avec une poignée de clochettes et un sifflet de bois, de ceux avec lesquels les bergers dirigent leur troupeau. Les hommes, une vingtaine, le laissent s'approcher sans lui adresser la parole. Ils ressemblent davantage à des paysans qu'à des cangaceiros, mais ils sont armés de machettes, de carabines, de chapelets de munitions, de couteaux et de cornes de poudre. Lorsque Rufino arrive, l'un d'eux s'approche de la fille, en souriant pour ne pas l'effrayer. Elle ouvre grands les yeux et reste immobile. L'homme, la tranquillisant toujours du geste, lui ôte les clochettes et le sifflet, et retourne vers ses compagnons. Rufino voit qu'ils portent tous autour du cou des clochettes et des sifflets.

Ils sont assis en cercle et mangent, un peu à l'écart. Ils ne semblent pas accorder la moindre importance à son arrivée, comme s'ils l'attendaient. Le guide porte sa main à son chapeau de paille : « Bonjour. » Les uns continuent à manger, d'autres remuent la tête, et quelqu'un murmure, la bouche pleine : « Loué soit le Bon Jésus. » C'est un caboclo de forte stature, le teint olivâtre, avec une cicatrice qui l'a presque privé de nez : « C'est Pajeú », pense Rufino. « Il va me tuer. » Il ressent de la tristesse, car il mourra sans avoir réparé son honneur. Pajeú se met à l'interroger. Sans animosité, sans même lui demander ses armes : d'où vient-il, pour qui travaille-t-il, où va-t-il, qu'a-t-il vu ? Rufino répond sans hésiter, se taisant seulement quand une nouvelle question l'interrompt. Les autres continuent à manger ; lorsque Rufino explique ce qu'il cherche et pourquoi, ils tournent la tête et le dévisagent des pieds à la tête. Pajeú lui fait répéter combien de fois il a guidé les patrouilles volantes qui poursuivaient des cangaceiros, pour voir s'il se contredit. Mais comme, dès le début, Rufino a choisi de dire la vérité, il ne se trompe pas. Savait-il qu'une de ces patrouilles poursuivait Pajeú ? Oui, il le savait. L'ex-bandit dit alors qu'il se souvient de cette patrouille du capitaine Geraldo Macedo, le Traque-bandits, car il a eu bien du mal à lui échapper. « Tu es un bon guide, dit-il. – Je le suis, répond Rufino. Mais tes guides sont meilleurs. Je n'ai pas pu les semer. » Parfois, d'entre les arbustes, surgit une silhouette silencieuse qui vient dire quelque chose à Pajeú ; elle part ensuite, avec la même discrétion fantomatique. Sans s'impatienter, sans demander quel sera son sort, Rufino les voit terminer leur repas. Les jagunços se lèvent, enterrent les braises de leur feu, effacent leurs traces avec des branches d'icó*. Pajeú le regarde. « Ne veux-tu pas te sauver ? lui demande-t-il. – Je dois d'abord laver mon honneur », dit Rufino. Personne ne rit. Pajeú hésite, quelques secondes. « L'étranger que tu recherches, ils l'ont emmené à Calumbi, chez le baron de Canabrava », murmure-t-il entre ses dents. Il part immédiatement, avec ses hommes. Rufino entend la jeune fille albinos, assise par terre, et deux urubus, sur la crête d'un imbuzeiro, graillonnant comme des vieux.

Il s'éloigne aussitôt de la clairière, mais il n'a pas marché une demi-heure qu'une paralysie s'empare de son corps, une fatigue qui l'abat sur place. Il se réveille, le visage, le cou et les bras pleins de piqûres. Pour la première fois depuis Queimadas, il ressent un amer découragement, la conviction de la vanité de tout cela. Il reprend sa marche, en direction opposée. Mais maintenant, bien qu'il traverse une zone qu'il a parcourue bien des fois depuis qu'il a appris à marcher, où il connaît tous les chemins de traverse, les points d'eau et les meilleurs endroits pour tendre ses collets, il trouve la journée interminable et doit tout le temps lutter contre l'abattement.

Quelquefois lui revient quelque chose qu'il a rêvé dans l'après-midi : la terre est une mince croûte qui, à tout moment, peut se fendiller et l'avaler. Il passe à gué Monte Santo, précautionneusement, et de là tarde moins de dix heures à arriver à Calumbi. Il ne s'est pas arrêté de toute la nuit et par moments il a couru. Il ne remarque pas, en traversant la fazenda où il est né et où il a passé son enfance, l'état d'abandon des champs, la rareté des hommes, la détérioration généralisée. Il croise quelques péons qui le saluent, mais il ne leur rend pas leur bonjour ni ne répond à leurs questions. Aucun ne lui barre le passage et certains le suivent, de loin.

Sur le terre-plein qui entoure la maison des maîtres, entre les palmiers impériaux et les tamariniers, il y a des hommes armés, outre les péons qui circulent dans les étables, les dépôts et les baraques de la domesticité. Ils fument, bavardent. Les persiennes des fenêtres sont baissées. Rufino avance, lentement, attentif aux attitudes des capangas. Sans ordre aucun, sans dire un mot, ils viennent à sa rencontre. Il n'y a pas de cris, de menaces, ni même de dialogue entre Rufino et eux. Quand le guide arrive à leur hauteur, ils le ceinturent. Ils ne le frappent pas, ni ne lui ôtent sa carabine, ni sa machette, ni son couteau, et ils évitent de se montrer brutaux. Ils se contentent de l'empêcher d'avancer. En même temps ils lui tapotent le dos, le saluent, lui conseillent de ne pas être têtu et d'entendre raison. Le guide a le visage en sueur. Il ne les frappe pas non plus, mais il essaie de se dégager. Quand il se libère de deux et fait un pas, deux autres l'obligent à reculer. Ce petit jeu se poursuit un bon moment. À la fin, Rufino renonce et baisse la tête. Les hommes le lâchent. Il regarde la façade à deux étages et toit de tuiles, la fenêtre qui est celle du bureau du baron. Il fait un pas et aussitôt se reconstitue la barrière d'hommes. La porte de la maison s'ouvre et quelqu'un en sort qu'il connaît : Aristarco, le contremaître, celui qui commande les capangas.

– Si tu veux le voir, le baron te reçoit sur-le-champ, lui dit-il avec amitié.

Le cœur de Rufino bat à tout rompre :

– Va-t-il me livrer l'étranger ?

Aristarco fait non de la tête :

– Il va le livrer à l'armée. L'armée te vengera.

– Ce type m'appartient, murmure Rufino. Le baron le sait bien.

– Il n'est pas pour toi, il ne va pas te le livrer, répète Aristarco. Veux-tu qu'il te l'explique ?

Rufino, blême, répond que non. Les veines de son front et du cou se sont gonflées, il a les yeux exorbités et il sue.

– Dis au baron qu'il n'est plus mon parrain, articule-t-il d'une voix brisée. Et à l'autre, tu diras que je vais aller tuer celle qu'il m'a volée.

Il crache, fait demi-tour et s'en va par où il est venu.

Par la fenêtre du bureau, le baron de Canabrava et Galileo Gall virent partir Rufino et retourner à leur place gardiens et péons. Galileo avait fait toilette, on lui avait donné une blouse et un pantalon en meilleur état que les vêtements qu'il portait. Le baron revint à son bureau, sous une panoplie de couteaux et de fouets. Il y avait une tasse de café, fumant, et il la but d'un trait, le regard distrait. Ensuite, il examina à nouveau Gall ainsi qu'un entomologiste fasciné par une espèce rare. Il le regardait de la sorte depuis qu'il le vit entrer, exténué et affamé, entre Aristarco et ses capangas, et, plus encore, depuis qu'il l'entendit parler.

– Auriez-vous fait tuer Rufino ? demanda Galileo en anglais. S'il insistait pour entrer, s'il devenait insolent ? Oui, j'en suis sûr, vous l'auriez fait tuer.

– On ne tue pas les morts, monsieur Gall, dit le baron. Rufino est mort. C'est vous qui l'avez tué en volant Jurema. En le faisant tuer je lui aurais fait une faveur, je l'aurais libéré de l'angoisse du déshonneur. Il n'existe pas de plus grand supplice pour un sertanejo.

Il ouvrit une boîte de cigares et, tandis qu'il en allumait un, il imagina une manchette du *Jornal de Notícias* : « Agent anglais guidé par un sbire du baron. » C'était bien pensé que Rufino lui servît de guide : quelle meilleure preuve de complicité avec lui ?

– La seule chose que je ne comprenais pas c'était comment Epaminondas s'y était pris pour attirer le soi-disant agent dans le sertão, dit-il en remuant les doigts comme s'il avait une crampe. Il ne m'est pas venu à l'esprit que le ciel pût le favoriser en mettant entre ses mains un idéaliste. Curieuse engeance que celle des idéalistes. Je n'en connaissais aucun et maintenant, à quelques jours de distance, j'en ai vu deux. L'autre est le colonel Moreira César. Oui, lui aussi est un rêveur. Même si vos rêves respectifs ne coïncident pas...

Une vive agitation à l'extérieur l'interrompit. Il alla à la fenêtre et, à travers les petits carreaux de la grille métallique, il vit que ce n'était pas Rufino, de retour, mais quatre hommes armés de carabines entourés d'Aristarco et ses capangas. « C'est Pajeú, l'homme de Canudos », entendit-il dire Gall, cet homme dont lui-même ne savait pas s'il était son prisonnier ou son hôte. Il examina les nouveaux venus. Trois semblaient muets, tandis que le quatrième parlait avec Aristarco. C'était un caboclo, petit, trapu, plus tout jeune, la peau comme celle d'un bœuf. Une cicatrice barrait son visage : oui, ce pouvait être Pajeú. Aristarco acquiesça plusieurs fois et le baron le vit venir vers la maison.

– C'est un jour à événements, murmura-t-il en suçant son cigare.

Aristarco avait cet air impénétrable qui le caractérisait, mais le baron devinait l'inquiétude qui l'habitait.

– Pajeú, dit-il laconiquement. Il veut parler avec vous.

Le baron, au lieu de répondre, se tourna vers Gall :

– Je vous prie de vous retirer maintenant. Je vous verrai à l'heure du dîner. Nous mangeons de bonne heure ici à la campagne. À six heures.

Quand il fut dehors, il demanda à son contremaître s'il n'y avait que ces quatre hommes. Non, il y avait autour de la maison au moins une cinquantaine de jagunços. Ce caboclo était-il vraiment Pajeú ? Oui, c'était lui.

– Qu'est-ce qu'il va se passer s'ils attaquent Calumbi ? dit le baron. Pouvons-nous résister ?

– Nous pouvons nous faire tuer, répliqua le capanga, comme si auparavant il s'était fait à lui-même cette réponse. En beaucoup d'hommes je n'ai plus confiance. Eux aussi peuvent partir pour Canudos à tout moment.

Le baron soupira.

– Fais-le entrer, dit-il. Je veux que tu assistes à l'entrevue.

Aristarco sortit et un moment plus tard il était de retour, avec le nouveau venu. L'homme de Canudos ôta son chapeau en même temps qu'il s'arrêtait, à un mètre du propriétaire de la maison. Le baron essaya de deviner dans ces petits yeux tenaces, dans ces traits tannés, les forfaits et les crimes qu'on lui attribuait. La cicatrice abominable, qui pouvait avoir été causée par une balle, un couteau ou une griffe, rappelait la violence de sa vie. Pour le reste, il aurait pu être pris pour un paysan. Mais les paysans, quand ils regardaient le baron, baissaient toujours les yeux, alors que Pajeú, lui, soutenait son regard sans humilité.

– Es-tu Pajeú ? demanda-t-il à la fin.

– Oui, acquiesça l'homme.

Aristarco demeurait derrière lui comme une statue.

– Tu as fait autant de ravages sur cette terre que la sécheresse, dit le baron. Avec tes vols, tes crimes, tes pillages.

– C'était autrefois, répondit Pajeú sans ressentiment, avec une pitié secrète. J'ai commis dans mon existence des péchés dont j'aurai à rendre compte. Maintenant je ne sers plus le Chien mais le Père.

Le baron reconnut ce ton : c'était celui des prédicateurs des Saintes Missions, celui des sectes itinérantes qui arrivaient à Monte Santo, celui de Moreira César, celui de Galileo Gall. Le ton de la certitude absolue, pensa-t-il, celui de ceux qui ne doutent jamais. Et pour la première fois, il sentit la curiosité d'entendre le Conseiller, cet individu capable de convertir un coquin en fanatique.

– Pourquoi es-tu venu ? Que veux-tu ?

– Brûler Calumbi, dit-il d'une voix neutre.

– Brûler Calumbi ?

La stupeur changea l'expression, la voix et l'attitude du baron.

– La purifier, expliqua le caboclo lentement. Après avoir tant sué, cette terre mérite le repos.

Aristarco n'avait pas bougé et le baron qui avait retrouvé son aplomb scrutait l'ex-cangaceiro comme, à des époques plus tranquilles, il avait coutume de le faire avec les papillons et les plantes de son herbier, au moyen d'une loupe. Il sentit, soudain, le désir de pénétrer dans l'intimité de cet homme, de connaître les racines secrètes de ce qu'il disait. Et en même temps il imaginait Sebastiana brossant les clairs cheveux d'Estela au milieu d'un cercle de flammes. Il devint pâle.

– Ne se rend-il pas compte ce malheureux Conseiller de ce qu'il est en train de faire ? – Il faisait des efforts pour contenir son indignation.– Ne voit-il pas que les fazendas brûlées c'est la faim et la mort pour des centaines de familles ? Ne se rend-il pas compte que ces folies ont maintenant apporté la guerre à Bahia ?

– C'est dans la Bible, expliqua Pajeú sans se troubler. Viendra la République, le Coupe-cous, il y aura un cataclysme. Mais les pauvres seront sauvés, grâce à Belo Monte.

– Est-ce que tu as lu seulement la Bible ? murmura le baron.

– Lui il l'a lue, dit le caboclo. Vous et votre famille vous pouvez partir. Le Coupe-cous est passé par ici et il a emmené des guides et des bêtes. Calumbi est maudite, elle est passée au Chien.

– Je ne permettrai pas que tu rases la fazenda, dit le baron. Non seulement pour moi. Mais pour les centaines de personnes pour qui cette terre représente leur survie.

– Le Bon Jésus s'occupera d'elles mieux que vous, dit Pajeú. – Il était évident qu'il ne voulait pas être agressif ; il parlait en se forçant au respect ; il semblait déconcerté par l'incapacité du baron à accepter les vérités les plus aveuglantes. – Quand vous serez parti, ils iront tous à Belo Monte.

– À ce moment-là, Moreira César l'aura rayé de la carte, dit le baron. Ne comprends-tu pas que les escopettes et les couteaux ne peuvent résister à une armée ?

Non, il ne comprendrait jamais. Il était aussi vain de le raisonner que de discuter avec Moreira César ou avec Gall. Le baron eut un frisson ; c'était comme si le monde eût perdu la raison et se laissât mener uniquement par des croyances aveugles et irrationnelles.

– À quoi a servi que je vous aie envoyé de la nourriture, des animaux, du grain ? dit-il. L'arrangement d'Antonio Vilanova c'était que vous ne toucheriez pas Calumbi ni mes gens. C'est comme ça que le Conseiller tient parole ?

– Il doit obéir au Père, expliqua Pajeú.

– Alors c'est donc Dieu qui a ordonné de brûler ma maison ? murmura le baron.

– Le Père, corrigea le caboclo vivement, comme pour éviter un très grave malentendu. Le Conseiller ne veut de mal ni à vous ni à votre famille. Tous ceux qui veulent partir le peuvent.

– Très aimable de ta part, répliqua le baron, sarcastique. Je ne laisserai pas brûler ma maison. Je ne partirai pas.

Une ombre voila le regard du caboclo et la cicatrice de son visage se crispa.

– Si vous ne partez pas, je vais devoir attaquer et tuer des gens que vous pouvez sauver, expliqua-t-il, chagriné. Vous tuer, vous et votre famille. Je ne veux pas que ces morts retombent sur ma conscience. De plus, il n'y aurait presque pas de résistance. – Il désigna de la main derrière lui. – Demandez-le à Aristarco.

Il attendit, implorant du regard une réponse tranquillisante.

– Peux-tu me donner une semaine ? murmura à la fin le baron. Je ne peux pas partir...

– Un jour, l'interrompit Pajeú. Vous pouvez emporter ce que vous voudrez. Je ne peux attendre davantage. Le Chien arrive à Belo Monte et je dois être là-bas, moi aussi. – Il remit son chapeau, fit demi-tour et, de dos, en guise de salut, il ajouta en traversant le seuil suivi d'Aristarco. – Loué soit le Bon Jésus.

Le baron remarqua que son cigare s'était éteint. Il secoua la cendre, le ralluma et tandis qu'il tirait une bouffée, il calcula qu'il n'avait aucune possibilité de demander de l'aide à Moreira César avant l'échéance du délai. Alors, avec fatalisme – lui aussi, en fin de compte, il était sertanejo – il se demanda comment Estela prendrait la destruction de cette maison et de cette terre si unies à leurs vies.

Une demi-heure plus tard il était dans la salle à manger, avec Estela à sa droite et Galileo Gall à sa gauche, assis tous trois dans les chaises « autrichiennes » à haut dossier. Il ne faisait pas encore nuit, mais les domestiques avaient allumé les lampes. Le baron observa Gall : il portait les cuillerées à sa bouche sans appétit et avait cet air tourmenté qui le caractérisait. Il lui avait dit qu'il pouvait, s'il voulait se dégourdir les jambes, sortir à l'extérieur, mais Gall, sauf quand il bavardait avec lui, demeurait dans sa chambre – la même qu'avait occupée Moreira César – à écrire. Le baron lui avait demandé un témoignage de tout ce qui lui était arrivé depuis son entrevue avec Epaminondas Gonçalves. « En échange de cela retrouverai-je la liberté ? » lui avait demandé Gall. Le baron fit non de la tête : « Vous êtes la meilleure arme dont je dispose contre mes ennemis. » Le révolutionnaire était resté muet et le baron doutait qu'il fût en train de rédiger ses aveux. Qu'est-ce alors qu'il pouvait griffonner, jour et nuit ? Il ressentit de la curiosité, au milieu de son abattement.

– Un idéaliste ? – La voix de Gall le surprit. – Un homme dont on rapporte tant d'atrocités ?

Il comprit que l'Écossais, sans le prévenir, reprenait la conversation de son bureau.

– Trouvez-vous bizarre que le colonel soit un idéaliste ? reprit-il en anglais. Il l'est, sans aucun doute. Ni l'argent, ni les honneurs, ni même le pouvoir ne l'intéressent. Ce sont des choses abstraites qui le poussent à agir : un nationalisme maladif, l'idolâtrie du progrès technique, la croyance que seule l'armée peut mettre de l'ordre et sauver ce pays du chaos et de la corruption. Un idéaliste à la façon de Robespierre...

Il se tut, tandis qu'un domestique desservait. Il joua avec sa serviette, distrait, pensant que la nuit prochaine tout ce qui l'entourait ne serait plus que décombres et cendres. Il désira un instant qu'un miracle se produisît, que l'armée de son ennemi Moreira César se présentât à Calumbi et empêchât ce crime.

– Comme cela arrive chez maints idéalistes, il est implacable quand il veut matérialiser ses rêves, ajouta-t-il sans que son visage ne laissât paraître ce qu'il pensait. – Son épouse et Gall le regardaient. – Savez-vous ce qu'il a fait à la forteresse d'Anhato Miram, au moment de la révolte fédéraliste contre le maréchal Floriano ? Il a fait exécuter cent quatre-vingt-cinq personnes. Elles s'étaient rendues, mais il n'en tint pas compte. Il voulait faire un exemple.

– Il les a fait décapiter, ajouta la baronne. – Elle parlait anglais sans la désinvolture du baron, lentement, en prononçant précautionneusement chaque syllabe. – Savez-vous comment les paysans l'ont surnommé ? Coupe-cous.

Le baron partit d'un petit rire ; il regardait, sans la voir, l'assiette qu'on venait de lui servir.

– Imaginez ce qui va se passer quand cet idéaliste aura à sa merci les insurgés monarchistes et anglophiles de Canudos, dit-il d'un ton lugubre. Il sait qu'ils ne sont ni l'un ni l'autre, mais c'est utile pour la cause jacobine qu'ils le soient, ce qui revient au même. Pourquoi fait-il cela ? Pour le bien du Brésil, naturellement. Et il croit de toute son âme qu'il en est ainsi.

Il avala avec difficulté et pensa aux flammes qui raseraient Calumbi. Il les vit dévorant tout, il les sentit crépiter.

– Ces pauvres diables de Canudos je les connais bien, dit-il en sentant ses mains humides. Ils sont ignorants, superstitieux, et un charlatan peut leur faire croire que la fin du monde est arrivée. Mais ce sont aussi des gens courageux, endurants, avec un instinct sûr de leur dignité. N'est-ce pas absurde ? Ils vont être sacrifiés en tant que monarchistes et anglophiles, eux qui confondent l'empereur Pedro II avec l'un des apôtres, qui n'ont pas la moindre idée où se trouve l'Angleterre et qui attendent que le roi Dom Sebastião sorte du fond de la mer pour les défendre.

Il porta à nouveau la fourchette à sa bouche et avala une bouchée à laquelle il trouva un goût de suie.

– Moreira César disait qu'il faut se méfier des intellectuels, ajouta-t-il. Plus encore des idéalistes, monsieur Gall.

La voix de ce dernier arriva à ses oreilles comme s'il lui parlait de très loin :

– Laissez-moi partir à Canudos. – Il avait l'air exalté, le regard brillant et semblait ému jusqu'à la moelle. – Je veux mourir pour ce qu'il y a de meilleur en moi, pour ce à quoi je crois, pour ce pourquoi j'ai lutté. Je ne veux pas finir comme un idiot. Ces pauvres diables représentent ce qu'il y a de plus digne sur cette terre, la souffrance qui se révolte. Malgré l'abîme qui nous sépare, vous pouvez me comprendre.

La baronne, d'un geste, signifia au domestique qu'il devait desservir et sortir.

– Je ne vous sers à rien, ajouta Gall. Je suis naïf, peut-être, mais pas fanfaron. Ce n'est pas un chantage mais un fait. Cela ne vous servira à rien de me livrer aux autorités, à l'armée. Je ne dirai rien. Et s'il le faut, je mentirai, je jurerai que j'ai été payé par vous pour accuser Epaminondas Gonçalves de quelque chose qu'il n'a pas fait. Parce que bien qu'il soit un rat et vous un gentilhomme, je préférerai toujours un jacobin à un monarchiste. Nous sommes ennemis, baron, ne l'oubliez pas.

La baronne tenta de se lever.

– Il n'est pas nécessaire que tu t'en ailles, la retint le baron.

Il écoutait Gall mais ne pensait qu'au feu qui allait embraser Calumbi. Comment le dire à Estela ?

– Laissez-moi partir à Canudos, répéta Gall.

– Mais pourquoi ? s'écria la baronne. Les jagunços vous prendront pour un ennemi et vous tueront. Ne dites-vous pas que vous êtes athée, anarchiste ? Qu'est-ce que cela a à voir avec Canudos ?

– Les jagunços et moi avons bien des choses en commun, madame, bien qu'ils ne le sachent pas, dit Gall. – Il marqua un temps d'arrêt puis demanda : – Pourrai-je partir ?

Le baron, sans s'en apercevoir, s'adressa à son épouse, en portugais :

– Nous devons nous en aller, Estela. Ils vont brûler Calumbi. Il n'y a pas d'autre solution. Je n'ai pas d'hommes pour résister et cela ne vaut pas la peine de se suicider. – Il vit que son épouse demeurait immobile, qu'elle pâlissait beaucoup, qu'elle se mordait les lèvres. Il pensa qu'elle allait s'évanouir. Il se tourna vers Gall : – Comme vous le voyez, Estela et moi avons quelque chose de grave dont nous devons parler. J'irai dans votre chambre plus tard.

Gall se retira aussitôt. Les maîtres de céans restèrent silencieux. La baronne attendait, sans ouvrir la bouche. Le baron lui rapporta sa conversation avec Pajeú. Il remarqua qu'elle faisait des efforts pour avoir l'air serein, mais elle y parvenait à peine : elle était blême, tremblante. Il l'avait toujours beaucoup aimée, mais dans ces moments de crise, en outre, il l'avait admirée. Jamais il ne l'avait vue faiblir ; derrière cette apparence délicate, gracile, futile, il y avait un être fort. Il pensa que cette fois encore elle serait sa meilleure défense contre l'adversité. Il lui expliqua qu'ils ne pourraient presque rien emporter, qu'ils devaient ranger dans des malles les choses les plus précieuses et les enterrer, quant au reste, mieux valait le distribuer entre les domestiques et les péons.

– Il n'y a donc rien à faire ? murmura la baronne, comme si quelque ennemi allait l'entendre.

Le baron secoua la tête : rien.

– En réalité ils ne veulent pas nous faire de mal, ils veulent tuer le diable et faire reposer la terre. On ne peut pas les raisonner. – Il haussa les épaules et, comme il sentit qu'il allait s'émouvoir, il mit fin à la conversation. – Nous partirons demain à midi. C'est le délai qu'ils m'ont fixé.

La baronne acquiesça. Ses traits s'étaient tirés, des plis creusaient son front et ses dents s'entrechoquaient.

– Alors il faudra travailler toute la nuit, dit-elle en se levant.

Le baron la vit s'éloigner et sut qu'avant tout elle était allée le raconter à Sebastiana. Il fit appeler Aristarco et discuta avec lui des préparatifs du voyage. Puis il s'enferma dans son bureau et durant un long moment déchira cahiers, papiers, lettres. Ce qu'il emporterait tiendrait dans deux petites valises. Quand il gagna la chambre de Gall il vit que Sebastiana et Estela étaient en pleine action. La maison était en proie à une activité fébrile, des domestiques circulaient de tous côtés, portant des objets, décrochant des tentures, remplissant des paniers, des caisses, des malles et chuchotant d'un air de panique. Il entra sans frapper. Gall écrivait sur le guéridon et, en l'entendant, la plume encore à la main, il l'interrogea du regard.

– Je sais que c'est une folie de vous laisser partir, dit le baron avec un demi-sourire qui était en réalité une grimace. Ce que je devrais faire c'est vous promener à Salvador, à Rio, comme l'on a fait avec vos cheveux, avec le faux cadavre, avec les faux fusils anglais...

Il laissa sa phrase inachevée, gagné par le découragement.

– Ne vous y trompez pas, dit Galileo. – Il était tout près du baron et leurs genoux se touchaient. – Je ne vais pas vous aider à résoudre vos problèmes, je ne serai jamais votre collaborateur. Nous sommes en guerre et toutes les armes sont bonnes.

Il parlait sans agressivité et le baron le voyait déjà loin : tout petit, pittoresque, inoffensif, absurde.

– Toutes les armes sont bonnes, murmura-t-il. C'est la définition de cette époque, du vingtième siècle qui arrive, monsieur Gall. Je ne suis pas surpris que ces fous pensent que la fin du monde est arrivée.

Il voyait tant d'angoisse sur le visage de l'Ecossais qu'il sentit subitement de la pitié pour lui. Il pensa : « Tout ce qu'il désire c'est aller mourir comme un chien parmi des gens qui ne le comprennent pas et qu'il ne comprend pas. Il croit qu'il va mourir comme un héros et en réalité il va mourir comme ce qu'il redoute : comme un idiot. » Le monde entier lui sembla victime d'un malentendu sans remède.

– Vous pouvez partir, lui dit-il. Je vous donnerai un guide. Quoique je doute que vous arriviez à Canudos.

Il vit le visage de Gall s'illuminer et l'entendit balbutier un merci.

– Je ne sais pas pourquoi je vous laisse partir, ajouta-t-il. Je suis fasciné par les idéalistes, quoique je n'aie pour eux aucune sympathie, aucune. Mais peut-être en ai-je après tout pour vous, parce que vous êtes un homme irrémédiablement perdu et votre fin sera le résultat d'une erreur.

Mais il se rendit compte que Gall ne l'entendait pas. Il ramassait les pages écrites sur le guéridon et les lui tendait :

– C'est un résumé de ce que je suis, de ce que je pense. – Son regard, ses mains, sa peau semblaient en effervescence. – Peut-être n'êtes-vous pas la personne la plus indiquée pour que je vous confie cela, mais je n'ai personne d'autre sous la main. Lisez-le, et ensuite je vous serais reconnaissant de bien vouloir l'envoyer à cette adresse, à Lyon. C'est une revue que publient des amis. Je ne sais si elle continue à paraître... – Il se tut, comme honteux de quelque chose. – À quelle heure puis-je partir ?

– Tout de suite, dit le baron. Je n'ai pas besoin de vous rappeler ce que vous risquez, je suppose. Très probablement vous tomberez entre les mains de l'armée. Et le colonel vous exécutera de toute façon.

– On ne tue pas les morts, monsieur, comme vous l'avez dit, répliqua Gall. Souvenez-vous qu'on m'a tué à Ipupiará.

V

Le groupe d'hommes avance sur l'étendue sablonneuse, les yeux vissés sur la garrigue. Les visages brillent d'espoir, sauf celui du journaliste myope qui, depuis le départ du campement, pense : « Ce sera inutile. » Il n'a rien révélé de ce défaitisme contre lequel il lutte depuis qu'on a rationné l'eau. La maigre nourriture n'est pas un problème pour lui et son éternelle absence d'appétit. En revanche, il supporte mal la soif. À tout instant, il se surprend à compter le temps qui le sépare de la prochaine gorgée d'eau, selon l'horaire rigoureux qui a été imposé. Peut-être pour cela accompagne-t-il la patrouille du capitaine Olimpio de Castro. Il serait sage de profiter de ces heures au campement pour se reposer. Cette randonnée pour lui, si mauvais cavalier, le fatiguera et, naturellement, accroîtra sa soif. Mais non, là-bas au campement l'angoisse s'emparerait de lui, lui soufflerait de lugubres suppositions. Ici du moins il est obligé de se concentrer sur l'effort que représente pour lui de ne pas tomber de cheval. Il sait que ses besicles, ses vêtements, son corps, son pupitre, son encrier sont des motifs de moquerie parmi les soldats. Mais cela ne le dérange pas.

Le guide qui conduit la patrouille signale le puits. L'expression que le journaliste voit se peindre chez cet homme suffit à lui faire comprendre que ce puits aussi a été aveuglé par les jagunços. Les soldats se précipitent avec des récipients en se bousculant ; il entend le bruit des boîtes de fer-blanc heurtant les pierres au fond et il voit la déception, l'amertume des hommes. Que fait-il ici ? Pourquoi n'est-il pas dans sa maisonnette désordonnée de Salvador, parmi ses livres, fumant une pipe d'opium, ressentant cette grande paix ?

– Bon, il fallait s'y attendre, murmure le capitaine Olimpio de Castro. Combien de puits reste-t-il aux environs ?

– Seulement deux. – Le guide fait un geste sceptique. – Je ne crois pas que cela vaille la peine.

– N'importe, allez-y, l'interrompt le capitaine. Vous devez être de retour avant qu'il fasse nuit, sergent.

L'officier et le journaliste font un bout de chemin avec le reste de la patrouille et lorsqu'ils sont loin de la garrigue, à nouveau sur le sol calciné, ils entendent le guide murmurer que la prophétie du Conseiller s'accomplit : le Bon Jésus enfermera Canudos dans un cercle, hors duquel disparaîtra la vie végétale, animale, puis humaine.

– Si tu crois cela, que fais-tu avec nous ? lui demande Olimpio de Castro.

Le guide se touche la gorge :

– J'ai encore plus peur du Coupe-cous que du Chien.

Quelques soldats rient. Le capitaine et le journaliste myope s'écartent de la patrouille. Ils galopent un moment jusqu'à ce que l'officier, par pitié pour son compagnon, remette son cheval au pas. Le journaliste, soulagé, violentant son horaire, boit une gorgée d'eau. Trois quarts d'heure plus tard ils aperçoivent les baraques du campement.

Ils viennent de passer la première sentinelle quand le nuage de poussière de l'autre patrouille, qui vient du Nord, les rejoint. Le lieutenant qui la commande, très jeune, couvert de terre, est content.

– Alors ? lui dit Olimpio de Castro en guise de salut. L'avez-vous trouvé ?

Le lieutenant le lui montre du menton. Le journaliste myope découvre le prisonnier. Il a les mains attachées, une expression terrorisée et cette longue chemise a dû être sa soutane. Il est de petite taille, ventru, robuste, avec des mèches blanches aux tempes. Son regard se porte dans toutes les directions. La patrouille poursuit sa marche, suivie par le capitaine et le journaliste. Quand elle arrive devant la tente du chef du Septième Régiment, deux soldats secouent les vêtements du prisonnier. Son arrivée provoque de l'agitation, beaucoup s'approchent pour l'observer. Le petit homme claque des dents et regarde avec panique, comme redoutant qu'on ne le frappe. Le lieutenant l'entraîne à l'intérieur de la tente et le journaliste myope se glisse derrière eux.

– Mission accomplie, Excellence, dit le jeune officier, en claquant les talons.

Moreira César se lève de sa petite table pliante, où il est assis entre le colonel Tamarindo et le major Cunha Matos. Il s'approche et examine le prisonnier de ses petits yeux froids. Son visage ne laisse passer aucune émotion, mais le journaliste myope remarque qu'il se mord la lèvre inférieure, comme chaque fois que quelque chose l'impressionne.

– Bon travail, lieutenant, dit-il en lui tendant la main. Allez vous reposer maintenant.

Le journaliste myope voit que les yeux du colonel se posent un instant sur les siens et il craint qu'il ne lui ordonne de sortir. Mais non. Moreira César étudie le prisonnier avec attention. Ils sont presque de la même taille, quoique l'officier soit beaucoup plus mince.

– Vous êtes mort de trouille.

– Oui, Excellence, bégaye le prisonnier. – C'est à peine s'il peut parler, tant il tremble. – J'ai été maltraité. Ma condition de prêtre...

– Ne vous a pas empêché de vous mettre au service des ennemis de votre patrie, l'interrompt le colonel.

Il fait un pas en avant, face au curé de Cumbe qui a baissé la tête.

– Je suis un homme pacifique, Excellence, gémit-il.

– Non, vous êtes un ennemi de la République, au service de la subversion restauratrice et d'une puissance étrangère.

– Une puissance étrangère ? balbutie le Père Joaquim, avec une si grande stupeur qu'elle a interrompu sa peur.

– Je n'admets pas de votre part l'alibi de la superstition, ajoute Moreira César d'une voix douce, les mains derrière le dos. Ces bêtises de la fin du monde, du Diable et de Dieu.

Les autres personnes suivent, muettes, les déplacements du colonel. Le journaliste myope sent au bout de son nez le chatouillement qui précède l'éternuement et cela, il ne sait pas pourquoi, l'alarme.

– Votre peur me révèle que vous êtes au courant, monsieur le curé, dit Moreira César avec âpreté. En effet, nous avons les moyens de faire parler le jagunço le plus brave. Alors ne nous faites pas perdre notre temps.

– Je n'ai rien à cacher, balbutie le curé, tremblant à nouveau. Je ne sais pas si j'ai bien fait ou mal fait, je suis troublé...

– Avant tout, les complicités extérieures, l'interrompt le colonel et le journaliste myope note que l'officier agite nerveusement ses doigts noués derrière son dos. Propriétaires terriens, hommes politiques, conseillers militaires, du pays ou anglais.

– Anglais ? s'écrie le curé les yeux exorbités. Je n'ai jamais vu un étranger à Canudos, seulement les gens les plus humbles et les plus pauvres. Quel propriétaire terrien, quel homme politique mettrait les pieds au milieu de tant de misère ! Je vous assure, monsieur. Il y a des gens venus de loin, bien sûr. De Pernambouc, de Piaui. C'est une des choses qui me surprennent. Comment tant de gens ont pu...

– Combien de gens ? l'interrompt le colonel et le petit curé sursaute.

– Des milliers, murmure-t-il. Cinq, huit mille, je ne sais pas. Les plus pauvres, les plus miséreux. Quelqu'un qui a vu beaucoup de misère vous le dit. Ici elle abonde, avec la sécheresse, les épidémies. Mais là-bas on dirait que les fléaux se sont donné rendez-vous, que Dieu les y a rassemblés. Des malades, des invalides, tous ceux qui ont perdu l'espoir, vivant les uns sur les autres. N'était-ce pas mon devoir de prêtre d'être avec eux ?

– La politique de l'Église catholique a toujours consisté à se trouver où elle croit qu'il lui convient, dit Moreira César. Est-ce votre évêque qui vous a ordonné d'aider les factieux ?

– Et pourtant, malgré la misère, ces gens sont heureux, balbutie le Père Joaquim comme s'il n'avait pas entendu. – Ses yeux voltigent de Moreira César à Tamarindo et Cunha Matos. – Les plus heureux que j'aie jamais vus, monsieur. C'est difficile de l'admettre, même pour moi. Mais c'est ainsi, c'est ainsi. Il leur a donné une tranquillité d'esprit, une résignation face aux privations et aux souffrances qui tient du miracle.

– Parlons des balles explosives, dit Moreira César. Elles pénètrent dans le corps et explosent comme une grenade, en ouvrant des cratères. Les médecins n'avaient jamais vu de telles blessures au Brésil. D'où viennent-elles ? Un miracle, aussi ?

– Je ne connais rien aux armes, balbutie le Père Joaquim. Vous ne le croyez pas mais c'est vrai, Excellence. Je vous le jure sur l'habit que je porte. Il se passe quelque chose d'extraordinaire là-bas. Ces gens vivent dans la grâce de Dieu.

Le colonel le regarde goguenard. Mais dans son coin le journaliste myope a oublié sa soif et se suspend aux paroles du curé, comme si ce qu'il disait était pour lui une affaire de vie ou de mort.

– Des saints, justes, bibliques, élus de Dieu ? Voilà ce que je dois avaler ? dit le colonel. C'est ce que sont ceux qui brûlent les propriétés, assassinent et nomment Antéchrist la République ?

– Je me fais mal comprendre, Excellence, glapit le prisonnier. Ils ont commis des actes terribles, naturellement. Mais, mais...

– Mais vous êtes leur complice, gronde le colonel. Quels autres curés les aident ?

– C'est difficile à expliquer, le curé de Cumbe baisse la voix. Au début j'allais leur dire la messe et je n'ai jamais vu pareille ferveur, une telle participation. Extraordinaire la foi de ces gens, monsieur. N'était-ce pas un péché de leur tourner le dos ? C'est pourquoi j'ai continué à y aller, malgré l'interdiction de l'archevêque. N'était-ce pas un péché de laisser sans sacrements ceux qui croient comme je n'ai jamais vu personne croire ? Pour eux la religion est tout dans la vie. Je vous ouvre ma conscience. Je sais que je ne suis pas un prêtre digne, monsieur.

Le journaliste myope voudrait, soudain, avoir avec soi son pupitre, sa plume, son encrier, ses papiers.

– J'ai eu une concubine, j'ai vécu maritalement pendant de nombreuses années, balbutie le curé de Cumbe. J'ai des enfants, monsieur.

Il reste la tête basse, tremblant, et c'est sûr, pense le journaliste myope, qu'il ne perçoit pas le petit rire du major Cunha Matos. Il pense qu'il est sûrement rouge de honte sous la croûte de terre qui barbouille son visage.

– Qu'un curé ait des enfants ne m'empêche pas de dormir, dit Moreira César. Mais en revanche oui, que l'Église catholique soit avec les factieux. Quels autres prêtres aident Canudos ?

– Et il m'a donné une leçon, poursuit le Père Joaquim. Voir comment j'étais capable de vivre en faisant abstraction de tout, voué à l'esprit, au plus important. Est-ce que Dieu, l'âme ne devraient pas être notre première préoccupation ?

– Le Conseiller, demande Moreira César, sarcastique. Un saint, sans doute ?

– Je ne le sais pas, Excellence, dit le prisonnier. Je me le demande chaque jour depuis que je l'ai vu à Cumbe, il y a de ça bien des années. Un fou, pensais-je au début, comme la hiérarchie ecclésiastique. Des Pères capucins, envoyés par l'archevêque, sont venus vérifier. Ils n'ont rien compris, ils ont pris peur, eux aussi ils ont dit qu'il était fou. Mais comment expliquer alors, monsieur ? Ces conversions, cette sérénité d'esprit, le bonheur de tant de misérables.

– Et comment s'expliquent les crimes, la destruction des propriétés, les attaques contre l'Armée ? l'interrompt le colonel.

– C'est vrai, c'est vrai, ils n'ont pas d'excuse, acquiesce le Père Joaquim. Mais ils ne se rendent pas compte de ce qu'ils font. C'est-à-dire, ce sont des crimes qu'ils commettent de bonne foi. Par amour de Dieu, monsieur. Il y a une grande confusion, assurément.

Terrorisé, il regarde autour de lui, comme s'il avait dit quelque chose qui pourrait provoquer une tragédie.

– Quels sont ceux qui ont inculqué à ces malheureux que la République est l'Antéchrist ? Qui a transformé ces folies religieuses en un mouvement militaire dirigé contre le régime ? Voilà ce que je veux savoir, monsieur le curé. – Moreira César élève la voix, qui devient glapissante. – Qui a mis ces pauvres gens au service des hommes politiques qui veulent restaurer la monarchie au Brésil ?

– Ce ne sont pas des hommes politiques, ils ne connaissent rien à la politique, glapit le Père Joaquim. Ils sont contre le mariage civil, c'est pourquoi ils parlent de l'Antéchrist. Ce sont de purs chrétiens, monsieur. Ils ne peuvent comprendre qu'il y ait un mariage civil quand il existe un sacrement créé par Dieu...

Mais il se tait, après avoir émis un grognement, parce que Moreira César a dégainé son pistolet. Il relève le cran de sûreté, calmement, et vise le prisonnier à la tempe. Le cœur du journaliste myope ressemble à une grosse caisse et ses tempes lui font mal sous l'effort qu'il fait pour contenir l'éternuement.

– Ne me tuez pas ! Ne me tuez pas, sur ce qui vous est le plus cher, Excellence, monsieur !

Il s'est laissé tomber à genoux.

– Malgré mon avertissement, vous nous faites perdre du temps, monsieur le curé, dit le colonel.

– C'est vrai, je leur ai apporté des médicaments, des provisions, j'ai fait leurs commissions, gémit le Père Joaquim. Ainsi que des explosifs, de la poudre, des cartouches de dynamite. Je les achetais pour eux aux mines de Caçabú. Ce fut une erreur, sans doute. Je ne sais pas, monsieur, je ne pensais pas. Ils provoquent chez moi un tel malaise, une telle envie, à cause de cette foi, de cette sérénité d'esprit que je n'ai jamais connues. Ne me tuez pas !

– Quels sont ceux qui les aident ? demande le colonel. Qui leur fournit des armes, des provisions, de l'argent ?

– Je ne sais pas qui les aide, je ne sais pas, pleurniche le curé. C'est-à-dire oui, plusieurs propriétaires terriens. C'est l'habitude, monsieur, comme avec les bandits. Leur donner quelque chose pour qu'ils n'attaquent pas, pour qu'ils partent vers d'autres terres.

– Est-ce que de la propriété du baron de Canabrava aussi ils reçoivent de l'aide ? l'interrompt Moreira César.

– Oui, je suppose que de Calumbi aussi, monsieur. C'est l'habitude. Mais cela a changé, beaucoup sont partis. Je n'ai jamais vu un propriétaire terrien, un politicien ou un étranger à Canudos. Seulement des misérables, monsieur. Je vous dis tout ce que je sais. Je ne suis pas comme eux, je ne veux pas être un martyr, ne me tuez pas.

Sa voix s'étrangle et il éclate en sanglots, ramassé sur lui-même.

– Il y a du papier sur cette table, dit Moreira César. Je veux une carte détaillée de Canudos. Les rues, les entrées, les défenses du village.

– Oui, oui, le Père Joaquim rampe vers la petite table pliante. Tout ce que je sais, je n'ai pas de raison de vous mentir.

Il se juche sur le siège et commence à dessiner. Moreira César, Tamarindo et Cunha Matos l'entourent. Dans son coin, le journaliste du *Jornal de Notícias* se sent soulagé. Il ne verra pas voler en éclats la tête du petit curé. Il aperçoit son profil angoissé tandis qu'il dessine la carte qu'on lui a demandée. Il l'entend répondre précipitamment aux questions sur les tranchées, les pièges, les chemins coupés. Le journaliste myope s'assoit par terre et éternue deux, trois, dix fois. La tête lui tourne et il sent à nouveau, inextinguible, sa soif. Le colonel et les autres officiers parlent avec le prisonnier de « nids de fusiliers » et de « postes avancés » – ce dernier ne semble pas bien comprendre de quoi il s'agit – et il ouvre sa gourde pour y boire un long trait, en pensant qu'il viole une fois de plus son horaire. Distrait, étourdi, absent, il entend discuter les officiers des informations confuses fournies par le curé et le colonel expliquer où seront installés les canons et les mitrailleuses, et de quelle façon devront se déployer les compagnies pour prendre les jagunços en tenaille. Il l'entend dire :

– Nous devons leur interdire toute possibilité de fuite.

L'interrogatoire est fini. Deux soldats viennent chercher le prisonnier. Avant qu'il ne sorte, Moreira César lui dit :

– Comme vous connaissez cette région, vous aiderez les guides. Et vous nous aiderez à identifier les meneurs, le moment venu.

– J'ai cru que vous alliez le tuer, dit, du sol, le journaliste myope, quand le curé est sorti.

Le colonel le regarde comme s'il venait seulement de le découvrir.

– Ce curé nous sera utile à Canudos, répond-il. De plus il convient qu'on sache que l'adhésion de l'Église à la République n'est pas aussi sincère que d'aucuns le croient.

Le journaliste myope sort de la tente. La nuit est tombée et la lune, grande et jaune, baigne de sa lumière le campement. Tandis qu'il avance vers la baraque qu'il partage avec le vieux journaliste frileux, la sonnerie du repas retentit. L'écho de la trompette se répercute au loin. Ici et là des feux ont été allumés, et il passe au milieu de soldats qui vont à la recherche de leur maigre ration. Dans la baraque, il trouve son collègue. Comme toujours il porte son foulard noué autour du cou. Tandis qu'ils font la queue, le journaliste du *Jornal de Notícias* lui raconte tout ce qu'il a vu et entendu dans la tente du colonel. Ils mangent, assis par terre, en bavardant, l'épais rata au vague goût de manioc, un peu de farinha et deux carrés de sucre. On leur donne aussi du café qui leur paraît merveilleux.

– Qu'est-ce qui vous a impressionné autant ? lui demande son collègue.

– Nous ne comprenons pas ce qui se passe à Canudos, répond-il. C'est plus compliqué, plus confus que je ne croyais.

– Bon, moi je n'ai jamais cru que les émissaires de Sa Majesté britannique se promenaient dans le sertão, si vous vous référez à cela, grogne le vieux journaliste. Mais je ne peux pas non plus avaler l'histoire du cureton selon laquelle il n'y a qu'amour de Dieu derrière tout cela. Trop de fusils, trop de stratèges, une tactique fort bien conçue pour que tout cela soit l'œuvre de sébastianistes analphabètes.

Le journaliste myope ne dit rien. Ils retournent à leur baraque et aussitôt le vieux se couvre et s'endort. Mais lui demeure éveillé, écrivant sur son écritoire portatif posé sur ses genoux, à la lumière d'une lampe à huile. Il s'affale sur sa couverture lorsqu'il entend l'extinction des feux. Il imagine les soldats qui dorment à la belle étoile, tout habillés, au pied de leurs fusils mis en faisceaux, et les chevaux, dans leur enclos, près des pièces d'artillerie. Il reste un bon moment éveillé en pensant aux sentinelles qui parcourent le périmètre du campement et qui, tout au long de la nuit, communiqueront entre elles au moyen de sifflets. Mais en même temps, sous-jacente, taraudante, troublante, une autre préoccupation envahit sa conscience : celle du curé prisonnier, ses balbutiements, ses paroles. Ont-ils raison son collègue, le colonel ? Canudos peut-il s'expliquer selon les concepts familiers de conjuration, rébellion, subversion, intrigues politiques en vue de la restauration monarchique ? Aujourd'hui, en entendant le petit curé épouvanté, il a eu la certitude que non. Il s'agit de quelque chose de plus diffus, inactuel, inhabituel, quelque chose que son scepticisme lui interdit d'appeler divin ou diabolique ou simplement spirituel. Quoi, alors ? Il passe sa langue sur le goulot de sa gourde vide et peu après tombe endormi.

Quand la première clarté pointe à l'horizon, on entend, à un bout du campement, le tintement des sonnailles et les bêlements. Un petit fourré d'arbustes commence à s'agiter. Quelques têtes se dressent, dans la section qui surveille ce flanc du régiment. La sentinelle qui s'éloignait revient à la hâte. Ceux qui ont été réveillés par le bruit se frottent les yeux, portent leur main à l'oreille. Oui : des bêlements, des clochettes. Sur leurs visages somnolents, assoiffés, affamés, on lit le désir et la joie. Ils ouvrent grands leurs yeux, se font signe de garder silence, ils se lèvent avec précaution et courent vers les arbustes. On y entend toujours les bêlements, le tintement. Les premiers qui atteignent le fourré aperçoivent les moutons, blanchâtres sur l'ombre bleutée : tchoc, tchoc... Ils ont saisi un des animaux quand éclate la fusillade et l'on entend les cris de douleur de ceux qui roulent à terre, atteints par des balles de carabine ou des flèches d'arbalète.

À l'autre bout du campement, la diane retentit, annonçant à la colonne qu'il faut reprendre la marche.

Le bilan de l'embuscade n'est pas très grave – deux morts, trois blessés – et les patrouilles qui poursuivent les jagunços, quoiqu'elles ne les capturent pas, rapportent une douzaine de moutons qui renforcent l'ordinaire. Mais peut-être à cause des difficultés croissantes en alimentation et en eau, peut-être à cause de la proximité de Canudos, la réaction de la troupe face à l'embuscade révèle une nervosité qui ne s'était pas jusqu'à présent manifestée. Les soldats de la compagnie à laquelle appartiennent les victimes demandent à Moreira César que le prisonnier soit exécuté, en représailles. Le journaliste myope constate le changement d'attitude des hommes pressés autour du cheval blanc du chef du Septième Régiment : visages décomposés, haine au fond des yeux. Le colonel les laisse parler, les écoute, acquiesce, tandis qu'ils se disputent la parole. À la fin il leur explique que ce prisonnier n'est pas un jagunço du maquis, mais quelqu'un dont les connaissances seront précieuses pour le régiment à Canudos.

– Vous vous vengerez, leur dit-il. Dans peu de temps. Gardez cette rage, ne la gaspillez pas.

Ce midi, cependant, les soldats ont la vengeance qu'ils désirent. Le régiment passe près d'un promontoire pierreux, où l'on aperçoit – le spectacle est fréquent – la carcasse et la tête d'une vache où tout ce qui est comestible a été arraché par les urubus. Une intuition fait dire à un soldat que cette bête morte est une cache de guetteur. À peine l'a-t-il dit que plusieurs sortent des rangs, courent et, avec des hurlements d'enthousiasme, voient sortir du creux où il était posté, sous la vache, un jagunço squelettique. Ils tombent sur lui, enfoncent dans son corps leurs couteaux, leurs baïonnettes. Aussitôt ils le décapitent et vont montrer sa tête à Moreira César. Ils lui disent qu'ils la tireront au canon sur Canudos, pour que les rebelles sachent ce qui les attend. Le colonel confie au journaliste myope que la troupe se trouve en excellente forme pour le combat.

Bien qu'il eût passé la nuit à voyager, Galileo Gall n'avait pas sommeil. Les montures étaient vieilles et maigres, mais elles ne donnèrent pas signe de fatigue jusqu'au lendemain. Il n'était pas facile de communiquer avec le guide Ulpino, un homme aux traits rudes et à la peau cuivrée qui mâchait du tabac. Ils n'échangèrent pratiquement pas un mot jusqu'à midi où ils firent halte pour manger. Combien de temps mettraient-ils pour atteindre Canudos ? Le guide, crachant la brindille qu'il mordillait, ne lui donna pas de réponse précise. Si les chevaux répondaient, deux ou trois jours. Mais cela en temps normal, et non pas... Maintenant ils ne suivraient pas le chemin en ligne droite, ils iraient en zigzag pour éviter les jagunços et les soldats, car les uns comme les autres leur prendraient leurs animaux. Gall ressentit soudain une grande fatigue et presque aussitôt s'endormit.

Quelques heures plus tard ils reprirent la route. Peu après ils purent se rafraîchir à un minuscule ruisselet d'eau saumâtre. Tandis qu'ils avançaient, entre des collines caillouteuses et des plateaux hérissés de chardons et de cactus, l'impatience tenaillait Gall. Il se rappela cette aube à Queimadas où il aurait pu mourir et où son sexe revint à la vie. Il se perdait au fond de sa mémoire. Il découvrit stupéfait qu'il n'avait aucune idée de la date : ni le jour ni le mois. L'année seulement pouvait encore être 1897. C'était comme si, dans cette région qu'il parcourait incessamment, rejeté de côté et d'autre, le temps eût été aboli, ou comme s'il existait un temps différent, avec son rythme propre. Il essaya de se souvenir de ce qui se passait dans les têtes qu'il avait palpées, ici, avec le sens de la chronologie. Existait-il un organe spécifique lié à la relation de l'homme avec le temps ? Oui, naturellement. Était-ce un petit os, une imperceptible dépression, une température ? Il ne se rappelait pas son siège, mais connaissait bien, en revanche, des aptitudes ou inaptitudes qu'il révélait : ponctualité ou absence de ponctualité, prévision de l'avenir ou improvisation permanente, capacité à organiser méthodiquement la vie ou existences sapées par le désordre, dévorées par la confusion... « Comme la mienne », pensa-t-il. Oui, il était un cas typique de personnalité dont le destin était le tumulte chronique, une vie qui de tous côtés se défaisait en chaos... Il l'avait vérifié à Calumbi, quand il essayait fébrilement de résumer ce à quoi il croyait et les faits principaux de sa biographie. Il avait eu l'impression démoralisante qu'il lui était impossible d'ordonner, de hiérarchiser ce vertige de voyages, de paysages, de gens, de convictions, de dangers, d'exaltations, d'infortunes. Et fort probablement les papiers qu'il avait laissés entre les mains du baron de Canabrava ne traduiraient pas assez ce qui assurément était constant dans sa vie, cette loyauté qui n'avait jamais failli, quelque chose qui pouvait donner un semblant d'ordre au désordre : sa passion révolutionnaire, sa grande haine du malheur et de l'injustice dont souffraient tant d'hommes, sa volonté de contribuer de quelque façon à ce que cela changeât. « Rien de ce que vous croyez n'est certain et votre idéal n'a rien à voir avec ce qui se passe à Canudos. » La phrase du baron résonna à nouveau à ses oreilles et l'irrita. Que pouvait donc comprendre à son idéal un propriétaire terrien aristocrate qui vivait comme si la révolution française n'avait pas eu lieu ? Quelqu'un qui tenait « l'idéalisme » pour un gros mot ? Que pouvait comprendre à Canudos une personne à qui les jagunços avaient ravi une fazenda et brûlé une autre ? Calumbi était, sans aucun doute, en ce moment, la proie des flammes. Alors que lui pouvait comprendre ce feu, il savait fort bien que ce n'était pas l'œuvre du fanatisme ou de la folie. Les jagunços détruisaient là le symbole de l'oppression. Obscurément, sagement, ils devinaient que des siècles de régime de propriété privée arrivaient à s'enraciner de telle sorte dans l'esprit des exploités que ce système pouvait leur sembler de droit divin et les propriétaires terriens des êtres d'une essence supérieure, des demi-dieux. Le feu n'était-il pas la meilleure manière de prouver la fausseté de ces mythes, de dissiper les craintes des victimes, de faire voir aux masses affamées que le pouvoir des propriétaires était destructible, que les pauvres avaient la force nécessaire pour en finir avec lui ? Le Conseiller et ses hommes, malgré les scories religieuses qu'ils charriaient, savaient où il fallait frapper. Aux fondements mêmes de l'oppression : la propriété, l'armée, la morale obscurantiste. Avait-il commis une erreur en écrivant ces pages autobiographiques qu'il avait remises au baron ? Non, elles ne porteraient pas préjudice à la cause. Mais n'était-ce pas absurde de confier quelque chose d'aussi personnel à un ennemi ? Parce que le baron était son ennemi. Pourtant il ne ressentait pas envers lui de l'animadversion. Peut-être parce que, grâce à lui, il avait pu sentir qu'il comprenait tout ce qu'il entendait et qu'on comprenait tout ce qu'il leur disait ; c'était quelque chose qui ne lui était pas arrivé depuis son départ de Salvador. Pourquoi avait-il écrit ces pages ? Parce qu'il savait qu'il allait mourir ? Les avait-il écrites dans un accès de faiblesse bourgeoise, parce qu'il ne voulait pas disparaître sans laisser de trace de son passage sur terre ? Soudain l'idée qu'il avait engrossé Jurema lui traversa l'esprit. Il sentit une sorte de panique. L'idée d'avoir un enfant lui avait toujours causé une répulsion viscérale et peut-être est-ce cela qui avait influencé sa décision à Rome d'abstinence sexuelle. Il s'était toujours dit que son horreur de la paternité était la conséquence de sa conviction révolutionnaire. Comment un homme peut-il être disponible pour l'action s'il a la responsabilité d'un appendice qu'il faut nourrir, habiller, soigner ? Là aussi il avait été constant : ni femme, ni enfants, rien qui pût obérer sa liberté et affaiblir sa révolte.

Quand les étoiles brillèrent, ils mirent pied à terre dans un petit bosquet de velame et de macambira. Ils mangèrent sans parler et Galileo s'endormit avant de prendre le café. Il eut un sommeil agité, traversé d'images de mort. Quand Ulpino le réveilla, la nuit était encore profonde et l'on entendait un gémissement qui pouvait provenir d'un renard. Le guide avait chauffé le café et sellé les chevaux. Il essaya de lier conversation avec Ulpino. Depuis combien de temps travaillait-il pour le baron ? Que pensait-il des jagunços ? Le guide répondait de façon si évasive qu'il n'insista pas. Était-ce son accent étranger qui suscitait la méfiance de ces gens ? Ou une absence de communication plus profonde dans la façon de sentir et de penser ?

À ce moment Ulpino dit quelque chose qu'il ne comprit pas. Il lui fit répéter et cette fois les paroles furent claires : pourquoi allait-il à Canudos ? « Parce qu'il s'y passe des choses pour lesquelles j'ai lutté toute ma vie, lui dit-il. On crée là-bas un monde sans oppresseurs ni opprimés, où tous les hommes sont libres et égaux. » Il lui expliqua, avec les termes les plus simples dont il était capable, pourquoi Canudos était important pour le monde, comment certaines choses que faisaient les jagunços coïncidaient avec un vieil idéal pour lequel bien des hommes avaient donné leur vie. Ulpino ne l'interrompit pas ni ne le regarda tandis qu'il parlait, et Gall ne pouvait éviter de sentir que ce qu'il disait glissait sur le guide, comme le vent sur les rochers, sans le marquer. Quand il se tut, Ulpino, penchant un peu la tête et d'une façon qui parut étrange à Gall, murmura qu'il croyait qu'il allait à Canudos pour sauver sa femme. Et à la surprise de Gall il insista : Rufino n'avait-il pas dit qu'il allait la tuer ? Ne lui importait-il pas qu'il la tuât ? N'était-ce donc pas sa femme ? Pourquoi alors la lui avait-il volée ? « Je n'ai pas de femme, je n'ai volé personne », répliqua Gall avec force. Rufino parlait d'une autre personne, il était victime d'un malentendu. Le guide retourna à son mutisme.

Ils ne se remirent à parler que plusieurs heures après, lorsqu'ils rencontrèrent un groupe de pèlerins, avec des chariots et des jarres, qui leur donnèrent à boire. Lorsqu'ils les laissèrent derrière eux, Gall se sentit abattu. À cause des questions d'Ulpino, si inattendues, et son ton de reproche. Pour ne pas se rappeler Jurema ni Rufino, il pensa à la mort. Il ne la craignait pas, c'est pourquoi il l'avait tant de fois défiée. Si les soldats le capturaient avant d'arriver à Canudos, il leur tiendrait tête jusqu'à les obliger à le tuer, pour ne pas subir l'humiliation de la torture et, peut-être, de sa lâcheté.

Il remarqua qu'Ulpino semblait inquiet. Il y avait une demi-heure qu'ils traversaient une caatinga touffue, au milieu de bouffées d'air chaud, quand le guide se mit à scruter les branches. « Nous sommes entourés, murmura-t-il. Il vaut mieux attendre qu'ils s'approchent. » Ils descendirent de cheval. Gall ne parvenait à distinguer rien qui indiquât des êtres humains aux alentours. Mais, peu après, des hommes armés d'escopettes, d'arbalètes, de machettes et de couteaux surgirent d'entre les arbres. Un Noir, déjà âgé, immense, à moitié nu, fit un salut que Gall ne comprit pas et demanda d'où ils venaient. De Calumbi, répliqua Ulpino, ajoutant qu'ils se rendaient à Canudos en indiquant la route qu'ils avaient suivie pour, affirma-t-il, ne pas tomber sur les soldats. Le dialogue était difficile mais ne lui semblait pas inamical. Il vit là-dessus que le Noir saisissait les rênes du cheval du guide et montait dessus, en même temps qu'un autre faisait de même avec le sien. Il fit un pas vers le Noir et aussitôt ceux qui avaient des escopettes le mirent en joue. Il fit des gestes de paix et demanda qu'on l'écoutât. Il expliqua qu'il devait arriver au plus tôt à Canudos, pour parler avec le Conseiller, lui dire quelque chose d'important, qu'il allait les aider contre les soldats... mais il se tut, dérouté par les visages distants, apathiques, moqueurs des hommes. Le Noir attendit un moment, mais en voyant que Gall demeurait silencieux, il dit quelque chose qu'il ne comprit pas non plus. Et ils partirent aussitôt, aussi discrètement qu'ils étaient apparus.

– Qu'a-t-il dit ? demanda Gall.

– Que Belo Monte et le Conseiller sont défendus par le Père, le Bon Jésus et le Divin, lui répondit Ulpino. Ils n'ont pas besoin d'une autre aide.

Et il ajouta qu'ils n'étaient pas si loin, si bien qu'il ne fallait pas s'inquiéter pour les chevaux. Ils reprirent la route immédiatement. Il est vrai que la caatinga enchevêtrée les forçait à avancer au même rythme qu'à cheval. Mais en perdant leurs chevaux ils avaient perdu aussi leurs provisions, de sorte qu'à partir d'alors ils trompèrent leur faim avec des fruits secs, des tiges et des racines. Comme Gall remarqua que, depuis leur départ de Calumbi, le souvenir des incidents de la dernière étape de sa vie ouvrait les portes de son esprit au pessimisme, il essaya – vieux remède – de se plonger dans des réflexions abstraites et impersonnelles. « La science contre la mauvaise conscience. » Canudos ne constituait-il pas une intéressante exception à la loi historique selon laquelle la religion avait toujours servi à endormir les peuples et à les empêcher de se révolter contre les seigneurs ? Le Conseiller avait utilisé la superstition religieuse pour soulever les paysans contre l'ordre bourgeois et la morale conservatrice, et les opposer à ceux qui traditionnellement s'étaient servis des croyances religieuses pour les maintenir dans la soumission et l'oppression. La religion était, dans le meilleur des cas, ce qu'avait écrit David Hume – un rêve d'hommes malades –, sans doute, mais dans certains cas, comme celui de Canudos, elle pouvait servir à arracher les victimes sociales à leur passivité et les pousser à l'action révolutionnaire, au cours de laquelle les vérités scientifiques, rationnelles, remplaceraient les mythes et fétiches irrationnels. Aurait-il l'occasion d'envoyer une lettre sur ce thème à *L'Étincelle de la révolte* ? Il tenta de nouveau de lier conversation avec son guide. Que pensait Ulpino de Canudos ? Celui-ci continua à mâcher, un long moment, sans répondre. À la fin, avec un tranquille fatalisme, comme si cela ne le concernait pas, il dit : « On leur coupera le cou à tous. » Gall pensa qu'ils n'avaient plus rien à se dire.

En sortant de la caatinga, ils se trouvèrent sur un plateau couvert de xique-xiques, qu'Ulpino coupait avec son couteau ; à l'intérieur il y avait une pulpe aigre-douce qui étanchait la soif. Ce jour-là ils rencontrèrent de nouveaux groupes de pèlerins qui se rendaient à Canudos. Ces gens, qu'ils dépassaient, dont les yeux fatigués laissaient percer un secret enthousiasme, plus fort que leur misère, réconfortèrent Gall. Ils lui rendirent son optimisme, son euphorie. Ils avaient abandonné leurs maisons pour aller en un lieu menacé par la guerre. Cela ne signifiait-il pas que l'instinct populaire visait juste ? Ils s'y rendaient parce qu'ils devinaient que Canudos incarnait leur faim de justice et d'émancipation. Il demanda à Ulpino quand ils arriveraient. À la nuit, sauf accidents. Quels accidents ? Est-ce qu'on pouvait encore leur voler quelque chose ? « On peut nous tuer », dit Ulpino. Mais Gall ne se laissa pas démoraliser. Il pensa, en souriant, que les chevaux perdus étaient, tout compte fait, une contribution à la cause.

Ils se reposèrent dans une ferme déserte, qui avait été incendiée. Il n'y avait ni végétation ni eau. Gall se massa les jambes, engourdies de fatigue. Ulpino murmura soudain qu'ils avaient franchi le cercle. Il montrait du doigt ce qui avait été des étables, des animaux, des vachers et où il n'y avait maintenant que désolation. Le cercle ? Celui qui séparait Canudos du reste du monde. On disait qu'à l'intérieur le Bon Jésus commandait, et dehors, le Chien. Gall ne dit rien. En dernière instance les noms n'importaient guère, ils étaient l'emballage, et s'ils servaient pour que les gens sans instruction pussent identifier plus facilement les contenus, il était indifférent qu'au lieu de dire justice et injustice, liberté et oppression, société émancipée et société de classes, on parlât de Dieu et du Diable. Il pensa qu'il allait arriver à Canudos et voir quelque chose qu'il avait vu, adolescent, à Paris : un peuple en effervescence défendant avec ses griffes et ses dents sa dignité. S'il parvenait à se faire entendre, comprendre, alors oui il pourrait les aider, du moins en partageant avec eux ces choses qu'ils ignoraient et qu'il avait apprises à force de parcourir le monde.

– Vraiment cela ne vous fait rien que Rufino tue votre femme ? entendit-il dire Ulpino. Pourquoi l'avez-vous volée alors ?

Il sentit la colère l'étouffer. Il rugit en bafouillant qu'il n'avait pas de femme : comment osait-il lui poser une question à laquelle il avait déjà répondu ? Il sentait la haine monter contre lui et des envies de l'insulter.

– C'est quelque chose qu'on ne peut comprendre, entendit-il marmonner Ulpino.

Ses jambes lui faisaient mal et il avait les pieds si enflés que, peu après avoir repris la marche, il dit qu'il lui fallait encore se reposer. Il pensa, en s'affalant : « Je ne suis plus ce que j'étais. » Il avait tant maigri, aussi : il regardait, comme s'il ne lui appartenait pas, cet avant-bras osseux sur lequel il appuyait sa tête.

– Je vais voir si je trouve de quoi manger, dit Ulpino. Dormez un peu.

Gall le vit disparaître derrière des arbres sans feuilles.

Alors qu'il ferma les yeux il aperçut sur un tronc, à demi déclouée, une pancarte presque effacée : Caracatá. Le nom flotta dans sa tête tandis qu'il s'endormait.

Tendant l'oreille, le Lion de Natuba pensa : « Il va parler. » Son petit corps frissonna de bonheur. Le Conseiller restait muet sur son grabat, mais le scribe de Canudos savait s'il était éveillé ou endormi par sa respiration. Il se remit à écouter, dans l'obscurité. Oui, il veillait. Ses yeux profonds devaient être fermés et, sous ses paupières, il devait voir l'une de ces apparitions qui descendaient lui parler ou qu'il montait visiter sur les hauts nuages : les saints, la Vierge, Bon Jésus, le Père. Ou bien il devait penser aux choses sages qu'il allait dire le lendemain et que lui transcrirait sur les feuilles de papier que lui apportait le Père Joaquim afin que les futurs croyants les lisent comme ceux d'aujourd'hui les Évangiles.

Il pensa que, puisque le Père Joaquim ne viendrait plus à Canudos, il n'aurait bientôt plus de papier et il lui faudrait écrire sur ces feuillets du magasin des Vilanova qui buvaient l'encre. Le Père Joaquim lui avait rarement adressé la parole et, depuis qu'il l'avait vu – le matin où il était entré à Cumbe en trottinant derrière le Conseiller –, il avait noté aussi dans ses yeux, bien des fois, cette surprise, ce malaise, cette répugnance que sa personne provoquait toujours et ce mouvement rapide pour détourner le regard et l'oublier. Mais la capture du curé par les soldats du Coupe-cous et sa mort probable le peinaient à cause de l'effet que cette nouvelle avait produit chez le Conseiller. « Réjouissons-nous, mes fils », avait-il dit ce soir-là, à l'heure des conseils, à la tour du nouveau Temple : « Belo Monte a son premier saint. » Mais ensuite, au Sanctuaire, le Lion de Natuba avait deviné chez lui une grande tristesse. Il avait refusé de manger ce que lui tendait Maria Quadrado et, tandis que les béates faisaient sa toilette, il n'avait pas prodigué ses caresses habituelles à la petite chèvre d'Alejandrinha Correa (les yeux gonflés à force de pleurer). En appuyant sa tête sur ses genoux, le Lion ne sentit pas la main du Conseiller et, plus tard, il l'entendit soupirer : « Il n'y aura plus de messes, il nous a laissés orphelins. » Le Lion eut le pressentiment de la catastrophe.

C'est pourquoi lui non plus n'arrivait pas à dormir. Qu'arrivait-il ? À nouveau la guerre était proche, et maintenant ce serait pire que lorsque les élus et les chiens s'étaient affrontés au Tabolerinho. On combattrait dans les rues, il y aurait davantage de morts et de blessés et lui serait un des premiers à mourir. Personne ne viendrait le sauver, comme le Conseiller l'avait sauvé de la mort sur le bûcher à Natuba. Par gratitude il était parti avec lui et par gratitude il était resté collé à la personne du saint, sautillant de par le monde, malgré l'effort surhumain que représentaient pour lui qui se déplaçait à quatre pattes ces très longues randonnées. Le Lion comprenait que plusieurs eussent la nostalgie de ces errances. Alors ils étaient peu nombreux et le Conseiller était exclusivement à eux. Comme les choses avaient changé ! Il pensa aux milliers de personnes qui l'enviaient lui qui était jour et nuit près du saint. Cependant, il n'avait plus l'occasion de parler seul à seul avec le seul homme qui l'eût toujours traité comme s'il était semblable aux autres. Parce que le Lion n'avait jamais remarqué chez le Conseiller le moindre indice qu'il vît en lui cet être à l'échine courbée et la tête gigantesque qui ressemblait à un étrange animal né par erreur parmi les hommes.

Il se rappela cette nuit, aux environs de Tepidó, bien des années auparavant. Combien de pèlerins y avait-il autour du Conseiller ? Après les prières, ils avaient commencé à se confesser à voix haute. Quand son tour arriva, le Lion de Natuba, en un élan insensé, dit soudain quelque chose que personne ne lui avait entendu dire avant : « Je ne crois pas en Dieu ni en la religion. Je crois seulement en toi, mon Père, parce que tu me fais me sentir humain. » Il y eut un grand silence. Tremblant de son audace, il sentit sur lui les regards épouvantés des pèlerins. Il eut à nouveau en mémoire les paroles du Conseiller cette nuit-là : « Tu as tant souffert que même les diables échappent à tant de douleur. Le Père sait que ton âme est pure parce que tu es tout le temps en train d'expier. Tu n'as pas à te repentir, Lion : ta vie est pénitence. »

Il répéta mentalement : « Ta vie est pénitence. » Mais il y

avait aussi des instants d'incomparable bonheur. Par exemple, trouver quelque chose de nouveau à lire, un bout de livre, une page de revue, un fragment imprimé quelconque et apprendre ces choses fabuleuses que disaient les lettres. Ou imaginer qu'Almudia était vivante, qu'elle était encore la belle jeune fille de Natuba, qu'il chantait pour elle et qu'au lieu de l'ensorceler et de la tuer, ses chansons la faisaient sourire. Ou appuyer sa tête sur les genoux du Conseiller et sentir ses doigts s'ouvrir un chemin dans sa tignasse et lui masser le cuir chevelu. Cela le berçait, c'était une sensation chaude qui le traversait des pieds à la tête et il sentait que grâce à cette main sur ses cheveux, grâce à ces os contre sa joue, les mauvais moments de la vie étaient rachetés.

Il était injuste, car ce n'est pas seulement envers le Conseiller qu'il était redevable. Les autres ne l'avaient-ils pas porté quand il n'avait plus assez de forces ? N'avaient-ils pas prié de toutes leurs forces, surtout le Ravi, pour qu'il ait la foi ? Maria Quadrado n'était-elle pas envers lui bonne, charitable et généreuse ? Il essaya de penser avec tendresse à la Mère des Hommes. Elle avait fait l'impossible pour le gagner à elle. Lors des pérégrinations, quand elle le voyait exténué, elle lui massait longuement le corps, comme elle faisait avec les extrémités du Ravi. Et quand il eut les fièvres elle l'avait fait dormir dans ses bras, pour lui donner de la chaleur. Elle lui procurait les vêtements dont il s'habillait et c'est elle qui avait eu l'idée des ingénieux gants-souliers de cuir et de bois qui lui permettaient de marcher. Pourquoi, alors, ne l'aimait-il pas ? Sans doute parce qu'il avait aussi entendu la Supérieure du Chœur Sacré, lors des haltes de nuits au désert, s'accuser d'avoir senti du dégoût pour le Lion de Natuba et d'avoir pensé que sa laideur provenait du Malin. Maria Quadrado pleurait en confessant ces péchés et, se frappant la poitrine, elle lui demandait pardon de sa grande perfidie. Il disait qu'il lui pardonnait et l'appelait Mère. Mais, au fond, ce n'était pas vrai. « Je suis rancunier, pensa-t-il. S'il y a un enfer, je brûlerai pendant les siècles des siècles. » D'autres fois, l'idée du feu le terrifiait. Aujourd'hui cela le laissa froid.

Il se demanda, en se rappelant la dernière procession, s'il devait assister encore à une autre. La peur qu'il avait eue !

Que de fois avait-il été sur le point d'être étouffé, piétiné par la foule qui tentait de s'approcher du Conseiller ! La Garde Catholique faisait des efforts inouïs pour ne pas être submergée par les croyants qui, au milieu des torches et de l'encens, tendaient les mains pour toucher le saint. Le Lion s'était vu bousculer, poussé à terre et dut hurler pour que la Garde Catholique le relevât au moment où la marée humaine allait l'avaler. Ces derniers temps c'est à peine s'il s'aventurait en dehors du Sanctuaire, car les rues étaient devenues dangereuses. Les gens se précipitaient pour lui toucher le dos en croyant que cela leur porterait chance, ils se l'arrachaient comme une poupée et le tenaient des heures chez eux en l'interrogeant sur le Conseiller. Devrait-il passer le restant de ses jours enfermé entre quatre murs ? Le malheur n'avait pas de fond, les réserves de la souffrance étaient inépuisables.

Il sentit, à sa respiration, que le Conseiller s'était maintenant endormi. Il écouta en direction du réduit où s'entassaient les béates : elles dormaient aussi, même Alejandrinha Correa. Est-ce la guerre qui le tenait éveillé ? Elle était imminente ; ni João Abade, ni Pajeú, ni Macambira, ni Pedrão, ni Taramela, ni ceux qui surveillaient les chemins et les tranchées n'étaient venus assister aux conseils et le Lion avait vu les gens armés derrière les parapets érigés autour des églises, les hommes aller et venir avec des tromblons, des escopettes, des chapelets de balles, des arbalètes, des bâtons et des fourches, comme s'ils attendaient l'assaut à tout moment.

Il entendit chanter le coq ; le jour se levait entre les roseaux. Alors qu'on entendait les cornes des porteurs d'eau annonçant la distribution, le Conseiller s'éveilla et se jeta à terre pour prier. Maria Quadrado entra aussitôt. Le Lion était déjà debout, malgré sa nuit blanche, disposé à enregistrer les pensées du saint. Celui-ci resta longtemps en prières et, tandis que les béates passaient un chiffon humide sur ses pieds et lui mettaient ses sandales, il demeura les yeux fermés. Cependant, il but l'écuelle de lait que lui tendit Maria Quadrado et mangea un petit pain de maïs. Mais il ne caressa pas l'agnelet. « Ce n'est pas seulement pour le Père Joaquim qu'il est triste, pensa le Lion de Natuba. C'est aussi pour la guerre. »

Là-dessus João Abade, João Grande et Taramela entrèrent. C'était la première fois que le Lion voyait ce dernier dans le Sanctuaire. Quand le Commandant de la Rue et le chef de la Garde Catholique, après avoir baisé la main du Conseiller, se mirent debout, le lieutenant de Pajeú demeura agenouillé.

– Taramela a reçu hier soir des nouvelles, mon père, dit João Abade.

Le Lion pensa que le Commandant de la Rue non plus n'avait probablement pas fermé l'œil de la nuit. Il était en sueur, sale, préoccupé. João Grande buvait avec délectation l'écuelle que venait de lui donner Maria Quadrado. Le Lion les imagina, tous deux, courant toute la nuit, de tranchée en tranchée, d'entrée en entrée, apportant de la poudre, révisant les armes, discutant. Il pensa : « C'est pour aujourd'hui. » Taramela restait à genoux, le chapeau de cuir chiffonné à la main. Il avait deux escopettes et autant de colliers de projectiles qu'on eût pris pour une parure de carnaval. Il mordillait ses lèvres, incapable de parler. À la fin il balbutia que Cintio et Cruces étaient arrivés, à cheval. L'un des chevaux avait crevé, et l'autre peut-être aussi, car il l'avait laissé transpirant à flots. Les petits gars avaient galopé deux jours sans s'arrêter. Eux aussi avaient été à deux doigts de crever. Il se tut, confus, et ses petits yeux bridés implorèrent l'aide de João Abade.

– Raconte au Père Conseiller le message de Pajeú apporté par Cintio et Cruces, dit-il à l'ex-cangaceiro.

À lui aussi Maria Quadrado avait apporté un bol de lait et un petit pain. Il parlait la bouche pleine.

– L'ordre a été exécuté, mon Père, souligna Taramela. Calumbi a brûlé. Le baron de Canabrava est parti à Queimadas, avec sa famille et quelques capangas.

Luttant contre la timidité que lui inspirait le saint, il expliqua qu'après avoir brûlé la fazenda, Pajeú, au lieu de se porter au-devant des soldats, s'était déployé derrière le Coupe-cous afin de l'attaquer par l'arrière quand il s'élancerait contre Belo Monte. Et sans transition il se remit à parler du cheval mort. Il avait donné l'ordre de le donner à manger dans sa tranchée et, si l'autre animal mourait, de le remettre à Antonio Vilanova pour procéder... mais, comme à ce moment le Conseiller ouvrit les yeux, il se tut. Le regard profond, très sombre, accrut la nervosité du lieutenant de Pajeú ; le Lion remarqua la force avec laquelle il pressait son chapeau.

– C'est bien, mon fils, murmura le Conseiller. Le Bon Jésus récompensera la foi et le courage de Pajeú et de ceux qui sont avec lui.

Il tendit sa main et Taramela la baisa, en la retenant un moment entre les siennes et le regardant avec dévotion. Le Conseiller le bénit et il se signa. João Abade lui fit signe de partir. Taramela recula, en saluant respectueusement de la tête, et avant de sortir, Maria Quadrado lui donna à boire la même chose qu'à João Abade et João Grande. Le Conseiller les interrogea du regard.

– Ils sont tout près, mon Père, dit le Commandant de la Rue en s'accroupissant.

Il parla d'un accent si grave que le Lion de Natuba prit peur et sentit les béates également frissonner. João Abade tira son couteau, traça un cercle et lui ajoutait maintenant des traits qui étaient les chemins par où s'approchaient les soldats.

– De ce côté personne ne vient, dit-il en désignant la sortie vers Geremoabo. Les Vilanova y transportent beaucoup de vieillards et de malades pour les mettre à l'abri des tirs.

Il regarda João Grande pour que ce dernier poursuivît. Le Noir pointa le cercle d'un doigt.

– Nous avons construit un refuge pour toi, entre les étables et le Mocambo, murmura-t-il. Profond et avec beaucoup de pierres, pour résister aux balles. Tu ne peux pas rester ici, parce qu'ils viennent de ce côté.

– Ils amènent des canons, dit João Abade. Je les ai vus hier soir. Les guides m'ont fait pénétrer dans le campement du Coupe-cous. Ils sont grands et portent loin. Le Sanctuaire et les églises seront leur première cible.

Le Lion de Natuba avait tellement sommeil que sa plume lui glissa des doigts. Il écarta, en poussant, les bras du Conseiller et réussit à appuyer sa grosse tête, qu'il sentait bourdonner, sur ses genoux. Il entendit à peine les paroles du saint :

– Quand seront-ils là ?

– Cette nuit au plus tard, répondit João Abade.

– Je vais me rendre dans les tranchées, alors, dit doucement le Conseiller. Que le Ravi sorte les saints et les Christ, ainsi que l'urne avec le Bon Jésus, et qu'ils fassent porter toutes les statues et les croix sur les chemins par où arrive l'Antéchrist. Beaucoup vont mourir mais il ne faut pas pleurer, la mort est heureuse pour le bon croyant.

Pour le Lion de Natuba le bonheur arriva à ce moment : la main du Conseiller venait de se poser sur sa tête. Il s'enfonça dans le sommeil, réconcilié avec la vie.

Quand il tourne le dos à la maison des maîtres de Calumbi, Rufino se sent plus léger : avoir rompu le lien qui le liait au baron lui donne, soudain, l'impression de disposer de plus de ressources pour mener à bien son propos. À une demi-lieue il accepte l'hospitalité d'une famille qu'il connaît depuis tout petit. Ces gens-là, sans l'interroger sur Jurema et les raisons de sa présence à Calumbi, lui font des démonstrations d'affection et, au lendemain, lui remettent des provisions de route.

Il voyage tout le jour, rencontrant ici et là des pèlerins qui se rendent à Canudos et qui lui demandent toujours de quoi manger. De la sorte, à la nuit, ses provisions sont épuisées. Il dort près de grottes où il avait l'habitude de venir avec d'autres enfants de Calumbi pour brûler les chauves-souris avec des torches. Le lendemain, un paysan lui signale le passage d'une patrouille et la présence de jagunços dans toute la région. Il poursuit sa route, un obscur pressentiment à l'esprit.

Au crépuscule il atteint les abords de Caracatá, une poignée de baraques éparpillées entre des arbustes et des cactus, au loin. Après le soleil suffocant, l'ombre des mangabeiras et des cipos s'avère bienfaisante. Il sent à ce moment qu'il n'est pas seul. Plusieurs silhouettes l'entourent, sournoisement surgies de la caatinga. Ce sont des hommes armés de carabines, d'arbalètes et de machettes et qui portent des clochettes et des sifflets. Il reconnaît quelques jagunços de la bande à Pajeú, mais le caboclo n'est pas avec eux. L'homme au type indien et nu-pieds qui les commande porte un doigt à sa bouche et lui fait signe de les suivre. Rufino hésite, mais le regard du jagunço lui fait savoir qu'il doit aller avec eux, qu'il lui fait là une faveur. Il pense à Jurema aussitôt et son expression le trahit, car le jagunço acquiesce. Entre les arbres et les buissons il découvre d'autres hommes embusqués. Plusieurs sont couverts entièrement d'herbes en guise de camouflage. Penchés en avant, accroupis, allongés, ils épient le sentier et le village. Ils font signe à Rufino de se cacher. Un moment après le guide perçoit un bruit.

C'est une patrouille de dix soldats à l'uniforme gris et rouge, commandés par un sergent jeune et blond. Ils sont conduits par un guide qui est sans doute, pense Rufino, un complice des jagunços. Comme pressentant quelque chose, le sergent commence à prendre des précautions. Il a le doigt sur la détente de son fusil et saute d'un arbre à l'autre, suivi par ses hommes qui progressent aussi en s'abritant derrière les troncs. Le guide avance au milieu du sentier. Autour de Rufino, les jagunços semblent s'être évanouis. Pas une feuille ne bouge dans la caatinga.

La patrouille arrive à la première maison. Deux soldats renversent la porte et pénètrent, tandis que les autres les couvrent. Le guide s'accroupit derrière les soldats et Rufino remarque qu'il commence à reculer. Après un moment, les deux soldats réapparaissent et indiquent au sergent, des mains et de la tête, qu'il n'y a personne. La patrouille avance vers la maison suivante et l'opération se répète, avec le même résultat. Mais soudain, à la porte d'une maison plus grande que les autres, apparaît une femme échevelée, puis une autre qui observent, effrayées. Quand les soldats les aperçoivent et pointent leur fusil vers elles, les femmes font des gestes de paix et poussent des petits cris. Rufino ressent le même étourdissement que lorsqu'il a entendu la Femme à barbe nommer Galileo Gall. Le guide, profitant de la distraction, disparaît dans les broussailles.

Les soldats entourent la maison et Rufino comprend qu'ils parlent avec les femmes. À la fin, deux hommes entrent derrière elles, tandis que le reste de la troupe attend dehors, les fusils pointés. Peu après, ils ressortent en faisant des gestes obscènes et invitant les autres à les imiter. Rufino entend des rires, des cris et voit tous les soldats, le visage réjoui, avancer vers la maison. Mais le sergent poste deux soldats à la porte, de garde.

La caatinga commence à bouger, autour d'eux. Les jagunços avancent, rampent, se redressent et le guide remarque qu'ils sont trente, au moins. Il va derrière eux, très vite, jusqu'à rejoindre le chef : « Est-ce qu'elle est là celle qui était ma femme ? s'entend-il dire. – Un nain l'accompagne, n'est-ce pas ? – Oui. – Ce doit être elle, alors », acquiesce le jagunço. À cet instant une salve de tirs crible les deux soldats qui montent la garde, en même temps qu'à l'intérieur éclatent des cris, des hurlements, des bruits de course, un coup de feu. Tandis qu'il court, entre les jagunços, Rufino tire son couteau, seule arme qui lui reste, et voit apparaître à la porte et aux fenêtres de la maison des soldats qui font feu ou essaient de fuir. À peine réussissent-ils à faire quelques pas qu'ils sont atteints par les flèches ou les balles, ou assaillis par les jagunços qui les achèvent au couteau et à la machette. Là-dessus, Rufino glisse et tombe à terre. Quand il se relève, il entend ululer les sifflets et voit qu'on jette par une fenêtre le cadavre sanguinolent d'un soldat que l'on a déshabillé. Le corps s'écrase à terre d'un coup sec.

Quand Rufino pénètre dans la maison, la violence du spectacle l'abasourdit. Des soldats agonisent par terre, sur lesquels s'acharnent des grappes d'hommes et de femmes à coups de couteau, de bâton et de pierre ; ils les frappent et les tuent sans pitié, aidés par ceux qui continuent d'envahir les lieux. Les femmes, quatre ou cinq, glapissent et arrachent leur uniforme aux victimes pour, morts ou moribonds, s'en prendre à leur virilité. Il y a du sang, de la pestilence et, par terre, des brèches où ont dû se cacher les jagunços en attendant la patrouille. Une femme, qui se tord sous une table, a une blessure au front et gémit.

Tandis que les jagunços déshabillent les soldats et s'emparent de leurs fusils et leurs musettes, Rufino, sûr qu'il n'y a pas là ce qu'il cherche, se fraie un chemin vers les chambres. Il y en a trois, à la suite, l'une ouverte où il ne voit personne. Par les fentes de la seconde il aperçoit un châlit et des jambes de femme, étendues par terre. Il pousse la porte et voit Jurema. Elle est vivante et son visage, en le voyant, se fronce en même temps qu'elle se ramasse, saisie par la surprise. Á côté de Jurema, défiguré par la peur, minuscule, le guide aperçoit le Nain, qu'il lui semble connaître depuis toujours, et, sur le lit, le sergent blond que deux jagunços, bien qu'il soit inanimé, continuent de poignarder : ils rugissent à chaque coup et les éclaboussures de sang atteignent Rufino. Jurema, immobile, le regarde la bouche entrouverte ; le visage défait, le nez aigu et dans son regard, panique et résignation. Le guide se rend compte que le jagunço au type indien et nu-pieds est entré et qu'il aide les autres à soulever le sergent et à le jeter dans la rue par la fenêtre. Ils sortent, en emportant l'uniforme, le fusil et la musette du mort. En passant près de Rufino, le chef, signalant Jurema, marmonne : « Tu vois ? C'était elle. » Le Nain se met à proférer des phrases que Rufino entend mais ne comprend pas. Il reste à la porte, calme et, maintenant, à nouveau, l'air inexpressif. Son cœur s'apaise et au vertige du début succède une totale sérénité. Jurema reste à terre, sans forces pour se lever. Par la fenêtre on peut voir les jagunços, hommes et femmes, s'éloigner vers la caatinga.

– Ils s'en vont, balbutie le Nain, son regard sautant de l'un à l'autre. Nous devons nous en aller nous aussi, Jurema.

Rufino bouge la tête.

– Elle, elle reste, dit-il avec douceur. Toi, va-t'en.

Mais le Nain ne part pas. Confus, indécis, craintif, il court dans la maison vide, entre la pestilence et le sang, maudissant son sort, appelant la Femme à barbe, se signant et priant Dieu. Pendant ce temps, Rufino fouille les chambres, trouve deux matelas de paille et les traîne vers la pièce de l'entrée depuis laquelle il peut voir l'unique rue et les maisons de Caracatá. Il a tiré les matelas machinalement, sans savoir ce qu'il se propose, mais maintenant qu'ils sont là, il le sait : dormir. Son corps est comme une éponge molle que l'eau serait en train de remplir, de noyer. Il ramasse les cordes d'un crochet, va vers Jurema et ordonne : « Viens. » Elle le suit, sans curiosité, sans crainte. Il la fait asseoir près des matelas et lui lie les mains et les pieds. Le Nain est là, les yeux exorbités de terreur. « Ne la tue pas, ne la tue pas ! », crie-t-il. Le guide se met sur le dos et, sans le regarder, ordonne :

– Mets-toi là et si tu vois venir quelqu'un, réveille-moi.

Le Nain bat des paupières, déconcerté, mais une seconde après il acquiesce et bondit jusqu'à la porte. Rufino ferme les yeux. Il se demande, avant de sombrer dans le sommeil, s'il n'a pas encore tué Jurema parce qu'il veut la voir souffrir ou parce que, maintenant qu'il l'a, sa haine est tombée. Il la sent, à un mètre de lui, s'étendre sur l'autre matelas. Entre ses cils, il l'épie en cachette : elle est beaucoup plus maigre, les yeux enfoncés et résignés, les vêtements déchirés et les cheveux en désordre. Elle porte une éraflure au bras.

Quand Rufino se réveille, il se dresse d'un bond, comme échappant à un cauchemar. Mais il ne se rappelle pas avoir rêvé. Sans jeter un œil sur Jurema, il passe près du Nain qui est toujours à la porte et le regarde mi-effrayé mi-confiant. Peut-il aller avec lui ? Rufino acquiesce. Ils n'échangent pas un mot, tandis que le guide cherche, dans l'ultime clarté du jour, quelque chose pour calmer la faim et la soif. À son retour le Nain lui demande : « Tu vas la tuer ? » Il ne répond pas. Il sort de sa besace des herbes, des racines, des feuilles et des tiges et les pose sur le matelas. Il ne regarde pas Jurema tandis qu'il la détache ou plutôt il la regarde comme si elle n'était pas là. Le Nain porte une poignée d'herbes à sa bouche et mâche avec application. Jurema aussi commence à mâcher et à avaler, de façon mécanique ; par moments elle se masse les poignets et les chevilles. Ils mangent en silence tandis que dehors la nuit tombe tout à fait et le bruit des insectes devient plus fort. Rufino pense que cette puanteur est semblable à celle qu'il a sentie une nuit qu'il a passée dans un piège, près du cadavre d'un tigre. Soudain il entend Jurema :

– Pourquoi tu ne me tues pas une bonne fois ?

Il continue à regarder dans le vide, comme s'il ne l'entendait pas. Mais il est suspendu à cette voix qui s'exaspère, se déchire :

– Crois-tu que j'ai peur de mourir ? Je n'ai pas peur. Au contraire, je t'ai attendu pour cela. Crois-tu que je n'en ai pas assez, que je ne suis pas fatiguée ? Je me serais déjà tuée si Dieu ne l'interdisait pas, si ce n'était pas un péché. Quand vas-tu me tuer ? Pourquoi ne le fais-tu pas maintenant ?

– Non, non, balbutie le Nain, en s'étranglant.

Le guide ne remue ni ne répond. Ils sont presque dans l'obscurité. Un moment plus tard, Rufino la sent qui se traîne jusqu'à le toucher. Tout son corps se crispe, en une sensation dans laquelle se mêlent le dégoût, le désir, le dépit, la rage, la nostalgie. Mais il n'en laisse rien paraître.

– Oublie, oublie, ce qui s'est passé, sur la Vierge, sur le Bon Jésus, l'entend-il implorer, la sent-il trembler. Ce fut par force, ce n'était pas ma faute, je me suis défendue. Ne souffre plus, Rufino.

Elle se colle à lui et, aussitôt, le guide l'écarte, sans violence. Il se lève, cherche à tâtons les cordes et, sans proférer un mot, l'attache à nouveau. Il revient s'asseoir à sa place.

– J'ai faim, j'ai soif, je suis fatiguée, je ne veux plus vivre, l'entend-il sangloter. Tue-moi une bonne fois pour toutes.

– Je vais le faire, dit-il. Mais pas ici, à Calumbi. Pour qu'on te voie mourir.

Un long moment se passe, durant lequel les sanglots de Jurema s'espacent, jusqu'à s'arrêter.

– Tu n'es plus le Rufino que tu étais, l'entend-il murmurer.

– Toi non plus, dit-il. Maintenant tu as en toi un lait qui n'est pas le mien. Maintenant je sais pourquoi Dieu t'a punie depuis longtemps en ne te permettant pas d'être mère.

La clarté de la lune pénètre, soudain, obliquement par les portes et fenêtres, révélant la poussière suspendue dans l'air. Le Nain se pelotonne aux pieds de Jurema et Rufino s'étend aussi. Combien de temps passe-t-il les dents serrées à se creuser la tête, à se rappeler ? Quand il les entend c'est comme s'il s'éveillait, mais il n'a pas fermé l'œil.

– Pourquoi restes-tu là si personne ne t'y oblige ? demande Jurema. Comment supportes-tu cette odeur, ce qui va se passer ? Va-t'en à Canudos plutôt.

– J'ai peur de m'en aller, de rester, gémit le Nain. Je ne sais pas être seul, je ne l'ai jamais été depuis que le Gitan m'a acheté. J'ai peur de mourir, comme tout le monde.

– Les femmes qui attendaient les soldats n'avaient pas peur, dit Jurema.

– Parce qu'elles étaient sûres de ressusciter, piaille le Nain. Si j'étais aussi sûr, moi non plus je n'aurais pas peur.

– Je n'ai pas peur de mourir, moi, et je ne sais pas si je vais ressusciter, affirme Jurema et le guide comprend qu'elle lui parle, cette fois, à lui, pas au Nain.

Quelque chose le réveille, quand l'aube est à peine un éclat bleu-vert. Le claquement du vent ? Non, quelque chose d'autre. Jurema et le Nain ouvrent simultanément les yeux et ce dernier commence à s'étirer, mais Rufino le fait taire : « Chut, chut. » Tapi derrière la porte, il épie. Une silhouette masculine, allongée, sans escopette, avance dans l'unique rue de Caracatá, en passant la tête par les maisons. Il le reconnaît quand il est déjà tout près : Ulpino de Calumbi. Il le voit porter ses deux mains à la bouche et appeler : « Rufino ! Rufino ! » Il se laisse voir en se montrant à la porte. Ulpino, en le reconnaissant, écarquille les yeux, soulagé, et l'appelle. Il va à sa rencontre, en saisissant le manche de son couteau. Il n'adresse pas à Ulpino la moindre parole de salutation. Il comprend, à son aspect, qu'il a beaucoup marché.

– Je te cherche depuis hier soir, s'écrie Ulpino d'un ton amical. On m'a dit que tu allais à Canudos. Mais je suis tombé sur les jagunços qui ont tué les soldats. J'ai passé toute la nuit à marcher.

Rufino l'écoute la bouche fermée, très sérieux. Ulpino le regarde avec sympathie, comme pour lui rappeler qu'ils étaient amis.

– Je te l'ai amené, murmure-t-il lentement. Le baron m'a demandé de le conduire à Canudos. Mais avec Aristarco nous avons décidé que, si je te rencontrais, il était à toi.

Le visage de Rufino traduit l'étonnement, l'incrédulité.

– Tu l'as amené ? L'étranger ?

– C'est un garçon sans honneur, s'écrie Ulpino en exagérant son dégoût et en crachant par terre. Il se moque que tu tues sa femme, celle qu'il t'a enlevée. Il ne voulait pas en parler. Il assurait qu'elle n'était pas sa femme.

– Où est-il ?

Rufino bat des paupières et passe sa langue autour de ses lèvres. Il n'arrive pas à y croire, qu'il le lui a amené.

Mais Ulpino lui explique avec force détails où il le trouvera.

– Bien que cela ne me regarde pas, j'aimerais savoir une chose, ajoute-t-il. As-tu tué Jurema ?

Il ne fait aucun commentaire quand Rufino, secouant la tête, lui répond par la négative. Il semble, un moment, honteux de sa curiosité. Il désigne la caatinga qui s'étend derrière.

– Un cauchemar, dit-il. Ils ont pendu aux arbres ceux qu'ils ont tués ici. Les urubus les picotent. Tes cheveux se dressent sur ta tête.

– Quand l'as-tu laissé ? l'interrompt Rufino en bafouillant.

– Hier soir, répond Ulpino. Il n'a pas dû bouger. Il est mort de fatigue. Il ne sait pas non plus où aller. Non seulement il est dépourvu d'honneur, mais il manque de résistance, et il ne sait pas s'orienter sur terre...

Rufino lui prend le bras, le serre.

– Merci, dit-il en le regardant droit dans les yeux.

Ulpino acquiesce et se dégage. Ils ne se disent pas au revoir. Le guide revient à la maison en courant, les yeux brillants. Le Nain et Jurema le voient venir, stupéfaits. Il détache les pieds de Jurema, mais pas ses mains, et avec des gestes rapides, adroits, il lui passe la même corde au cou. Le Nain piaille et se couvre le visage. Mais il ne veut pas la pendre, il fait simplement un collet, pour la traîner. Il l'oblige à le suivre à l'extérieur. Ulpino est parti. Le Nain avance derrière, en sautillant. Rufino se retourne et lui ordonne : « Ne fais pas de bruit. » Jurema trébuche contre les pierres, se prend aux buissons, mais n'ouvre pas la bouche et garde le rythme de Rufino. Derrière eux, le Nain divague par moments sur les soldats pendus que mordillent les urubus.

– J'ai vu bien des malheurs dans mon existence, dit la baronne Estela en regardant le sol ébréché de l'estancia. Là-bas, à la campagne. Des choses qui terrifieraient les hommes de Salvador. – Elle regarda le baron, qui se balançait dans son fauteuil, imitant le maître de céans, le vieux José Bernardo Murau. – Te rappelles-tu le taureau fou qui fonça sur les enfants qui sortaient du catéchisme ? Est-ce que je me suis évanouie ? Je ne suis pas une faible femme. Lors de la grande sécheresse, par exemple, nous avons vu des choses atroces, n'est-il pas vrai ?

Le baron acquiesça. José Bernardo Murau et Adalberto de Gumucio – qui était venu de Salvador à la rencontre des Canabrava à la fazenda de Pedra Vermelha et qui n'était avec eux que depuis deux heures – l'écoutaient en s'efforçant de se montrer naturels, mais ils ne pouvaient dissimuler le malaise que leur causait l'agitation de la baronne. Cette femme discrète, invisible derrière ses façons polies, dont les sourires dressaient une muraille impalpable entre les autres et elle, maintenant divaguait, se plaignait, monologuait sans trêve, comme atteinte de la maladie de la parole. Pas même Sebastiana, qui venait de temps en temps lui rafraîchir le front à l'eau de Cologne, ne parvenait à la faire taire. Ni son mari, ni le maître de maison, ni Gumucio n'avaient pu la convaincre d'aller se reposer.

– Je suis préparée aux malheurs, répéta-t-elle en tendant vers eux ses blanches mains, de façon implorante. Voir brûler Calumbi a été pire que l'agonie de ma mère, que l'entendre hurler de douleur, que lui administrer moi-même le laudanum qui la tuait. Ces flammes continuent à brûler ici à l'intérieur. – Elle se toucha l'estomac et se courba, en tremblant. – C'est comme si j'avais vu se carboniser là les enfants que j'ai perdus à la naissance.

Son visage se tourna vers le baron, Murau, Gumucio, les suppliant de la croire. Adalberto de Gumucio lui sourit. Il avait tenté de dévier la conversation vers d'autres sujets, mais chaque fois la baronne revenait à l'incendie de Calumbi. Il tenta à nouveau de l'écarter de ce souvenir :

– Et pourtant, chère Estela, on se résigne aux pires tragédies. T'ai-je dit un jour ce que fut pour moi l'assassinat d'Adelinha Isabel par deux esclaves ? Ce que j'ai éprouvé quand nous avons trouvé le corps de ma sœur à moitié décomposé, méconnaissable sous les coups de couteau ? – Il se racla la gorge en s'agitant sur son fauteuil. – C'est pourquoi je préfère les chevaux aux nègres. Dans les classes et les races inférieures il y a un fond de barbarie et d'ignominie qui donne le vertige. Et pourtant, chère Estela, on finit par accepter la volonté de Dieu, on se résigne et on découvre qu'en dépit de ses chemins de croix la vie est pleine de belles choses.

La main droite de la baronne se posa sur le bras de Gumucio.

– Je regrette de t'avoir rappelé le souvenir d'Adelinha Isabel, dit-elle avec affection. Pardonne-moi.

– Tu ne m'as pas rappelé son souvenir parce que je ne l'oublie jamais, sourit Gumucio en prenant entre les siennes les mains de la baronne. Vingt ans ont passé et c'est comme si cela s'était passé ce matin. Je te parle d'Adelinha Isabel pour que tu voies que la disparition de Calumbi est une blessure qui va se cicatriser.

La baronne tâcha de sourire, mais son sourire tourna à la lippe. Là-dessus Sebastiana entra, un flacon entre les mains. En même temps qu'elle rafraîchissait le front et les joues de la baronne, lui tapotant la peau très délicatement, de l'autre main elle recoiffait ses cheveux en désordre. « De Calumbi jusqu'ici, pensa le baron, elle a cessé d'être la femme jeune, belle et vaillante qu'elle était. » Elle portait des cernes profonds, un pli sombre au front, ses traits s'étaient distendus et ses yeux avaient perdu l'éclat vif et sûr qu'il y avait toujours vu luire. Avait-il exigé trop d'elle ? Avait-il sacrifié sa femme aux intérêts politiques ? Il se souvint que lorsqu'il avait décidé de retourner à Calumbi, Luis Viana et Adalberto de Gumucio lui avaient conseillé de ne pas y emmener Estela, à cause des troubles provoqués dans la région par Canudos. Il sentit un malaise intense. Par inconscience et égoïsme il avait peut-être causé un mal irréparable à la femme qu'il aimait plus que tout au monde. Et pourtant, quand Aristarco, qui galopait à ses côtés, les alerta – « Regardez, ils ont mis le feu à Calumbi » –, Estela avait gardé un maintien extraordinaire. Ils se trouvaient en haut d'une chapada où, quand il allait à la chasse, le baron s'arrêtait toujours pour observer la plaine, l'endroit où il conduisait ses visiteurs pour leur montrer la fazenda, l'observatoire où tout le monde accourait pour apprécier les dommages causés par les inondations ou les fléaux. Maintenant, dans la nuit sans vent et étoilée, ils voyaient s'élever, rouges, bleues, jaunes, les flammes qui ruinaient la maison des maîtres à laquelle était attachée la vie de tous les présents. Le baron entendit sangloter Sebastiana dans l'obscurité et vit les yeux d'Aristarco noyés de larmes. Mais Estela n'avait pas pleuré, il en était sûr. Elle restait toute droite, appuyée à son bras, et à un moment il l'entendit murmurer : « Non seulement ils brûlent la maison, mais aussi les étables, les écuries, le magasin. » Le lendemain matin elle avait commencé à rappeler à voix haute l'incendie et depuis lors il n'y avait plus moyen de la calmer. « Je ne me le pardonnerai jamais », pensa-t-il.

– Si cela avait été moi, dit soudain Murau, je serais là-bas à cette heure, mort. Ils auraient dû me tuer aussi.

Sebastiana sortit de la chambre en murmurant « Avec votre permission ». Le baron pensa que les colères du vieillard avaient dû être terribles, pires que celles d'Adalberto, et qu'à l'époque de l'esclavage il faisait sûrement torturer les esclaves indociles et marrons.

– Ce n'est pas que Pedra Vermelha vaille grand-chose, grogna-t-il en regardant les murs lézardés du salon. J'ai même pensé y flanquer le feu, quelquefois, tant elle me cause d'amertume. On peut détruire sa propriété si on en a envie. Mais qu'une bande de voleurs infâmes et déments me disent qu'ils vont brûler ma terre pour qu'elle repose, parce qu'elle a beaucoup sué, cela non. Ils auraient dû passer sur mon corps.

– Toi, ils ne t'auraient pas permis de choisir, tâcha de plaisanter le baron. Toi, ils t'auraient brûlé avant ta fazenda.

Il pensa : « Ils sont comme les scorpions. Brûler les fazendas c'est comme se percer de l'aiguillon, devancer la mort. Mais à qui offrent-ils ce sacrifice d'eux-mêmes, de nous tous ? » Il vit avec bonheur la baronne bâiller. Ah ! si elle pouvait dormir, ce serait le meilleur remède pour ses nerfs. Ces derniers jours, Estela n'avait pas fermé l'œil. À l'escale à Monte Santo, elle n'avait même pas voulu s'étendre sur le lit de la paroisse et elle était restée toute la nuit assise à pleurer dans les bras de Sebastiana. C'est là que le baron avait commencé à s'inquiéter, car Estela n'avait pas l'habitude de pleurer.

– C'est curieux, dit Murau en échangeant des regards soulagés avec le baron et Gumucio, car la baronne avait fermé les yeux. Quand tu es passé par ici, sur le chemin de Calumbi, ma haine principale était dirigée contre Moreira César. Maintenant je sens presque de la sympathie pour lui. Ma haine des jagunços est plus forte que celle que j'aie jamais ressentie pour Epaminondas et les jacobins. – Quand il était très agité, il faisait un geste circulaire des mains et se grattait le menton : le baron attendait qu'il le fît, mais le vieillard gardait les bras croisés en une attitude hiératique. – Ce qu'ils ont fait à Calumbi, à Poço da Pedra, à Suçurana, à Jua et Curral Novo, à Penedo et Lagoa, est inique et inconcevable. Détruire les fazendas qui leur procurent de quoi manger, les foyers de civilisation de ce pays ! Dieu ne le pardonnera pas. Ils ont agi en diables, en monstres.

« Ah, enfin ! » pensa le baron : il venait de faire son geste. Une circonférence rapide de sa main noueuse, l'index tendu, et maintenant il se grattait furieusement la peau du menton.

– Ne parle pas si fort, José Bernardo, l'interrompit Gumucio en désignant la baronne. L'emmenons-nous dans sa chambre ?

– Quand son sommeil sera plus profond, dit le baron.

Il s'était levé et arrangeait le coussin pour que son épouse s'y appuyât. Puis, s'agenouillant, il plaça ses pieds sur un petit banc.

– J'ai cru qu'il valait mieux la conduire au plus vite à Salvador, murmura Adalberto de Gumucio. Mais je ne sais si c'est imprudent de la soumettre à un autre aussi long voyage.

– Nous verrons comment elle est demain matin.

Le baron, à nouveau dans son fauteuil, se balançait en harmonie avec le maître de céans.

– Brûler Calumbi ! Des gens qui te doivent tant ! – Murau refit un, deux cercles et se gratta. – J'espère que Moreira César le leur fera cher payer. J'aimerais être là-bas quand il les passera au fil de l'épée.

– Pas de nouvelles de lui, encore ? l'interrompit Gumucio. Il aurait dû en avoir fini depuis longtemps avec Canudos.

– Oui, j'ai calculé, acquiesça le baron. Même avec des pieds de plomb il aurait dû arriver à Canudos depuis des jours. À moins que... – Il observa que ses amis le regardaient intrigués. – Je veux dire, une autre attaque, comme celle qui l'a obligé à se réfugier à Calumbi. Peut-être a-t-il rechuté.

– Tout ce qui manque c'est que Moreira César meure de maladie avant de mettre un terme à cette dégénérescence, grommela José Bernardo Murau.

– Il est également possible qu'il ne reste pas une ligne de télégraphes dans la région, dit Gumucio. S'ils brûlent les terres pour qu'elles fassent la sieste, ils détruisent sans doute les fils et les poteaux pour leur éviter des maux de tête. Le colonel peut se trouver dans l'impossibilité de communiquer.

Le baron sourit, avec ennui. La dernière fois qu'ils s'étaient trouvés réunis ici, la venue de Moreira César était comme l'avis de décès des Autonomistes de Bahia. Et maintenant ils brûlaient d'impatience de connaître les détails de sa victoire contre ceux que le colonel voulait faire passer pour des restaurateurs et des agents de l'Angleterre. Il réfléchissait sans cesser d'observer le sommeil de la baronne : elle était pâle, l'air tranquille.

– Les agents de l'Angleterre, s'écria-t-il soudain. Des chevaliers qui brûlent les fazendas pour que la terre se repose. Je l'ai entendu et je n'arrive pas à y croire. Un cangaceiro tel que Pajeú, assassin, violeur, voleur, coupeur d'oreilles, saccageur de villages, converti en croisé de la foi. Moi qui l'ai vu de mes propres yeux. Nul ne dirait que je suis né et que j'ai passé une bonne partie de ma vie ici. Cette terre m'est devenue étrangère. Ces gens ne sont pas ceux que j'ai connus toujours. Peut-être l'Écossais anarchiste les comprend-il mieux. Ou le Conseiller. Peut-être que seuls les fous comprennent les fous...

Il fit un geste de désespoir et laissa sa phrase inachevée.

– À propos de l'Écossais anarchiste, dit Gumucio. – Le baron fut intimement contrarié : il savait que la question allait venir, il l'attendait depuis deux heures. – Je t'informe que je n'ai jamais mis en doute ta sagesse politique. Mais que tu aies laissé partir l'Écossais comme ça, je ne le comprends pas. C'était un prisonnier important, la meilleure arme contre notre ennemi numéro un. – Il regarda le baron en battant des paupières. – Ne l'était-il donc pas ?

– Notre ennemi numéro un n'est plus Epaminondas, ni aucun jacobin, murmura le baron, découragé. Ce sont les jagunços. La faillite économique de Bahia. C'est ce qui va arriver si l'on ne met pas fin à cette folie. Les terres vont rester inutilisables et tout s'en va au diable. On mange les animaux, le bétail disparaît. Et ce qu'il y a de pire, une région où le manque de bras fut toujours un problème va rester dépeuplée. Les gens qui s'en vont en masse maintenant, nous n'allons pas les faire revenir. Il faut endiguer à tout prix la ruine que nous promet Canudos.

Il vit les regards surpris et pleins de reproches de Gumucio et de José Bernardo, et il se sentit mal à l'aise.

– Je sais bien que je n'ai pas répondu à ta question au sujet de Galileo Gall, murmura-t-il. Soit dit en passant, il ne s'appelle même pas comme ça. Pourquoi l'ai-je laissé partir ? Peut-être est-ce un autre signe de la folie des temps, ma quote-part à la déraison générale. – Sans s'en rendre compte, il fit un cercle de la main, comme ceux de Murau. – Je doute qu'il nous aurait servi, même si notre guerre avec Epaminondas continue...

– Continue ? regimba Gumucio. Elle n'a pas cessé une seconde, que je sache. À Salvador, les jacobins se sont rengorgés comme jamais, depuis l'arrivée de Moreira César. Le *Jornal de Notícias* demande au parlement de faire passer en jugement Viana et de nommer un tribunal spécial pour juger nos conspirations et nos trafics.

– Je n'ai pas oublié le mal que nous ont fait les Républicains Progressistes, l'interrompit le baron. Mais en ce moment les choses ont pris une direction différente.

– Tu te trompes, dit Gumucio. Ils attendent seulement que Moreira César et le Septième Régiment entrent à Bahia avec la tête du Conseiller, pour déposer Viana, fermer le parlement et commencer la chasse aux sorcières contre nous.

– Epaminondas Gonçalves a-t-il perdu quelque chose aux mains des restaurateurs monarchistes ? sourit le baron. Moi, outre Canudos, j'ai perdu Calumbi, la fazenda la plus ancienne et la plus prospère de l'intérieur. J'ai plus de raisons que lui pour accueillir Moreira César comme notre sauveur.

– De toute façon, rien de cela n'explique que tu aies lâché si allégrement le cadavre anglais, dit José Bernardo. – Le baron sut immédiatement le grand effort que faisait le vieillard pour prononcer ces phrases. – N'était-il pas une preuve vivante du manque de scrupules d'Epaminondas ? N'était-ce pas un témoin en or pour démontrer le mépris de cet ambitieux pour le Brésil ?

– En théorie, acquiesça le baron. Sur le terrain des hypothèses.

– Nous l'aurions promené dans les mêmes endroits où ils ont promené la fameuse chevelure, murmura Gumucio et sa voix était également sévère, blessée.

– Mais en pratique, non, poursuivit le baron. Gall n'est pas un fou normal. Oui, ne riez pas, c'est un fou spécial : un fanatique. Il n'aurait pas témoigné en notre faveur mais contre nous. Il aurait confirmé les accusations d'Epaminondas, il nous aurait couverts de ridicule.

– Je dois te contredire à nouveau, je regrette, dit Gumucio. Il y a suffisamment de moyens de faire dire la vérité, aux sages et aux fous.

– Pas aux fanatiques, rétorqua le baron. Pas à ceux chez qui les croyances sont plus fortes que la peur de la mort. La torture ne ferait aucun effet sur Gall, elle renforcerait ses convictions. L'histoire de la religion offre bien des exemples...

– Dans ce cas, il était préférable de lui flanquer une balle dans la peau et d'apporter son cadavre, murmura Murau. Mais le relâcher...

– Je suis curieux de savoir ce qu'il est devenu, dit le baron. De savoir qui l'a tué. Le guide, pour ne pas le conduire à Canudos ? Les jagunços, pour le voler ? Ou Moreira César ?

– Le guide ? – Gumucio écarquilla les yeux. – En plus, tu lui as donné un guide ?

– Et un cheval, acquiesça le baron. J'ai eu de la faiblesse pour lui. Il m'a inspiré de la pitié et de la sympathie.

– De la sympathie ? de la pitié ? répéta José Bernardo Murau, en se balançant plus vite. Pour un anarchiste qui rêve de mettre le monde à feu et à sang ?

– Et avec quelques cadavres sur le dos, à en juger d'après ses papiers, dit le baron. À moins que ce ne soient des mensonges. Le pauvre diable est convaincu que Canudos représente la fraternité universelle, le paradis matérialiste, il parlait des jagunços comme de coreligionnaires politiques. Il était impossible de ne pas sentir de la tendresse pour lui.

Il remarqua que ses amis le regardaient de plus en plus étonnés.

– J'ai son testament, dit-il. Une lecture difficile, avec beaucoup de sottises, mais intéressant. Il donne des détails sur l'affaire Epaminondas : comment ce dernier l'a engagé, comment il a essayé ensuite de le tuer, etc.

– Il aurait mieux valu qu'il le raconte à tout le monde de vive voix, dit Adalberto de Gumucio, indigné.

– Personne ne l'aurait cru, répliqua le baron. L'invention d'Epaminondas Gonçalves, avec ses agents secrets et ses contrebandiers d'armes, est plus vraisemblable que l'histoire réelle. Je vous traduirai quelques passages, après dîner. C'est en anglais, oui. – Il se tut quelques secondes, tout en observant la baronne qui avait soupiré dans son rêve. – Savez-vous pourquoi il m'a donné ce testament ? Pour que je l'envoie à une feuille de chou anarchiste de Lyon. Vous vous rendez compte, je ne conspire plus avec la monarchie anglaise, mais avec les terroristes français qui luttent pour la révolution universelle.

Il rit en voyant la colère de ses amis augmenter de seconde en seconde.

– Comme tu vois, nous ne pouvons partager ta bonne humeur, dit Gumucio.

– Et pourtant c'est mon bien, c'est Calumbi qu'ils ont brûlé.

– Arrête de plaisanter et explique-nous ça une bonne fois, le reprit Murau.

– Il ne s'agit plus de nuire en aucune façon à Epaminondas, espèce de rustre et de paysan, dit le baron de Canabrava. Il s'agit d'arriver à un arrangement avec les Républicains. La guerre est finie entre nous, les circonstances ont eu raison d'elle. On ne peut pas livrer deux guerres à la fois. L'Écossais ne nous servait à rien et, à la longue, il aurait tout compliqué.

– Un arrangement avec les Républicains Progressistes as-tu dit ? le regardait stupéfait Gumucio.

– J'ai dit arrangement, mais j'ai pensé alliance, pacte, dit le baron. C'est difficile à comprendre et plus encore à faire, mais il n'y a pas d'autre chemin. Bon, je crois que nous pouvons emmener Estela dans sa chambre.

VI

Trempé jusqu'aux os, ramassé sur une couverture qui se confond avec la boue, le journaliste myope du *Jornal de Notícias* sent tonner le canon. En partie à cause de la pluie, ou de l'imminence du combat, personne ne dort. Il tend l'oreille : les cloches de Canudos continuent-elles de sonner dans l'obscurité ? Il entend seulement, espacés, les coups de canon et le clairon qui sonne la charge. Les jagunços auront-ils également donné un nom à la symphonie de sifflets dont ils ont martyrisé le Septième Régiment depuis Monte Santo ? Il est inquiet, aux aguets, frissonnant de froid. L'eau refroidit jusqu'à ses os. Il pense à son collègue, le vieillard frileux qui, en restant aux arrières avec les soldats-enfants demi-nus, lui a dit : « A la porte du four le pain brûle, mon jeune ami. » Est-il mort ? Ces jeunes garçons et lui ont-ils connu le même sort que le sergent blond et les soldats de sa patrouille trouvés cet après-midi aux contreforts de cette montagne ? Là-dessus, tout en bas, les cloches répondent aux clairons du régiment, dialogue dans les ténèbres pluvieuses qui prélude à celui qu'entameront escopettes et fusils dès le lever du jour.

Le sort du sergent blond et de sa patrouille aurait pu être le sien : il avait été sur le point de répondre par l'affirmative quand Moreira César lui avait suggéré de les accompagner. La fatigue l'avait-elle sauvé ? Un pressentiment ? Le hasard ? C'est arrivé la veille, mais dans sa mémoire cela semble très loin, parce que hier encore il percevait Canudos comme quelque chose d'inaccessible. La tête de la colonne s'arrête et le journaliste myope se rappelle que sa tête bourdonnait, que ses jambes tremblaient, que ses lèvres étaient gercées. Le colonel tient son cheval par la bride et les officiers se confondent avec les soldats et les guides, car la terre les rend uniformes. Il remarque la fatigue, la saleté, le dénuement qui l'entourent. Une douzaine de soldats se détachent des rangs et à pas légers viennent se mettre au garde-à-vous devant le colonel et le major Cunha Matos. Celui qui les commande est ce jeune officier qui avait ramené prisonnier le curé de Cumbe. Il l'entend claquer des talons et répéter les instructions :

– Renforcer mes positions à Caracatá, fermer le passage du ravin par un feu croisé dès le début de l'assaut. – Il a cet air décidé, plein de santé, optimiste, qu'il lui a vu tout le temps pendant les marches. – Ne craignez rien, Excellence, aucun bandit n'échappera par Caracatá.

Le guide qui se tient près du sergent est-il celui qui guidait les patrouilles à la recherche de l'eau ? C'est lui qui a conduit les soldats dans l'embuscade et le journaliste myope pense qu'il est là, trempé, confus et rêvassant, par miracle. Le colonel Moreira César le voit assis par terre, accablé de fatigue, engourdi, son écritoire portatif sur les genoux.

– Voulez-vous aller avec la patrouille ? A Caracatá vous serez plus à l'abri qu'avec nous.

Qu'est-ce qui lui a fait répondre non, après quelques secondes d'hésitation ? Il se souvient que le jeune sergent et lui ont bavardé maintes fois : il l'interrogeait sur le *Jornal de Notícias* et son travail, Moreira César était la personne qu'il admirait le plus au monde – « Plus encore que le maréchal Floriano » – ; comme lui, il croyait que les politiciens étaient une catastrophe pour la République, une source de corruption et de division, et que seuls les hommes d'épée et d'uniforme pouvaient régénérer la patrie avilie par la monarchie.

A-t-il cessé de pleuvoir ? Le journaliste myope se met sur le dos, sans ouvrir les yeux. Oui, il ne pleut plus, ces petites pointes d'eau sont l'œuvre du vent qui balaie le flanc de montagne. La canonnade aussi a cessé et l'image du vieux journaliste frileux remplace dans son esprit celle du jeune sergent : ses cheveux mi-blancs mi-paille, son visage bienveillant altéré, son foulard, ses ongles qu'il contemplait comme s'ils stimulaient sa méditation. Est-il pendu à un arbre, lui aussi ? Peu après le départ de la patrouille un messager est venu dire au colonel que quelque chose se passait chez les gosses. La compagnie des gosses ! pense-t-il. C'est écrit, cela se trouve au fond de la gibecière sur laquelle il s'est étendu pour protéger de la pluie les quatre ou cinq feuilles qui relatent l'histoire de ces adolescents, presque des enfants, que le Septième Régiment recrute sans leur demander leur âge. Pourquoi cela ? Parce que, selon Moreira César, les enfants ont une meilleure adresse, des nerfs plus solides que les adultes. Il l'a vu, il a parlé avec ces soldats de quatorze ou quinze ans que l'on appelle les gosses. Aussi lorsqu'il entend le messager dire qu'il se passe quelque chose, le journaliste myope suit le colonel vers l'arrière-garde. Une demi-heure plus tard ils les retrouvent.

Dans les ténèbres mouillées, un frisson le parcourt de la tête aux pieds. De nouveau on entend, très fort, les clairons et les cloches, mais il continue à voir, dans le soleil de fin d'après-midi, les huit ou dix enfants-soldats, accroupis ou écrasés sur la pierraille. Les compagnies de l'arrière-garde les laissent en arrière. Ce sont les plus jeunes, ils semblent déguisés, on les sent morts de faim et de fatigue. Stupéfait, le journaliste myope découvre son collègue parmi eux. Un capitaine moustachu, qui semble en proie à des sentiments contradictoires – pitié, colère, indécision – accueille le colonel : ils refusaient de continuer, Excellence, que devais-je faire ? Le journaliste essaie laborieusement de persuader son collègue : qu'il se lève, qu'il fasse un effort. « Ce n'étaient pas des raisons qu'il lui fallait, pense-t-il, s'il avait eu un atome d'énergie il aurait continué. » Il se rappelle ses jambes étendues, son visage livide, sa respiration haletante. L'un des enfants pleurniche : ils préfèrent qu'on les tue, Excellence, ils ont les pieds infectés, des bourdonnements dans la tête, ils ne feront pas un pas de plus. Il sanglote, les mains jointes comme s'il priait, et peu à peu ceux qui ne pleuraient pas éclatent en sanglots à leur tour, se couvrant le visage et se serrant aux pieds du colonel. Il se rappelle le regard de Moreira César, ses petits yeux froids passant et repassant sur le groupe :

– J'ai cru que vous deviendriez des hommes plus rapidement dans les rangs. Vous allez manquer le meilleur de la fête. Vous m'avez déçu, les petits gars. Pour ne pas vous considérer comme déserteurs, je vous démobilise. Rendez vos armes et vos uniformes.

Le journaliste myope cède une demi-ration d'eau à son

collègue qui le remercie d'un sourire, tandis que les enfants, s'appuyant les uns sur les autres, les mains molles, ôtent leur vareuse, leur képi et rendent leurs armes aux armuriers.

– Ne restez pas là, c'est trop à découvert, leur dit Moreira César. Essayez d'atteindre la corniche où nous avons fait halte ce matin. Cachez-vous là jusqu'à ce que passe une patrouille. A vrai dire, c'est assez peu probable.

Il fait demi-tour et regagne la tête de la colonne. Son collègue murmure en guise d'adieu : « A la porte du four le pain brûle, mon jeune ami. » Le vieillard, avec son foulard absurde autour du cou, reste en arrière, assis comme un moniteur au milieu de garçons demi-nus qui braillent. Il pense : « Là-bas aussi il a plu. » Il imagine la surprise, le bonheur, la résurrection du vieillard et des enfants sous ce soudain orage qu'envoie le ciel quelques secondes après s'être couvert et obscurci de gros nuages. Il imagine l'incrédulité, les sourires, les bouches s'ouvrant avides, jouisseuses, les mains arrondies pour retenir l'eau, il imagine les garçons s'embrassant, se mettant debout, reposés, enhardis, guéris. Auront-ils repris la marche, atteint peut-être l'arrière-garde ? En se ramassant jusqu'à toucher du menton ses genoux, le journaliste myope se dit que non : leur abattement, leur délabrement physique étaient tels que même la pluie n'aura pu les remettre sur pied.

Depuis combien de temps pleut-il ? La pluie est tombée au crépuscule, quand l'avant-garde commençait à prendre position sur les hauteurs de Canudos. C'est une explosion de joie indescriptible dans tout le régiment, soldats et officiers sautent, s'embrassent, boivent dans leurs képis, s'exposent les bras ouverts aux trombes du ciel, le cheval blanc du colonel hennit, agite sa crinière, remue les sabots dans la fange qui commence à se former. Le journaliste myope arrive seulement à dresser la tête, à fermer les yeux, ouvrir la bouche, les narines, incrédule, extasié par ces gouttes qui trempent jusqu'aux os et il est là, si absorbé, si heureux, qu'il n'entend pas les coups de feu, ni les cris du soldat qui roule à terre, à ses côtés, en poussant des cris de douleur et en se tenant le visage. Quand il découvre la pagaille, il s'accroupit, lève l'écritoire et la gibecière et se cache la tête. De ce misérable refuge il voit le capitaine Olimpio de Castro tirer son revolver et des soldats qui courent à la recherche d'un abri ou se jettent dans la boue. Et entre les jambes fangeuses qui se croisent et se décroisent il voit – l'image est figée dans sa mémoire comme un daguerréotype – le colonel Moreira César saisissant les rênes de son cheval, sautant sur sa monture et, le sabre dégainé, charger, sans savoir s'il est suivi, en direction de la caatinga d'où sont partis les coups de feu. « Il criait vive la République, pense-t-il, vive le Brésil. » Dans la lumière plombée, entre les trombes d'eau et le vent qui secoue les arbres, officiers et soldats se mettent à courir en répétant les cris du colonel et – oubliant un instant le froid et l'angoisse, le correspondant du *Jornal de Notícias* éclate de rire, en se souvenant il se voit lui aussi courir au milieu d'eux, également vers le bois, également à la rencontre de l'ennemi invisible. Il se rappelle avoir pensé, tandis qu'il trébuchait, qu'il courait stupidement vers un combat qu'il n'allait pas livrer. Avec quoi l'aurait-il livré ? Avec son écritoire portatif ? Avec la gibecière de cuir où il transporte son linge de corps et ses papiers ? Avec son encrier vide ? Mais l'ennemi, bien entendu, n'apparaît pas.

« Ce qui apparut fut pire », pense-t-il et un autre frisson le parcourt, comme un lézard le long de son dos. Dans l'après-midi de cendre qui devient crépuscule, il revoit le paysage acquérir soudain un profil fantasmagorique, avec ces étranges fruits humains suspendus aux umburanas* et favelas, et ces bottes, fourreaux de sabre, redingotes militaires, képis, se balançant aux branches. Quelques cadavres sont déjà des squelettes vidés de leurs yeux, ventre, fesses, cuisses, sexe sous les coups de bec des vautours ou les mordillements des rongeurs et leur nudité ressort sur la grisaille verdâtre, spectrale des arbres et la couleur grise de la terre. Stoppé net par ce spectacle insolite, il avance hébété parmi ces restes d'hommes et d'uniformes qui ornent la caatinga. Moreira César a mis pied à terre, ses officiers et soldats qui ont chargé avec lui l'entourent. Ils sont pétrifiés. Un profond silence, une immobilité tendue ont remplacé le vacarme et les courses précédentes. Tous observent et, sur leur visage, à la stupeur, à la peur succèdent la tristesse, la colère. Le jeune sergent blond a le visage intact – quoique sans yeux – et sur son corps aux meurtrissures mauves et aux os saillants, des plaies tuméfiées sous la pluie incessante semblent saigner. Il se balance, doucement. Depuis ce moment, avant même de s'épouvanter et de s'apitoyer, le journaliste myope a pensé ce qu'il ne peut manquer de penser, ce qui maintenant même le ronge et l'empêche de dormir : le hasard, le miracle qui l'ont sauvé en l'empêchant d'être là lui aussi, nu, découpé, châtré par les couteaux des jagunços ou les becs des urubus, suspendu au milieu des cactus. Quelqu'un sanglote. C'est le capitaine Olimpio de Castro qui, le pistolet encore à la main, se couvre le visage de son bras. Dans la pénombre, le journaliste myope voit d'autres officiers et soldats pleurer aussi pour le sergent blond et ses soldats, qu'ils ont commencé à dépendre. Moreira César reste là, assistant à l'opération qui se fait dans l'obscurité, le visage traversé par une expression dure qu'il ne lui a pas vue jusqu'ici. Enveloppés dans des couvertures, les uns près des autres, les cadavres sont enterrés immédiatement, par des soldats qui présentent les armes dans la nuit et tirent une salve en leur honneur. Après la sonnerie aux morts, Moreira César montre de son épée les flancs de montagne devant lui et prononce cette très courte harangue :

– Les assassins n'ont pas fui, soldats. Ils sont là, ils attendent le châtiment. Maintenant je me tais pour que parlent les baïonnettes et les fusils.

Il entend à nouveau le grondement du canon, cette fois plus proche, et il bondit sur place, tout éveillé. Il songe que les derniers jours il n'a presque pas éternué, pas même dans cette humidité pluvieuse, et il se dit que l'Expédition aura servi au moins à cela : le cauchemar de sa vie, ces éternuements qui rendaient fous ses collègues à la rédaction et qui l'empêchaient de dormir des nuits entières, voilà qu'ils ont diminué, peut-être disparu. Il se rappelle qu'il s'est mis à fumer de l'opium point tant pour rêver que pour dormir sans éternuer et il se dit : « Quelle médiocrité. » Il se penche et guette le ciel : une tache sans étincelles. Si sombre qu'il ne distingue pas le visage des soldats étendus à côté de lui, à droite et à gauche. Mais il entend leur respiration forte, les paroles qui leur échappent. Au bout d'un certain temps, les uns se lèvent et d'autres viennent se reposer tandis que les premiers vont les relever au sommet. Il pense : ce sera terrible. Quelque chose que je ne pourrai jamais reproduire fidèlement par la plume. Il pense : ils sont pleins de haine, habités par le désir de vengeance, de leur faire payer la fatigue, la faim, la soif, les chevaux et les bêtes perdus et, surtout, les corps mutilés et outragés de ces compagnons qu'ils avaient vus partir à peine quelques heures avant de prendre Caracatá. Il pense : c'est ce qu'il leur fallait pour atteindre au paroxysme. Cette haine leur a permis d'escalader les pentes caillouteuses à un rythme frénétique, en serrant les dents, et c'est elle qui doit les tenir maintenant en éveil, l'arme au poing, scrutant sans faiblir ces ombres en bas où se trouvent ces proies qu'après avoir haïes au départ par devoir, ils détestent maintenant personnellement, comme des ennemis à qui ils doivent faire payer une dette d'honneur.

A cause du rythme fou avec lequel le Septième Régiment a escaladé les collines, il n'a pu rester en tête, près du colonel, l'état-major et l'escorte. Le manque de lumière, ses trébuchements, ses pieds gonflés, son cœur qui semblait défaillir, ses tempes qui battaient l'en ont empêché. Qu'est-ce qui l'a fait résister, se relever tant de fois, continuer à grimper ? Il pense : la peur de rester seul, la curiosité de voir ce qui va se passer. Lors d'une de ces chutes il a égaré son écritoire, mais un soldat au crâne rasé – on rase ceux qui ont des poux – le lui tend peu après. Il n'y a plus moyen de l'utiliser, il n'a plus d'encre et sa dernière plume d'oie s'est brisée la veille. Maintenant que la pluie a cessé, il perçoit divers bruits, une rumeur de pierres, et il se demande si, la nuit, les compagnies continuent de se déployer de part et d'autre, si elles traînent les canons et les mitrailleuses à un nouvel emplacement ou si l'avant-garde s'est élancée en bas, sans attendre le jour.

On ne l'a pas laissé en arrière, il est arrivé avant bien des soldats. Il sent une joie enfantine, la sensation d'avoir gagné un pari. Ces silhouettes sans traits n'avancent plus, elles se dérobent à qui mieux mieux, elles se débarrassent de leurs musettes. Leur fatigue, leur angoisse disparaissent. Il demande où se trouve le commandement, il va de l'un à l'autre groupe de soldats jusqu'à tomber sur la bâche soutenue par des pieux, éclairée par un faible crasset. Il fait maintenant nuit noire, il continue à pleuvoir à verse, et le journaliste myope se rappelle l'assurance, le soulagement qu'il a ressentis en s'approchant en rampant de la bâche et en voyant Moreira César. Il reçoit des rapports, donne des instructions, il règne une activité fébrile autour de la petite table sur laquelle crépite la flamme. Le journaliste myope se laisse tomber par terre, à l'entrée, comme d'autres fois, en pensant que sa présence, sa posture, là, sont celles d'un chien et que c'est probablement à un chien que le colonel Moreira César doit l'associer. Il voit entrer et sortir des officiers éclaboussés de boue, il entend discuter le colonel Tamarindo avec le major Cunha Matos, donner des ordres Moreira César. Le colonel est enveloppé d'une cape noire, et dans la nuit huileuse, il semble difforme. A-t-il eu une nouvelle crise de sa mystérieuse maladie ? Parce qu'à ses côtés se trouve le docteur Souza Ferreiro.

– Que l'artillerie ouvre le feu, l'entend-il dire. Que nos Krupp leur envoient nos cartes de visite, pour les ramollir jusqu'au moment de l'assaut.

Quand les officiers commencent à sortir de la tente, il doit se mettre sur le côté afin de n'être pas piétiné.

– Faites sonner le clairon du régiment, dit le colonel au capitaine Olimpio de Castro.

Peu après le journaliste myope entend la sonnerie, longue, funèbre, macabre qu'il a entendue au départ de Queimadas. Moreira César s'est levé et avance, un peu courbé dans sa cape, jusqu'à la sortie. Il serre la main et souhaite bonne chance aux officiers qui partent.

– Eh bien ! lui dit-il en le voyant, vous êtes arrivé jusqu'à Canudos. Je vous avoue que j'en suis étonné. Je n'aurais jamais cru que le seul des journalistes à nous accompagner jusqu'ici serait vous.

Et sans plus faire cas de lui, il se tourne aussitôt vers le colonel Tamarindo. Le clairon sonne la charge en différents points alentour. Dans un silence, le journaliste myope entend soudain une volée de cloches. Il se rappelle ce qu'il a pensé que tous pensaient : « La réponse des jagunços. » « Demain nous déjeunerons à Canudos », entend-il dire le colonel. Son cœur se serre, car demain c'est déjà aujourd'hui.

Une forte démangeaison le réveille : des rangées de fourmis lui parcouraient les deux bras, laissant un sillage de points rouges sur sa peau. Il les écrasa de la main tout en secouant sa tête engourdie. Observant le ciel gris, la lumière rare, Galileo Gall essaya de deviner l'heure. Il avait toujours envié chez Rufino, chez Jurema, chez la Femme à barbe, chez tous les gens d'ici, la certitude avec laquelle, au moyen d'un simple coup d'œil au soleil ou aux étoiles, ils pouvaient savoir à quel moment du jour ou de la nuit ils se trouvaient. Combien de temps avait-il dormi ? Guère sans doute, puisque Ulpino n'était pas encore de retour. Quand il vit les premières étoiles il sursauta. Quelque chose lui serait-il arrivé ? Aurait-il fui, par peur de le conduire jusqu'à Canudos ? Il eut froid, une sensation qu'il lui semblait n'avoir pas éprouvée depuis des siècles.

Quelques heures plus tard, dans la nuit claire, il eut la certitude qu'Ulpino n'allait pas revenir. Il se leva et, sans savoir que faire, il se mit à marcher dans la direction que lui signalait la pancarte qui disait Caracatá. Le petit chemin se perdait en un labyrinthe de buissons qui le griffaient. Il revint à la clairière. Il réussit à dormir, angoissé, et fit des cauchemars qu'il se rappela confusément au réveil. Il avait si faim qu'il resta un bon moment, oubliant le guide, à mastiquer des herbes jusqu'à calmer le creux à l'estomac. Puis il explora les environs, convaincu qu'il n'avait d'autre solution que de s'orienter tout seul. Après tout, ce ne devait pas être difficile ; il suffisait de tomber sur le premier groupe de pèlerins et de les suivre. Mais où étaient-ils ? Qu'Ulpino l'eût égaré délibérément lui causait tant d'angoisse que, ce soupçon lui venait-il à peine à l'esprit, il l'expulsait. Pour se frayer chemin dans le bois il tenait une grosse branche et, accrochée à l'épaule, sa besace. Soudain, l'orage éclata. Ivre d'excitation, il léchait les gouttes qui glissaient sur son visage, quand il vit des silhouettes entre les arbres. Il cria, les appela et courut vers elles, en pataugeant et se disant enfin, quand il reconnut Jurema. Et Rufino. Il s'arrêta net. A travers un rideau de pluie, il nota le calme du guide et vit qu'il tenait Jurema attachée par le cou, comme un animal. Il le vit lâcher la corde et remarqua le visage effrayé du Nain. Tous trois le regardaient et il se sentit troublé, irréel. Rufino tenait un couteau à la main ; ses yeux semblaient de braise.

– Toi, tu ne serais pas venu défendre ta femme, l'entendit-il dire avec plus de mépris que de rage. Tu n'as pas d'honneur, Gall.

Il sentit s'accentuer l'impression d'irréalité. Il leva la main et fit un geste apaisant, amical :

– Il n'y a pas de temps pour cela, Rufino. Je peux t'expliquer ce qui s'est passé. Ce qui est urgent maintenant c'est autre chose. Il y a des milliers d'hommes et de femmes qui risquent d'être sacrifiés par une poignée d'ambitieux. Ton devoir...

Mais il se rendit compte qu'il parlait en anglais. Rufino venait sur lui et Galileo commença à reculer. Le sol n'était que boue. Derrière, le Nain tentait de délivrer Jurema de ses liens. « Je ne vais pas te tuer encore », crut-il entendre, et que le guide allait d'abord lui porter la main sur le visage pour lui ôter l'honneur. Il eut envie de rire. La distance entre eux diminuait de seconde en seconde et il pensa : « Il n'entend ni n'entendra pas raison. » La haine, comme le désir, annihilait l'intelligence et ramenait l'homme au pur instinct. Allait-il mourir pour cette stupidité, le trou d'une femme ? Il continuait à faire des gestes apaisants et avait l'air craintif et implorant. En même temps, il calculait la distance et, quand il le sentit tout près, il assena subitement à Rufino la branche qu'il tenait à la main. Le guide tomba à terre. Il entendit crier Jurema, mais quand elle arriva sur lui, il avait déjà refrappé à deux reprises Rufino et celui-ci, étourdi, avait lâché son couteau, que Gall ramassa. Il contint Jurema, en lui indiquant d'un geste qu'il n'allait pas le tuer. Furieux, montrant le poing à l'homme à terre, il rugit :

– Aveugle, égoïste, traître à ta classe, pauvre type, ne peux-tu pas sortir de ton petit monde vaniteux ? L'honneur des hommes ne réside ni dans le visage ni dans le con des femmes, insensé. Il y a des milliers d'innocents à Canudos. Le sort de tes frères est en jeu, comprends-le.

Rufino secouait la tête, revenant de son évanouissement.

– Essaie de lui faire comprendre, cria Gall à Jurema encore, avant de s'en aller. Elle le regardait comme s'il était fou ou si elle ne le reconnaissait pas. Il eut à nouveau une impression d'absurde et d'irréalité. Pourquoi n'avait-il pas tué Rufino ? L'imbécile le pourchasserait jusqu'à la fin du monde, c'était sûr. Il courait, haletant, griffé par la caatinga, sous des trombes d'eau, s'embourbant, sans savoir où il allait. Il conservait le bout de bois et sa besace, mais il avait perdu son chapeau et sentait les gouttes rebondir sur son crâne. Un moment après, qui pouvait être quelques minutes ou une heure, il s'arrêta. Il se mit à marcher, lentement. Il n'y avait aucun sentier, aucun point de repère entre les buissons et les cactus, et ses pieds s'enfonçaient dans la boue, le freinant. Il sentait qu'il transpirait sous l'eau. Il maudit son sort, en silence. La lumière faiblissait et il avait du mal à croire que c'était déjà le crépuscule. A la fin, il se dit qu'il regardait de tous les côtés comme s'il allait supplier ces arbres gris, stériles, aux pointes aiguës au lieu de feuilles, de l'aider. Il fit un geste, mi-apitoyé mi-désespéré, et se mit à courir à nouveau. Mais au bout de quelques mètres il s'arrêta et demeura sur place, crispé d'impuissance. Un sanglot lui échappa.

– Rufinoooo ! Rufinoooo ! cria-t-il en mettant ses mains autour de la bouche. Viens, viens, je suis ici, j'ai besoin de toi ! Aide-moi, mène-moi à Canudos, faisons quelque chose d'utile, ne soyons pas stupides. Ensuite tu pourras te venger, me tuer, me gifler. Rufinooo !

Il entendit l'écho de ses cris, dans le crépitement de l'eau. Il était trempé, mort de froid. Il continua à marcher, sans but, remuant la bouche, se frappant les jambes de son bout de bois. C'était le crépuscule, bientôt il ferait nuit, tout cela n'était peut-être qu'un cauchemar et le sol céda sous ses pieds. Avant de heurter le fond, il comprit qu'il avait marché sur des branchages qui dissimulaient un trou. Le choc ne lui fit pas perdre connaissance : la terre était ramollie par la pluie. Il se releva, se toucha bras, jambes, dos endolori. Il chercha à tâtons le couteau de Rufino qui s'était détaché de sa ceinture et il pensa qu'il aurait pu l'en frapper. Il essaya d'escalader la fosse, mais ses pieds glissaient et il retombait. Il s'assit par terre, transi, s'appuya contre le mur et, avec une espèce de soulagement, s'endormit. Un murmure ténu, de branches et de feuilles foulées, le réveilla. Il allait crier quand il sentit un souffle contre son épaule et vit dans la pénombre une flèche en bois se ficher en terre.

– Ne tirez pas ! Ne tirez pas ! cria-t-il. Je suis un ami, un ami.

Il y eut des murmures, des voix et il continua à crier jusqu'à ce qu'une brindille enflammée tombât dans le puits et derrière la flamme il devina des têtes humaines. C'étaient des hommes armés et couverts de camouflages d'herbes. Plusieurs mains se tendirent et le hissèrent à la surface. Il y avait de l'exaltation, du bonheur sur le visage de Galileo Gall que les jagunços examinaient des pieds à la tête à la lumière de leurs torches, crépitant dans l'humidité de la pluie récente. Les hommes lui semblaient déguisés avec leurs caparaçons végétaux, leurs sifflets de bois autour du cou, les carabines, les machettes, les arbalètes, les chapelets de balles, leurs haillons et leurs scapulaires. Tandis qu'ils le regardaient, le flairaient, avec l'air de dire la surprise que leur produisait cet être qu'ils n'arrivaient pas à identifier à l'intérieur des variétés d'hommes connus, Galileo Gall leur demandait avec véhémence de le conduire à Canudos : il pouvait leur être utile, aider le Conseiller, leur expliquer les machinations dont ils étaient victimes à cause des politiciens et des militaires corrompus de la bourgeoisie. Il gesticulait pour donner de l'emphase et de l'éloquence à ses paroles et remplir les vides de son demi-langage, en regardant les uns et les autres avec des yeux exorbités : il avait une vieille expérience révolutionnaire, camarades, il avait combattu plusieurs fois aux côtés du peuple, il voulait partager leur sort.

– Loué soit le Bon Jésus, lui sembla-t-il entendre.

Se moquaient-ils de lui ? Il balbutia, sa langue fourcha, il lutta contre l'impression d'impuissance qui le gagnait en se rendant compte que les choses qu'il disait n'étaient pas exactement celles qu'il voulait dire, celles qu'ils auraient pu comprendre. Il était démoralisé, surtout, de voir dans l'indécise lumière des torches que les jagunços échangeaient des regards et des gestes significatifs et qu'ils lui souriaient avec compassion, en lui montrant leurs bouches où manquaient des dents quand il n'y en avait pas en trop. Oui, cela semblait fou, mais ils devaient le croire ! Il était là pour les aider, il avait eu le plus grand mal à arriver à Canudos. Grâce à eux le feu avait repris que l'oppresseur croyait avoir éteint dans le monde. Il se tut à nouveau, déconcerté, désespéré, par l'attitude bienveillante des hommes couverts de feuillages chez qui il ne devinait que curiosité et compassion. Il resta les mains tendues et sentit ses yeux lourds de larmes. Que faisait-il ici ? Comment était-il arrivé à se fourrer dans ce piège dont il n'allait pas sortir, en croyant qu'il posait ainsi un grain de sable dans la grande entreprise de débarbariser le monde ? Quelqu'un lui conseillait de ne pas avoir peur : c'étaient seulement des francs-maçons, des protestants, des serviteurs de l'Antéchrist, et le Conseiller et le Bon Jésus valaient davantage. Celui qui lui parlait avait un visage allongé, des yeux minuscules et il articulait chaque mot : quand il le faudrait, un roi nommé Sebastião sortirait de la mer et monterait à Belo Monte. Il ne devait pas pleurer, les innocents avaient été touchés par l'ange et le Père le ferait ressusciter si les hérétiques le tuaient. Il voulait leur répondre que oui, que sous le couvert trompeur des paroles qu'ils disaient, il était capable d'entendre la vérité catégorique d'une lutte en marche, entre le bien représenté par les pauvres, les soumis, les spoliés et le mal qui était les riches et leurs armées, et qu'à la fin de cette lutte une ère de fraternité universelle s'ouvrirait, mais il ne trouvait pas les mots appropriés et sentait que maintenant on lui tapotait le dos, en le consolant, car on le voyait sangloter. Il comprenait à demi-mot des bouts de phrases, le baiser des élus, un jour il serait riche, et qu'il devait prier.

– Je veux aller à Canudos, put-il dire en prenant le bras de celui qui parlait. Emmenez-moi avec vous. Est-ce que je peux vous suivre ?

– Tu ne peux pas, lui répondit l'un en lui montrant le haut de la colline. Les chiens sont là. Ils te couperaient le cou. Cache-toi. Tu iras par la suite, quand ils seront morts.

Ils lui firent des gestes d'apaisement et s'évanouirent autour de lui, le laissant au milieu de la nuit, hébété, avec une phrase qui résonnait dans ses oreilles comme une blague : Loué soit le Bon Jésus. Il fit quelques pas, essayant de les suivre, mais un bolide s'interposa qui le renversa. Il comprit que c'était Rufino quand il luttait déjà avec lui et, tandis qu'il frappait et était frappé, il pensa que ces éclats vif-argent derrière les jagunços étaient les yeux du guide. Avait-il attendu qu'ils partissent pour l'attaquer ? Ils n'échangeaient pas d'insultes tandis qu'ils se blessaient, soufflant dans la boue de la caatinga. De nouveau il pleuvait et Gall entendait le tonnerre, le crépitement des gouttes et, d'une certaine façon, cette violence animale le libérait du désespoir et donnait un sens momentané à sa vie. Tandis qu'il mordait, griffait, donnait des coups de pied, de tête, il entendait les cris d'une femme qui était sans doute Jurema appelant Rufino et, mêlé, le hurlement du Nain appelant Jurema. Mais soudain tous les bruits furent noyés par une sonnerie de clairons, multipliée, qui provenait de la hauteur et une volée de cloches qui y répondait. C'était comme si ces clairons et ces cloches, dont il pressentait le sens, l'aidaient ; maintenant il luttait avec plus de force, sans éprouver de fatigue ni de douleur. Il tombait et se relevait, sans savoir si ce qu'il sentait dégouliner sur sa peau était de la sueur, de la pluie ou le sang de ses blessures. Brusquement, Rufino lui échappa des mains, s'enfonça et il entendit le bruit de son corps heurtant le fond du puits. Il demeura étendu, haletant, tâtant de la main le bord qui avait décidé de la lutte, pensant que c'était la première chose favorable qui lui arrivait depuis plusieurs jours.

– Idiot ! Insensé ! Vaniteux ! Têtu ! cria-t-il en s'étouffant. Je ne suis pas ton ennemi, ton ennemi ce sont ceux qui font sonner ces clairons. Ne les entends-tu pas ? C'est plus important que mon sperme, que le con de ta femme, où tu as placé ton honneur, comme un bourgeois imbécile.

Il se rendit compte, à nouveau, qu'il avait parlé en anglais. Difficilement, il se remit debout. Il pleuvait des cordes et l'eau qu'il recevait la bouche ouverte lui faisait du bien. En boitant, parce que, peut-être en tombant dans la fosse, peut-être dans la bataille, il s'était blessé à la jambe, il avança dans la caatinga, sentant les branches et les échardes, trébuchant. Il tâchait de s'orienter sur les notes élégiaques, funèbres des clairons, ou sur les cloches solennelles, mais les sons semblaient itinérants. Là-dessus quelque chose se prit à ses pieds qui le fit rouler, sentir de la boue dans ses dents. Il gigota, essaya de se libérer, et entendit gémir le Nain. Accroché à lui, atterré, il criait :

– Ne m'abandonne pas, Gall, ne me laisse pas seul. Tu ne sens pas ces frôlements ? Tu ne vois pas ce que c'est, Gall ?

Il éprouva à nouveau cette impression de cauchemar, d'irréel, d'absurde. Il se rappela que le Nain pouvait voir dans l'obscurité et que, parfois, la Femme à barbe le traitait de chat et de chouette. Il était si fatigué qu'il restait à terre, sans écarter le Nain, l'entendant pleurnicher qu'il ne voulait pas mourir. Il posa une main sur son dos et le massa, tandis qu'il s'efforçait d'entendre. Point de doute : c'étaient des coups de canon. Il les avait entendus peu à peu, espacés, pensant que c'étaient des roulements de tambour, mais maintenant il était sûr que c'étaient des explosifs. De canons sans doute petits, peut-être de mortiers, mais qui, naturellement, volatiliseraient Canudos. Sa fatigue était trop grande et, soit évanouissement soit sommeil, il perdit connaissance.

Il s'éveilla tremblant de froid dans une très faible clarté. Il entendit les claquements de dents du Nain et vit ses yeux roulant épouvantés dans leurs orbites. Le petit bonhomme avait dû dormir en s'appuyant sur sa jambe droite, qui était engourdie. Il reprit ses esprits, cligna des yeux, regarda : il vit, suspendus aux arbres, des restes d'uniformes, des képis, des godillots, des capotes, des gourdes, des musettes, des fourreaux de sabre et de baïonnette, et des croix grossières. C'étaient ces choses qui pendaient aux arbres que le Nain regardait envoûté, comme s'il ne voyait pas ces vêtements mais les fantômes de ceux qui les avaient portés. « Du moins ceux-là ils les ont battus », pensa-t-il.

Il écouta. Oui, un autre coup de canon. Il avait cessé de pleuvoir depuis des heures, car tout autour de lui était sec ; cependant le froid était encore vif. Faible, endolori, il parvint à se mettre debout. Il découvrit à sa ceinture le couteau et il pensa qu'il n'avait même pas eu l'idée de s'en servir en luttant contre le guide. Pourquoi n'avait-il pas voulu le tuer non plus cette seconde fois ? Il entendit, cette fois très clairement, un autre coup de canon, et un charivari de clairons, ce son lugubre qui ressemblait à la sonnerie aux morts. Comme en rêve, il vit apparaître Rufino et Jurema entre les arbustes. Le guide était blessé ou épuisé, car il s'appuyait sur elle, et Gall sut que Rufino avait passé la nuit à le chercher, infatigable, dans l'obscurité du bois. Il sentit de la haine pour cette obstination, pour cette décision inébranlable de le tuer. Ils se regardaient dans les yeux et lui tremblait. Il tira le couteau de sa ceinture et montra d'où venait la sonnerie du clairon :

– Tu entends ? articula-t-il. Tes frères reçoivent de la mitraille, ils meurent comme des mouches. Tu m'as empêché d'aller les rejoindre et de mourir avec eux. Tu as fait de moi un clown stupide...

Rufino tenait à la main une sorte de poignard en bois. Il le vit lâcher Jurema, la pousser, se ramasser prêt à bondir :

– Quelle sorte de bête es-tu, Gall, l'entendit-il dire. Tu parles beaucoup des pauvres, mais tu trahis l'ami et tu offenses la maison où l'on te donne l'hospitalité.

Il le fit taire en s'élançant sur lui, aveugle de fureur. Ils avaient commencé à se mettre en pièces et Jurema les regardait, rendue stupide par l'angoisse et la fatigue. Le Nain se plia en deux.

– Je ne mourrai pas pour les misères qu'il y a en moi, Rufino, rugissait Gall. Ma vie vaut plus qu'un peu de sperme, malheureux.

Ils se vautraient par terre lorsque apparurent deux soldats qui couraient. Ils s'arrêtèrent net en les voyant. Ils avaient l'uniforme à moitié déchiré, l'un d'eux sans souliers, mais le fusil pointé. Le Nain se cacha la tête. Jurema courut vers eux, s'interposa, les supplia :

– Ne tirez pas, ce ne sont pas des jagunços.

Mais les soldats tirèrent à bout portant sur les deux adversaires et se jetèrent ensuite sur elle, en grognant, l'entraînant vers les fourrés. Grièvement blessés, le guide et le phrénologue continuaient à se battre.

« Je devrais être contente, car cela signifie que la souffrance du corps finira, que je verrai le Père et la Très Sainte », pensa Maria Quadrado. Mais la peur la transperçait et elle faisait des efforts pour que les béates ne le remarquent pas. Si elles se rendaient compte de sa peur, elles en seraient contaminées et toute la structure vouée au soin du Conseiller volerait en éclats. Et dans les prochaines heures, elle en était sûre, le Chœur Sacré serait plus nécessaire que jamais. Elle demanda pardon à Dieu pour sa lâcheté et essaya de prier, comme elle le faisait et avait appris à le faire aux béates, tandis que le Conseiller célébrait une réunion avec les apôtres. Mais elle ne put se concentrer sur le Credo. João Abade et João Grande n'insistaient plus pour emmener le Conseiller au refuge, mais le Commandant de la Rue essayait de le dissuader de parcourir les tranchées : la guerre pouvait le surprendre à l'air libre, sans aucune protection, mon Père.

Le Conseiller ne discutait jamais et il ne le fit pas plus maintenant. Il retira la tête du Lion de Natuba de ses genoux et la plaça par terre, où le scribe continua à dormir. Il se leva et João Abade ainsi que João Grande se mirent debout. Il avait encore maigri durant ces derniers jours et semblait plus grand. Maria Quadrado frissonna en voyant son air douloureux : ses yeux plissés, sa bouche entrouverte et il y avait dans ce rictus comme une terrible prémonition. Elle décida instantanément de l'accompagner. Elle ne le faisait pas toujours, surtout ces dernières semaines, quand, dans l'agglomération aux rues étroites, la Garde Catholique devait former une muraille telle autour du Conseiller qu'il lui était difficile, aux béates et à elle, de rester près de lui. Mais maintenant elle sentit, d'une façon absolue, qu'elle devait aller. Elle fit un signe et les béates se groupèrent autour d'elle. Elles sortirent derrière les hommes, laissant endormi au Sanctuaire le Lion de Natuba.

L'apparition du Conseiller à la porte du Sanctuaire prit la foule tellement par surprise qu'elle n'eut pas le temps de lui barrer la route. À un signe de João Grande, les hommes aux brassards bleus qui se trouvaient sur l'esplanade, entre la petite église de São Antonio et le Temple en construction, et dirigeaient les pèlerins nouvellement arrivés, coururent entourer le saint qui avançait déjà dans la ruelle des Martyrs vers la descente d'Umburanas. Tandis qu'elle trottinait, entourée des béates, derrière le Conseiller, Maria Quadrado se rappela son périple de Salvador à Monte Santo, et ce garçon qui l'avait violée pour lequel elle avait ressenti de la compassion. C'était un mauvais symptôme : elle ne se rappelait le plus grand péché de sa vie que lorsqu'elle était très abattue. Elle s'était repentie de ce péché d'innombrables fois, elle l'avait confessé en public, aux oreilles des paroissiens et elle avait fait pour lui toute sorte de pénitences. Mais la faute était toujours au fond de sa mémoire, d'où elle remontait périodiquement la torturer.

Elle se rendait compte qu'entre les vivats adressés au Conseiller, il y avait des cris qui la nommaient – Mère Maria

Quadrado ! Mère des Hommes ! –, qui demandaient après elle et la signalaient. Cette popularité lui semblait être un piège du diable. Au début, elle se dit que ceux qui demandaient son intercession étaient des pèlerins de Monte Santo qui l'avaient connue là-bas. Mais en fin de compte elle comprit que la vénération dont elle était l'objet était due aux années qu'elle consacrait au service du Conseiller, et que les gens croyaient que celui-ci l'avait imprégnée de sa sainteté.

Le mouvement fébrile, les préparatifs qu'elle voyait dans les petits chemins et les cahutes entassées de Belo Monte, distrairent la Supérieure du Chœur Sacré de ses préoccupations. Ces pelles et pioches, ces coups de marteau, tout indiquait les préparatifs de guerre. Le village se transformait comme si on allait combattre dans chaque maison. Elle vit des hommes dresser sur les toits ces tréteaux aériens qu'elle avait vus dans la caatinga, entre les arbres, d'où les tireurs guettaient les tigres. Même à l'intérieur des maisons, hommes, femmes et enfants qui interrompaient leur tâche pour se signer, creusaient des fossés ou remplissaient des sacs de terre. Et tous avaient des carabines, des tromblons, des piques, des bâtons, des couteaux, des colliers de balles, ou entassaient des cailloux, des bouts de fer, des pierres.

La descente d'Umburanas, qui s'étendait de chaque côté d'un torrent, était méconnaissable. Les hommes de la Garde Catholique durent guider les béates sur ce terrain troué, entre les tranchées qui proliféraient. Parce qu'en plus de la tranchée qu'elle avait vue lors de la dernière procession, il y avait maintenant, de tous côtés, des trous creusés dans la terre, d'un ou deux occupants, avec des parapets en pierre pour protéger la tête et appuyer le fusil.

L'arrivée du Conseiller provoqua une grande joie. Ceux qui creusaient ou portaient de la terre coururent l'écouter. Maria Quadrado, au pied de la charrette où le saint avait grimpé, derrière une double haie de la Garde Catholique, pouvait voir dans la tranchée des dizaines d'hommes armés, les uns endormis dans des positions absurdes et qui ne se réveillaient pas en dépit du tapage. Elle les imagina toute la nuit veillant, surveillant, travaillant, préparant la défense de Belo Monte contre le Grand Chien et elle sentit de la tendresse pour eux tous, un désir de leur essuyer le front, de leur donner de l'eau et des pains tout chauds, de leur dire que pour cette abnégation la Très Sainte Mère et le Père leur pardonneraient toutes leurs fautes.

Le Conseiller s'était mis à parler, faisant taire les bruits. Il ne parlait pas des chiens, ni des élus, mais des tempêtes de douleur dans le Cœur de Marie quand, respectueuse de la loi des Juifs, elle avait conduit son fils au Temple, huit jours après sa naissance, pour qu'il saignât à la cérémonie de la circoncision. Le Conseiller décrivait, avec un accent qui touchait l'âme de Maria Quadrado – et elle pouvait voir que tous étaient pareillement émus – comment l'Enfant Jésus, à peine circoncis, tendait vers la Très Sainte ses bras, réclamant sa consolation, et comment ses bêlements d'agneau pénétraient l'âme de la Mère et la suppliciaient, quand il se mit à pleuvoir. Le murmure de la foule, les gens tombant à genoux devant cette preuve que les éléments aussi s'attendrissaient de ce qu'évoquait le Conseiller, dirent à Maria Quadrado que les frères et les sœurs comprenaient qu'il venait de se produire un miracle. « Est-ce un signe, Mère ? » murmura Alejandrinha Correa. Elle acquiesça. Le Conseiller disait qu'il fallait entendre comment gémit Marie en voyant une si belle fleur baptisée de sang à l'aube de sa précieuse vie, et que ce pleur était le symbole de celui qu'elle versait chaque jour pour les péchés et les lâchetés des hommes qui, comme le prêtre du Temple, font saigner Jésus. Là-dessus le Ravi arriva, suivi d'un cortège qui apportait les statues des églises et l'urne avec le visage du Bon Jésus. Parmi les nouveaux venus arriva, presque perdu, courbé comme une faux, trempé, le Lion de Natuba. Le Ravi et le scribe furent soulevés par la Garde Catholique jusqu'à l'endroit qui leur revenait.

Quand la procession reprit, vers le Vasa Barris, la pluie avait transformé la terre en bourbier. Les élus pataugeaient et s'enlisaient, et en quelques instants les statues, étendards, dais et bannières furent des taches et des masses plombées. Juché sur un autel de barils, le Conseiller, tandis que la pluie clapotait sur la surface du fleuve, parla, d'une voix que pouvaient à peine entendre les plus proches, mais que ceux-ci répétaient à ceux de derrière et ainsi de suite en ondes concentriques, de quelque chose qui était, peut-être, la guerre.

Se référant à Dieu et à son Église, il dit que le corps devrait être uni en tout à sa tête, ou il ne serait pas un corps vivant ni ne vivrait la vie de la tête, et Maria Quadrado, les pieds enfoncés dans la fange chaude, sentant contre ses genoux l'agnelet qu'Alejandrinha Correa tenait au bout d'une corde, comprit qu'il parlait de l'indissoluble union qu'il devait y avoir entre les élus et lui le Père, le Fils et le Divin dans la bataille. Et il suffisait de voir les visages alentour pour savoir que tous avaient compris, comme elle-même, qu'il pensait à eux lorsqu'il disait que le bon croyant avait la prudence du serpent et la simplicité de la colombe. Maria Quadrado trembla en l'entendant psalmodier : « Je me répands comme de l'eau et tous mes os se sont disloqués. Mon cœur est devenu de cire et fond dans mes entrailles. » Elle l'avait entendu chantonner ce même psaume il y avait quatre ? cinq ans ? sur les hauteurs de Masseté, le jour de l'affrontement qui mit fin aux pérégrinations.

La foule continua derrière le Conseiller le long du Vasa Barris, dans ces champs que les élus avaient labourés, semés de maïs, de manioc, d'herbe, peuplés de chèvres, chevreaux, brebis, vaches. Tout cela allait-il disparaître, balayé par l'hérésie ? Elle vit des fossés aussi au milieu des cultures, avec des hommes armés. Le Conseiller, depuis un monticule, parlait explicitement de la guerre. Les fusils des francs-maçons vomiraient-ils de l'eau au lieu de balles ? Elle savait que les paroles du Conseiller ne devaient pas être prises au sens littéral, parce que souvent c'étaient des comparaisons, des symboles difficiles à déchiffrer, qui ne pouvaient s'identifier clairement aux faits quand ceux-ci se produisaient. Il avait cessé de pleuvoir et ils allumèrent des torches. Une odeur fraîche dominait l'atmosphère. Le Conseiller expliqua que le cheval blanc du Coupe-cous n'était pas une nouveauté pour le croyant, car, n'était-il pas écrit dans l'Apocalypse qu'il viendrait et que son cavalier porterait un arc et une couronne pour vaincre et conquérir ? Mais ses conquêtes s'arrêteraient aux portes de Belo Monte par l'intercession de la Dame.

Et il continua ainsi de la sortie vers Geremoabo à celle d'Uauá, du Cambaio à l'entrée de Rosario, de la route de Chorrochó au Curral de Bois, apportant aux hommes et aux femmes le feu de sa présence. Il s'arrêta à toutes les tranchées où il était reçu et acclamé par des vivats et des applaudissements. Ce fut la plus longue des processions dont se souvenait Maria Quadrado, au milieu des averses et des éclaircies, hauts et bas qui correspondaient à ceux de son esprit qui, tout au long du jour, passa, comme le ciel, de la panique à la sérénité et du pessimisme à l'enthousiasme.

Il faisait nuit maintenant et à la sortie de Cocorobó le Conseiller différencia Eve, chez qui prédominaient la curiosité et la désobéissance, de Maria, tout amour et soumission, et qui n'aurait jamais succombé à la tentation du fruit défendu qui fit le malheur de l'humanité. Dans la maigre clarté, Maria Quadrado voyait le Conseiller, entre João Abade, João Grande, le Ravi, les Vilanova et elle pensait que, tout comme elle, Marie-Madeleine avait vu, là-bas en Judée, le Bon Jésus et ses disciples, hommes aussi humbles et bons que ceux-ci, et avait pensé, comme elle en cet instant, combien généreux était le Seigneur qui avait choisi, pour que l'histoire changeât de sens, non pas les riches propriétaires de terres et de capangas, mais une poignée d'êtres très humbles. Elle se rendit compte que le Lion de Natuba n'était pas parmi les apôtres. Son sang ne fit qu'un tour. Était-il tombé, avait-il été piétiné, gisait-il sur le sol fangeux, avec son petit corps d'enfant et ses yeux de sage ? Elle se reprocha de n'avoir pas fait attention à lui et ordonna aux béates de le chercher. Mais dans cette masse elles pouvaient à peine remuer.

Au retour, Maria Quadrado put s'approcher de João Grande et lui dire qu'il fallait retrouver le Lion de Natuba, quand éclata le premier coup de canon. La foule s'arrêta pour écouter et plusieurs examinaient le ciel, déconcertés. Mais un autre coup de canon retentit et ils virent sauter, en éclats, en braises, une maison du secteur du cimetière. Dans le désordre qui se produisit autour d'elle, Maria Quadrado sentit quelque chose d'informe chercher refuge contre son corps. Elle reconnut le Lion de Natuba à sa crinière et à sa minuscule ossature. Elle l'embrassa, le pressa contre elle, le baisa tendrement, en lui susurrant : « Mon fils, mon petit, je te croyais perdu, ta mère est heureuse, heureuse. » Une sonnerie de clairon, au loin, longue et lugubre, bouleversait davantage la nuit. Le Conseiller continuait d'avancer du même pas vers le cœur de Belo Monte. Tâchant de protéger le Lion de Natuba de la bousculade, Maria Quadrado voulut se coller au petit cercle d'hommes qui, passé le premier moment de confusion, s'était constitué autour du Conseiller. Mais les chutes et les bousculades les rejetèrent en arrière et ils arrivèrent à l'esplanade des églises quand elle était déjà couverte de monde. Se détachant sur les cris de ceux qui s'appelaient ou demandaient la protection du ciel, la grosse voix de João Abade ordonna d'éteindre toutes les lampes de Canudos. D'un seul coup, la ville fut un abîme de ténèbres dans lequel Maria Quadrado ne distinguait même pas les traits du scribe.

« La peur m'a quittée », pensa-t-elle. La guerre avait commencé, à tout moment un autre coup de canon pouvait tomber ici même et les transformer, elle et le Lion, en un tas informe de muscles et d'os comme les habitants de la maison détruite. Et cependant elle n'avait plus peur. « Merci, Père, Mère », pria-t-elle. Tenant le scribe embrassé, elle se laissa tomber par terre, tout comme les autres. Elle essaya de percevoir la fusillade. Mais il n'y avait pas de coups de feu. Pourquoi cette obscurité alors ? Elle avait parlé à voix haute, car la voix vive du Lion de Natuba lui répondit : « Pour qu'ils ne puissent pas nous viser, Mère. »

Les cloches du Temple du Bon Jésus retentirent et leur son métallique triompha des clairons par lesquels le Chien prétendait terroriser Belo Monte. Ce fut comme un ouragan de foi, de soulagement, ces cloches à la volée qui allaient durer le restant de la nuit. « Il est en haut, dans le clocher », dit Maria Quadrado. Il y eut un rugissement de reconnaissance, d'affirmation, dans la foule réunie sur la place, en se sentant baignée par ce tintement de défi, revitaliseur, des cloches. Et Maria Quadrado pensa à la sagesse du Conseiller qui avait su, au milieu de l'épouvante, donner ordre et espoir aux croyants.

Un nouveau coup de canon éclaira d'une lumière jaune l'enceinte de la place. L'explosion souleva et projeta au sol Maria Quadrado, et le fracas emplit son cerveau. Dans la seconde de lumière elle put voir le visage des femmes et des enfants qui regardaient le ciel comme s'ils voyaient l'enfer.

Elle réalisa soudain que ce qu'elle avait vu voler en éclats était la maison du cordonnier Eufrasio, de Chorrochó, qui vivait près du cimetière avec un essaim de filles, de gendres et de petits-enfants. Un silence succéda à la canonnade et cette fois il n'y eut pas de courses. Les cloches sonnaient à la volée avec la même allégresse. Cela lui faisait du bien de sentir le Lion de Natuba se serrant comme s'il voulait se cacher à l'intérieur de son vieux corps.

Il y eut une agitation, des ombres qui se frayaient passage en criant : « Porteurs d'eau ! porteurs d'eau ! » Elle reconnut Antonio et Honorio Vilanova et elle comprit où ils allaient. Deux ou trois jours plus tôt, l'ex-commerçant avait expliqué au Conseiller, dans le cadre des préparatifs de combat, que les porteurs d'eau seraient chargés de ramasser les blessés et de les conduire aux dispensaires, de recueillir les morts dans une étable transformée en morgue, afin de leur donner après un enterrement chrétien. Devenus infirmiers et fossoyeurs, les distributeurs d'eau commençaient donc à travailler. Maria Quadrado pria pour eux en pensant : « Tout se passe comme il a été annoncé. »

Quelqu'un pleurait, pas très loin. Sur la place, apparemment, il n'y avait que des femmes et des enfants. Où étaient les hommes ? Ils avaient dû courir et grimper sur les palissades, ou se tapir dans les tranchées et sous les parapets, et ils devaient se trouver maintenant derrière João Abade, Macambira, Pajeú, João Grande, Pedrão, Taramela et les autres chefs, avec leurs carabines et fusils, leurs piques, couteaux, machettes et bâtons, scrutant les ténèbres dans l'attente de l'Antéchrist. Elle ressentit de la gratitude, de l'amour pour ces hommes qui allaient recevoir la morsure du Chien et peut-être mourir. Elle pria pour eux, bercée par les cloches de la tour.

Ainsi se passa la nuit, entre de rapides orages dont les coups de tonnerre couvraient le son des cloches et des canonnades espacées qui pulvérisaient une ou deux baraques et provoquaient un incendie que l'orage suivant éteignait. Un nuage de fumée, qui brûlait la gorge et les yeux, s'étendit au-dessus de la ville et Maria Quadrado, dans son assoupissement, le Lion de Natuba entre ses bras, sentait tousser et cracher. Soudain, on la secoua. Elle ouvrit les yeux et se vit entourée des béates du Chœur Sacré, dans une lumière encore faible, qui luttait avec l'ombre. Le Lion de Natuba dormait, appuyé sur ses genoux. Les cloches continuaient à sonner. Les béates l'embrassaient, elles l'avaient cherchée tout le temps, tâtonnant dans le noir, mais elle pouvait à peine les entendre à cause de sa fatigue et de son engourdissement. Elle réveilla le Lion : ses grands yeux la regardèrent, brillants, derrière la forêt de sa tignasse. Laborieusement, ils se mirent debout.

Une partie de la place était dégagée et Alejandrinha Correa lui expliqua qu'Antonio Vilanova avait ordonné aux femmes qui ne tenaient pas dans les églises de retourner chez elles et de se mettre dans les fosses, parce que maintenant que le jour allait se lever les explosions balayeraient l'esplanade. Entourés des béates, le Lion de Natuba et Maria Quadrado avancèrent jusqu'au Temple du Bon Jésus. La Garde Catholique les fit entrer. Dans l'enchevêtrement des poutres et les murs à moitié élevés, il faisait encore sombre. La Supérieure du Chœur Sacré vit, outre les femmes et les enfants accroupis, beaucoup d'hommes en armes, et João Grande qui courait avec une carabine et des chapelets de balles sur les épaules. Elle se sentit poussée, entraînée, guidée vers les échafaudages avec des grappes de gens qui épiaient l'extérieur. Elle monta, aidée par des bras musclés, s'entendant appeler Mère, sans lâcher le Lion, qui parfois s'échappait d'elle. Avant d'atteindre le clocher, elle entendit une nouvelle canonnade, au loin.

À la fin, sur le palier de cloches, elle vit le Conseiller. Il était à genoux et priait à l'intérieur d'une barrière d'hommes qui ne laissaient personne traverser la passerelle. Mais elle et le Lion, ils les laissèrent passer. Elle se jeta à terre et baisa les pieds du Conseiller qui avaient perdu leurs sandales et étaient une croûte de boue séchée. Quand elle se releva elle vit que le jour se levait rapidement. Elle s'approcha de l'embrasure de pierre et de bois, et, clignant des yeux, elle vit sur les collines une tache grise, bleutée, rougeâtre, avec des éclats qui descendait vers Canudos. Elle n'interrogea pas les hommes renfrognés et silencieux qui se relayaient pour faire sonner les cloches sur ce qu'était cette tache, parce que son cœur lui dit que c'étaient les chiens. Ils arrivaient, pleins de haine, sur Belo Monte, afin de perpétrer un nouveau massacre des innocents.

« Ils ne vont pas me tuer », pense Jurema. Elle se laisse entraîner par les soldats qui la saisissent solidement par les poignets et la forcent à entrer dans le labyrinthe des branches, buissons, troncs et boue. Elle glisse et se relève, adresse un regard d'excuse aux hommes à l'uniforme déchiré, sur les yeux et les lèvres entrouvertes desquels elle perçoit quelque chose qu'elle a appris à connaître ce matin où sa vie a changé, à Queimadas, quand, après la fusillade, Galileo Gall s'était jeté sur elle. Elle pense, avec une sérénité qui l'étonne : « Tant qu'ils auront ce regard, tant qu'ils voudront cela, ils ne me tueront pas ». Elle oublie Rufino et Gall et ne pense qu'à se sauver, à les retarder, à leur faire plaisir, à les supplier, à faire tout ce qu'il faut pour qu'ils ne la tuent pas. Elle glisse à nouveau et cette fois un des hommes la lâche et tombe sur elle, à genoux, jambes ouvertes. L'autre aussi la lâche et fait un pas en arrière pour regarder, excité. Celui qui est sur elle brandit un fusil, la menaçant de lui faire sauter la cervelle si elle crie, et elle, lucide, obéissante, se ramollit instantanément et demeure tranquille, bougeant la tête avec douceur pour l'apaiser. C'est le même regard, la même expression bestiale, affamée, de cette fois-là. Les yeux mi-clos elle le voit fouiller dans son pantalon, l'ouvrir, tandis que la main qui vient de lâcher le fusil essaie de lui relever la jupe. Elle l'aide de son mieux, allongeant une jambe, mais même ainsi l'homme s'empêtre et la brutalise. Dans sa tête crépitent toutes sortes d'idées, en même temps que les coups de tonnerre, le son du clairon, les cloches, derrière le halètement du soldat. Il est allongé sur elle, la frappant de son coude jusqu'à ce qu'elle comprenne et écarte la jambe qui le gêne, et maintenant elle sent, entre ses cuisses, la verge dure, mouillée, s'efforçant d'entrer en elle. Elle se sent asphyxiée par le poids et chaque mouvement de l'homme semble lui rompre un os. Elle fait un immense effort pour ne pas montrer la répugnance qui l'envahit quand le visage barbu se frotte contre le sien, et une bouche verdâtre à cause des herbes qu'elle mastique encore s'aplatit contre sa bouche et pousse, l'obligeant à séparer les lèvres pour enfoncer une langue avide qui s'affaire contre la sienne. Elle est si attentive à ne rien faire qui puisse l'irriter qu'elle ne voit pas arriver les hommes couverts de camouflage végétal, ni ne se rend compte qu'ils posent un couteau sur le cou du soldat et d'un coup de pied le font rouler de dessus elle. Ce n'est que lorsqu'elle respire à nouveau et se sent libre qu'elle les voit. Ils sont vingt, trente, peut-être davantage et occupent toute la caatinga alentour. Ils s'inclinent, la recouvrent de sa jupe, l'aident à s'asseoir, à se remettre debout. Elle entend des paroles affectueuses, elle voit des visages qui s'efforcent d'être aimables.

Il lui semble s'éveiller, revenir d'un très long voyage, alors qu'il ne s'est écoulé que quelques minutes depuis que les soldats sont tombés sur elle. Que sont devenus Rufino, Gall, le Nain ? Elle les revoit comme en rêve s'empoignant, elle se rappelle les soldats faisant feu sur eux. Le soldat qui était sur elle est interrogé, à quelques pas, par un caboclo trapu et massif, déjà âgé, dont les traits jaune cendre sont barrés par une cicatrice qui va de la bouche aux yeux. Elle pense : Pajeú. Elle ressent de la peur, pour la première fois de la journée. Le soldat a l'air terrifié, il répond précipitamment aux questions et implore, supplie des yeux, de la bouche, des mains, car tandis que Pajeú l'interroge d'autres le déshabillent. Ils lui ôtent sa vareuse déchirée, son pantalon effiloché, sans le maltraiter, et Jurema – sans se réjouir ni s'attrister, toujours comme si elle rêvait – voit qu'une fois nu, à un simple geste de ce caboclo dont on rapporte de si terribles histoires, les jagunços enfoncent plusieurs couteaux dans le ventre, le dos, le cou du soldat qui s'écroule sans avoir même eu le temps de crier. Elle voit l'un des jagunços se pencher, prendre le sexe maintenant mou et minuscule du soldat, le lui couper d'un coup et le lui fourrer dans la bouche. Il essuie ensuite son couteau sur le cadavre et le range à sa ceinture. Elle ne ressent ni joie ni dégoût. Elle se rend compte que le caboclo sans nez lui parle :

– Viens-tu seule à Belo Monte ou avec d'autres pèlerins ? – Il articule lentement comme si elle ne pouvait le comprendre, l'entendre. – D'où es-tu ?

Elle a du mal à parler. Elle balbutie, d'une voix qui lui semble être d'une autre femme, qu'elle vient de Queimadas.

– Un long voyage, dit le caboclo en l'examinant des pieds à la tête, avec curiosité. Et par le même chemin que les soldats, en plus.

Jurema acquiesce. Elle devrait le remercier, lui dire un mot aimable pour l'avoir délivrée, mais Pajeú lui inspire trop de peur. Tous les autres jagunços l'entourent et avec leurs manteaux végétaux, leurs armes et leurs sifflets, ils lui donnent l'impression de n'être pas de chair et d'os mais de relever du conte ou du cauchemar.

– On ne peut pas entrer à Belo Monte par ici, lui dit Pajeú avec une grimace qui doit être son sourire. Il y a des protestants sur toutes ces collines. Fais le tour, plutôt, jusqu'à la route de Geremoabo. Là il n'y a pas de soldats.

– Mon mari, murmure Jurema en montrant du doigt le bois.

Sa voix s'étrangle en un sanglot. Elle se met à marcher, angoissée, rendue à la situation antérieure à l'arrivée des soldats, et elle reconnaît l'autre, celui qui regardait en attendant son tour : c'est le corps nu, sanguinolent, pendu à un arbre, qui se balance près de son uniforme également accroché aux branches. Jurema sait où aller parce qu'une rumeur la guide, et en effet, à quelques mètres de là, elle découvre, dans cette partie de la caatinga décorée d'uniformes, Galileo Gall et Rufino. Ils ont la couleur de la terre boueuse, ils doivent être moribonds, mais continuent à lutter. Ce sont deux loques nouées, ils se frappent de la tête, du pied, se mordent et se griffent, mais aussi lentement que s'ils jouaient. Jurema s'arrête devant eux et le caboclo et ses jagunços forment un cercle pour observer le combat. C'est un combat qui s'achève, deux formes embourbées, méconnaissables, inséparables qui remuent à peine et n'ont pas l'air de savoir qu'elles sont entourées de douzaines de nouveaux venus. Ils halètent, saignent, s'arrachent des lambeaux de vêtements.

– Tu es Jurema, tu es la femme du guide de Queimadas, dit à ses côtés Pajeú avec animation. Alors il t'a retrouvée. Alors il a retrouvé le simple d'esprit qui était à Calumbi.

– C'est le fou qui est tombé hier soir dans le piège, dit

quelqu'un de l'autre côté du cercle. Celui qui avait une sacrée trouille des soldats.

Jurema sent une main entre les siennes, minuscule, potelée, qui serre avec force. C'est le Nain. Il la regarde avec joie et espoir, comme si elle allait sauver sa vie. Il est couvert de boue et se colle à elle.

– Arrête-les, arrête-les, Pajeú, dit Jurema. Sauve mon mari, sauve...

– Veux-tu sauver les deux ? se moque Pajeú. Veux-tu rester avec les deux ?

Jurema entend d'autres jagunços rire aussi de ce qu'a dit le caboclo sans nez.

– C'est une affaire d'hommes, Jurema, lui explique calmement Pajeú. Tu les as mis dans cette situation, toi. Laisse-les donc où tu les as fourrés, qu'ils règlent leur affaire comme deux hommes. Si ton mari s'en sort il te tuera et s'il meurt sa mort retombera sur toi et tu devras rendre des comptes au Père. À Belo Monte le Conseiller te dira comment te racheter. Maintenant va-t'en, parce que la guerre arrive. Loué soit le Bon Jésus Conseiller !

La caatinga s'anime et en quelques secondes les jagunços disparaissent entre les favelas. Le Nain continue de lui serrer la main et de regarder, comme elle. Jurema voit Gall, un couteau à demi enfoncé dans le corps, à la hauteur des côtes. Elle entend, toujours, clairons, cloches, sifflets. Soudain, l'empoignade cesse car Gall, poussant un rugissement, roule à quelques mètres de Rufino. Jurema le voit saisir le couteau et se l'arracher, avec un nouveau rugissement. Elle regarde Rufino qui la regarde aussi, dans la boue, la bouche ouverte et le regard sans vie.

– Tu ne m'as pas encore flanqué ta main sur la joue, entend-elle dire Galileo qui appelle Rufino de la main qui tient le couteau.

Jurema voit Rufino acquiescer et pense : « Ils se comprennent. » Elle ne sait pas ce que veut dire ce qu'elle a pensé mais elle le sent avec certitude. Rufino se traîne vers Gall, très lentement. Va-t-il arriver jusqu'à lui ? Il s'aide des coudes et des genoux, frotte son visage contre la boue, comme un ver de terre, et Gall l'encourage en agitant son couteau : « Affaire d'hommes », pense Jurema. Elle pense : « La faute retombera sur moi. » Rufino arrive près de Gall, qui essaie de lui planter son couteau, tandis que le guide le frappe au visage. Mais la gifle perd sa force en le touchant, parce que Rufino manque désormais d'énergie ou à cause d'un abattement intime. La main reste sur la joue de Gall comme une espèce de caresse. Gall le frappe aussi, une, deux fois, et sa main se calme sur la tête du guide. Ils agonisent enlacés, en se regardant. Jurema a l'impression que les deux visages, à quelques millimètres l'un de l'autre, se sourient. Aux sonneries de clairon et aux sifflets a succédé un tir nourri. Le Nain dit quelque chose qu'elle ne comprend pas.

« Tu lui as flanqué ta main sur le visage, Rufino, pense Jurema. Qu'as-tu gagné à cela, Rufino ? À quoi te sert ta vengeance si tu es mort, si tu m'as laissée seule au monde, Rufino ? » Elle ne pleure pas, elle ne bouge pas, elle ne détourne pas les yeux des hommes immobiles. Cette main sur la tête de Rufino lui rappelle qu'à Queimadas, quand pour le malheur de tous Dieu fit qu'il vînt offrir du travail à son mari, l'étranger a palpé une fois la tête de Rufino et lu ses secrets, comme le sorcier Porfirio les lisait dans les feuilles de café et dona Casilda dans une cuvette pleine d'eau.

– Vous ai-je raconté qui s'est présenté à Calumbi, accompagnant Moreira César ? dit le baron de Canabrava. Ce journaliste qui a travaillé avec moi et qu'Epaminondas a engagé au *Jornal de Notícias*. Cette calamité à lunettes comme un scaphandre, qui marchait en gesticulant et s'habillait en clown. Tu te souviens de lui, Adalberto ? Il écrivait des poèmes et fumait de l'opium.

Mais ni José Bernardo Murau ni Adalberto de Gumucio ne l'écoutaient. Ce dernier relisait les papiers que le baron venait de leur traduire, approchant le candélabre qui éclairait la table de la salle à manger, dont on n'avait pas encore débarrassé les tasses vides de café. Le vieux Murau, s'agitant sur sa chaise du haut bout comme s'il se trouvait encore sur le rocking-chair du salon, semblait assoupi. Mais le baron savait qu'il réfléchissait à ce qu'il leur avait lu.

– Je vais voir Estela, dit-il en se levant.

Tandis qu'il parcourait la vaste demeure délabrée, plongée dans la pénombre, en direction de la chambre où l'on avait couché la baronne peu avant le dîner, il supputait l'impression produite chez ses amis par cette sorte de testament de l'aventurier écossais. Il pensa, en trébuchant sur une petite dalle brisée du corridor de chaque côté duquel s'ouvraient les chambres à coucher : « Les questions continueront, à Salvador. Et chaque fois que j'expliquerai pourquoi je l'ai laissé partir, j'aurai la même impression de mentir. » Pourquoi avait-il laissé partir Galileo Gall ? Par bêtise ? Par lassitude ? Par dégoût de tout ? Par sympathie ? Il pensa, en se souvenant de Gall et du journaliste myope : « J'ai de la faiblesse pour les spécimens rares, pour ce qui est anormal. »

Sur le seuil il vit, dans la faible clarté rougeâtre de la veilleuse sur le guéridon, le profil de Sebastiana. Elle était assise au pied du lit, sur un fauteuil avec des coussins, et bien qu'elle n'eût jamais été une femme souriante, son expression était maintenant si grave que le baron s'alarma. Elle s'était levée en le voyant entrer.

– A-t-elle continué à dormir tranquille ? demanda le baron en soulevant la moustiquaire et en se penchant pour l'observer.

Son épouse avait les yeux fermés et dans la semi-obscurité son visage, quoique très pâle, semblait serein. Les draps se soulevaient et s'abaissaient doucement, avec sa respiration.

– À dormir, oui, mais pas si tranquille, murmura Sebastiana qui le raccompagna jusqu'à la porte de la chambre. – Elle baissa davantage la voix et le baron remarqua l'inquiétude qui habitait les yeux noirs, très vifs, de la domestique. – Elle rêve. Elle parle en rêvant et toujours de la même chose.

« Elle n'ose pas dire incendie, feu, flammes », pensa le baron, la poitrine oppressée. Ces mots deviendraient-ils tabous, devrait-il ordonner de ne jamais plus prononcer chez lui les mots qu'Estela pourrait associer à l'holocauste de Calumbi ? Il avait pris le bras de Sebastiana, essayant de la calmer, mais il ne trouvait rien à lui dire. Il sentait sous ses doigts la peau lisse et tiède de la domestique.

– Madame ne peut pas rester ici, murmura celle-ci. Emmenez-la à Salvador. Les médecins doivent l'examiner, lui donner quelque chose, lui sortir ces souvenirs de la tête. Elle ne peut pas continuer avec cette angoisse, jour et nuit.

– Je le sais, Sebastiana, acquiesça le baron. Mais le voyage est si long, si dur. Il me semble risqué de l'exposer à une autre expédition dans son état. Quoique peut-être il soit plus dangereux de la laisser sans soins. Nous aviserons demain. Pour le moment, tu dois aller te reposer. Toi non plus tu n'as pas fermé l'œil depuis des jours.

– Je vais passer la nuit ici, avec madame, répondit Sebastiana comme par défi.

Le baron, la voyant s'installer à nouveau près d'Estela, pensa qu'elle était encore une femme aux formes belles et fermes, admirablement conservées. « Tout comme Estela », se dit-il. Et dans une bouffée de nostalgie, il se rappela que durant les premières années de leur mariage il était arrivé à éprouver une jalousie intense, taraudante, en voyant la camaraderie, l'intimité infranchissable qui existait entre les deux femmes. Il retournait à la salle à manger et, par une fenêtre, il vit la nuit couverte de nuages qui cachaient les étoiles. Il se rappela, en souriant, que sa jalousie lui avait fait demander à Estela de congédier Sebastiana et que cela avait constitué le motif de dispute le plus sérieux de toute leur vie conjugale. Il entra dans la salle à manger avec l'image vivante, intacte, douloureuse de la baronne, les joues en feu, défendant sa domestique et lui répétant que si Sebastiana partait, elle s'en irait aussi. Ce souvenir, qui avait été longtemps une étincelle qui enflammait son désir, l'émut maintenant jusqu'aux entrailles. Il avait envie de pleurer. Il trouva ses amis plongés dans la perplexité sur ce qu'il leur avait lu.

– Un fanfaron, un imaginatif, un coquin fantaisiste, un charlatan de luxe, disait le vieux Murau. Pas même dans les romans un individu ne connaît autant d'aventures. La seule chose que je crois c'est ce pacte avec Epaminondas pour emmener des armes à Canudos. Un contrebandier qui a inventé l'histoire de l'anarchisme comme excuse et justification.

– Excuse et justification ? – Adalberto de Gumucio bondit de sa chaise. – C'est plutôt une circonstance aggravante.

Le baron s'assit à côté de lui et s'efforça de s'intéresser à la discussion.

– Vouloir en finir avec la propriété, la religion, le mariage, la morale, est-ce que ce sont des circonstances atténuantes ? insistait Gumucio. C'est plus grave encore que de faire du trafic d'armes.

« Le mariage, la morale », pensa le baron. Et il se demanda si Adalberto aurait consenti dans son foyer à une complicité aussi étroite que celle d'Estela et de Sebastiana. Son cœur se serra encore à la pensée de son épouse. Il décida de partir le lendemain matin. Il se servit un doigt de porto qu'il avala d'un trait.

– J'incline à croire que cette histoire est vraie, dit Gumucio. À cause du naturel avec lequel il rapporte ces choses extraordinaires, les évasions, les assassinats, les voyages de pirate, le jeûne sexuel. Il ne se rend pas compte que ce sont des faits hors du commun. Cela fait penser qu'il les a vécus et qu'il croit aux énormités qu'il sort contre Dieu, la famille et la société.

– Qu'il y croie ne fait aucun doute, dit le baron, savourant le goût douceâtre et brûlant du porto. Je les lui ai entendu dire plusieurs fois à Calumbi.

Le vieux Murau remplit à nouveau les verres. Durant le repas ils n'avaient pas bu, mais après le café l'éleveur avait sorti cette carafe de porto qui était maintenant à moitié vide. S'enivrer jusqu'à perdre conscience était-ce le remède qu'il lui fallait pour ne pas penser à la santé d'Estela ?

– Il confond la réalité et l'illusion, il ne sait pas où finit l'une et commence l'autre, dit-il. Il est possible qu'il raconte ces choses sincèrement et qu'il y croie dur comme fer. N'importe. Parce qu'il ne les voit pas avec ses yeux mais avec ses idées, avec ses croyances. Ne vous rappelez-vous pas ce qu'il dit de Canudos, des jagunços ? Il doit en être de même avec le reste. Il est possible qu'une rixe de ruffians à Barcelone, ou un coup de filet contre les contrebandiers par la police de Marseille soient pour lui des batailles entre opprimés et oppresseurs dans cette guerre pour briser les chaînes de l'humanité.

– Et le sexe ? dit José Bernardo Murau. – Il était congestionné, ses petits yeux pétillants et la voix pâteuse. – Ces dix années de chasteté, vous y croyez, vous ? Dix ans de chasteté pour emmagasiner de l'énergie et la mettre au service de la révolution ?

Il parlait de telle façon que le baron pensa qu'il allait bientôt commencer à raconter des histoires salées.

– Et les prêtres ? demanda-t-il. Ne vivent-ils pas chastes pour l'amour de Dieu ? Gall est une sorte de prêtre.

– José Bernardo juge les hommes d'après lui-même, blagua Gumucio en se tournant vers le maître de céans. Tu n'aurais jamais pu supporter dix années de chasteté.

– Impossible, éclata de rire l'éleveur. N'est-ce pas stupide de renoncer à l'une des rares compensations de la vie ?

L'une des bougies du candélabre commençait à grésiller, en lâchant un filet de fumée et Murau se leva pour la moucher. Il en profita pour servir une nouvelle tournée de porto qui vida le fond de la carafe.

– Durant ces années d'abstinence il a dû accumuler assez d'énergie pour engrosser une ânesse, dit-il le regard allumé. – Il rit avec vulgarité et alla d'un pas titubant chercher une autre bouteille de porto au buffet. Les autres bougies du candélabre s'achevaient et la pièce s'était obscurcie. – Comment est la femme du guide, celle qui l'a tiré de sa chasteté ?

– Il y a longtemps que je ne l'ai pas vue, dit le baron. C'était une petite maigrichonne, docile et timide.

– Une belle croupe ? balbutia Murau en levant son verre d'une main tremblante. C'est ce qu'elles ont de mieux par ici. Elles sont petites, chétives et vieillissent vite. Mais la croupe, toujours de première.

Adalberto de Gumucio se hâta de changer de sujet :

– Il sera difficile de faire la paix avec les jacobins, comme tu le suggères, dit-il au baron. Nos amis n'accepteront pas de travailler avec ceux qui nous ont attaqués depuis tant d'années.

– Bien sûr que ce sera difficile, rétorqua le baron, reconnaissant à Adalberto de ce thème. Surtout, convaincre Epaminondas qui se croit vainqueur. Mais à la fin tout le monde comprendra qu'il n'y a pas d'autre voie. C'est une question de survie...

Ils furent interrompus par des bruits de sabots et des hennissements tout proches et, un moment après, de forts coups à la porte. José Bernardo Murau fronça son visage, contrarié. « Que diable se passe-t-il ? » grogna-t-il en se levant avec difficulté. Il sortit de la salle à manger en traînant les pieds. Le baron remplit à nouveau les verres.

– Toi en train de boire, voilà qui est nouveau, dit Gumucio. Est-ce à cause de l'incendie de Calumbi ? Ce n'est pas la fin du monde. Un revers, seulement.

– C'est à cause d'Estela, dit le baron. Elle ne me le pardonnera jamais. Cela a été ma faute, Adalberto. J'ai trop exigé d'elle. Je n'aurais pas dû la mener à Calumbi, comme Viana et toi me l'aviez conseillé. J'ai été égoïste, insensé.

On entendit à la porte d'entrée glisser la barre et des voix d'hommes.

– C'est une crise passagère dont elle se remettra bien vite, dit Gumucio. C'est absurde de te culpabiliser.

– J'ai décidé de partir demain à Salvador, dit le baron. C'est trop dangereux de la garder ici, sans surveillance médicale.

José Bernardo Murau réapparut à l'entrée. Son ivresse semblait avoir disparu d'un coup et il avait une expression si insolite que le baron et Gumucio allèrent à sa rencontre.

– Des nouvelles de Moreira César ? le baron lui prit le bras en essayant de le faire réagir.

– Incroyable, incroyable, murmurait le vieil éleveur entre ses dents, comme s'il avait vu des fantômes.

VII

La première chose que le journaliste myope remarque, dans le jour qui se lève, tandis qu'il secoue les croûtes de boue, c'est que son corps lui fait plus mal que la veille, comme si durant sa nuit blanche on l'avait battu comme plâtre. La seconde, l'activité fébrile, le mouvement des uniformes, qui s'exécute sans ordres, dans un silence qui contraste avec les canonnades, les cloches et les clairons qui ont bombardé ses oreilles toute la nuit. Il met à son épaule sa gibecière de cuir, place son écritoire sous le bras et, sentant des aiguilles lui traverser les jambes et la démangeaison d'un éternuement imminent, il commence à grimper la montagne en direction de la tente du colonel Moreira César. « L'humidité », pense-t-il, secoué par un accès d'éternuements qui lui fait oublier la guerre et tout ce qui n'est pas ces explosions internes qui lui mouillent les yeux, lui bouchent les oreilles, lui étourdissent le cerveau et transforment en fourmilières ses narines. Il est frôlé et poussé par des soldats qui passent en ajustant leur musette, le fusil à la main, et maintenant enfin il entend les ordres de commandement.

Il découvre au sommet Moreira César, entouré d'officiers, juché sur quelque chose, observant en bas de la pente avec des jumelles. Il règne une grande pagaille tout autour. Le cheval blanc, la selle mise, fait des courbettes au milieu des soldats et des clairons qui bousculent des officiers qui arrivent ou partent, en sautant, en rugissant des phrases que les oreilles du journaliste, bourdonnant sous l'effet des éternuements, peut à peine comprendre. Il entend la voix du colonel : « Qu'est-ce qui se passe avec l'artillerie, Cunha Matos ? » La réponse se perd dans les sonneries de clairon. Le journaliste, se débarrassant de sa gibecière et de son écritoire, s'avance pour regarder vers Canudos.

La nuit précédente il ne l'a pas vu et il pense que dans quelques minutes ou heures plus personne ne pourra voir ce lieu. Il nettoie à la hâte le verre embué de ses lunettes avec un bout de sa chemisette et observe ce qu'il a à ses pieds. La lumière mi-bleutée mi-plombée qui baigne les sommets n'atteint pas encore la dépression dans laquelle se trouve Canudos. Il a du mal à distinguer les limites des collines, des champs, des surfaces caillouteuses des baraques et cahutes qui s'entassent et se mêlent sur une vaste étendue. Mais il remarque immédiatement deux églises, l'une petite et l'autre très haute, aux tours imposantes, séparées par une esplanade quadrangulaire. Il plisse les yeux pour distinguer, dans la semi-clarté, la zone limitée par un fleuve qui semble de grand débit quand éclate un coup de canon qui le fait sursauter et se boucher les oreilles. Mais il ne ferme pas les yeux qui, fascinés, voient une flambée soudaine et plusieurs baraques voler en éclats avec toutes sortes d'objets et de débris qui se désintègrent et disparaissent. La canonnade augmente et Canudos est enseveli sous un nuage de fumée qui escalade les pentes des collines et qui s'ouvre ici et là en cratères par où sont dégagés des morceaux de toits et de murs atteints par de nouvelles explosions. Il pense stupidement que si le nuage continue de monter il arrivera jusqu'à son nez et le fera éternuer à nouveau.

– Qu'attend donc le septième ! Et le neuvième ! Et le seizième ! dit Moreira César si près de lui qu'il se tourne pour le regarder et, en effet, le colonel et le groupe qui l'entoure sont pratiquement à ses côtés.

– Le septième est en train de charger, Excellence, répond près de lui le capitaine Olimpio de Castro.

– Et le neuvième et le seizième, bafouille quelqu'un dans son dos.

– Vous êtes témoin d'un spectacle qui vous rendra célèbre.

Le colonel Moreira César lui tapote le dos en passant près de lui. Il ne réussit pas à lui répondre parce que l'officier et sa suite le laissent en arrière pour aller s'installer, un peu plus bas, sur un petit promontoire.

« Le septième, le neuvième, le seizième, pense-t-il. Bataillons ? Pelotons ? Compagnies ? » Mais immédiatement il comprend. Sur trois côtés, sur les collines alentour, descendent des corps de régiment – les baïonnettes étincellent – vers le fond fumeux de Canudos. Les canons ont cessé de tonner et, dans le silence, le journaliste myope entend soudain les cloches. Les soldats courent, glissent, sautent à flanc de colline, en tirant. Les pentes aussi commencent à se couvrir de fumée. Le képi rouge-bleu de Moreira César s'agite, en signe d'approbation. Il ramasse sa gibecière et son écritoire, et descend les quelques mètres qui le séparent du chef du Septième Régiment ; il s'installe commodément dans une crevasse, entre eux et le cheval blanc, qu'un ordonnance tient par la bride. Il se sent bizarre, hypnotisé, et l'absurde idée lui passe par la tête qu'il ne voit pas ce qu'il voit.

Une brise commence à dissiper les bosses plombées qui cachent la ville ; il les voit s'alléger, se défaire, s'éloigner, poussées par le vent en direction du terrain ouvert où doit se trouver la route de Geremoabo. Maintenant il peut suivre le déplacement des soldats. Ceux sur sa droite ont gagné la rive du fleuve et le traversent ; les petites figures rouges, vertes, bleues deviennent grises, disparaissent et réapparaissent de l'autre côté des eaux, quand subitement entre elles et Canudos s'élève une muraille de poussière. Plusieurs silhouettes tombent.

– Les tranchées, dit quelqu'un.

Le journaliste myope choisit de s'approcher du groupe qui entoure le colonel, qui a fait quelques pas vers le bas et observe, en troquant ses jumelles pour une longue-vue. La boule rouge du soleil illumine le théâtre des opérations depuis un moment. Presque sans s'en apercevoir, le correspondant du *Jornal de Notícias*, qui n'a pas cessé de trembler, se juche sur un rocher saillant afin de mieux voir. Il devine alors ce qui est en train de se passer. Les premiers rangs de soldats à franchir à gué la rivière ont été criblés de balles depuis une succession de défenses dissimulées et il y a là, maintenant, une fusillade nourrie. Un autre des corps d'assaut qui, presque à ses pieds, avance déployé, est arrêté aussi par une rafale subite qui s'élève du sol. Les tireurs sont retranchés dans des caches. Il voit les jagunços. Ce sont ces têtes – couvertes de chapeaux ? de foulards ? – qui jaillissent soudain de terre, jetant de la fumée, et quoique le nuage estompe leurs traits et leurs silhouettes, il peut se rendre compte qu'il y a des hommes touchés par les tirs ou qui glissent dans les trous où sans doute l'on combat déjà corps à corps.

Une rafale d'éternuements le secoue, si prolongée qu'à un moment il croit s'évanouir. Plié en deux, les yeux fermés, les lunettes à la main, il éternue et ouvre la bouche, tâchant désespérément d'amener de l'air à ses poumons. À la fin il peut se redresser, respirer, et se rend compte qu'on le frappe dans le dos. Il chausse ses lunettes et voit le colonel.

– On croyait que vous étiez blessé, dit Moreira César qui semble d'excellente humeur.

Il est entouré d'officiers et ne sait que dire, car l'idée qu'on le croie blessé l'émerveille, comme s'il ne lui était pas venu à l'esprit qu'il fait partie, lui aussi, de cette guerre, qu'il se trouve lui aussi à la merci des balles.

– Qu'y a-t-il, qu'y a-t-il ? bégaye-t-il.

– Le neuvième est entré à Canudos et maintenant entre le septième, dit le colonel, ses jumelles au visage.

Les tempes palpitantes, haletant, le journaliste myope a l'impression que tout s'est rapproché, qu'il peut toucher la guerre. Sur les bords de Canudos il y a des maisons en flammes et deux rangées de soldats entrent dans la ville, au milieu de petits nuages qui doivent être des coups de feu. Ils disparaissent, avalés par un labyrinthe de toits de tuiles, de paille, de fer-blanc, de pieux, d'où par moments surgissent des flammes. « Ils criblent de balles tous ceux qui ont échappé aux coups de canon », pense-t-il. Et il imagine la fureur des officiers et soldats vengeant les cadavres pendus dans la caatinga, se dédommageant des embuscades et des sifflets qui les ont empêchés de dormir depuis Monte Santo.

– Dans les églises il y a des nids de tireurs, entend-il dire le colonel. Qu'attend Cunha Matos pour s'en emparer ?

Les cloches continuent à sonner à la volée et il les entend tout le temps, entre les canonnades et les fusillades, comme une musique de fond. Dans les petites rues il distingue des gens qui courent, des uniformes qui se croisent et se décroisent. « Cunha Matos est dans cet enfer, pense-t-il. Courant, trébuchant, tuant. » Egalement Tamarindo et Olimpio de Castro ? Il les cherche et ne trouve pas le vieux colonel, mais le capitaine se trouve parmi ceux qui accompagnent Moreira César. Il se sent soulagé, il ne sait pourquoi.

– Que l'arrière-garde et la police bahianaise attaquent sur l'autre flanc, entend-il le colonel donner l'ordre.

Le capitaine Olimpio de Castro et trois ou quatre escortes courent en bas de la colline et plusieurs clairons sonnent jusqu'à ce qu'au loin des sonneries semblables leur répondent. Ce n'est qu'alors qu'il se rend compte que les ordres sont transmis par les clairons. Il aimerait noter cela pour ne pas l'oublier. Mais plusieurs officiers s'écrient quelque chose, à l'unisson, et il se remet à regarder. Sur l'esplanade entre les églises, dix, douze, quinze uniformes rouge-bleu courent derrière deux officiers – il aperçoit leurs sabres dégainés, il tâche de reconnaître ces lieutenants ou capitaines qu'il a dû voir bien des fois – dans le but évident d'investir le temple aux hautes tours blanches entourées d'échafaudages, quand une décharge serrée sort de toute l'enceinte et renverse la plupart ; quelques-uns font demi-tour et disparaissent dans la poussière.

– Ils ont dû se protéger avec des charges de fusillades, entend-il dire Moreira César d'un ton glacé. Il y a un réduit là...

Des églises plusieurs silhouettes sont sorties qui courent vers les soldats tombés et s'acharnent sur eux. « Ils les achèvent, les châtrent, leur arrachent les yeux », pense-t-il, et à cet instant il entend le colonel murmurer : « Fous, déments, ils les déshabillent. » « Déshabillent ? » répète-t-il mentalement. Et il revoit les corps pendus aux arbres du sergent blond et ses soldats. Il est mort de froid. L'esplanade est balayée de poudre. Les yeux du journaliste s'agitent en toutes directions pour tâcher de savoir ce qui se passe là en bas. Les soldats des deux corps qui sont entrés à Canudos, l'un à sa gauche et l'autre à ses pieds, ont disparu dans cette toile d'araignée crispée, tandis qu'un troisième corps, à sa droite, continue de pénétrer dans la ville, et il peut suivre sa progression par les tourbillons de poussière qui les précèdent et qui se propagent sur leur passage dans les ruelles, les creux et les méandres où il devine les heurts, coups de crosse qui renversent les portes, mettent à bas planches, pieux, renversent les toits, épisodes de cette guerre qui en se fragmentant en mille cahutes devient confusion inextricable, agression d'un contre un, d'un contre deux, de deux contre trois.

Il n'a pas bu une goutte d'eau ce matin, la nuit passée il n'a pas mangé et outre le creux à l'estomac ses tripes sont nouées. Le soleil brille au milieu du ciel. Est-il possible qu'il soit midi, que tant d'heures se soient écoulées ? Moreira César et sa suite descendent encore de quelques mètres ; le journaliste myope, en trébuchant, va les rejoindre. Il saisit par le bras Olimpio de Castro et lui demande ce qui se passe, combien d'heures va durer le combat.

– L'arrière-garde et la police bahianaise arrivent maintenant, dit Moreira César, les jumelles au visage. Ils ne pourront plus fuir par ce côté.

Le journaliste myope distingue à l'autre bout des maisonnettes à moitié cachées par la poussière des taches bleues, verdâtres, dorées qui avancent dans ce secteur jusqu'à présent épargné, sans fumée ni incendies ni personne. Les opérations embrassent maintenant toute la ville et l'on voit des maisons en flammes de tous côtés.

– Cela tarde trop, dit le colonel et le journaliste myope remarque son impatience, son indignation. Que l'escadron de cavalerie prête main-forte à Cunha Matos.

Il détecte à l'instant – d'après les visages surpris, contrariés des officiers – que l'ordre du colonel est inattendu, périlleux. Nul ne proteste, mais les regards qu'ils échangent les uns et les autres sont plus éloquents que les paroles.

– Qu'avez-vous ? – Moreira César promène son regard sur ses officiers. Il fait face à Olimpio de Castro. – Quelle est l'objection ?

– Aucune, Excellence, dit le capitaine. Sauf que...

– Que quoi ? s'énerve le colonel. C'est un ordre.

– L'escadron de cavalerie est notre seule réserve, Excellence, termine le capitaine.

– Et pourquoi nous la faut-il ici ? – Moreira César pointe vers le bas. – Le combat n'est-il pas en bas ? Quand ils verront les cavaliers ceux qui sont encore en vie seront épouvantés et nous pourrons les achever. Qu'ils chargent immédiatement !

– Je vous demande de me laisser charger avec l'escadron, balbutie Olimpio de Castro.

– J'ai besoin de vous ici, répond le colonel sèchement.

Il entend de nouvelles sonneries de clairon, et quelques minutes plus tard apparaissent, au sommet de la colline où ils se trouvent, les cavaliers, en pelotons de dix et quinze, avec un officier en tête, qui en passant devant Moreira César saluent sabre au clair.

– Dégagez les églises, poussez-les vers le nord, leur crie ce dernier.

Il pense que ces visages tendus, jeunes, blancs, sombres, noirs, au type indien, vont entrer dans ce tourbillon, quand il est secoué par une autre crise d'éternuements, plus forte que la précédente. Ses lunettes sont projetées en avant et il pense, avec terreur, tandis qu'il sent l'asphyxie, les explosions dans sa poitrine et à ses tempes, la démangeaison à son nez, qu'elles se sont cassées, que quelqu'un a pu les écraser, que ses jours seront brouillard perpétuel. Quand la crise cesse, il tombe à genoux, tâtonne avec angoisse tout autour jusqu'à les retrouver. Il voit avec bonheur qu'elles sont intactes. Il les nettoie, les remet, regarde. La centaine de cavaliers a descendu la colline. Comment ont-ils pu le faire si vite ? Mais il se passe quelque chose, au fleuve. Ils n'arrivent pas à le traverser. Les chevaux entrent dans l'eau et semblent se cabrer, se rebeller, malgré la fureur des coups de fouet, des éperons, des sabres. C'est comme si le fleuve les épouvantait. Ils se retournent à mi-courant et certains chevaux désarçonnent leur cavalier.

– Ils ont dû installer des pièges, dit un officier.

– Ils leur tirent dessus depuis cet angle mort, murmure un autre.

– Mon cheval ! crie Moreira César et le journaliste myope le voit donner ses jumelles à un ordonnance. Il monte à cheval et ajoute, ennuyé : – Les gars ont besoin d'être stimulés. Prenez le commandement, Olimpio.

Son cœur s'accélère en voyant le colonel sabre au clair éperonner son cheval et descendre la pente à toute allure. Mais il n'a pas fait cinquante mètres qu'il le voit se recroqueviller sur sa monture, s'appuyer à l'encolure du cheval qui s'arrête tout net. Il voit que le colonel le fait tourner, pour revenir au poste de commandement ? mais, comme s'il recevait des ordres contradictoires, l'animal tourne en rond, deux, trois fois. Maintenant il comprend pourquoi officiers et soldats profèrent des exclamations, des cris, et courent en bas le revolver dégainé : Moreira César roule à terre et presque au même moment le capitaine et les autres le dissimulent à la vue, le prennent et le remontent vers lui à toute hâte. Il y a un vacarme assourdissant, des coups de feu, des bruits divers.

Il est hébété, paralysé en voyant le groupe d'hommes remonter au trot la pente, suivis du cheval blanc qui traîne les rênes. Il est resté seul. La terreur s'empare de lui et le pousse à remonter la colline, glissant, se redressant, à quatre pattes. Quand il atteint la cime et bondit vers la tente, il remarque vaguement que l'endroit est presque vide de soldats. Sauf un groupe pressé à l'entrée de la tente, il aperçoit à peine une sentinelle par-ci par-là, regardant effrayée dans cette direction. « Pouvez-vous aider le docteur Souza Ferreiro ? » entend-il, et quoique celui qui lui parle soit le capitaine il ne reconnaît pas sa voix et à peine son visage. Il acquiesce et Olimpio de Castro le pousse avec tant de force qu'il entraîne avec lui un soldat. À l'intérieur, il voit le dos du docteur Souza Ferreiro, penché sur le lit de camp, et les pieds du colonel.

– Infirmier ?

Souza Ferreiro se retourne et en tombant sur lui il fait la grimace.

– Je vous l'ai dit, il n'y a pas d'infirmiers, lui crie le capitaine de Castro en poussant en avant le journaliste myope. Ils sont avec les bataillons, en bas. Qu'il vous aide, lui.

La nervosité de l'un et de l'autre le contamine et il a envie de crier, de trépigner.

– Il faut extraire les projectiles, sinon l'infection l'emportera en un rien de temps, geint le docteur Souza Ferreiro en regardant d'un côté et de l'autre comme en attente d'un miracle.

– Faites l'impossible, dit le capitaine en s'en allant. Je ne peux pas abandonner le commandement, je dois informer le colonel Tamarindo pour qu'il prenne...

Il sort, sans achever sa phrase.

– Retroussez vos manches, frictionnez-vous avec ce désinfectant, rugit le docteur.

Il obéit avec toute la célérité que lui permet sa lourdeur et un moment plus tard il se découvre, dans l'étourdissement qui s'est emparé de lui, les genoux à terre, imbibant des cotons d'éther qui lui font penser aux fêtes de Carnaval au Politeama, des compresses qu'il applique sur le nez et la bouche du colonel Moreira César, pour le tenir endormi tandis que le médecin opère. « Ne tremblez pas, ne soyez pas imbécile, maintenez l'éther sur le nez », lui dit le docteur à deux reprises. Il se concentre – ouvrir le flacon, imbiber la compresse, la placer sur ce nez pointu, sur ces lèvres qui se tordent en une grimace d'interminable angoisse – et il pense à la douleur que doit éprouver ce petit homme sur le ventre ouvert duquel le docteur Souza Ferreiro enfonce son visage, comme pour le sentir ou le lécher. Au bout d'un certain temps il jette un coup d'œil, malgré lui, sur les taches de sa chemise, les mains et l'uniforme du médecin, la couverture du lit et son propre pantalon. Que de sang contient un corps aussi petit ! L'odeur de l'éther lui donne la nausée et envie de vomir. Il pense : « Je n'ai rien à vomir. » Il pense : « Comme je n'ai rien mangé ni bu. » Le blessé garde les yeux clos, mais parfois il bouge sur place et alors le médecin grogne : « De l'éther encore, encore. » Mais le dernier flacon est déjà vide et il le lui dit, avec un sentiment de culpabilité.

Des ordonnances apportent des cuvettes fumantes où le docteur lave ses bistouris, aiguilles, fils, ciseaux, d'une seule main. Plusieurs fois, tandis qu'il applique les compresses au blessé, il entend le docteur Souza Ferreiro parler seul, des gros mots, des jurons, des insultes contre sa propre mère pour l'avoir mis au monde. Il se sent envahi par un assoupissement et le docteur le réprimande : « Ne soyez pas idiot, ce n'est pas le moment de faire la sieste. » Il balbutie une excuse et la fois suivante qu'on apporte la cuvette, il les supplie de lui donner à boire.

Il remarque qu'ils ne sont plus seuls dans la tente ; l'ombre qui approche une gourde de ses lèvres est le capitaine Olimpio de Castro. Il y a là aussi, le dos collé à la toile de tente, le visage navré, l'uniforme loqueteux, le colonel Tamarindo et le major Cunha Matos. « Plus d'éther ? » demande-t-il, et il se sent stupide puisque le flacon est vide depuis longtemps. Le docteur Souza Ferreiro bande Moreira César et le couvre maintenant de la couverture. Étonné, il pense : « Il fait déjà nuit. » Il y a des ombres et quelqu'un accroche une lampe à l'un des poteaux qui soutiennent la tente.

– Comment va-t-il ? murmure le colonel Tamarindo.

– Il a le ventre en charpie, soupire le docteur. Je crains beaucoup que...

Tandis qu'il rabaisse les manches de sa chemise, le journaliste myope pense : « Si à l'instant même c'était l'aube, c'était midi, comment est-ce possible que le temps s'envole de cette façon ? »

– Je doute même qu'il reprenne connaissance, ajoute Souza Ferreiro.

Comme lui répondant, le colonel Moreira César commence à s'agiter. Ils s'approchent tous. Les pansements l'incommodent-ils ? Il cligne des yeux. Le journaliste myope l'imagine voyant des silhouettes, entendant des bruits, essayant de comprendre, de se rappeler, et à son tour il se rappelle, comme quelque chose d'une autre vie, certains réveils après une nuit où il a fumé de l'opium. Ce doit être ainsi, le retour lent, difficile, imprécis du colonel à la réalité. Moreira César a les yeux ouverts et il observe avec angoisse Tamarindo, il voit son uniforme déchiré, les égratignures à son cou, son abattement.

– Avons-nous pris Canudos ? articule-t-il d'une voix rauque.

Le colonel Tamarindo baisse les yeux et fait non. Moreira César parcourt les visages accablés du major, du capitaine, du docteur et le journaliste myope voit qu'il l'examine aussi, comme s'il l'autopsiait.

– Nous l'avons tenté trois fois, Excellence, balbutie le colonel Tamarindo. Les hommes ont combattu jusqu'à la limite de leurs forces.

Le colonel Moreira César se redresse – il est encore plus pâle qu'il ne l'était – et agite une main crispée, furieuse :

– Un nouvel assaut, Tamarindo. Immédiatement ! Je l'ordonne !

– Les pertes sont très grandes, Excellence, murmure le colonel, honteux, comme si tout avait été sa faute. Notre position est insoutenable. Nous devons nous retirer en lieu sûr et demander des renforts...

– Vous répondrez devant un tribunal de guerre pour cela, l'interrompt Moreira César en haussant la voix. Le Septième Régiment se retirer devant des vauriens ? Rendez votre épée à Cunha Matos.

« Comment peut-il bouger, se tordre ainsi avec le ventre ouvert ? » pense le journaliste myope. Dans le silence qui suit le colonel Tamarindo regarde, demandant leur aide, les autres officiers. Cunha Matos s'avance devant le lit de camp :

– Il y a de nombreuses désertions, mon colonel, l'unité est en pièces. Si les jagunços attaquent, ils prendront le campement. Ordonnez la retraite.

Le journaliste myope voit, entre le docteur et le capitaine, Moreira César se laisser tomber sur le dos.

– Vous aussi vous trahissez ? murmure-t-il désespéré. Vous savez ce que représente cette campagne pour notre cause. Voulez-vous dire que j'ai engagé mon honneur en vain ?

– Nous avons tous engagé notre honneur, Excellence, murmure le colonel Tamarindo.

– Vous savez que j'ai dû me résigner à conspirer avec des politicards corrompus. – Moreira César parle avec des intonations brusques, absurdes. – Cela veut-il dire que nous avons menti au pays en vain ?

– Ecoutez ce qui se passe là dehors, mon colonel, glapit le major Cunha Matos, et il se dit qu'il a entendu cette symphonie, ce vacarme, ces courses, cette inconséquence, mais qu'il n'a pas voulu prendre conscience de ce que cela signifie pour ne pas ressentir plus de peur encore. C'est la débandade. Ils peuvent achever le régiment si nous ne nous retirons pas en ordre.

Le journaliste myope distingue les sifflets de bois et les cloches à la volée au milieu des courses et des cris. Le colonel Moreira César les regarde, un à un, les yeux exorbités, la bouche ouverte. Il dit quelque chose que l'on n'entend pas. Le journaliste myope se rend compte que les yeux étincelants de ce visage livide sont fixés sur lui :

– Vous, vous, entend-il. Papier et plume, vous m'entendez ? Je veux dresser procès-verbal de cette infamie. Allons, scribe, êtes-vous prêt ?

À ce moment le journaliste myope se rappelle son écritoire, sa gibecière, tandis que, comme piqué par une vipère, il cherche d'un côté et de l'autre. Avec la sensation d'avoir perdu une partie de son corps, une amulette qui le protégeait, il se souvient qu'il n'a pas gravi la colline avec ses instruments, qu'ils sont restés sur la pente, mais il ne peut penser davantage parce que Olimpio de Castro – ses yeux sont pleins de larmes – lui met entre les mains des feuilles de papier et un crayon, et Souza Ferreiro l'éclaire de la lampe.

– Je suis prêt, dit-il en pensant qu'il ne pourra pas écrire, que ses mains trembleront.

– Moi, commandant en chef du Septième Régiment, ayant l'usage de toutes mes facultés, je fais savoir que la retraite du siège de Canudos est une décision qui a été prise contre ma volonté par des subalternes qui ne sont pas à la hauteur de leur responsabilité historique. – Moreira César se dresse une seconde sur son lit et retombe sur le dos. – Les générations futures sont appelées à juger. J'ai l'espoir qu'il y aura des républicains pour me défendre. Toute ma conduite a été orientée vers la défense de la République, qui doit faire sentir son autorité partout si elle veut que le pays progresse.

Quand la voix, qu'il n'entendait presque plus tant elle était basse, cesse, il tarde à le découvrir, car il a mis du temps à écrire sous la dictée. Écrire, ce travail manuel, comme poser des compresses pleines d'éther sur le nez du blessé, est bienfaisant, il le délivre de se tourmenter en se demandant comment il se fait que le Septième Régiment n'a pas pris Canudos, qu'il a dû se retirer. Quand il lève les yeux, le docteur a son oreille collée sur la poitrine du colonel et lui prend le pouls. Il se relève et fait un geste expressif. Il y a aussitôt un moment de désordre et Cunha Matos et Tamarindo se mettent à discuter en criant tandis qu'Olimpio de Castro dit à Souza Ferreiro que la dépouille du colonel ne peut être insultée.

– Une retraite maintenant, dans l'obscurité, c'est insensé, crie Tamarindo. Et où ? Par où ? Vais-je envoyer au sacrifice des hommes exténués qui ont combattu toute la journée ? Demain...

– Demain il n'y aura ici que les morts, gesticule Cunha Matos. Ne voyez-vous pas que le régiment se désintègre, qu'il n'y a plus de commandement, que si vous ne les regroupez pas maintenant ils vont être tirés comme des lapins ?

– Regroupez-les, faites ce que vous voulez, moi je resterai ici jusqu'à demain matin, pour mener à bien une retraite en règle. – Le colonel Tamarindo se tourne vers Olimpio de Castro. – Essayez d'arriver jusqu'à l'artillerie. Ces quatre canons ne doivent pas tomber aux mains de l'ennemi. Que Salomão da Rocha les détruise.

– Oui, Excellence.

Le capitaine et Cunha Matos sortent ensemble de la tente et le journaliste myope les suit, comme un automate. Il les entend et n'en croit pas ses oreilles.

– Attendre est une folie, Olimpio, il faut se retirer maintenant ou personne n'arrivera vivant demain.

– Je vais tâcher d'atteindre l'artillerie, le coupe Olimpio de Castro. C'est une folie, peut-être, mais mon devoir est d'obéir au nouveau commandant.

Le journaliste myope le secoue par le bras, lui murmure : « Votre gourde, je meurs de soif. » Il boit avec avidité, tandis que le capitaine lui conseille :

– Ne restez pas avec nous, le major a raison, cela va mal finir. Partez.

Partir ? Lui seul dans la caatinga, dans l'obscurité ? Olimpio de Castro et Cunha Matos disparaissent, le laissant dans la confusion et la peur, pétrifié. Autour de lui des gens courent ou marchent très vite. Il fait quelques pas dans une direction, dans l'autre, revient à la tente mais quelqu'un lui donne une bourrade et lui fait changer de direction. « Laissez-moi aller avec vous, ne partez pas », crie-t-il et un soldat l'encourage, sans se retourner : « Cours, cours, les voilà qui montent, n'entends-tu pas les sifflets ? » Oui, il les entend. Il se met à courir derrière eux, mais il trébuche plusieurs fois, et il est distancé. Il s'appuie à une ombre qui semble être un arbre, mais dès qu'il la touche, elle bouge. « Détachez-moi, pour l'amour de Dieu », entend-il. Et il reconnaît la voix du curé de Cumbe qui répondait à l'interrogatoire de Moreira César, en glapissant aussi maintenant avec la même panique :

– Détachez-moi, détachez-moi, les fourmis sont en train de me manger.

– Oui, oui, bégaie le journaliste myope en se sentant heureux, accompagné. Je vous détache, je vous détache.

– Partons une bonne fois, la supplia le Nain. Partons, Jurema, partons. Maintenant qu'on n'entend plus le canon.

Jurema était restée là, regardant Rufino et Gall, sans se rendre compte que le soleil dorait la caatinga, séchait les gouttes de pluie et évaporait l'humidité de l'air et des fourrés. Le Nain la tirait par la robe.

– Où allons-nous partir ? répondit-elle en sentant une grande fatigue et un poids sur l'estomac.

– À Cumbe, à Geremoabo, n'importe où, insista le Nain, en tirant sur ses vêtements.

– Et par où va-t-on à Cumbe, à Geremoabo ? murmura Jurema. Est-ce que nous le savons ? Est-ce que tu le sais, toi ?

– Peu importe ! Peu importe ! glapit le Nain en insistant. N'as-tu pas entendu les jagunços ? Ils vont combattre ici, ils vont tirer sur nous, ils vont nous tuer.

Jurema se releva et fit quelques pas vers la couverture de plantes tressées dont les jagunços l'avaient recouverte en la sauvant des soldats. Elle la sentit mouillée. Elle la jeta sur les corps du guide et de l'étranger, essayant de couvrir les parties les plus meurtries : torses et têtes. Puis, avec la décision affirmée de vaincre son apathie, elle prit la direction où elle se souvenait d'avoir vu partir Pajeú. Immédiatement elle sentit dans sa main droite la petite main potelée.

– Où allons-nous ? dit le Nain. Et les soldats ?

Elle haussa les épaules. Les soldats, les jagunços, qu'est-ce que cela pouvait faire ! Elle en avait assez de tout et son seul désir était d'oublier ce qu'elle avait vu. Elle arrachait des feuilles et des branchettes pour en sucer le jus.

– Des tirs, dit le Nain. Des tirs, des tirs.

C'était un feu nourri qui en quelques secondes imprégnait la caatinga dense, serpentine, qui semblait multiplier les rafales et les salves. Mais on ne voyait pas d'être vivant aux alentours : seulement une terre grimpante, couverte de buissons et de feuilles détachées des arbres par la pluie, des mares fangeuses et une végétation de macambiras aux branches comme des serres, de mandacarús et de xique-xiques aux pointes acérées. Elle avait perdu ses sandales à un certain moment de la nuit et bien qu'une bonne partie de sa vie elle eût marché pieds nus, elle sentait ses pieds meurtris. La colline était chaque fois plus raide. Le soleil frappait en plein son visage et semblait recomposer, ressusciter ses membres. Elle sut qu'il se passait quelque chose par les ongles du Nain qui s'incrustèrent dans sa peau. À quatre mètres une escopette à canon court et bouche évasée les tenait en joue, aux mains d'un homme végétal, à la peau d'écorce, aux extrémités branchues et aux pieds qui étaient des panaches d'herbe.

– Hors d'ici ! dit le jagunço en découvrant son visage. Pajeú ne t'a-t-il pas dit de t'en aller à l'entrée de Geremoabo ?

– Je ne sais comment y aller, répondit Jurema.

« Chut ! chut ! » entendit-elle dire à ce moment de plusieurs endroits, comme si les buissons et les cactus se mettaient à parler. Elle vit apparaître au milieu de la végétation des têtes d'hommes.

– Cache-les, entendit-elle ordonner Pajeú, sans savoir d'où sortait la voix, et elle se sentit poussée par terre, écrasée par un corps d'homme qui, en même temps qu'il l'enveloppait d'un manteau de plantes, lui soufflait : « Chut ! chut ! »

Elle demeura immobile, les yeux mi-clos, épiant. Elle sentait dans son oreille l'haleine du jagunço et se demandait si le Nain était aussi comme elle. Elle vit les soldats. Son cœur battit à tout rompre en les voyant si près. Ils venaient en colonne par deux, avec leur pantalon à raies rouges et leur casaque bleue, leurs bottes noires et le fusil baïonnette au canon. Elle retint sa respiration, ferma les yeux, attendant la fusillade, mais comme rien ne se produisait elle les rouvrit : les soldats ne faisaient que passer. Elle pouvait voir leurs regards pleins d'angoisse ou dévastés par le manque de sommeil, le visage impavide ou effrayé, et entendre des bribes de leurs conversations. N'était-ce pas incroyable de voir que tant de soldats passaient sans découvrir les jagunços à deux doigts d'eux, presque à les toucher ?

À ce moment la caatinga s'incendia d'un éclatement de poudre qui, l'espace d'une seconde, lui rappela la fête de São Antonio, à Queimadas, quand le cirque arrivait et lançait des fusées. Elle put voir, dans la fusillade, une pluie de silhouettes végétales qui tombaient ou se dressaient contre les soldats, et au milieu de la fumée et du fracas elle se sentit libre de celui qui la tenait, hissée, entraînée, en même temps qu'on lui disait : « Baisse-toi, baisse-toi. » Elle obéit, en se recroquevillant, plongeant la tête, et courut de toutes ses forces, attendant à tout moment l'impact des balles dans son dos, le désirant presque. La course la trempa de sueur et c'était comme si elle allait cracher son cœur. Puis elle vit le caboclo sans nez à côté d'elle qui la regardait goguenard :

– Qui a gagné ? Ton mari ou le dingue ?

– Ils sont morts tous les deux, dit-elle haletante.

– Tant mieux pour toi, dit Pajeú avec un sourire. Maintenant tu pourras te chercher un autre mari, à Belo Monte.

Le Nain était à ses côtés, également à bout de souffle. Elle aperçut Canudos. La ville s'étendait en face, en long et en large, secouée d'explosions, de langues de feu, de fumées disséminées, sous un ciel qui contredisait ce désordre tant il était limpide et bleu avec un soleil éclatant. Ses yeux s'emplirent de larmes et elle sentit monter la haine contre cette ville et ces hommes qui s'entre-tuaient dans ces ruelles aussi étroites que des tanières. Son malheur avait commencé ici ; c'est à cause de Canudos que l'étranger était venu chez eux et avait été à l'origine des infortunes qui l'avaient laissée sans rien ni personne au monde, perdue dans une guerre. Elle souhaita de toute son âme un miracle, qu'il ne se fût rien produit et qu'elle et Rufino fussent comme autrefois, à Queimadas.

– Ne pleure pas, petite, lui dit le caboclo. Tu ne sais pas ? Les morts vont ressusciter. Tu n'as pas entendu ? Il existe la résurrection de la chair.

Il parlait tranquillement, comme si ses hommes et lui ne venaient pas de faire feu sur les soldats. Elle essuya ses larmes de la main et jeta un œil, reconnaissant l'endroit. C'était un raccourci entre les collines, une espèce de tunnel. A sa gauche se trouvait un toit de pierre et de roche sans végétation qui cachait la montagne, et à sa droite la caatinga, à la végétation rare, descendait jusqu'à disparaître sur une étendue pierreuse qui, au-delà d'un fleuve à gros débit, se transformait en un entassement de maisonnettes à toits rougeâtres et façades contrefaites. Pajeú lui mit quelque chose dans la main et sans regarder ce que c'était elle le porta à sa bouche. Elle dévora par petits morceaux le fruit à pulpe molle et acide. Les camouflés s'éparpillèrent, se collant aux buissons, s'enfonçant dans des trous creusés dans la terre. À nouveau la menotte potelée chercha la sienne. Elle éprouva de la peine et de la tendresse pour cette présence familière. « Mettez-vous là », ordonna Pajeú en écartant des branches. Quand ils furent accroupis dans la fosse, il leur expliqua en leur montrant des rochers : « C'est là que sont les chiens. » Dans le trou il y avait un autre jagunço, un homme édenté qui se poussa pour leur faire de la place. Il avait une arbalète et un carcan plein de flèches.

– Que va-t-il se passer ? murmura le Nain.

– Tais-toi, dit le jagunço. Tu n'as pas entendu ? Les hérétiques se trouvent juste au-dessus de nous.

Jurema épia entre les branches. Les tirs continuaient, épars, intermittents, suivis des petits nuages et des flammes des incendies, mais elle n'arrivait pas à voir depuis son réduit les silhouettes en uniforme qu'elle avait vues traverser le fleuve et disparaître dans les rues. « Silence », dit le jagunço et pour la seconde fois de la journée les soldats surgirent du néant. Cette fois c'étaient des cavaliers, en rangs par deux, montés sur des animaux bruns, noirs, bais, mouchetés, hennissant qui, à une distance incroyablement proche, dévalaient du mur des rochers sur sa gauche et se précipitaient au galop vers le fleuve. Ils semblaient sur le point de rouler dans ce ravin presque vertical, mais ils gardaient l'équilibre, et elle les voyait passer, rapides, se servant des pattes arrière comme frein. Elle était étourdie par cette succession de cavaliers et de sabres que les officiers brandissaient en signalant le chemin, quand toute la caatinga se souleva. Les camouflés sortaient des trous, des branches et faisaient feu de leur carabine ou, comme le jagunço qui se trouvait avec eux et rampait maintenant vers le bas de la pente, les criblaient de flèches qui faisaient un bruit sifflant de cobra. Elle entendit très clairement la voix de Pajeú : « Sur les chevaux, ceux qui ont des machettes. » Elle ne pouvait plus voir les cavaliers, mais elle les imaginait pataugeant dans l'eau – entre la fusillade et une lointaine volée de cloches elle distinguait les hennissements – et recevant dans le dos, sans savoir d'où, ces flèches et ces balles qu'elle voyait et entendait tirer par des jagunços éparpillés autour d'elle. Quelques-uns, debout, appuyaient leur carabine ou leur arbalète sur les branches des mandacarús. Le caboclo sans nez ne tirait pas. Il dirigeait des mains vers la droite et vers le bas des jagunços camouflés. Elle sentit alors qu'on lui serrait le ventre. Le Nain lui permettait à peine de respirer. Elle le sentait tremblant. Elle le caressa des deux mains : « Ils sont passés, ils ne sont plus là, regarde. » Mais quand elle regarda aussi, il y avait là un autre cavalier, sur un cheval blanc, qui descendait la pente sa crinière au vent. Le petit officier tenait les rênes d'une main et de l'autre brandissait un sabre. Il passa si près qu'elle vit son visage froncé, ses yeux enflammés, et un moment plus tard elle le vit se contracter et son visage se relâcher d'un coup. Pajeú le mettait en joue et elle pensa que c'était lui qui lui avait tiré dessus. Elle vit caracoler le cheval blanc, faire une de ces pirouettes comme font exécuter les vachers les jours de foire, et, le cavalier accroché à son encolure, elle vit le cheval repartir, monter la côte et disparaître. Elle vit encore Pajeú qui épaulait et sans doute tirait sur sa cible.

– Allons-nous-en, allons-nous-en, nous sommes au milieu de la guerre, pleurnicha le Nain, en s'incrustant à nouveau contre elle.

Jurema l'insulta : « Tais-toi, stupide, lâche. » Le Nain fit silence, s'écarta et la regarda, effrayé, implorant pardon de ses yeux. Le bruit des explosions, des coups de feu, des clairons, des cloches continuait et les camouflés disparaissaient, en courant ou se traînant, sur cette colline buissonneuse qui allait se perdre dans le fleuve et Canudos. Elle chercha Pajeú et le caboclo n'était pas là non plus. Ils étaient restés seuls. Que devait-elle faire ? Rester là ? Suivre les jagunços ? Chercher un sentier qui l'éloignât de Canudos ? Elle se sentit fatiguée, avec un raidissement de tous ses muscles et jointures, comme si son organisme protestait contre la seule idée de bouger. Elle s'appuya contre la paroi humide de la fosse et ferma les yeux. Elle flotta, plongea dans le sommeil.

Quand, secouée par le Nain, elle entendit celui-ci lui demander pardon de la réveiller, elle eut du mal à remuer. Ses os lui faisaient mal et elle dut se frotter la nuque. Il était tard maintenant, à en juger par les ombres en biais et la clarté amortie. Ce bruit assourdissant n'appartenait pas à son rêve. « Que se passe-t-il ? » demanda-t-elle, sentant sa langue sèche et gonflée. « Ils s'approchent, ne les entends-tu pas ? » murmura le Nain en désignant la pente. « Il faut aller voir », dit Jurema. Le Nain s'accrocha à elle, essayant de l'en empêcher, mais quand elle sortit du trou il la suivit à quatre pattes. Elle descendit jusqu'aux rochers et buissons où elle avait vu Pajeú et s'accroupit. En dépit du nuage de poussière, elle aperçut sur les pentes des collines du front un grouillement de fourmis sombres, et elle pensa que d'autres soldats descendaient vers le fleuve, mais soudain elle comprit qu'ils ne descendaient pas mais remontaient, qu'ils fuyaient Canudos. Oui, il n'y avait pas de doute, ils sortaient du fleuve, couraient, tâchaient de gagner les cimes et elle vit, sur l'autre rive, des groupes d'hommes qui tiraient et pourchassaient des soldats isolés qui surgissaient d'entre les cahutes, essayant de gagner la rive. Oui, les soldats s'échappaient et c'étaient les jagunços qui maintenant les poursuivaient. « Ils viennent par là », gémit le Nain et elle fut glacée en constatant que, pour observer les collines du front, elle ne s'était pas aperçue que la guerre avait lieu aussi à ses pieds, des deux côtés du Vasa Barris. De là venait le brouhaha qu'elle avait cru rêver.

Elle distingua, à demi effacés par la poussière et la fumée qui déformait les corps et les têtes, dans une confusion vertigineuse, des chevaux tombés et échoués sur le bord du fleuve, quelques-uns agonisant, car ils agitaient leur longue encolure comme pour demander de l'aide afin de sortir de cette eau boueuse où ils allaient mourir noyés ou saignés. Un cheval sans cavalier sautait sur trois pattes seulement, affolé, voulant se mordre la queue, entre des soldats qui traversaient à gué le fleuve le fusil sur leur tête, et d'autres apparaissaient courant et criant d'entre les murs de Canudos. Ils surgissaient par deux, par trois, à toute allure, parfois de dos comme des scorpions, et se jetaient à l'eau dans le but de gagner la pente de la colline où elle se trouvait avec le Nain. On leur tirait dessus de quelque part car quelques-uns tombaient en hurlant, mais d'autres commençaient à ramper sur les rochers.

– Ils vont nous tuer, Jurema, pleurnicha le Nain.

« Oui, pensa-t-elle, ils vont nous tuer. » Elle se leva, prit le Nain par la main et cria : « Cours, cours. » Elle s'élança en haut, vers la partie la plus touffue de la caatinga. Très vite elle se fatigua mais trouva la force de poursuivre dans le souvenir du soldat qui était tombé sur elle ce matin. Quand elle n'en put plus, elle continua à marcher. Elle pensait avec compassion au Nain qui devait être exténué, avec ses jambes courtes, et qui, pourtant, ne s'était pas plaint et avait couru fermement accroché à sa main. Quand ils s'arrêtèrent, il faisait nuit. Ils se trouvaient sur l'autre versant, le terrain était plutôt plat et la végétation plus enchevêtrée. Le bruit de la guerre s'entendait au loin. Elle se laissa tomber par terre et ramassa à tâtons des herbes qu'elle porta à sa bouche et mastiqua, lentement, jusqu'à sentir leur petit jus acide à son palais. Elle cracha, ramassa une autre poignée, et trompa ainsi sa soif. Le Nain, masse immobile, faisait de même. « Nous avons couru des heures », lui dit-elle, mais elle n'entendit pas sa voix et elle pensa que lui non plus, assurément, n'avait pas la force de parler. Elle lui toucha le bras et lui, lui serra la main, avec gratitude. Ils restèrent ainsi, respirant, mastiquant et crachant des herbes, jusqu'à ce qu'entre le branchage éclairci de la favela apparussent les étoiles. En les voyant, Jurema se rappela Rufino, Gall. Au long du jour, les urubus, les fourmis, les lézards avaient dû les dévorer et ils devaient être maintenant en train de pourrir. Elle ne verrait plus jamais leurs dépouilles qui, peut-être bien, se trouvaient à quelques mètres de là, enlacées. Les larmes mouillèrent son visage. Là-dessus elle entendit des voix, tout près, elle chercha et trouva la main tremblante du Nain, contre qui l'une des deux silhouettes venait de se heurter. Le Nain hurla comme si on l'avait poignardé.

– Ne tirez pas, ne nous tuez pas, ulula une voix toute proche. Je suis le Père Joaquim, je suis le curé de Cumbe, nous sommes des gens pacifiques !

– Et nous nous sommes une femme et un Nain, mon Père,

dit Jurema sans bouger. Nous aussi nous sommes des gens pacifiques.

Cette fois, oui, elle avait retrouvé sa voix.

En entendant le premier coup de canon cette nuit-là, Antonio Vilanova, passé le premier mouvement de surprise, eut comme seule réaction de protéger le saint de son corps. En firent de même João Abade, João Grande, le Ravi, Joaquim Macambira et son frère Honorio, de sorte qu'il se trouva au coude à coude avec eux, entourant le Conseiller et calculant la trajectoire de la grenade qui devait être tombée du côté de São Cipriano, la ruelle des guérisseurs, sorciers, herboristes et brûleurs d'encens de Belo Monte. Laquelle de ces cabanes de vieilles femmes qui soignaient le mauvais œil avec des breuvages de jurema et de manaca, ou de ces rebouteux qui remettaient le corps en place en y exerçant des tractions, avait volé en éclats ? Le Conseiller les tira de la paralysie : « Allons au Temple. » Tandis que, en se tenant les bras, ils traversaient Campo Grande en direction des églises, João Abade se mit à crier d'éteindre la lumière des maisons, car les lampes et les feux attiraient l'ennemi. Ses ordres étaient répétés, propagés et exécutés : au fur et à mesure qu'ils laissaient en arrière les venelles et baraques d'Espiritu Santo, de São Agustin, du Santo Cristo, des Papas et de Maria Magdalena, qui se ramifiaient sur les bords de Campo Grande, les maisons disparaissaient dans l'ombre. Face à la côte des Martyrs, Antonio Vilanova entendit João Grande dire au Commandant de la Rue : « Prends la direction de la guerre, nous, nous le garderons sain et sauf. » Mais l'ex-cangaceiro était encore avec eux quand éclata le second coup de canon qui les fit se lâcher et voir des planches, des gravats, des tuiles et des débris d'animaux ou de personnes suspendus en l'air, au milieu de la grande flamme qui illumina Canudos. Les grenades semblaient avoir éclaté à Santa Inés, chez les paysans qui travaillaient dans les vergers, ou dans cette agglomération contiguë où se mêlaient tant de cafusos, de mulâtres et de Noirs, qu'on appelait Mocambo.

Le Conseiller se sépara du groupe à la porte du Temple du

Bon Jésus où il entra suivi d'une multitude de gens. Dans les ténèbres, Antonio Vilanova sentit l'esplanade se remplir de personnes qui avaient suivi la procession et qui ne tenaient plus dans les églises. « Ai-je peur ? » pensa-t-il, surpris de son inanition, ce désir de s'accroupir là avec les hommes et les femmes qui l'entouraient. Non, ce n'était pas de la peur. Pendant les années où il avait fait du commerce, il avait traversé le sertão avec ses marchandises et son argent, il avait couru bien des dangers sans avoir peur. Et ici, à Canudos, comme le rappelait le Conseiller, il avait appris à compter, à trouver un sens aux choses, une raison dernière à tout ce qu'il faisait et cela l'avait libéré de cette crainte qui, auparavant, certaines nuits de veille, trempait son dos d'une sueur glacée. Ce n'était pas de la peur mais de la tristesse. Une main rude le secoua :

– N'entends-tu pas, Antonio Vilanova ? – C'était la voix de João Abade. – Ne vois-tu pas qu'ils sont là ? Ne nous sommes-nous pas préparés à les recevoir ? Qu'attends-tu ?

– Excuse-moi, murmura-t-il en passant sa main sur son crâne à moitié pelé. Je suis étourdi. Oui, oui, j'y vais.

– Il faut faire sortir les gens d'ici, dit l'ex-cangaceiro en le secouant. Sinon, ils vont être mis en pièces.

– J'y vais, j'y vais, ne te soucie pas, tout ira bien, dit Antonio. Je ne raterai pas mon coup.

Il appela à grands cris son frère, trébuchant sur la foule, et bientôt il l'entendit : « Je suis là, compadre. » Mais tandis que Honorio et lui se mettaient en action, exhortant les gens à gagner les abris creusés dans les maisons et appelant les porteurs d'eau pour qu'ils aillent prendre livraison des brancards, sur le chemin du magasin Antonio continuait à lutter contre une tristesse qui lacérait son âme. Déjà plusieurs porteurs d'eau l'attendaient. Il répartit les civières fabriquées avec des écorces et des fibres de cactus et en envoya quelques-uns dans la direction des explosions, ordonnant aux autres d'attendre. Sa femme et sa belle-sœur étaient parties aux dispensaires et les enfants d'Honorio se trouvaient dans les tranchées d'Umburanas. Il ouvrit le dépôt qui avait été autrefois une écurie et servait maintenant d'armurerie et ses aides sortirent de l'arrière-boutique les caisses d'explosifs et de projectiles. Il leur recommanda de ne livrer les munitions qu'à João Abade ou à ses émissaires. Il chargea Honorio de la distribution de la poudre et courut avec trois aides par les méandres de São Eloy et São Pedro vers la forge de l'Enfant Jésus, où les forgerons, sur ses indications, depuis une semaine déjà avaient cessé de fabriquer des fers à cheval, faux, faucilles et couteaux pour transformer jour et nuit en projectiles de tromblons et de carabines les clous, boîtes, crochets, bouts de fer et tous les objets en métal que l'on pouvait réunir. Or les forgerons ne savaient pas si l'ordre d'éteindre les lampes et les feux s'appliquait aussi à eux. Il leur fit rallumer la forge et reprendre le travail, après les avoir aidés à calfeutrer les fentes des cloisons qui se trouvaient face aux collines. Alors qu'il revenait à son magasin, avec une caisse de munitions qui sentaient le soufre, deux obus traversèrent le ciel et vinrent s'écraser au loin, du côté des enclos. Il pensa que plusieurs chevreaux avaient dû périr, et peut-être quelque berger, et aussi que plusieurs chèvres, prises de panique, devaient être en train de se briser les pattes et de se griffer aux cactus et halliers. Il sut alors pourquoi il était triste : « A nouveau tout va être détruit, tout va être perdu », pensa-t-il. Il avait un goût de cendre dans la bouche. « Comme lors de la peste à Assaré, comme lors de la sécheresse à Joazeiro, comme lors des inondations à Caatinga do Moura. » Mais ceux qui bombardaient Belo Monte cette nuit-là étaient pires que les éléments adverses, plus nocifs que les plaies et les catastrophes. « Merci de m'avoir fait sentir de façon si certaine l'existence du Chien, pria-t-il. Merci, parce qu'ainsi je sais que tu existes, Père. » Il entendit les cloches, plus fortes et leur carillonnement lui fit du bien.

Il trouva João Abade et une vingtaine d'hommes qui emportaient les munitions et la poudre : c'étaient des êtres sans visage, des masses qui se déplaçaient en silence tandis que la pluie tombait à nouveau, secouant le toit. « Tu emportes tout ? » lui demanda-t-il étonné, car João Abade lui-même avait insisté pour que le magasin fût le centre distributeur d'armes et de munitions. Le Commandant de la Rue fit sortir l'ex-commerçant jusqu'au bourbier qu'était devenu Campo Grande. « Ils sont déployés depuis ce bout jusque-là, lui indiqua-t-il en montrant du doigt les collines de la Favela et du Cambaio. Ils vont attaquer par ces deux côtés. Si les hommes de Joaquim Macambira ne résistent pas, ce secteur sera le premier à tomber. Il vaut mieux distribuer les balles dès à présent. » Antonio acquiesça. « Où seras-tu ? demanda-t-il. – De tous côtés », répondit l'ex-cangaceiro. Les hommes attendaient, les caisses et les sacs sur les bras.

– Bonne chance, João, dit Antonio. Je vais aux dispensaires. Une commission pour Catarina ?

L'ex-cangaceiro hésita. Puis il dit, lentement :

– Si je meurs, elle doit savoir que même si elle a pardonné ce qui s'est passé à Custodia, moi je ne l'ai pas pardonné.

Ils disparurent dans la nuit humide où venait d'éclater un autre coup de canon.

– Vous avez compris le message de João à Catarina, compadre ? dit Honorio.

– C'est une histoire ancienne, compadre, lui répondit-il.

À la lumière d'une bougie, sans se parler, écoutant le dialogue des cloches et des clairons, et parfois le rugissement du canon, ils préparèrent les vivres, les pansements, les médicaments. Peu après un enfant vint dire de la part d'Antonia Sardelinha qu'on avait amené beaucoup de blessés au dispensaire de Santa Ana. Il prit l'une des caisses contenant de l'iodoforme, du sous-nitrate de bismuth et du calomel qu'il s'était procuré grâce au Père Joaquim et alla la porter, après avoir dit à son frère de se reposer un peu car le plus rude viendrait avec le jour.

Le dispensaire de Santa Ana était un asile d'aliénés. On entendait des plaintes et des gémissements et Antonia Sardelinha, Catarina et les autres femmes qui y allaient faire la cuisine pour les vieillards, invalides et malades pouvaient à peine bouger au milieu des parents et amis des blessés qui les accaparaient et exigeaient d'elles qu'on soignât leurs victimes. Celles-ci gisaient les unes sur les autres par terre, et parfois l'on marchait dessus. Imité par les porteurs d'eau, Antonio fit sortir les intrus du local et garder la porte tandis qu'il aidait à soigner et à panser les blessés. Les bombardements avaient arraché des doigts et des mains, ouvert des trous dans les corps, et une femme avait eu la jambe arrachée par l'explosion. « Comment pouvait-elle être encore en vie ? » se demandait Antonio tandis qu'il lui faisait respirer de l'alcool. Ses souffrances étaient telles qu'il valait peut-être mieux qu'elle mourût au plus vite. Le pharmacien arriva pendant que la femme expirait dans ses bras. Il venait d'un autre dispensaire où, dit-il, il y avait autant de victimes qu'ici, et il ordonna aussitôt d'évacuer au poulailler les cadavres qu'il reconnaissait d'un simple coup d'œil. C'était la seule personne de Canudos qui eût quelque instruction médicale et sa présence calma les gens. Antonio Vilanova trouva Catarina qui rafraîchissait le front d'un jeune garçon, portant le brassard de la Garde Catholique : un éclat d'obus lui avait crevé l'œil et ouvert la pommette. Il s'accrochait avec une avidité enfantine à la femme qui le consolait en chantonnant entre ses dents.

– João m'a laissé une commission pour toi, lui dit Antonio.

Et il lui répéta les paroles du cangaceiro. Catarina se borna à faire un léger mouvement de tête. Cette femme maigre, triste et silencieuse était un mystère pour lui. Elle était serviable, dévote mais semblait absente à tous et à tout. Elle et João Abade vivaient dans la rue de l'Enfant Jésus, dans une cabane coincée entre deux maisons, et ils préféraient être seuls. Antonio les avait vus, bien des fois, se promenant dans les champs de culture derrière Mocambo, plongés dans une interminable conversation. « Est-ce que tu vas voir João ? lui demanda-t-elle. – Peut-être. Que veux-tu que je lui dise ? – Que s'il se damne, je veux me damner », dit doucement Catarina.

Le reste de la nuit, l'ex-commerçant installa deux infirmeries dans des maisons sur le chemin de Geremoabo, après en avoir fait déménager leurs habitants chez des voisins. Tandis qu'avec ses aides il dégageait l'endroit et faisait apporter des bancs, des lits, des couvertures, des seaux d'eau, des médicaments et des pansements, il se sentit à nouveau envahi de tristesse. Il avait tant fait pour que cette terre produisît à nouveau, tracer et creuser des canalisations, défricher et bonifier ce tas de cailloux pour y faire pousser du maïs et des haricots, des fèves et la canne à sucre, des melons et des pastèques, il avait tant fait pour y élever chèvres et chevreaux, il avait fallu tant de travail et de foi, tant de dévouement de tant de gens pour que ces champs et ces enclos fussent ce qu'ils étaient, et voilà que maintenant les coups de canon ruinaient toute cette œuvre, les soldats allaient entrer achever des gens qui s'étaient rassemblés ici pour vivre dans l'amour de Dieu et s'aider les uns les autres puisque jamais personne ne les avait aidés. Il s'efforça de chasser ces pensées qui faisaient naître en lui cette rage contre laquelle prêchait le Conseiller. Un aide vint lui dire que les chiens descendaient des collines.

C'était l'aube, on entendait un charivari de clairons, les pentes des collines grouillaient de formes rouges et bleues. Dégainant son revolver, Antonio Vilanova se mit à courir vers son magasin de la rue Campo Grande, où il arriva à temps pour voir, cinquante mètres en avant, les lignes de soldats traverser le fleuve et franchir la tranchée du vieux Joaquim Macambira, tirant de tous côtés.

Honorio et une demi-douzaine d'aides s'étaient retranchés dans le local, derrière des barils, des comptoirs, des lits, des caisses et des sacs de terre, sur lesquels Antonio et ses hommes grimpèrent à quatre pattes, tirés par ceux qui étaient dedans. Haletant, il s'installa de façon à pouvoir disposer d'un bon point de mire vers l'extérieur. La fusillade était si forte qu'il n'entendait pas son frère, bien qu'ils fussent au coude à coude. Il épia par la palissade de ces objets divers : des nuages terreux avançaient en provenance du fleuve vers Campo Grande et les côtes de São José et Santa Ana. Il vit des fumées, des flammes. Les maisons brûlaient, ils voulaient les faire griller. Il pensa que sa femme et sa belle-sœur étaient là en bas, à Santa Ana, peut-être en train de s'asphyxier et de flamber avec les blessés du dispensaire et il se sentit à nouveau en rage. Plusieurs soldats surgirent de la fumée et de la terre, regardant avec folie à droite et à gauche. Les baïonnettes de leurs longs fusils étincelaient, ils portaient des casaques bleues et des pantalons rouges. L'un d'eux lança une torche par-dessus la palissade. « Éteins-la », rugit Antonio au garçon qui se tenait à côté de lui, tandis qu'il visait la poitrine du soldat le plus proche. Il tira, presque sans voir, à cause de la poussière dense, les tympans assourdis, jusqu'à ce que son revolver fût complètement déchargé. Tandis qu'il le rechargeait, de dos contre un tonneau, il vit Pedrin, le garçon à qui il avait demandé d'éteindre la torche, demeurer sur le bout de bois goudronné, le dos ensanglanté. Mais il ne put aller jusqu'à lui car la palissade s'effondra et deux soldats pénétrèrent, se gênant l'un l'autre. « Attention, attention », cria-t-il en tirant sur eux, jusqu'à ce qu'il sente à nouveau la gâchette frapper le percuteur vide. Les deux soldats étaient tombés et quand il s'approcha d'eux, le couteau à la main, trois aides les achevaient déjà avec leur poignard en les insultant. Il chercha et fut heureux de voir Honorio indemne, lui souriant. « Tout va bien, compadre ? » lui dit-il et son frère acquiesça. Il alla voir Pedrin. Il n'était pas mort, mais outre sa blessure dans le dos il s'était brûlé les mains. Il le porta dans la chambre d'à côté et le déposa sur des couvertures. Son visage était baigné de larmes. C'était un orphelin qu'Antonia et lui avaient recueilli peu après leur installation à Canudos. Entendant reprendre la fusillade, il le couvrit et s'écarta en lui disant : « Je reviens te soigner, Pedrin. »

Sur la palissade, son frère tirait avec un fusil des soldats et les aides avaient bouché l'ouverture. Il rechargea son revolver et s'installa près d'Honorio qui lui dit : « Il en est passé trente environ. » La fusillade, assourdissante, semblait les cerner. Il scruta ce qui se passait sur la côte de Santa Ana et entendit Honorio lui dire : « Crois-tu qu'Antonia et Assunção sont encore vivantes ? » Là-dessus il vit, dans la boue, devant la palissade, un soldat embrassant à moitié son fusil et un sabre dans l'autre main. « Nous avons besoin de ces armes », dit-il. Ils ouvrirent une brèche et il s'élança dans la rue. Quand il se penchait pour ramasser le fusil, le soldat tenta de lever son sabre. Sans hésiter, il lui enfonça son poignard dans le ventre, se laissant tomber sur lui de tout son poids. Sous le sien, le corps du soldat exhala une sorte de rot, grogna quelque chose, puis se ramollit et resta immobile. Tandis qu'il lui arrachait le poignard, le sabre, le fusil et sa musette, il examina le visage cendreux, à moitié jaune, un visage qu'il avait vu souvent parmi les paysans et vachers et il ressentit une impression amère. Honorio et les aides étaient dehors, désarmant un autre soldat. Et là-dessus il reconnut la voix de João Abade. Le Commandant de la Rue arriva comme poussé par le vent de terre, suivi de deux hommes et tous trois avaient des taches de sang aux mains.

– Combien êtes-vous ? demanda-t-il en même temps qu'il leur faisait signe de se coller contre la façade.

– Neuf, dit Antonio. Et à l'intérieur Pedrin, qui est blessé.

– Venez, dit João Abade, faisant demi-tour. Faites gaffe, il y a des soldats embusqués dans pas mal de maisons.

Mais le cangaceiro ne prenait aucune précaution, il marchait droit, à pas rapides, au milieu de la rue, tandis qu'il expliquait que les soldats attaquaient les églises et le cimetière par le fleuve et qu'il fallait les empêcher de s'approcher aussi par cet endroit, car le Conseiller serait alors isolé. Il voulait fermer Campo Grande par une barrière à la hauteur des Martyrs, presque au coin de la chapelle de São Antonio.

Quelque trois cents mètres les séparaient de là et Antonio fut surpris de voir les dégâts : maisons détruites, effondrées, trouées, décombres, tas de gravats, tuiles brisées, bois carbonisé et au milieu de tout cela parfois un cadavre et des nuages de fumée et de poudre qui effaçaient, brouillaient, noyaient tout. Ici et là, comme des repères de l'avance des soldats, les langues de feu des incendies. Se plaçant à côté de João Abade, il lui répéta le message de Catarina. Le cangaceiro acquiesça sans se retourner. Ils tombèrent soudain sur une patrouille de soldats à l'entrée de la rue Maria Magdalena et Antonio vit João sauter, courir et lancer en l'air son couteau comme dans les concours d'adresse. Il courut aussi en tirant. Les balles sifflaient autour de lui et un instant après il trébucha et tomba par terre. Mais il put se relever et éviter la baïonnette qu'il vit venir sur lui et entraîner le soldat avec lui dans la boue. Il frappait et recevait des coups sans savoir s'il avait son couteau à la main. Soudain il sentit l'homme se contracter. João Abade l'aida à se relever.

– Ramassez les armes des chiens, ordonnait-il en même temps. Les baïonnettes, les musettes, les balles.

Honorio et deux auxiliaires étaient penchés sur Anastasio, un autre aide, essayant de le relever.

– C'est inutile, il est mort, les contint João Abade. Traînez les corps, pour boucher la rue.

Et il donna l'exemple en saisissant par un pied le corps le plus proche et repartant en direction de la rue des Martyrs. A l'entrée de la rue, plusieurs jagunços avaient commencé à élever une barricade avec tout ce qui leur tombait sous la main. Antonio Vilanova se mit aussitôt à s'affairer avec eux. On entendait des tirs, des rafales, et au bout d'un moment un enfant de la Garde Catholique vint dire à João Abade qui portait avec Antonio les roues d'une charrette que les hérétiques venaient de nouveau du côté du Temple du Bon Jésus. « Tout le monde là-bas », cria João Abade et les jagunços coururent derrière lui. Ils entrèrent sur la place en même temps que, du cimetière, débouchaient plusieurs soldats commandés par un jeune homme blond qui brandissait un sabre et faisait feu avec un revolver. Une fusillade nourrie, depuis la chapelle et les tours du Temple en construction, les arrêta. « Suivez-les, suivez-les », entendit-il rugir João Abade. Des dizaines d'hommes sortirent des églises pour les pourchasser. Il vit João Grande, immense, nu-pieds, rejoindre le Commandant de la Rue et lui parler tout en courant. Les soldats s'étaient retranchés derrière le cimetière et en entrant dans São Cipriano les jagunços furent accueillis par une grêle de balles. « Ils vont le tuer », pensa Antonio, couché par terre, en voyant João Abade qui, debout au milieu de la rue, indiquait du geste à ceux qui le suivaient d'aller s'abriter dans les maisons ou de s'aplatir contre terre. Puis, il s'approcha d'Antonio à qui il parla en s'accroupissant à ses côtés :

– Retourne à la barricade et renforce-la. Il faut les déloger d'ici et les repousser jusqu'à l'endroit où Pajeú leur tombera dessus. Va et qu'ils ne s'échappent pas par l'autre côté.

Antonio acquiesça et, un moment après, il revenait, suivi d'Honorio, des auxiliaires et de dix autres hommes, au carrefour des rues des Martyrs et de Campo Grande. Il lui sembla enfin reprendre ses esprits, sortir de son étourdissement. « Tu sais organiser, se dit-il. Et maintenant il manque cela, cela. » Il fit porter les cadavres et les décombres de l'esplanade sur la barricade et il prêta main-forte jusqu'à ce qu'au milieu de ce va-et-vient il entendît crier à l'intérieur d'une maison. Il fut le premier à entrer, ouvrant la cloison d'un coup de pied et tirant sur le soldat accroupi. Stupéfait, il comprit que le soldat qu'ils avaient tué était en train de manger ; il avait à la main un morceau de charqui* qu'il venait sans doute de prendre du fourneau. À ses côtés, le maître des lieux, un vieillard, agonisait, la baïonnette plantée dans son estomac, et trois gosses hurlaient désespérément. « Quelle faim il devait avoir, pensa-t-il, pour tout oublier et se laisser tuer un morceau de charqui dans la bouche. » Avec cinq hommes il fouilla les maisons, entre l'entrée de la rue et l'esplanade. Elles avaient toutes l'air d'un champ de bataille : désordre, toits crevés, murs fendus en deux, objets pulvérisés. Des femmes, des vieillards et des enfants armés de pelles et de fourches avaient l'air soulagé de les voir ou se mettaient à parler frénétiquement. Dans une des maisons il trouva deux seaux d'eau et après avoir bu et fait boire les autres, il les apporta sur la barricade. Il vit la joie d'Honorio et des autres à boire.

Grimpant sur la barricade, il observa entre les objets et les morts. L'unique rue droite de Canudos, Campo Grande, était déserte. À sa droite la fusillade faisait rage entre les incendies. « Cela va mal à Mocambo, compadre », dit Honorio. Son visage était cramoisi et couvert de sueur. Il lui souriait. « On ne va pas nous sortir d'ici, pas vrai ? dit-il. – Personne ne nous délogera, compadre », répondit Honorio. Antonio s'assit sur une charrette et tout en rechargeant son revolver – il ne lui restait presque plus de balles – il vit que les jagunços étaient en majorité armés des fusils des soldats. Ils gagnaient la guerre. Il se rappela les Sardelinha, là en bas, sur la côte de Santa Ana.

– Reste ici et dis à João que j'ai été au dispensaire voir ce qui se passe, dit-il à son frère.

Il sauta de l'autre côté de la barricade, marchant sur les cadavres envahis de myriades de mouches. Quatre jagunços le suivirent. « Qui vous a ordonné de venir ? leur cria-t-il. – João Abade », dit l'un d'eux. Il n'eut pas le temps de répliquer, car à São Pedro ils se virent enveloppés dans une fusillade : on luttait aux portes, sur les toits et à l'intérieur des maisons. Ils revinrent à Campo Grande et de là purent descendre vers Santa Ana, sans rencontrer de soldats. Mais à Santa Ana cela tirait dru. Ils se tapirent derrière une maison qui fumait et le commerçant observa. À la hauteur du dispensaire il y avait un autre nuage de fumée ; de là on tirait. « Je vais m'approcher, attendez ici », dit-il, mais alors qu'il rampait, il vit les jagunços ramper à ses côtés. Quelques mètres plus loin il découvrit enfin une demi-douzaine de soldats tirant non contre eux mais contre les maisons. Il se releva et courut vers eux à toute vitesse, le doigt sur la détente, mais il ne tira que lorsqu'un des soldats tourna la tête. Il fit feu à six reprises et lança son couteau sur un autre qui lui tombait dessus. Il tomba à terre et de là attrapa les jambes du même ou d'un autre soldat et, sans savoir comment, il se trouva en train de lui serrer le cou, de toutes ses forces. « Tu as tué deux chiens, Antonio », dit un jagunço. « Les fusils, les balles, prenez-leur tout », répondit-il. Les maisons s'ouvraient et des gens sortaient, toussant, souriant, agitant les mains. Il y avait là Antonia, sa femme, et Assunção, ainsi que, derrière, Catarina, la femme de João Abade.

– Regarde-les, dit l'un des jagunços en le secouant. Regarde-les se jeter dans le fleuve.

À droite et à gauche, au-dessus des toits hérissés de la côte de Santa Ana, il y avait d'autres soldats qui grimpaient à toute allure le versant, et d'autres se jetaient dans le fleuve, en lançant parfois leur fusil. Mais son attention fut plutôt attirée par l'arrivée prochaine de la nuit. « On va leur prendre leurs armes, cria-t-il de toutes ses forces. Allons, les gars, il faut terminer le travail. » Plusieurs jagunços coururent avec lui vers le fleuve et l'un d'eux se mit à crier : À mort la République et l'Antéchrist, Vive le Conseiller et le Bon Jésus.

Dans ce rêve qui est et qui n'est pas, demi-sommeil qui dissout la frontière entre la veille et le sommeil et lui rappelle certaines nuits d'opium dans sa maisonnette désordonnée de Salvador, le journaliste myope du *Jornal de Notícias* a l'impression de n'avoir pas dormi mais parlé et écouté, dit à ces présences sans visage qui partagent avec lui la caatinga, la faim et l'incertitude, que le plus terrible n'est pas pour lui d'être égaré et d'ignorer ce qui arrivera au lever du jour, mais d'avoir perdu sa gibecière de cuir et les rouleaux de papiers griffonnés qu'il tenait enveloppés dans ses quelques vêtements de rechange. Il est sûr de leur avoir raconté aussi des choses qui lui font honte : il y a deux jours, quand il n'eut plus d'encre et eut cassé sa dernière plume d'oie, il a eu un accès de larmes, comme si quelqu'un de sa famille était mort. Et il est sûr – sûr de cette façon incertaine, effilochée, molle où tout passe, est dit ou est reçu dans le monde de l'opium – qu'il a mâché toute la nuit, sans dégoût, des poignées d'herbes, de feuilles, de branchettes, peut-être d'insectes, les indéchiffrables matières, sèches ou humides, visqueuses ou solides, qui lui sont tombées sous les mains, tout comme ses compagnons. Et il est sûr qu'il a entendu autant de confessions intimes qu'il croit en avoir faites. « Sauf elle, nous avons tous une peur incommensurable », pense-t-il. Le Père Joaquim en a convenu qui lui a servi d'oreiller et dont il a été le sien : il a découvert la véritable peur seulement aujourd'hui, là, attaché à cet arbre, attendant qu'un soldat vienne lui couper le cou, entendant la fusillade, voyant les allées et venues, l'arrivée des blessés, une peur infiniment plus grande que celle qu'il a jamais éprouvée envers quelqu'un ou quelque chose, y compris le démon et l'enfer. Les a-t-il dites, ces choses, en gémissant et parfois en demandant pardon à Dieu pour les avoir dites ? Mais celui qui a le plus peur encore est celui dont elle a dit qu'il est nain. Car d'une petite voix aussi disgracieuse que doit être son corps, il n'a cessé de pleurnicher et de divaguer sur des femmes à barbe, des gitans, des hercules et un homme désossé qui pouvait se plier en quatre. Comment doit être le Nain ? Est-elle sa mère ? Que font-ils ici ? Comment est-ce possible qu'elle n'ait pas peur ? Qu'a-t-elle qui est pire que la peur ? Car le journaliste myope a perçu quelque chose d'encore plus corrosif, ruineux et déchirant, dans le murmure sporadique et doux, dans le fait que la femme n'a pas parlé de la seule chose qui ait un sens, la peur de mourir, mais de l'entêtement de quelqu'un qui est mort, sans être enterré, se mouillant, se glaçant, mordu par toute sorte de bestioles. Est-ce une folle, quelqu'un qui n'a plus peur parce qu'elle a eu si peur qu'elle en est devenue folle ?

Il sent qu'on le secoue. Il pense : « Mes lunettes. » Il voit une clarté verdâtre, des ombres mouvantes. Et tandis qu'il palpe son corps, autour de lui, il entend le Père Joaquim : « Réveillez-vous, il fait jour, essayons de trouver le chemin de Cumbe. » Il les trouve enfin entre ses jambes, intactes. Il les nettoie, se relève, balbutie « allons, allons », et en chaussant ses besicles qui lui permettent de définir le monde il voit le Nain : en effet, il est tout petit comme un enfant de dix ans et avec un visage constellé de plis. Il tient la main d'une femme sans âge, les cheveux dénoués, si mince qu'elle semble n'avoir que la peau sur les os. Tous deux sont couverts de boue, les vêtements déchirés, et le journaliste myope se demande si lui aussi, comme eux, comme le robuste petit curé qui s'est mis à marcher d'un pas décidé vers le soleil, il donne cette impression échevelée, négligée, vulnérable. « Nous sommes de l'autre côté de la Favela, dit le Père Joaquim. Par ici nous devrions aboutir au sentier de Bendengó. Dieu fasse qu'il n'y ait pas de soldats... » « Mais il y en aura », pense le journaliste myope. Ou, sinon eux, des jagunços. Il pense : « Nous ne sommes rien, nous nous trouvons ni dans un camp ni dans l'autre. Ils nous tueront. » Il marche, surpris de n'être pas fatigué, voyant devant lui la silhouette filiforme de la femme et le Nain qui sautille pour ne pas rester en arrière. Ils marchent un bon moment, sans échanger un mot, dans cet ordre. Dans le matin ensoleillé ils entendent le chant des oiseaux, le bourdonnement des insectes et des bruits multiples, confus, dissemblables, croissants : des tirs isolés, des cloches, l'ululement d'un clairon, peut-être une explosion, peut-être des cris humains. Le curé va droit devant lui, il semble connaître le chemin. La caatinga se fait plus rare, les halliers et les cactus deviennent plus petits et devant eux s'ouvre maintenant un terrain escarpé. Ils avancent parallèlement à une ligne rocheuse qui leur cache la vision sur la droite. Une demi-heure plus tard ils atteignent la crête de cet horizon rocheux et en même temps que l'exclamation du curé, le journaliste myope voit ce qui la motive : presque près d'eux sont les soldats et derrière, devant, sur les côtés, les jagunços. « Des milliers », murmure le journaliste myope. Il a envie de s'asseoir, de fermer les yeux, d'oublier. Le Nain piaille : « Jurema, regarde, regarde. » Le curé tombe à genoux, pour offrir moins de cible aux regards et ses compagnons font de même. « Justement, nous devions tomber en plein milieu de la guerre », murmure le Nain. « Ce n'est pas la guerre, pense le journaliste myope.

C'est la fuite. » Le spectacle au pied de ces collines dont ils occupent le sommet suspend leur peur. Ainsi n'ont-ils pas fait cas de l'avis du major Cunha Matos, ils ne se sont pas retirés la veille au soir et le font-ils maintenant, comme le voulait le colonel Tamarindo.

Les masses de soldats sans ordre ni accord, qui s'agglomèrent là en bas sur une vaste étendue, parfois regroupés, parfois espacés, dans un état calamiteux, traînant les charrettes de l'infirmerie et portant des brancards, les fusils portés n'importe comment ou transformés en cannes et béquilles, ils ne ressemblent en rien au Septième Régiment du colonel Moreira César qu'il se rappelle, ce corps discipliné, soucieux des formes et de l'apparat. L'auront-ils enterré là-haut ? Transportent-ils sa dépouille sur l'un de ces brancards, l'une de ces charrettes ?

– Ont-ils fait la paix ? demande le curé à ses côtés. Un armistice, peut-être ?

L'idée d'une réconciliation lui semble extravagante, mais c'est vrai qu'il se passe quelque chose de bizarre en bas : il n'y a pas de combat. Et cependant, soldats et jagunços sont tout près, de plus en plus près. Les yeux myopes, avides, hallucinés vont d'un groupe de jagunços à l'autre, cette indescriptible humanité aux tenues extravagantes, armée d'escopettes, de carabines, de bâtons, de machettes, de râteaux, d'arbalètes, de pierres, avec des chiffons sur la tête, qui semble incarner le désordre, la confusion, comme ceux qu'elle poursuit, ou plutôt, escorte, accompagne.

– Les soldats se sont-ils rendus ? demande le Père Joaquim. Les emmènent-ils prisonniers ?

Les grands groupes de jagunços vont sur les pentes des collines, des deux côtés du cours ivre et disloqué des soldats, s'approchant d'eux et les pressant chaque fois davantage. Mais il n'y a pas de tirs. Pas du moins ce qu'il y avait hier à Canudos, ces rafales et explosions, quoique à ses oreilles parviennent parfois des coups de feu sporadiques. Et des échos d'insultes et de jurons : quoi d'autre peuvent être ces bribes de cris ? À l'arrière-garde de la malheureuse colonne le journaliste myope reconnaît soudain le capitaine Salomão da Rocha. Le petit groupe de soldats qui va en queue, loin des autres, avec quatre canons tirés par des mules qu'ils fouettent sans miséricorde, se trouve complètement isolé quand une bande de jagunços dévale des versants et s'interpose entre eux et le reste des soldats. Les canons ne bougent plus et le journaliste myope est sûr que cet officier – il a un sabre et un pistolet, il va de l'un à l'autre de ses soldats aplatis contre les bêtes et les canons, leur donnant sans doute des ordres, du courage, au fur et à mesure que les jagunços s'approchent – est bien Salomão da Rocha. Il se souvient de ses petites moustaches bien taillées – ses compagnons le surnommaient le Gommeux – et de sa manie de parler toujours des progrès annoncés dans le catalogue des Comblain, de la précision des Krupp et de ces canons qu'il a baptisés d'un nom et prénom. En voyant jaillir des taches de fumée il comprend qu'ils se tirent dessus, à bout pourtant, sauf que lui n'entend pas les coups de feu à cause du vent qui souffle dans une autre direction. « Ils se sont tiré dessus tout ce temps, tués, insultés sans que nous n'entendions rien », pense-t-il et il cesse de penser, parce que le groupe de soldats et de canons est brusquement submergé par les jagunços qui les encerclaient. Clignant des yeux, battant des paupières, ouvrant la bouche le journaliste myope voit l'officier au sabre résister quelques secondes à l'assaut des bâtons, piques, faux, faucilles, machettes, baïonnettes ou n'importe quel autre de ces objets sombres, avant de disparaître tout comme ses soldats, sous la masse des assaillants qui maintenant sautent en l'air et poussent des cris qu'il ne parvient pas à entendre. Il entend, en revanche, braire les mules qu'il ne voit pas non plus.

Il s'aperçoit qu'il est resté seul sur ce parapet d'où il a assisté à la prise de l'artillerie du Septième Régiment et la mort certaine des soldats et de l'officier qui la servaient. Le curé de Cumbe trottine vers le bas, à vingt ou trente mètres, suivi par la femme et le Nain, droit vers les jagunços. Tout son être hésite. Mais la peur de rester tout seul l'emporte, il se lève et se met à courir aussi. Il trébuche, glisse, tombe, se relève, fait de l'équilibre sur le versant de la colline. Plusieurs jagunços les ont vus, les têtes se penchent, se dressent vers lui qui descend avec une sensation de ridicule tant il a du mal à marcher et rester droit. Le curé de Cumbe, maintenant dix mètres en avant, crie et fait des signes aux jagunços.

Le dénonce-t-il, le trahit-il ? Pour gagner leurs grâces leur dira-t-il qu'il est soldat, que... ? et il se remet à rouler, il fait des cabrioles, roule comme un tonneau, sans sentir la douleur, la honte, pensant seulement à ses lunettes qui miraculeusement restent fermes à ses oreilles quand enfin il s'arrête et essaie de se lever. Mais il est si meurtri, étourdi et terrifié qu'il n'y parvient pas jusqu'à ce que des bras le soulèvent. « Merci », murmure-t-il et il voit le Père Joaquim acclamé, embrassé par les jagunços qui lui baisent la main, sourient et manifestent de la surprise, de l'excitation. « Ils le connaissent, pense-t-il, et s'il le leur demande, ils ne me tueront pas. »

– C'est moi-même, moi-même, João, corps et âme, dit le Père Joaquim à un homme grand et fort, la peau tannée, crotté, au milieu de tous ces gens qui portent des chapelets de balles autour du cou. Ce n'est pas un fantôme, on ne m'a pas tué, je me suis échappé. Je veux retourner à Cumbe, João Abade, sortir d'ici, aide-moi...

– Impossible, mon Père, c'est dangereux, ne voyez-vous pas qu'on tire de tous côtés ? dit l'homme. Allez à Belo Monte, jusqu'à ce que la guerre passe.

« João Abade ? » pense le journaliste myope. « João Abade également à Canudos ? » Il entend une fusillade soudaine, forte, indiscernable, qui le glace : « Qui est ce gars à quatre z'yeux ? entend-il dire João Abade qui le montre du doigt. – Ah ! oui, c'est un journaliste, il m'a aidé à échapper, ce n'est pas un soldat. Et cette femme et ce... » mais il ne peut conclure sa phrase à cause des coups de feu. « Retournez à Belo Monte, mon Père, là-bas c'est dégagé », dit João Abade en même temps qu'il dévale la colline suivi des jagunços qui l'entouraient. Le journaliste myope aperçoit soudain, au loin, le colonel Tamarindo se prenant la tête au milieu d'une fuite éperdue de soldats. Le désordre, la confusion est totale ; la colonne semble disséminée, pulvérisée. Les soldats courent comme des dératés, épouvantés, poursuivis et, du sol, la bouche pleine de terre, le journaliste myope voit la tache des gens qui s'éparpillent, se séparent, se regroupent, des figures qui tombent, qui se démènent, et ses yeux vont encore et toujours vers l'endroit où est tombé le vieux Tamarindo. Des jagunços sont penchés, l'achèvent-ils ? Mais ils tardent trop, accroupis là-bas et les yeux du journaliste myope, brûlants sous l'effort, remarquent enfin qu'ils sont en train de le déshabiller.

Il sent un goût âcre, un commencement d'étranglement et se rend compte que, comme un automate, il est en train de mâcher la terre qui est entrée dans sa bouche quand il est tombé. Il crache, sans cesser de regarder, dans le gigantesque vent de terre qui s'est levé, la débandade des soldats. Ils courent dans toutes les directions, les uns tirant, les autres jetant au sol armes, caisses, brancards, et quoiqu'ils soient loin maintenant il parvient à voir qu'ils jettent aussi, dans leur course frénétique et folle, leurs képis, leurs vareuses, les cartouchières, leurs ceinturons. Pourquoi se déshabillent-ils eux aussi, quelle folie est-ce là ? Il devine qu'ils se dépouillent de tout ce qui peut les identifier comme soldats, qu'ils veulent se faire passer pour des jagunços dans cette pagaille. Le Père Joaquim se met debout et, comme voici un moment, recommence à courir. Cette fois de façon étrange, en agitant la tête et les mains, en parlant et criant aux fuyards et poursuivants. « Il va se fourrer au milieu des balles, là où on assassine et met en pièces », pense-t-il. Son regard rencontre celui de la femme, effrayé, lui demandant conseil. Alors lui aussi, suivant une impulsion, se met debout et crie : « Il faut rester avec lui, c'est le seul qui puisse nous sauver. » Elle se relève et se met à courir, entraînant le Nain qui, les yeux exorbités, le visage plein de terre, piaille tandis qu'il court. Le journaliste myope cesse soudain de les voir, car ses longues jambes ou sa peur lui accordent l'avantage. Il court à toute allure, tordu, déhanché, la tête enfoncée, obsédé par l'idée qu'une de ces balles qui brûlent et qui sifflent lui est destinée, qu'il court vers elle, et qu'un de ces couteaux, faucilles, machettes, baïonnettes qu'il entrevoit l'attend pour mettre un terme à sa course. Mais il continue à courir entre des nuages de poussière, apercevant, perdant et retrouvant la petite figure trapue aux ailes de moulin du curé de Cumbe. Soudain il le perd tout à fait. Il peste et rage en pensant : « Où va-t-il, pourquoi court-il ainsi, pourquoi veut-il mourir et nous faire mourir ? » Bien qu'il n'ait plus de souffle – il tire la langue, avale de la poussière, ne voit presque plus car ses lunettes se sont couvertes de terre – il continue de courir, en se cassant les reins : les quelques forces qu'il lui reste lui disent que sa vie dépend du Père Joaquim.

Quand il tombe à terre, parce qu'il trébuche ou que la fatigue lui fait plier les jambes, il sent une curieuse sensation de bien-être. Il appuie la tête dans ses bras, essaie de faire entrer de l'air dans ses poumons, écoute battre son cœur. Mieux vaut mourir que continuer à courir. Peu à peu il se remet, sentant que la palpitation de ses tempes se calme. La tête lui tourne, il a la nausée mais il ne vomit pas. Il retire ses lunettes et les nettoie. Il les remet. Il est entouré de gens. Il n'a pas peur, maintenant peu lui importe. La fatigue l'a libéré de ses craintes, son incertitude, son imagination. Par ailleurs personne ne semble lui prêter attention. On ramasse les fusils, les munitions, les baïonnettes, mais ses yeux ne se trompent pas et dès le premier moment ils savent qu'en outre, ces groupes de jagunços, ici et là, décapitent aussi les cadavres de leurs machettes, avec la même application qu'ils apportent à décapiter les bœufs et les chevreaux, et ils jettent les têtes dans des sacs ou les embrochent sur des piques et les baïonnettes mêmes des morts, tandis que d'autres allument des feux où commencent à crépiter, à roussir, à se tordre, à éclater les cadavres décapités. Un feu est tout près de lui où il voit, sur deux corps qui rôtissent, des hommes avec des chiffons bleus jeter d'autres restes. « Maintenant c'est mon tour, ils viendront, me couperont la tête, la porteront au bout d'une pique et jetteront mon corps dans ce feu. » Il reste engourdi, vacciné contre tout à cause de l'infinie fatigue. Quoique les jagunços parlent, il ne les comprend pas.

Là-dessus il voit le Père Joaquim. Oui, le Père Joaquim. Il ne va pas mais il vient, il ne court pas mais il marche, les pieds très ouverts, il sort de ce vent de terre qui a commencé déjà à provoquer dans son nez le chatouillement qui précède les éternuements, toujours gesticulant, faisant des grimaces et des signes à personne et à tous, même à ces morts brûlés. Il est crotté, déchiré, les cheveux en désordre. Le journaliste myope se redresse quand il passe devant lui en disant : « Ne partez pas, emmenez-moi, ne les laissez pas m'arracher la tête, ne les laissez pas me brûler... » Le curé de Cumbe l'entend-il ? Il parle seul ou avec des fantômes, il répète des choses incompréhensibles, des noms inconnus, il fait des grands gestes. Il marche à côté de lui, tout près, sentant que cette proximité le ressuscite. Il remarque sur sa droite, marchant avec eux, la femme nu-pieds et le Nain. Blêmes, le teint terreux, haillonneux, on dirait des somnambules.

Rien de ce qu'il voit et entend ne le surprend, l'effraie ou l'intéresse. Est-ce cela l'extase ? Il pense : « Pas même l'opium, à Salvador... » Il voit sur son passage les jagunços qui suspendent aux arbres de favela éparpillés de chaque côté de la sente des képis, des vareuses, des gourdes, des capotes, des couvertures, des ceinturons, des bottes, comme s'ils décoraient les arbres pour la nuit de Noël, mais il s'en moque. Et quand, en descendant vers la mer de toits et de décombres qu'est Canudos, il voit de chaque côté du chemin, alignées, se regardant, criblées d'insectes, les têtes des soldats, son cœur ne s'affole pas non plus que ne reviennent ni sa peur, ni ses fantasmes. Pas même quand une figure absurde, l'un de ces épouvantails que l'on plante dans les champs, leur barre la route et qu'il reconnaît, dans la forme nue, adipeuse, empalée sur une branche sèche, le corps et le visage du colonel Tamarindo. Mais un moment plus tard il s'arrête net et, avec la sérénité à laquelle il a accédé, il se met à scruter une des têtes auréolées par des essaims de mouches. Il n'y a pas de doute : c'est la tête de Moreira César.

L'éternuement le prend au dépourvu si bien qu'il n'a pas le temps de mettre ses mains devant son visage et de retenir ses lunettes : elles partent en avant et lui, plié en deux par la rafale d'éternuements, il est sûr d'entendre l'impact qu'elles font en heurtant les cailloux. Dès qu'il le peut, il s'accroupit et tâtonne. Il les retrouve aussitôt. Maintenant oui, en les palpant et en constatant que les verres se sont brisés en mille morceaux, il retourne au cauchemar de la nuit, de l'aube, d'il y a un moment.

– Halte, halte, crie-t-il en mettant ses lunettes, voyant un monde brisé, fendillé, craquelé. Je ne vois rien, je vous en supplie.

Il sent dans sa main droite une main qui ne peut être – par sa taille, par sa pression – que celle de la femme nu-pieds. Elle le tire, sans dire un mot, l'orientant dans ce monde devenu soudain insaisissable, aveugle.

La première chose qui surprit Epaminondas Gonçalves, en entrant dans le palais du baron de Canabrava, où il n'avait jamais mis les pieds, fut l'odeur de vinaigre et de plantes aromatiques qui imprégnait les chambres, où un valet noir le conduisait, l'éclairant avec une lampe à huile. Il le fit pénétrer dans un cabinet avec des étagères pleines de livres, éclairé par un lustre de cristal verdâtre qui donnait une apparence de forêt au bureau ovale, aux fauteuils et petites tables ornées. Il examinait une carte ancienne où il réussit à lire, écrit en lettres majuscules, le nom de Calumbi, quand le baron entra. Ils se donnèrent la main sans chaleur, comme des personnes qui se connaissent à peine.

– Je vous remercie d'être venu, dit le baron en lui offrant un siège. Il aurait peut-être été préférable d'avoir cet entretien dans un endroit neutre, mais je me suis permis de vous proposer ma maison parce que mon épouse est souffrante et que je préfère ne pas sortir.

– J'espère qu'elle se rétablira bien vite, dit Epaminondas Gonçalves en repoussant la boîte de cigares que le baron lui tendait. Tout Bahia espère la revoir aussi belle et rayonnante que jamais.

Le baron avait maigri et bien vieilli et le patron du *Jornal de Notícias* se demanda si ces rides et cet abattement étaient l'œuvre du temps ou des derniers événements.

– En réalité, Estela se trouve physiquement bien, son organisme s'est remis, dit le baron vivement. C'est son esprit qui reste atteint, par le choc que fut pour elle l'incendie de Calumbi.

– Un malheur qui nous concerne nous tous, les Bahianais, murmura Epaminondas. – Il leva les yeux pour suivre le baron qui s'était mis debout et servait deux verres de cognac. – Je l'ai déclaré à l'Assemblée et dans mon journal. La destruction de propriétés est un crime qui nous affecte pareillement, alliés et adversaires.

Le baron acquiesça. Il tendit à Epaminondas son verre et ils trinquèrent en silence, avant de boire. Epaminondas reposa son verre sur la petite table et le baron garda le sien dans sa paume, réchauffant et remuant la liqueur rougeâtre.

– J'ai pensé qu'il serait bon que nous parlions, dit-il lentement. Le succès des négociations entre le Parti Républicain et le Parti Autonomiste dépend de l'accord auquel nous pourrions parvenir vous et moi.

– Je dois vous avertir que je n'ai pas été autorisé par mes amis politiques à négocier quoi que ce soit cette nuit, l'interrompit Epaminondas Gonçalves.

– Vous n'avez pas besoin de leur autorisation, sourit le baron, goguenard. Mon cher Epaminondas, ne jouons pas au plus fin. Il n'y a pas de temps à perdre. La situation est des plus graves et vous le savez bien. À Rio, à São Paulo, on attaque les journaux monarchistes et on lynche leurs propriétaires. Les dames du Brésil mettent leurs bijoux et leurs cheveux en loterie pour aider l'armée de Bahia. Nous allons jouer cartes sur table. Nous ne pouvons rien faire d'autre à moins que nous voulions nous suicider.

Il but une gorgée de cognac.

– Puisque vous voulez de la franchise, je vous avouerai que sans ce qui est arrivé à Moreira César à Canudos je ne serais pas ici et il n'y aurait pas de conversations entre nos deux partis, acquiesça Epaminondas Gonçalves.

– Nous sommes d'accord sur cela, dit le baron. Je suppose que nous le sommes aussi sur la signification politique pour Bahia de cette mobilisation militaire sur une grande échelle organisée par le gouvernement fédéral dans tout le pays.

– Je ne sais pas si nous le voyons de la même manière. – Epaminondas prit son verre, but, claqua la langue et ajouta, froidement : – Pour vous et vos amis c'est, bien entendu, la fin.

– Ça l'est surtout pour vous, Epaminondas, répliqua aimablement le baron. Vous ne vous en êtes pas aperçu ? Avec la mort de Moreira César, les jacobins ont reçu un coup mortel. Ils ont perdu la seule figure prestigieuse sur laquelle ils comptaient. Oui, mon ami, les jagunços ont rendu service au président Prudente de Morais et au Parlement, à ce gouvernement de « bacheliers » et de « cosmopolites » que vous vouliez renverser pour installer une République Dictatoriale. Morais et les Paulistes* vont se servir de cette crise pour épurer l'armée et l'administration des jacobins. Ils ont toujours été peu nombreux, les voilà maintenant acéphales. Vous aussi vous serez balayé au passage. C'est pourquoi je vous ai appelé. La gigantesque armée qui vient à Bahia va nous mettre dans l'embarras. Le gouvernement fédéral nommera un chef militaire et politique à la tête de l'État, quelqu'un qui aura la confiance de Prudente de Morais, et notre Assemblée perdra tout pouvoir si elle ne devient pas caduque. Toute forme de pouvoir local disparaîtra de Bahia et nous serons un simple appendice de Rio. Pour partisan du centralisme que vous soyez, j'imagine que vous ne l'êtes pas au point de vous laisser éliminer de la vie politique.

– C'est une façon de voir les choses, murmura Epaminondas, imperturbable. Pouvez-vous me dire comment ce front commun que vous me proposez pourra s'opposer au danger ?

– Notre union obligera Morais à négocier et pactiser avec nous. Elle évitera à Bahia de tomber, pieds et poings liés, sous le contrôle d'un vice-roi militaire, dit le baron. Et elle vous donnera, de plus, la possibilité d'arriver au pouvoir.

– Accompagné..., dit Epaminondas Gonçalves.

– Seul, rectifia le baron. Le gouvernement de l'État est à vous. Luis Viana ne se représentera pas et vous serez notre candidat. Nous établirons des listes communes pour l'Assemblée et pour les Conseils Municipaux. N'est-ce pas pour cela que vous luttez depuis tant de temps ?

Epaminondas Gonçalves rougit. Qu'est-ce qui produisait cette bouffée de chaleur ? le cognac, la chaleur, ce qu'il venait d'entendre ou ce qu'il pensait ? Il resta silencieux quelques secondes, abstrait.

– Vos partisans sont-ils d'accord ? demanda-t-il enfin, à voix basse.

– Ils le seront quand ils comprendront que c'est ce qu'ils doivent faire, dit le baron. Je m'engage à les convaincre. Êtes-vous satisfait ?

– J'ai besoin de savoir ce que vous allez me demander en échange, répondit Epaminondas Gonçalves.

– Qu'on ne touche pas aux propriétés agraires ni aux commerces urbains, rétorqua le baron de Canabrava aussitôt. Vous et nous, nous luttons contre toute tentative de confisquer, exproprier, intervenir ou grever exagérément les terres ou les commerces. C'est la seule condition.

Epaminondas Gonçalves respira profondément, comme s'il manquait d'air. Il but le reste du cognac d'un trait.

– Et vous, baron ?

– Moi ? murmura le baron comme s'il parlait d'un esprit. Je vais me retirer de la vie politique. Je ne vous gênerai en rien. Par ailleurs, comme vous le savez, je pars en Europe la semaine prochaine. J'y resterai un temps indéterminé. Vous voilà rassuré ?

Epaminondas Gonçalves, au lieu de répondre, se mit debout et fit quelques pas dans la pièce, les mains derrière le dos. Le baron avait adopté une attitude absente. Le propriétaire du *Jornal de Notícias* ne cherchait pas à cacher le sentiment indéfinissable qui s'était emparé de lui. Il était sérieux, rouge, et dans ses yeux, en plus de la bouillonnante énergie qui le caractérisait, il y avait aussi une certaine inquiétude, de la curiosité.

– Je ne suis plus un enfant, quoique je n'aie pas votre expérience, dit-il en regardant avec un air de défi le maître de céans. Je sais que vous me trompez, qu'il y a un piège dans ce que vous me proposez.

Le baron acquiesça, sans manifester la moindre irritation. Il se leva pour remettre un doigt de cognac dans les verres vides.

– Je comprends que vous n'ayez pas confiance, dit-il, son verre à la main, entreprenant un parcours de la pièce qui s'acheva à la fenêtre du jardin. – Il l'ouvrit : une bouffée d'air tiède pénétra dans le bureau en même temps que le charivari des grillons et une guitare lointaine. – C'est naturel. Mais il n'y a aucun piège, croyez-moi. La seule vérité, c'est qu'au point où en sont les choses, je suis arrivé à la conviction que la personne la mieux à même pour diriger la politique de Bahia c'est vous.

– Dois-je prendre cela pour un éloge ? demanda Epaminondas Gonçalves, d'un air sarcastique.

– Je crois que nous avons assisté à la fin d'un style, d'une façon de faire de la politique, précisa le baron, comme s'il ne l'entendait pas. Je reconnais que je ne suis plus de mon temps. Je fonctionnais mieux avec l'ancien système, quand il s'agissait d'obtenir l'obéissance des gens envers les institutions, de négocier, de persuader, d'user de diplomatie et de formes. J'y réussissais assez bien. Tout cela est terminé, assurément. Nous sommes à l'heure de l'action, de l'audace, de la violence, même des crimes. Maintenant il s'agit de dissocier totalement la politique de la morale. Dans ces conditions, la personne la plus apte à maintenir l'ordre dans cet État c'est vous.

– Je pensais bien qu'il ne s'agissait pas d'un éloge, murmura Epaminondas Gonçalves en prenant un siège.

Le baron s'assit à ses côtés. Avec la musique des grillons entraient dans la pièce le bruit de voitures, la cantilène d'un veilleur de nuit, une corne, des aboiements.

– D'une certaine façon, je vous admire. – Le baron l'observa avec un éclat fugace dans les pupilles. – J'ai pu apprécier votre audace, la complexité et le sang-froid de vos opérations politiques. Oui, personne ne possède à Bahia vos qualités pour affronter ce qui s'annonce.

– Allez-vous me dire une bonne fois pour toutes ce que vous voulez de moi ? dit le dirigeant du Parti Républicain.

Il y avait dans sa voix quelque chose de dramatique.

– Que vous me remplaciez, affirma le baron, avec emphase. Est-ce que cela dissipe votre méfiance si je vous dis que je me sens vaincu par vous ? Pas dans les faits, car nous avons plus de possibilités que les jacobins de Bahia de nous entendre avec Morais et les Paulistes du Gouvernement Fédéral. Mais psychologiquement oui, je le suis, Epaminondas.

Il but une gorgée de cognac et son regard devint lointain.

– Il s'est passé des choses que je n'aurais jamais imaginées, dit-il en parlant pour soi. Le meilleur régiment du Brésil taillé en pièces par une bande de gueux fanatiques, qui peut comprendre ça ? Un grand stratège militaire écrasé dès la première rencontre...

– C'est, en effet, incompréhensible, estima Epaminondas Gonçalves. J'étais cet après-midi avec le major Cunha Matos. C'est bien pire que ce qu'on a annoncé officiellement. Connaissez-vous les chiffres ? Ils sont incroyables : de trois à quatre cents morts, le tiers des hommes. Des dizaines d'officiers massacrés. Ils ont perdu intégralement l'armement, des canons jusqu'aux poignards. Les survivants arrivent à Monte Santo nus, en caleçon, délirant. Le Septième Régiment ! Vous étiez tout près, à Calumbi, vous les avez vus. Que se passe-t-il à Canudos, baron ?

– Je ne le sais ni ne le comprends, dit le baron, chagriné.

Cela dépasse tout ce que j'imaginais. Et cependant je croyais connaître cette terre, ces gens. Cette déroute ne peut plus être expliquée par le fanatisme de quelques crève-la-faim. Il doit y avoir autre chose.– Il le regarda à nouveau, accablé. – J'en suis arrivé à penser que ce fantastique mensonge propagé par vous selon lequel il y avait à Canudos des officiers anglais et de l'armement monarchiste, pouvait avoir quelque fondement. Non, nous n'allons pas aborder ce sujet, c'est de l'histoire ancienne. Je vous le dis pour que vous voyiez à quel point je suis abasourdi par ce qui est arrivé à Moreira César.

– Moi, j'en suis plutôt effrayé, dit Epaminondas. Si ces hommes peuvent pulvériser le meilleur régiment du Brésil, ils peuvent aussi étendre l'anarchie à tout l'État, aux États voisins, arriver jusqu'ici...

Il haussa les épaules et fit un geste vague, catastrophique.

– La seule explication c'est qu'à la bande de sébastianistes se sont joints des milliers de paysans, y compris d'autres régions, dit le baron. Poussés par l'ignorance, par la superstition, par la faim. Parce qu'il n'existe plus de freins qui enrayent la folie, comme autrefois. Cela signifie la guerre, l'armée du Brésil s'installant ici, la ruine de Bahia. – Il prit Epaminondas Gonçalves par le bras. – C'est pourquoi vous devez me remplacer. Dans cette situation, il faut quelqu'un qui ait vos qualités pour unifier les éléments valables et défendre les intérêts bahianais, au milieu du cataclysme. Le reste du Brésil est plein de ressentiment contre Bahia, à cause de la mort de Moreira César. Les foules qui ont assailli les journaux monarchistes de Rio criaient, m'a-t-on dit : « À mort Bahia ! »

Il fit une longue pause, agitant son verre de cognac nerveusement.

– Beaucoup sont ruinés désormais, dans l'intérieur des terres, dit-il. Moi, j'ai perdu deux fazendas. Cette guerre civile va couler et tuer beaucoup de gens, trop. Si nous continuons à nous détruire, quel sera le résultat ? Nous perdrons tout. L'exode augmentera vers le Sud et le Maranhão. Que deviendra Bahia ? Il faut faire la paix, Epaminondas. Oubliez les excès jacobins, cessez d'attaquer les pauvres portugais, de demander la nationalisation des commerces et soyez pragmatique. Le jacobinisme est mort avec Moreira César. Assumez la charge de gouverneur et défendons ensemble, dans cette hécatombe, l'ordre civil. Évitons que la République devienne ici, comme dans tant de pays latino-américains, un carnaval grotesque où tout est chaos, putsch militaire, corruption, démagogie...

Ils restèrent un long moment silencieux, leur verre à la main, pensant ou écoutant. Parfois, à l'intérieur de la maison, on entendait des pas, des voix. Une pendule carillonna neuf heures.

– Je vous remercie de m'avoir invité, dit Epaminondas en se levant. Je garde bien à l'esprit tout ce que vous m'avez dit, pour bien y réfléchir. Je ne peux vous répondre maintenant.

– Bien sûr que non, dit le baron, en se levant aussi. Réfléchissez et nous en reparlerons. J'aimerais vous voir avant mon départ, bien entendu.

– Vous aurez ma réponse après-demain, dit Epaminondas en gagnant la porte.

Alors qu'ils traversaient les salons, le valet noir apparut avec sa lampe. Le baron raccompagna Epaminondas jusqu'à la rue. A la grille, il lui demanda :

– Avez-vous eu des nouvelles de votre journaliste, celui qui accompagnait Moreira César ?

– L'excentrique ? dit Epaminondas. Il n'est pas reparu. On l'aura tué, je suppose. Comme vous le savez, ce n'était pas un homme d'action.

Quatre

I

Quand un domestique lui fit savoir qui le demandait, le baron de Canabrava, au lieu de faire dire, comme d'habitude, qu'il n'y était pour personne, se précipita au bas des escaliers, traversa les vastes pièces que le soleil du matin inondait de lumière et gagna la porte d'entrée pour vérifier qu'il n'avait pas mal entendu : c'était lui, absolument. Il lui tendit la main, sans dire un mot, et le fit entrer. La mémoire lui restitua sur-le-champ ce qu'il tâchait d'oublier depuis des mois : l'incendie de Calumbi, Canudos, la crise d'Estela, sa retraite de la vie publique.

Silencieux, surmontant la surprise de cette visite et la résurrection de ce passé, il guida le nouveau venu vers la pièce où se tenaient tous les entretiens importants : son bureau. Malgré l'heure matinale, il faisait chaud. Au loin, au-dessus des crotons, des branches de manguier, des ficus, des goyaviers et des pitangas* de son jardin, le soleil blanchissait la mer comme une plaque d'acier. Le baron tira le rideau et la chambre resta dans l'ombre.

– Je savais que ma visite vous surprendrait, dit le visiteur et le baron reconnut la petite voix comique de fausset. J'ai appris que vous étiez rentré d'Europe et j'ai eu... cette impulsion. Je vous le dis sans détour. Je suis venu vous demander du travail.

– Asseyez-vous, dit le baron.

Il l'avait entendu comme en rêve, sans prêter attention à ses paroles, occupé à examiner son physique, à le confronter à celui de la dernière fois, l'épouvantail qu'il avait vu ce matin-là partir de Calumbi en compagnie du colonel Moreira César et de sa petite escorte. « C'est et ce n'est pas lui », pensa-t-il. Parce que le journaliste qui avait travaillé pour le *Diário de Bahia,* puis pour le *Jornal de Notícias* était un jeune homme alors que cet homme à grosses lunettes qui, en s'asseyant, semblait se diviser en quatre ou six parties, était un vieillard. Son visage était labouré de stries, des mèches grises parsemaient ses cheveux, son corps donnait une impression de fragilité. Il portait une chemise déboutonnée, un gilet sans manches, avec des taches d'usure ou de graisse, un pantalon effiloché et des souliers de vacher.

– Maintenant je me rappelle, dit le baron. Quelqu'un m'avait écrit que vous étiez vivant. Je l'ai su en Europe. « Un fantôme est apparu », voilà ce qu'on m'écrivit. Malgré cela, je persistais à vous croire disparu, mort.

– Je ne suis pas mort ni n'ai disparu, dit sans trace d'humour la petite voix nasillarde. Après avoir entendu dix fois par jour ce que vous avez dit, je me suis rendu compte que les gens étaient déçus que je sois encore de ce monde.

– Si vous voulez que je sois franc, je m'en fous que vous soyez vivant ou mort, s'entendit-il dire, surpris de sa crudité. Peut-être préférais-je que vous soyez mort. Je déteste tout ce qui me rappelle Canudos.

– J'ai su pour votre épouse, dit le journaliste myope.

Il se racla la gorge, cligna des yeux, retira ses lunettes pour les essuyer dans un pan de sa chemise. Le baron se réjouit d'avoir réprimé son impulsion de le flanquer dehors.

– Maintenant, tout revient, dit-il aimablement. Grâce à une lettre d'Epaminondas Gonçalves, il y a deux mois, j'ai appris que vous étiez revenu à Salvador.

– Vous êtes en correspondance avec ce misérable ? vibra la petite voix nasillarde. C'est vrai, maintenant vous êtes alliés.

– C'est comme cela que vous parlez du Gouverneur de Bahia ? sourit le baron. Il n'a pas voulu vous reprendre au *Jornal de Notícias ?*

– Il m'a plutôt offert de m'augmenter, répliqua le journaliste myope. Mais à la condition que j'oublie l'histoire de Canudos.

Il rit, à la façon d'un oiseau exotique, et le baron vit que son rire se transformait en crise d'éternuements qui le faisaient rebondir sur sa chaise.

– Autrement dit, Canudos a fait de vous un journaliste intègre, dit-il en se moquant. Autrement dit, vous avez changé. Parce que mon allié Epaminondas est comme il a toujours été, il n'a pas changé d'un pli.

Il attendit que le journaliste se mouchât dans un chiffon bleu qu'il tira maladroitement de sa poche.

– Dans sa lettre, Epaminondas disait que vous aviez reparu accompagné d'un personnage étrange. Un nain ou quelque chose comme ça ?

– C'est mon ami, acquiesça le journaliste myope. J'ai une dette envers lui, il m'a sauvé la vie. Voulez-vous savoir comment ? En parlant de Charlemagne, des Douze Pairs de France, de la reine Maguelonne. En chantant la Terrible et Exemplaire Histoire de Robert le Diable.

Il parlait précipitamment, en se frottant les mains, en se tortillant sur sa chaise. Le baron se rappela le professeur Thales de Azevedo, un académicien de ses amis venu lui rendre visite à Calumbi, des années auparavant : il restait des heures fasciné à écouter les troubadours des foires, il se faisait dicter les paroles qu'il entendait chanter et conter et assurait que c'étaient des chansons de geste médiévales, rapportées par les premiers Portugais et conservées par la tradition du sertão. Il remarqua l'air angoissé de son visiteur.

– Il peut encore être sauvé, l'entendit-il dire, implorer de ses yeux ambigus. Il est tuberculeux, mais l'opération est possible. Le docteur Magalhães, de l'Hôpital Portugais, en a sauvé plusieurs. Je veux faire cela pour lui. C'est pour cela aussi que j'ai besoin de travail. Mais surtout... pour manger.

Le baron vit son air honteux, comme s'il avait avoué quelque chose d'ignominieux.

– Je ne sais pas pourquoi je devrais aider ce nain, murmura-t-il. Ni vous.

– Il n'y a aucune raison, bien sûr, répliqua aussitôt le myope, en se tirant les doigts. Simplement, j'ai voulu tenter ma chance. J'ai pensé que je pourrais vous toucher. Vous aviez la réputation d'un homme généreux, autrefois.

– Une tactique banale d'homme politique, dit le baron. Je n'en ai plus besoin, je me suis retiré de la politique.

Sur ces entrefaites il aperçut par la fenêtre donnant sur le jardin le caméléon. C'était rare qu'il pût le voir ou, pour mieux dire, le reconnaître, car il se confondait toujours si bien avec les pierres, l'herbe ou les arbustes et les branches de son jardin, qu'il avait été parfois sur le point de l'écraser. La veille au soir il avait fait sortir Estela avec Sebastiana prendre le frais, sous les figuiers et les ficus du jardin, et le caméléon amusa merveilleusement la baronne qui, sur son fauteuil en osier, joua à deviner l'animal, qu'elle reconnaissait avec la même facilité qu'autrefois, entre les mauvaises herbes et les écorces. Le baron et Sebastiana l'avaient vue sourire, quand le caméléon se sauvait dès qu'ils s'approchaient pour le surprendre. Maintenant il était là, au pied d'un des manguiers mi-vert mi-marron, chatoyant, à peine voyant sur l'herbe, avec son jabot palpitant. Il lui parla, mentalement : « Caméléon chéri, mon petit animal fuyant, mon bon ami. Je te remercie du fond du cœur d'avoir fait rire ma femme. »

– Je n'ai que ce que je porte sur moi, dit le journaliste myope. En revenant de Canudos j'ai constaté que ma logeuse avait vendu toutes mes affaires pour se payer du loyer. Le *Jornal de Notícias* n'a pas voulu assumer les frais. – Il fit une pause et ajouta : – Elle a vendu aussi mes livres. Parfois j'en retrouve un au marché de Santa Bárbara.

Le baron pensa que la perte de ses livres avait dû profondément affecter cet homme qui lui avait dit, dix ou douze ans plus tôt, qu'il serait un jour l'Oscar Wilde du Brésil.

– C'est bien, dit-il. Vous pouvez retourner au *Diário de Bahia.* Après tout vous n'étiez pas un mauvais rédacteur.

Le journaliste myope retira ses lunettes et secoua plusieurs fois sa tête, très pâle, incapable de remercier d'une autre façon. « Qu'importe, pensa le baron. Est-ce que je le fais pour lui ou pour ce nain ? Je le fais pour le caméléon. » Il regarda par la fenêtre, le cherchant, et se sentit frustré : il n'était plus là, devinant qu'on l'épiait, il s'était parfaitement confondu avec les couleurs environnantes.

– C'est un homme qui est terrifié par la mort, murmura le journaliste myope en remettant ses lunettes. Ce n'est pas par amour de la vie, comprenez-moi bien. Sa vie a toujours été abjecte. Il fut vendu, enfant, à un Gitan pour être une curiosité de cirque, un monstre à exhiber en public. Mais sa peur de la mort est si grande, si fabuleuse, qu'elle l'a fait survivre. Et moi, au passage.

Le baron se repentit soudain de lui avoir donné du travail, parce que cela établissait d'une certaine façon un lien entre cet individu et lui. Et il ne voulait avoir de liens avec personne qui fût aussi lié au souvenir de Canudos. Mais au lieu de signifier au visiteur que l'entrevue était terminée, il dit, sans y penser :

– Vous devez avoir vu des choses terribles. – Il se racla la gorge, gêné d'avoir cédé à cette curiosité et, pourtant, il ajouta : – Quand vous étiez à Canudos.

– À vrai dire, je n'ai rien vu, répondit aussitôt le personnage squelettique, en se pliant et se redressant. J'ai cassé mes lunettes le jour où le Septième Régiment a été taillé en pièces. J'y suis resté quatre mois, voyant des ombres, des masses, des fantômes.

Sa voix était si ironique que le baron se demanda s'il disait cela pour l'irriter, ou parce que c'était sa manière crue, antipathique, de lui faire savoir qu'il ne voulait pas en parler.

– Pourquoi ne riez-vous pas ? l'entendit-il dire avec une intonation aiguë. Tout le monde rit quand je dis que je n'ai pas vu ce qui se passait à Canudos parce que j'avais cassé mes lunettes. Il n'y a pas de doute, c'est comique.

– Oui, en effet, dit le baron en se mettant debout. Mais le sujet ne m'intéresse pas. Aussi...

– Mais bien que je n'aie rien vu, j'ai senti, entendu, palpé, flairé les choses qui se sont passées, dit le journaliste en le suivant, derrière ses lunettes. Et le reste, je l'ai deviné.

Le baron le vit rire à nouveau, maintenant avec une sorte de roublardise, le regardant dans les yeux, impavide. Il se rassit.

– Vraiment vous êtes venu me demander du travail et me parler de ce nain ? dit-il. Est-ce qu'il existe, ce nain tuberculeux ?

– Il crache le sang et je veux l'aider, dit le visiteur. Mais je suis venu aussi pour autre chose.

Il baissa la tête et le baron, tandis qu'il regardait ses cheveux en désordre, poivre et sel, parsemés de pellicules, imagina les yeux aqueux cloués au sol. Il eut la fantastique intuition que le visiteur lui apportait une commission de Galileo Gall.

– On est en train d'oublier Canudos, dit le journaliste

myope, d'une voix qui semblait être un écho. Les derniers souvenirs de ce qui s'est passé s'évaporeront dans l'éther et la musique du prochain Carnaval, au Théâtre Politeama.

– Canudos ? murmura le baron. Epaminondas fait bien en voulant qu'on ne parle plus de cette histoire. Oublions-la, il vaut mieux. C'est un épisode malheureux, trouble, confus. Cela ne sert à rien. L'histoire doit être instructive, exemplaire. Dans cette guerre, personne ne s'est couvert de gloire. Et personne n'a compris ce qui s'était passé. Les gens ont décidé de tourner la page. C'est sage et salutaire.

– Je ne permettrai pas qu'on l'oublie, dit le journaliste, en le regardant avec la fixité incertaine de ses yeux. C'est une promesse que je me suis faite.

Le baron sourit. Non de la soudaine solennité du visiteur, mais parce que le caméléon venait de se matérialiser, derrière le bureau et les rideaux, dans le vert brillant des plantes du jardin, sous les branches noueuses de la pitanga. Long, immobile, verdâtre, avec ses crêtes pointues, presque transparent, il brillait comme une pierre précieuse. « Bienvenue, l'ami », pensa-t-il.

– Comment ? dit-il en lui-même pour meubler le vide.

– De la seule façon dont on conserve les choses, entendit-il grogner son visiteur. En les écrivant.

– Je me souviens aussi de cela, acquiesça le baron. Vous vouliez être poète, dramaturge. Allez-vous écrire cette histoire de Canudos que vous n'avez pas vue ? « Est-ce la faute de ce pauvre diable si Estela n'est plus cet être lucide, la claire intelligence qu'elle était ? » pensa-t-il.

– Depuis que j'ai pu me débarrasser des impertinents et des curieux, j'ai fréquenté le cabinet de lecture de l'Académie Historique, dit le myope. J'ai lu tous les journaux, toutes les nouvelles de Canudos. Le *Jornal de Notícias*, le *Diário de Bahia*, le *Republicano.* J'ai lu tout ce qu'on a écrit, ce que j'ai écrit. C'est quelque chose... de difficile à exprimer. Trop irréel, voyez-vous ? On dirait une conspiration où tout le monde aurait trempé, un malentendu généralisé, total.

– Je ne comprends pas.

Le baron avait oublié le caméléon et même Estela, il était intrigué par ce personnage recroquevillé qui semblait pousser : son menton frôlait son genou.

– Des hordes de fanatiques, des sanguinaires abjects, des cannibales du sertão, des dégénérés, des monstres méprisables, une scorie humaine, d'infâmes lunatiques, des assassins, des filicides, tarés en l'âme, récita le visiteur en s'arrêtant à chaque mot. Certains de ces adjectifs étaient de moi. Non seulement je les ai écrits, j'y croyais aussi.

– Allez-vous faire une apologie de Canudos ? demanda le baron. Vous m'avez toujours semblé un peu piqué. Mais j'ai peine à croire que vous le soyez au point de me demander de vous aider dans cette tâche. Savez-vous ce que m'a coûté Canudos, non ? J'ai perdu la moitié de mes biens... Canudos, c'est le malheur dans ma maison, car, Estela...

Sa voix hésitait, il se tut. Il regarda la fenêtre en cherchant de l'aide. Et il la trouva : paisible, beau, préhistorique, éternel, à mi-chemin entre le règne animal et végétal, serein dans ce matin resplendissant, il était là.

– Mais ces adjectifs étaient préférables, au moins les gens pensaient à cela, poursuivit le journaliste comme s'il ne l'avait pas entendu. Maintenant, plus un mot. Parle-t-on de Canudos dans les cafés de la rua de Chile, sur les marchés, dans les tavernes ? On parle des orphelines violées par le directeur de l'hospice Santa Rita de Cassia, plutôt. Ou de la pilule antisyphilitique du docteur Silva Lima ou de la dernière arrivée de savons russes et de chaussures anglaises des Magasins Clarks. – Il regarda le baron dans les yeux et celui-ci lut dans ces boules myopes de la fureur et de la panique. – La dernière nouvelle sur Canudos est apparue dans les journaux d'il y a douze jours. Savez-vous laquelle ?

– Depuis que j'ai renoncé à la politique je ne lis pas les journaux, dit le baron. Pas même le mien.

– Le retour à Rio de Janeiro de la commission envoyée par le Centre Spiritiste de la capitale afin qu'à l'aide de ses pouvoirs médiumniques elle aidât les forces de l'ordre à en finir avec les jagunços. Eh bien ! elle est rentrée à Rio, sur le bateau *Rio Vermelho*, avec ses tables à trois pieds et ses boules de cristal. Et depuis, plus une ligne. Et cela ne fait même pas trois mois.

– Je ne veux pas continuer à vous écouter, dit le baron. Je vous ai déjà dit que Canudos est un sujet douloureux pour moi...

– J'ai besoin de savoir ce que vous savez, l'interrompit le journaliste d'une voix rapide, de conspirateur. Vous savez beaucoup de choses, vous leur avez envoyé de la farine et aussi du bétail, plusieurs fois. Vous avez eu des contacts avec eux, vous avez parlé avec Pajeú.

Un chantage ? Venait-il le menacer, lui soutirer de l'argent ? Le baron se sentit déçu de ce que l'explication de tant de mystère et de tant de palabres fût quelque chose d'aussi vulgaire.

– C'est vrai que vous avez chargé Antonio Vilanova de cette commission pour moi ? dit João Abade, s'éveillant de la sensation chaude où le plongent les doigts très minces de Catarina quand ils s'enfoncent dans sa crinière, à la chasse aux lentes.

– Je ne sais ce qu'Antonio Vilanova vous a dit, répond Catarina, sans cesser d'explorer sa tête.

« Elle est contente », pense João Abade. Il la connaît assez pour percevoir, par de furtives inflexions de sa voix ou des étincelles dans ses yeux gris, quand elle l'est. Il sait que les gens parlent de la tristesse mortelle de Catarina, que personne n'a vue rire et très peu parler. Pourquoi les détromper ? Lui oui, il l'a vue sourire et parler, quoique toujours comme en secret.

– Que si je me damne, vous aussi vous voulez vous damner, murmure-t-il.

Les doigts de sa femme s'immobilisent, tout comme chaque fois qu'ils trouvent un pou niché entre ses mèches et ses ongles vont le triturer. Après un moment, ils reprennent leur travail et João replonge dans la placidité bienfaisante qui consiste à être ainsi, sans souliers, le torse nu, sur le lit en roseaux de la minuscule maisonnette de planches et de terre de la rue de l'Enfant Jésus, avec sa femme agenouillée dans son dos, l'épouillant. Il est peiné de l'aveuglement des gens. Sans nécessité de se parler, Catarina et lui se disent plus de choses que les langues les mieux pendues de Canudos. C'est le milieu de la matinée et le soleil flatte la seule pièce de la cabane, par les rainures de la porte en planches et les petits trous du chiffon bleuté qui couvre l'unique fenêtre. Dehors on entend des cris, des gosses qui couraillent, des bruits d'êtres affairés, comme si c'était là un monde de paix, comme si tant de gens ne venaient pas de mourir, que Canudos a mis une semaine à enterrer ses morts et à traîner aux environs les cadavres des soldats pour être mangés par les urubus.

– C'est vrai. – Catarina lui parle à l'oreille, son souffle le chatouille. – Si vous allez en enfer, je veux y aller avec vous.

João allonge le bras, prend Catarina par la taille et l'assoit sur ses genoux. Il le fait avec la plus grande délicatesse, comme chaque fois qu'il la touche ; à cause de son extrême maigreur ou de ses remords, il a toujours l'angoissante impression qu'il va lui faire mal, et en pensant qu'à l'instant même il devra la lâcher car il trouvera cette résistance qui apparaît chaque fois qu'il essaie même de lui prendre le bras. Il sait que le contact physique lui est insupportable et il a appris à la respecter, se faisant violence à lui-même, parce qu'il l'aime. Bien qu'ils vivent ensemble depuis tant d'années, ils ont fait l'amour de rares fois, du moins l'amour complet, pense João Abade, sans ces interruptions qui le laissent haletant, transpirant, le cœur emballé. Mais ce matin, à sa grande surprise, Catarina ne le repousse pas. Au contraire, elle se pelotonne sur ses genoux et il sent son corps fragile, aux côtes saillantes, presque sans poitrine, se pressant contre le sien.

– Au dispensaire, j'avais peur pour vous, dit Catarina. Tandis que nous soignions les blessés, tandis que nous voyions passer les soldats qui tiraient et lançaient des torches. J'avais peur. Pour vous.

Elle ne le dit pas de façon fébrile, passionnée, mais sur un ton impersonnel, froid en tout cas, comme si elle parlait d'autres personnes. Mais João Abade sent une émotion profonde et, soudain, le désir. Sa main s'introduit sous la blouse de Catarina et il lui caresse le dos, les côtés, les minuscules mamelons, tandis que sa bouche sans dents de devant descend le long de son cou, sur sa joue, cherchant ses lèvres. Catarina le laisse l'embrasser, mais sans ouvrir la bouche et quand João tente de la renverser sur le lit, elle se raidit. Aussitôt il la lâche, en respirant profondément, en fermant les yeux. Catarina se lève, remet en place sa blouse, le fichu bleu qui est tombé par terre. Le toit de la cabane est si bas qu'elle doit rester penchée, dans le coin où l'on garde (quand il y en a) les provisions : le charqui, la farinha, le feijão et la rapadura, João la regarde préparer le repas et calcule combien de jours – ou de semaines ? – il n'avait pas eu la chance de se trouver ainsi seul à seule avec elle, oubliant tous deux la guerre et l'Antéchrist.

Peu après, Catarina vient s'asseoir à côté de lui sur le lit, avec une écuelle en bois pleine de haricots saupoudrés de manioc. Elle a à la main une cuiller en bois. Ils mangent en se passant la cuiller, deux ou trois bouchées lui pour une bouchée elle.

– Est-ce vrai que Belo Monte s'est sauvé du Coupe-cous grâce aux Indiens de Mirandela ? murmure Catarina. Joaquim Macambira l'a dit.

– Et aussi grâce aux Noirs de Mocambo et aux autres, dit João Abade. Mais c'est certain, ils ont été braves. Les Indiens de Mirandela n'avaient ni carabines ni fusils.

Ils n'avaient pas voulu en avoir, par caprice, superstition, méfiance ou ce qu'on voudra. Vilanova, Pedrão, João Grande, les Macambira et lui avaient tenté plusieurs fois de leur donner des armes à feu, des pétards, des explosifs. Le cacique secouait la tête énergiquement, en allongeant les mains avec une sorte de dégoût. Lui-même s'était offert, peu avant l'arrivée du Coupe-cous, à leur montrer comment charger, utiliser les escopettes, les espingoles, les fusils. La réponse avait été non. João Abade avait conclu que les Kariris ne combattraient pas cette fois non plus. Ils n'avaient pas été affronter les chiens à Uauá et quand l'expédition était entrée au Cambaio, ils n'avaient même pas abandonné leurs cahutes, comme si cette guerre n'avait pas été aussi la leur. « Sur ce flanc Belo Monte n'est pas défendu, avait dit João Abade. Prions le Bon Jésus qu'ils ne viennent pas par là. » Mais ils étaient venus aussi par là. « Le seul côté par où ils n'avaient pu entrer », pense João Abade. Ces créatures frustes, distantes, incompréhensibles, luttant seulement avec des arcs et des flèches, des lances et des couteaux, les en avaient empêchés. Un miracle, peut-être ? Cherchant les yeux de sa femme, João interroge :

– Vous souvenez-vous quand nous sommes entrés à Mirandela pour la première fois, avec le Conseiller ?

Elle acquiesce. Ils ont fini de manger et Catarina emporte l'écuelle et la cuiller jusqu'au coin du fourneau. Puis João la voit venir vers lui – toute menue, sérieuse, nu-pieds, sa tête frôlant la toiture couverte de suie – et se jeter à ses côtés sur le lit. Il passe son bras sous son dos et l'installe, avec précaution. Ils restent tranquilles, entendant les bruits de Canudos, proches et lointains. Ainsi peuvent-ils demeurer des heures et ce sont peut-être les moments les plus profonds de la vie qu'ils partagent.

– En ce temps-là je vous haïssais autant que vous aviez détesté Custodia, murmure Catarina.

Mirandela, village d'Indiens rassemblés là au XVIIIe siècle par les missionnaires capucins de la Mission de Massacará, était une étrange enclave du sertão de Canudos, séparée de Pombal par quatre lieues de terrain sablonneux, caatinga épaisse et buissonneuse, parfois impénétrable, et d'une atmosphère si brûlante qu'elle coupait les lèvres et parcheminait la peau. Le village des Indiens kariris, bâti en haut d'une montagne, au milieu d'un paysage sauvage, était depuis des temps immémoriaux le théâtre de sanglantes disputes, parfois de tueries, entre les indigènes et les Blancs de la région pour la possession des meilleures terres. Les Indiens vivaient repliés dans ce village, dans des cahutes disséminées autour de l'église du Seigneur-de-l'Ascension, une construction en pierres datant de deux siècles, au toit de chaume, porte et fenêtres bleues, et d'une esplanade en terre qui était la Place, où il n'y avait qu'une poignée de cocotiers et une croix de bois. Les Blancs restaient dans leurs fazendas alentour et cette proximité n'était pas une coexistence mais une guerre sourde qui éclatait périodiquement en incursions réciproques, incidents, mises à sac et assassinats. Les quelques centaines d'Indiens de Mirandela vivaient demi-nus, parlaient une langue vernaculaire assaisonnée de crachats et chassaient avec des flèches empoisonnées. Ils composaient une humanité grossière et misérable qui restait enfermée dans son cercle de cabanes aux toits d'icó et de champs de maïs, et si pauvre que ni les bandits ni les gendarmes n'entraient piller. Ils étaient redevenus hérétiques. Cela faisait des années que les Pères capucins et lazaristes ne parvenaient pas à célébrer au village une Sainte Misson, car dès que les missionnaires apparaissaient dans le voisinage, les Indiens, avec femmes et enfants, s'évaporaient dans la caatinga jusqu'à ce que, résignés, ceux-là ne célèbrent la Mission que pour les Blancs. João Abade ne se rappelle pas quand le Conseiller décida de se rendre à Mirandela. Le temps de la pérégrination n'est pas pour lui linéaire, avec un avant et un après, mais circulaire, une répétition de jours et de faits équivalents. Il se souvient, en revanche, comment cela arriva. Après avoir restauré la chapelle de Pombal, un beau matin le Conseiller obliqua vers le Nord, par une succession de collines escarpées et compactes qui conduisaient tout droit à ce réduit d'Indiens où une famille de Blancs venait d'être massacrée. Nul ne dit mot, car jamais personne ne l'interrogeait au sujet de ses décisions. Mais beaucoup pensèrent, comme João Abade, durant la brûlante étape où le soleil semblait leur trépaner le crâne, qu'ils seraient accueillis par un village désert ou sous une pluie de flèches.

Ni l'une ni l'autre chose ne se produisit. Le Conseiller et ses pèlerins gravirent la montagne au crépuscule et entrèrent dans le village en procession, en chantant des Louanges à Marie. Les Indiens les reçurent sans s'effrayer, sans hostilité, avec une attitude qui feignait l'indifférence. Ils les virent s'installer sur l'esplanade en face de leurs cabanes et allumer un feu autour duquel ils se pressèrent. Puis ils les virent entrer dans l'église du Seigneur-de-l'Ascension et y prier les stations du Calvaire. Plus tard, depuis leurs cabanes, leurs enclos et leurs champs, ces hommes au visage couvert d'incisions et de stries blanches et vertes, entendirent le Conseiller donner ses conseils de l'après-midi. Ils l'entendirent parler du Saint-Esprit, de la liberté, des afflictions de Marie, célébrer les vertus de la frugalité, de la pauvreté et du sacrifice, et expliquer que chaque souffrance offerte à Dieu se transforme en récompense dans l'autre vie. Puis ils entendirent les pèlerins du Bon Jésus réciter un chapelet pour la Mère du Christ. Le lendemain matin, toujours sans s'approcher d'eux, toujours sans leur adresser un sourire ou un geste amical, ils les virent partir par la route du cimetière où ils s'arrêtèrent pour nettoyer les tombes et couper l'herbe.

– Ce fut une inspiration du Père que le Conseiller allât à Mirandela cette fois, dit João Abade. Il sema une graine qui finit par germer.

Catarina ne dit rien mais João sait qu'elle se rappelle, comme lui, la surprenante apparition à Belo Monte de plus d'une centaine d'Indiens, traînant avec eux leurs affaires, leurs vieillards, certains sur des brancards, leurs femmes et leurs enfants, par la route qui venait de Bendengó. Des années s'étaient écoulées, mais personne ne mit en doute que l'arrivée de ces gens demi-nus et peinturlurés répondait à la visite du Conseiller. Les Kariris entrèrent à Canudos accompagnés d'un Blanc de Mirandela – Antonio Fogueteiro –, comme s'ils entraient chez eux, et ils s'installèrent sur le terre-plein proche de Mocambo que leur assigna Antonio Vilanova. Ils y bâtirent leurs cabanes et y installèrent entre elles leurs champs. Ils allaient entendre les conseils et baragouinaient assez de portugais pour se comprendre avec les autres, mais ils constituaient un monde à part. Le Conseiller avait coutume d'aller les voir – ils le recevaient en trépignant sur le sol dans leur étrange façon de danser - ainsi que les frères Vilanova avec qui ils faisaient commerce de leurs produits. João Abade avait toujours pensé à eux comme à des étrangers. Plus maintenant. Parce que le jour de l'invasion du Coupe-cous il les vit résister à trois charges d'infanterie qui, deux par le côté du Vasa Barris et l'autre par la route de Geremoabo, tombèrent directement sur leur quartier. Quand, avec une vingtaine d'hommes de la Garde Catholique, il alla renforcer ce secteur, il avait été stupéfait du nombre d'assaillants qui circulaient entre les cahutes et de la résistance acharnée des Indiens qui de leurs toits leur lançaient des flèches et se jetaient sur eux avec leurs haches en pierre, leurs frondes et leurs lances de bois. Les Kariris combattaient au corps à corps, et leurs femmes aussi sautaient sur les soldats, les mordaient et les griffaient en essayant de leur arracher leurs fusils et leurs baïonnettes, en même temps qu'elles les accablaient sûrement d'injures et d'insultes. Au moins un tiers d'entre eux avait été tué ou blessé à la fin du combat.

Des coups à la porte tirent João Abade de ses pensées. Catarina écarte la barre, tenue par un fil de fer, et l'on voit apparaître l'un des enfants d'Honorio Vilanova, dans une bouffée de poussière, de lumière blanche et de bruit.

– Mon oncle Antonio veut voir le Commandant de la Rue, dit-il.

– Dis-lui que j'arrive, répond João Abade.

Tant de bonheur ne pouvait durer, pense-t-il, et au visage de sa femme il comprend qu'elle pense de même. Il enfile son pantalon de laine crue avec des lanières de cuir, ses espadrilles, sa blouse et va dans la rue. La lumière brillante de midi l'aveugle. Comme toujours, les gosses, les femmes et les vieillards assis à la porte de leurs maisons, le saluent et lui leur dit bonjour de la main. Il avance au milieu de femmes qui écrasent le maïs dans leur mortier toutes en chœur, d'hommes qui bavardent à tue-tête tout en élevant des échafaudages de roseaux qu'ils remplissent de boue par brassées, afin de remplacer les murs écroulés. Il entend même une guitare, quelque part. Il n'a pas besoin de les voir pour savoir que d'autres centaines de personnes sont en ce moment sur les bords du Vasa Barris et à la sortie de Geremoabo, accroupis, défrichant la terre, nettoyant les vergers et les enclos. Il n'y a presque pas d'ordures dans les rues, plusieurs cabanes incendiées sont de nouveau sur pied. « C'est Antonio Vilanova », pense-t-il. La procession célébrant le triomphe de Belo Monte contre les apostats de la République n'était pas terminée que déjà, à la tête d'un piquet de volontaires et d'hommes de la Garde Catholique, Antonio Vilanova organisait l'enterrement des morts, le ramassage des ordures, la reconstruction des cabanes, des ateliers et le sauvetage des brebis, chèvres et chevreaux qui avaient fui épouvantés. « Ce sont eux aussi, pense João Abade. Ils sont résignés. Ce sont des héros. » Ils sont là, tranquilles, qui le saluent et lui sourient, et cet après-midi ils accourront au Temple du Bon Jésus entendre le Conseiller, comme si de rien n'était, comme si toutes ces familles n'avaient pas eu un mort, un blessé, un brûlé dans cette guerre parmi ces êtres gémissants qui s'entassent dans les dispensaires et à l'église de São Antonio convertie en Infirmerie.

Là-dessus, quelque chose le fait s'arrêter net. Il ferme les yeux, pour écouter. Il ne s'est pas trompé, ce n'est pas un rêve. La voix monotone, harmonieuse, continue à réciter.

Du fond de sa mémoire, cascade qui se gonfle et devient fleuve, quelque chose d'exaltant prend forme et suscite une foule d'épées, un éclat de palais et d'alcôves luxueuses. « La bataille du chevalier Olivier contre Fier-à-Bras », pense-t-il. C'est l'un des épisodes qui lui plaisent le plus des histoires des Douze Pairs de France, un duel qu'il n'a pas réentendu depuis très longtemps. La voix du troubadour vient du carrefour entre Campo Grande et la ruelle du Divin, où il y a beaucoup de gens. Il s'approche et, en le reconnaissant, on s'écarte sur son passage. Celui qui chante l'emprisonnement d'Olivier et son duel avec Fier-à-Bras est un enfant. Non, un nain. Minuscule, fluet, il fait semblant de jouer de la guitare et il mime aussi le choc des lances, le galop des cavaliers, les courbettes courtisanes devant le Grand Charlemagne. Assise par terre, une boîte en fer entre les jambes, une femme aux longs cheveux et à ses côtés un être osseux, tordu, crotté qui regarde comme les aveugles. Il les reconnaît : ce sont les trois qui sont venus avec le Père Joaquim, ceux qu'Antonio Vilanova a autorisés à dormir dans son magasin. Il tend un bras et touche le petit homme qui aussitôt se tait.

– Connais-tu la Terrible et Exemplaire Histoire de Robert le Diable ? lui demande-t-il.

Le Nain, après un instant d'hésitation, acquiesce.

– J'aimerais l'entendre une fois, le tranquillise le Commandant de la Rue.

Puis il se met à courir pour rattraper le temps perdu. Ici et là, à Campo Grande, il y a des cratères d'obus. L'ancienne maison de maîtres a sa façade trouée de balles.

– Loué soit le Bon Jésus, murmure João Abade en s'asseyant sur un baril, près de Pajeú.

L'expression du caboclo est impénétrable, mais il remarque qu'Antonio et Honorio Vilanova, le vieux Macambira, João Grande et Pedrão ont un air renfrogné. Le Père Joaquim est au milieu d'eux, debout, crotté de la tête aux pieds, les cheveux en désordre et la barbe sale.

– Avez-vous constaté quelque chose à Joazeiro, mon Père ? lui demande-t-il. Est-ce qu'il vient plus de soldats ?

– Ainsi qu'il me l'a proposé, le Père Maximiliano est venu de Queimadas et m'a apporté la liste complète – le Père Joaquim se racle la gorge. Il tire un papier de sa poche et lit, haletant : – Première Brigade : Bataillons Septième, Quatorzième et Troisième d'Infanterie, sous le commandement du colonel Joaquim Manuel de Medeiros. Seconde Brigade : Bataillons Seizième, Vingt-cinquième et Vingt-septième d'Infanterie, sous le commandement du colonel Ignacio Maria Gouveia. Troisième Brigade : Cinquième Régiment d'Artillerie et Bataillons Cinquième et Neuvième d'Infanterie, sous le commandement du colonel Olimpio de Silveira. Chef de la Division : général Juan de Silva Barboza. Chef de l'Expédition : général Artur Oscar.

Il cesse de lire et regarde João Abade, épuisé et hébété.

– Qu'est-ce que cela représente en soldats, mon Père ? demande l'ex-cangaceiro.

– Quelque cinq mille hommes, je crois, balbutie le curé. Mais ceux-là sont seulement ceux qui se trouvent à Queimadas et Monte Santo. Il en vient d'autres par le Nord, par Sergipe. – Il lit à nouveau, d'une voix tremblante : – Colonne sous le commandement du général Claudio de Amaral Savaget. Trois Brigades : Quatrième, Cinquième et Sixième. Comprenant les Bataillons Douzième, Trente-et-unième et Trente-troisième d'Infanterie, et une Division d'Artillerie et les Bataillons Trente-quatrième, Trente-cinquième, Quarantième, Vingt-sixième, Trente-deuxième et une autre Division d'Artillerie. Environ quatre mille hommes, plus ou moins. Ils ont débarqué à Aracajú et se dirigent vers Geremoabo. Le Père Maximiliano n'a pu obtenir les noms de ceux qui les commandent. Je lui ai dit que cela n'avait pas d'importance. Cela n'a pas d'importance, n'est-ce pas, João ?

– Bien sûr que non, Père Joaquim, dit João Abade. Vous avez obtenu là une bonne information. Dieu vous le rendra.

– Le Père Maximiliano est un bon croyant, murmure le curé. Il m'a avoué qu'il avait très peur de faire cela. Je lui ai dit que j'avais encore plus peur que lui. – Il fait semblant de rire et ajoute aussitôt : – Ils ont beaucoup de problèmes là-bas à Queimadas, m'a-t-il expliqué. Trop de bouches à nourrir. Le transport n'est pas résolu. Ils n'ont pas de chariots, de mules, pour l'énorme équipage. Il dit qu'ils peuvent tarder des semaines à se mettre en marche.

João Abade acquiesce. Nul ne parle. Tous semblent concentrés sur le bourdonnement des mouches et les acrobaties d'une guêpe qui finit par se poser sur le genou de João Grande. Le Noir l'écarte d'une pichenette. João Abade trouve étrange soudain le jacassement du perroquet des Vilanova.

– Je me suis trouvé aussi avec le docteur Aguilar de Nascimento, ajoute le Père Joaquim. Il m'a dit de vous dire que tout ce que vous pouviez faire c'était disperser les gens et retourner tous dans les villages, avant que ce traquenard blindé n'arrive ici. – Il marque un temps d'arrêt et jette un œil craintif sur les sept hommes qui le regardent avec respect et attention. – Mais que si, malgré tout, vous affrontez les soldats, alors oui, il peut proposer quelque chose.

Il baisse la tête comme si la fatigue ou la peur ne lui permettait pas d'en dire plus.

– Cent fusils Comblain et vingt-cinq caisses de munitions, dit Antonio Vilanova. De l'Armée, tout neufs et dans leurs emballages d'origine. On peut les faire passer par Uauá et Bendengó, la route est libre. – Il transpire copieusement et s'éponge le front en parlant. – Mais il n'y a ni peaux, ni bœufs, ni chèvres à Canudos pour payer ce qu'il demande.

– Il y a des bijoux en argent et en or, murmure le Père Joaquim d'une voix presque inaudible. N'est-ce pas sacrilège, cela ?

– Le Conseiller saura si ça l'est, mon Père, dit João Abade. Il faut le lui demander.

« On peut toujours éprouver plus de peur », pensa le journaliste myope. C'était le grand enseignement de ces jours sans heures, de figures sans visage, de lumières recouvertes par les nuages que ses yeux s'efforçaient de percer jusqu'à s'infliger une brûlure si forte qu'il fallait les fermer et demeurer un moment dans l'obscurité, livré au désespoir : avoir découvert combien il était lâche. Que diraient de cela ses collègues du *Jornal de Notícias*, du *Diário de Bahia*, d'*O Republicano ?* Il avait parmi eux une réputation de témérité, du fait qu'il était toujours en quête d'expériences nouvelles ;

il avait été parmi les premiers à assister aux candomblés*, quelle que fût la ruelle secrète ou le baraquement douteux où cela eut lieu, à une époque où les pratiques religieuses des Noirs inspiraient répugnance et crainte aux Blancs de Bahia, un fréquentateur obstiné de sorciers et envoûteuses et l'un des premiers à fumer de l'opium. N'était-ce pas par esprit d'aventure qu'il s'était offert à aller à Joazeiro interviewer les survivants de l'expédition du lieutenent Pires Ferreira, n'avait-il pas proposé lui-même à Epaminondas Gonçalves d'accompagner Moreira César ? « Je suis l'homme le plus lâche de la terre », pensa-t-il. Le Nain continuait à énumérer les aventures, mésaventures et galanteries d'Olivier et de Fier-à-Bras. Ces formes dont il ne parvenait pas à savoir si c'étaient des hommes ou des femmes, demeuraient quiètes et il était évident que le récit les ravissait, hors du temps et de Canudos. Comment était-ce possible qu'ici, dans cette fin du monde, il fût là à entendre, récitée par un nain qui ne savait sans doute pas lire, une chanson de geste des Chevaliers de la Table Ronde importée il y a des siècles par quelque navigateur ou quelque bachelier de Coïmbre dans ses bagages ? Quelles surprises ne lui réservait pas cette terre ?

Il eut une crampe d'estomac et se demanda si l'auditoire leur donnerait à manger. C'était une autre découverte, en ces jours instructifs : le manger pouvait être une préoccupation absorbante, capable d'asservir sa conscience des heures et des heures durant, et, par moments, une plus grande source d'angoisses que la semi-cécité où l'avaient plongé ses verres cassés, cette condition d'homme qui trébuchait contre tout et tous et dont le corps se couvrait d'ecchymoses provoquées par les chocs contre ces choses indiscernables qui s'interposaient et l'obligeaient à demander pardon en marchant, à dire je ne vois pas, je suis désolé, pour désarmer toute éventuelle réaction de colère.

Le Nain marqua une pause et dit que, pour continuer son histoire – il imagina ses grimaces pleurnicheuses – son corps réclamait nourriture. Tous les organes du journaliste entrèrent en activité. Sa main droite avança vers Jurema et la frôla. Il faisait cela plusieurs fois par jour, chaque fois qu'il se produisait quelque chose de nouveau, car c'était au seuil du neuf et de l'imprévisible que sa peur – toujours tapie –

recouvrait son empire. C'était seulement un frôlement rapide, pour apaiser son esprit, car cette femme était son ultime espoir, maintenant que le Père Joaquim semblait définitivement hors de sa portée, celle qui voyait pour lui et atténuait son désarroi. Le Nain et lui étaient un boulet pour Jurema. Pourquoi ne s'en allait-elle pas et les laissait ? Par générosité ? Non, sans doute par apathie, par cette terrible indolence où elle était plongée. Mais le Nain, du moins, par ses clowneries, procurait ces poignées de farine de maïs ou de viande de chevreau séchée au soleil qui les maintenaient vivants. Lui seul était cet être totalement inutile dont, tôt ou tard, se débarrasserait la femme.

Le Nain, après quelques blagues qui ne firent pas rire, reprit l'histoire d'Olivier. Le journaliste myope pressentit la main de Jurema et ouvrit aussitôt ses doigts. Il porta immédiatement à sa bouche cette forme qui semblait être un morceau de pain dur. Il mâcha avec obstination, avidement, tout son esprit concentré sur la bouillie qui se formait dans sa bouche et qu'il avalait avec difficulté, avec délice. Il pensa : « Si je survis, je la détesterai, je maudirai même les fleurs qui portent son nom. » Parce que Jurema savait jusqu'où allait sa lâcheté, les extrêmes auxquels elle pouvait le pousser. Tandis qu'il mâchait, lent, avare, heureux, effrayé, il se rappela sa première nuit à Canudos, l'homme épuisé, aux jambes de coton et à demi aveugle qu'il était, trébuchant, tombant, les oreilles étourdies par les acclamations adressées au Conseiller. Soudain il s'était senti soulevé par une très vive confusion d'odeurs, de points crépitants, oléagineux, et la rumeur croissante des litanies. De la même façon soudaine tout devint silencieux. « C'est lui, le Conseiller. » Sa main serra si fortement cette main qu'il n'avait pas lâchée de tout le jour, que la femme cria « lâchez-moi, lâchez-moi ». Plus tard, quand la voix rauque cessa de se faire entendre et les gens commencèrent à se disperser, Jurema, le Nain et lui s'écroulèrent sur l'esplanade même. Ils avaient perdu le curé de Cumbe en entrant à Canudos, happé par les gens. Durant le sermon, le Conseiller remercia le ciel de l'avoir fait revenir, ressusciter et le journaliste myope supposa que le Père Joaquim était là-bas, à côté du saint, sur la tribune, échafaudage ou tour d'où il parlait. Après tout, Moreira César avait raison : le curé était un jagunço, il était des leurs. C'est alors qu'il se mit à pleurer. Il avait sangloté comme il n'avait pas même imaginé l'avoir fait enfant, implorant la femme de l'aider à sortir de Canudos. Il lui proposa des vêtements, une maison, n'importe quoi pour qu'elle ne l'abandonnât pas, à moitié aveugle, à demi mort de faim. Oui, elle savait que la peur faisait de lui un débris capable de tout pour éveiller sa pitié.

Le Nain avait fini. Il entendit quelques applaudissements et l'auditoire commença à se disperser. Tendu, il essaya de distinguer s'ils tendaient une main, s'ils disaient quelque chose, mais il eut l'impression désolante que personne ne le faisait.

– Rien ? murmura-t-il quand il sentit qu'ils étaient seuls.

– Rien, répliqua la femme, avec son indifférence habituelle, et elle se leva.

Le journaliste myope se leva aussi et, remarquant qu'elle – petite forme allongée dont il se rappelait les cheveux dénoués et la blouse en lambeaux – se mettait à marcher, il l'imita. Le Nain était à leurs côtés, sa tête à la hauteur de son coude.

– Ils ont encore plus de peau sur les os que nous, l'entendit-il murmurer. Te rappelles-tu Cipó, Jurema ? On en voit ici d'encore plus éclopés. N'as-tu jamais vu autant de manchots, d'aveugles, d'infirmes, de paralysés, d'albinos, de gens sans oreilles, sans nez, sans cheveux, avec toutes ces croûtes et ces pustules ? Tu ne l'as même pas remarqué, Jurema. Moi si, parce qu'ici je me sens normal.

Il rit, de bonne humeur, et le journaliste myope l'entendit siffler joyeusement un bon moment.

– Nous donnera-t-on encore aujourd'hui de la farine de maïs ? dit-il soudain anxieux. – Mais il pensait à quelque chose d'autre et il ajouta, avec amertume : – Si c'est vrai que le Père Joaquim est parti en voyage, nous n'avons plus personne pour nous aider. Pourquoi nous a-t-il fait cela, pourquoi nous a-t-il abandonnés ?

– Et pourquoi ne pas nous abandonner ? répondit le Nain. Est-ce que nous sommes d'aventure quelque chose pour lui ? Nous connaissait-il ? Remercie plutôt que, grâce à lui, nous ayons un toit pour dormir.

C'était vrai, il les avait déjà aidés, grâce à lui il savait où dormir. Le lendemain de la nuit où ils avaient dormi sur l'esplanade, les os et les muscles endoloris, une voix puissante et efficace qui semblait correspondre à cette masse solide, ce visage barbu, leur avait dit, grâce à son intercession – quel doute y avait-il sur ce point ? : « Venez, vous pouvez dormir au dépôt. Mais ne sortez pas de Belo Monte. »

Étaient-ils prisonniers ? Ni Jurema, ni le Nain, ni lui ne demandèrent rien à cet homme qui savait commander et qui, d'une simple phrase, organisa leur existence. Il les mena sans dire un mot de plus à l'endroit que le journaliste myope devina grand, sombre, chaud et bourré de choses et, avant de disparaître – sans vérifier qui ils étaient, ni ce qu'ils faisaient là ni ce qu'ils voulaient faire – il leur répéta qu'ils ne pouvaient pas s'en aller de Canudos et qu'ils fassent attention aux armes. Le Nain et Jurema lui expliquèrent qu'ils étaient entourés de fusils, de poudre, de mortiers, de cartouches de dynamite. Il comprit que c'étaient les armes ravies au Septième Régiment. N'était-ce pas absurde de dormir là, au milieu de ce butin de guerre ? Non, la vie avait cessé d'être logique, aussi rien ne pouvait être absurde. C'était la vie : il fallait l'accepter ainsi ou se tuer.

Il pensait qu'ici quelque chose de distinct de la raison ordonnait les choses, les hommes, le temps, la mort, quelque chose qu'il serait injuste d'appeler folie et trop général d'appeler foi, superstition, depuis le soir où il avait entendu pour la première fois le Conseiller, immergé dans cette foule qui en écoutant sa voix profonde, haute, étrangement impersonnelle, avait adopté une immobilité granitique, un silence que l'on pouvait toucher. Plutôt que par les paroles et le ton majestueux de l'homme, le journaliste s'était senti frappé, étourdi, noyé par cette tranquillité et ce silence avec lequel on l'écoutait. C'était comme... c'était comme... Il chercha avec désespoir cette comparaison avec quelque chose qu'il savait déposé au fond de sa mémoire parce que, il en était sûr, une fois qu'elle affleurerait à sa conscience, elle éclairerait ce qu'il sentait. Oui : les candomblés. Quelquefois, dans ces humbles cabanes des Noirs de Salvador, ou dans les ruelles derrière la gare de la Calzada, assistant aux rites frénétiques de ces sectes qui chantaient en des langues africaines perdues, il avait perçu une organisation de la vie, une cohabitation des choses et des hommes, du temps, de l'espace et de l'expérience humaine aussi totalement indépendante de la logique, du bon sens, de la raison que celle de cette nuit rapide qui commençait à défaire les silhouettes, il percevait chez ces êtres qu'elle soulageait, auxquels donnait forces et assise cette voix profonde, caverneuse, déchirée, aussi méprisante des nécessités matérielles, aussi orgueilleusement concentrée sur l'esprit, sur tout ce qui ne se mangeait ni ne s'habillait ni ne s'utilisait, les pensées, les émotions, les sentiments, les vertus. Tandis qu'il l'entendait, le journaliste myope crut deviner le pourquoi de Canudos, pourquoi durait cette aberration qu'était Canudos. Mais quand la voix cessa et finit l'extase des gens, sa confusion fut à nouveau celle d'avant.

– Tenez un peu de farine, entendit-il dire la femme d'Antonio Vilanova ou celle d'Honorio : leurs voix étaient identiques, et du lait.

Il cessa de penser, de divaguer, et fut seulement un être avide qui portait de la pointe de ses doigts des petites bouchées de farine de maïs à sa bouche, les salivait et retenait longtemps entre le palais et la langue avant de les avaler, un organisme qui ressentait de la gratitude chaque fois que la gorgée de lait de chèvre apportait à l'intimité de son corps cette sensation bienfaisante.

Quand ils eurent fini, le Nain éructa et le journaliste myope le sentit rire, joyeusement. « S'il mange il est content, sinon, il est triste », pensa-t-il. Lui aussi : son bonheur ou sa tristesse dépendaient maintenant en bonne partie de ses tripes. Cette vérité élémentaire était celle qui régnait à Canudos, et cependant, ces gens pouvaient-ils être appelés matérialistes ? Parce qu'une autre idée persistante de ces jours était que cette société était arrivée, par d'obscures voies et peut-être des erreurs ou des accidents, à se débarrasser des préoccupations du corps, de l'économie, de la vie immédiate, de tout ce qui était primordial dans le monde d'où il venait. Ce sordide paradis de spiritualité et de misère serait-il sa tombe ? Les premiers jours à Canudos il se berçait d'illusions, il s'imaginait que le curé de Cumbe se souviendrait de lui, lui trouverait des guides, un cheval et qu'il pourrait revenir à Salvador. Mais le Père Joaquim n'était pas revenu le voir et maintenant on disait qu'il était en voyage. Il n'apparaissait plus l'après-midi sur les échafaudages du Temple en construction, le matin il ne célébrait plus la messe. Il n'avait jamais pu s'approcher de lui, traverser cette masse compacte et armée d'hommes et de femmes aux chiffons bleus qui entourait le Conseiller et sa suite, et maintenant nul ne savait si le Père Joaquim reviendrait. Son sort aurait-il été différent s'il lui avait parlé ? Que lui aurait-il dit ? « Père Joaquim, j'ai peur d'être au milieu des jagunços, sortez-moi d'ici, emmenez-moi où il y a des militaires et des policiers qui m'offriront quelque sécurité ? » Il lui sembla entendre la réponse du curé : « Et moi, quelle sécurité m'offrez-vous, monsieur le journaliste ? Oubliez-vous que j'ai échappé par miracle à la mort entre les mains du Coupe-cous ? Vous imaginez-vous que je pourrais revenir parmi des militaires et des policiers ? » Il se mit à rire, sans se contenir, de façon hystérique. Il s'entendit rire, effrayé, pensant que ce rire pouvait offenser les êtres flous de cette terre. Le Nain se mit à rire à son tour, aux éclats. Il l'imagina minuscule, contrefait, se tordant du même rire communicatif. Mais le sérieux de Jurema l'irrita.

– Eh bien ! comme le monde est petit, nous nous rencontrons à nouveau, dit une voix âpre, virile, et le journaliste myope remarqua des silhouettes qui s'approchaient. – L'une d'elles, la plus petite, avec une tache rouge qui devait être un mouchoir, se planta devant Jurema. – Je pensais que les chiens vous avaient tuée là-haut, dans la montagne.

– Ils ne m'ont pas tuée, répondit Jurema.

– J'en suis ravi, dit l'homme. Cela aurait été dommage.

« Il la veut pour lui, il va l'emmener », pensa le journaliste myope, rapidement. Ses mains devinrent humides. Il allait l'emmener, et le Nain les suivrait. Il se mit à trembler : il s'imaginait seul, livré à sa demi-cécité, agonisant d'inanition, de coups reçus par mégarde et de terreur.

– En plus du petit nain, vous avez de la compagnie, entendit-il dire l'homme, mi-flatteur mi-moqueur. Bon, nous nous verrons. Loué soit le Bon Jésus.

Jurema ne répondit pas et le journaliste myope resta contracté, attentif, s'attendant – il ne savait pourquoi – à recevoir un coup de pied, une gifle, un crachat.

– Il y en a d'autres, dit une voix différente de celle qui

avait parlé et, après une seconde, il reconnut João Abade. Il y en a d'autres au dépôt de cuirs.

– Ils seront suffisants, dit la voix du premier homme, maintenant neutre.

– Non, pas du tout, dit João Abade. Ils ne le seront pas si c'est vrai qu'il en vient huit ou neuf mille. Ni le double ni le triple suffiraient.

– C'est vrai, dit le premier.

Il les sentit bouger, en cercle, devant et derrière eux, et il devina qu'ils tâtaient les fusils, les soulevant, les manipulant, vérifiant la ligne de mire, examinant le canon. Huit, neuf mille ? Il arrive huit, neuf mille soldats ?

– Et tous ne sont pas utilisables, Pajeú, dit João Abade. Regarde, le canon tordu, la détente cassée, la crosse fendue.

Pajeú ? Celui qui était là, s'agitant et bavardant, celui qui avait parlé à Jurema, c'était Pajeú. Ils parlaient des bijoux de la Vierge, ils mentionnaient un docteur nommé Aguilar de Nascimento, leurs voix s'éloignaient et s'approchaient avec leurs pas. Tous les bandits du sertão étaient là, tous étaient devenus dévots. Qui pouvait le comprendre ? Ils passaient devant lui et le journaliste myope pouvait voir ces deux paires de jambes à portée de sa main.

– Voulez-vous entendre maintenant la Terrible et Exemplaire Histoire de Robert le Diable ? entendit-il le Nain demander. Je la connais, je l'ai racontée mille fois. Je vous la récite, monsieur ?

– Maintenant non, dit João Abade. Mais un autre jour, oui. Pourquoi me dis-tu monsieur ? Ne connais-tu pas mon nom par hasard ?

– Oui je le sais, murmura le Nain. Excusez-moi...

Les pas des hommes s'éteignirent. Le journaliste myope s'était mis à penser : « Celui qui coupait oreilles et nez, celui qui châtrait ses ennemis et les tatouait de ses initiales. Celui qui a assassiné tout un village pour prouver qu'il était Satan. Et Pajeú, le boucher, le voleur de bétail, l'assassin, le coquin. » Ainsi donc ils étaient là, tout près de lui. Il était abasourdi, avec une grande envie d'écrire.

– As-tu vu comment il t'a parlé, t'a regardée ? entendit-il dire le Nain. Quelle chance Jurema. Il t'emmènera vivre avec lui et tu auras le gîte et le couvert. Parce que Pajeú est l'un de ceux qui commandent ici.

Qu'allait-il devenir, lui ?

« Il n'y a pas dix mouches par habitant mais mille, pense le lieutenant Pires Ferreira. Elles savent qu'elles sont indestructibles. » Aussi ne bougent-elles pas quand le naïf essaie de les chasser. C'étaient les seules mouches au monde qui ne s'envolaient pas lorsque la main s'approchait d'elles à quelques millimètres. Leurs multiples yeux observaient le malheureux, le défiaient. Il pouvait les écraser, oui, sans aucun effort. Qu'y gagnait-il ? Là où il en avait fait de la bouillie, dix, vingt autres apparaissaient sur-le-champ. Il valait mieux se résigner à leur voisinage, comme les sertanejos. Ils les laissaient se promener sur leurs vêtements et leurs aliments, souiller leurs maisons et leur nourriture, nicher sur le corps des nouveau-nés, se bornant à les écarter de la rapadura qu'ils allaient mordre ou à les cracher si elles pénétraient dans leur bouche. Elles étaient plus grandes que celles de Salvador, les seuls êtres gros de cette terre où hommes et animaux semblaient réduits à leur plus simple expression.

Il est allongé, nu, sur son lit de l'Hôtel Continental. Il voit par la fenêtre la gare et le nom du patelin : Vila Bela de São Antonio das Queimadas. Déteste-t-il davantage les mouches ou Queimadas, où il a l'impression qu'il va finir ses jours, malade d'ennui, déçu, occupé à philosopher sur les mouches ? Ce n'est pas là un de ces moments où l'amertume lui fait oublier qu'il est un privilégié, car il dispose d'une petite chambre pour lui tout seul, dans cet Hôtel Continental convoité par les milliers de soldats et d'officiers qui s'entassent, deux par deux, quatre par quatre, dans les maisons réquisitionnées ou louées par l'armée, et dont la plupart dorment dans les baraques dressées au bord de l'Itapicurú. Il a la chance d'occuper une chambre dans l'Hôtel Continental par droit d'ancienneté. Il est ici depuis que le Septième Régiment est passé par Queimadas et le colonel Moreira César l'a confiné à l'humiliante fonction de s'occuper des malades, à l'arrière-garde. Il a vu du haut de cette fenêtre les événements qui ont bouleversé le sertão, Bahia, le Brésil dans les derniers trois mois : le départ de Moreira César en direction de Monte Santo et le retour précipité des survivants du désastre, les yeux allumés encore par la panique et la stupéfaction ; il a vu ensuite le train de Salvador vomir, semaine après semaine, des militaires professionnels, des corps de police et des régiments de volontaires qui viennent de toutes les régions du pays dans ce village asservi par les mouches, venger les patriotes morts, sauver les institutions humiliées et restaurer la souveraineté de la République. Et de cet Hôtel Continental le lieutenant Pires Ferreira a vu comment ces dizaines et ces dizaines de compagnies, si enthousiastes, si avides d'action, ont été prises dans une toile d'araignée qui les maintient inactives, immobilisées, distraites par des préoccupations qui n'ont rien à voir avec les idéaux généreux qui les ont amenés là : les incidents, les vols, le manque de logement, de nourriture, de transport, d'ennemis, de femmes. La veille, le lieutenant Pires Ferreira a assisté à une réunion d'officiers du Troisième Bataillon d'Infanterie, convoquée à cause d'un énorme scandale – la disparition de cent fusils Comblain et de vingt-cinq caisses de munitions – et le colonel Joaquim Manuel de Medeiros, après avoir lu une Ordonnance menaçant, à moins d'une restitution immédiate, les auteurs du vol d'une exécution sommaire, leur a dit que le grand problème – transporter à Canudos les immenses moyens logistiques du corps expéditionnaire – n'a pas encore été résolu et qu'en conséquence rien n'est fixé encore quant à la mise en route.

On frappe à la porte, le lieutenant Pires Ferreira dit « Entrez ». Son ordonnance vient lui rappeler la punition du soldat Queluz. Tandis qu'il s'habille, en bâillant, il essaie d'évoquer le visage de celui qu'il a déjà, voici une semaine ou un mois, il en est sûr, fouetté probablement pour la même faute. Laquelle ? Il les connaît toutes : filouteries au régiment ou envers les familles qui n'ont pas encore quitté Queimadas, disputes avec des soldats d'autres corps, tentatives de désertion. Le capitaine de la compagnie lui confie souvent le fouet avec lequel il tâche de conserver la discipline, chaque fois plus entamée par l'ennui et les privations. Ce n'est pas quelque chose qui lui plaît, au lieutenant Pires Ferreira, donner le fouet. Mais maintenant cela ne lui déplaît pas non plus, cela fait partie de la routine de Queimadas, comme de dormir, s'habiller, se déshabiller, manger, apprendre aux soldats à se servir d'un Mannlicher ou d'un Comblain, leur enseigner le carré de défense ou d'assaut, ou réfléchir sur les mouches.

En sortant de l'Hôtel Continental, le lieutenant Pires Ferreira prend l'avenue d'Itapicurú, nom de la côte caillouteuse qui monte à l'église de São Antonio, en observant, au-dessus des toits des maisonnettes peintes en vert, blanc ou bleu, les collines aux arbustes desséchés qui entourent Queimadas. Pauvres des compagnies d'infanterie en pleine instruction sur ces collines torrides. Il a conduit cent fois les recrues s'y enterrer et les a vues transpirer à grosses gouttes et parfois tomber dans les pommes. Ce sont surtout les volontaires venant des terres froides qui s'écroulent comme des poulets après quelques heures de marche dans le désert, sac au dos et fusil à l'épaule.

Les rues de Queimadas ne sont pas à cette heure la fourmilière d'uniformes, l'échantillonnage des accents du Brésil qu'elles deviennent la nuit, quand soldats et officiers se bousculent dans les rues pour bavarder, jouer de la guitare, écouter des chansons de leurs villages et savourer l'eau-de-vie qu'ils ont réussi à se procurer à prix d'or. Il aperçoit, ici et là, des groupes de soldats la chemise dégrafée, mais il ne voit pas un seul habitant sur le trajet de la grand-place, aux orgueilleux palmiers uricuris qui bruissent toujours d'oiseaux. Il ne reste presque plus d'habitants. Sauf quelque vacher par-ci par-là trop vieux, malade ou apathique, qui regarde avec une haine non dissimulée depuis la porte de la maison qu'il doit partager avec l'intrus, tous les autres ont disparu.

À l'angle de la pension Notre-Dame-des-Grâces – sur la façade de laquelle on lit : « Les personnes sans chemise ne sont pas admises » – le lieutenant Pires Ferreira reconnaît, dans le jeune officier au visage gommé par le soleil qui vient à sa rencontre, le lieutenant Pinto Souza, de son bataillon. Il est ici depuis seulement une semaine, il a encore la fougue des nouveaux venus. Ils sont devenus amis et la nuit ils sortent ensemble se promener.

– J'ai lu le rapport que tu as écrit sur Uauá, dit-il en se

mettant à marcher aux côtés de Pires Ferreira en direction du campement. C'est terrible.

Le lieutenant Pires Ferreira le regarde en se protégeant de la main contre la réverbération du soleil :

– Pour nous qui l'avons vécu, oui, sans aucun doute. Pour le pauvre docteur Antonio Alves de Santos surtout, dit-il. Mais l'histoire d'Uauá n'est rien en comparaison de ce qui est arrivé au major Febronio et au colonel Moreira César.

– Je ne parle pas des morts mais de ce que tu dis sur les uniformes et les armes, le reprend le lieutenant Pinto Souza.

– Ah ! cela, murmure le lieutenant Pires Ferreira.

– Je ne le comprends pas, s'écrie son ami, consterné. Les supérieurs n'ont rien fait.

– À la seconde et à la troisième expédition il leur est arrivé la même chose qu'à nous, dit Pires Ferreira. Elles ont aussi été battues par la chaleur, les buissons et la poussière plus que par les jagunços.

Il hausse les épaules. Il a rédigé ce rapport dès son arrivée à Joazeiro, après la défaite, les larmes aux yeux, avec le désir que son expérience profite à ses compagnons d'armes. Avec un luxe de détails il a expliqué que les uniformes ont été mis en lambeaux par le soleil, la pluie et la poussière, que les casaques de flanelle et les pantalons de drap se sont transformés en cataplasmes et étaient déchirés par les branches de la caatinga. Il a raconté que les soldats ont perdu leurs calots et leurs chaussures et ont dû marcher pieds nus la plupart du temps. Mais surtout il a été explicite, scrupuleux, insistant sur l'efficacité des armes : « En dépit de sa magnifique précision, le Mannlicher se dérègle très facilement : il suffit de quelques grains de sable dans son magasin pour que le verrou de culasse cesse de fonctionner. D'un autre côté, si l'on tire à la file, la chaleur dilate le canon et le magasin rétrécit alors, ce qui empêche d'entrer les chargeurs de six cartouches. L'extracteur, sous l'effet de la chaleur, ne fonctionne plus et il faut retirer les douilles à la main. En dernier lieu, la culasse est si fragile qu'elle se casse au premier coup. » Non seulement il l'a écrit ; il l'a dit à toutes les commissions qui l'ont interrogé et il l'a répété dans des dizaines de conversations privées. De quoi cela a-t-il servi ?

– Au début, j'ai cru qu'on ne me croyait pas, dit-il. Qu'on pensait que j'avais écrit cela pour excuser ma défaite. Maintenant je sais pourquoi les supérieurs ne font rien.

– Pourquoi ? interroge le lieutenant Pinto Souza.

– Vont-ils changer les uniformes de tous les corps de l'armée du Brésil ? Ne sont-ils pas tous en flanelle et drap ? Vont-ils jeter aux ordures tous les souliers ? Flanquer à la mer tous les Mannlichers que nous avons ? Il faut faire avec, que cela serve ou ne serve à rien.

Ils sont arrivés au campement du Troisième Bataillon d'Infanterie, sur la rive droite de l'Itapicurú. Il stationne près du village, tandis que les autres sont disposés en amont de Queimadas. Les baraquements sont alignés en face des versants à terre rougeâtre, aux grands rochers sombres, au pied desquels coulent les eaux vert-noir. Les soldats de la compagnie l'attendent ; les punitions attirent toujours du monde parce que c'est l'un des rares divertissements du bataillon. Le soldat Queluz, déjà prêt, a le dos nu, au milieu d'un cercle de soldats qui lui adressent des plaisanteries. Il leur répond en riant. À l'arrivée des deux officiers tous reprennent leur sérieux et Pires Ferreira voit, dans le regard du puni, une crainte fugace qu'il dissimule sous son air moqueur et indocile.

– Trente coups, lit-il au rapport du jour. C'est beaucoup. Qui t'a puni ?

– Le colonel Joaquim Manuel de Medeiros, mon lieutenant, murmure Queluz.

– Qu'as-tu fait ? demande Pires Ferreira.

Il chausse un gant de cuir, pour que le frottement des verges ne lui provoque pas d'ampoules. Queluz bat des paupières, gêné, en regardant du coin de l'œil à droite et à gauche. Il y a des petits rires, des murmures.

– Rien, mon lieutenant, dit-il en s'étranglant.

Pires Ferreira interroge des yeux la centaine de soldats qui forment cercle.

– Il a voulu violer un clairon du Cinquième Régiment, dit le lieutenant Pinto Souza, ennuyé. Un petit gars qui n'a pas quinze ans. C'est le colonel lui-même qui l'a surpris. Tu es un dégénéré, Queluz.

– Ce n'est pas vrai, mon lieutenant, ce n'est pas vrai, dit le soldat en faisant non de la tête. Le colonel a mal interprété mes intentions. Nous nous baignions dans le fleuve sainement. Je vous le jure.

– Et c'est pour cela que le clairon s'est mis à crier au secours ? dit Pinto Souza. Ne sois pas cynique.

– C'est que le clairon aussi a mal interprété mes intentions, mon lieutenant, dit le soldat, très sérieux, mais comme cela soulève un éclat de rire général, lui-même finit par rire.

– Plus vite nous commençons, plus vite nous finirons, dit Pires Ferreira, en saisissant la première badine, de plusieurs que tient à portée de sa main son ordonnance. – Il la fait siffler en l'air d'un mouvement sec, ce qui fait reculer le cercle des soldats. – Nous t'attachons ou tu supportes comme un brave ?

– Comme un brave, mon lieutenant, dit le soldat Queluz, en pâlissant.

– Comme un brave qui s'envoie les clairons, ajoute quelqu'un en soulevant un nouvel éclat de rire.

– Demi-tour alors, et tiens-toi les bourses, ordonna le lieutenant Pires Ferreira.

Il donne les premiers coups avec force, le voyant tituber quand la badine rougit son dos ; puis, à mesure que l'effort le trempe de sueur aussi, il le fait d'une façon plus douce. Le chœur de soldats chante les coups de badine. Ils ne sont pas arrivés à vingt que les points violacés du dos de Queluz se mettent à saigner. Sous le dernier coup, le soldat tombe à genoux, mais se relève là même et se retourne vers le lieutenant, chancelant :

– Merci beaucoup, mon lieutenant, murmure-t-il, le visage en eau et les yeux injectés.

– Console-toi en te disant que je suis aussi épuisé que toi, halète Pires Ferreira. Va à l'infirmerie, qu'on te mette un désinfectant. Et laisse tranquilles les clairons.

Le cercle se dissout. Quelques soldats s'éloignent avec Queluz, à qui l'un d'eux jette une serviette, tandis que d'autres dévalent la pente argileuse pour se rafraîchir dans l'Itapicurú. Pires Ferreira se mouille le visage dans un seau d'eau que lui approche son ordonnance. Il signe le rapport indiquant qu'il a exécuté la punition. Ce faisant, il répond aux questions du lieutenant Pinto Souza, qui est toujours obsédé par son rapport sur Uauá. Ces fusils étaient-ils vieux ou achetés récemment ?

– Ils n'étaient pas neufs, dit Pires Ferreira. Ils avaient été utilisés en 1894, lors de la campagne de São Paulo et du Paraná. Mais la vieillesse n'explique pas leurs imperfections. Le problème vient de la fabrication du Mannlicher. C'est un fusil conçu en Europe, pour un climat très différent, pour une armée ayant une capacité logistique que la nôtre n'a pas.

Il est interrompu par la sonnerie simultanée de plusieurs clairons, dans tous les campements.

– Rassemblement général, dit Pinto Souza. Ce n'était pas prévu.

– Ce doit être le vol de ces cent fusils Comblain qui rend fou le commandement, dit Pires Ferreira. Peut-être bien qu'on a trouvé les voleurs et qu'on va les fusiller.

– Ou peut-être que le ministre de la Guerre est arrivé, dit Pinto Souza. Il est annoncé.

Ils se dirigent vers le lieu du rassemblement du Troisième Bataillon, mais là on les informe qu'ils se réuniront aussi avec les officiers du Septième et du Quatorzième, c'est-à-dire toute la Première Brigade. Ils courent au poste de commandement, installé à l'intérieur d'une tannerie, à un quart de lieue en amont de l'Itapicurú. Chemin faisant, ils observent un mouvement inhabituel dans tous les campements et le charivari des clairons s'est accru au point qu'il est difficile de déchiffrer leurs messages. À la tannerie ils trouvent déjà plusieurs dizaines d'officiers, certains d'entre eux probablement surpris en pleine sieste qui remettent encore leur chemise dans leur pantalon ou boutonnent leur vareuse. Le commandant de la Première Brigade, le colonel Joaquim Manuel de Medeiros, juché sur un banc, parle en gesticulant, mais Pires Ferreira et Pinto Souza n'entendent pas ce qu'il dit, car il y a autour de lui des acclamations, des vive le Brésil, des hourras pour la République et quelques officiers lancent en l'air leur képi pour manifester leur joie.

– Que se passe-t-il, que se passe-t-il, demande le lieutenant Pinto Souza.

– Nous partons pour Canudos dans deux heures ! lui crie, euphorique, un capitaine d'Artillerie.

II

– Folie, malentendus ? Cela ne suffit pas, cela n'explique pas tout, murmura le baron de Canabrava. Il y a eu aussi de la stupidité et de la cruauté.

Il revoyait soudain le visage paisible de Gentil de Castro, avec ses pommettes couperosées et ses rouflaquettes blondes, s'inclinant pour baiser la main d'Estela lors d'une fête au Palais, quand il faisait partie du cabinet de l'Empereur. Il était délicat comme une dame, ingénu comme un enfant, bienveillant, serviable. Quoi d'autre que l'imbécillité et la méchanceté pouvaient expliquer ce qui était arrivé à Gentil de Castro ?

– Je suppose que ce n'est pas seulement Canudos, mais toute l'histoire qui en est pétrie, répéta-t-il en faisant une grimace contrariée.

– À moins que l'on croie en Dieu, l'interrompit le journaliste myope, et sa voix rocailleuse rappela au baron son existence. Comme eux, là-bas. Tout était transparent. La faim, les bombardements, les gens écrabouillés, les morts d'inanition. Le Chien ou le Père, l'Antéchrist ou le Bon Jésus. Ils savaient à l'instant quel fait procédait de l'un ou de l'autre, s'il était bénéfique ou maléfique. Ne les enviez-vous pas ? Tout devient facile si l'on est capable d'identifier le mal ou le bien derrière chaque chose qui se produit.

– Je me suis soudain souvenu de Gentil de Castro, murmura le baron de Canabrava. La stupeur qui dut le saisir en apprenant pourquoi on ruinait ses journaux, pourquoi on détruisait sa maison.

Le journaliste myope tendit le cou. Ils étaient assis face à face, dans les fauteuils de cuir, séparés par une petite table avec une carafe de jus de papaye et de banane. La matinée s'écoulait à la hâte, la lumière qui transperçait le jardin était déjà celle de midi. Des cris de marchands proposant de la viande, des perruches, des prières, des services survolaient les murs.

– Cette partie de l'histoire a une explication, persifla le journaliste. Ce qui s'est passé à Rio de Janeiro, à São Paulo, est logique et rationnel.

– Logique et rationnel que la foule envahisse les rues pour démolir des journaux, assaillir des maisons, assassiner des gens incapables de signaler sur la carte où se trouve Canudos, tout cela parce que des fanatiques mettent en pièces une expédition à des milliers de kilomètres de distance ? Logique et rationnel cela ?

– Ils étaient intoxiqués par la propagande, insista le journaliste myope. Vous n'avez pas lu les journaux, baron.

– Je sais ce qui s'est passé à Rio par l'une des victimes, répondit celui-ci. Il s'en est fallu d'un poil qu'elle fût tuée elle aussi.

Le baron avait rencontré le vicomte de Ouro Prêto à Lisbonne. Il avait passé tout un après-midi avec l'ancien leader monarchiste réfugié au Portugal après avoir fui précipitamment du Brésil, après les terribles émeutes qu'avait vécues Rio de Janeiro à l'annonce de la défaite du Septième Régiment et de la mort de Moreira César. Incrédule, confus, épouvanté, le vieil ex-dignitaire avait vu défiler dans la rua Marqués de Abrantes, sous les balcons de la maison de la baronne de Guanabara, où il se trouvait en visite, une manifestation qui, commencée au Club Militaire, arborait des pancartes demandant sa tête en tant que responsable de la défaite de la République à Canudos. Peu après un messager était venu l'aviser que sa maison avait été mise à sac, tout comme celles d'autres monarchistes bien connus, et que *A Gazeta de Notícias* et *A Liberdade* brûlaient.

– L'espion anglais d'Ipupiará, récita le journaliste myope, en frappant la table du dos de la main. Les fusils trouvés au sertão qui se dirigeaient vers Canudos. Les projectiles de Kropatchek des jagunços qui pouvaient seulement avoir été amenés par des bateaux britanniques. Et les balles explosives. Les mensonges matraqués le jour et la nuit deviennent des vérités.

– Vous surestimez l'audience du *Jornal de Notícias*, sourit le baron de Canabrava.

– L'Epaminondas Gonçalves de Rio de Janeiro s'appelle Aleindo Guanabara et son journal *A Republica*, affirma le journaliste myope. Depuis la défaite du major Febronio, *A Republica* n'a cessé un seul jour de présenter des preuves formelles de la complicité du Parti Monarchiste avec Canudos.

Le baron l'entendait à demi, parce qu'il entendait ce que, enveloppé dans une couverture qui lui laissait à peine la bouche à l'air, lui avait dit le vicomte de Ouro Prêto : « Ce qu'il y a de pathétique c'est que nous n'avons jamais pris au sérieux Gentil de Castro. Il ne fut jamais rien durant l'Empire. Jamais il ne reçut un titre, une distinction, une charge. Son monarchisme était sentimental, il n'avait rien à voir avec la réalité. »

– Par exemple, la preuve indiscutable des bêtes et des armes de Sete Lagoas, à Minas Gerais, poursuivait le journaliste myope. N'étaient-elles peut-être pas destinées à Canudos ? N'étaient-elles pas convoyées par le chef bien connu des capangas de caudillos monarchistes, Manuel João Brandão ? Celui-ci n'avait-il pas travaillé pour Joaquim Nabuco, pour le vicomte de Ouro Prêto ? Aleindo donne les noms des policiers qui arrêtèrent Brandão, il reproduit ses déclarations où il avoue tout. Qu'importe que Brandão n'ait jamais existé et qu'on n'ait jamais découvert pareil chargement ? C'était écrit, donc c'était vrai. L'histoire de l'espion d'Ipupiará répétée, multipliée. Voyez-vous comme c'est logique, rationnel ? Vous, vous n'avez pas été lynché parce qu'à Salvador il n'y a pas de jacobins, baron. Les Bahianais ne s'exaltent que pour le Carnaval, la politique est le cadet de leurs soucis.

– En effet, maintenant vous pouvez travailler au *Diário de Bahia*, plaisanta le baron. Vous connaissez bien les infamies de nos adversaires.

– Vous ne valez pas mieux qu'eux, murmura le journaliste myope. Oubliez-vous qu'Epaminondas est votre allié et vos anciens amis des membres du gouvernement ?

– Vous découvrez un peu tard que la politique est quelque chose de sale, dit le baron.

– Pas pour le Conseiller, dit le journaliste myope. Pour lui elle était propre.

– Ainsi que pour le pauvre Gentil de Castro, soupira le baron.

En revenant d'Europe il avait trouvé une lettre sur son bureau, envoyée de Rio plusieurs mois plus tôt, dans laquelle Gentil de Castro lui-même, avec sa calligraphie soignée, lui demandait : « Qu'est-ce que c'est que cette affaire de Canudos, mon très cher baron ? Que se passe-t-il dans vos bonnes terres du Nord ? On nous impute toutes sortes de sottes conspirations et nous ne pouvons même pas nous défendre, ne connaissant rien à l'affaire. Qui est Antonio le Conseiller ? Existe-t-il ? Qui sont ces déprédateurs sébastianistes auxquels les jacobins s'entêtent à nous lier ? Je vous remercierais beaucoup de bien vouloir éclairer ma lanterne... » Maintenant ce vieillard auquel le prénom Gentil convenait si bien était mort pour avoir armé et financé une rébellion qui prétendait restaurer l'Empire et asservir le Brésil à l'Angleterre. Des années plus tôt, quand il commença à recevoir des exemplaires de *A Gazeta de Notícias* et *A Liberdade*, le baron de Canabrava avait écrit au vicomte de Ouro Prêto pour lui dire l'absurdité qui était celle-là de sortir deux feuilles nostalgiques de la monarchie, à ce moment-là, quand il était évident pour tout le monde que l'Empire était définitivement enterré. « Que voulez-vous, mon cher... L'idée n'est pas venue de moi, ni de João Alfredo ni de Joaquim Nabuco ni d'aucun de vos amis d'ici, mais exclusivement de Gentil de Castro. Il a décidé de dépenser son argent en sortant ces publications dans le but de défendre le nom de ceux qui comme nous ont servi l'Empereur du mépris où l'on nous tient. Nous trouvons tous que la revendication de la monarchie actuellement est une chose archaïque, mais comment couper cet élan au pauvre Gentil de Castro ? Je ne sais si vous vous souvenez. Un brave homme, qui ne s'est jamais mis en avant... »

– Je n'étais pas à Rio mais à Petrópolis, lorsque arrivèrent les nouvelles de la capitale, dit le vicomte de Ouro Prêto. Avec mon fils Alfonso Celso, je lui ai fait dire de ne pas revenir, que ses journaux avaient été saccagés, sa maison détruite et qu'une foule dans la rua do Ouvidor et au Largo de São Francisco demandait sa tête. Cela suffit pour que Gentil de Castro décidât de rentrer.

Le baron l'imagina, couperosé, faisant ses valises et se dirigeant vers la gare, tandis qu'à Rio, au Club Militaire, une vingtaine d'officiers mêlaient leur sang devant un compas et une équerre et juraient de venger Moreira César, en établissant une liste de traîtres qui devaient être exécutés. Le premier nom : Gentil de Castro.

– À la gare de Meriti, Alfonso Celso lui acheta les journaux, poursuivit le vicomte de Ouro Prêto. Gentil de Castro put lire tout ce qui s'était passé la veille dans la capitale fédérale. Les meetings, la fermeture des commerces et des théâtres, les drapeaux en berne et les crêpes noirs aux balcons, les attaques des journaux, les assauts. Et naturellement la manchette sensationnelle dans *A Republica* : « Les fusils découverts au siège de *A Gazeta de Notícias* et *A Liberdade* sont de la même marque et du même calibre que ceux de Canudos. » Que croyez-vous que fut sa réaction ?

– Je n'ai d'autre alternative que d'envoyer mes témoins à Aleindo Guanabara, grommela Gentil de Castro en lissant sa moustache blanche. Il a poussé l'infamie trop loin.

Le baron se mit à rire. « Il voulait se battre en duel, pensa-t-il. La seule chose qui lui vint à l'esprit fut de défier en duel l'Epaminondas Gonçalves de Rio. Tandis que la foule le cherchait pour le lyncher, lui pensait à ses témoins vêtus de sombre, aux épées, aux duels au premier sang ou à mort. » Le rire lui mouillait les yeux, il se rendait à Salvador, stupéfait, oui, par la défaite de Moreira César, mais en réalité obsédé par Estela, comptant les heures qui manquaient pour que les médecins de l'Hôpital Portugais et de la Faculté de Médecine le tranquillisent en lui assurant que c'était une crise passagère, que la baronne redeviendrait une femme joyeuse, lucide, pleine de vie. Il avait été si choqué par ce qui arrivait à sa femme qu'il se rappelait comme dans un rêve ses négociations avec Epaminondas Gonçalves et ses sentiments en apprenant la grande mobilisation nationale pour châtier les jagunços, l'envoi de bataillons de tous les États, la formation de corps de volontaires, les kermesses et loteries publiques où les femmes mettaient aux enchères leurs bijoux et leurs chevelures pour armer de nouvelles compagnies qui iraient défendre la République. Il éprouva à nouveau le vertige qu'il avait ressenti en se rendant compte de l'énormité de cela, ce labyrinthe d'erreurs, de divagations et de cruautés.

– En arrivant à Rio, Gentil de Castro et Alfonso Celso se glissèrent dans une maison amie, près de la gare de São Francisco Xavier, ajouta le vicomte de Ouro Prêto. J'y allai les rejoindre, en cachette. Moi je me cachais d'un côté et de l'autre, pour me protéger de la foule des rues. Ce groupe d'amis et moi nous tardâmes un bon moment à convaincre Gentil de Castro que la seule chose qu'il nous restait à faire c'était de fuir au plus tôt de Rio et du Brésil.

On convint de transporter le vicomte et de Castro à la gare, dissimulés sous leur cape, quelques secondes avant six heures et demie du soir, heure de départ du train pour Petrópolis. Ils y resteraient dans une fazenda tandis qu'on préparait leur fuite à l'étranger.

– Mais le destin était avec les assassins, murmura le vicomte. Le train eut une demi-heure de retard. Durant ce temps, le groupe d'hommes drapés que nous étions finit par attirer l'attention. Les manifestants qui parcouraient les quais en criant Vive le maréchal Floriano et me vouaient à la mort s'approchèrent de nous. Nous venions de monter dans le wagon quand une foule nous entoura avec des revolvers et des poignards. Plusieurs coups de feu furent tirés au moment où le train démarrait. Toutes les balles atteignirent Gentil de Castro. Je ne sais comment je suis vivant.

Le baron revit le vieillard aux joues couperosées, la tête et la poitrine fracassées, essayant de se signer. Peut-être cette mort ne lui aurait pas déplu. C'était une mort de gentilhomme, non ?

– Peut-être, dit le vicomte de Ouro Prêto. Mais son enterrement, je suis sûr qu'il en aurait été contrarié.

Il avait été enterré en cachette, sur les conseils des autorités. Le ministre Amaro Cavalcanti avait averti la famille qu'en raison de l'effervescence de la rue le gouvernement ne pouvait pas garantir la sécurité des parents et amis. Si bien qu'aucun monarchiste n'assista à l'enterrement et Gentil de

Castro fut conduit au cimetière dans un fourgon quelconque, suivi d'une berline où se trouvaient son jardinier et deux neveux. Ceux-ci ne permirent pas au prêtre de terminer son répons, craignant de voir surgir les jacobins.

– Je vois que la mort de cet homme, là-bas à Rio, vous impressionne beaucoup, revint le tirer de ses réflexions le journaliste myope. En revanche, les autres ne vous impressionnent guère. Parce qu'il y a eu d'autres morts, là-bas à Canudos.

À quel moment son visiteur s'était mis debout ? Il était face aux rayons de livres, penché, tordu, un casse-tête humain, le regardant – avec fureur ? – derrière ses verres épais.

– Il est plus facile d'imaginer la mort d'une personne que celle de cent ou de mille, murmura le baron. Multipliée, la souffrance devient abstraite. Il n'est pas facile de s'émouvoir pour des choses abstraites.

– À moins de l'avoir vue passer d'un à dix, à cent, à mille, à des milliers, dit le journaliste myope. Si la mort de Gentil de Castro fut absurde, à Canudos beaucoup sont morts pour des raisons non moins absurdes.

– Combien ? murmura le baron.

Il savait qu'on ne le saurait jamais, qu'à l'instar du reste de l'histoire, le chiffre serait quelque chose qu'historiens et hommes politiques réduiraient et augmenteraient à la mesure de leurs doctrines et du profit qu'ils pouvaient en retirer. Mais il ne put s'empêcher de le demander.

– J'ai essayé de le savoir, dit le journaliste en s'approchant de sa démarche dubitative et s'écroulant dans le fauteuil. Il n'y a pas de calcul exact.

– Trois mille ? Cinq mille morts ? murmura le baron en cherchant son regard.

– Entre vingt-cinq et trente mille.

– Ce chiffre tient compte des blessés, des malades ? regimba le baron.

– Je ne parle pas des morts de l'Armée, dit le journaliste. Sur eux il existe des statistiques précises. Huit cent vingt-trois, en comptant les victimes d'épidémies et d'accidents.

Il y eut un silence. Le baron baissa les yeux. Il se servit un peu de rafraîchissement, mais il y goûta à peine car la chaleur avait monté et cela ressemblait à du bouillon.

– Canudos ne pouvait contenir trente mille âmes, dit-il. Aucun village du sertão ne peut abriter pareille quantité de gens.

– Le calcul est relativement simple, dit le journaliste. Le général Oscar a fait compter les maisons. Vous ne le saviez pas ? C'est dans les journaux : 5 683. Combien de gens vivaient dans chaque maison ? Au minimum, cinq ou six. Autrement dit, de vingt-cinq à trente mille morts.

Il y eut un autre silence, interrompu par un bourdonnement de frelons.

– À Canudos il n'y a pas eu de blessés, dit le journaliste. Les soi-disant survivants, ces femmes et ces enfants que le Comité Patriotique de votre ami Lelis Piedades a répartis dans le Brésil, ne se trouvaient pas à Canudos, mais dans des localités des environs. De la ville assiégée seules sept personnes échappèrent.

– Vous savez aussi cela ? le baron leva les yeux.

– J'étais l'un des sept, dit le journaliste myope qui, comme pour éviter une question, se hâta d'ajouter : – Les statistiques qui préoccupaient les jagunços étaient différentes. Combien mourraient par balle et combien par arme blanche.

Il resta silencieux un bon moment ; il chassa de la tête un insecte.

– C'est un calcul qu'il n'est pas possible de faire, naturellement, continua-t-il en se frottant les mains. Mais quelqu'un pourrait nous fournir des pistes. Un individu intéressant, baron. Il se trouvait dans le régiment de Moreira César et revint avec la quatrième expédition à la tête d'une compagnie de Rio Grande do Sul. Le sous-lieutenant Maranhão.

Le baron le regardait, devinant presque ce qu'il allait dire.

– Saviez-vous qu'égorger est une spécialité de gauchos ? Le sous-lieutenant Maranhão et ses hommes étaient des spécialistes. Chez lui le goût s'alliait à l'adresse. De la main gauche il saisissait le jagunço par le nez, il lui soulevait la tête et assenait le coup. Une entaille de vingt-cinq centimètres qui ouvrait la carotide : la tête tombait comme celle d'un pantin.

– Vous essayez de m'émouvoir ? dit le baron.

– Si le sous-lieutenant Maranhão nous avait dit combien de jagunços ses hommes et lui avaient égorgés on pourrait savoir combien de victimes étaient allées au ciel et combien en enfer, éternua le myope. L'égorgement présentait cet autre inconvénient. Il expédiait l'âme en enfer, paraît-il.

La nuit où il sort de Canudos, à la tête de trois cents hommes armés – beaucoup plus qu'il n'en a jamais commandés – Pajeú s'ordonne à lui-même de ne pas penser à la femme. Il sait l'importance que revêt sa mission, et ses compagnons le savent aussi, choisis qu'ils sont parmi les meilleurs marcheurs de Canudos (car il faudra beaucoup marcher). En passant au pied de la Favela ils font halte. Signalant les contreforts de la colline, à peine visible dans l'obscurité peuplée de grillons et de grenouilles, Pajeú leur rappelle que c'est là qu'il faut les attirer, les enfermer, pour que João Abade et João Grande, et tous ceux qui ne sont pas partis avec Pedrão et les Vilanova vers Geremoabo à la rencontre des soldats qui arrivent par cette voie, leur tirent dessus depuis les collines et les plateaux voisins où les jagunços ont déjà pris position dans des tranchées bourrées de munitions. João Abade a raison, c'est la seule façon de porter un coup mortel à ces maudits porcs : les pousser vers cette colline pelée. Ils ne pourront trouver d'abri et les tireurs feront des cartons sur eux sans même être vus. « Ou bien les soldats tombent dans le piège et nous les mettons en pièces, a dit le Commandant de la Rue. Ou c'est nous qui tombons, car s'ils encerclent Belo Monte, nous n'avons pas d'hommes ni d'armes pour les empêcher d'entrer. Tout dépend de vous, les gars. » Pajeú conseille aux hommes d'être avares de munitions, de viser toujours les chiens qui portent un insigne au bras ou qui ont un sabre et vont à cheval, et de ne pas se laisser voir. Il les divise en quatre corps et leur donne rendez-vous pour l'après-midi suivant, à la Lagune de Lage, non loin de la Serra de Aracaty où, calcule-t-il, arrivera sans doute alors l'avant-garde de la troupe partie hier de Monte Santo. Aucun des groupes ne doit livrer combat s'il tombe sur une patrouille ; ils doivent se cacher, les laisser passer et, tout au plus, les faire suivre par un guide. Rien ni personne ne doit leur faire oublier leur obligation : attirer les chiens à la Favela.

Le groupe de quatre-vingts hommes qui reste avec lui est le dernier à continuer la marche. Une fois de plus en direction de la guerre... Il est parti ainsi tant de fois depuis qu'il a l'âge de raison, la nuit, en se cachant, pour donner un coup de patte ou éviter qu'on ne le lui donne, qu'il n'est pas plus inquiet cette fois que les autres. Pour Pajeú la vie est cela : fuir ou aller à la rencontre de quelque ennemi, en sachant que derrière et devant il y a et il y aura toujours, dans l'espace et le temps, des balles, des blessés et des morts.

L'image de la femme se glisse une fois de plus – obstinée, intruse – dans sa tête. Le caboclo fait un effort pour chasser son teint pâle, les yeux résignés, les cheveux raides qui se répandent sur les épaules, et il cherche avidement quelque chose d'autre à quoi penser. À côté de lui avance Taramela, tout petit, énergique, mâchonnant, heureux parce qu'il l'accompagne, comme à l'époque du cangaço. Il lui demande précipitamment s'il a emmené avec lui cet emplâtre au jaune d'œuf qui est le meilleur remède contre la morsure de cobra. Taramela lui rappelle qu'en se séparant des autres groupes, il a lui-même distribué à Joaquim Macambira, Mané Quadrado et Felicio un peu d'emplâtre. « C'est vrai », dit Pajeú. Et comme Taramela se tait et le regarde, Pajeú veut savoir alors si les autres groupes auront suffisamment de *tigelinhas*, ces petites lampes de terre qui leur permettront de communiquer à distance la nuit, s'il le faut. Taramela lui rappelle en riant qu'il a vérifié lui-même la distribution des lampes dans le magasin des Vilanova. Pajeú grogne que ses oublis indiquent qu'il devient vieux. « Ou amoureux », plaisante Taramela. Pajeú sent ses joues s'empourprer et le visage de la femme, qu'il avait réussi à chasser, revient à son esprit. Avec une étrange honte de lui-même il pense : « Je ne sais pas son nom, je ne sais pas d'où elle est. » Quand il rentrera à Belo Monte, il le lui demandera.

Les quatre-vingts jagunços marchent derrière Taramela et lui en silence, ou en parlant si bas que leurs voix sont amorties par le roulement des petits cailloux et le frottement rythmé des sandales et espadrilles. Il y en a parmi eux qui furent de sa bande au cangaço, mêlés à d'autres, compagnons de razzias de João Abade ou de Pedrão, petits gars qui servirent dans les rangs de la police et même d'ex-gardes ruraux et des soldats d'infanterie déserteurs. Que des hommes qui étaient des ennemis irréconciliables marchent ensemble aujourd'hui, c'est l'œuvre du Père, là-haut, et ici-bas du Conseiller. Ils ont fait ce miracle, réconcilier les Caïn, convertir en fraternité la haine qui régnait dans le sertão.

Pajeú presse l'allure et garde un pas vif toute la nuit. Quand ils arrivent, à l'aube, à la Serra de Caxamango, et protégés par une palissade de xique-xiques et de mandacarús ils font halte pour manger, ils sont tout courbatus.

Taramela réveille Pajeú environ quatre heures plus tard. Deux guides sont arrivés, tous deux très jeunes. Ils parlent en s'étouffant et l'un d'eux masse ses pieds enflés, tandis qu'ils expliquent à Pajeú qu'ils ont suivi les troupes depuis Monte Santo. En effet, ce sont des milliers de soldats. Divisés en neuf corps, ils avancent très lentement à cause de la difficulté de traîner leurs armes, chariots et roulottes, et le frein que représente pour eux un très long canon qui s'ensable à chaque pas et les oblige à élargir le sentier. Ce canon est tiré par pas moins de quarante bœufs. Ils font tout au plus cinq lieues par jour. Pajeú les interrompt : ce n'est pas leur nombre qui l'intéresse mais leur route. Le garçon qui se masse les pieds raconte qu'ils ont fait halte à Rio Pequenho et bivouaqué à Caldeirão Grande. Puis ils ont pris la direction de Gitirana, où ils se sont arrêtés et, enfin, après bien des difficultés, ils sont arrivés à Jua, où ils ont passé la nuit.

La route des chiens surprend Pajeú. Ce n'est celle d'aucune des expéditions antérieures. Ont-ils l'intention d'arriver par Rosario, au lieu de Bendengó, le Cambaio ou la Serra de Canabrava ? S'il en est ainsi, tout sera plus facile, car avec quelques accrochages et ruses des jagunços, cette route les conduira à la Favela.

Il envoie un guide à Belo Monte, répéter à João Abade ce qu'il vient d'entendre, et ils reprennent la marche. Ils avancent jusqu'au crépuscule sans s'arrêter, par des zones intriquées de mangabeiras, de cipos et de broussailles de macambiras. Ils retrouvent à la Lagune de Lage les groupes de Mané Quadrado, Macambira et Felicio. Le premier a croisé une patrouille à cheval qui explorait la piste de Aracaty à Jueté.

Accroupis derrière une haie de cactus ils les ont vus passer et, deux heures plus tard, revenir. Il n'y a, donc, pas de doute : s'ils envoient une patrouille dans la direction de Jueté c'est qu'ils ont retenu la route de Rosario. Le vieux Macambira se gratte la tête : pourquoi choisir le trajet le plus long ? Pourquoi faire ce détour qui représente quatorze ou quinze lieues de plus ?

– Parce que la route est plus plate, dit Taramela. Il n'y a par là ni pentes ni côtes. Il leur sera plus facile de faire passer leurs canons et chariots.

Ils admettent que c'est le plus probable. Tandis que les autres se reposent, Pajeú, Taramela, Mané Quadrado, Macambira et Felicio échangent leurs opinions. Comme il est presque sûr que la troupe entrera par Rosario, on décide que Mané Quadrado et Joaquim Macambira iront se poster là-bas. Pajeú et Felicio l'escorteront depuis la Serra de Aracaty.

Au lever du jour, Macambira et Mané Quadrado partent avec la moitié des hommes. Pajeú demande à Felicio d'avancer avec ses soixante-dix jagunços vers Aracaty, en les postant au long de la demi-lieue du chemin afin de connaître en détail les mouvements des bataillons. Lui restera ici.

La Lagune de Lage n'est pas une lagune – peut-être le fut-elle en des temps reculés – mais un ravin humide où l'on semait du maïs, du yucca et des haricots rouges, comme se le rappelle fort bien Pajeú qui a passé bien des nuits dans ces maisonnettes maintenant brûlées. Il n'en reste qu'une à la façade intacte et la toiture complète. Un jeune au type indien dit en la montrant du doigt que ces tuiles pourraient servir pour le Temple du Bon Jésus. À Belo Monte on ne fabrique plus de tuiles car tous les fourneaux fondent des balles. Pajeú acquiesce et ordonne d'enlever toutes les tuiles de la maison. Il distribue ses hommes alentour. Il donne des instructions au guide qu'il va dépêcher à Canudos quand il entend des sabots et un hennissement. Il se jette à terre et s'éclipse entre les rochers. Une fois à l'abri, il voit que ses hommes ont eu le temps de s'abriter aussi, avant l'apparition de la patrouille. Tous, sauf ceux qui s'affairent sur le toit de la maison. Il voit une douzaine de cavaliers courailler derrière trois jagunços qui s'échappent en zigzag dans des directions différentes.

Ils disparaissent dans les rochers sans, apparemment, être blessés. Mais le quatrième n'arrive pas à sauter du toit. Pajeú essaie de l'identifier : non, il est trop loin. Après avoir regardé un moment les cavaliers qui le mettent en joue, l'homme porte ses mains à la tête en signe de reddition. Mais soudain il s'élance sur l'un des cavaliers. Voulait-il s'emparer du cheval, s'échapper au galop ? Il échoue, car le soldat le traîne à terre. Le jagunço se cogne à droite et à gauche jusqu'à ce que celui qui commande le peloton l'achève à bout portant. On sent qu'il est ennuyé de le tuer, qu'il aurait voulu amener un prisonnier à ses chefs. La patrouille se retire, observée par les jagunços embusqués. Pajeú se dit, satisfait, que ses hommes ont résisté à la tentation de tuer cette poignée de chiens.

Il laisse Taramela à la Lagune de Lage, pour enterrer le mort, et il va s'installer sur les hauteurs à mi-chemin d'Aracaty. Il ne permet plus à ses hommes d'avancer groupés, mais espacés et à distance de la piste. Peu après avoir atteint les rocs – un bon mirador – il aperçoit l'avant-garde. Pajeú sent la cicatrice sur son visage, un tiraillement, une blessure sur le point de se rouvrir. Il en est ainsi aux moments critiques, quand il vit quelque événement extraordinaire. Des soldats armés de pics, pelles, machettes et de scies égoïnes dégagent la piste, l'aplanissant, renversant des arbres, écartant des pierres. Ils ont bien du travail à la Serra de Aracaty, touffue et escarpée ; ils sont torse nu et la chemise attachée à la taille, en colonne par trois, commandés par des officiers à cheval. Les chiens sont nombreux, oui, quand ceux qui sont chargés de leur frayer chemin dépassent les deux cents. Pajeú aperçoit aussi un guide de Felicio qui suit de près les sapeurs.

C'est le début de l'après-midi quand le premier des neuf corps emprunte la piste. Lorsque le dernier passe, le ciel est plein d'étoiles disséminées autour d'une lune ronde qui baigne le sertão d'une douce clarté jaune. Ils sont passés, parfois groupés, parfois séparés, sur des kilomètres, avec des uniformes qui changent de couleur et de forme – verts, bleus, avec des raies rouges, grises, des boutons dorés, une buffleterie, des képis, des chapeaux de vacher, des bottes, des souliers, des espadrilles – à pied et à cheval. Au milieu de chaque corps, des canons tirés par des bœufs. Pajeú – sa cicatrice ne laisse pas un moment de tirer – compte les munitions et les vivres : sept charrettes à bœufs, quarante-trois chariots à ânes, quelque deux cents porteurs courbés sous leur charge (plusieurs sont des jagunços). Il sait que ces caisses en bois renferment des projectiles pour fusil et sa tête est pleine de chiffres quand il tâche de deviner le nombre de balles par habitant de Belo Monte.

Ses hommes ne bougent pas ; on dirait qu'ils ne respirent pas, qu'ils ne cillent pas, et nul n'ouvre la bouche. Muets, immobiles, confondus avec les pierres, les cactus et les arbustes qui les dissimulent, ils écoutent les clairons qui transmettent les ordres de bataillon à bataillon, ils voient flotter au vent les étendards des escortes, ils entendent crier les serviteurs des pièces d'artillerie excitant bœufs, mules et ânes. Chaque corps avance séparé en trois parties, celle du centre attendant que celles des flancs avancent pour avancer à son tour. Pourquoi font-ils ce mouvement qui les retarde et qui ressemble autant à un recul qu'à une progression ? Pajeú comprend que c'est pour éviter d'être surpris sur les côtés, comme cela arrivait aux animaux et soldats du Coupe-cous qui pouvaient être attaqués par les jagunços depuis le bord même de la piste. Tandis qu'il contemple ce spectacle bruyant, multicolore, qui se déroule tranquillement à ses pieds, il se répète les mêmes questions : Quelle est la route par où ils pensent arriver ? Et s'ils se déploient en éventail pour entrer à Canudos par dix endroits différents à la fois ?

Après le passage de l'arrière-garde, il mange une poignée de farinha et de la rapadura, puis il revient en arrière pour attendre les soldats à Jueté, à deux lieues de marche. Durant ce trajet, qui lui prend deux heures, Pajeú entend ses hommes commenter entre leurs dents la taille de ce canon qu'ils ont baptisé la Matadeira. Il les fait taire. Certes, c'est un énorme canon, sans doute capable de faire voler en éclats plusieurs maisons d'un coup, peut-être de perforer les murs de pierre du Temple en construction, en tout cas une « massacreuse » comme ils disent. Il faudra prévenir João Abade.

Comme il l'a calculé, les soldats bivouaquent à la Laguna de Lage. Pajeú et ses hommes passent si près des baraquements qu'ils entendent les sentinelles évoquer les péripéties de l'étape. Ils rejoignent Taramela avant minuit, à Jueté. Ils rencontrent là un messager de Mané Quadrado et Macambira qui sont, tous deux, déjà à Rosario. Ils ont vu en chemin des patrouilles à cheval. Tandis que les hommes boivent et se rafraîchissent le visage, à la lumière de la lune, dans la petite lagune de Jueté où autrefois les bergers de la région amenaient leurs troupeaux, Pajeú dépêche un guide à João Abade et s'étend pour dormir entre Taramela et un vieux qui continue de parler de la Matadeira. Il ne faudrait pas que les chiens capturent un jagunço et que celui-ci leur révèle que toutes les entrées de Belo Monte sont protégées à l'exception des collines de la Favela. Pajeú tourne l'idée dans sa tête jusqu'à ce qu'il s'endorme. En sommeil, la femme le visite.

Quand le jour point, le groupe de Felicio arrive. Il a été surpris par une des patrouilles de soldats qui flanquent le convoi de bêtes et chèvres qui suit la colonne. Ils se sont dispersés sans subir de pertes, mais ils ont tardé à se regrouper et il en manque toujours trois. En apprenant la rencontre de la Laguna de Lage, un curiboca qui ne doit pas avoir plus de treize ans et que Pajeú utilise comme messager, se met à pleurer. C'est le fils du jagunço que les chiens ont tué.

Tandis qu'ils avancent vers Rosario, par petits groupes d'hommes dispersés, Pajeú s'approche du garçon. Celui-ci fait des efforts pour contenir ses larmes, mais parfois un sanglot lui échappe. Il lui demande sans préambule s'il veut faire quelque chose pour le Conseiller, quelque chose qui aidera à venger son père. Le garçon le regarde avec tant de détermination qu'il n'a pas besoin d'autre réponse. Il lui explique ce qu'il attend de lui. Les jagunços forment un cercle autour d'eux et les écoutent en les regardant alternativement.

– Il ne s'agit pas seulement de te faire prendre, dit Pajeú. Ils doivent croire que tu ne cherchais pas à te faire prendre. Et il ne s'agit pas de te mettre à parler d'entrée de jeu. Ils doivent croire qu'ils t'ont fait parler. Autrement dit, tu dois te laisser battre et même torturer. Ils doivent croire que tu as peur. Seulement ainsi ils te croiront. Pourras-tu ?

Le garçon a les yeux secs et une expression adulte, comme si en cinq minutes il avait vieilli de cinq ans :

– Je pourrai, Pajeú.

Ils font la jonction avec Mané Quadrado et Macambira aux alentours de Rosario, où la senzala et la maison des maîtres de la fazenda sont en ruine. Pajeú déploie ses hommes dans un ravin, à la perpendiculaire de la piste, avec ordre de ne pas combattre mais juste le temps pour que les chiens les voient fuir en direction de Bendengó. Le garçon est à côté de lui, les mains sur l'escopette à chevrotines presque aussi grande que lui. Les sapeurs passent sans les voir, et peu après, le premier bataillon. La fusillade éclate et un nuage de poudre s'élève. Pajeú attend, pour tirer, qu'il se dissipe un peu. Il le fait tranquillement, visant et tirant à intervalles de plusieurs secondes les six balles du Mannlicher qui l'accompagne depuis Uauá. Il écoute le charivari des sifflets, clairons, cris et voit le désordre de la troupe. La confusion quelque peu surmontée, sur l'injonction de leurs chefs, les soldats se mettent à genoux et répondent en tirant. Le clairon devient frénétique, les renforts ne vont pas tarder à arriver. Il peut entendre les officiers ordonner à leurs subordonnés d'entrer dans la caatinga à la poursuite des assaillants.

Alors, il charge son fusil, se relève et, suivi par d'autres jagunços, il avance jusqu'au centre de la piste. Il affronte les soldats qui se trouvent à cinquante mètres, les met en joue et tire. Les hommes font de même, plantés autour de lui. De nouveaux jagunços surgissent des broussailles. Les soldats, enfin, viennent à leur rencontre. Le garçon, toujours à côté de lui, met son escopette près de son oreille et, fermant les yeux, tire. La chevrotine l'inonde de sang.

– Garde mon escopette, Pajeú, dit-il en la lui tendant. Garde-la-moi, je reviendrai à Belo Monte.

Il se jette par terre et pousse des hurlements en se tenant le visage. Pajeú se met à courir – les balles sifflent de tous côtés – et suivi de ses jagunços se perd dans la caatinga. Une compagnie les prend en chasse et ils se laissent poursuivre un bon moment ; ils l'égarent dans la brousse de xique-xiques et de mandacarús, jusqu'à ce que les hommes de Macambira leur tirent dans le dos. Ils choisissent de se retirer. Pajeú aussi fait demi-tour. Divisant ses hommes en quatre groupes comme toujours, il leur ordonne de retourner, de devancer la troupe et de l'attendre à Baixas, à une lieue de Rosario. En chemin, tous parlent de la bravoure du gamin. Les protestants auront-ils cru qu'ils l'avaient blessé ? L'interrogeront-ils ? Ou, furieux de cette embuscade, le tueront-ils à coups de sabre ?

Quelques heures plus tard, des denses broussailles de la plaine argileuse de Baixas – ils se sont reposés, ont mangé, compté leurs gens et découvert qu'il manque deux hommes et qu'il y a onze blessés – Pajeú et Taramela voient s'approcher l'avant-garde. À la tête de la colonne, traînant la jambe près d'un cavalier qui le tient attaché à une corde, entre un groupe de soldats, se trouve le gamin. Il a la tête bandée et marche les yeux baissés. « Ils l'ont cru, pense Pajeú. S'il est là devant, c'est qu'il sert de guide. » Il sent monter une bouffée de tendresse pour le petit curiboca.

Lui donnant un coup de coude, Taramela lui murmure que les chiens ne sont pas dans le même ordre qu'à Rosario. En effet, les étendards des escortes d'avant-garde sont rouges et dorés au lieu de bleus et les canons sont à l'avant, y compris la Matadeira. Pour les protéger, des compagnies passent au peigne fin la caatinga ; s'ils continuent jusqu'à l'endroit où ils se trouvent, ils tomberont nez à nez. Pajeú indique à Macambira et Felicio de s'avancer jusqu'à Rancho do Vigario, où la troupe bivouaquera sans doute. En rampant, sans bruit, sans que leurs mouvements altèrent la tranquillité des broussailles, les hommes du vieux et de Felicio s'éloignent et disparaissent. Peu après, des coups de feu éclatent. Les ont-ils découverts ? Pajeú ne bouge pas : à cinq mètres il voit, à travers les broussailles, un corps de francs-maçons à cheval, armés de longues lances munies d'une pointe de métal. En entendant les tirs, les soldats hâtent le pas, il y a des galops, des sonneries de clairon. La fusillade continue, augmente. Pajeú ne regarde pas Taramela, ne regarde aucun des jagunços le nez contre terre, pelotonnés entre les branches. Il sait que sa centaine et demie d'hommes est là, comme lui, chacun retenant sa respiration, sans bouger et pensant que Macambira et Felicio peuvent être exterminés. Le fracas le secoue des pieds à la tête. Mais plus que le coup de canon il est effrayé par le petit cri arraché à l'un des jagunços, derrière lui. Il ne se retourne pas pour le réprimander ; avec les hennissements et les exclamations il est peu probable qu'on l'ait entendu. Après le coup de canon, les tirs cessent.

Dans les heures qui suivent, la cicatrice devient incandescente, irradie des ondes brûlantes jusqu'à son cerveau. Il a mal choisi l'endroit, des patrouilles passent deux fois dans son dos et les machettes font voler les arbustes. Est-ce un miracle qu'ils ne voient pas ses hommes, alors qu'ils les touchent presque du pied ? Ou bien ces défricheurs sont-ils des élus du Bon Jésus ? S'ils les découvrent, peu d'entre eux échapperont car, avec ces milliers de soldats, il leur sera facile de les cerner. C'est la crainte de voir ses hommes décimés sans avoir accompli la mission qui transforme son visage en plaie vive. Mais maintenant il serait insensé de bouger.

Quand il commence à faire sombre, il a compté vingt-deux chariots à ânes ; il manque encore la moitié de la colonne. Pendant cinq heures il a vu des soldats, des canons, des animaux. Il n'aurait jamais pensé qu'il y eût tant de soldats au monde. La boule rouge décline rapidement ; dans une demi-heure il fera nuit. Il ordonne à Taramela d'emmener la moitié de ses gens à Rancho do Vigario et il lui donne rendez-vous dans les grottes où il y a des armes cachées. Lui serrant le bras, il lui murmure : « Fais attention. » Les jagunços partent, courbés jusqu'à toucher les genoux de leur poitrine, trois par trois, quatre par quatre.

Pajeú reste là jusqu'à ce que le ciel s'étoile. Il compte dix autres chariots et là il n'a plus de doute : il est évident qu'aucun bataillon n'a pris une autre direction. Portant à ses lèvres le sifflet de bois, il siffle, un sifflement court. Il est resté immobile tant de temps que tout le corps lui fait mal. Il se masse vigoureusement les mollets avant de se remettre à marcher. Quand il veut toucher son chapeau, il découvre qu'il ne l'a plus. Il se rappelle qu'il l'a perdu à Rosario : une balle l'a emporté, une balle qui lui a laissé la chaleur de son passage.

La marche jusqu'à Rancho do Vigario, à deux lieues de Baixas, est lente, fatigante ; ils progressent près de la piste, en file indienne, s'arrêtant à tout moment, rampant comme des vers pour traverser les endroits dégagés. Ils arrivent après minuit. Au lieu de s'approcher de la maison des missionnaires qui donne son nom au lieu, Pajeú se détourne vers l'ouest, à la recherche du défilé rocheux suivi de collines avec des grottes. C'est le point de ralliement. Non seulement Joaquim Macambira et Felicio – ils n'ont perdu que trois hommes dans l'accrochage avec les soldats – les attendent. Egalement João Abade.

Assis par terre, dans une grotte, autour d'une petite lampe, tout en buvant à une outre d'eau saumâtre qui lui semble délicieuse et en mangeant des haricots qui gardent fraîche la saveur de l'huile, Pajeú raconte à João Abade ce qu'il a vu, fait, craint, soupçonné depuis son départ de Canudos. Celui-ci l'écoute, sans l'interrompre, attendant qu'il se mette à boire ou à mâcher pour lui poser des questions. Tout autour sont assis Taramela, Mané Quadrado et le vieux Macambira, qui se mêle à la conversation en évoquant, alarmé, la Matadeira. Dehors, les jagunços se sont étendus pour dormir. La nuit est claire, avec des grillons. João Abade raconte que la colonne monte depuis Sergipe et Geremoabo, moitié moins nombreuse que celle-ci, pas plus de deux mille hommes. Pedrão et les Vilanova l'attendent à Cocorobó. « C'est le meilleur endroit pour lui tomber dessus », dit-il. « Ce qui vient ensuite est insignifiant. Depuis trois jours, tout Belo Monte creuse des tranchées, là où se trouvent les enclos, pour le cas où Pedrão et les Vilanova n'arrivent pas à arrêter la République à Cocorobó. » Et aussitôt il revient au sujet qui leur importe. Il est d'accord avec eux : si elle est venue jusqu'à Rancho do Vigario, la colonne traversera demain la Serra de Angico. Car sinon elle devrait faire dix lieues de plus vers l'ouest avant de trouver une autre piste pour ses canons.

– Après Angico le danger commence, grogne Pajeú.

Comme d'autres fois, João Abade fait des dessins sur la terre avec la pointe de son couteau :

– S'ils se déportent vers le Tabolerinho, tout nous échappe. Nos gens les attendent déjà autour de la Favela.

Pajeú imagine la bifurcation de la pente, après les cailloux épineux d'Angico. S'ils ne prennent pas le chemin de Pitombas, ils n'arriveront pas à la Favela. Pourquoi devraient-ils prendre le chemin de Pitombas ? Ils pourraient fort bien prendre l'autre, celui qui débouche sur les pentes du Cambaio et du Tabolerinho.

– Sauf qu'ils tomberont ici sur un mur de balles, explique João Abade en éclairant de la petite lampe ses dessins sur la terre. S'ils ne peuvent passer de ce côté, il ne leur reste qu'à prendre la direction de Pitombas et l'Umburanas.

– Nous les attendrons alors à la sortie d'Angico, acquiesce

Pajeú. Nous leur tirerons dessus tout au long de la route, sur la droite. Ils verront que le chemin est bloqué.

– Ce n'est pas tout, dit João Abade. Ensuite, ils devront se hâter d'aller renforcer João Grande, au Riacho. De l'autre côté il y a assez de gens. Mais pas au Riacho.

La fatigue et la tension ont soudain raison de Pajeú, que João Abade voit soudain glisser sur l'épaule de Taramela, endormi. Celui-ci l'installe par terre et écarte le fusil ainsi que l'escopette du gamin curiboca que Pajeú tenait sur ses jambes. João Abade s'éloigne sur un rapide « Loué soit le Bon Jésus Conseiller ».

Quand Pajeú se réveille, le jour pointe au sommet du défilé, mais autour de lui c'est encore la nuit noire. Il secoue Taramela, Felicio, Mané Quadrado et le vieux Macambira, qui ont dormi aussi dans la grotte. Tandis qu'un éclat bleuté s'étend sur les collines, ils s'occupent de remplacer, avec les munitions enterrées par la Garde Catholique, celles qu'ils ont usées à Rosario. Chaque jagunço porte sur lui trois cents balles. Pajeú fait répéter à chacun ce qu'il doit faire. Les quatre groupes partent séparément.

En grimpant les rochers de la Serra de Angico, celui de Pajeú – il sera le premier à attaquer, pour se faire poursuivre depuis ces collines jusqu'à Pitombas où seront postés les autres – écoute, lointains, les clairons. La colonne s'est mise en marche. Il laisse deux jagunços au sommet et va s'embusquer au pied du versant, face à la rampe qui est le passage obligatoire, l'unique endroit par où peuvent rouler les roues des charrettes. Il éparpille ses gens entre les fourrés, bloquant la piste qui bifurque à l'ouest et leur répète encore qu'il ne s'agit pas cette fois de se mettre à courir. Cela, plus tard. D'abord il faut essuyer leurs tirs. Que l'Antéchrist croie qu'il a devant lui des centaines de jagunços. Ensuite, il faut se laisser voir, se mettre à courailler, poursuivre jusqu'à Pitombas. L'un des jagunços qu'il a laissés au sommet vient annoncer l'approche d'une patrouille. Ce sont six soldats ; ils les laissent passer sans tirer. L'un d'eux roule de cheval, car la roche est glissante, surtout le matin, avec l'humidité accumulée la nuit. Après cette patrouille, il en passe deux autres, avant les sapeurs avec leurs pioches, pelles et scies égoïnes. La seconde patrouille prend dans la direction du Cambaio.

Mauvais. Est-ce que cela veut dire qu'ils vont se déployer en ce point ? Presque aussitôt survient l'avant-garde. Elle talonne de près ceux qui nettoient la piste. Est-ce que les neuf corps avanceront de la sorte, à se toucher ?

Il épaule déjà et a dans sa mire le vieux cavalier qui doit être le chef quand un coup de feu éclate, suivi d'un autre et de plusieurs rafales. Tandis qu'il observe le désordre sur la rampe, les protestants qui se bousculent, et qu'il tire à son tour, Pajeú se dit qu'il devra vérifier qui a déclenché la fusillade avant qu'il ne tire le premier. Il vide son chargeur lentement, en visant bien, et en pensant que par la faute de celui qui a tiré les chiens ont eu le temps de reculer et de se réfugier au sommet.

Le feu cesse lorsque la rampe reste vide. On entrevoit au sommet des calots rouge-bleu, l'éclat des baïonnettes. Les soldats, abrités derrière les rochers, essaient de les localiser. Il entend des bruits d'armes, d'hommes, d'animaux, parfois des injures. Soudain un peloton fait irruption sur la rampe, avec à sa tête un officier qui désigne de son sabre la caatinga. Pajeú le voit éperonner avec férocité son cheval bai nerveux et piaffant. Aucun des cavaliers ne roule sur la rampe, tous parviennent au pied du versant malgré la pluie de balles. Mais tous tombent, criblés, dès qu'ils envahissent la caatinga. L'officier sabre au clair, atteint de plusieurs coups, rugit : « Montrez-vous, espèces de lâches ! » « Nous montrer pour qu'ils nous tuent ? pense Pajeú. Est-ce cela que les athées appellent courage viril ? » Étrange façon de voir les choses ; le diable n'est pas seulement méchant, il est stupide. Il recharge son fusil, surchauffé par le feu. La rampe se remplit de soldats, d'autres dévalent par les rochers. En même temps qu'il vise, toujours posément, Pajeú calcule qu'ils sont au moins cent, peut-être cent cinquante.

Il voit, du coin de l'œil, un jagunço lutter corps à corps avec un soldat et il se demande comment ce dernier est arrivé jusqu'ici. Il met son couteau entre les dents ; c'est son habitude, depuis l'époque du cangaço. Sa cicatrice rougit et il entend, tout près, très nets, des cris de « Vive la République ! » « Vive le maréchal Floriano ! » « À mort l'Angleterre ! » Les jagunços répondent : « À mort l'Antéchrist ! » « Vive le Conseiller ! » « Vive Belo Monte ! ».

« Nous ne pouvons pas rester ici, Pajeú », lui dit Taramela. On voit descendre maintenant par la rampe une masse compacte de soldats, des charrettes à bœufs, un canon, des cavaliers, protégés par deux compagnies qui chargent contre la caatinga. Ils se précipitent en tirant et enfoncent leurs baïonnettes dans les buissons avec l'espoir d'embrocher l'ennemi invisible. « Ou nous partons maintenant ou nous ne partons plus, Pajeú », répète Taramela, mais sa voix n'est pas effrayée. Il veut avoir la certitude que les soldats prennent réellement la direction de Pitombas. Oui, il n'y a pas de doute, le flux des uniformes se dirige sans hésiter vers le nord ; personne, en dehors de ceux qui quadrillent la brousse, ne prend à l'ouest. Il tire encore ses dernières balles avant de retirer son couteau de la bouche et de souffler dans le sifflet en bois de toutes ses forces. Instantanément ici et là surgissent les jagunços, tapis, rampant, courant, s'éloignant de dos, sautant de refuge en refuge, à toute vitesse, certains décampant d'entre les jambes mêmes des soldats. « Nous n'avons perdu personne », pense-t-il stupéfait. Il souffle encore dans son sifflet et, suivi de Taramela, bat aussi en retraite. A-t-il beaucoup tardé ? Il ne court pas en ligne droite mais en traçant un lacis de courbes, d'allers, de retours, pour échapper à la ligne de mire de l'ennemi ; il aperçoit à droite et à gauche des soldats qui épaulent ou poursuivent les jagunços baïonnette au canon. En pénétrant dans la caatinga de toute la vitesse de ses jambes il pense à nouveau à la femme, aux deux hommes qui se sont entre-tués pour elle : est-ce une de ces femmes qui portent malheur ?

Il se sent épuisé, le cœur sur le point d'éclater. Taramela halète aussi. C'est bon que ce compagnon loyal soit là, son ami de tant d'années, avec qui il n'a jamais eu la moindre dispute. Là-dessus quatre uniformes lui barrent la route, quatre rifles. « Jette-toi, jette-toi », crie-t-il. Il roule au sol, en sentant que deux au moins font feu. Quand il parvient à s'accroupir il épaule déjà les soldats qui viennent vers lui. Le Mannlicher s'est enrayé : la gâchette frappe sans provoquer d'explosion. Il entend un coup de feu et l'un des protestants tombe en se tenant le ventre. « Oui, Taramela, tu es ma chance », pense-t-il en même temps qu'utilisant son fusil comme gourdin, il bondit sur les trois soldats un moment déconcertés de voir leur compagnon blessé. Il frappe et en fait chanceler un, mais les autres lui tombent dessus. Il sent une brûlure, un élancement. Soudain le visage d'un des soldats éclate de sang et il l'entend rugir. Taramela est là, venu comme un bolide. L'ennemi qui le touche n'est pas un adversaire pour Pajeú ; très jeune, il transpire et l'uniforme dans lequel il est engoncé lui permet à peine de bouger. Il se débat jusqu'à ce que Pajeú lui arrache son fusil, alors il se met à courir. Taramela et l'autre sont par terre, se démenant et soufflant. Pajeú s'approche et d'un coup enfonce son couteau jusqu'au manche dans le cou du soldat, qui râle, tremble puis reste immobile. Taramela s'en tire avec des ecchymoses, Pajeú saigne d'une épaule. Taramela le frotte avec de l'emplâtre à l'œuf et le bande avec la chemise d'un des morts. « Tu es ma chance, Taramela, dit Pajeú. – Je le suis », acquiesce celui-ci. Ils ne peuvent courir maintenant, car, outre le sien, chacun porte un fusil des soldats et son sac.

Ils entendent peu après une fusillade. Qui prend bientôt de l'intensité. L'avant-garde est déjà à Pitombas, essuyant le feu nourri de Felicio. Il imagine leur rage en rencontrant, pendus aux arbres, l'uniforme, les bottes, le calot, la buffleterie du Coupe-cous, en tombant sur ses restes dévorés par les urubus.

Durant presque toute sa marche jusqu'à Pitombas, la fusillade se poursuit et Taramela commente : « Qui comme eux, ils ont des balles à profusion, ils peuvent tirer pour tirer. » Les tirs cessent soudain. Felicio a dû entreprendre la retraite, servant d'appât pour attirer la colonne sur le chemin des Umburanas, où le vieux Macambira et Mané Quadrado l'accueilleront sous une autre pluie de feu.

Quand Pajeú et Taramela – ils doivent se reposer un instant, car la surcharge des fusils et des sacs les fatigue doublement – arrivent à la caatinga de Pitombas, il y a encore là des jagunços disséminés. Ils tirent sporadiquement sur la colonne qui, sans y prêter attention, continue d'avancer, dans un nuage de poussière jaune, vers cette profonde dépression, autrefois lit de fleuve, que les sertanejos appellent chemin des Umburanas.

– Cela ne doit pas te faire très mal quand tu ris, Pajeú, dit Taramela.

Pajeú souffle dans son sifflet de bois, pour faire savoir aux jagunços qu'il est arrivé, et il pense qu'il a le droit de sourire. Les chiens ne s'enfoncent-ils pas dans le ravin, bataillon après bataillon, sur le chemin des Umburanas ? Est-ce que ce chemin ne les mène pas, inévitablement, à la Favela ?

Taramela et lui se trouvent sur une esplanade boisée qui surplombe les ravins pelés ; ils n'ont pas besoin de se cacher car, outre l'angle mort, ils sont protégés par les rayons de soleil qui aveuglent les soldats s'ils regardent dans leur direction. Ils voient la colonne, tout en bas, bleuir, rougir la terre grisâtre. Ils entendent toujours des tirs sporadiques. Les jagunços arrivent en rampant, ils émergent de grottes, se dépendent de cabanes de bois dissimulées dans les arbres. Ils se rassemblent autour de Pajeú, à qui l'un d'eux tend une outre de lait, qu'il boit à petites gorgées et qui lui laisse un filet blanc aux commissures. Personne ne l'interroge sur sa blessure et ils évitent plutôt de la regarder, comme si c'était quelque chose d'impudique. Pajeú mange une poignée de fruits qu'ils lui mettent dans ses mains : quixabas*, quartiers d'umbu*, mangabas. En même temps il écoute le rapport entrecoupé de deux hommes que Felicio a laissés là-bas, tandis qu'il partait renforcer les rangs de Joaquim Macambira et Mané Quadrado aux Umburanas. Les chiens ont tardé à réagir à leurs coups de feu du haut de l'esplanade, parce qu'il leur semblait risqué de grimper la pente et de devenir une cible pour les tireurs ou parce qu'ils devinaient que ceux-ci étaient des groupes insignifiants. Cependant, quand Felicio et ses hommes se sont avancés jusqu'au bord du ravin et les athées ont vu qu'ils commençaient à avoir des pertes, ils ont envoyé plusieurs compagnies les prendre en chasse. Ainsi en était-il, eux essayant de monter et les jagunços supportant le choc, jusqu'à ce qu'à la fin les soldats se faufilassent ici et là et s'évanouissent entre les broussailles. Felicio était parti peu après.

– Jusqu'à il y a un moment, dit l'un des messagers, ce coin-là grouillait de soldats.

Taramela qui a compté ses gens informe Pajeú qu'ils sont trente-cinq. Attendront-ils les autres ?

– Nous n'avons pas le temps, répond Pajeú. On a besoin de nous.

Il laisse un messager, pour orienter les autres, distribue les rifles et sacs qu'ils ont rapportés et il s'en va en aplomb des ravins rencontrer Mané Quadrado, Felicio et Macambira. Le repos lui a fait du bien, ainsi que d'avoir mangé et bu. Ses muscles ne lui font plus mal ; la blessure lui brûle moins. Il avance à la hâte, sans se cacher, sur le sentier brisé qui l'oblige à faire des zigzags. À ses pieds la colonne poursuit sa progression. La tête est déjà loin, peut-être gravissant les pentes de la Favela, car pas même dans les lointains sans obstacles il ne l'aperçoit. Le fleuve de soldats, chevaux, canons, charrettes est sans fin. « C'est un crotale », pense Pajeú. Chaque bataillon en constitue les anneaux, les uniformes les écailles, la poudre des canons le venin avec lequel il empoisonne ses victimes. Il aimerait pouvoir raconter à la femme ce à quoi il a pensé.

Il entend alors des coups de feu. Tout s'est passé comme João Abade l'avait prévu. Les voilà qui fusillent le serpent depuis les rochers des Umburanas, lui donnant une ultime poussée vers la Favela. En contournant une colline, ils voient monter un peloton de cavaliers. Il se met à tirer sur les animaux pour les faire rouler dans le ravin. De bons chevaux, comme ils escaladent cette pente si raide ! La salve en renverse deux mais plusieurs atteignent le sommet. Pajeú donne l'ordre de décrocher en sachant, tandis qu'il court, que ses hommes doivent se sentir frustrés d'une victoire facile.

Quand ils arrivent enfin dans les crevasses où se déploient les jagunços, Pajeú se rend compte que ses compagnons sont dans une situation difficile. Le vieux Macambira, qu'il localise après un bon moment, lui explique que les soldats bombardent les sommets, provoquant des éboulis, et que chaque corps qui passe leur envoie des troupes fraîches. « Nous en avons perdu pas mal », dit le vieux en maniant son fusil avec énergie et le chargeant soigneusement de poudre qu'il extrait d'une corne. « Au moins vingt, grogne-t-il. Je ne sais pas si nous supporterons la prochaine charge. Que faisons-nous ? »

De l'endroit où il se trouve, Pajeú voit, tout près, le faisceau de collines qui composent la Favela et, plus avant, le Monte Mario. Ces collines, grises et ocre, sont devenues bleutées, rougeâtres, verdâtres, et semblent comme infestees de larves.

– Cela fait trois ou quatre heures qu'ils montent, dit le vieux Macambira. Ils ont monté même les canons. Et aussi la Matadeira.

– Alors, nous avons fait ce que nous devions faire, dit Pajeú. Allons maintenant renforcer le Riacho.

Quand les Sardelinha lui demandèrent si elle voulait aller avec elles faire la cuisine pour les hommes qui attendaient les soldats à Trabubú et Cocorobó, Jurema répondit que oui. Elle le dit mécaniquement, comme elle disait et faisait toute chose. Le Nain le lui reprocha et le myope lança ce bruit, mi-gémissement mi-gargarisme, qu'il émettait chaque fois que quelque chose l'effrayait. Cela faisait plus de deux mois déjà qu'ils étaient à Canudos et ils ne se séparaient jamais.

Elle crut que le Nain et le myope resteraient dans la ville, mais quand le convoi de quatre mules, vingt porteurs et une douzaine de femmes fut prêt, tous deux s'assirent près d'elle. Ils prirent la route de Geremoabo. Nul ne fut incommodé par la présence de ces deux intrus qui n'avaient ni armes ni pelles et pioches pour creuser des tranchées. En passant par les enclos, reconstruits et avec des chèvres et des chevreaux à nouveau, ils se mirent tous à chanter ces hymnes que, disait-on, le Ravi avait composés. Elle marchait silencieuse, sentant à travers ses sandales, les cailloux du chemin. Le Nain chantait comme les autres. Le myope, concentré sur l'endroit où il mettait les pieds, avait une main sur l'œil droit soutenant la monture d'écaille à laquelle il avait collé plusieurs petits bouts de ses verres brisés. Cet homme qui paraissait avoir plus d'os que les autres, à l'allure chancelante, avec cet engin de petits morceaux de verre, qui s'approchait des choses et des personnes comme s'il allait buter dessus, faisait parfois oublier à Jurema sa mauvaise étoile. Durant ces semaines où elle avait été pour lui yeux, canne et consolation, elle avait pensé qu'il était comme son fils. Penser « c'est mon fils » de cet échalas était son jeu secret, une pensée qui la faisait rire. Dieu lui avait fait connaître des gens étranges, dont elle ne soupçonnait même pas l'existence, comme Galileo Gall, les gens du cirque ou cet individu piteux qui venait encore de trébucher.

À intervalles réguliers ils trouvaient dans le maquis des groupes armés de la Garde Catholique ; ils s'arrêtaient pour leur distribuer de la farinha, des fruits, de la rapadura, du charqui et des munitions. Parfois des messagers apparaissaient qui freinaient leur course pour parler avec Antonio Vilanova. Leur passage soulevait des rumeurs. Le sujet était le même : la guerre, les chiens qui arrivaient. Il avait fini par comprendre que c'étaient deux armées qui s'approchaient l'une par Queimadas et Monte Santo, l'autre par Sergipe et Geremoabo. Des centaines de jagunços étaient partis dans ces deux directions les jours passés et chaque soir, durant les conseils auxquels Jurema assistait ponctuellement, le Conseiller exhortait à prier pour eux. Elle avait vu l'angoisse provoquée par la proximité d'une nouvelle guerre. Elle ne pensa qu'à une chose : grâce à cette guerre, le caboclo d'âge mûr et robuste à la cicatrice dont les petits yeux l'effrayaient était parti et tarderait à revenir.

Le convoi arriva à Trabubú à la nuit. Ils donnèrent à manger aux jagunços retranchés dans les rochers et trois femmes restèrent avec eux. Puis Antonio Vilanova ordonna de poursuivre en direction de Cocorobó. Ils parcoururent la dernière étape dans l'obscurité. Jurema donna la main au myope. En dépit de son aide, il glissa tant de fois qu'Antonio Vilanova le fit monter sur une mule, au-dessus des sacs de maïs. En entrant dans le défilé de Cocorobó ils virent Pedrão venir à leur rencontre. C'était un homme gigantesque, presque autant que João Grande, un mulâtre clair et déjà vieux, avec un vieux tromblon qu'il n'ôtait pas de son épaule même pour dormir. Il allait nu-pieds, avec un pantalon jusqu'à la cheville et un gilet qui laissait ses bras robustes à l'air. Il avait un ventre rond qu'il se grattait en parlant. Jurema appréhendait de le voir, à cause des histoires qui circulaient sur sa vie à Varzea de Ema, où il avait commis de grands forfaits avec ses acolytes hors-la-loi qui ne le quittaient jamais. Elle sentait qu'être près de gens comme Pedrão, João Abade ou Pajeú, même si maintenant ils étaient devenus des saints, était risqué, comme de vivre avec un lynx, un cobra et une tarentule qui, par un obscur instinct, pouvaient à

tout moment donner un coup de griffe, mordre ou piquer.
Maintenant Pedraõ semblait inoffensif, dissous dans les ombres au milieu desquelles il bavardait avec Antonio et Honorio Vilanova qui avait surgi fantomatiquement de derrière les rochers. De nombreuses silhouettes s'approchèrent de lui, se détachant des broussailles pour débarrasser les porteurs des fardeaux qu'ils portaient sur le dos. Jurema aidait à allumer les braseros. Les hommes ouvraient les caisses de munitions, les sacs contenant de la poudre, répartissaient les mèches. Les autres femmes et elle se mirent à faire la cuisine. Les jagunços étaient si affamés qu'ils pouvaient à peine attendre que bouillent les marmites. Ils s'aggloméraient autour d'Assunção Sardelinha, qui remplissait d'eau les écuelles et les bidons, tandis que d'autres distribuaient des poignées de manioc ; comme le désordre s'installait, Pedrão leur ordonna de se calmer.

Elle travailla toute la nuit, remettant sur le feu plusieurs fois les marmites, faisant frire des morceaux de viande, réchauffant les haricots. Les grappes d'hommes semblaient le même homme multiplié. Ils venaient dix par dix, quinze par quinze, et quand l'un d'eux reconnaissait parmi les cuisinières sa femme, il la prenait par le bras et ils s'écartaient pour bavarder. Pourquoi Rufino n'avait-il jamais eu l'idée, comme tant d'autres sertanejos, de venir à Canudos ? S'il l'avait fait, il serait encore vivant.

On entendit un coup de tonnerre. Mais l'air était si sec que ce ne pouvait être un signe de pluie. Elle comprit que c'était le bruit du canon ; Pedrão et les Vilanova firent éteindre les feux et retourner ceux qui mangeaient sur les hauteurs. Cependant, après leur départ, eux restèrent là, à parler. Pedrão dit que les soldats se trouvaient aux environs de Canche ; ils tarderaient à arriver. Ils ne circulaient pas la nuit, il les avait suivis depuis Simão Dias et connaissait leurs habitudes. Dès que la nuit tombait, ils installaient des baraquements et des sentinelles, jusqu'au lendemain. À l'aube, avant de partir, ils tiraient en l'air : ce devait être le coup de canon, ils devaient, donc, à cette heure, quitter Canche.

– Sont-ils nombreux ? l'interrompit, du sol, une voix qui ressemblait à un ululement d'oiseau. Combien sont-ils ?

Jurema le vit se lever, se profiler entre les hommes et elle, efflanqué et fragile, essayant de regarder avec son verre en miettes. Les Vilanova et Pedrão se mirent à rire, tout comme les femmes qui rangeaient les ustensiles de cuisine et les restes. Elle contint son rire. Elle eut de la peine pour le myope. Y avait-il quelqu'un de plus déshérité et couard que son fils ? Tout lui faisait peur ; les personnes qui le frôlaient, les estropiés, fous et lépreux qui demandaient la charité, le rat qui traversait le magasin, tout soulevait ses petits cris, décomposait son visage, lui faisait chercher sa main.

– Je ne les ai pas comptés, rigola Pedrão. Pourquoi, puisque nous allons tous les tuer ?

Il y eut un autre éclat de rire. En haut, le jour pointait.

– Il vaut mieux que les femmes partent d'ici, dit Honorio Vilanova.

Comme son frère, en plus du fusil, il portait un pistolet et des bottes. Les Vilanova, par leur façon de s'habiller, de parler et même par leur physique, semblaient à Jurema très différents du reste de Canudos. Mais personne ne les traitait comme s'ils étaient différents.

Pedrão, oubliant le myope, fit signe aux femmes de le suivre. La moitié des porteurs avait grimpé en haut, mais le reste était là, les paquets sur le dos. Derrière les coteaux de Cocorobó un arc rouge se levait. Le myope resta sur place, remuant la tête, quand le convoi se mit en marche pour s'installer sur les rochers, derrière les combattants. Jurema lui prit la main : elle était moite. Ses yeux vitreux et hésitants la regardèrent avec gratitude. « Allons, dit-elle, en le tirant. On nous laisse en arrière. » Ils durent réveiller le Nain qui dormait à poings fermés.

Quand ils parvinrent à un monticule protégé, près des sommets, l'avant-garde de l'armée pénétrait dans le défilé et la guerre avait commencé. Les Vilanova et Pedrão disparurent ; seuls restèrent là, entre les roches érodées, les femmes, le myope et le Nain, écoutant la fusillade. Les coups étaient lointains, sporadiques. Jurema les entendait à gauche, à droite, et elle pensa que le vent devait emporter le fracas car le bruit était très amorti. Elle ne voyait rien ; un mur aux pierres moussues leur cachait les tireurs. Cette guerre, bien qu'elle fût si près, semblait très lointaine. « Sont-ils nombreux ? » balbutia le myope. Il restait accroché à sa main.

Elle lui répondit qu'elle ne savait pas et alla aider les Sardelinha à décharger les mules et disposer les cuvettes avec de l'eau, les marmites avec la nourriture, les pansements et chiffons, les emplâtres et les médicaments que le pharmacien avait mis dans une caisse. Elle vit le Nain grimper jusqu'au sommet. Le myope s'assit par terre et se couvrit le visage, comme s'il pleurait. Mais quand une des femmes lui cria d'aller ramasser des branches pour fabriquer un toit, il se releva à la hâte et Jurema le vit s'affairer, tâtonnant autour de lui à la recherche de tiges, de feuilles, de plantes, qu'il venait leur tendre en trébuchant. Ses allées et venues étaient si comiques, se levant et tombant et regardant la terre avec son monocle extravagant, que les femmes finirent par se moquer et le montrer du doigt. Le Nain disparut parmi les rochers.

Soudain les coups de feu s'intensifièrent et se rapprochèrent. Les femmes demeurèrent immobiles, écoutant. Jurema vit la crépitation, et les rafales continues les rendre plus sérieuses : elles avaient oublié le myope et pensaient à leur mari, leur père, leur fils qui, sur le versant opposé, était la cible de ce feu. Le visage de Rufino lui apparut et elle se mordit les lèvres. La fusillade l'étourdissait mais ne lui faisait pas peur. Elle sentait que cette guerre ne la concernait pas et que, pour cela, les balles la respecteraient. Elle éprouva un engourdissement si fort qu'elle se pelotonna contre les rochers, à côté des Sardelinha. Elle dormit sans dormir, avec un sommeil lucide, conscient de la fusillade qui secouait les monts de Cocorobó, rêvant à deux reprises à d'autres coups de feu, ceux de ce matin-là à Queimadas, cette aube où elle fut sur le point d'être tuée par les capangas et où l'étranger au langage bizarre l'avait violée. Elle rêvait que, comme elle savait ce qui allait se passer, elle le suppliait de ne pas le faire car ce serait sa ruine, celle de Rufino et celle de l'étranger lui-même, mais celui-ci, qui ne comprenait pas sa langue, ne lui prêtait pas attention.

Quand elle s'éveilla, le myope à ses pieds la regardait comme l'idiot du cirque. Deux jagunços buvaient à une cuvette, entourés par les femmes. Elle se leva et alla voir ce qui se passait. Le Nain n'était pas revenu et la fusillade était assourdissante. Ils venaient emporter des munitions ; ils pouvaient à peine parler à cause de la tension et de la fatigue : le défilé était semé d'athées, ils tombaient comme des mouches chaque fois qu'ils s'élançaient à l'assaut de la montagne. À deux reprises leurs charges avaient été repoussées, sans même leur permettre d'arriver à mi-pente. Celui qui parlait, un petit homme à la barbe rare, parsemée de poils blancs, haussa les épaules : sauf qu'ils étaient si nombreux que rien ne les faisait reculer. Eux, en revanche, voyaient leurs munitions s'épuiser.

– Et s'ils prennent les pentes ? entendit-elle balbutier le myope.

– À Trabubú ils ne pourront pas les arrêter, dit la voix enrouée d'un autre jagunço. Il ne reste là-bas presque plus personne, ils sont tous venus nous prêter main-forte.

Comme si cela leur avait rappelé la nécessité de partir, les jagunços murmurèrent « Loué soit le Bon Jésus » et Jurema les vit escalader les rochers et s'évanouir. Les Sardelinha dirent qu'il fallait réchauffer la nourriture, car d'autres jagunços apparaîtraient à tout moment. Tandis qu'elle les aidait, Jurema sentait le myope collé à ses jupes, tremblant. Elle devina sa terreur, sa panique de voir subitement des hommes en uniforme surgir des rochers, faisant feu sur tout ce qu'il y aurait devant eux. Outre la fusillade, des coups de canon éclataient dont les impacts étaient suivis par des pierres qui roulaient avec un bruit de tremblement de terre. Jurema se rappela l'indécision de son pauvre fils toutes ces semaines, sans savoir que faire de sa vie, s'il devait rester ou s'échapper. Il voulait partir, c'était ce qu'il désirait ardemment, et, la nuit, quand, sur le sol du magasin, il entendait ronfler la famille Vilanova, il le leur disait en tremblant : il voulait partir, s'échapper à Salvador, à Cumbe, à Monte Santo, à Geremoabo, où il pourrait demander de l'aide, faire savoir à des gens amis qu'il était vivant. Mais comment s'en aller si on le lui avait interdit ? Où pouvait-il arriver seul et à moitié aveugle ? Ils le retrouveraient et le tueraient. Quelquefois il essayait de la convaincre, elle, la nuit, en chuchotant, de le mener jusqu'à n'importe quel village où il pourrait rencontrer des guides. Il lui offrait toutes les récompenses du monde si elle l'aidait, mais, un instant après, il se reprenait et disait que c'était une folie que de vouloir s'échapper car on les retrouverait et on les tuerait. Autrefois il tremblait de peur des jagunços, maintenant il avait peur des soldats. « Mon pauvre fils », pensa-t-elle. Elle se sentait triste et découragée. Les soldats la tueraient-ils ? Peu lui importait. Était-ce vrai qu'en mourant chaque homme ou femme de Belo Monte verrait son âme emportée par des anges ? En tout cas, la mort serait un repos, un sommeil sans songes tristes, quelque chose de moins mauvais que la vie qu'elle menait depuis l'événement de Queimadas.

Toutes les femmes se dressèrent. Elle suivit du regard ce qu'elles regardaient : dix à douze jagunços arrivaient en sautant des sommets. La canonnade était si forte que Jurema eut l'impression qu'elle éclatait dans sa tête. Tout comme les autres elle courut vers eux et entendit qu'ils réclamaient des munitions : il n'y avait plus rien pour combattre, les hommes enrageaient. Quand les Sardelinha répliquèrent : « Quelles munitions ? » car la dernière caisse avait été emportée par deux jagunços voici un moment, ils se regardèrent entre eux et l'un cracha et trépigna de colère. Elles leur proposèrent de manger, mais ils burent seulement, en se passant la louche de main en main : ils repartirent en courant vers le sommet. Les femmes les regardaient boire et partir en suant, le sourcil froncé, les veines saillantes, les yeux injectés, sans rien leur demander. Le dernier s'adressa aux Sardelinha :

– Retournez à Belo Monte, cela vaut mieux. Nous ne tiendrons pas longtemps. Ils sont trop nombreux et nous n'avons plus de balles.

Après un instant d'hésitation, les femmes, au lieu d'aller vers les mules, se précipitèrent aussi vers le haut. Jurema fut troublée. Elles n'allaient pas à la guerre comme des folles, leurs hommes se trouvaient là-haut et elles voulaient savoir s'ils vivaient encore. Sans plus réfléchir elle courut derrière elles, criant au myope – pétrifié et la bouche ouverte – de l'attendre.

En grimpant la colline elle se griffa aux mains et glissa deux fois. La pente était raide ; son cœur s'en ressentait et la respiration lui manquait. En haut elle vit de gros nuages ocre, plombés, orangés, le vent les faisait, défaisait et refaisait, et ses oreilles, en plus des tirs sporadiques, proches, entendaient des cris inintelligibles. Elle descendit un versant sans pierres, à quatre pattes, essayant de voir. Elle trouva deux gros blocs l'un sur l'autre et scruta les voiles de poussière. Peu à peu elle put voir, deviner, comprendre. Les jagunços n'étaient pas loin mais il était difficile de les reconnaître, car ils se confondaient avec la colline. Elle les situa, pelotonnés derrière des touffes de cactus, enfoncés dans des creux de roche, avec seulement la tête dehors. Sur les collines d'en face, dont elle parvenait à distinguer la masse au milieu de la poussière, il devait y avoir aussi beaucoup de jagunços, épars, camouflés, qui tiraient. Elle eut l'impression qu'elle allait devenir sourde, que ces bruits fracassants étaient la dernière chose qu'elle entendrait.

Et là-dessus elle se rendit compte que cette terre obscure, comme un bocage, dans le ravin cinquante mètres plus bas, c'étaient les soldats. Oui, eux : une tache qui montait et se rapprochait, où il y avait des éclats, des reflets, des petites étoiles rouges qui devaient être des coups de feu, des baïonnettes, des épées, et elle entrevit des visages qui apparaissaient et disparaissaient. Elle regarda des deux côtés et vers la droite la tache était déjà à sa hauteur. Elle sentit quelque chose se passer dans son estomac, elle eut un haut-le-cœur et vomit au-dessus de son bras. Elle était seule au milieu de la colline et cette crue d'uniformes allait bientôt la submerger. Sans réfléchir elle se laissa glisser, assise, jusqu'au nid de jagunços le plus proche : trois chapeaux, deux de cuir et un de paille, dans un creux. « Ne tirez pas, ne tirez pas », cria-t-elle tout en roulant. Mais aucun ne se retourna pour la regarder quand elle sauta dans le trou protégé par un parapet. Elle vit alors que deux des trois étaient morts. L'un avait reçu un projectile qui avait transformé son visage en bouillie rouge. Il était embrassé à l'autre dont les yeux et la bouche étaient pleins de mouches. Ils se soutenaient, comme les deux pierres où elle s'était cachée. Le jagunço vivant la regarda de biais, après un moment. Il visait avec un œil fermé, calculant bien avant de tirer, et à chaque coup le fusil lui frappait l'épaule. Sans cesser de viser, il remua les lèvres. Jurema ne comprit pas ce qu'il disait. Elle rampa jusqu'à lui, en vain. Dans ses oreilles il y avait un bourdonnement, c'était la seule chose qu'elle pouvait entendre. Le jagunço signala quelque chose et elle comprit enfin qu'il voulait la bourse près du cadavre sans visage. Elle la lui tendit et vit le jagunço, assis les jambes croisées, nettoyer son fusil et le recharger, tranquillement, comme s'il disposait de tout son temps.

– Les soldats sont déjà là, cria Jurema. Mon Dieu, que va-t-il se passer, que va-t-il se passer ?

Il haussa les épaules et s'installa à nouveau au parapet. Devait-elle sortir de cette tranchée, revenir à l'autre côté, fuir Canudos ? Son corps ne lui obéissait pas, ses jambes étaient devenues de coton, si elle se levait elle s'écroulerait. Pourquoi n'apparaissaient-ils pas avec leurs baïonnettes, pourquoi tardaient-ils puisqu'elle les avait vus si près ? Le jagunço remuait la bouche mais elle entendait seulement ce bourdonnement confus et maintenant, également, des bruits métalliques : des clairons ?

– Je n'entends rien, je n'entends rien, cria-t-elle de toutes ses forces. Je suis sourde.

Le jagunço acquiesça et lui fit un signe comme pour lui indiquer que quelqu'un s'en allait. Il était jeune, aux cheveux longs et crépus qui dépassaient de son chapeau, en cuir un peu verdâtre. Il portait le brassard de la Garde Catholique. « Quoi ? » rugit Jurema. Il lui fit signe de regarder par le parapet. Poussant les cadavres, elle passa la tête par une des ouvertures de pierre. Les soldats étaient maintenant plus en bas, c'étaient eux qui s'en allaient. « Pourquoi partent-ils s'ils ont gagné ? » pensa-t-elle, en voyant les tourbillons de terre les avaler. Pourquoi s'en allaient-ils au lieu de monter achever les survivants ?

Quand le sergent Fructuoso Medrado – Première Compagnie, Douzième Bataillon – entend le clairon ordonnant la retraite, il croit devenir fou. Son groupe de chasseurs se trouve en tête de la compagnie, et celle-ci en tête du bataillon dans la charge à la baïonnette, la cinquième du jour, sur les flancs occidentaux de Cocorobó. Que cette fois, alors qu'ils ont occupé les trois quarts du versant, faisant sortir à la baïonnette et au sabre les Anglais de leurs cachettes d'où ils canardaient les patriotes, on leur donne l'ordre de reculer, c'est quelque chose qui, tout bonnement, le dépasse. Mais il n'y a pas de doute : maintenant nombreux sont les clairons à sonner la retraite. Ses onze hommes sont tapis et le regardent. Le sergent Medrado, dans la poussière qui les enveloppe, voit qu'ils sont aussi surpris que lui. Le commandant a-t-il perdu le jugement pour les priver de la victoire quand il ne reste que les sommets à nettoyer ? Les Anglais sont peu nombreux et n'ont presque plus de munitions ; le sergent Fructuoso aperçoit là-haut ceux qui ont échappé aux vagues de soldats qui déferlaient sur eux et voit qu'ils ne tirent pas : ils font des gestes, montrent couteaux et machettes, lancent des pierres. « Je n'ai pas encore tué mon Anglais », pense Fructuoso.

– Qu'attendez-vous pour exécuter l'ordre ? crie le commandant de compagnie, le capitaine Almeida qui surgit à ses côtés.

– Premier groupe de chasseurs, en... retraite ! rugit immédiatement le sergent et ses onze hommes s'élancent en bas de la colline.

Mais lui ne se presse pas ; il descend au même pas que le capitaine Almeida.

– L'ordre m'a pris pas surprise, mon capitaine, dit-il en se plaçant à la gauche de l'officier. Comment comprendre une retraite dans pareilles conditions ?

– Notre devoir n'est pas de comprendre mais d'obéir, grogne le capitaine Almeida qui glisse sur ses talons, utilisant son sabre comme canne ; mais un moment après il ajoute, sans dissimuler sa colère : Moi non plus je ne comprends pas. Il n'y avait plus qu'à les achever, c'était un jeu d'enfant.

Fructuoso Medrado pense qu'un des inconvénients de cette vie militaire qu'il aime tant, c'est, parfois, le mystère des décisions de l'autorité. Il a pris part à cinq charges contre les collines de Cocorobó et, pourtant, il n'est pas fatigué. Cela fait six heures qu'il combat, depuis que ce matin son bataillon, à l'avant-garde de la colonne, s'est vu pris à l'entrée du défilé sous le feu croisé de l'ennemi. À la première charge, le sergent était derrière la Troisième Compagnie et il a vu les groupes de chasseurs du sous-lieutenant Sepúlveda fauchés par des rafales dont nul ne pouvait voir d'où elles venaient. À la seconde, les pertes furent également si grandes qu'il fallut reculer. La troisième charge fut donnée par deux bataillons de la Sixième Brigade, le Vingt-sixième et le Trente-deuxième, le colonel Carlos Maria de Silva Telles confia à la compagnie du capitaine Almeida une manœuvre enveloppante. Qui ne donna pas de résultat, car en escaladant les contreforts du flanc opposé ils découvrirent qu'ils se déchiraient sur une crête buissonneuse. En revenant, le sergent sentit une brûlure à la main gauche : une balle venait de lui enlever le bout de son auriculaire. Cela ne lui faisait pas mal et, à l'arrière-garde, tandis que le médecin du bataillon lui appliquait un désinfectant, il plaisanta pour remonter le moral des blessés apportés par les brancardiers. Il fut volontaire pour la quatrième charge, prétextant qu'il voulait se venger de ce bout de doigt et tuer un Anglais. Ils étaient arrivés à mi-pente, mais avec tant de pertes qu'une fois de plus il fallut reculer. Mais lors de cette ultime charge ils les avaient battus sur toute la ligne : pourquoi se retirer ? Était-ce pour que la Cinquième Brigade les achevât et le colonel Donaciano de Araujo Pantoja recueillît toute la gloire, lui qui était le subordonné préféré du général Savaget ? « Peut-être bien », murmure le capitaine Almeida.

Au pied de la colline où des compagnies tentent de se reconstituer en se poussant les unes les autres, des hommes de troupe essaient d'atteler les bêtes aux canons, charrettes et ambulances, où l'on entend des sonneries de clairon contradictoires et l'on voit des blessés qui hurlent, le sergent Fructuoso Medrado découvre la raison de la retraite subite : la colonne qui vient de Queimadas et Monte Santo est tombée dans un piège et la seconde colonne, au lieu d'envahir Canudos par le nord, doit aller en marche forcée la tirer de l'impasse.

Le sergent, qui est entré dans l'armée à quatorze ans, a fait la guerre contre le Paraguay et a combattu les révolutions qui ont agité le Sud depuis la chute de la monarchie, ne se trouble pas à l'idée de partir, par une route inconnue, après avoir passé toute la journée à combattre. Et quel combat ! Les bandits sont braves, il le reconnaît. Ils ont supporté plusieurs pluies d'obus sans bouger, obligeant les soldats à aller les déloger à l'arme blanche, et à les affronter en un féroce corps à corps : ces fils de pute combattent comme des Paraguayens. Alors que lui, après quelques gorgées d'eau et quelques biscuits, se sent frais et dispos, ses hommes sont épuisés. Ce sont des bleus, recrutés à Bagé dans les derniers six mois, qui viennent d'essuyer leur baptême du feu. Ils se sont bien comportés, il n'a vu aucun d'eux avoir peur. Ont-ils plus peur de lui que des Anglais ? C'est un homme énergique avec ses subordonnés, à la première incartade ils ont affaire à lui. Au lieu des punitions réglementaires – suppression de permission, cachot, fouet – le sergent préfère les taloches, les oreilles tirées, des coups de pied au derrière ou les pousser dans la mare fangeuse des cochons. Ils sont bien entraînés, ils l'ont prouvé aujourd'hui. Tous sont sains et saufs, à l'exception du soldat Corintio qui s'est heurté à des rochers et boite. Maigrichon, il avance écrasé sous son sac ; brave type, Corintio, timide, serviable, matinal, et Fructuoso Medrado use avec lui de favoritisme parce qu'il est le mari de Florisa. Le sergent se sent chatouillé et il rit en lui-même : « Quelle pute tu fais, Florisa, pour être capable, étant si loin et moi à la guerre, de me faire bander. » Il a envie de rire aux éclats à cette idée ; il regarde Corintio qui boite, courbé sous son sac, et il se rappelle le jour où il s'est présenté avec le plus grand culot du monde chez la lavandière : « Ou tu couches avec moi, Florisa, ou Corintio sera mis toutes les semaines aux arrêts de rigueur, sans droit de visite. » Florisa résista un mois ; au début, elle céda pour voir Corintio, mais maintenant, croit Fructuoso, elle continue à coucher avec lui parce que ça lui plaît. Ils le font chez elle ou dans un coude du fleuve où elle va laver. C'est une liaison dont Fructuoso est fier quand il est saoul. Corintio se doute-t-il de quelque chose ? Non, il ne sait rien. Ou il s'y fait, car, que peut-il faire contre un homme comme le sergent qui est, en outre, son supérieur ?

Il entend tirer sur sa droite, aussi va-t-il chercher le capitaine Almeida. L'ordre est de continuer, de sauver la première colonne, d'empêcher les fanatiques de l'anéantir. Ces tirs sont une manœuvre de diversion, les bandits se sont regroupés à Trabubú et veulent les immobiliser. Le général Savaget a détaché deux bataillons de la Cinquième Brigade pour répondre au défi, tandis que les autres continuent leur marche accélérée vers l'endroit où se trouve le général Oscar. Le capitaine Almeida est si lugubre que Fructuoso lui demande si quelque chose va mal.

– Beaucoup de pertes, murmure le capitaine. Plus de deux cents blessés, soixante-dix morts, parmi eux le commandant Tristão Sucupira. Même le général Savaget est blessé.

– Le général Savaget ? dit le sergent. Mais je viens de le voir à cheval, mon capitaine.

– Parce que c'est un brave, répond le capitaine. Il a le ventre perforé par une balle.

Fructuoso revient à son groupe de chasseurs. Avec tant de morts et de blessés ils ont eu de la chance : ils sont intacts, en dépit du genou de Corintio et de son petit doigt. Il regarde son auriculaire. Il ne lui fait pas mal mais il saigne, le pansement s'est teint de sombre. Le médecin qui l'a soigné, le major Nieri, a ri quand le sergent a voulu savoir si on allait le réformer pour invalidité. « N'as-tu donc pas vu la quantité d'officiers et de soldats mutilés ? » Oui, il a vu. Ses cheveux se dressent sur sa tête quand il pense qu'on pourrait le réformer. Que ferait-il alors ? Pour lui, qui n'a pas de femme, ni d'enfants ni de parents, l'armée est toute sa famille.

Le long de la marche, contournant les monts qui entourent Canudos, les fantassins, artilleurs et cavaliers de la Seconde Colonne entendent plusieurs fois des coups de feu, en direction des broussailles. Une compagnie s'attarde à tirer quelques salves, tandis que le reste continue. À la nuit, le Douzième Bataillon fait halte, enfin. Les trois cents hommes se débarrassent de leur sac et leur fusil. Ils sont harassés. Cette nuit ne ressemble pas aux autres nuits, comme l'a été chaque nuit depuis qu'ils ont quitté Aracajú et ont avancé jusqu'ici par São Cristóvão, Lagarto, Itaporanga, Simão Dias, Geremoabo et Canche. Alors, en s'arrêtant, les soldats abattaient une bête, allaient chercher de l'eau et du bois pour le feu, et la nuit se remplissait de guitares, chansons et conversations. Maintenant personne ne parle. Même le sergent est fatigué.

Le repos ne dure guère pour lui. Le capitaine Almeida convoque les chefs de groupe pour savoir de combien de cartouches ils disposent et remplacer les usées, de sorte qu'ils partent tous avec deux cents cartouches chacun. Il leur annonce que la Quatrième Brigade, à laquelle ils appartiennent, passera maintenant à l'avant-garde et son bataillon à l'avant-garde de l'avant-garde. La nouvelle ranime l'enthousiasme de Fructuoso Medrado, mais savoir qu'ils seront ce fer de lance ne provoque pas la moindre réaction parmi ses hommes, qui reprennent leur marche en bâillant et sans commentaires.

Le capitaine Almeida a dit qu'ils feront la jonction avec la première colonne à l'aube, mais, à moins de deux heures, les éléments avancés de la Quatrième Brigade aperçoivent la masse sombre de la Favela où, selon les messagers du général Oscar, celui-ci se trouve cerné par les bandits. La sonnerie des clairons troue la nuit sans brise, tiède, et peu après ils entendent, au loin, la réponse d'autres clairons. Une salve d'acclamations parcourt le bataillon : les compagnons de la Première Colonne sont là. Le sergent Fructuoso voit ses hommes, également émus, agiter leurs képis et crier « Vive la République », « Vive le maréchal Floriano ».

Le colonel Silva Telles donne l'ordre de poursuivre vers la Favela. « Cela va à l'encontre de la Tactique des Ordonnances que de se jeter dans la gueule du loup, en terrain inconnu », écume le capitaine Almeida devant les sous-lieutenants et sergents tandis qu'il leur donne les dernières recommandations : « Avancer comme des scorpions, un petit pas ici, là, là-bas, garder ses distances et éviter des surprises. » Le sergent Fructuoso ne trouve pas intelligent non plus de progresser la nuit en sachant qu'entre la Première Colonne et eux s'interpose l'ennemi. Bientôt la proximité du danger l'occupe entièrement ; à la tête de son groupe il flaire à droite et à gauche l'étendue caillouteuse.

La fusillade éclate soudain, proche, foudroyante, et efface les clairons de la Favela qui les guident. « À plat ventre, à plat ventre », rugit le sergent, s'aplatissant contre les rochers. Il tend l'oreille : leur tire-t-on sur la droite ? Oui, sur la droite. « Ils sont sur votre droite, rugit-il. Brûlez-les, les gars. » Et tandis qu'il tire, appuyé sur son coude gauche, il pense que grâce à ces bandits anglais il voit des choses étranges, comme de se retirer d'un combat déjà gagné et se battre dans l'obscurité en espérant que Dieu orientera les balles contre les envahisseurs. N'iront-elles pas plutôt atteindre d'autres soldats ? Il se souvient de certaines maximes de l'instruction : « La balle gaspillée affaiblit celui qui la gaspille, on ne tire que lorsqu'on voit contre qui. » Ses hommes doivent bien rire. Par instants, entre les coups de feu, on entend des jurons, des gémissements. À la fin parvient l'ordre de cesser le feu ; on entend à nouveau les clairons de la Favela, les appelant. Le capitaine Almeida maintient un moment la compagnie au sol, jusqu'à être sûr que les bandits ont été repoussés. Les chasseurs du sergent Fructuoso Medrado ouvrent la marche.

« De compagnie à compagnie, huit mètres. De bataillon à bataillon, seize. De brigade à brigade, cinquante. » Qui peut garder les distances dans les ténèbres ? L'Ordonnance dit aussi que le chef de groupe doit aller à l'arrière-garde dans la progression, à la tête dans la charge et se trouver au centre au moment du rassemblement. Cependant, le sergent va en tête parce qu'il pense que s'il reste à l'arrière ses hommes peuvent faiblir, nerveux comme ils sont dans cette obscurité où à tout moment ils essuient des coups de feu. Chaque demi-heure, chaque heure, peut-être toutes les dix minutes – il ne le sait plus, car ces attaques éclair, qui durent à peine, qui font plus de mal à ses nerfs qu'à son corps, perturbent sa notion du temps – une grêle de balles les oblige à plonger à terre et à répondre de même, plus pour des raisons d'honneur que d'efficacité. Il devine que ceux qui attaquent sont peu nombreux, peut-être deux ou trois hommes. Mais que l'obscurité soit un avantage pour les Anglais, puisqu'ils les voient alors que les patriotes ne les voient pas, énerve le sergent et le fatigue à l'extrême. Comment doivent être ses hommes si lui, avec toute son expérience, se sent ainsi ?

Par moments, les clairons de la Favela semblent s'éloigner. Les sonneries réciproques rythment la marche. Il y a deux brèves haltes pour que les soldats boivent et pour constater les pertes. La compagnie du capitaine Almeida est intacte, à la différence de celle du capitaine Noronha où il y a trois blessés.

– Vous voyez, bande de vernis, leur remonte le moral le sergent.

Il commence à faire jour et la faible clarté leur donne l'impression qu'ils sortent du cauchemar des coups de fusil dans l'obscurité, car maintenant ils vont voir où ils mettent les pas et qui les attaque. Le sergent sourit.

La dernière étape est un jeu d'enfant en comparaison avec la précédente. Les contreforts de la Favela sont tout proches et dans l'aube le sergent distingue la Première Colonne, des taches bleutées, des petits points qui peu à peu deviennent des silhouettes, des animaux, des engins. On dirait qu'il y a beaucoup de désordre, une grande confusion. Fructuoso Medrado se dit que cet entassement ne semble pas non plus en accord avec la Tactique et l'Ordonnance. Et il fait constater au capitaine Almeida – les groupes se sont réunis et la compagnie marche en colonnes par quatre à la tête du bataillon – que l'ennemi s'est évaporé quand surgissent de terre, à quelques pas, entre les branches et les plantes du maquis des têtes, des bras, des canons de fusil et des carabines qui crachent le feu simultanément. Le capitaine Almeida s'efforce de tirer son revolver de sa cartouchière et se plie en deux, ouvrant la bouche comme si l'air lui manquait, et le sergent Fructuoso Medrado, avec sa grosse tête en effervescence, comprend immédiatement que s'aplatir contre terre serait un suicide puisque l'ennemi est si près ; également, faire demi-tour, car ils l'auraient dans leur ligne de mire. De sorte que, le fusil à la main, il donne l'ordre à pleins poumons : « Chargez, chargez, chargez ! » et il leur donne l'exemple, en sautant vers la tranchée des Anglais dont l'ouverture apparaît derrière un rebord de pierre. Il tombe à l'intérieur et a l'impression que sa gâchette ne répond pas, mais il est sûr que la lame de sa baïonnette se cloue dans un corps. Elle reste incrustée et il ne parvient pas à l'arracher. Il lâche son fusil et se rue sur l'ennemi qui est le plus près, en cherchant son cou. Il ne cesse de rugir : « Chargez, chargez, brûlez-les ! » tandis qu'il frappe, donne des coups de tête, étrangle, mord et se dissout dans un tourbillon où quelqu'un récite les éléments qui, selon la Tactique, composent l'attaque correctement effectuée : renfort, appui, réserve et cordon.

Quand une minute ou un siècle après il ouvre les yeux, ses lèvres répètent : renfort, appui, réserve, cordon. Cela c'est l'attaque mixte, fils de pute. De quel convoi de provisions parlent-ils ? Il est lucide. Pas dans la tranchée, mais dans une gorge desséchée ; il voit en face un ravin escarpé, des cactus, et en haut le ciel bleu, une boule rougeâtre. Que fait-il ici ? Comment est-il venu jusqu'ici ? À quel moment est-il sorti de la tranchée ? L'histoire du convoi résonne dans ses oreilles avec angoisse et sanglots. Il lui coûte un effort surhumain de pencher la tête. Alors il voit le petit soldat. Il se sent soulagé ; il craignait que ce ne fût un Anglais. Le petit soldat est sur le ventre, à moins d'un mètre, délirant, et à peine le comprend-il car il parle contre la terre. « As-tu de l'eau ? » lui demande-t-il. La douleur arrive jusqu'au cerveau du sergent comme une pointe de feu. Il ferme les yeux et s'efforce de contrôler sa panique. Il est blessé ? Où ? Avec un autre effort énorme il se regarde : de son ventre sort une racine pointue. Il tarde à se rendre compte que la lance courbe non seulement le traverse de part en part mais le fixe au sol. « Je suis embroché, je suis cloué », pense-t-il. Il pense : « Ils me donneront une médaille. » Pourquoi ne peut-il bouger les mains, les pieds ? Comment ont-ils pu le trouer ainsi sans qu'il l'ait vu ni senti ? « As-tu perdu beaucoup de sang ? » Il ne veut pas regarder son ventre à nouveau. Il se tourne vers le petit soldat :

– Aide-moi, aide-moi, prie-t-il en sentant que sa tête se fend. Tire-moi de là, décloue-moi. Nous devons remonter, aide-moi.

Soudain il trouve stupide de parler de monter quand il ne peut même pas remuer un doigt.

– Ils ont emporté tout le chargement, toutes les munitions aussi, pleurniche le soldat. Ce n'est pas ma faute, sergent. C'est la faute du colonel Campelo.

Il l'entend sangloter comme un enfant et il a l'impression qu'il est saoul. Il sent de la haine et de la rage contre ce fils de pute qui pleurniche au lieu de réagir et de demander du secours. Le petit soldat lève la tête et le regarde.

– Es-tu du Deuxième d'Infanterie ? lui demande le sergent, en sentant sa langue dure à l'intérieur de sa bouche. De la brigade du colonel Silva Telles ?

– Non, sergent, grimace le petit soldat. Je suis du Cinquième d'Infanterie, de la Troisième Brigade. Celle du colonel Olimpio de Silveira.

– Ne pleure pas, ne sois pas stupide, approche-toi, aide-moi à tirer cela de mon ventre, dit le sergent. Viens donc, fils de pute.

Mais le petit soldat enfonce sa tête dans la terre et pleure.

– Autrement dit tu es l'un de ceux que nous sommes venus sauver des Anglais, dit le sergent. Viens et sauve-moi maintenant, idiot.

– Ils nous ont tout pris ! Ils ont tout volé ! pleure le petit soldat. J'ai dit au colonel Campelo que le convoi ne pouvait rester trop en arrière, qu'ils pouvaient nous couper de la colonne. Je le lui ai dit, je le lui ai dit ! Et c'est ce qui nous est arrivé, sergent ! Ils ont même volé mon cheval !

– Oublie le convoi qu'ils ont volé, tire-moi de là, crie Fructuoso. Veux-tu que nous mourions comme des chiens ? Ne sois pas stupide, réfléchis !

– Les porteurs nous ont trahis ! Les guides nous ont trahis ! pleurniche le petit soldat. C'étaient des espions, sergent, eux aussi ont fait feu sur nous. Vous vous rendez compte. Vingt charrettes avec des munitions, six avec du sel, de la farinha, du sucre, de l'eau-de-vie, de l'alfa, quarante sacs de maïs. Ils ont emmené plus de cent bêtes, sergent ! Comprenez-vous la folie du colonel Campelo ? Je l'avais mis en garde. Je suis le capitaine Manuel Porto et je ne mens jamais, sergent : c'est sa faute.

– Vous êtes capitaine ? balbutie Fructuoso Medrado. Mille excuses, mon capitaine, je ne voyais pas vos galons.

La réponse est un râle. Son voisin reste muet et immobile. « Il est mort », pense Fructuoso Medrado. Il sent un frisson. Il pense : « Un capitaine ! On aurait dit un bleu. » Lui aussi il va mourir à tout moment. Les Anglais t'ont gagné, Fructuoso. Ces fils de pute d'étrangers t'ont tué. Là-dessus il voit se profiler au bord deux silhouettes. La sueur ne lui permet pas de distinguer si elles portent un uniforme, mais il crie : « À l'aide, à l'aide ! » Il essaie de bouger, de se tordre, qu'ils voient qu'il est vivant et qu'ils viennent. Sa grosse tête est un brasier. Les silhouettes descendent le versant en sautant et il sent qu'il va pleurer en se rendant compte qu'elles sont vêtues de bleu clair et portent des bottes. Il essaie de crier : « Retirez-moi ce pieu du ventre, les gars. »

– Vous me reconnaissez, sergent ? Savez-vous qui je suis ? dit le soldat qui, stupidement, au lieu de s'accroupir et le déclouer, appuie la pointe de sa baïonnette sur son cou.

– Bien sûr que je te reconnais, Corintio, rugit-il. Qu'attends-tu, idiot ? Retire-moi cela du ventre. Que fais-tu, Corintio ? Corintio !

Le mari de Florisa enfonce sa baïonnette dans le cou sous le regard écœuré de l'autre, que Fructuoso Medrado identifie aussi : Argimira. Il parvient à se dire qu'alors Corintio savait.

III

– Comment ne l'auraient-ils pas cru, là-bas, à Rio de Janeiro et à São Paulo, ceux qui sont sortis dans la rue lyncher les monarchistes, si ceux qui se trouvaient aux portes de Canudos et pouvaient voir la vérité de leurs propres yeux le croyaient ? dit le journaliste myope.

Il avait glissé à bas de son fauteuil de cuir et se trouvait maintenant assis sur le parquet, les genoux relevés et le menton appuyé sur l'un d'eux, parlant comme si le baron n'était pas là. C'était le début de l'après-midi et une clarté brûlante et engourdissante, filtrée par les stores du jardin, les enveloppait. Le baron s'était habitué aux brusques changements de son interlocuteur, qui passait d'un sujet à un autre sans avertir, selon des urgences intimes, et peu lui importait la ligne brisée de la conversation, intense et pétillante par moments, puis embourbée dans des périodes de vide où, parfois le journaliste, parfois lui, parfois tous deux, se retiraient pour réfléchir ou se rappeler.

– Les correspondants de presse, expliqua le journaliste myope, en se contorsionnant en un de ces mouvements imprévisibles qui secouaient son maigre squelette et semblaient ébranler chacune de ses vertèbres ; derrière ses lunettes, ses yeux battirent des paupières, rapides : Ils pouvaient voir et pourtant ils ne voyaient pas. Ils n'ont vu que ce qu'ils étaient allés voir. Même si ça n'existait pas là. Ce n'était pas un, deux. Tous ont trouvé des preuves flagrantes de la conspiration monarcho-britannique. Quelle est l'explication ?

– La crédulité des gens, leur appétit de fantaisie, d'illusion, dit le baron. Il fallait expliquer d'une certaine façon cette chose inconcevable : qu'une bande de paysans et de vagabonds ait mis en déroute trois expéditions militaires et ait résisté pendant des mois aux forces armées du pays. La conspiration était une nécessité : c'est pourquoi ils l'inventèrent et y crurent.

– Vous devriez lire les articles de mon remplaçant au *Jornal de Notícias,* dit le journaliste myope. Celui qu'a envoyé Epaminondas Gonçalves quand il m'a cru mort. Un brave homme. Honnête, sans imagination, sans passions ni convictions. L'homme idéal pour donner une version dépassionnée et objective de ce qui se passait là-bas.

– On mourait et tuait des deux côtés, murmura le baron en le regardant avec pitié. Est-ce que le manque de passion et l'objectivité sont possibles dans une guerre ?

– Dans son premier article, les officiers de la colonne du général Oscar surprennent sur les hauteurs de Canudos quatre observateurs blonds et bien habillés mêlés aux jagunços, dit lentement le journaliste. Dans le second, la colonne du général Savaget rencontre parmi les jagunços morts un individu blanc, blond, avec une buffleterie d'officier et un bonnet tricoté. Personne ne peut identifier son uniforme, qui n'a jamais été en usage dans aucun des corps militaires du pays.

– Un officier de Sa Gracieuse Majesté, sans doute ? sourit le baron.

– Et dans son troisième article, apparaît une lettre, prise dans la poche d'un jagunço prisonnier, sans signature mais à l'écriture assurément aristocratique, continua le journaliste sans l'entendre. Adressée au Conseiller, lui expliquant pourquoi il faut rétablir un gouvernement conservateur et monarchiste, ayant la crainte de Dieu. Tout indique que l'auteur de la lettre c'est vous.

– Étiez-vous vraiment si naïf pour croire que ce qu'on écrit dans les journaux est vrai ? lui demanda le baron. Étant journaliste ?

– Et il y a aussi cet article sur les signaux lumineux, poursuivit le journaliste myope, sans lui répondre. Grâce à eux, les jagunços pouvaient communiquer la nuit à de grandes distances. Les mystérieuses lumières s'éteignaient et s'allumaient, transmettant un code si subtil que les techniciens de l'armée n'ont jamais réussi à déchiffrer ces messages.

Oui, il n'y avait pas de doute, en dépit de ses allures bohèmes, de l'opium, l'éther et des candomblés, c'était quelqu'un de naïf et d'angélique. Ce n'était pas étonnant, c'était fréquent parmi les intellectuels et les artistes. Canudos l'avait changé, naturellement. Qu'avait-il fait de lui ? Un homme amer ? Un sceptique ? Peut-être un fanatique ? Les yeux myopes le regardaient fixement derrière les gros verres.

– L'important dans ces articles ce sont les sous-entendus, conclut la petite voix métallique, incisive, suraiguë. Pas ce qu'ils disent, mais ce qu'ils suggèrent, ce qui est livré à l'imagination. Ils ont été voir des officiers anglais. Et ils les ont vus. J'ai parlé avec mon remplaçant, tout un après-midi. Il n'a jamais menti, il ne s'est pas rendu compte qu'il mentait. Simplement, il n'a pas écrit ce qu'il voyait mais ce qu'il croyait et sentait, ce que croyaient et sentaient ceux qui l'entouraient. C'est ainsi que s'est constitué ce tissu de mensonges et de bêtises, si dense qu'il n'y a pas moyen de le démêler. Comment va-t-on savoir, alors, l'histoire de Canudos ?

– Vous le voyez bien, il vaut mieux oublier, dit le baron. Cela ne vaut pas la peine de perdre son temps.

– Le cynisme n'est pas non plus une solution, dit le journaliste myope. Par ailleurs, je ne crois pas non plus que votre attitude, ce mépris souverain pour ce qui s'est passé, soit sincère.

– C'est de l'indifférence, pas du mépris, le corrigea le baron. – Estela avait été loin de son esprit un bon moment, mais maintenant il était là à nouveau avec elle et avec elle la douleur acide, corrosive qui en faisait un être anéanti et soumis. – Je vous ai déjà dit que ce qui s'est passé à Canudos ne m'importe pas le moins du monde.

– Oui, cela vous importe, baron, vibra la petite voix du myope. Tout comme à moi : parce qu'à Canudos votre vie a changé. À cause de Canudos votre épouse a perdu l'esprit, à cause de Canudos vous avez perdu une bonne partie de votre fortune et de votre pouvoir. Bien sûr que si, cela vous importe. C'est pourquoi vous ne m'avez pas fait jeter dehors et que nous parlons depuis tant d'heures...

Oui, peut-être avait-il raison. Le baron de Canabrava sentit un goût amer dans la bouche ; bien qu'il en eût assez et qu'il n'y eût pas de raison de prolonger l'entretien, il ne put pas davantage le congédier. Qu'est-ce qui le retenait ? Il finit par se l'avouer : l'idée de rester seul, seul avec Estela, seul avec cette terrible tragédie.

– Or non seulement ils voyaient ce qui n'existait pas, ajouta le journaliste myope. De plus, personne ne vit ce qu'il y avait vraiment là.

– Des phrénologues ? murmura le baron. Des anarchistes écossais ?

– Des curés, dit le journaliste myope. Personne ne les mentionne. Et ils étaient là-bas, espionnant pour les jagunços ou luttant au coude à coude avec eux. Envoyant des informations ou apportant des médicaments, faisant la contrebande du salpêtre et du soufre pour fabriquer des explosifs. N'est-ce pas surprenant ? N'était-ce pas important ?

– Êtes-vous sûr ? s'intéressa le baron.

– J'ai connu l'un de ces curés, je peux presque dire que nous sommes devenus amis, acquiesça le journaliste myope. Le Père Joaquim, curé de Cumbe.

Le baron scruta son hôte :

– Ce curé père de famille nombreuse ? Cet ivrogne, adepte des sept péchés capitaux se trouvait à Canudos ?

– C'est un bon indice du pouvoir de persuasion du Conseiller, affirma le journaliste. Non seulement il a fait des saints de voleurs et d'assassins, mais il a catéchisé les curés corrompus et simoniaques du sertão. Un homme inquiétant, n'est-ce pas ?

Cette vieille anecdote sembla remonter à la surface de la mémoire du baron du fond des temps. Estela et lui, suivis d'une petite suite d'hommes armés, étaient entrés à Cumbe et se dirigeaient sans perte de temps à l'église, obéissant aux cloches qui appelaient à la messe dominicale. Le fameux Père Joaquim, en dépit de ses efforts, ne parvenait pas à effacer les traces de ce qui avait dû être une nuit blanche de guitare, d'eaux-de-vie et de jupons. Il se rappela la contrariété de la baronne en voyant le curé s'étrangler et se tromper, ses éructations en plein office et sa fuite précipitée pour aller vomir. Il revit même le visage de sa concubine : n'était-ce pas, par hasard, la jeune femme qu'on appelait « faiseuse de pluie » parce qu'elle savait détecter des « cacimbas » souterraines ? Ainsi donc le curé noceur était devenu Conseilleriste, aussi.

– Oui, Conseillériste et, d'une certaine façon, un héros.

Le journaliste partit d'un éclat de rire qui faisait l'effet d'un glissement de cailloux dans sa gorge ; comme toujours, cette fois aussi son rire s'acheva en éternuements.

– C'était un curé pécheur mais pas idiot, estima le baron. Quand il était à jeun on pouvait discuter avec lui. Un homme ouvert, et même cultivé. J'ai peine à croire qu'il soit tombé aussi sous le charme d'un charlatan, comme les analphabètes du sertão.

– La culture, l'intelligence, les livres n'ont rien à voir avec l'histoire du Conseiller, dit le journaliste myope. Mais ce n'est pas tout. Ce qui est surprenant ce n'est pas que le Père Joaquim se soit fait jagunço. C'est que le Conseiller l'ait rendu courageux, lui qui était couard. – Il battit des paupières, étourdi. – C'est la conversion la plus difficile, la plus miraculeuse. Je peux vous le dire, moi qui sais ce qu'est la peur. Et le petit curé de Cumbe était un homme assez imaginatif pour savoir éprouver de la panique, pour vivre dans la terreur. Et pourtant....

Sa voix s'enfla, vide de substance, et son visage devint grimaçant. Que lui arrivait-il soudain ? Le baron vit son hôte s'efforcer de se calmer, de rompre quelque chose qui le ligotait. Il essaya de l'aider :

– Et pourtant... ? l'encouragea-t-il.

– Et pourtant pendant des mois, des années peut-être, il parcourut les villages, les fazendas, les mines, achetant de la poudre, de la dynamite, des détonateurs. Inventant des mensonges pour justifier ces achats qui devaient attirer tellement l'attention. Et quand le sertão fut plein de soldats, savez-vous comment il risquait sa peau ? En cachant des barils de poudre dans le coffre des objets du culte, entre le tabernacle, le ciboire, le crucifix, la chasuble, les surplis. Il passait le tout au nez et à la barbe de la Garde Nationale, de l'Armée. Imaginez-vous ce que cela représente de faire ça quand on est lâche, qu'on tremble et qu'on a des sueurs froides ? Devinez-vous la conviction qu'il faut avoir ?

– Le catéchisme est plein d'histoires semblables, mon ami, murmura le baron. Les martyrs percés de flèches, dévorés par les lions, crucifiés... Mais c'est vrai, j'ai peine à imaginer le Père Joaquim faisant ces choses-là pour le Conseiller.

– Il faut avoir une conviction profonde, répéta le journaliste myope. Une certitude intime, totale, une foi que vous n'avez probablement jamais éprouvée, ni moi non plus...

Il hocha la tête à nouveau comme une poule inquiète et se hissa sur ses longs bras osseux jusqu'au fauteuil de cuir. Il joua quelques secondes avec ses mains, concentré, avant de poursuivre :

– L'Église avait condamné formellement le Conseiller pour hérésie, superstition, agitation et trouble des consciences. L'archevêque de Bahia avait interdit à ses prêtres de lui permettre de prêcher en chaire. Il faut une foi absolue, étant curé, pour désobéir à sa propre Église, à l'archevêque lui-même et courir le risque de se damner en aidant le Conseiller.

– Qu'est-ce qui vous angoisse tant ? dit le baron. L'idée que le Conseiller fût effectivement un nouveau Christ, venu pour la seconde fois racheter les hommes ?

Il le dit sans penser et dès qu'il l'eut dit il se sentit mal à l'aise. Avait-il voulu plaisanter ? Mais ni le journaliste ni lui ne souriaient. Il vit celui-là faire non de la tête, ce qui pouvait être une réponse ou une façon de chasser une mouche.

– J'ai même pensé à cela, dit le journaliste myope. Si c'était Dieu, si Dieu l'avait envoyé, si Dieu existait... Je ne sais. En tout cas, cette fois, il n'est pas resté de disciples pour propager le mythe et porter la bonne parole aux païens. Il n'en est resté qu'un seul, que je sache, et je doute que cela suffise...

Il partit d'un autre éclat de rire et les éternuements l'occupèrent un bon moment. Quand il eut fini, il avait le nez et les yeux irrités.

– Mais plus qu'à son éventuelle divinité, j'ai pensé à cet esprit solidaire, fraternel, au lien incassable qu'il réussit à forger entre ces gens, dit le journaliste myope sur un ton pathétique. Stupéfiant, émouvant. Depuis le 18 juillet, seules les routes de Chorrochó et de Riacho Seco restèrent ouvertes. Qu'est-ce qui aurait été logique ? Que les gens tentent de s'en aller, de fuir par ces sentiers avant qu'ils ne soient aussi fermés, n'est-ce pas ? Eh bien ! ce fut le contraire. Les gens tentaient d'entrer à Canudos, continuaient à venir de tous côtés, désespérés, pressés, se mettre dans la souricière, en enfer, avant que les soldats achèvent l'encerclement. Voyez-vous ? Là-bas rien n'était normal...

– Vous avez parlé de curés au pluriel, l'interrompit le baron, troublé par ce sujet, la solidarité et la volonté d'immolation collective des jagunços, plusieurs fois apparu au cours du dialogue, et qu'il avait toujours écarté, comme maintenant.

– Les autres, je ne les ai pas connus, répliqua le journaliste, comme soulagé aussi d'avoir été amené à changer de sujet. Mais ils existaient, le Père Joaquim recevait d'eux des informations et de l'aide. Et à la fin, peut-être étaient-ils là-bas, disséminés, perdus dans la masse des jagunços. Quelqu'un m'a parlé d'un certain Père Martinez. Savez-vous qui ? Vous l'avez connue, il y a longtemps, bien longtemps. L'infanticide de Salvador, cela vous dit quelque chose ?

– L'infanticide de Salvador ? répéta le baron.

– J'ai assisté à son procès quand j'étais en culottes courtes. Mon père avait été commis d'office, avocat des pauvres, et il l'avait défendue. Je l'ai reconnue bien que je ne l'aie pas vue, malgré ces vingt ou vingt-cinq années de distance. Vous lisiez les journaux alors, non ? Tout le Nordeste se passionna pour l'affaire Maria Quadrado, l'infanticide de Salvador. L'Empereur commua sa peine de mort en travaux forcés à perpétuité. Vous ne vous en souvenez pas ? Elle était aussi à Canudos. Vous voyez que c'est une histoire à n'en plus finir.

– Ça je le sais bien, dit le baron. Tous ceux qui avaient eu maille à partir avec la justice, avec leur conscience, avec Dieu, trouvèrent, grâce à Canudos, un refuge. C'était naturel.

– Qu'ils s'y réfugiassent, oui, mais pas qu'ils devinssent autres. – Comme s'il ne savait que faire de son corps, le journaliste glissa à nouveau au bas de son fauteuil avec une flexion de ses longues jambes. – C'était la sainte, la Mère des Hommes, la Supérieure des béates qui s'occupaient du Conseiller. On lui attribuait des miracles, on disait qu'elle avait parcouru avec lui le monde entier.

L'histoire se recomposa dans la mémoire du baron. Une

affaire célèbre, un sujet de conversations interminables. Cette femme était la domestique d'un notaire et elle avait étouffé son enfant nouveau-né en lui enfonçant une pelote de laine dans la bouche, car, comme il pleurait beaucoup, elle craignait par sa faute de perdre son travail. Elle garda plusieurs jours son cadavre sous son lit, jusqu'à ce que la maîtresse de maison le découvrît par l'odeur. La fille avoua tout immédiatement. Durant le procès, elle observa une attitude paisible et répondit de bonne grâce et franchement à toutes les questions. Le baron se rappelait la polémique autour de la personnalité de l'infanticide, entre ceux qui défendaient la thèse de la « catatonie irresponsable » et les tenants d'un « instinct pervers ». S'était-elle évadée de la prison, alors ? Le journaliste avait une fois de plus changé de sujet :

– Avant le 18 juillet bien des choses avaient été terribles, mais, en réalité, ce n'est que ce jour-là que j'ai touché, flairé et avalé l'horreur jusqu'à la sentir dans mes tripes. – Le baron vit le myope se donner un coup sur l'estomac. – Ce jour-là je l'ai rencontrée, j'ai parlé avec elle et j'ai appris qu'elle était l'infanticide dont j'avais tant rêvé, enfant. Elle m'a aidé, car j'étais resté bien seul.

– Le 18 juillet je me trouvais à Londres, dit le baron. Je ne suis pas au courant des détails de la guerre. Que se passa-t-il ce jour-là ?

– Ils vont attaquer demain, haleta João Abade, qui était venu en courant. À ce moment il se rappela quelque chose d'important : Loué soit le Bon Jésus.

Il y avait un mois que les soldats étaient sur les collines de la Favela et la guerre s'éternisait : des tirs sporadiques, au fusil et au canon, généralement aux heures des cloches. À l'aube, à midi et au crépuscule les gens ne circulaient que par certains endroits. L'homme s'était habitué, faisait de la routine avec tout, n'est-ce pas ? Les gens mouraient et chaque nuit il y avait des enterrements. Les bombardements aveugles détruisaient des quartiers entiers, étripaient vieillards et enfants, c'est-à-dire ceux qui ne descendaient pas dans les tranchées. Il semblait que tout pouvait continuer ainsi, indéfiniment. Mais non, cela allait être pire, le Commandant de la Rue venait de le dire. Le journaliste se trouvait seul, car Jurema et le Nain avaient été apporter à manger à Pajeú, quand surgirent au magasin ceux qui dirigeaient la guerre : Honorio Vilanova, João Grande, Pedrão, Pajeú lui-même. Ils étaient inquiets, il suffisait de les sentir, l'atmosphère était tendue. Et cependant aucun ne fut surpris quand João Abade annonça qu'ils allaient attaquer le lendemain. Il savait tout. Ils tireraient au canon sur Canudos toute la nuit, pour ramollir les défenses, et à cinq heures du matin commencerait l'assaut des troupes. Il savait par quels endroits. Ils en parlaient tranquillement, se répartissaient les lieux, toi attends-les ici, il faut bloquer la rue là, nous dresserons des barricades là-bas, il vaut mieux que je bouge d'ici pour le cas où ils enverraient des chiens de ce côté. Le baron pouvait-il imaginer ce qu'il ressentait en écoutant cela ? C'est alors que surgit l'histoire du papier. Quel papier ? Un papier qu'un « gamin » de Pajeú apporta en courant à toute allure. Il y eut des conciliabules, ils lui demandèrent s'il pouvait le lire et il essaya, avec son monocle en miettes, en s'aidant d'une chandelle, en vain. Alors João Abade fit appeler le Lion de Natuba.

– Aucun des lieutenants du Conseiller ne savait lire ? demanda le baron.

– Antonio Vilanova savait, mais il ne se trouvait pas là, dit le journaliste myope. Et celui qu'ils avaient fait appeler aussi. Le Lion de Natuba. Un autre intime, un autre apôtre du Conseiller. Il lisait et écrivait, c'était le savant de Canudos.

Il se tut, interrompu par une vague d'éternuements qui le tint plié en deux, en se tenant le ventre.

– Je ne pouvais le voir en détail, poursuivit-il en haletant. Seulement la masse, la forme, ou plutôt l'absence de forme. Elle suffisait pour deviner le reste. Il marchait à quatre pattes, il avait une tête énorme et une grande bosse. On l'envoya chercher et il vint avec Maria Quadrado. Il leur lut le papier. C'étaient les instructions du Commandement pour l'assaut du lendemain.

La voix profonde, mélodieuse, normale, énumérait les dispositifs de la bataille, la disposition des régiments, les distances entre les compagnies, entre les combattants, les signaux, les sonneries de clairon et, entre-temps, la peur l'imprégnait, et une angoisse sans limites parce que Jurema et le Nain n'étaient pas encore revenus. Avant que le Lion de Natuba eût achevé sa lecture, la première partie du plan des soldats entra en exécution : le bombardement initial.

– Maintenant je sais qu'à ce moment-là neuf canons tiraient contre Canudos et qu'il n'y en aurait jamais plus de seize à tirer en même temps, dit le journaliste myope. Mais cette nuit-là ils semblaient être mille, c'était comme si toutes les étoiles du ciel se fussent mises à nous bombarder.

Le fracas faisait vibrer les toitures, trembler les étagères et le comptoir, et l'on entendait des éboulements, des effondrements, des cris, des bruits de course et, dans l'intervalle, l'inévitable clameur des enfants. « C'est commencé », dit un des jagunços. Ils sortirent voir, revinrent, dirent à Maria Quadrado et au Lion de Natuba qu'ils ne pouvaient retourner au Sanctuaire, car le chemin était balayé par le feu, et le journaliste entendit la femme insister pour y retourner. João Grande l'en dissuada en lui jurant que sitôt calmée la canonnade il viendrait lui-même les conduire au Sanctuaire. Les jagunços partirent et il comprit que Jurema et le Nain – s'ils vivaient encore – ne pourraient pas non plus revenir de Rancho do Vigario. Il comprit, en son incommensurable effroi, qu'il allait devoir supporter tout cela sans autre compagnie que la sainte et le monstre quadrumane de Canudos.

– De quoi riez-vous maintenant ? dit le baron de Canabrava.

– C'est trop minable pour vous le raconter, balbutia le journaliste myope. – Il resta absorbé et, soudain, releva la tête et s'écria : – Canudos a changé mes idées sur l'histoire, sur le Brésil, sur les hommes. Mais, principalement, sur moi.

– D'après le ton sur lequel vous dites ça, cela n'a pas été en mieux, murmura le baron.

– C'est ainsi, dit le journaliste. Grâce à Canudos j'ai une opinion très piètre de moi-même.

N'était-ce pas son cas aussi, d'une certaine façon ? Canudos n'avait-il pas révolutionné sa vie, ses idées, ses habitudes, comme un tourbillon guerrier ? N'avait-il pas détérioré ses convictions et illusions ? L'image d'Estela, dans ses appartements du second étage, avec Sebastiana au pied de son fauteuil à bascule, lui relisant peut-être des paragraphes des romans qui lui avaient plu, la peignant peut-être, ou lui faisant écouter les boîtes à musique autrichiennes, et le visage abstrait, absent, inaccessible de la femme qui avait été le grand amour de sa vie – cette femme qui avait toujours symbolisé pour lui la joie de vivre, la beauté, l'enthousiasme, l'élégance – lui remplit à nouveau le cœur de fiel. Faisant un effort, il parla de la première chose qui lui passa par la tête :

– Vous avez mentionné Antonio Vilanova, dit-il avec précipitation. Le commerçant, c'est ça ? Un être cupide et calculateur comme pas deux. Je les ai bien connus, son frère et lui. Ils étaient les fournisseurs de Calumbi. Lui aussi est-il devenu un saint ?

– Il n'était pas là-bas pour faire des affaires, le journaliste myope retrouva son petit rire sarcastique. Il était difficile de faire du commerce à Canudos. L'argent de la République n'y avait pas cours. Vous comprenez, c'était l'argent du Chien, du Diable, des athées, protestants et francs-maçons. Pourquoi croyez-vous que les jagunços enlevaient leurs armes aux soldats mais jamais leurs porte-monnaie ?

« Alors, après tout, le phrénologue n'avait pas tort, pensa le baron. Si bien que, grâce à sa folie, Gall était arrivé à saisir en partie la folie de Canudos. »

– Il n'était pas à faire des signes de la croix ni à battre sa coulpe, poursuivit le journaliste myope. C'était un homme pratique, réaliste, toujours en action, organisateur, il faisait penser à une machine à l'énergie perpétuelle. Durant ces cinq mois interminables, il fit en sorte que Canudos eût de quoi manger. Pourquoi aurait-il fait cela, entre les balles et la charogne ? Il n'y a pas d'autre explication. Le Conseiller avait touché en lui quelque fibre secrète.

– Comme en vous, dit le baron. Il a manqué bien peu pour que vous deveniez aussi un saint.

– Jusqu'à la fin il allait rapporter de quoi manger, dit le journaliste sans prêter attention. Il sortait avec peu d'hommes. Ils traversaient les lignes, assaillaient les convois. Je sais comment ils faisaient. Avec le bruit infernal de leurs tromblons ils mettaient en fuite les bêtes. Dans le désordre, ils arrivaient à diriger sur Canudos dix à quinze bœufs. Pour que ceux qui allaient mourir pour le Bon Jésus pussent combattre un peu plus longtemps.

– Savez-vous d'où venaient ces bêtes ? l'interrompit le baron.

– Des convois qu'envoyait l'armée de Monte Santo à la Favela, dit le journaliste myope. Comme les armes et les balles des jagunços. C'est une des aberrations de cette guerre : l'armée alimentait ses propres forces et l'adversaire.

– Les vols des jagunços étaient des vols de vols, soupira le baron. Beaucoup de ces vaches et de ces chèvres étaient à moi. Rarement achetées. Presque toujours volées à mes vachers par les lanciers gauchos. J'ai un ami propriétaire d'une fazenda, le vieux Murau, qui a attaqué en justice l'État pour les vaches et les brebis qu'ont mangées les soldats. Il réclame soixante-dix contos* de reis, rien de moins.

Dans son demi-sommeil, João Grande sent l'odeur de la mer. Une sensation chaude le parcourt, quelque chose qui ressemble au bonheur. Durant ces années où, grâce au Conseiller, il a trouvé la paix pour son âme bouillonnante quand elle servait le Diable, il n'est qu'une chose qu'il regrette, parfois. Combien d'années cela fait-il qu'il n'a vu, respiré, senti dans son corps la mer ? Il n'en a pas idée, mais il sait que beaucoup de temps a passé depuis la dernière fois qu'il l'a vue, sur ce haut promontoire entouré de cannaies où mademoiselle Adelinha Isabel de Gumucio montait voir le coucher du soleil. Des balles isolées lui rappellent que la bataille n'est pas terminée, mais il ne s'inquiète pas : sa conscience lui dit que même s'il était éveillé cela ne changerait rien, vu que ni lui ni aucun des hommes de la Garde Catholique serrés dans ces tranchées n'ont plus une seule cartouche de Mannlicher, ni une cartouche d'escopette, ni un grain de poudre pour faire cracher les armes à explosion fabriquées par ces forgerons de Canudos que la nécessité a transformés en armuriers.

Pourquoi restent-ils alors dans ces grottes des hauteurs, dans le ravin au pied de la Favela où sont entassés les chiens ? Ils exécutent les ordres de João Abade. Celui-ci, après s'être assuré que toutes les forces de la Première Colonne se trouvaient bien à la Favela, immobilisées par les tirs des jagunços qui entourent les collines et les criblent de balles depuis des parapets, des tranchées, des caches, est allé tenter de s'emparer du convoi de munitions, vivres, bêtes et chèvres des soldats qui, grâce à la topographie et au harcèlement de Pajeú, est très en retard. João Abade qui espère surprendre le convoi aux Umburanas et le dévier sur Canudos, a demandé à João Grande que la Garde Catholique empêche, coûte que coûte, les régiments stationnés à la Favela de faire marche arrière. Dans son demi-sommeil l'ex-esclave se dit que les chiens doivent être bien stupides ou avoir perdu beaucoup de gens, car, jusqu'à maintenant, pas même une patrouille n'a tenté de descendre sur le chemin des Umburanas pour savoir ce qui arrive au convoi. Les hommes de la Garde Catholique savent qu'à la moindre tentative des soldats d'abandonner la Favela, ils doivent se jeter sur eux et leur barrer le chemin, avec leurs couteaux, machettes, baïonnettes, ongles et dents. Le vieux Joaquim Macambira et ses gens, embusqués de l'autre côté de la piste ouverte par les soldats pour le passage des charrettes et des canons, feront de même. Ils ne le tenteront pas, trop concentrés qu'ils sont à répondre au feu qu'ils essuient du front et des flancs, trop occupés à bombarder Canudos pour deviner ce qui se passe dans leur dos. « João est plus intelligent qu'eux », songe-t-il. N'était-ce pas une bonne idée d'attirer les chiens à la Favela ? N'était-ce pas son idée que Pedrão et les Vilanova allassent attendre les autres diables au défilé de Cocorobó ? Là aussi ils doivent les avoir taillés en pièces. L'odeur de la mer qui pénètre par ses narines et le saoule l'éloigne de la guerre et il voit des vagues, il sent sur sa peau la caresse de l'écume. C'est la première fois qu'il dort, après quarante-huit heures de combat.

Au bout de deux heures un messager de Joaquim Macambira le réveille. C'est un de ses enfants, jeune, svelte, aux longs cheveux qui, accroupi dans la tranchée, attend patiemment que João Grande retrouve ses esprits. Son père a besoin de munitions, il ne lui reste presque plus de balles ni de poudre. La langue pâteuse, João Grande lui explique qu'il n'en a plus lui non plus. Ont-ils reçu quelque message de João Abade ? Aucun. Et de Pedrão ? Le jeune homme acquiesce : il a dû se retirer de Cocorobó, faute de munitions, et parce qu'il a eu de grosses pertes. À Trabubú non plus ils n'ont pu arrêter les chiens.

João Grande se sent enfin réveillé. Cela signifie-t-il que l'armée de Geremoabo vient vers lui ?

– Elle vient, dit le fils de Joaquim Macambira. Pedrão et les gars qui ne sont pas morts sont déjà à Belo Monte.

C'est peut-être ce que devrait faire la Garde Catholique : retourner à Canudos pour défendre le Conseiller de l'assaut qui semble inévitable, si l'autre armée se dirige ici. Que va faire Joaquim Macambira ? Le jeune ne le sait pas. João Grande décide d'aller parler au vieux.

Il est tard dans la nuit et le ciel est parsemé d'étoiles. Après avoir donné pour instruction à ses hommes de ne pas bouger de là, l'ex-esclave se laisse glisser le long du versant, près du jeune Macambira. Par malheur, avec tant d'étoiles, il verra les chevaux éventrés et picotés par les urubus, et le cadavre de la vieille femme. Tout le jour précédent et une partie de la nuit il a vu les montures des officiers, les premières victimes de la fusillade. Il est sûr d'avoir tué lui-même plusieurs de ces animaux. Il fallait le faire, il avait avec lui le Père, le Bon Jésus Conseiller et Belo Monte, le plus précieux de sa vie. Il le fera toutes les fois qu'il le faudra. Mais quelque chose dans son âme proteste et souffre en voyant tomber en hennissant ces chevaux, en les voyant agoniser des heures et des heures, les viscères répandus par terre et une pestilence qui empoisonne l'air. Il sait d'où vient ce sentiment de culpabilité, de péché qui le saisit quand il tire sur les chevaux des officiers. C'est le souvenir du soin qu'il apportait aux chevaux de la fazenda, où le maître Adalberto de Gumucio avait imposé à sa famille, aux employés et aux esclaves la religion du cheval. En voyant les ombres éparses des cadavres d'animaux, tandis qu'il traverse la piste tapi près du jeune Macambira, il se demande pourquoi le Père lui fait conserver si fort dans sa tête le souvenir de certains faits de son passé de pécheur, comme la nostalgie de la mer et l'amour des chevaux.

Là-dessus il voit le cadavre de la vieille femme et il sent un coup de sang dans sa poitrine. Il l'a vue seulement une seconde, le visage baigné par la lune, les yeux ouverts et affolés, deux uniques dents surgissant des lèvres, les cheveux en désordre, le front crispé. Il ne sait pas son nom mais la connaît fort bien, il y a longtemps qu'elle est venue s'installer à Belo Monte avec une nombreuse famille d'enfants, de filles, petits-enfants, neveux et nièces, dans une cahute en pisé de la rue Cœur-de-Jésus. Ce fut la première maison pulvérisée par les canons du Coupe-cous. La vieille se trouvait à la procession et quand elle revint chez elle, ce n'était plus qu'un tas de décombres sous lesquels se trouvaient trois de ses filles et tous ses neveux et nièces, une douzaine d'enfants qui dormaient les uns sur les autres dans une paire de hamacs et par terre. La femme avait grimpé aux tranchées des Umburanas avec la Garde Catholique, quand celle-ci vint ici, il y avait trois jours, attendre les soldats. Avec d'autres femmes elle avait fait la cuisine, apporté de l'eau de l'abreuvoir voisin aux jagunços, mais, lorsque commença la fusillade, João Grande et ses hommes la virent, soudain, au milieu de la poussière, glisser maladroitement sur le versant et atteindre la piste où, lentement, sans prendre de précaution, elle s'était mise à déambuler parmi les soldats blessés, en les achevant avec un petit poignard. Ils l'avaient vue s'affairer sur les cadavres et, avant d'être descendue, en dénuder quelques-uns pour leur couper leur virilité et la leur flanquer dans la bouche. Durant le combat, tandis qu'il voyait passer des soldats et des cavaliers, et qu'il les voyait mourir, tirer, se bousculer, marcher sur leurs blessés et leurs morts, fuir la fusillade et se précipiter par le seul chemin libre – les monts de la Favela – João Grande tournait constamment les yeux vers le cadavre de cette vieille femme qu'il venait de laisser en arrière.

En s'approchant d'un bourbier planté d'arbres de la Favela, de cactus et de quelques imbuzeiros, le jeune Macambira porte à sa bouche le sifflet de bois et émet un son qui ressemble à celui d'une perruche. Un autre son identique lui répond. Prenant le bras de João, le jeune homme le guide dans le bourbier, où ils s'enfoncent jusqu'aux genoux, et peu après l'ex-esclave est en train de boire une outre d'eau douceâtre près de Joaquim Macambira, tous deux accroupis sous une ramée autour de laquelle brillent plusieurs pupilles.

Le vieux est angoissé, mais João Grande est surpris de

découvrir que son angoisse est due exclusivement au très long canon, brillant et large, tiré par quarante bœufs qu'il a vu sur la route de Jueté. « Si la Matadeira tire, les tours et les murs du Temple du Bon Jésus voleront en éclats et Belo Monte disparaîtra », marmonne-t-il, lugubre. João Grande l'écoute avec attention. Joaquim Macambira lui inspire du respect, il y a en lui quelque chose de vénérable et de patriarcal. Il est très vieux, ses cheveux blancs tombent en boucles sur ses épaules et une barbiche blanchit son visage tanné au nez sarmenteux. Dans ses yeux au milieu des rides brille une énergie indomptable. Il avait été propriétaire d'un grand champ de manioc et maïs, entre Cocorobó et Trabubú, cette région que l'on appelle justement Macambira. Il cultivait ces terres avec ses onze enfants et guerroyait avec ses voisins pour des questions de bornage. Un jour il avait tout abandonné et s'était transporté avec son immense famille à Canudos, où ils occupaient une demi-douzaine de maisons en face du cimetière. Tout le monde à Belo Monte traite le vieux avec un peu d'appréhension car il a la réputation d'être sourcilleux.

Joaquim Macambira a envoyé des messagers demander à João Abade si, en raison des circonstances, il doit continuer à tenir les Umburanas ou se replier à Canudos. Il n'y a pas encore de réponse. Que pense-t-il, lui ? João Grande remue la tête avec accablement : il ne sait que faire. D'un côté, le plus urgent est de courir à Belo Monte pour protéger le Conseiller en cas d'assaut par le nord. D'un autre, João Abade n'a-t-il pas dit qu'il est indispensable de tenir les arrières ?

– Mais avec quoi ? rugit Macambira. Avec les mains ?

– Oui, acquiesce humblement João Grande, s'il n'y a rien d'autre.

Ils décident de rester aux Umburanas jusqu'à ce qu'ils reçoivent des nouvelles du Commandant de la Rue. Ils se disent au revoir sur un « Loué soit le Bon Jésus Conseiller ». En pénétrant à nouveau dans le bourbier, cette fois seul, João Grande entend les sifflets qui ressemblent à des perruches indiquant aux jagunços de le laisser passer. Tandis qu'il patauge dans la boue et sent sur son visage, ses bras et sa poitrine des piqûres de moustiques, il essaie d'imaginer la

Matadeira, cet engin qui inquiète tellement Macambira. Il doit être énorme, mortifère, tonnant, un dragon d'acier qui vomit le feu, pour effrayer un brave comme le vieux. Le Malin, le Dragon, le Chien est vraiment très puissant, avec d'infinies ressources, il peut envoyer contre Canudos des ennemis chaque fois plus nombreux et mieux armés. Jusqu'à quand le Père voulait-il éprouver la foi des catholiques ? N'avaient-ils pas assez souffert ? N'avaient-ils pas suffisamment enduré la faim, la mort, la souffrance ? Non, pas encore. Le Conseiller l'a dit : la pénitence sera à la dimension de nos fautes. Comme sa faute est plus grave que celle des autres, lui, sans doute, devra payer davantage. Mais c'est une grande consolation d'être du côté de la bonne cause, savoir qu'on combat aux côtés de saint Georges et non du Dragon.

Quand il atteint la tranchée le jour commence à se lever ; sauf les sentinelles grimpées sur les rochers, les hommes, éparpillés sur le versant, continuent à dormir. João Grande se recroqueville, en sentant le sommeil l'amollir, quand un galop le fait se redresser d'un bond. Enveloppés d'un nuage de poussière, huit à dix cavaliers se dirigent vers lui. Des soldats en reconnaissance, avant-garde d'une troupe qui ira protéger le convoi ? Dans la lumière encore très faible une pluie de flèches, pierres, lances inonde la patrouille depuis les flancs et il entend des coups de feu dans le bourbier où se trouve Macambira. Les cavaliers rebroussent chemin vers la Favela. Maintenant oui, il est sûr que les renforts du convoi vont apparaître à tout moment, nombreux et impossibles à arrêter par des hommes seulement armés d'arbalètes, de baïonnettes et de couteaux. João Grande prie le Père pour que João Abade ait le temps d'exécuter son plan.

Ils surgissent une heure plus tard. Entre-temps la Garde Catholique a obstrué de telle sorte le ravin avec les cadavres de chevaux, de mules et de soldats, avec des bidons, des arbustes et des cactus qu'ils précipitent sur les flancs que deux compagnies de sapeurs doivent venir déblayer la piste. Cela ne leur est pas facile car, outre les coups de feu de Joaquim Macambira avec ses dernières cartouches et qui les obligent à reculer à deux reprises, alors que les sapeurs ont commencé à dynamiter les obstacles, João Grande et une centaine de ses hommes arrivent jusqu'à eux en rampant et se jettent sur eux au corps à corps. Avant que d'autres soldats apparaissent, ils les frappent et en tuent beaucoup, en même temps qu'ils leur volent quelques rifles et ces précieux sacs de projectiles. Quand João Grande souffle dans son sifflet et donne l'ordre de se retirer, plusieurs jagunços restent sur la piste, morts ou agonisants. Une fois en haut, protégé des balles derrière les parapets, l'ex-esclave a le temps de voir qu'il est indemne. Taché de sang, oui, mais du sang d'un autre ; il se nettoie avec du sable. Est-ce miraculeux qu'en trois jours de guerre il n'ait reçu pas même une égratignure ? A plat ventre, haletant, il voit sur la piste enfin ouverte les soldats passer en colonnes par quatre en direction de João Abade. Par dizaines, par centaines. Ils vont protéger le convoi, sans doute, car malgré toutes les provocations de la Garde Catholique et de Macambira, ils ne prennent pas la peine de grimper sur les versants ni d'envahir le bourbier. Ils se limitent à arroser de balles des deux côtés de la vallée avec des petits groupes de tireurs qui mettent un genou en terre pour tirer. João Grande n'en doute plus. Il ne peut plus être d'aucune aide ici au Commandant de la Rue. Il s'assure que l'ordre de repli arrive à tous, sautant entre les rochers et les coteaux, allant de tranchée en tranchée, descendant derrière les crêtes pour voir si les femmes qui sont venues faire la cuisine sont reparties. Elles n'y sont plus. Alors il entreprend aussi le retour à Belo Monte.

Il le fait en suivant un méandre du Vasa Barris qui ne se remplit qu'aux grandes crues. Sur ce lit pierreux et caillouteux João Grande sent croître la chaleur du matin. Il va à l'arrière, comptant ses morts, devinant la tristesse du Conseiller, du Ravi et de la Mère des Hommes quand ils sauront que ces frères pourrissent en plein air. Il a de la peine en se souvenant de ces petits gars, à qui pour la plupart il a appris à tirer, maintenant devenus la proie des vautours, sans enterrement ni prières. Mais comment aurait-il pu sauver leurs dépouilles ?

Le long de tout le trajet on entend des coups de feu, tirés de la Favela. Un jagunço dit que c'est bizarre que Pajeú, Mané Quadrado et Taramela qui font feu sur les chiens depuis ce front puissent tirer tant de salves. João Grande lui rappelle qu'ils se sont partagés la plus grande partie des munitions, dans ces tranchées qui s'interposent entre Belo Monte et la Favela. Et que même les forgerons se sont transportés là avec leurs enclumes et soufflets pour continuer à fondre du plomb près des combattants. Cependant, dès qu'ils aperçoivent Canudos sous des petits nuages qui doivent venir de l'explosion des grenades – le soleil est haut et les tours du Temple ainsi que les maisons chaulées brillent immaculées – João Grande pressent la bonne nouvelle. Il cligne des yeux, regarde, calcule, compare. Oui, on tire des rafales continues depuis le Temple du Bon Jésus, depuis l'église de São Antonio, depuis les parapets du cimetière, en même temps que depuis les ravins du Vasa Barris et la Fazenda Velha. D'où sortent tant de munitions ? Quelques minutes plus tard un « gamin » lui apporte un message de João Abade.

– Alors il est revenu à Canudos, s'écrie l'ex-esclave.

– Avec plus de cent vaches et beaucoup de fusils, dit l'enfant, enthousiaste. Et des caisses de balles, de grenades et de grands bidons de poudre. Il les a volées aux chiens et maintenant tout Belo Monte est en train de manger de la viande.

João Grande pose l'une de ses grosses mains sur la tête du gosse et contient son émotion. João Abade veut que la Garde Catholique aille à la Fazenda Velha renforcer Pajeú, et que l'ex-esclave le retrouve chez Vilanova. João Grande dirige ses hommes vers les ravins du Vasa Barris, angle mort qui les protégera contre les tirs de la Favela, vers la Fazenda Velha, un kilomètre de creux et de caches creusées en tirant profit des dénivellations et des sinuosités du terrain qui sont la première ligne de défense de Belo Monte, à peine à une demi-centaine de mètres des soldats. Depuis son retour, le caboclo Pajeú se charge de ce front.

En arrivant à Belo Monte, João Grande peut à peine voir tant est dense la poussière qui déforme tout. La fusillade est intense et au fracas des tirs s'ajoute le bruit des tuiles qui se brisent, des murs qui s'effondrent et des bidons qui tintinnabulent. Le gamin le prend par la main : il sait par où les balles ne tombent pas. Durant ces deux jours de bombardements et de tirs les gens ont établi une géographie de sécurité et circulent seulement par certaines rues et sous un certain angle, à l'abri de la mitraille. Les bêtes ramenées par João Abade sont dépecées dans la ruelle du Saint-Esprit transformée en enclos et abattoir, et il y a là une longue queue de vieillards, de femmes et d'enfants attendant leur ration, tandis que Campo Grande ressemble à un campement militaire par la quantité de caisses de munitions et de barils de poudre au milieu desquels s'affaire une foule de jagunços. Les mules qui ont traîné le chargement arborent la marque des régiments et certaines saignent des coups de fouet reçus ou braient, effrayées par le vacarme. João Grande voit un âne mort que dévorent des chiens squelettiques parmi des nuées de mouches. Il reconnaît Antonio et Honorio Vilanova juchés sur une estrade ; avec force cris et gestes ils distribuent ces caisses de munitions qu'emportent, deux par deux, en courant collés au mur septentrional des maisons, de jeunes jagunços, certains aussi jeunes que celui qui ne le laisse pas s'approcher des Vilanova et lui enjoint d'entrer dans l'antique maison des maîtres où, lui dit-il, l'attend le Commandant de la Rue. Que les gosses de Canudos soient des messagers – on les appelle « gamins » – a été une idée de Pajeú. Quand il le proposa, dans ce même magasin, João Abade avait dit que c'était risqué, qu'ils n'étaient pas responsables et que leur mémoire était peu fiable, mais Pajeú avait insisté : d'après son expérience, les enfants étaient rapides, efficaces et d'une totale abnégation. « C'est Pajeú qui avait raison », pense l'ex-esclave en voyant la petite main qui ne lâche pas la sienne jusqu'à ce qu'il se trouve en face de João Abade, qui, appuyé au comptoir, boit et mange tranquillement tout en écoutant Pedrão, entouré d'une douzaine de jagunços. En le voyant, il lui fait signe d'approcher et il lui serre la main avec force. João Grande veut lui dire ce qu'il ressent, le remercier, le féliciter pour avoir obtenu ces armes, ces munitions, cette viande, mais, comme toujours, quelque chose le retient, l'intimide, le rend penaud : seul le Conseiller est capable de rompre cette barrière qui, depuis qu'il a l'âge de raison, l'empêche de communiquer aux autres les sentiments de son âme. Il salue les autres d'un mouvement de tête ou en leur tapotant le dos. Il sent soudain une immense fatigue et s'accroupit par terre. Assunção Sardelinha met entre ses mains une écuelle pleine de viande grillée avec de la farinha et une carafe d'eau. Un moment, il oublie la guerre, ce qu'il est, et il mange et boit avec bonheur. Quand il a fini, il remarque que João Abade, Pedrão et les autres sont silencieux, l'attendent, et il se sent confus. Il balbutie ses excuses.

Il leur explique ce qui s'est passé aux Umburanas quand l'indescriptible tonnerre le soulève et le secoue sur place. Durant quelques secondes ils restent tous immobiles, ramassés, des mains se couvrant la tête, sentant vibrer les pierres, le toit, les objets du magasin comme si tout, par l'effet d'une interminable vibration, allait se briser en mille morceaux.

– Vous voyez, vous voyez ? entre en rugissant le vieux Joaquim Macambira, méconnaissable sous la terre et la poussière. Tu vois ce que c'est la Matadeira, João Abade ?

Au lieu de lui répondre, celui-ci ordonne au « gamin » qui a guidé João Grande et que l'explosion a projeté dans les bras de Pedrão, dont il s'écarte le visage décomposé par la peur, d'aller voir si le coup de canon a endommagé le Temple du Bon Jésus ou le Sanctuaire. Puis, il fait signe à Macambira de s'asseoir et de manger quelque chose. Mais le vieux est frénétique et, tandis qu'il mordille un bout de viande que lui tend Antonia Sardelinha, il continue à parler avec haine et effroi de la Matadeira. João Grande l'entend marmonner : « Si nous ne faisons rien elle nous enterrera. »

Et soudain João Grande voit, dans un songe placide, une troupe d'alezans qui galopent pleins de brio sur une place sablonneuse et foncent sur la mer bleue d'écume. Il y a une odeur de cannaies, de miel nouveau, de bagasse triturée qui parfume l'air. Cependant le bonheur de voir ces beaux animaux, hennissant de joie au milieu des vagues fraîches, dure peu car soudain surgit du fond de la mer l'engin allongé et mortifère crachant le feu comme le Dragon qu'Oxossi, dans les candomblés de Mocambo extermine avec une épée étincelante. Quelqu'un tonne : « Le Diable gagnera. » La peur le réveille.

Derrière un rideau de chassie il voit, à la lumière vacillante d'une lampe à huile, trois personnes en train de manger : la femme, l'aveugle et le Nain qui sont venus à Belo Monte avec le Père Joaquim. Il fait nuit, il n'y a plus personne au magasin. Il a dormi plusieurs heures. Il sent un remords qui le réveille tout à fait. « Que s'est-il passé ? » crie-t-il en se levant. L'aveugle laisse échapper un bout de viande et il le voit tâtonner par terre à sa recherche.

« C'est moi qui leur ai dit de te laisser dormir », dit la voix de João Abade, et il voit dans l'ombre se profiler sa robuste silhouette. « Loué soit le Bon Jésus Conseiller », murmure l'ex-esclave qui commence à s'excuser, mais le Commandant de la Rue l'interrompt : « Tu avais besoin de dormir, João Grande, personne ne vit sans dormir. » Il s'assoit sur un tonneau, près de la lampe, et l'ex-esclave voit qu'il est blême, les yeux enfoncés et le front strié. « Tandis que je rêvais aux chevaux, toi tu combattais, tu courais, tu aidais », pense-t-il. Il ressent une telle culpabilité qu'il se rend à peine compte que le Nain s'approche et leur tend un petit bidon d'eau. Après avoir bu, João Abade le lui passe.

Le Conseiller est à l'abri, au Sanctuaire, et les athées n'ont pas bougé de la Favela ; de temps en temps, ils tirent au fusil. Sur le visage fatigué de João Abade il y a de l'inquiétude. « Que se passe-t-il, João ? Puis-je faire quelque chose ? » Le Commandant de la Rue le regarde avec affection. Bien qu'ils ne parlent pas beaucoup, l'ex-esclave sait, depuis l'époque des voyages, que l'ex-cangaceiro l'apprécie ; une foule de fois il le lui a fait sentir.

– Joaquim Macambira et ses enfants vont monter à la Favela pour faire taire la Matadeira, dit-il. – Les trois personnes assises par terre cessent de manger et l'aveugle tend la tête l'œil droit collé à ce monocle en miettes. – Ils auront du mal à arriver en haut. Mais s'ils y parviennent, ils peuvent le saboter. C'est facile. Briser le détonateur ou faire sauter le chargeur.

– Puis-je aller avec eux ? l'interrompt João Grande. Je mettrai de la poudre dans ce canon et je le ferai sauter.

– Tu peux aider les Macambira à monter jusque là-haut, dit João Abade. Pas aller avec eux, João Grande. Seulement les aider à monter là-haut. C'est leur plan, leur décision. Allons-y.

Quand ils sortent, le Nain s'accroche à João Abade et d'une voix sucrée il lui dit : « Quand tu voudras je te raconterai à nouveau la Terrible et Exemplaire Histoire de Robert le Diable, João Abade. » L'ex-cangaceiro l'écarte, sans lui répondre.

Dehors il fait nuit noire. Pas une seule étoile ne brille. On n'entend pas de coups de feu et l'on ne voit personne à Campo Grande. Pas de lumières non plus dans les maisons. Les bêtes ont été emmenées, dès qu'il a fait nuit, derrière Mocambo. La ruelle du Saint-Esprit pue la charogne et le sang séché, et tandis qu'il écoute le plan des Macambira, João Grande sent voleter des myriades de mouches sur les restes que fouillent les chiens. Ils remontent Campo Grande jusqu'à l'esplanade des églises, fortifiée sur les quatre côtés par de doubles et triples palissades de briques, pierres, caisses de terre, chariots retournés, barils, portes, bidons, pieux, derrière lesquelles s'entassent des hommes armés. Ils se reposent, allongés par terre, ils bavardent autour de petits braseros et, à l'un des angles, un groupe chante, animé par une guitare. « Comment peut-on être aussi peu de chose qu'on ne puisse tenir sans dormir même quand il s'agit de sauver son âme ou de brûler durant la vie éternelle ? » pense-t-il, tourmenté.

À la porte du Sanctuaire, caché derrière un haut parapet de sacs et de caisses de terre, ils discutent avec les hommes de la Garde Catholique tandis qu'ils attendent les Macambira. Le vieux, ses onze fils et les femmes de ceux-ci se trouvent avec le Conseiller. João Grande sélectionne mentalement les gosses qui l'accompagneront et il pense qu'il aimerait entendre ce que le Conseiller doit dire à cette famille qui va se sacrifier pour le Bon Jésus. Quand ils sortent, le vieillard a les yeux brillants. Le Ravi et la Mère Maria Quadrado les accompagnent jusqu'au parapet et les bénissent. Les Macambira embrassent leurs femmes, qui se mettent à pleurer, accrochées à eux. Mais Joaquim Macambira met fin à la scène en indiquant qu'il est l'heure de partir. Les femmes s'en vont avec le Ravi prier au Temple du Bon Jésus.

Sur le chemin des tranchées de la Fazenda Velha, ils prennent l'équipement que João Abade a ordonné : des barres de fer, des leviers, des pétards, des haches, des marteaux. Le vieillard et ses fils se les répartissent en silence, tandis que João Abade leur explique que la Garde Catholique fera diversion en feignant un assaut contre les chiens, tandis qu'ils ramperont jusqu'à la Matadeira. « Nous allons voir si les "gamins" l'ont localisée », dit-il.

Oui, ils l'ont localisée. Pajeú le leur confirme en les recevant à la Fazenda Velha. La Matadeira se trouve sur la première élévation, immédiatement derrière le Monte Mario, près des autres canons de la Première Colonne. Ils les ont placés en file, au milieu de sacs et de caisses de terre. Deux « gamins » ont rampé jusque-là et ont compté, après le no man's land et la ligne de tireurs morts, trois postes de surveillance sur les flancs presque verticaux de la Favela.

João Grande laisse João Abade et les Macambira avec Pajeú et se glisse dans les labyrinthes creusés au long de ce terrain près du Vasa Barris. Depuis ces tranchées et ces creux les jagunços ont infligé la punition la plus sévère aux soldats qui, dès qu'ils arrivèrent aux sommets et aperçurent Canudos, se précipitèrent le long des pentes vers la ville étendue à leurs pieds. La terrible fusillade les stoppa net, les fit se retourner, se bousculer, s'emmêler, s'embrouiller, découvrir qu'ils ne pouvaient pas reculer ni avancer ni s'échapper par les flancs et que la seule solution était de s'aplatir à terre et d'élever des défenses. João Grande marche entre les jagunços qui dorment ; au bout d'une certaine distance, régulièrement, une sentinelle se détache des parapets pour parler avec lui. L'ex-esclave réveille quarante hommes de la Garde Catholique et leur explique ce qu'ils vont faire. Il n'est pas surpris d'apprendre qu'il n'y a presque pas eu de pertes dans cette tranchée ; João Abade avait prévu que la topographie protégerait là les jagunços beaucoup mieux que nulle part ailleurs.

Quand il revient à la Fazenda Velha, avec ses quarante gars, João Abade et Joaquim Macambira sont en train de discuter. Le Commandant de la Rue veut que les Macambira revêtent des uniformes de soldats, il dit qu'ainsi ils auront plus de probabilités d'arriver jusqu'au canon. Joaquim Macambira refuse, indigné.

– Je ne veux pas me damner, grogne-t-il.

– Tu ne vas pas te damner. C'est pour que tes fils et toi reveniez en vie.

– Ma vie et celle de mes fils c'est notre affaire, tonne le vieux.

– Comme tu voudras, se résigne João Abade. Que le Père vous accompagne, alors.

– Loué soit le Bon Jésus Conseiller, dit le vieux en partant.

Quand ils se trouvent dans le no man's land, la lune se lève. João Grande jure entre ses dents et entend ses hommes murmurer. C'est une lune jaune, ronde, énorme, qui remplace les ténèbres par une faible clarté qui laisse apparaître la surface terreuse, sans arbustes, qui se perd dans les ombres denses de la Favela. Pajeú les accompagne jusqu'au pied de la pente. João Grande ne cesse de penser en lui-même : « Comment ai-je pu m'endormir quand tout le monde veillait ? » Il épie le visage de Pajeú. Est-il resté trois, quatre jours sans dormir ? Il a harcelé les chiens depuis Monte Santo, il leur a tiré dessus à Angico et aux Umburanas, il est revenu à Canudos les traquer ici, il continue de le faire depuis deux jours et il est là, frais, tranquille, hermétique, les guidant en même temps que les « gamins » qui le remplaceront comme guide sur le versant. « Lui n'aurait pas dormi », pense João Grande. Il pense : « Le Diable m'a endormi. » Il sursaute ; malgré les années écoulées et la paix que le Conseiller a accordée à sa vie, de temps en temps il est tourmenté par l'idée que le Démon est entré dans son corps le jour lointain où il a tué Adelinha de Gumucio, qu'il demeure tapi au fond de son âme espérant l'occasion propice pour le perdre à nouveau.

Soudain le terrain devient plus raide, vertical. João se demande si le vieux Macambira pourra l'escalader. Pajeú leur signale la ligne des tireurs morts, visibles à la clarté de la lune. Ce sont beaucoup de soldats ; ils faisaient partie de l'avant-garde et tombèrent à la même hauteur, fauchés par la fusillade des jagunços. Dans la pénombre, João Grande voit briller les boutons de leur buffleterie, les insignes dorés de leurs calots. Pajeú leur dit au revoir d'un signe de tête presque imperceptible et les deux « gamins » commencent à grimper à quatre pattes le versant. João Grande et Joaquim Macambira les suivent, également à quatre pattes, et plus bas la Garde Catholique. Ils avancent si prudemment que João ne les entend même pas. La rumeur qu'ils produisent, ces petits cailloux qu'ils font rouler, ressemble à un bruit de vent. Dans son dos, tout en bas, à Belo Monte, il entend un murmure constant. Prient-ils sur la Place ? Est-ce que ce sont les prières pour les morts du matin que Canudos enterre chaque nuit ? Il perçoit maintenant, devant lui, des silhouettes, des lumières, il entend des voix et tous ses muscles sont en alerte, pour le cas où.

Les « gamins » les font s'arrêter. Ils sont près d'un poste de sentinelles : quatre soldats, debout, et derrière eux plusieurs silhouettes de soldats éclairés par les reflets d'un feu. Le vieux Macambira se traîne jusqu'à lui et João Grande l'entend respirer, avec difficulté : « Quand tu entendras le sifflet, descends-les. » Il acquiesce : « Que le Bon Jésus vous aide, Dom Joaquim. » Il voit disparaître dans l'ombre les douze Macambira, écrasés sous leurs marteaux, leviers et haches, et le « gamin » qui les guide. L'autre « gamin » reste avec lui.

Il attend au milieu de ses hommes, tendu, le coup de sifflet indiquant que les Macambira sont arrivés devant la Matadeira. Il tarde beaucoup et l'ex-esclave a l'impression qu'il ne l'entendra jamais. Quand – long, ululant, soudain – il efface tous les autres bruits, ses hommes et lui tirent simultanément sur les sentinelles. Une fusillade fracassante éclate, dans tout l'endroit. Il y a une grande pagaille et les soldats éteignent le feu. Ils tirent d'en haut, mais ils ne les ont pas localisés, car les tirs ne viennent pas dans leur direction.

João Grande ordonne à ses hommes d'avancer et un moment plus tard il entend éclater les pétards de dynamite contre le campement, dans l'obscurité, provoquant des courses, des cris, des ordres confus. En haut, vers le Monte Mario, il semble y avoir aussi des coups de feu. Les Macambira sont-ils aux prises avec les artilleurs ? En tout cas, cela ne vaut pas la peine de rester là ; ses compagnons aussi ont épuisé leurs cartouches. D'un coup de sifflet, il donne l'ordre de se retirer.

À mi-pente, une petite silhouette menue les rattrape en courant. João Grande pose sa main sur sa tête broussailleuse :

– Tu les as conduits jusqu'à la Matadeira ? lui demanda-t-il.

– Oui, répond l'enfant.

On entend une fusillade bruyante derrière, comme si toute la Favela était entrée en guerre. Le garçon n'ajoute rien et João Grande pense, une fois de plus, aux étranges manières du sertão où les gens préfèrent se taire plutôt que parler.

– Et qu'est-il arrivé aux Macambira ? demande-t-il enfin.

– Ils les ont tués, dit doucement l'enfant.

– Tous ?

– Je crois que oui.

Les voilà maintenant dans le no man's land, à mi-chemin des tranchées.

Le Nain trouva le myope en pleurs, recroquevillé dans un recoin de Cocorobó, quand les hommes de Pedrão se retiraient. Il le guida de la main parmi les jagunços qui revenaient à toute hâte à Belo Monte, convaincus que les soldats de la Deuxième Colonne, une fois franchie la barrière de Trabubú, lanceraient l'assaut sur la ville. Quand, à l'aube suivante, ils traversaient une tranchée devant les enclos de chèvres, au milieu de la foule ils tombèrent sur Jurema : elle était entre les deux Sardelinha, faisant avancer un âne chargé de couffins. Tous trois s'embrassèrent, émus, et le Nain sentit, en l'étreignant, que Jurema posait ses lèvres sur sa joue. Cette nuit-là, couchés au magasin, derrière les tonneaux et les caisses, entendant les coups de feu pleuvoir sans trêve sur Canudos, le Nain leur raconta qu'aussi loin qu'il pouvait remonter, ce baiser était le premier qu'on lui avait jamais donné.

Combien de jours durèrent les coups de canon, les salves de fusils, le fracas des grenades qui noircissaient l'air et ébréchaient les tours du Temple ? Trois, quatre, cinq ? Ils rôdaient dans le magasin, voyaient entrer le jour ou la nuit les Vilanova et les autres, ils les entendaient discuter et donner des ordres, et ne comprenaient rien. Un soir le Nain remplissait à la louche les bourses et cornes de poudre pour les escopettes et rifles à pierre, quand il entendit dire un jagunço montrant du doigt le stock d'explosifs : « Espérons que tes murs sont solides, Antonio Vilanova. Une seule balle pourrait allumer tout ça et faire sauter le quartier entier. » Il ne le rapporta pas à ses compagnons. Pourquoi terroriser davantage le myope ? Les choses qu'ils avaient vécues ici lui faisaient ressentir pour eux deux une affection qu'il n'avait jamais éprouvée pas même pour les gens du Cirque qui étaient ceux avec qui il s'entendait le mieux.

Il sortit en deux occasions durant le bombardement, à la recherche de nourriture. Collé aux murs, par où se glissaient les gens, il mendia aux portes des maisons, aveuglé de poussière, étourdi par la mitraille. Rue de la Mère-Église il vit mourir un enfant. Il courait derrière une poule qui battait des ailes quand, au bout de quelques pas, il ouvrit les yeux et sauta en l'air, comme tiré par les cheveux. Il porta son cadavre à la maison d'où il l'avait vu sortir et comme il n'y avait personne il le laissa dans le hamac. Il ne put capturer la poule. Le moral des trois remonta, en dépit de l'incertitude et de la mortalité, quand ils purent manger, grâce aux bêtes ramenées par João Abade à Belo Monte.

Il faisait nuit, la fusillade connaissait une trêve, la rumeur des prières sur la grand-place avait cessé, et eux, sur le sol du magasin, éveillés, discutaient. Soudain, une silhouette se présenta à pas feutrés à la porte, une petite lampe de terre à la main. Le Nain reconnut la blessure et les petits yeux acérés de Pajeú. Il avait une escopette à l'épaule, une machette et un poignard à la ceinture, des bandes de cartouches en travers de la chemise.

– Très respectueusement, murmura-t-il. Je veux que vous soyez ma femme.

Le Nain sentit gémir le myope. Il lui sembla extraordinaire que cet homme si réservé, si lugubre, si glacial, eût dit semblable chose. Il devina, sous ce visage crispé par la cicatrice, une grande anxiété. On n'entendait ni coups de feu, ni aboiements, ni litanies ; seulement un bourdon se cognant contre le mur. Le cœur du Nain battait avec force ; ce n'était pas de peur, mais une impression douceâtre, pitoyable, pour ce visage lacéré qui, à la clarté de la petite lampe, regardait fixement Jurema, attendant. Il sentait la respiration craintive du myope. Jurema ne disait rien. Pajeú se mit à parler à nouveau, en articulant chaque mot. Il n'avait pas été marié auparavant, pas comme l'exigeaient l'Église, le Père, le Conseiller. Ses yeux ne s'écartaient pas de Jurema, ne cillaient pas, et le Nain pensa qu'il était bête de sentir de la peine pour quelqu'un d'aussi redouté. Mais à cet instant Pajeú semblait terriblement désemparé. Il avait connu des amours passagères, celles qui ne laissent pas de trace, mais pas de famille, pas d'enfants. Sa vie ne le permettait pas. Toujours à marcher, à fuir, à combattre. Aussi comprit-il fort bien quand le Conseiller expliqua que la terre fatiguée, épuisée qu'on exigeât toujours la même chose, demande un jour à se reposer. C'est cela qu'avait été pour lui Belo Monte, comme le repos de la terre. Sa vie avait été vide d'amour. Mais maintenant... Le Nain remarqua qu'il avalait sa salive et il pensa que les Sardelinha s'étaient réveillées et qu'elles entendaient Pajeú dans l'ombre. C'était une préoccupation, quelque chose qui le réveillait la nuit : son cœur s'était-il desséché par manque d'amour ? Il bégaya et le Nain pensa : « Ni l'aveugle ni moi n'existons pour lui. » Il ne s'était pas desséché : il avait vu Jurema dans la caatinga et il l'avait su. Quelque chose se produisit sur sa cicatrice : c'était la petite flamme de la lampe qui, en vacillant, lui abîmait encore davantage le visage. « Sa main tremble », s'étonna le Nain. Ce jour-là son cœur s'était mis à parler, ses sentiments, son âme. Grâce à Jurema il avait découvert qu'il n'était pas sec à l'intérieur. Son visage, son corps, sa voix étaient toujours présents ici et ici. Il toucha sa tête et sa poitrine d'un geste brusque, et la petite flamme s'éleva et s'abaissa. À nouveau il se tut, attendant, et le bourdonnement de l'hyménoptère qui se cognait contre le mur envahit derechef l'atmosphère. Jurema demeurait muette. Le Nain l'observa de biais : repliée sur elle-même, en attitude défensive, elle résistait au regard du caboclo, très sérieuse.

– Nous ne pouvons nous marier maintenant, car maintenant il y a une autre obligation, ajouta Pajeú, comme pour demander des excuses. Quand les chiens s'en iront.

Le Nain sentit gémir le myope. Pas plus cette fois les yeux du caboclo ne s'écartèrent de Jurema pour regarder son voisin. Mais il y avait une chose... Quelque chose à quoi il avait beaucoup réfléchi, ces jours-ci, tandis qu'il pourchassait et faisait le coup de feu contre les athées. Quelque chose qui réjouirait son cœur. Il se tut, eut honte, finit par le dire : Jurema lui apporterait-elle son repas et son eau à la Fazenda

Velha ? C'était quelque chose qu'il enviait aux autres, quelque chose qu'il voudrait aussi avoir. Le ferait-elle ?

– Oui, oui, elle le fera, elle vous l'apportera, le Nain, ahuri, entendit-il le myope dire. Elle le fera, elle le fera.

Mais pas même cette fois les yeux du caboclo ne le regardèrent.

– Qu'est-ce qu'il est pour vous ? l'entendit-il demander. – Maintenant sa voix était coupante comme un poignard. – Il n'est pas votre mari, n'est-ce pas ?

– Non, dit Jurema, très douce. Il est... comme mon fils.

La nuit se peupla soudain de coups de feu. D'abord une salve, puis une autre, très violente. On entendit des cris, des gens courir, une explosion.

– Je suis heureux d'être venu, de vous avoir parlé, dit le caboclo. Maintenant je dois m'en aller. Loué soit le Bon Jésus !

Un moment plus tard l'obscurité noyait à nouveau le magasin et, au lieu du bourdon, ils entendaient des rafales intermittentes, lointaines, rapprochées. Les Vilanova étaient dans les tranchées et n'apparaissaient que pour les réunions avec João Abade ; les Sardelinha passaient presque tout le jour dans les dispensaires, ou apportaient à manger aux combattants. Le Nain, Jurema et le myope étaient les seuls à rester là. Le magasin était réapprovisionné d'armements et d'explosifs grâce au convoi ramené par João Abade et une palissade de sable et de pierres défendait sa façade.

– Pourquoi ne lui répondais-tu pas ? le Nain entendit s'agiter l'aveugle. Il était extrêmement tendu, se faisant violence pour te dire ces choses. Pourquoi ne lui répondais-tu pas ? Ne voyais-tu pas que dans son état il pouvait passer de l'amour à la haine, te frapper, te tuer et nous tuer tous ?

Il se tut pour éternuer une fois, deux fois, dix fois. À la fin de ses éternuements les coups de feu avaient disparu aussi et le bourdon nocturne voletait au-dessus de leurs têtes.

– Je ne veux pas être la femme de Pajeú, dit Jurema, comme si elle ne leur parlait pas. S'il m'y oblige, je me tuerai. Comme s'est tuée une femme de Calumbi avec une épine de xique-xique. Je ne serai jamais sa femme.

Le myope eut une autre crise d'éternuements et le Nain se sentit saisi de peur : si Jurema mourait, que deviendrait-il ?

– Nous aurions dû nous échapper quand on le pouvait encore, entendit-il gémir l'aveugle. Nous ne sortirons plus jamais d'ici. Nous connaîtrons une mort horrible.

– Pajeú a dit que les soldats s'en iraient, murmura le Nain. Il l'a dit d'un ton convaincu. Il sait, lui, il combat, il se rend compte de ce qui se passe.

D'autres fois, l'aveugle le réfutait : était-il devenu fou comme ces rêveurs, se figurait-il qu'ils pouvaient gagner la guerre contre l'armée du Brésil ? Croyait-il, comme eux, que le roi Dom Sebastião allait apparaître et lutter à leurs côtés ? Mais maintenant il resta silencieux. Le Nain n'était pas aussi sûr que lui que les soldats fussent invincibles. Est-ce qu'ils avaient pu entrer à Canudos ? João Abade ne les avait-il pas dépouillés de leur armes et de leurs bêtes ? Les gens disaient qu'ils tombaient comme des mouches à la Favela, essuyant le feu de tous côtés, sans nourriture et usant leurs dernières cartouches.

Cependant, le Nain, dont l'existence itinérante passée l'empêchait de rester enfermé et le poussait dans les rues, en dépit des balles, vit bien, les jours suivants, que Canudos n'avait pas l'aspect d'une ville victorieuse. Il rencontrait fréquemment quelque mort ou blessé dans les ruelles ; si la fusillade était intense il se passait des heures avant qu'on les transportât dans les dispensaires, qui se trouvaient tous maintenant dans la rue Santa Inés, près de Mocambo. Sauf quand il aidait les infirmiers à les transporter, le Nain évitait ce secteur. Parce qu'à Santa Inés on entassait durant le jour les cadavres que l'on ne pouvait enterrer que la nuit – le cimetière était dans la ligne de feu – et la pestilence était terrible, sans parler des pleurs et des plaintes des blessés des dispensaires et du triste spectacle des petits vieux invalides ou perclus qu'on employait à chasser les urubus et les chiens qui voulaient dévorer les cadavres pleins de mouches. Les enterrements étaient célébrés après le rosaire et les conseils, qui avaient lieu chaque soir ponctuellement à l'appel de la cloche du Temple du Bon Jésus. Mais maintenant on les faisait dans l'obscurité, sans les cierges grésillants d'avant la guerre. Jurema et l'aveugle avaient coutume d'aller avec lui entendre les conseils. Mais contrairement au Nain qui suivait ensuite les cortèges au cimetière, ils retournaient au magasin sitôt achevé le prêche du Conseiller. Le Nain était fasciné par les enterrements, ce curieux désir des familles que leurs morts soient enterrés avec quelque bout de bois dessus. Comme il n'y avait plus personne pour faire des cercueils, car tout le monde se consacrait à la guerre, les cadavres étaient ensevelis dans des hamacs, parfois à deux ou trois en un seul. Les parents mettaient à l'intérieur du hamac un petit bout de bois, une branche d'arbuste, un objet quelconque en bois, pour prouver au Père leur volonté de donner au mort une sépulture digne, avec une bière, que les circonstances adverses interdisaient.

Au retour de l'une de ses tournées, le Nain trouva au magasin Jurema et l'aveugle avec le Père Joaquim. Depuis leur arrivée, il y avait plusieurs mois, ils ne s'étaient pas retrouvés seuls avec lui. Ils le voyaient souvent, à droite du Conseiller, dans la tour du Temple du Bon Jésus, disant la messe, récitant le rosaire que reprenait en chœur la foule sur la grand-place, dans les processions, entouré par le cordon sanitaire de la Garde Catholique et dans les enterrements, psalmodiant des répons en latin. Ils avaient entendu dire que ses disparitions étaient des voyages qui le conduisaient aux quatre coins du sertão pour exécuter des commissions et aider les jagunços. Depuis la reprise de la guerre, il apparaissait fréquemment dans les rues, surtout à Santa Inés, où il allait confesser et administrer l'extrême-onction aux moribonds des dispensaires. Bien qu'il l'ait croisé plusieurs fois, il ne lui avait jamais adressé la parole ; mais lorsque le Nain entra dans le magasin, le curé tendit la main et lui adressa quelques mots aimables. Il était assis sur un petit banc de trayeuse et, devant lui, Jurema et le myope, par terre, les jambes croisées.

– Rien n'est facile, pas même cela qui semblait le plus facile au monde, dit le Père Joaquim à Jurema, découragé, faisant claquer ses lèvres crevassées. Je pensais que cela te donnerait un grand bonheur. Que cette fois, on me recevrait comme un porteur de joie dans une maison. – Il fit une pause et s'humecta les lèvres de la langue. – Je pénètre seulement dans les maisons avec les saintes huiles pour fermer les yeux des morts, pour voir souffrir.

Le Nain pensa que ces derniers mois c'était devenu un

petit vieux. Il n'avait presque plus de cheveux et au-delà de la toison blanche au-dessus de ses oreilles on voyait son crâne brûlé et couvert de taches de rousseur. Sa maigreur était extrême ; sa soutane râpée révélait en s'ouvrant les côtes saillantes de sa poitrine ; son visage tombait en plis jaunâtres, sur lesquels blanchissaient des petits points de barbe laiteuse. Son expression trahissait, outre la faim et la vieillesse, une immense fatigue.

– Je ne me marierai pas avec lui, mon Père, dit Jurema. S'il veut m'obliger, je me tuerai.

Elle dit cela tranquillement, avec la même détermination paisible que cette nuit-là, et le Nain comprit que le curé de Cumbe avait déjà dû l'entendre dire la même chose, car il ne fut pas surpris :

– Il ne veut pas t'obliger, marmotta-t-il. Il ne lui vient même pas à l'esprit que tu puisses le repousser. Il sait, comme tout le monde, que n'importe quelle femme de Canudos se sentirait heureuse d'avoir été choisie par Pajeú pour fonder un foyer. Tu sais qui est Pajeú, n'est-ce pas, ma fille ? Tu as certainement entendu les choses que l'on raconte sur lui.

Il contempla le sol terreux d'un air contrit. Un petit mille-pattes se traînait entre ses sandales, d'où dépassaient ses orteils maigres et jaunâtres, aux ongles noirs et longs. Il ne l'écrasa pas, il le laissa s'éloigner, se perdre entre les rangées de fusils appuyés les uns sur les autres.

– Tout ce qu'on dit de lui est vrai, et même au-dessous de la vérité, ajouta-t-il du même air abattu. Ces violences, assassinats, vols, mises à sac, vengeances, ces férocités gratuites, comme de couper des oreilles, des nez. Toute cette vie de folie et d'enfer. Et cependant il est là, lui aussi, comme João Abade, comme Taramela, Pedrão et les autres. Le Conseiller a fait le miracle, il a transformé le loup en agneau et l'a fait rentrer au bercail. Et pour avoir transformé des loups en agneaux, pour donner des raisons de changer de vie à des gens qui ne connaissaient que la peur et la haine, la faim, le crime et le pillage, pour spiritualiser la brutalité de ces terres, on envoie des armées successives pour les exterminer. Quelle confusion s'est emparée du Brésil, du monde, pour commettre pareille iniquité ? N'est-ce pas là donner raison au Conseiller et penser qu'effectivement Satan s'est approprié le Brésil, que la République est l'Antéchrist.

Il ne parlait pas vite, il ne haussait pas le ton, il n'était ni furieux ni triste. Seulement accablé.

– Ce n'est pas de l'obstination et je ne le hais pas, répondit Jurema avec la même fermeté. Si c'était un autre que Pajeú, je ne l'accepterais pas non plus. Je ne veux pas me remarier, mon Père.

– C'est bien, j'ai compris, soupira le curé de Cumbe. Nous arrangerons cela. Si tu ne veux pas, tu ne l'épouseras pas. Tu n'as pas à te tuer. C'est moi qui marie les gens à Belo Monte, ici il n'y a pas de mariage civil. – Il eut un demi-sourire et une petite lueur coquine s'alluma dans ses pupilles. – Mais nous ne pouvons pas le lui dire d'un coup. La susceptibilité chez des gens comme Pajeú est une terrible maladie. Autre chose qui m'a toujours stupéfait, ce sentiment de l'honneur si pointilleux. Ils sont une plaie vive, ils n'ont rien mais ils regorgent d'honneur. C'est leur richesse. Bon, nous allons commencer par lui dire que ton veuvage est trop récent pour contracter maintenant un nouveau mariage. Nous le ferons attendre. Mais il y a une chose. C'est important pour lui. Apporte-lui son repas à la Fazenda Velha. Il m'a parlé de cela. Il a besoin de sentir qu'une femme s'occupe de lui. Ce n'est pas beaucoup. Fais-lui plaisir. Pour le reste, nous le découragerons, peu à peu.

La matinée avait été tranquille ; maintenant on commençait à entendre des tirs sporadiques et très lointains.

– Tu as éveillé une passion, ajouta le Père Joaquim. Une grande passion. Hier soir il est venu au Sanctuaire demander au Conseiller la permission de se marier avec toi. Il a dit qu'il accueillerait aussi ces deux-là, puisqu'ils sont ta famille, qu'il les emmenerait vivre avec lui...

Brusquement il se redressa. Le myope était secoué d'éternuements et le Nain éclata de rire, réjoui à l'idée de devenir le fils adoptif de Pajeú : il aurait toujours de quoi manger.

– Ni pour cela ni pour rien je ne me marierais avec lui, répéta Jurema, inébranlable. – Elle ajouta pourtant, en baissant les yeux : – Mais si vous croyez que je dois le faire, je lui apporterai à manger.

Le Père Joaquim acquiesça et faisait demi-tour quand le

myope se leva d'un bond et lui saisit le bras. Le Nain, en voyant son anxiété, devina ce qu'il allait dire.

– Vous pouvez m'aider, murmura-t-il en regardant à droite et à gauche. Faites-le pour vos croyances, mon Père. Moi je n'ai rien à voir avec ce qui se passe ici. Je suis à Canudos par accident, vous savez que je ne suis pas un soldat, ni un espion, que je ne suis rien. Je vous en prie, aidez-moi.

Le curé de Cumbe le regardait avec commisération.

– À vous en aller d'ici ?

– Oui, oui, bégaya le myope en remuant la tête. On me l'a défendu. Ce n'est pas juste...

– Vous auriez dû vous enfuir, dit le Père Joaquim, quand c'était possible, quand il n'y avait pas de soldats de tous côtés.

– Vous ne voyez pas dans quel état je suis ? gémit le myope en lui montrant ses yeux rougis, saillants, humides, fuyants. Vous ne voyez pas que sans lunettes je suis aveugle ? Pouvais-je m'en aller seul en trébuchant dans le sertão ? – Sa voix se brisa sur un petit cri. – Je ne veux pas mourir comme un rat !

Le curé de Cumbe cligna des yeux à plusieurs reprises et le Nain eut froid dans le dos, comme chaque fois que le myope prédisait la mort imminente pour eux tous.

– Moi non plus je ne veux pas mourir comme un rat, articula le curé en faisant une grimace. Moi non plus je n'ai rien à voir avec cette guerre. Et pourtant... – Il secoua sa tête comme pour chasser une image. – Même si je voulais vous aider, je ne le pourrais pas. Seules sortent de Canudos des bandes armées, pour combattre. Pourriez-vous sortir avec elle, par hasard ? – Il fit un geste amer. – Si vous croyez en Dieu, recommandez-vous à Lui. Il est le seul qui puisse nous sauver, maintenant. Et si vous ne croyez pas, je crains qu'il n'y ait personne qui puisse vous aider, mon ami.

Il s'éloigna, en traînant les pieds, courbé et triste. Ils n'eurent pas le temps de commenter sa visite, car les frères Vilanova entrèrent alors dans le magasin, suivis de plusieurs hommes. D'après leurs paroles, le Nain comprit que les jagunços creusaient une nouvelle tranchée, à l'ouest de la Fazenda Velha, le long du cours du Vasa Barris en face du Tabolerinho, car une partie des troupes s'étaient détachées de la Favela et entouraient le Cambaio probablement pour s'établir dans ce secteur. Quand les Vilanova partirent en emportant des armes, le Nain et Jurema consolèrent le myope, si affligé après sa conversation avec le Père Joaquim que les larmes coulaient sur ses joues et que ses dents s'entrechoquaient.

Ce même soir le Nain accompagna Jurema qui apporta à manger à Pajeú, à la Fazenda Velha. Elle demanda aussi au myope de l'accompagner, mais la peur que lui inspirait le caboclo et le danger qu'il y avait à traverser tout Canudos lui firent refuser. Le repas pour les jagunços était préparé dans la ruelle de São Cipriano, où l'on abattait les bêtes qui restaient de la razzia de João Abade. Ils firent une longue queue pour arriver à Catarina, la maigre femme de João Abade, qui, avec d'autres, distribuait des morceaux de viande et de la farinha, ainsi que des outres que les « gamins » allaient remplir à l'abreuvoir de São Pedro. La femme du Commandant de la Rue leur donna un panier avec ces victuailles et ils rejoignirent la file qui allait aux tranchées. Il fallait parcourir la ruelle de São Crispin et avancer tête baissée, voire à quatre pattes, dans les ravins du Vasa Barris, dont les anfractuosités servaient de bouclier contre les balles. À partir du fleuve, les femmes ne pouvaient plus continuer en groupe, mais en file indienne, en courant en zigzag ou, pour les plus prudentes, en rampant. Il y avait quelque trois cents mètres entre les ravins et les tranchées et tandis qu'il courait, collé à Jurema, le Nain voyait sur sa droite les tours du Temple du Bon Jésus, bourrées de tireurs, et sur sa gauche les collines de la Favela du haut desquelles, il en était sûr, des milliers de fusils les visaient. Il arriva en suant au bord de la tranchée et deux bras le descendirent au fond. Il vit le visage mutilé de Pajeú.

Il ne semblait pas surpris de les voir là. Il aida Jurema, en la soulevant comme une plume et la salua d'une inclinaison de tête, sans sourire, avec naturel, comme si cela faisait déjà plusieurs jours qu'elle venait là. Il prit le panier et leur fit signe de s'écarter, car ils obstruaient le passage des femmes. Le Nain avança parmi les jagunços qui mangeaient à croupetons, bavardaient avec les nouvelles venues, ou épiaient par l'embouchure de tuyaux et de troncs troués qui leur permettaient de tirer sans être vus. Le conduit s'élargit enfin en un espace semi-circulaire. Les gens étaient là moins tassés et Pajeú s'assit dans un coin. Il fit signe à Jurema de venir à côté de lui. Comme le Nain ne savait pas s'il pouvait s'approcher, il lui désigna le panier. Alors il s'installa près d'eux et partagea avec Jurema et Pajeú l'eau et les victuailles.

Pendant un bon moment, le caboclo ne dit mot. Il mangeait et buvait, sans même regarder ses convives. Jurema ne le regardait pas non plus et le Nain se disait que c'était idiot de repousser comme mari cet homme qui pouvait résoudre tous ses problèmes. Que lui importait-il qu'il fût laid ? Par moments, il observait Pajeú. Il semblait incroyable que cet homme qui mâchait avec une détermination froide, à l'air indifférent – il avait appuyé son fusil contre le mur, mais conservait son poignard, sa machette et les chapelets de munitions autour de la poitrine – fût le même qui, d'une voix tremblante et désespérée, avait dit ces choses d'amour à Jurema. Il n'y avait pas de fusillade mais seulement des balles sporadiques, quelque chose à quoi les oreilles du Nain s'étaient habituées. Mais il ne s'habituait pas aux coups de canon. Leur fracas était suivi d'un nuage de poussière, d'éboulis, de cratère au sol, de pleurs terrifiés des enfants et parfois de corps écrabouillés. Quant il tonnait, il était le premier à s'aplatir face contre terre et rester là, les yeux fermés, avec des sueurs froides, accroché à Jurema et au myope s'ils étaient près, essayant de prier.

Pour rompre ce silence, il demanda timidement si c'était vrai que Joaquim Macambira et ses enfants, avant qu'on les tuât, avaient détruit la Matadeira. Pajeú dit que non. Mais la Matadeira explosa parmi les francs-maçons quelques jours après et, semble-t-il, trois ou quatre artilleurs étaient morts. Peut-être le Père avait-il fait cela pour récompenser leur martyre. Le caboclo évitait de regarder Jurema et celle-ci semblait ne pas l'entendre. En s'adressant toujours à lui, Pajeú ajouta que les athées de la Favela allaient de mal en pis, mouraient de faim et de maladie, désespérés par les pertes que leur infligeaient les catholiques. La nuit, on pouvait les entendre jusqu'ici se plaindre et pleurer. Cela voulait-il dire, alors, qu'ils s'en iraient bientôt ?

Pajeú prit un air dubitatif.

– Le problème est derrière, murmura-t-il en désignant du menton vers le sud. À Queimadas et à Monte Santo. Il vient plus de francs-maçons, plus de fusils, plus de canons, plus de troupeaux, plus de grains. Il vient un autre convoi avec des renforts et de quoi manger. Et nous, il ne nous reste plus rien.

Sur son visage olivâtre, la cicatrice se fronça légèrement.

– C'est moi qui vais y aller, cette fois, l'arrêter, dit-il en se tournant vers Jurema. – Le Nain se sentit soudain écarté à des lieues d'ici. – Dommage que, justement à présent, je doive partir.

Jurema soutint le regard de l'ex-cangaceiro d'un air docile et absent, sans dire un mot.

– Je ne sais combien de temps je serai dehors. Nous allons leur tomber dessus du côté de Jueté. Trois ou quatre jours, au moins.

Jurema entrouvrit la bouche, mais elle ne dit rien. Elle n'avait pas parlé depuis son arrivée.

Une agitation se produisit alors dans la tranchée et le Nain vit s'approcher un tumulte, précédé d'une rumeur. Pajeú se leva et saisit son fusil. En désordre, bousculant ceux qui étaient assis et accroupis, plusieurs jagunços s'approchèrent d'eux. Ils entourèrent Pajeú et restèrent un moment à le regarder, sans qu'aucun ne parlât. Un vieillard le fit, enfin, qui avait une verrue poilue sur la nuque :

– Ils ont tué Taramela, dit-il. Une balle lui est entrée dans l'oreille tandis qu'il mangeait. – Il cracha et, regardant par terre, il grogna : – Tu es resté sans ta chance, Pajeú.

« Ils pourrissent avant de mourir », dit à voix haute le jeune Teotónio Leal Cavalcanti, qui croit ne pas parler, mais seulement penser. Il ne risque pourtant pas d'être entendu par les blessés. Quoique l'hôpital de campagne de la Première Colonne soit bien protégé du feu, dans une crevasse entre les sommets de la Favela et le Monte Mario, le fracas des tirs, surtout de l'artillerie, résonne ici en bas amplifié par l'écho de la demi-voûte des monts, et c'est un supplice de plus pour les blessés qui doivent crier s'ils veulent se faire entendre. Non, personne ne l'a entendu.

L'idée de la pourriture tourmente Teotónio Leal Cavalcanti. Étudiant en dernière année de la Faculté de Médecine de São Paulo quand, par fervente conviction républicaine, il est parti comme volontaire avec les troupes qui allaient défendre la patrie à Canudos, il a vu auparavant, naturellement, des blessés, des agonisants, des cadavres. Mais ces classes d'anatomie, les autopsies dans l'amphithéâtre de la Faculté, les blessés des hôpitaux où il faisait ses travaux pratiques de chirurgie, comment pourrait-on les comparer avec l'enfer qu'est la souricière de la Favela ? Ce qui le stupéfie c'est la vitesse avec laquelle les blessures s'infectent, comment en quelques heures on y remarque la décomposition, le grouillement des vers, et comment elles commencent immédiatement à suppurer avec une odeur fétide.

« Cela te servira pour ta carrière », lui avait dit son père en lui disant au revoir à la gare de São Paulo. « Tu auras une expérience intensive des premiers secours. » Cela a été plutôt une expérience de boucher. Il a appris quelque chose durant ces trois semaines : les blessés meurent davantage de gangrène que de leurs blessures ; ceux qui ont le plus de chance de survivre sont ceux qui reçoivent la blessure aux bras et aux jambes – membres séparables – à condition d'être amputés et cautérisés à temps. Seuls les trois premiers jours il eut assez de chloroforme pour faire les amputations avec humanité ; durant ces jours-là c'était Teotónio qui cassait les ampoules, imbibait le coton du liquide enivrant et l'appuyait contre le nez du blessé tandis que le capitaine-chirurgien, le docteur Alfredo Gama, sciait en soufflant. Quand le chloroforme fut épuisé, l'anesthésique fut un verre d'eau-de-vie et maintenant qu'il ne reste plus d'eau-de-vie les opérations se font à froid, avec l'espoir que la victime s'évanouisse vite, de façon à ce que le chirurgien puisse opérer sans être distrait par les hurlements. C'est Teotónio Leal Cavalcanti qui maintenant scie et coupe les pieds, jambes, mains et bras des gangrenés, tandis que deux infirmiers ceinturent la victime jusqu'à ce qu'elle perde connaissance. Et c'est lui qui, après l'amputation, cautérise les moignons en y brûlant un peu de poudre, ou de graisse ardente, comme le lui a appris le capitaine Alfredo Gama avant son stupide accident.

Stupide, oui. Car le capitaine Gama savait qu'il y a pléthore d'artilleurs et qu'en revanche il y a pénurie de médecins. Surtout de médecins comme lui, expérimentés dans cette médecine d'urgence qu'il a apprise dans les forêts du Paraguay, où il fut volontaire étant étudiant, comme le jeune Teotónio à Canudos. Mais dans cette guerre contre le Paraguay, le docteur Alfredo Gama a contracté pour son malheur, ainsi qu'il l'avouait, le « vice de l'artillerie ». Ce vice lui coûta la vie voici sept jours, laissant sur les épaules de son jeune adjoint l'écrasante responsabilité de deux cents blessés, malades, moribonds qui s'entassent, demi-nus, pestilentiels, rongés par les vers, sur la terre ferme – seul un sur deux a une couverture ou une natte – de l'hôpital de campagne. Le corps de Santé de la Première Colonne s'était divisé en cinq équipes, et celle du capitaine Alfredo Gama et Teotónio avait à sa charge la zone Nord de l'hôpital.

Le « vice de l'artillerie » empêchait le docteur Alfredo Gama de se concentrer exclusivement sur ses blessés. Il interrompait soudain un traitement pour grimper fiévreusement l'Alto do Mario, où l'on avait hissé à la force du poignet tous les canons de la Première Colonne. Les artilleurs lui permettaient de tirer avec les Krupp, y compris la Matadeira. Teotónio se le rappelle prophétisant : « Un chirurgien renversera les tours de Canudos. » Le capitaine redescendait à la crevasse avec une ardeur renouvelée. C'était un homme gros, sanguin, jovial et plein d'abnégation, qui s'était attaché à Teotónio Leal Cavalcanti depuis le jour où il l'avait vu entrer dans la caserne. Sa personnalité débordante, sa joie, sa vie aventureuse, ses anecdotes pittoresques avaient séduit de telle sorte l'étudiant que celui-ci avait pensé sérieusement, sur le chemin de Canudos, rester dans l'armée une fois diplômé, tout comme son idole. Durant la brève escale du régiment à Salvador, le docteur Gama avait mené Teotónio connaître la Faculté de Médecine de Bahia, sur la place de la Basilique Cathédrale et, en face de la façade jaune aux hautes fenêtres bleues en forme d'ogive, sous les flamboyants, les cocotiers et les crotons, le médecin et l'étudiant avaient bu de l'eau-de-vie douceâtre entre les kiosques bâtis sur les dalles de pierres blanches et noires, entourés de vendeurs de babioles et de cuisinières. Ils avaient continué à boire jusqu'au matin, qui les avait surpris dans un bordel de mulâtresses, fous de bonheur. En montant dans le train à Queimadas, le docteur Gama avait fait avaler à son disciple une potion émétique, « pour prévenir la syphilis africaine », ainsi qu'il l'expliqua.

Teotónio s'éponge le visage, tandis qu'il fait boire de la quinine mélangée à de l'eau à un varioleux qui délire de fièvre. D'un côté, il y a un soldat aux os du coude à l'air, et de l'autre, un soldat blessé au ventre d'où sortent, comme il manque de sphincter, toutes les matières fécales. L'odeur excrémenteuse se mêle à celle roussie des cadavres que l'on brûle au loin. Quinine et acide phénique, c'est tout ce qui reste à la pharmacie de l'hôpital de campagne. L'iodoforme a été épuisé en même temps que le chloroforme et, à défaut d'antiseptiques, les médecins ont utilisé du sous-nitrate de bismuth et du calomel. Maintenant il ne reste plus de ces deux médicaments non plus. Teotónio Leal Cavalcanti lave les blessures avec une solution d'eau et de phénol. Il le fait accroupi, retirant la solution phéniquée de la cuvette avec ses mains. Aux autres, il fait avaler un peu de quinine avec un demi-verre d'eau. Il a apporté une grande quantité de quinine en prévision des fièvres paludéennes. « Le syndrome de la guerre avec le Paraguay », disait le docteur Gama. Elles avaient là-bas décimé l'armée. Mais le paludisme était inexistant dans ce climat archi-sec, où les moustiques ne proliféraient qu'autour de rares points d'eau. Teotónio sait que la quinine ne leur fera aucun bien, mais, du moins, elle leur donne l'illusion qu'ils sont soignés. C'est le jour de l'accident, précisément, que le capitaine Gama commença à distribuer de la quinine, à défaut d'autre chose.

Comment s'est produit, comment a pu se produire cet accident ? Il n'était pas là ; on le lui a raconté et, dès lors, c'est, conjointement à celui des corps qui pourrissent, un des cauchemars qui perturbent son sommeil les rares heures qu'il parvient à dormir. Celui du jovial et énergique capitaine-chirurgien mettant à feu le canon Krupp 34 dont il a mal verrouillé la culasse, dans sa hâte. Lorsque le percuteur frappe l'amorce, l'explosion se propage de la culasse entrouverte à un baril de cartouches contigu. Il a entendu les artilleurs rapporter qu'ils ont vu s'élever le docteur Alfredo Gama de plusieurs mètres et retomber à vingt pas transformé en un tas de chair informe. Avec lui sont morts le lieutenant Odilón Coriolano de Azevedo, le sous-lieutenant José A. do Amaral et trois soldats (cinq autres furent brûlés). Quand Teotónio arriva à Alto do Mario, les cadavres avaient été incinérés, conformément à une disposition suggérée par le corps de Santé, en raison de la difficulté à enterrer tous les morts : sur ce sol qui est de la roche pure, creuser une tombe représente un immense gaspillage d'énergie, car les bêches et pioches se cabossent contre la pierre sans l'arracher. L'ordre de brûler les cadavres a provoqué une violente discussion entre le général Oscar et l'aumônier de la Première Colonne, le Père capucin Lizzardo, qui qualifie l'incinération de « perversité maçonnique ».

Le jeune Teotónio conserve un souvenir du docteur Alfredo Gama : un ruban miraculeux du Senhor de Bonfim, que lui avaient vendu cet après-midi-là à Bahia les funambules de la place de la Basilique Cathédrale. Il le rapportera à la veuve de son chef, s'il retourne à São Paulo. Mais Teotónio doute de revoir la ville où il est né, a étudié et s'est engagé dans l'armée par cet idéalisme romantique : servir la Patrie et la Civilisation.

Durant ces derniers mois, certaines croyances qui semblaient solides, ont été profondément sapées. Par exemple, son idée du patriotisme, sentiment qui, croyait-il auparavant, coulait dans le sang de tous ces hommes venus des quatre coins du Brésil défendre la République contre l'osbcurantisme, la conspiration perfide et la barbarie. Il a eu sa première désillusion à Queimadas, dans cette longue attente de deux mois, dans ce chaos qu'était devenu le village du sertão transformé en Quartier Général de la Première Colonne. Au service de Santé où il travaillait avec le capitaine Alfredo Gama et d'autres médecins, il a découvert que beaucoup essayaient d'échapper à la guerre en arguant de leur mauvaise santé. Il les avait vus inventer des maladies, apprendre les symptômes et les réciter comme des acteurs consommés pour se faire déclarer inaptes. Le médecin-artilleur lui a appris à déjouer les moyens insensés dont ils se servaient pour se provoquer fièvres, vomissements et diarrhées. Et qu'il y eût parmi eux non seulement des soldats de ligne, c'est-à-dire des gens incultes, mais aussi des officiers, voilà qui avait durement secoué Teotónio.

Le patriotisme n'était pas aussi répandu qu'il le supposait. C'est une idée qui s'est trouvée confirmée depuis trois semaines qu'il se trouve dans cette souricière. Ce n'est pas que les hommes ne se battent pas ; ils ont combattu, ils combattent. Il a vu avec quelle bravoure ils ont résisté, depuis Angico, aux attaques de cet ennemi sinueux, couard, qui ne montre pas son visage, qui ne connaît pas les lois et les manières de la guerre, qui s'embusque, qui attaque de travers, depuis des caches, et disparaît quand les patriotes vont à sa rencontre. Durant ces trois semaines, bien qu'un quart de forces expéditionnaires soit tombé, mort ou blessé, les hommes continuent à se battre, en dépit de la pénurie alimentaire, bien que tous commencent à perdre l'espoir de voir arriver les renforts.

Mais comment concilier le patriotisme avec les combines ? Quel amour du Brésil est celui qui permet ces trafics sordides entre les hommes qui défendent la plus noble des causes, celle de la Patrie et de la Civilisation ? C'est une autre réalité qui démoralise Teotónio Leal Cavalcanti : la façon dont on trafique et spécule, en raison de la pénurie. Au début, c'était seulement le tabac qu'on vendait et revendait d'heure en heure plus cher. Ce matin même, il a vu un major de cavalerie payer douze mille reis pour une poignée de tabac... Douze mille reis ! Dix fois plus que ne vaut une boîte de tabac fin en ville. Ensuite, tout a augmenté vertigineusement, tout est devenu objet de surenchère. Comme les rations sont infimes – des épis de maïs vert, sans sel, pour les officiers, le picotin des chevaux pour les hommes – on paie des prix fantastiques pour améliorer l'ordinaire : trente à quarante mille reis pour un quart de chevreau, cinq mille pour un épi de maïs, vingt mille pour une rapadura, cinq mille pour une tasse de farinha, mille, voire deux mille pour une racine d'imbuzeiro ou pour un cactus « tête de frère » dont on peut extraire la pulpe. Les cigares appelés « fuzileiros » se vendent mille reis et une tasse de café cinq mille. Et le pire c'est que lui aussi a succombé au trafic. Lui aussi, poussé par la faim et le besoin de fumer, a dépensé ce qu'il a, payant cinq mille reis pour une cuillerée de sel, article dont il a découvert seulement maintenant combien il peut être précieux. Ce qui l'horripile c'est de savoir qu'une bonne partie de ces produits est d'origine illicite, volés à l'approvisionnement de la colonne, ou vols de vols...

N'est-ce pas surprenant qu'en ces circonstances, alors qu'ils jouent leur vie à chaque seconde, en cette heure de vérité qui devrait les purifier, ne laissant en eux que ce qui est élevé, ils manifestent cette avidité pour trafiquer et faire de l'argent ? « Ce n'est pas le sublime, mais le sordide et l'abject, l'esprit de lucre, la cupidité, qui s'exacerbent devant la présence de la mort », pense Teotónio. L'idée qu'il se faisait de l'homme s'est trouvée brutalement ébranlée ces dernières semaines.

Quelqu'un qui pleure à ses pieds le détourne de ses pensées. À la différence des autres qui sanglotent, celui-ci pleure en silence, comme honteux. Il s'agenouille près de lui. C'est un soldat âgé qui ne supporte plus les démangeaisons.

– Je me suis gratté, monsieur le docteur, murmure-t-il. Je m'en fous que ça s'infecte ou n'importe quoi.

C'est une des victimes de cette arme diabolique des cannibales qui a rongé l'épiderme de bon nombre de patriotes : les fourmis *cacaremas*. Au début cela ressemblait à un phénomène naturel, une fatalité, que ces bestioles féroces, qui trouent la peau, provoquent des éruptions cutanées et une brûlure atroce, sortent de leurs cachettes à la fraîcheur de la nuit pour s'acharner sur les hommes endormis. Mais on a découvert que les fourmilières, des constructions sphériques en terre, sont montées jusqu'au campement par les jagunços qui les détruisent sur place pour que les essaims sauvages fassent des ravages parmi les patriotes qui se reposent... Et ce sont des gosses que les cannibales envoient, en rampant, déposer les fourmilières ! L'un d'eux a été capturé ; on a dit au jeune Teotónio que le « jagunzinho » se débattait entre les bras de ses ravisseurs comme une bête, les insultant avec la grossièreté du bandit le plus insolent...

En relevant la chemise du vieux soldat pour examiner sa poitrine, Teotónio s'aperçoit que les plaques violacées d'hier sont devenues une tache rougeâtre avec des pustules en proie à une agitation continuelle. Oui, elles sont là maintenant, se reproduisant, rongeant les entrailles du pauvre homme. Teotónio a appris à dissimuler, à mentir, à sourire. Les piqûres vont mieux, affirme-t-il, le soldat doit tâcher de ne pas se gratter. Il lui donne à boire une demi-tasse d'eau avec de la quinine, en lui assurant qu'avec cela les démangeaisons vont diminuer.

Il poursuit sa ronde, imaginant ces enfants que les dégénérés envoient la nuit avec les fourmilières. Barbares, bandits, sauvages : seuls des gens dépourvus de sentiments peuvent pervertir ainsi des êtres innocents. Mais les idées du jeune Teotónio ont changé également concernant Canudos. Sont-ce effectivement des restaurateurs de la monarchie ? Sont-ils vraiment de mèche avec la Maison de Bragance et les esclavagistes ? Est-ce bien sûr que les sauvages soient un instrument de la Perfide Albion ? Bien qu'il les entende crier : À mort la République ! Teotónio Leal Cavalcanti n'est pas non plus sûr de cela. Tout est devenu confus chez lui. Il espérait rencontrer là des officiers anglais, aidant les jagunços, leur apprenant à se servir de l'armement ultra-moderne passé en contrebande sur les côtes bahianaises que l'on a découvert. Mais parmi les blessés qu'il fait semblant de soigner il y a des victimes de fourmis *cacaremas* et, aussi, de flèches empoisonnées et de cailloux pointus lancés avec des frondes de troglodytes ! Si bien que cette histoire d'armée monarchiste renforcée par des officiers anglais lui semble maintenant très fantaisiste. « Nous avons en face de nous de simples cannibales », pense-t-il. « Et pourtant nous sommes en train de perdre la guerre ; sans le renfort de la Deuxième Colonne, quand nous sommes tombés en embuscade sur ces collines, nous étions perdus. » Comment comprendre semblable paradoxe ?

Une voix l'arrête. « Teotónio ! » C'est un lieutenant sur la vareuse en lambeaux duquel on lit encore son grade et son affectation : Neuvième Bataillon d'Infanterie, Salvador. Il se trouve dans l'hôpital de campagne depuis le jour où la Première Colonne est arrivée à la Favela ; il se trouvait parmi les corps d'avant-garde de la Première Brigade que le colonel Joaquim Manuel de Medeiros conduisit follement à la charge en descendant le versant de la Favela vers Canudos. La boucherie provoquée par les jagunços depuis leurs tranchées invisibles fut épouvantable ; on voit encore la première ligne de soldats pétrifiés dans la mort à mi-pente, là où elle fut stoppée. Le lieutenant Pires Ferreira a reçu une explosion en plein visage ; elle lui a arraché les deux mains qu'il avait levées et l'a laissé aveugle. Comme c'était le premier jour, le docteur Alfredo Gama a pu l'anesthésier avec de la morphine tandis qu'il suturait ses moignons et désinfectait son visage infecté. Le lieutenant Pires Ferreira a la chance que ses blessures soient protégées par des pansements de la poussière et des insectes. C'est un blessé exemplaire, que Teotónio n'a jamais entendu pleurer ni se plaindre. Chaque jour, en lui demandant comment il se sent, il l'entend répondre : « Bien. » Et dire « Rien » quand il lui demande s'il veut quelque chose. Teotónio bavarde généralement avec lui la nuit, étendu à ses côtés sur le gravier, regardant les étoiles toujours abondantes dans le ciel de Canudos. Il a appris ainsi que le lieutenant Pires Ferreira est un vétéran de cette guerre, l'un des rares à avoir fait les quatre expéditions envoyées par la République combattre les jagunços ; ainsi a-t-il su que pour cet officier infortuné cette tragédie est l'achèvement d'une série d'humiliations et de défaites. Il a, alors, compris la raison de l'amertume qu'il rumine, pourquoi il résiste avec stoïcisme aux souffrances qui détruisent le moral et la dignité des autres. Chez lui les pires blessures ne sont pas physiques.

– Teotónio ? répète Pires Ferreira.

Les pansements couvrent la moitié de son visage, mais ni la bouche ni le menton.

– Oui, dit l'étudiant en s'asseyant à côté de lui. – Il indique aux deux infirmiers portant la pharmacie et les outres qu'ils peuvent aller se reposer ; ils se retirent à quelques pas et se laissent tomber sur le gravier. – Je vais te tenir compagnie un moment, Manuel da Silva. As-tu besoin de quelque chose ?

– Est-ce qu'on nous entend ? dit ce dernier, à voix basse. C'est confidentiel, Teotónio.

On entend à ce moment sonner les cloches de l'autre côté des collines. Le jeune Leal Cavalcanti regarde le ciel : oui, il fait nuit, c'est l'heure des cloches et du rosaire de Canudos. Il les entend chaque jour, avec une ponctualité magique et, infailliblement, peu après, s'il n'y a pas de fusillade ni de canonnade, on entend monter jusqu'aux campements de la Favela et du Monte Mario les ave maria des fanatiques. Une immobilité respectueuse s'installe à cette heure à l'hôpital de campagne ; plusieurs blessés et malades se signent en entendant les cloches et remuent les lèvres, priant en même temps que leurs ennemis. Teotónio lui-même, malgré sa tiédeur religieuse, ne peut s'empêcher de ressentir, chaque soir, avec ces prières et coups de cloche, une impression curieuse, indéfinissable, quelque chose qui, si elle n'est pas la foi, en est la nostalgie.

– Autrement dit le carillonneur est toujours vivant, murmure-t-il sans répondre au lieutenant Pires Ferreira. Ils ne peuvent le descendre encore.

Le capitaine Alfredo Gama a beaucoup parlé du carillonneur. Il l'avait vu à deux reprises grimpant au clocher du Temple aux tours et, une autre fois, au petit clocher de la chapelle. Il disait que c'était un vieillard insignifiant et imperturbable, qui se balançait au battant, indifférent à la fusillade par laquelle les soldats répondaient aux coups de cloche. Le docteur Gama lui avait rapporté que détruire ces clochers de défi et faire taire ce vieillard provocant était l'ambition obsédante là-bas, à Alto do Mario, parmi les artilleurs, et que tous tenaient prêts leurs fusils pour le mettre en joue à l'heure de l'angélus. N'ont-ils pu le tuer encore, ou est-ce un nouveau carillonneur ?

– Ce que je vais te demander n'est pas le produit du désespoir, dit le lieutenant Pires Ferreira. Ce n'est pas la demande de quelqu'un qui a perdu la raison.

Sa voix est ferme et sereine. Il est totalement immobile sur la couverture qui l'isole du gravier, la tête appuyée sur un coussin de paille, et les moignons bandés sur le ventre.

– Tu ne dois pas désespérer, dit Teotónio. Tu seras parmi les premiers évacués. Dès qu'arriveront les renforts et reviendra le convoi, ils t'emmèneront en ambulance à Monte Santo, à Queimadas, chez toi. Le général Oscar l'a promis le jour où il est venu à l'hôpital de campagne. Ne désespère pas, Manuel da Silva.

– Je te le demande sur ce que tu respectes le plus au monde, dit, douce et ferme, la bouche de Pires Ferreira. Sur Dieu, sur ton père, sur ta vocation. Sur cette fiancée pour qui tu écris des vers, Teotónio.

– Que veux-tu, Manuel da Silva ? murmure le jeune Pauliste, détournant ses yeux du blessé, contrarié, absolument sûr de ce qu'il va entendre.

– Un coup de feu sur la tempe, dit la voix douce et ferme. Je t'en supplie du fond de mon âme.

Ce n'est pas le premier qui lui demande semblable chose et il sait qu'il ne sera pas le dernier. Mais c'est le premier qui le lui demande si tranquillement, avec si peu de dramatisme.

– Je ne peux le faire sans mains, explique l'homme bandé. Fais-le pour moi.

– Un peu de courage, Manuel da Silva, dit Teotónio, remarquant que c'est lui qui a la voix altérée par l'émotion. Ne me demande pas quelque chose qui va contre mes principes, contre ma profession.

– Alors un de tes adjoints, dit le lieutenant Pires Ferreira. Offre-lui mon portefeuille. Il doit y avoir cinquante mille reis. Et mes bottes, qui ne sont pas trouées.

– La mort peut être pire que ce qui t'est arrivé, dit Teotónio. Tu seras évacué. Tu guériras, tu retrouveras l'amour de la vie.

– Sans yeux et sans mains ? demande doucement Pires Ferreira. – Teotónio se sent honteux. Le lieutenant a la bouche entrouverte. – Ce n'est pas le pire, Teotónio. Ce sont les mouches. Je les ai toujours détestées, j'ai toujours été très dégoûté par elles. Maintenant je suis à leur merci. Elles se promènent sur mon visage, entrent dans ma bouche, se glissent entre mes pansements jusqu'aux plaies.

Il se tait. Teotónio le voit passer sa langue sur ses lèvres. Il est si ému d'entendre parler ce blessé exemplaire qu'il ne parvient même pas à demander l'outre d'eau aux infirmiers, pour soulager sa soif.

– C'est devenu quelque chose de personnel entre les bandits et moi, dit Pires Ferreira. Je ne veux pas qu'ils l'emportent. Je ne permettrai pas qu'ils me laissent transformé en cela, Teotónio. Je ne serai pas un monstre inutile. Depuis Uauá, j'ai su que quelque chose de tragique avait traversé mon chemin. Une malédiction, un sortilège.

– Veux-tu de l'eau ? murmure Teotónio.

– Il n'est pas facile de se tuer quand on n'a ni mains ni yeux, poursuit Pires Ferreira. J'ai essayé les coups contre la roche. Insuffisant. Pas plus que de lécher le sol, car il n'y a pas de pierres susceptibles d'être avalées et...

– Tais-toi, Manuel da Silva, dit Teotónio en lui posant la main sur l'épaule.

Mais il trouve absurde de vouloir calmer un homme qui a l'air le plus tranquille du monde, qui ne hausse le ton ni ne presse la voix, qui parle de lui comme d'une autre personne.

– Vas-tu m'aider ? Je te le demande au nom de notre amitié. Une amitié née ici est quelque chose de sacré. Vas-tu m'aider ?

– Oui, murmure Teotónio Leal Cavalcanti. Je vais t'aider, Manuel da Silva.

IV

– Sa tête ? répéta le baron de Canabrava. – Il se trouvait à la fenêtre donnant sur le jardin ; il s'était approché sous le prétexte de l'ouvrir, à cause de la chaleur croissante, mais en réalité pour localiser le caméléon dont l'absence l'angoissait. Ses yeux parcoururent le jardin dans toutes les directions, en le cherchant. Il était devenu invisible, à nouveau, comme s'il jouait avec lui. – On l'a décapité, c'était dans le *Times*, de Londres. Je l'ai lu là-bas.

– On a décapité son cadavre, le corrigea le journaliste myope.

Le baron revint à son fauteuil. Il était chagriné, mais venait pourtant de s'intéresser à nouveau à ce que disait son visiteur. Était-il masochiste ? Tout cela lui apportait des souvenirs, fouillait et rouvrait la blessure. Mais il voulait l'entendre.

– L'avez-vous vu quelquefois seul à seul ? demanda-t-il en cherchant les yeux du journaliste. Êtes-vous arrivé à vous faire une idée de la sorte d'homme que c'était ?

Ils avaient trouvé sa tombe deux jours seulement après la chute du dernier réduit. Ils obtinrent du Ravi qu'il leur montrât l'endroit où il était enterré. Après torture, s'entend. Mais pas n'importe quelle torture. Le Ravi était un martyr-né et il n'aurait pas parlé sous de simples brutalités telles qu'être roué de coups, brûlé, châtré, qu'on lui coupât la langue ou lui crevât les yeux. Car parfois ils rendaient ainsi les jagunços prisonniers, sans yeux, sans langue, sans sexe, croyant ainsi détruire le moral de ceux qui résistaient encore. Ils obtenaient le contraire, bien entendu. Pour le Ravi ils trouvèrent la seule torture à laquelle il ne pouvait résister : les chiens.

– Je croyais connaître tous les chefs factieux, dit le baron. Pajeú, João Abade, João Grande, Taramela, Pedrão, Macambira. Mais le Ravi ?

Les chiens constituaient une histoire à part. Toute cette chair humaine, ce banquet de cadavres, les mois de siège, les avaient rendus féroces, comme des loups et des hyènes. Des troupeaux de chiens carnassiers surgirent qui entraient à Canudos et, sans doute, au campement des assaillants, en quête d'aliment humain.

– N'étaient-ils pas l'accomplissement des prophéties, les êtres infernaux de l'Apocalypse ? marmonna le journaliste myope en se tenant l'estomac. Quelqu'un avait dû leur dire que le Ravi avait tout spécialement horreur des chiens, ou pour mieux dire du Chien, le Mal incarné. Ils l'avaient probablement mis en face d'une meute enragée et, devant la menace d'être conduit en pièces en enfer par les messagers du Chien, il les guida à l'endroit où on l'avait enterré.

Le baron oublia le caméléon et la baronne Estela. Dans sa tête des troupeaux rugissants de chiens affolés fouillaient des montagnes de cadavres, enfonçaient leur museau dans des ventres grouillants de vers, donnaient du croc à de maigres mollets, se disputaient en aboyant des tibias, des cartilages, des crânes. Après ces macabres festins, d'autres meutes envahissaient des villages à l'improviste, se jetant sur les vachers, les bergers, les lavandières, en quête de chair fraîche.

Ils auraient pu penser qu'il était enterré dans le Sanctuaire. En quel autre endroit auraient-ils pu l'enterrer ? Ils creusèrent là où le Ravi leur indiqua et à trois mètres de profondeur ils le trouvèrent, revêtu de sa tunique bleue, ses espadrilles de cuir cru et enveloppé dans une natte. Ses cheveux avaient poussé et frisé : c'est ce que consigna l'acte notarié d'exhumation. Tous les chefs étaient là, à commencer par le général Artur Oscar, qui donna l'ordre à l'artiste-photographe de la Première Colonne, Flavio de Barros, de photographier le cadavre. L'opération prit une demi-heure, durant laquelle ils restèrent tous là malgré la pestilence.

– Vous vous imaginez ce que ressentaient ces généraux et colonels en voyant, enfin, le cadavre de l'ennemi de la République, du responsable du massacre de trois expéditions militaires et du désordre de l'État, de l'allié de l'Angleterre et de la Maison de Bragance ?

– Je l'ai connu, murmura le baron et son interlocuteur se tut, l'interrogeant de son regard humide. Mais il m'arrive à moi la même chose qu'à vous, à Canudos, à cause de vos lunettes. Je ne le revois pas, il m'échappe. Il y a quinze ou vingt ans, il passa par Calumbi, avec une petite troupe et je crois que nous lui avons donné à manger et offert quelques vieux vêtements, parce qu'ils avaient nettoyé les tombes et la chapelle. Je me rappelle une collection de haillons plus qu'un ensemble d'hommes. Des saints dans son genre étaient nombreux à passer par Calumbi. Comment aurais-je pu deviner que celui-ci était, parmi tant d'autres, le plus important, celui qui reléguerait les autres, celui qui attirerait à lui des milliers de sertanejos ?

– La terre de la Bible aussi était pleine d'illuminés, d'hérétiques, dit le journaliste myope. De là la confusion des gens avec le Christ. Elle ne le comprit pas, elle ne le sentit pas...

– Parlez-vous sérieusement ? le baron leva la tête. Croyez-vous que le Conseiller fut réellement envoyé par Dieu ?

Mais le journaliste myope poursuivait, d'une voix molle, son histoire.

Ils avaient dressé un constat devant le cadavre, si décomposé qu'ils avaient dû se boucher le nez avec la main et des mouchoirs. Les quatre médecins le mesurèrent, vérifièrent qu'il avait un mètre soixante-dix-huit de taille, qu'il avait perdu toutes ses dents et qu'il n'était pas mort par balle car la seule blessure sur son corps squelettique était une ecchymose sur la jambe gauche, causée par le frôlement d'une esquille ou d'une pierre. Après un bref conciliabule, il fut décidé de le décapiter, afin que la science étudiât son crâne. Ils l'amèneraient à la Faculté de Médecine de Bahia, pour être examiné par le docteur Nina Rodriguez. Mais, avant de commencer à scier, ils égorgèrent le Ravi. Ils le firent là même, dans le Sanctuaire, tandis que l'artiste-photographe Flavio de Barros prenait la photo, et le jetèrent dans la fosse où ils remirent le cadavre sans tête du Conseiller. Une bonne chose pour le Ravi, sans doute. Être enterré près de celui qu'il avait tant vénéré et servi. Mais quelque chose avait dû l'épouvanter, au dernier moment : savoir qu'il allait être enterré comme un animal, sans aucune cérémonie, sans prières, sans couverture de bois. Parce que c'étaient les choses qui préoccupaient là-bas.

Une nouvelle crise d'éternuements l'interrompit. Mais il s'en remit et continua à parler, avec une excitation progressive qui, par moments, le faisait bafouiller. Ses yeux s'agitaient, tournoyaient, derrière les verres.

Il y avait eu échange d'opinions pour savoir qui des quatre médecins allait le faire. Ce fut le major Mirando Curio, chef du service de Santé en campagne, qui prit la scie, tandis que les autres tenaient le corps. Ils se proposaient de plonger la tête dans un récipient d'alcool, mais comme les restes de cheveux et de chair commençaient à se désagréger, ils la mirent dans un sac de chaux. C'est ainsi qu'elle fut transportée à Salvador. On confia cette délicate mission au lieutenant Pinto Souza, héros du Troisième Bataillon d'Infanterie, l'un des rares officiers survivants de ce corps décimé par Pajeú lors du premier combat. Le lieutenant Pinto Souza la remit à la Faculté de Médecine et le docteur Nina Rodriguez présida la commission scientifique qui l'observa, mesura et pesa. Il n'existe pas de rapports dignes de foi sur ce qui se dit, durant l'examen, dans l'amphithéâtre. Le communiqué officiel était d'un laconisme irritant, et son responsable, semble-t-il, le docteur Nina Rodriguez lui-même. C'est lui qui rédigea ces quelques lignes qui désenchantèrent l'opinion publique en disant, sèchement, que la science n'avait constaté aucune anomalie constitutive manifeste dans le crâne d'Antonio le Conseiller.

– Tout cela me rappelle Galileo Gall, dit le baron, jetant un regard plein d'espoir dans le jardin. Lui aussi avait une foi folle dans les crânes, comme indicateurs du caractère.

Mais le verdict du docteur Nina Rodriguez n'était pas partagé par tous ses collègues de Salvador. Ainsi, le docteur Honorato Nepomuceno de Albuquerque préparait une étude en contradiction avec le rapport de la commission scientifique. Il soutenait, lui, que ce crâne était typiquement brachycéphale, selon la classification du naturaliste suédois Retzius, avec des tendances à l'étroitesse et linéarité mentales (par exemple, le fanatisme). Et que, par ailleurs, la courbure crânienne correspondait exactement à celle signalée par le savant Benedikt pour ces épileptiques qui, selon ce qu'écrivit le savant Samt, ont le missel à la main, le nom de Dieu aux lèvres et les stigmates du crime et du banditisme au cœur.

– Vous rendez-vous compte ? dit le journaliste myope en respirant comme s'il venait de réaliser un effort immense. Canudos n'est pas une histoire, mais un arbre d'histoires.

– Vous sentez-vous mal ? demanda le baron sans chaleur. Je vois qu'à vous non plus cela ne fait pas de bien de parler de ces choses. Avez-vous rendu visite à tous ces docteurs ?

Le journaliste myope était replié comme une chenille, enfoncé en lui-même et semblait mort de froid. L'examen médical achevé, un problème avait surgi. Que faire de ces os ? Quelqu'un proposa que le crâne fût envoyé au Musée National, à titre de curiosité historique. Il y eut une opposition farouche. De la part de qui ? Des francs-maçons. Cela suffisait déjà avec Nosso Senhor de Bonfim, dirent-ils, cela suffisait comme ça avec un lieu de pèlerinage orthodoxe. Cette tête de mort exposée dans une vitrine transformerait le Musée National en une seconde église de Bonfim, en un Sanctuaire hétérodoxe. L'armée fut d'accord : il fallait éviter que la tête du mort ne devienne une relique, un germe pour de futures révoltes. Il fallait la faire disparaître. Comment ? Comment ?

– Évidemment pas en l'enterrant, murmura le baron.

Évidemment, car le peuple fanatisé découvrirait tôt ou tard l'endroit de l'enterrement. Quel lieu plus sûr et plus reculé que le fond de la mer ? Le crâne fut mis dans un sac plein de pierres, cousu et embarqué de nuit par un officier pour un endroit de l'Atlantique équidistant du fort São Marcelo et l'île d'Itaparica, et il fut jeté dans la vase marine pour servir de support aux madrépores. L'officier chargé de cette opération secrète fut encore le lieutenant Pinto Souza : fin de l'histoire.

Il transpirait tellement et était devenu si pâle que le baron pensa : « Il va s'évanouir. » Que ressentait ce fantoche pour le Conseiller ? De l'admiration ? Une fascination morbide ? Une simple curiosité de journaliste ? Pouvait-il le croire vraiment messager du ciel ? Pourquoi souffrait-il et se tourmentait-il de Canudos ? Pourquoi ne faisait-il pas comme tout le monde : essayer d'oublier ?

– Vous avez dit Galileo Gall ? l'entendit-il dire.

– Oui, acquiesça le baron, en voyant les yeux fous, la tête râpée, en écoutant les discours apocalyptiques. Cette histoire, Gall l'aurait comprise. Il croyait que le secret des personnes se trouvait dans les os de la tête. Était-il finalement arrivé à Canudos ? Si oui, cela avait dû être terrible pour lui de constater que ce n'était pas la révolution à laquelle il rêvait.

– Elle ne l'était pas et pourtant elle l'était, dit le journaliste myope. C'était le règne de l'obscurantisme et en même temps un monde fraternel, d'une liberté très particulière. Peut-être ne se serait-il pas senti aussi déçu.

– Avez-vous su ce qu'il est devenu ?

– Il est mort quelque part, pas très loin de Canudos, dit le journaliste. Je le voyais souvent, avant tout cela. Au « Fort », une taverne de la ville basse. Il était bavard, pittoresque, excentrique ; il palpait les crânes, prophétisait des troubles. Je le croyais imposteur. Nul n'aurait deviné qu'il deviendrait un personnage tragique.

– J'ai des papiers de lui, dit le baron. Une sorte de mémoire, ou de testament, qu'il avait écrit chez moi, à Calumbi. J'aurais dû le remettre à ses coreligionnaires. Mais je n'ai pas pu. Non par mauvaise volonté, car je suis même allé à Lyon pour faire la commission.

Pourquoi avait-il fait ce voyage à Lyon depuis Londres, pour remettre personnellement le texte de Gall aux rédacteurs de *L'Etincelle de la révolte* ? Non par affection pour le phrénologue, en tout cas ; ce qu'il avait ressenti pour lui, en fin de compte, c'était de la curiosité, de l'intérêt scientifique pour cette variété insoupçonnée de l'espèce humaine. Il s'était donné la peine d'aller à Lyon pour voir la tête et entendre ces compagnons de révolution, voir s'ils lui ressemblaient, s'ils croyaient et disaient les mêmes choses que lui. Mais cela avait été un voyage inutile. Car *L'Etincelle de la révolte*, feuille de chou sporadique, avait cessé de paraître depuis longtemps, et le propriétaire de la petite imprimerie qui l'éditait avait été emprisonné, sous l'inculpation d'impression de faux billets, trois ou quatre ans plus tôt. Cela allait bien avec le destin de Gall d'avoir probablement envoyé des articles à des fantômes et d'être mort sans que personne de sa connaissance, durant son existence européenne, n'ait su où, comment ni pourquoi il était mort.

– Une histoire de fous, dit-il entre ses dents. Le Conseiller, Moreira César, Gall. Canudos a rendu fou tout ce monde-là. Vous aussi, cela va sans dire.

Mais une pensée lui cloua le bec : « Non, ils étaient fous auparavant. Canudos a fait perdre la raison seulement à Estela. » Il dut faire un effort pour ne pas pleurer. Il ne se souvenait pas d'avoir pleuré enfant, ni jeune homme. Mais, après ce qui était arrivé à la baronne, il l'avait fait bien souvent, dans son bureau, durant ses nuits de veille.

– Plus que de fous c'est une histoire de malentendus, le corrigea à nouveau le journaliste myope. Je veux savoir une chose, baron. Je vous supplie de me dire la vérité.

– Depuis que je ne fais plus de politique, je la dis presque toujours, murmura le baron. Que voulez-vous savoir ?

– Y a-t-il eu des contacts entre le Conseiller et les monarchistes ? lui demanda, épiant sa réaction, le journaliste myope. Je ne parle pas du petit groupe de nostalgiques de l'Empire qui avaient la naïveté de se proclamer tels, comme Gentil de Castro. Mais de gens comme vous, les Autonomistes, les monarchistes de cœur, qui, pourtant, le cachaient. Avez-vous eu des contacts avec le Conseiller ? L'avez-vous encouragé ?

Le baron, qui l'avait écouté d'un air narquois, se mit à rire.

– Vous ne l'avez pas su durant ces mois à Canudos ? Avez-vous vu des politiciens bahianais, paulistes, cariocas* parmi les jagunços ?

– Je vous ai déjà dit que je n'ai pas vu grand-chose, rétorqua la voix antipathique. Mais j'ai su que vous aviez envoyé de Calumbi du maïs, du sucre, du bétail.

– Alors vous devez savoir aussi que ce fut contre ma volonté, contraint et forcé, dit le baron. Tous les propriétaires terriens de la région nous dûmes le faire, pour qu'ils ne brûlent pas nos fazendas. N'est-ce pas la façon de traiter avec les bandits dans le sertão ? Si on ne peut les tuer, on pactise. Si j'avais eu la moindre influence sur eux ils n'auraient pas détruit Calumbi et ma femme ne serait pas devenue folle. Les fanatiques n'étaient pas monarchistes ni ne savaient ce qu'était l'Empire. C'est fantastique que vous ne l'ayez pas compris, malgré...

Le journaliste myope ne le laissa pas non plus continuer cette fois :

– Ils ne le savaient pas, mais ils étaient monarchistes, quoique d'une façon telle qu'aucun monarchiste ne l'aurait comprise, dit-il d'une voix rapide en battant des paupières. Ils savaient que la monarchie avait aboli l'esclavage. Le Conseiller faisait l'éloge de la Princesse Isabel pour avoir accordé la liberté aux esclaves. Il paraissait convaincu que la monarchie était tombée pour avoir aboli l'esclavage. Tous à Canudos croyaient que la République était esclavagiste, qu'elle voulait restaurer l'esclavage.

– Et pensez-vous que mes amis et moi avons inculqué au Conseiller semblable chose ? le baron se remit à sourire. Si quelqu'un nous l'avait proposé, nous l'aurions pris pour un imbécile.

– Cependant, cela explique bien des choses, le journaliste éleva la voix. Comme la haine du recensement. Je me creusais la tête pour essayer de comprendre, et voilà l'explication. Race, couleur, religion. Pourquoi la République pouvait-elle vouloir vérifier la race et la couleur des gens, sinon pour faire à nouveau des Noirs des esclaves ? Et pourquoi la religion sinon pour identifier les croyants avant le massacre ?

– C'est le malentendu qui explique Canudos ? dit le baron.

– Un des malentendus, dit le journaliste d'une voix aigre. Je savais que les jagunços n'avaient pas été trompés de la sorte par aucun politicard. Mais je voulais vous l'entendre dire.

– Eh bien vous voilà renseigné, dit le baron.

Qu'auraient dit ses amis s'ils avaient pu deviner pareille merveille ? Les hommes et les femmes humbles du sertão se soulevant en armes pour attaquer la République, le nom de l'Infante Isabel aux lèvres ! Non, c'était trop irréel pour qu'aucun monarchiste brésilien n'y ait pensé, pas même en rêve.

Le messager de João Abade rattrape Antonio Vilanova aux abords de Jueté, où l'ex-commerçant est embusqué avec quatorze jagunços, guettant un convoi de bœufs et de chèvres. La nouvelle est si grave qu'Antonio décide de retourner à Canudos sans achever ce qui l'a amené jusque-là : trouver de quoi manger. C'est une tâche qu'il a déjà faite trois fois, depuis que les soldats sont arrivés, toujours avec succès : vingt-cinq bêtes et plusieurs douzaines de chevreaux la première fois ; huit vaches la seconde, et la troisième une douzaine, outre une charrette de farinha, café, sucre et sel. Il a insisté pour diriger ces razzias destinées à procurer de la nourriture aux jagunços, alléguant que João Abade, Pajeú, Pedrão et João Grande sont indispensables à Belo Monte. Depuis trois semaines, il attaque les convois qui partent de Queimadas et Monte Santo, par la route de Rosario, apportant de la nourriture à la Favela.

C'est une opération relativement facile, que l'ex-commerçant, avec ses façons méthodiques et scrupuleuses, et son talent d'organisateur, a perfectionnée jusqu'à des extrêmes scientifiques. Le succès est dû, surtout, aux informations qu'il reçoit, à la collaboration des guides et porteurs des soldats qui sont, en majorité, des jagunços qui se sont fait engager dans diverses localités, de Tucano à Itapicurú. Ils le tiennent au courant du mouvement des convois et l'aident à décider du lieu de l'embuscade. À l'endroit convenu – généralement le fond d'un vallon ou une zone broussailleuse de la montagne, toujours la nuit – Antonio et ses hommes surgissent subitement au milieu du troupeau en tirant en l'air avec leurs tromblons, en faisant éclater des pétards de dynamite, en soufflant dans leurs sifflets, afin que les animaux, effrayés, s'emballent dans la caatinga. Tandis qu'Antonio et sa troupe font diversion auprès de la troupe, les guides et chargeurs sauvent les animaux qu'ils peuvent et les poussent par des pistes convenues – la route qui vient de Calumbi, la plus courte et la plus sûre, reste inconnue des soldats – à Canudos. Antonio et les autres les attrapent ensuite.

C'est ce qui se serait produit maintenant aussi si cette nouvelle n'était pas arrivée : les chiens vont donner l'assaut à Canudos à tout moment. Les dents serrées, pressant le pas, le front plissé, Antonio et ses quatorze compagnons n'ont qu'une idée en tête : être à Belo Monte avec les autres, entourant le Conseiller, quand les athées attaqueront. Comment le Commandant de la Rue a-t-il eu connaissance du plan d'attaque ? Le messager, un vieux guide qui marche à ses côtés, dit à Vilanova que deux jagunços habillés en soldats ont donné l'alerte. Il le dit avec naturel, comme si c'était normal que les fils du Bon Jésus aillent entre les diables déguisés en diables.

« Ils se sont habitués à eux, ils n'attirent plus l'attention », pense Antonio Vilanova. Mais la première fois que João Abade a essayé de convaincre les jagunços d'utiliser des uniformes de soldats il y avait presque eu une rébellion. Antonio lui-même avait ressenti un goût de cendre à cette proposition. Se mettre dessus ce qui symbolisait le mal, l'insensibilité et l'hostilité qu'il y a dans le monde, voilà qui le repoussait viscéralement et il comprenait fort bien que les hommes de Canudos eussent rechigné à l'idée de mourir habillés en chiens. « Et pourtant, nous nous trompions, pense-t-il. Et comme toujours João Abade avait raison. » Parce que l'information qu'apportaient les valeureux « gamins » qui s'introduisaient dans les campements pour lâcher des fourmis, des cobras, des scorpions, pour jeter du poison dans les outres de la troupe, ne pouvait jamais être aussi précise que celle des hommes accomplis, surtout les licenciés ou déserteurs de l'armée. C'est Pajeú qui avait tranché le problème en se présentant, après une discussion, dans les tranchées de Rancho do Vigario, habillé en caporal, annonçant qu'il se glisserait à travers les lignes. Ils savaient tous qu'il ne passerait pas inaperçu. João Abade demanda aux jagunços s'ils trouvaient bien que Pajeú allât au sacrifice pour leur donner l'exemple et leur ôter la peur de chiffons avec des boutons. Plusieurs hommes de l'ancien cangaço du caboclo se proposèrent alors pour revêtir l'uniforme infamant. Depuis ce jour, le Commandant de la Rue n'avait eu aucune difficulté à infiltrer des jagunços dans les campements.

Ils s'arrêtent pour se reposer et manger, après plusieurs heures. La nuit commence à tomber et, sous le ciel plombé, on distingue le Cambaio et la Serra de Canabrava, entrecoupée. Assis en rond, les jambes croisées, les jagunços ouvrent leurs sacs en cordes tressées et en tirent des morceaux de bolacha* et de viande séchée. Ils mangent en silence. Antonio Vilanova sent la fatigue dans ses jambes, gonflées et avec des crampes. Vieillit-il ? Il éprouve cette sensation depuis ces derniers mois. Ou est-ce la tension, l'activité frénétique provoquée par la guerre ? Il a tellement perdu de poids qu'il a dû percer de nouveaux trous à son ceinturon et Antonia Sardelinha a dû lui resserrer deux chemises dans lesquelles il flottait. Mais n'arrive-t-il pas la même chose aux hommes et femmes de Belo Monte ? N'ont-ils pas maigri aussi João Grande et Pedrão, qui étaient des géants ? Honorio n'est-il pas devenu courbé et chenu ? Et João Abade et Pajeú ne sont-ils pas plus vieux ?

Il entend le rugissement du canon, vers le nord. Une petite pause et ensuite, plusieurs coups de canon à la file. Antonio et les jagunços sautent de l'endroit et reprennent leur marche à grands pas.

Ils s'approchent de la ville par le Tabolerinho, à l'aube, après cinq heures où les coups de canon se sont succédé sans interruption. Près des abreuvoirs où commencent les maisons, un messager est là pour les conduire vers João Abade. Ils le trouvent dans les tranchées de la Fazenda Velha, renforcées maintenant par le double d'hommes, tous le doigt sur la détente des fusils et espingoles, guettant, dans l'ombre du petit matin, les pentes de la Favela par où ils attendent de voir déferler les francs-maçons. « Loué soit le Bon Jésus Conseiller », murmure Antonio, et João Abade, sans lui répondre, lui demande s'il a vu des soldats en cours de route. Non, pas même une patrouille.

– Nous ne savons pas par où ils vont attaquer, dit João Abade et l'ex-commerçant remarque son extrême préoccupation. Nous savons tout, sauf le principal.

Il pense qu'ils attaqueront par ici, le chemin le plus court, c'est pourquoi le Commandant de la Rue est venu renforcer avec trois cents jagunços Pajeú, dans cette tranchée qui s'incurve, un quart de lieue, du pied du Monte Mario jusqu'au Tabolerinho.

João Abade lui explique que Pedrão couvre l'orient de Belo Monte, la zone des enclos et champs cultivés, et les monts par où serpentent les pistes vers Trabubú, Macambira, Cocorobó et Geremoabo. La ville, défendue par la Garde

Catholique de João Grande, a de nouveaux parapets de pierre et du sable dans ses ruelles et ses carrefours, et l'on a renforcé le quadrilatère des églises et du Sanctuaire, ce centre vers lequel convergeront les bataillons d'assaut, comme convergent jusqu'à lui les obus de leurs canons.

Bien qu'il soit avide de poser des questions, Vilanova comprend qu'il n'a pas le temps. Que doit-il faire ? João Abade lui dit qu'il lui assigne, ainsi qu'à Honorio, le territoire parallèle aux ravins du Vasa Barris, à l'est d'Alto do Mario et la sortie vers Geremoabo. Sans plus d'explications, il lui demande de l'avertir aussitôt si les soldats apparaissent, car l'important est de découvrir à temps par où ils vont essayer d'entrer. Vilanova et les quatorze hommes se mettent à courir.

La fatigue s'est évaporée comme par enchantement. Ce doit être un autre indice de la présence divine, une autre manifestation du surnaturel en sa personne. Comment l'expliquer si ce n'est à travers le Père, le Divin ou le Bon Jésus ? Depuis qu'il a appris la nouvelle de l'assaut il n'a rien fait d'autre que marcher et courir. Il y a un moment, traversant la Lagune de Cipó, les jambes lui ont manqué et son cœur battait si fort qu'il avait craint de s'évanouir. Et le voilà maintenant qui court sur ce terrain caillouteux et accidenté en cette fin de nuit que les bombardes foudroyantes de la troupe illuminent et assourdissent. Il se sent reposé, plein d'énergie, capable de n'importe quel effort, et sait que les hommes qui courent à ses côtés se sentent de même. Si ce n'est le Père qui peut opérer semblable changement, leur redonner des forces neuves, quand les circonstances l'exigent ? Ce n'est pas la première fois que cela se produit. Bien des fois, ces dernières semaines, quand il croyait être sur le point de s'écrouler, il a soudain senti une nouvelle force qui semble le soulever, le rajeunir, lui injecter un ouragan de vie.

Dans la demi-heure qu'ils tardent à rejoindre les tranchées du Vasa Barris – courant, marchant, courant – Antonio Vilanova voit sur Canudos des flammes d'incendies. Il ne se demande pas si l'un de ces feux consume son foyer, mais : est-ce que le système qu'il a imaginé pour que les incendies ne se propagent pas fonctionne. Il y a pour cela dans les coins de rue et les artères des centaines de barils et caisses de sable. Ceux qui restent en ville savent que dès qu'éclate une explosion ils doivent courir éteindre les flammes avec des seaux de terre. Antonio lui-même a organisé, dans chaque pâté de maisons, des groupes de femmes, d'enfants et de vieillards chargés de cette tâche.

Dans les tranchées il rencontre son frère Honorio, ainsi que sa femme et sa belle-sœur. Les Sardelinha sont installées avec d'autres femmes sous un hangar, entre des choses à manger et à boire, des médicaments et des pansements. « Bienvenue, compadre », l'embrasse Honorio. Antonio s'attarde un moment avec lui en mangeant avec appétit les écuelles que les Sardelinha servent aux nouveaux venus. Sitôt finie sa brève collation, l'ex-commerçant distribue ses quatorze compagnons aux alentours, leur conseille de dormir un peu et va avec Honorio parcourir la zone.

Pourquoi João Abade leur a-t-il confié cette frontière à eux, les moins guerriers des guerriers ? Sans doute parce qu'elle est la plus éloignée de la Favela : ils n'attaqueront pas par ici. Ils auraient trois à quatre fois plus de chemin à parcourir que s'ils descendent les versants et attaquent à la Fazenda Velha ; ils devraient, en outre, avant d'atteindre le fleuve, traverser un territoire abrupt et recouvert d'épines qui obligerait les bataillons à se fragmenter et se désagréger. Ce n'est pas ainsi que combattent les athées. Ils le font en blocs compacts, formant ces carrés qui constituent une si bonne cible pour les jagunços retranchés.

– C'est nous qui avons creusé ces tranchées, dit Honorio. Tu t'en souviens ?

– Je pense bien. Jusqu'à maintenant elles n'ont pas servi.

Oui, ils ont dirigé les équipes qui ont sillonné cette zone sinueuse, entre le fleuve et le cimetière, sans arbre ni fourré, de petits trous pour deux ou trois tireurs. Ils ont creusé les premiers abris voici un an, après le combat d'Uauá. Après chaque expédition ils ont ouvert de nouveaux trous, et, dernièrement, de petites rainures entre chaque trou qui permettent aux hommes de ramper de l'un à l'autre sans être vus. Ils n'ont pas encore servi, en effet, pas une seule fois on n'a combattu dans ce secteur.

Une lumière bleutée, avec des teintes jaunes sur les bords,

avance à l'horizon. On entend le cocorico des coqs. « Les coups de canon se sont arrêtés », dit Honorio en devinant sa pensée. Antonio achève la phrase : « Cela veut dire qu'ils sont en chemin. » Les tranchées sont percées tous les quinze, vingt pas, sur un demi-kilomètre de front et une centaine de mètres de profondeur. Les jagunços, enfoncés dans les abris deux par deux, trois par trois, sont si bien cachés que les Vilanova ne les aperçoivent que lorsqu'ils se penchent pour échanger des paroles avec eux. Beaucoup ont des tubes métalliques, des roseaux de grand diamètre et des troncs évidés qui leur permettent de regarder dehors sans passer la tête. La plupart dorment ou somnolent, pelotonnés, avec leurs Mannlichers, Mauser et tromblons, et la bourse de projectiles et la corne de poudre à portée de la main. Honorio a placé des sentinelles le long du Vasa Barris ; plusieurs ont descendu les ravins et exploré le lit du fleuve – là totalement sec – et l'autre berge, sans rencontrer de patrouille.

Ils reviennent au hangar en bavardant. Ce silence peuplé du chant des coqs semble étrange, après tant d'heures de bombardement. Antonio estime inévitable l'assaut sur Canudos depuis l'arrivée à la Favela de cette colonne de renforts – plus de cinq cents soldats, semble-t-il –, intacte, en dépit des efforts désespérés de Pajeú qui la harcèle depuis Caldeirão et n'a réussi à en soustraire que quelques bêtes. Honorio demande s'il est vrai que les troupes ont laissé des compagnies à Jueté et Rosario, où elles se contentaient, auparavant, de passer. Oui, c'est vrai.

Antonio dégrafe son ceinturon et utilisant son bras en guise d'oreiller, couvrant son visage de son chapeau, il se pelotonne dans la tranchée qu'il partage avec son frère. Son corps se relâche, reconnaissant de cette immobilité, mais son ouïe reste en alerte, à l'affût de tout signe des soldats dans ce jour qui commence. Au bout d'un moment il les oublie et, après avoir flotté sur des images diverses, floues, il se concentre soudain sur cet homme dont le corps frôle le sien. Deux ans de moins que lui, de clairs cheveux bouclés, calme, discret, Honorio est plus que son frère et son beau-frère par alliance : il est son compagnon, son compère, son confident, son meilleur ami. Ils ne se sont jamais séparés, ils n'ont jamais eu de dispute sérieuse. Honorio se trouve-t-il à Belo Monte comme lui, par adhésion pour la personne du Conseiller et tout ce qu'il représente, la religion, la vérité, le salut de l'âme, la justice ? Ou seulement par fidélité envers son frère ? Depuis des années qu'ils sont à Canudos, il n'y avait jamais pensé. Lorsque l'ange le toucha et qu'il abandonna ses affaires pour s'occuper de celles de Canudos, il trouva naturel que son frère et sa belle-sœur, tout comme sa femme, acceptassent de bon gré ce changement de vie, comme ils l'avaient fait chaque fois que le malheur leur assignait de nouvelles directions. Il en fut de même cette fois-là : Honorio et Assunção se plièrent à sa volonté sans la moindre plainte. Ce fut quand Moreira César attaqua Canudos, en ce jour interminable, tandis qu'il combattait dans les rues, que commença pour la première fois à le ronger le soupçon que peut-être Honorio allait mourir là non pour quelque chose à quoi il croyait, mais par respect pour son frère aîné. Quand il essaie d'aborder ce sujet avec Honorio, son frère se moque de lui : « Croyez-vous que je risquerais ma peau seulement pour être à côté de vous ? Vous voilà bien vaniteux, compadre ! » Mais ces plaisanteries, au lieu d'apaiser ses doutes, les renforcent. Il en avait parlé au Conseiller : « Par mon égoïsme, j'ai disposé de Honorio et de sa famille sans jamais chercher à savoir ce qu'ils voulaient ; comme si c'étaient des bêtes ou du mobilier. » Le Conseiller a trouvé un baume pour cette blessure : « S'il en était ainsi, eh bien ! tu les as aidés à gagner le ciel. »

Il sent qu'on le secoue, mais il tarde à ouvrir les yeux. Le soleil brille dans le ciel et Honorio lui demande de faire silence, un doigt sur la bouche :

– Ils sont là, compadre, murmure-t-il à voix basse. C'est pour nous.

– Quel honneur, compadre, répond-il d'une voix pâteuse.

Il s'agenouille dans la tranchée. Des ravins de l'autre rive du Vasa Barris une mer d'uniformes bleus, plomb, rouges, avec le scintillement des boutonnières, des épées et des baïonnettes, se dirige sur eux dans la matinée resplendissante. C'est cela que ses oreilles entendaient depuis un moment : des roulements de tambours, des sonneries de clairon. « On dirait qu'ils viennent droit sur nous », pense-t-il. L'air est limpide et, malgré la distance, il voit avec une extrême netteté les troupes déployées en trois corps dont l'un, celui du milieu, semble marcher en droite ligne sur ces tranchées. Quelque chose de poisseux dans la bouche englue ses paroles. Honorio lui dit qu'il a déjà dépêché deux « gamins » à la Fazenda Velha et à la sortie de Trabubú, pour avertir João Abade et Pedrão qu'ils arrivent de ce côté.

– Nous devons tenir, s'entend-il dire. Tenir à tout prix jusqu'à ce que João Abade et Pedrão se replient à Belo Monte.

– À condition qu'ils ne nous attaquent pas en même temps par la Favela, grogne Honorio.

Antonio ne le croit pas. En face, descendant les ravines du fleuve à sec, il y a plusieurs milliers de soldats, plus de trois mille, peut-être quatre, ce qui doit représenter toute la force utile des chiens. Les jagunços savent, par les « gamins » et les espions, qu'il y a à l'hôpital du vallon entre la Favela et Alto do Mario près de mille blessés et malades. Une partie de la troupe a dû rester là-bas, protégeant l'hôpital, l'artillerie et les installations. Cette troupe doit, donc, être toute celle de l'assaut. Il le dit à Honorio, sans le regarder, les yeux rivés sur les ravins, tandis qu'il vérifie avec ses doigts si le barillet de son revolver est bien approvisionné. Quoiqu'il ait un Mannlicher, il préfère ce revolver, avec lequel il s'est battu depuis qu'il est à Canudos. Honorio, en revanche, appuie son fusil sur le rebord, la hausse levée et le doigt sur la détente. Tous les autres jagunços doivent faire de même, dans leurs trous, se rappelant les instructions : ne tirer que lorsque l'ennemi se trouve tout près, pour économiser les munitions et jouer de l'effet de surprise. C'est la seule chose qui les favorise, la seule chose qui peut atténuer la disproportion en nombre et en armement.

Un gosse arrive en rampant et se laisse tomber dans la tranchée : il leur apporte une outre de café chaud et des galettes de maïs. Antonio reconnaît son regard vif et souriant, son corps tordu. Il s'appelle Sebastião et c'est un vétéran de ces combats, car il a servi de messager à Pajeú et à João Grande. Tandis qu'il boit le café, qui réconforte son corps, Antonio voit disparaître l'enfant, rampant avec ses outres et sacs, silencieux et rapide comme un lézard.

« S'ils s'approchaient unis, formant une masse compacte », pense-t-il. Qu'il serait facile alors de les faucher en tirant à bout portant sur ce terrain sans arbres ni fourrés ni rochers. La dépression du sol ne les sert guère, car les tranchées des jagunços sont sur des monticules d'où ils peuvent dominer la situation. Mais ils ne se présentent pas unis. Le corps du centre avance plus rapidement, comme une proue ; il est le premier à traverser le lit du fleuve et à escalader les ravins. Des silhouettes bleutées, avec des rayures rouges sur les pantalons et des points scintillants, surgissent à moins de deux cents pas d'Antonio. C'est une compagnie d'éclaireurs, une centaine d'hommes, tous à pied, qui se regroupent en deux blocs sur trois rangs et avancent rapidement, sans la moindre précaution. Il les voit tendre le cou, guetter les tours de Belo Monte, totalement inconscients de ces tireurs embusqués qui les mettent en joue.

« Qu'attendez-vous, compadre ? dit Honorio. Qu'ils nous voient ? » Antonio tire et, aussitôt, comme un écho multiplié, éclate autour de lui un fracas qui gomme les tambours et les clairons. La fumée, la poussière, la confusion s'emparent des éclaireurs. Antonio tire, lentement, chacun de ses coups, visant en fermant un œil les soldats qui ont fait demi-tour et fuient à toute allure. Il réussit à voir d'autres soldats qui ont franchi maintenant les ravins et s'approchent de trois, quatre directions différentes. La fusillade cesse.

– Ils ne nous ont pas vus, lui dit son frère.

– Ils ont le soleil dans les yeux, lui répond-il. Dans une heure ils seront aveugles.

Tous deux rechargent leurs armes. On entend des tirs isolés, de jagunços qui veulent achever ces blessés qu'Antonio voit se traîner sur les cailloux, tâchant d'atteindre les ravins. On continue d'y voir apparaître des têtes, des bras, des corps de soldats. Les formations s'effritent, se fragmentent, s'incurvent en avançant sur ce terrain cassant, dansant. Les soldats se sont mis à tirer, mais Antonio a l'impression qu'ils ne localisent pas encore les tranchées, qu'ils tirent au-dessus d'eux, vers Canudos, croyant que les rafales qui ont fauché leur pointe de lance provenaient du Temple du Bon Jésus. L'échange de coups de feu rend plus dense la poussière et des tourbillons brunâtres enveloppent et cachent par moments les athées qui, tapis, serrés les uns contre les autres, les fusils dressés et la baïonnette au canon, s'avancent au rythme des clairons et du tambour et aux cris de : « Infanterie ! En avant ! »

L'ex-commerçant vide à deux reprises son barillet. L'arme chauffe et lui brûle la main, si bien qu'il la rengaine et se met à utiliser son Mannlicher. Il vise et tire, en cherchant toujours, parmi les corps ennemis, ceux qui par le sabre, les galons ou l'attitude apparaissent comme les chefs. Soudain, en voyant ces hérétiques et pharisiens au visage effrayé, décomposé, tomber un par un, deux par deux, dix par dix, sous des balles dont ils ignorent d'où elles viennent, il ressent de la pitié. Comment est-il possible qu'il ait pitié de ceux qui veulent détruire Belo Monte ? Oui, en ce moment, tandis qu'il les voit s'écrouler, les entend gémir, les vise et les tue, il ne les hait point : il devine leur misère spirituelle, leur humanité pécheresse, il les sait victimes, instruments aveugles et stupides, prisonniers des artifices du Malin. La même chose n'aurait-elle pas pu leur arriver à eux tous ? À lui-même si, grâce à cette rencontre avec le Conseiller, l'ange ne l'avait pas touché ?

– À gauche, compadre, Honorio lui donne un coup de coude.

Il regarde et voit : des cavaliers armés de lances. Quelque deux cents, peut-être davantage. Ils ont traversé le Vasa Barris à un demi-kilomètre sur sa droite et se regroupent en pelotons pour attaquer ce flanc, sous le charivari frénétique d'un clairon. Ils sont hors de la ligne de tranchées. En une seconde, il voit ce qui va se passer. Les lanciers couperont en travers, par les crêtes des collines, jusqu'au cimetière, et comme il n'y a dans cet angle aucune tranchée pour leur barrer la route, ils atteindront en quelques minutes Belo Monte. En voyant la voie libre, la troupe suivra par cette route à pied. Ni Pedrão, ni João Grande, ni Pajeú n'ont eu le temps de refluer vers la ville pour renforcer les jagunços retranchés sur les toits et tours des églises et du Sanctuaire. Alors, sans savoir ce qu'il va faire, guidé par la folie de l'instant, il saisit la bourse de munitions et saute hors du trou en criant à Honorio : « Il faut les arrêter, suivez-moi, suivez-moi. » Il se met à courir, courbé en deux, le Mannlicher dans la main droite, le revolver dans la gauche, le sac à munitions sur l'épaule, dans un état proche du rêve, de l'ivresse. À ce moment, la peur de mourir – qui parfois l'éveille en sueur ou lui glace le sang au milieu d'une conversation banale – disparaît et il se sent plein d'un superbe mépris à l'idée d'être blessé ou de disparaître d'entre les vivants. Tandis qu'il court droit sur les cavaliers qui, rangés en pelotons, commencent à trotter en zigzaguant, soulevant de la poussière, qu'il voit et cesse de voir, selon les ondulations du terrain, idées, souvenirs, images crépitent dans la forge qu'est sa tête. Il sait que ces cavaliers font partie du bataillon des lanciers du Sud, les gauchos, qu'il a aperçus rôdant derrière la Favela à la recherche de bétail. Il pense qu'aucun de ces cavaliers ne foulera Canudos, que João Grande et la Garde Catholique, les Noirs de Mocambo ou les archers kariris tueront leurs animaux, si magnifiquement blancs. Et il pense à sa femme et sa belle-sœur, se demandant si elles ont pu rentrer à Belo Monte. Parmi ces visages, ces espoirs, ces fantaisies, apparaît Assaré, là-bas aux confins du Ceará, où il n'est pas retourné depuis qu'il en partit fuyant la peste. Son village a coutume de lui apparaître dans des moments comme celui-ci, quand il sent qu'il touche à une limite, qu'il foule une extrémité au-delà de laquelle il ne reste que le miracle ou la mort.

Quand ses jambes ne répondent plus, il se laisse tomber et s'allongeant, sans rechercher d'abri, il installe son fusil au creux de l'épaule et se met à tirer. Il n'aura pas le temps de recharger son arme, aussi vise-t-il soigneusement, à chaque fois. Il a couvert la moitié de la distance qui le séparait des cavaliers. Ceux-ci passent devant lui, au milieu d'un nuage de poussière, et il se demande comment se fait-il qu'ils ne l'aient pas vu, bien qu'il avance en courant à travers champs, bien qu'il leur tire dessus. Aucun des lanciers ne regarde dans sa direction. Mais, comme si sa pensée les avait alertés, voilà que le peloton de tête tourne subitement sur sa gauche. Il voit un cavalier faire un mouvement circulaire avec son épée de parade, comme pour l'appeler, comme pour le saluer, et la douzaine de lanciers galoper dans sa direction. Son fusil n'a plus de balles. Il prend le revolver à deux mains, les coudes appuyés au sol, décidé à garder ces cartouches jusqu'à ce qu'il sente les chevaux lui passer dessus. Voilà les visages des diables, déformés par la rage, la férocité avec laquelle ils éperonnent leurs montures, les longues cravaches qui tremblent, les culottes bouffantes que le vent gonfle. Il tire sur l'homme au sabre, une, deux, trois balles, sans l'atteindre, pensant que rien ne le délivrera de ces lances qui l'embrocheront, de ces sabots qui l'écraseront. Mais il se produit quelque chose et à nouveau il pressent quelque chose de surnaturel. Derrière lui surgissent quantité de silhouettes tirant, brandissant des machettes, des poignards, des marteaux, des haches, qui se précipitent sur les animaux et leurs cavaliers, leur tirant dessus, les poignardant, les frappant en un tourbillon vertigineux. Il voit des jagunços accrochés aux lances et aux jambes des cavaliers et coupant les rênes ; il voit rouler à terre des chevaux et entend des rugissements, des hennissements, des injures, des coups de feu. Deux lanciers au moins passent au-dessus de lui, sans le piétiner, avant qu'il parvienne à se relever et à se jeter dans la mêlée. Il tire les deux derniers coups de revolver et, empoignant sa Mannlicher en guise de bâton, il court sus aux athées aux prises avec les jagunços. Il assène un coup de crosse sur un soldat juché sur un jagunço et le frappe jusqu'à ce qu'il ne bouge plus. Il aide le jagunço à se relever et tous deux courent secourir Honorio, qu'un cavalier poursuit de sa lance. En voyant qu'ils viennent vers lui, le gaucho éperonne son animal et se perd au galop en direction de Belo Monte. Pendant un bon moment, au milieu de la poussière, Antonio court d'un endroit à l'autre, aide à se relever les jagunços tombés, charge et vide son revolver. Certains compagnons sont grièvement blessés, d'autres morts, transpercés par des lances. L'un d'eux saigne abondamment d'une blessure de sabre. Il se voit, comme en rêve, achevant à coups de crosse – d'autres le font à la machette – les gauchos tombés de cheval. Quand la mêlée s'achève faute d'ennemis et les jagunços se rassemblent, Antonio dit qu'ils doivent retourner aux tranchées, mais au milieu de ses paroles il remarque, dans des nuages de poussière rougeâtre, que là où ils se trouvaient auparavant embusqués passent maintenant les compagnies de francs-maçons, à perte de vue.

Pas plus de cinquante hommes l'entourent. Et les autres ? Ceux qui pouvaient bouger sont retournés à Belo Monte. « Mais ils n'étaient pas nombreux », grogne un jagunço édenté, le ferblantier Zósimo. Antonio est surpris de le retrouver en combattant, quand son âge et sa décrépitude devraient le vouer à éteindre les incendies et transporter les blessés aux dispensaires. Cela n'a pas de sens de rester là ; une nouvelle charge de cavaliers les anéantirait tous.

– Allons aider João Grande, leur dit-il.

Ils se scindent en groupes de trois ou quatre et, donnant le bras à ceux qui boitent, se protégeant en utilisant les irrégularités du terrain, ils entreprennent le retour. Antonio va en queue, près de Honorio et Zósimo. Les gros nuages de poussière peut-être, ou les rayons du soleil, ou encore la hâte qu'ils ont d'investir Canudos expliquent que ni les troupes qui progressent à leur gauche ni les lanciers qu'ils aperçoivent sur leur droite ne viennent les achever. Parce qu'ils les voient, c'est impossible qu'ils ne les voient pas comme eux les voient. Il demande à Honorio des nouvelles des Sardelinha. Il lui répond qu'il a fait dire à toutes les femmes de s'en aller, avant d'abandonner les tranchées. Il reste encore un millier de pas à parcourir jusqu'aux maisons. Il sera difficile, en allant si lentement, d'y arriver sains et saufs. Mais le tremblement de ses jambes et le tumulte de son sang lui disent que ni lui ni aucun des survivants ne sont en mesure d'aller plus vite. Le vieux Zósimo titube, en proie à un étourdissement passager. Il lui tapote le dos, l'encourageant, et l'aide à marcher. Est-il vrai que ce vieillard fut autrefois sur le point de brûler vif le Lion de Natuba, avant d'être touché par l'ange ?

– Regardez de ce côté de la maison d'Antonio le Fogueteiro, compadre.

Une intense, une bruyante fusillade vient de ce pâté de maisons qui s'élèvent devant l'ancien cimetière et dont les ruelles, enchevêtrées comme des hiéroglyphes, sont les seules de Canudos à ne pas porter de noms de saints, mais de chansons de geste : Reine Maguelonne, Robert le Diable, Silvaninha, Charlemagne, Fier-à-Bras, Pairs de France. C'est là que sont concentrés les nouveaux pèlerins. Est-ce que ce sont eux qui tirent de la sorte sur les athées ? Toits, portes, entrées de rues vomissent du feu contre les soldats. Soudain, entre les silhouettes des jagunços allongés, debout ou accroupis, il découvre la silhouette caractéristique de Pedrão, sautant ici et là avec son mousqueton, et il est sûr de distinguer, dans le bruit assourdissant des coups de feu, le fracas de l'arme du géant mulâtre. Pedrão a toujours refusé de changer cette vieille arme, qui date de l'époque où il était bandit, pour les fusils à répétition Mannlicher et Mauser, bien que ceux-ci soient capables de tirer cinq coups et se chargent vite, tandis que lui, à chaque coup, doit nettoyer le canon, le charger de poudre et la tasser, avant de tirer d'absurdes projectiles : bouts de fer, de limonite, de verre, de plomb, de cire et même de pierre. Mais Pedrão a une adresse stupéfiante et fait son opération à une vitesse qui ressemble à de la sorcellerie, comme l'extraordinaire précision de ses coups.

Il est heureux de le voir là. Si Pedrão et ses hommes ont eu le temps de revenir, João Abade et Pajeú l'auront fait aussi, et alors Belo Monte est bien défendu. Il leur manque maintenant moins de deux cents pas pour atteindre la première ligne de tranchées et les jagunços qui vont devant agitent les bras et se font reconnaître à grands cris pour que les défenseurs ne leur tirent pas dessus. Quelques-uns courent ; Honorio et lui les imitent, mais s'arrêtent en voyant que le vieux Zósimo ne peut les suivre. Ils le prennent par le bras et l'entraînent, courbés, trébuchant, sous une grêle d'explosions qui semble à Antonio dirigée contre eux trois. Il arrive à ce qui était une entrée de rue et est maintenant un mur de pierres et de bidons de sable, de planches, de tuiles, de briques et toute sorte d'objets sur lesquels il aperçoit une rangée compacte de tireurs. Plusieurs mains se tendent pour les aider à grimper. Antonio se sent soulevé en l'air, descendu, déposé de l'autre côté de la tranchée. Il s'assoit pour se reposer. Quelqu'un lui tend une outre d'eau, qu'il boit à petites gorgées, les yeux clos, ressentant une impression douloureuse et heureuse quand le liquide mouille sa langue, son palais, sa gorge, qui semblent de glu. Ses oreilles bourdonnantes se débouchent de temps en temps et il peut entendre la fusillade et les cris : « Mort à la République ! À mort les athées ! Vive le Conseiller ! Vive le Bon Jésus ! » Mais à un moment il se rend compte – la grande fatigue cède, il pourra bientôt se lever – que les jagunços ne peuvent hurler : « Vive la République ! Vive le maréchal Floriano ! À mort les traîtres ! À mort les Anglais ! » Se peut-il qu'ils soient maintenant si près ? Les sonneries de clairon vibrent dans ses oreilles. Toujours assis, il place cinq balles dans le barillet de son revolver. En chargeant le Mannlicher, il voit que ce sont ses dernières cartouches. Dans un effort qu'il ressent dans tous ses os, il se met debout et grimpe, en s'aidant des coudes et des genoux, en haut de la barricade. On lui fait une place. À moins de vingt mètres une quantité de soldats charge, en rangs serrés. Sans viser, sans chercher les officiers, il tire au hasard toutes les balles de son revolver, puis celles de son Mannlicher, en sentant à chaque recul de la culasse comme si on lui enfonçait une aiguille dans l'épaule. Tandis qu'il recharge à la hâte son revolver il regarde autour de lui. Les francs-maçons attaquent de tous côtés, et dans le secteur de Pedrão ils sont encore plus près qu'ici ; quelques baïonnettes sont arrivées au bord même des barricades et des jagunços se dressent soudain armés de gourdins et de crochets de fer, frappant avec furie. Il ne voit pas Pedrão. Sur sa droite, dans un nuage gigantesque, les vagues de soldats avancent vers Saint-Esprit, Santa Ana, São José, São Tomàs, Santa Rita et São Joaquim. Par l'une quelconque de ces rues ils arriveront en quelques secondes à São Pedro ou Campo Grande, le cœur de Belo Monte, où ils pourront donner l'assaut aux églises et au Sanctuaire. On le tire par le pied. Un tout jeune homme lui crie que le Commandant de la Rue veut le voir, à São Pedro. Le jeune homme prend sa place sur la barricade.

Tandis qu'il monte, en trottant, la côte de São Crispin, il voit des deux côtés de la rue des femmes qui remplissent des seaux et des caisses de sable, qu'elles portent sur le dos. Tout autour de lui est poussière, courses, désordre, parmi des maisons aux toits effondrés, façades criblées de balles et noircies de fumée et des bicoques éventrées. Le mouvement frénétique a un sens, qu'il découvre en parvenant à São Pedro, la rue parallèle à Campo Grande qui sépare Belo Monte du Vasa Barris au cimetière. Le Commandant de la Rue est là, avec ses deux carabines sur les épaules, fermant le lieu avec des barricades à tous les coins qui font face au fleuve. Il lui tend la main et sans préambule – mais, pense Antonio, sans précipitation, avec le calme qui convient pour que l'ex-commerçant le comprenne exactement – il lui demande de se charger, lui, de fermer ces ruelles transversales de São Pedro, en utilisant tous les gens disponibles.

– Ne vaut-il pas mieux renforcer la tranchée d'en bas ? dit Antonio Vilanova, lui montrant l'endroit d'où il vient.

– Nous ne pourrons pas les y contenir longtemps, c'est ouvert, dit le Commandant de la Rue. Ici ils s'emmêleront et s'arrêteront. Il faut que ce soit une véritable muraille, haute et large.

– Ne t'en fais pas, João Abade. Vas-y, je m'en charge. – Mais quand l'autre fait demi-tour, il ajoute : – Et Pajeú ?

– Vivant, dit João Abade, sans se retourner. À la Fazenda Velha.

« Défendant les points d'eau », pense Vilanova. S'ils les délogeaient, ils resteraient sans une goutte d'eau. Après les églises et le Sanctuaire, c'est ce qu'il y a de plus important pour survivre : l'eau. L'ex-cangaceiro se perd dans la poussière, sur la pente qui descend au fleuve. Antonio se tourne vers les tours du Temple du Bon Jésus. Par la crainte superstitieuse de ne pas les revoir à leur place, il ne les a pas regardées depuis son retour à Belo Monte. Elles sont là, ébréchées, mais intactes, car leur épaisse ossature de pierre résiste aux balles, aux obus, à la dynamite des chiens. Les jagunços juchés au clocher, sur les toits, sur les échafaudages, tirent sans trêve et d'autres, accroupis ou assis, le font depuis le toit et le clocher de São Antonio. Parmi les grappes de tireurs de la Garde Catholique qui font feu depuis les barricades du Sanctuaire, il aperçoit João Grande. Tout cela le soulève de foi, dissipe la panique qu'il a sentie monter depuis la plante de ses pieds en entendant João Abade dire que les soldats vont inévitablement franchir les tranchées d'en bas, qu'il n'y a plus d'espoir de les arrêter là. Sans perdre davantage de temps, il ordonne aux essaims de femmes, d'enfants et de vieillards d'abattre toutes les maisons des angles des rues São Crispin, Santa Ana et São José pour transformer en une forêt inextricable cette partie de Belo Monte. Il leur donne l'exemple en utilisant son fusil comme bélier. Faire des tranchées, des barricades, c'est construire, organiser et ce sont là des choses qu'Antonio Vilanova fait mieux que la guerre.

Comme ils avaient emporté tous les fusils, les caisses de munitions et d'explosifs, le magasin avait triplé de capacité. Le grand vide angoissait le journaliste myope. La canonnade annulait la durée. Combien de temps cela faisait-il qu'il était enfermé dans le dépôt avec la Mère des Hommes et le Lion de Natuba ? Il avait entendu ce dernier lire le papier des dispositions de l'assaut de la ville avec un grincement de dents qui lui durait encore. Depuis lors, la nuit avait dû s'écouler, il devait faire jour. Il n'était pas possible que cela ait duré moins de huit, dix heures. Mais la peur allongeait les secondes, rendait immobiles les minutes. Peut-être ne s'était-il pas écoulé une heure depuis que João Abade, Pedrão, Pajeú, Honorio Vilanova et João Grande étaient partis en toute hâte, en entendant les premières explosions de ce que le papier appelait le « ramollissement ». Il se rappela leur départ précipité, la discussion entre eux, la femme qui voulait retourner au Sanctuaire et comment ils l'avaient obligée à rester ici.

Cela, malgré tout, pouvait être encourageant. S'ils avaient laissé au magasin ces deux intimes du Conseiller, c'est qu'ici ils étaient mieux protégés qu'ailleurs. Mais n'était-ce pas ridicule de penser à des lieux sûrs en ce moment ? Le « ramollissement » n'était pas un tir sur des cibles spécifiques ; c'étaient des coups de canon aveugles, pour provoquer des incendies, détruire des maisons, semer les rues de cadavres et de ruines qui démoraliseraient les habitants de façon à ce qu'ils n'aient pas le courage d'affronter les soldats quand ils feraient irruption dans Canudos.

« La philosophie du colonel Moreira César », pensa-t-il. Qu'ils étaient stupides, stupides, stupides ! Ils ne comprenaient rien à ce qui se passait ici, ils ne se doutaient pas de ce qu'étaient ces gens. La canonnade interminable, sur la ville ténébreuse, ne ramollissait que lui. Il pensa : « La moitié, les trois quarts de Canudos doivent déjà avoir disparu. » Mais jusqu'à maintenant aucun obus n'avait touché le magasin. Des dizaines de fois, fermant les yeux, serrant les dents, il avait pensé : « Celui-ci, celui-ci. » Son corps sursautait au moindre frémissement des tuiles, des toitures, des poutres, lorsque s'élevait cette poussière où tout semblait se briser, se déchirer, tomber en pièces, dessus, dessous, autour de lui. Mais le magasin restait debout, résistant aux rafales des explosions.

La femme et le Lion de Natuba parlaient. Il entendait une rumeur, pas ce qu'ils disaient. Il tendit l'oreille. Ils étaient restés muets depuis le commencement du bombardement au point qu'il s'était même imaginé qu'ils avaient été touchés par des balles et qu'il veillait leurs corps. La canonnade l'avait assourdi ; il percevait un vague bourdonnement, de petites explosions internes. Et Jurema ? Et le Nain ? Ils s'étaient rendus en vain à la Fazenda Velha apporter son repas à Pajeú puisqu'ils s'étaient croisés avec lui qui était venu à la réunion du magasin. Seraient-ils en vie ? Un courant impétueux, affectueux, passionné, douloureux, le parcourut tandis qu'il les devinait dans la tranchée de Pajeú, courbés sous les bombes, sûrement pensant à lui, comme il pensait à eux. Ils étaient une partie de lui comme lui une partie d'eux. Comment était-ce possible qu'il sentît envers ces êtres avec lesquels il n'avait rien de commun, et en revanche de grandes différences d'extraction sociale, d'éducation, de sensibilité, d'expérience et de culture, une affinité si grande, un amour aussi débordant ? Ce qu'ils partageaient depuis des mois avait créé entre eux ce lien, s'être trouvés, sans y songer, sans le vouloir, sans savoir comment dans ces étranges et fantastiques enchaînements de causes et d'effets, de hasards, d'accidents et de coïncidences qu'était l'histoire, catapultés ensemble dans ces événements extraordinaires, dans cette vie au bord de la mort. Voilà qui les avait unis ainsi. « Je ne me séparerai plus jamais d'eux », pensa-t-il. « Je les accompagnerai quand ils iront apporter à manger à Pajeú, j'irai avec eux... »

Mais il eut une impression de ridicule. Est-ce que la routine des jours passés allait peut-être survivre à cette nuit ? S'ils sortaient indemnes des bombardements, survivraient-ils à la seconde partie du programme lu par le Lion de Natuba ? Il devina les rangs serrés, massifs, de milliers et de milliers de soldats dévalant les collines baïonnette au canon, entrant dans Canudos par tous les coins et il sentit un fer froid glisser sur la chair maigre de son dos. Il leur crierait qui il était et ils n'entendraient pas, il leur crierait je suis un des vôtres, un civilisé, un intellectuel, un journaliste et ils ne le croiraient ni ne comprendraient, il leur crierait je n'ai rien à voir avec ces fous, avec ces barbares, mais ce serait inutile. Ils ne lui laisseraient pas le temps d'ouvrir la bouche. Mourir comme un jagunço, parmi la masse anonyme des jagunços : n'était-ce pas le comble de l'absurde, la preuve flagrante de la stupidité innée du monde ? De toutes ses forces il regretta l'absence de Jurema et du Nain, il éprouva le besoin urgent de les sentir près de lui, de leur parler et de les entendre. Comme si ses deux oreilles s'étaient débouchées, il entendit très clairement la voix de la Mère des Hommes : il y avait des fautes que l'on ne pouvait expier, des péchés qui ne pouvaient être rachetés. Dans sa voix convaincue, résignée, silencieuse, tourmentée, une souffrance semblait monter du fond des années.

– Il y a un endroit dans le feu qui m'attend, l'entendait-il répéter. Je ne peux pas m'aveugler, mon petit.

– Il n'y a pas de crime que le Père ne puisse pardonner, répondit le Lion de Natuba prestement. La Maîtresse a intercédé pour toi et le Père t'a pardonnée. Ne souffre pas, ma Mère.

C'était une voix bien timbrée, sûre, fluide, vibrant d'une musique intérieure. Le journaliste pensa que cette voix normale, cadencée suggérait un homme entier, debout, bien de sa personne et non pas celui qui parlait.

– Il était tout petit, sans défense, tendre, nouveau-né, un agneau, psalmodia la femme. Sa mère avait le cœur sec, elle était mauvaise et vendue au Diable. Alors, sous prétexte de ne pas le voir souffrir, elle lui a enfoncé un écheveau de laine dans la bouche. Ce n'est pas un péché comme les autres, mon petit. Ce péché-là ne se pardonne pas. Tu me verras brûler pour les siècles des siècles.

– Ne crois-tu pas au Conseiller ? la consola le scribe de Canudos. Ne parle-t-il pas avec le Père ? N'a-t-il pas dit que... ?

Le fracas étouffa ses paroles. Le journaliste myope durcit son corps et ferma les yeux, tremblant sous la secousse, mais il continua à écouter la femme, associant ce qu'il avait entendu à un souvenir reculé qui, sous la conjuration de ses paroles, remontait à sa conscience depuis les profondeurs où il était enterré. Était-ce elle ? Il entendit à nouveau la voix qu'il avait entendue au tribunal, vingt ans auparavant : douce, affligée, détachée, impersonnelle.

– Vous êtes l'infanticide de Salvador, dit-il.

Il n'eut pas le temps de s'effrayer de l'avoir dit, car deux explosions firent craquer sauvagement le magasin, comme s'il allait s'effondrer. Un nuage de terre l'envahit qui sembla se concentrer tout entier dans son nez. Il se mit à éternuer, en une crise croissante, puissante, accélérée, désespérée qui le faisait se tordre par terre. Sa poitrine allait éclater par manque d'air et il se la frappa à deux mains tandis qu'il éternuait et, cette fois, il entrevoyait comme en songe, par les fentes bleues, que le jour s'était en effet levé. Il pensa que ses tempes allaient éclater et que c'était vraiment la fin, il mourrait asphyxié, en éternuant, une façon stupide mais préférable aux baïonnettes des soldats. Il s'effondra sur le dos, toujours éternuant. Une seconde plus tard sa tête reposait dans le giron chaud, féminin, caressant, protecteur. La femme l'installa sur ses genoux, lui épongea le front, le berça comme les mères avec leurs enfants pour qu'ils s'endorment. Étourdi, reconnaissant, il murmura : « Mère des Hommes ».

Les éternuements, le malaise, l'étouffement, la faiblesse eurent la vertu de le libérer de la peur. Il percevait la canonnade comme quelque chose d'étranger, avec une indifférence extraordinaire à l'idée de mourir. Les mains, le murmure, le souffle de la femme, la caresse de ses doigts sur son crâne, son front, ses yeux le remplissaient de paix, le faisaient régresser à une enfance floue. Il avait cessé d'éternuer mais le chatouillement dans son nez – deux plaies vives – lui disait que la crise pouvait recommencer à tout moment. Dans cette ivresse diffuse, il se remémorait d'autres crises, où il avait eu aussi la certitude de la fin, ces nuits de bohème bahianaise que les éternuements interrompaient brutalement, comme une conscience critique, provoquant l'hilarité de ses amis, ces poètes, musiciens, peintres, journalistes, parasites, acteurs et les noceurs noctambules de Salvador parmi lesquels il avait gaspillé sa vie. Il se rappela comment il s'était mis à respirer de l'éther, parce que l'éther lui apportait l'apaisement après ces crises qui le laissaient épuisé, humilié et les nerfs à vif, et comment, ensuite, l'opium le sauvait des éternuements par une mort transitoire et lucide. Les caresses, le roucoulement, la consolation, l'odeur de cette femme qui avait tué son fils quand lui, adolescent, commençait à travailler dans un journal et qui était devenue maintenant la prêtresse de Canudos, ressemblaient à l'opium et l'éther, c'était quelque chose de doux et léthargique, une absence agréable, et il se demanda si quelquefois, dans son enfance, cette mère qu'il n'avait pas connue l'avait caressé ainsi et lui avait fait éprouver cette invulnérabilité et cette indifférence face aux dangers du monde. Il vit défiler dans sa tête les salles de classe et les cours du collège des Pères Salésiens où, à cause de ses éternuements, il avait été, comme sans doute le Nain, comme assurément le monstrueux lecteur qui était là, la risée et la victime, la cible de toutes les plaisanteries. À cause de ses crises d'éternuements et de sa vue basse, il avait été écarté des sports, des jeux violents, des excursions et traité comme un invalide. C'est pourquoi il était devenu timide, à cause de son maudit nez ingouvernable il avait dû utiliser des mouchoirs grands comme des draps de lit, et à cause de lui et de son regard obtus il n'avait eu ni fiancée ni épouse et avait vécu avec cette impression permanente de ridicule qui ne lui permettait pas de déclarer son amour aux jeunes filles qu'il avait aimées ni de leur envoyer les vers qu'il leur écrivait et déchirait ensuite lâchement. Par la faute de son nez et de sa myopie il n'avait eu entre les bras que les putains de Bahia, connu que des amours mercantiles, hâtives, sales qu'il paya à deux reprises au moyen de purgations et de traitements à la sonde qui le faisaient hurler. Lui aussi était un monstre, infirme, anormal. Pas étonnant qu'il se retrouvât à l'endroit où étaient venus se rassembler les infirmes, les malheureux, les anormaux, les damnés de la terre. Il était inévitable, donc, qu'il fût l'un d'eux.

Il pleurait à grands cris, recroquevillé, accroché aux deux mains de la Mère des Hommes, balbutiant, se plaignant de sa malchance et de ses malheurs, mêlant pêle-mêle, dans la bave et les sanglots, son amertume et son désespoir, actuels et passés, sa jeunesse envolée, sa frustration vitale et intellectuelle, lui parlant avec une sincérité qu'il n'avait eue auparavant pas même envers lui-même, lui disant combien il se sentait misérable et malheureux de n'avoir pas partagé un grand amour, de n'avoir pas été le dramaturge à succès, le poète inspiré qu'il aurait voulu être, et de savoir qu'il allait mourir encore plus stupidement qu'il n'avait vécu. Il s'entendit dire, dans ses halètements : « Ce n'est pas juste, ce n'est pas juste, ce n'est pas juste. » Il se rendait compte qu'elle l'embrassait au front, sur les joues, sur les paupières, en même temps qu'elle lui murmurait des mots tendres, doux, incohérents, comme ceux qu'on dit aux nouveau-nés pour que le bruit les charme et les rende heureux. Il sentait, en effet, un grand soulagement, une merveilleuse gratitude envers ces paroles magiques : « Mon petit, mon enfant, ma colombe, mon agneau... »

Mais ils furent soudain ramenés au présent, à la violence, à la guerre. Le tonnerre de l'explosion qui arracha le toit mit soudain au-dessus d'eux le ciel, le soleil éclatant, les nuages, le matin resplendissant. Des éclats, des briques, des tuiles brisées, des fils de fer tordus volaient partout, et le journaliste myope sentait des impacts de cailloux, de grains de sable, de pierres, en mille endroits de son corps, visage et mains. Mais ni la femme, ni le Lion de Natuba, ni lui ne furent emportés dans l'effondrement. Ils étaient debout, serrés, embrassés, et il cherchait avidement son monocle en miettes dans ses poches, pensant qu'il s'était rebrisé, qu'il ne pourrait même plus désormais compter sur cette aide. Mais il le retrouva intact, et toujours agrippé à la Supérieure du Chœur Sacré et au Lion de Natuba, il reconnut, dans des images distordues, les ravages de l'explosion. Outre la toiture, le mur d'en face était tombé, et, excepté le coin qu'ils occupaient, le magasin n'était plus qu'un tas de décombres. Il vit par le mur écroulé d'autres décombres, de la fumée, des silhouettes qui couraient.

Et là-dessus le local se remplit d'hommes armés, portant des brassards et des foulards bleus, parmi lesquels il devina la silhouette massive et demi-nue de João Grande. Tandis qu'il le voyait embrasser Maria Quadrado et le Lion de Natuba, le journaliste myope, la pupille aplatie contre son verre, trembla : il allait les emmener, lui resterait seul, abandonné dans ces ruines. Il s'accrocha à la femme et au scribe et, toute honte bue, tout scrupule effacé, il se mit à gémir qu'on ne le laissât point, à les implorer, et la Mère des Hommes le tira par la main, derrière eux, quand le géant noir leur ordonna de quitter les lieux.

Il se retrouva trottant dans un monde sens dessus dessous,

avec les fumées, le bruit, les tas de décombres. Il avait cessé de pleurer, ses sens étaient centrés sur la très difficile tâche d'éviter les obstacles, de ne pas trébucher, glisser, tomber, lâcher la femme. Il avait parcouru des dizaines de fois Campo Grande, en direction de la place des églises, et cependant il ne reconnaissait rien : murs effondrés, creux, pierres, objets répandus ici et là, gens qui allaient et venaient, qui semblaient tirer, fuir, rugir. Au lieu du canon, il entendit le fusil et des pleurs d'enfants. Il ne sut à quel moment il lâcha la femme, mais soudain il remarqua qu'il n'était plus accroché à elle mais à une forme dissemblable, trotteuse, dont le halètement angoissé se confondait avec le sien. Il se tenait aux mèches de sa crinière épaisse et abondante. Ils prenaient du retard, se laissaient distancer. Il empoigna avec force les cheveux du Lion de Natuba, s'il les lâchait il était perdu. Et tandis qu'il courait, sautait, esquivait, il s'entendait lui demander de ne pas prendre de l'avance, d'avoir pitié de quelqu'un qui ne pouvait pas s'en sortir tout seul.

Il tomba en avant contre quelque chose qu'il crut être un mur et qui s'avéra être des hommes. Il se sentit repoussé, rejeté, quand il entendit la femme demander qu'on les laissât entrer. La muraille s'ouvrit, il aperçut des barils et des sacs, des hommes qui tiraient et parlaient en criant, et il pénétra entre la Mère des Hommes et le Lion de Natuba, dans une enceinte sombre, par une petite porte faite de piquets. La femme, lui touchant le visage, lui dit : « Reste ici. N'aie pas peur. Prie. » Il parvint à voir, par une seconde petite porte, disparaître le Lion de Natuba et elle.

Il se laissa tomber. Il était fourbu, il avait faim, soif, sommeil, il était urgent d'oublier ce cauchemar. Il pensa : « Je suis dans le Sanctuaire. » Il pensa : « C'est ici que se trouve le Conseiller. » Il fut stupéfait d'être arrivé jusque-là, il se sentit privilégié de voir et d'entendre de près l'axe de la tempête qui secouait le Brésil, l'homme le plus connu et le plus détesté du pays. De quoi cela lui servirait-il ? Aurait-il d'aventure l'occasion de le raconter ? Il essaya d'écouter ce que l'on disait à l'intérieur du Sanctuaire, mais le brouhaha extérieur ne lui permit de rien entendre. La lumière qui se glissait entre les roseaux était blanche et vive, et la chaleur très forte. Les soldats devaient être ici, il devait y avoir des combats de rue. Malgré cela une profonde tranquillité s'emparait de lui dans ce réduit solitaire et ombragé.

La porte craqua et il entrevit une ombre de femme un foulard sur la tête. Elle lui mit entre les mains une écuelle avec son repas et une boîte de fer avec un liquide qui s'avéra être, lorsqu'il le but, du lait.

– La Mère Maria Quadrado prie pour vous, entendit-il. Loué soit le Bon Jésus Conseiller.

« Loué soit-il », dit-il sans cesser de mastiquer et d'avaler. Chaque fois qu'il mangeait, à Canudos, ses mâchoires lui faisaient mal, comme si elles étaient ankylosées par manque de pratique : c'était une douleur agréable, que son corps choyait. Dès qu'il eut terminé, il se recoucha au sol, appuya sa tête sur son bras et s'endormit. Manger, dormir : c'était maintenant le seul bonheur possible. Les salves se rapprochaient, s'éloignaient, semblaient tourner autour de lui, et l'on entendait des courses précipitées. Le visage ascétique, menu, nerveux du colonel Moreira César était là, comme il l'avait vu tant de fois, chevauchant à ses côtés ou, les nuits au bivouac, bavardant après la soupe. Il reconnaissait sa voix sans l'ombre d'une hésitation, son petit ton péremptoire, acéré : le ramollissement devait être exécuté avant la charge finale pour épargner des vies à la République, un abcès devait être crevé immédiatement et sans sentimentalisme sous peine que l'infection pourrisse l'organisme tout entier. En même temps il savait que les tirs s'intensifiaient, et avec eux les morts, les blessures, les dégâts, et il sentait que des gens en armes passaient au-dessus de lui, évitant de lui marcher dessus, avec des nouvelles de la guerre qu'il préférait ne pas entendre parce qu'elles étaient mauvaises.

Il était sûr de ne plus rêver quand il constata que ces bêlements étaient ceux d'un agnelet blanc qui lui léchait la main. Il caressa la tête laineuse et l'animal le laissa faire, sans avoir peur. Il percevait une conversation de deux personnes, à côté de lui. Il porta à son œil le bout de lunettes qu'il avait gardé entre ses doigts tout en dormant. Dans l'incertaine lumière, il reconnut la silhouette du Père Joaquim et celle d'une femme nu-pieds, à la tunique blanche et un foulard bleu sur la tête. Le curé de Cumbe avait un fusil entre les jambes et un chapelet de balles autour du cou. Autant qu'il pouvait le voir, son aspect était celui d'un homme qui avait combattu : ses rares cheveux en désordre et collés par la terre, la soutane en lambeaux, une sandale attachée avec une ficelle au lieu d'un lacet de cuir. Il semblait épuisé. Il parlait de quelqu'un nommé Joaquimzinho.

– Il est parti avec Antonio Vilanova pour trouver de quoi manger, l'entendit-il dire, découragé. Je sais par João Abade que tout le groupe est revenu sain et sauf et qu'ils ont été aux tranchées du Vasa Barris. – Il s'arrêta et se racla la gorge. – Celles qui ont essuyé la charge.

– Et Joaquimzinho ? répéta la femme.

C'était Alejandrinha Correa, dont on rapportait tant d'histoires : qu'elle découvrait des nappes souterraines, qu'elle avait été la concubine du curé. Il ne parvenait pas à distinguer son visage. Le curé et elle étaient assis par terre. La porte de l'intérieur du Sanctuaire se trouvait ouverte et il ne semblait y avoir personne à l'intérieur.

– Il n'est pas revenu, dit le curé tout bas. Antonio oui, ainsi que Honorio et bien d'autres qui étaient au Vasa Barris. Lui non. Personne n'a pu me donner de ses nouvelles, personne ne l'a vu.

– Au moins, je voudrais pouvoir l'enterrer, dit la femme. Qu'il ne reste pas jeté dans la campagne, comme un animal sans maître.

– Il se peut qu'il ne soit pas mort, murmura le curé de Cumbe. Si les Vilanova et d'autres sont revenus, pourquoi pas Joaquimzinho ? Si ça se trouve il est maintenant sur les tours, ou sur la barricade de São Pedro, ou avec son frère à la Fazenda Velha. Les soldats n'ont pu s'emparer non plus de ces tranchées.

Le journaliste myope se sentit heureux et désireux de lui demander des nouvelles de Jurema et du Nain, mais il se contint : il sentait qu'il ne devait pas s'immiscer dans cette intimité. Les voix du curé et de la béate étaient d'un fatalisme tranquille, en rien dramatiques. L'agneau lui mordillait la main. Il se redressa et s'assit, mais ni le Père Joaquim ni la femme n'accordèrent d'importance à ce qu'il soit éveillé et en train de les écouter.

– Si Joaquimzinho est mort, il vaut mieux qu'Atanasio

meure aussi, dit la femme. Pour qu'ils se tiennent compagnie dans la mort.

La peau de son cou s'horripila, derrière, près de la nuque. Était-ce ce qu'avait dit la femme ou le tintement des cloches ? Il les entendait, toutes proches, et il entendait des Ave Maria chantés en chœur par d'innombrables gorges. C'était, donc, le crépuscule. La bataille durait depuis presque un jour. Il écouta. Elle n'avait pas cessé, aux cloches et prières se mêlaient des salves d'artillerie. Certaines charges explosaient au-dessus de leurs têtes. Ils accordaient plus d'importance à la mort qu'à la vie. Ils avaient vécu dans le dénuement le plus total et toute leur ambition était un bon enterrement. Comment les comprendre ? Quoique, peut-être, si quelqu'un vivait la vie qu'il menait en ce moment, la mort serait son unique espoir de compensation, une « fête », comme disait le Conseiller. Le curé de Cumbe le regardait :

– Il est triste que les enfants doivent tuer et mourir au combat, l'entendit-il murmurer. Atanasio avait quatorze ans, Joaquimzinho n'en a pas treize. Cela fait une année qu'ils tuent et se font tuer. N'est-ce pas triste ?

– Oui, balbutia le journaliste myope. C'est triste, très. Je me suis endormi. Où en est la guerre, mon Père ?

– Ils ont été stoppés à São Pedro, dit le curé de Cumbe. Sur la barricade construite ce matin par Antonio Vilanova.

– Vous voulez dire ici, à l'intérieur de la ville ? demanda le myope.

– À trente pas d'ici.

São Pedro. Cette rue qui coupait Canudos du fleuve au cimetière, la voie parallèle à Campo Grande, une des rares artères à mériter le nom de rue. Maintenant c'était une barricade et les soldats étaient là. À trente pas. Il eut froid dans le dos. La rumeur des prières montait, descendait, disparaissait, revenait, et le journaliste myope pensa que, durant les pauses, on écoutait, là dehors, la voix rauque du Conseiller ou la petite voix flûtée du Ravi, et que les femmes, les blessés, les vieillards, les agonisants, les jagunços qui tiraient répondaient en chœur par leurs Ave Maria. Que devaient penser les soldats de ces prières ?

– Il est triste aussi qu'un curé doive tenir un fusil, dit le Père Joaquim, en touchant l'arme qu'il avait posée sur ses genoux, à la façon des jagunços. Je ne savais pas tirer. Le Père Martinez non plus, pas même pour tuer du gibier.

Était-ce le même petit vieillard que le journaliste avait vu pleurnicher, mort de panique, devant le colonel Moreira César ?

– Le Père Martinez ? demanda-t-il.

Il devina la méfiance du Père Joaquim. Il y avait d'autres curés à Canudos, alors. Il l'imaginait chargeant son arme, visant, tirant. Mais est-ce que l'Église n'était justement pas avec la République ? Le Conseiller n'avait-il pas été excommunié par l'archevêque ? N'avait-on pas lu des condamnations du fanatique hérétique et dément de Canudos dans toutes les paroisses ? Comment pouvait-il y avoir des curés tuant pour le Conseiller ?

– Les entendez-vous ? Écoutez, écoutez : Fanatiques ! Sébastianistes ! Cannibales ! Anglais ! Assassins ! Qui est venu jusqu'ici tuer des enfants et des femmes, égorger les gens ? Qui a obligé des enfants de treize et quatorze ans à devenir des guerriers ? Vous êtes ici vivant, n'est-ce pas ?

La terreur le submergea. Le Père Joaquim allait le livrer à la vindicte et à la haine des jagunços.

– Parce que vous veniez avec le Coupe-cous, n'est-ce pas ? ajouta le curé. Et pourtant on vous a donné un toit, de la nourriture, l'hospitalité. Est-ce que les soldats en feraient de même pour des hommes tels que Pedrão, Pajeú, João Abade ?

D'une voix étranglée il balbutia :

– Oui, oui, vous avez raison. Je vous suis très reconnaissant de m'avoir tant aidé, mon Père. Je vous le jure, je vous le jure.

– Ils meurent par dizaines, par centaines. – Le curé de Cumbe montra la rue. – Pourquoi ? Pour croire en Dieu et accorder leur existence à la loi divine. Le massacre des Innocents, à nouveau.

Allait-il se mettre à pleurer, à trépigner, à se rouler par terre de désespoir ? Mais le journaliste myope vit le curé se calmer, en prenant sur lui, et demeurer tête basse, écoutant les tirs, les prières, les cloches. Il crut entendre, aussi, le clairon. Timidement, pas encore remis de sa peur, il demanda au curé s'il n'avait pas vu Jurema et le Nain. Le curé fit non de la tête. À ce moment il entendit à côté de lui une voix bien timbrée, de baryton :

– Ils ont été à São Pedro, aider à lever une barricade.

Le monocle en miettes lui dessina, confusément, près de la petite porte ouverte du Sanctuaire, le Lion de Natuba, assis ou agenouillé, en tout cas ramassé dans sa tunique terreuse, qui le regardait de ses grands yeux brillants. Était-il là depuis un moment ou venait-il d'entrer ? L'étrange être, mi-homme mi-animal, le troublait tant qu'il ne put réussir à le remercier ni à prononcer un mot. Il le voyait à peine, car la clarté avait diminué, quoique, par les fentes entre les piquets, entrait un rayon de lumière crépusculaire qui mourait dans l'épaisse crinière aux mèches désordonnées du scribe de Canudos.

– J'écrivais toutes les paroles du Conseiller, l'entendit-il dire, de sa belle voix rythmée. – Il s'adressait à lui, essayant d'être aimable. – Ses pensées, ses conseils, ses prières, ses prophéties, ses rêves. Pour la postérité. Pour ajouter un autre Évangile à la Bible.

– Oui, murmura, confus, le journaliste myope.

– Mais il n'y a plus de papier ni d'encre à Belo Monte, et ma dernière plume s'est brisée. On ne peut plus éterniser ce qu'il dit, poursuivit le Lion de Natuba, sans amertume, avec cette acceptation tranquille que le journaliste myope avait vue parmi les gens d'ici, comme si les malheurs étaient, à l'instar des pluies, des crépuscules et des marées, des phénomènes naturels contre lesquels il serait stupide de se révolter.

– Le Lion de Natuba est une personne très intelligente, murmura le curé de Cumbe. Ce que Dieu lui a retiré dans les jambes, le dos, les épaules, il le lui a accordé en intelligence. N'est-ce pas vrai, Lion ?

– Oui, acquiesça en remuant la tête le scribe de Canudos. – Et le journaliste myope, sur qui les grands yeux étaient toujours fixés, fut sûr que c'était vrai. – J'ai lu le Missel Abrégé et les Heures Mariales plusieurs fois. Et toutes les revues et papiers que les gens m'apportaient en cadeau, autrefois. Plusieurs fois. Monsieur a-t-il lu beaucoup, aussi ?

Le journaliste myope se sentait si mal à l'aise qu'il aurait voulu sortir d'ici en courant, quand cela serait pour tomber sur la guerre.

– J'ai lu quelques livres, répondit-il, honteux ; et il pensa : « Cela ne m'a servi de rien. »

C'était une chose qu'il avait découverte ces derniers mois : la culture, la connaissance, des mensonges, un poids inutile. Toutes ses lectures ne lui avaient pas permis d'échapper, de sortir de ce piège.

– Je sais ce qu'est l'électricité, dit le Lion de Natuba avec orgueil. Si monsieur veut, je peux lui apprendre. Et monsieur peut, en échange, m'apprendre des choses que je ne sais pas. Je sais ce qu'est le principe ou la loi d'Archimède. Comment on momifie les corps. Les distances qu'il y a entre les astres.

Mais il y eut une violente succession de salves dans des directions simultanées et le journaliste myope se découvrit remerciant la guerre pour avoir fait taire cet être dont la voix, la proximité, l'existence, lui causaient un malaise si profond. Pourquoi l'incommodait à ce point quelqu'un qui ne voulait que parler, qui étalait ainsi ses qualités, ses vertus, pour gagner sa sympathie ? « Parce que je lui ressemble, pensa-t-il, parce que je suis dans la même chaîne dont il est le maillon le plus dégradé. »

Le curé de Cumbe courut à la petite porte de l'extérieur, l'ouvrit et une bouffée de lumière crépusculaire entra qui lui révéla d'autres traits du Lion de Natuba : sa peau sombre, les traits fins de son visage, une petite barbiche au menton, l'acier de ses yeux. Mais c'était sa posture qui se révélait stupéfiante : c'était un visage enfoncé entre deux genoux osseux, la masse de la bosse derrière la tête, comme un ballot accroché à son dos, et les extrémités longues et maigres comme des pattes d'araignée prises à ses jambes. Comment un squelette humain pouvait-il se décomposer, se déplier de la sorte ? Quelles absurdes torsions connaissait cette colonne vertébrale, ces côtes, ces os ? Le Père Joaquim parlait en criant avec ceux du dehors : il y avait une attaque, on demandait des gens quelque part. Il revint à la pièce et il devina qu'il ramassait son fusil.

– Ils donnent l'assaut à la barricade de São Cipriano et São Crispin, l'entendit-il bredouiller. Va au Temple du Bon Jésus, tu seras plus à l'abri. Adieu, adieu, que la Maîtresse nous sauve.

Il partit en courant et le journaliste myope vit la béate attraper l'agnelet qui, effrayé, s'était mis à bêler. Alejandrinha Correa demanda au Lion de Natuba s'il viendrait avec elle et la voix harmonieuse répondit qu'il resterait au Sanctuaire. Et lui ? Et lui ? Resterait-il avec le monstre ? Courrait-il derrière la femme ? Mais elle était déjà partie et la pénombre régnait à nouveau dans la petite pièce entourée de roseaux. La chaleur était suffocante. Les tirs s'intensifiaient. Il imagina les soldats enfonçant la barrière de pierres et de sable, piétinant les cadavres, s'approchant comme un torrent de l'endroit où il était.

– Je ne veux pas mourir, articula-t-il en sentant qu'il ne parvenait même pas à pleurer.

– Si monsieur le veut, nous faisons un pacte, dit le Lion de Natuba, sans se troubler. Nous l'avons fait avec la Mère Maria Quadrado. Mais elle n'aura pas le temps de revenir. Voulez-vous que nous fassions un pacte ?

Le journaliste myope tremblait tant qu'il ne put ouvrir la bouche. Sous l'intense fusillade il entendait, comme une musique paisible, fugitive, les cloches et le chœur symétrique des Ave Maria.

– Pour ne pas mourir sous le fer, lui expliquait le Lion de Natuba. Le fer, enfoncé dans la gorge, tuant l'homme comme on tue un animal pour le saigner, est une grande offense à la dignité. Il déchire l'âme. Monsieur veut-il que nous fassions un pacte ?

Il attendit un instant et comme il n'y eut pas de réponse, il précisa :

– Quand nous les entendrons à la porte du Sanctuaire et nous serons sûrs qu'ils entreront, nous nous tuerons. Chacun serrera la bouche et le nez de l'autre, jusqu'à faire éclater les poumons. Ou bien nous pouvons nous étrangler avec les mains ou les lacets de nos sandales. Faisons-nous un pacte ?

La fusillade étouffa la voix du Lion de Natuba. La tête du journaliste myope était le centre d'un cyclone et toutes les idées qui crépitaient en lui, contradictoires, menaçantes, lugubres, aiguisaient son angoisse. Ils demeurèrent silencieux, écoutant les tirs, les courses, le grand chaos. La lumière déclinait rapidement, et il ne voyait plus les traits du scribe mais, à peine, sa masse accroupie. Il ne ferait pas ce pacte, il serait incapable de l'accomplir, dès qu'il entendrait les soldats il se mettrait à crier je suis un prisonnier des jagunços, au secours, à l'aide, il acclamerait la République et le maréchal Floriano, il se lancerait sur le quadrumane, le maîtriserait et offrirait aux soldats cette preuve qu'il n'était pas un jagunço.

– Je ne comprends pas, je ne comprends pas, qu'est-ce que vous êtes donc ? s'entendit-il dire en se prenant la tête. Que faites-vous ici, pourquoi n'avoir pas fui avant d'être encerclés, quelle folie d'attendre dans une souricière qu'ils viennent vous tuer !

– Il n'y a pas où fuir, dit le Lion de Natuba. Nous avons déjà fui autrefois. C'est pourquoi nous sommes venus ici. C'était l'endroit. Il n'y a plus où aller, maintenant ils sont aussi à Belo Monte.

La fusillade avala sa voix. Il faisait presque nuit et le journaliste myope pensa qu'il ferait nuit pour lui plus tôt que pour les autres. Il valait mieux mourir que passer une autre nuit comme la précédente. Il sentit le besoin urgent, immense, douloureux, biologique, d'être près de ses deux compagnons. Il décida follement de les chercher, et tandis qu'il trébuchait vers la sortie, il cria :

– Je m'en vais chercher mes amis, je veux mourir avec mes amis.

En poussant la petite porte, il reçut un vent frais sur son visage et il devina, raréfiées dans la poussière, les silhouettes tombées sur le parapet de ceux qui défendaient le Sanctuaire.

– Puis-je sortir ? Puis-je sortir ? implora-t-il. Je veux retrouver mes amis.

– Tu peux, dit quelqu'un. Maintenant il n'y a pas de tirs.

Il fit quelques pas en s'appuyant sur la barricade et presque immédiatement il trébucha sur quelque chose de mou. En se relevant il se trouva embrassé à une forme féminine, mince, qui se serra contre lui. Par l'odeur, et le bonheur qui le combla, avant de l'entendre il sut qui elle était. Sa terreur se transforma en allégresse tandis qu'il étreignait cette femme qui l'étreignait avec le même désespoir. Des lèvres se joignirent aux siennes, elles ne se séparèrent pas, elles répondirent à ses baisers. « Je t'aime », balbutia-t-il, « je t'aime, je t'aime. Peu m'importe maintenant de mourir ». Et il lui demanda des nouvelles du Nain tandis qu'il lui répétait qu'il l'aimait.

– Nous t'avons cherché toute la journée, dit le Nain, étreignant ses mollets. Toute la journée. Quel bonheur que tu sois vivant.

– Moi aussi, peu m'importe de mourir, dirent, sous ses lèvres, celles de Jurema.

– Voici la maison du Fogueteiro, s'écrie soudain le général Artur Oscar. – Les officiers qui l'informent du nombre de morts et de blessés durant l'assaut qu'il a fait interrompre, le regardent déconcertés. Le général signale des fusées à moitié achevées, en roseaux et bouts de bois assemblés avec des fibres, éparses dans la pièce : – Celui qui prépare ces pétards.

Des huit pâtés de maisons – si l'on peut appeler « pâtés » ces entassements indéchiffrables de décombres – que la troupe a conquis en presque douze heures de combat, cette cabane d'une seule pièce coupée en deux par une cloison de piquets est la seule qui reste plus ou moins debout. C'est pourquoi elle a été choisie pour quartier général. Les ordonnances et officiers qui l'entourent ne comprennent pas que le chef du corps expéditionnaire parle en ce moment, alors qu'on lui présente le bilan de cette rude journée, de fusées. Ils ne savent pas que les feux d'artifice sont la faiblesse secrète du général Oscar, un puissant reste de l'enfance, et qu'au Piaui il profitait de n'importe quelle cérémonie patriotique pour ordonner des feux de Bengale dans la cour de la caserne. Depuis un mois et demi qu'il est ici, il a observé avec envie, du haut de la Favela, certaines processions nocturnes, les cascades de lumières dans le ciel de Canudos. L'homme qui prépare de tels feux est un maître qui pourrait fort bien gagner sa vie dans n'importe quelle ville du Brésil. Le Fogueteiro est-il mort durant les combats d'aujourd'hui ? En même temps qu'il se le demande, il est attentif aux chiffres qu'énumèrent les colonels, majors, capitaines qui entrent et sortent ou restent dans la minuscule pièce envahie maintenant par les ombres. Ils allument une lampe à huile. Des soldats entassent des sacs de sable devant le mur qui fait face à l'ennemi.

Le général achève le bilan :

– C'est pire que je ne le supposais, messieurs, dit-il. – Il a le cœur serré, il peut sentir l'expectative des officiers. – Mille vingt-sept victimes ! Le tiers de nos forces ! Vingt-trois officiers tués, parmi eux les colonels Carlos Telles et Serra Martins. Vous vous rendez compte ?

Nul ne répond, mais le général sait qu'ils se rendent tous parfaitement compte qu'un tel chiffre de pertes équivaut à une défaite. Il lit dans les yeux brillants de ses subordonnés la frustration, la colère et la stupeur.

– Poursuivre l'assaut aurait représenté l'anéantissement. Le comprenez-vous maintenant ?

Car lorsque alarmé par la résistance des jagunços et l'impression que les pertes des patriotes étaient déjà très élevées – sans parler du choc, pour lui, de la mort de Telles et Serra Martins – le général Oscar avait ordonné aux troupes de se limiter à défendre les positions conquises, il y avait eu chez beaucoup de ces officiers de l'indignation, et il avait même cru que certains désobéiraient à son ordre. Son propre adjoint, le lieutenant Pinto Souza, du Troisième d'Infanterie, avait protesté : « Mais la victoire est à portée de main, mon général ! » Elle ne l'était pas. Un tiers hors de combat. C'est un pourcentage très élevé, catastrophique, en dépit des huit pâtés de maisons conquis et des dégâts causés chez les fanatiques.

Il oublie le Fogueteiro et se met à travailler avec son état-major. Il renvoie les chefs, adjoints ou délégués des corps d'assaut en leur répétant l'ordre de conserver, sans faire un pas en arrière, les positions prises, et d'étayer la barricade opposée à celle qui les a arrêtés, qu'on a commencé à élever voici quelques heures, quand il fut clair que la ville ne tomberait pas. Il décide que la Septième Brigade, qui est restée pour protéger les blessés de la Favela, vienne renforcer la « ligne noire », le nouveau front d'opérations, déjà incrusté au cœur de la cité séditieuse. Dans le cône de lumière de la lampe, il se penche sur la carte tracée par le capitaine Teotónio Coriolano, cartographe de son état-major, en se guidant sur les informations et ses propres observations de la situation. Un cinquième de Canudos a été pris, un triangle qui va des tranchées de la Fazenda Velha, toujours aux mains des jagunços, jusqu'au cimetière, investi, et où les forces patriotiques se trouvent à moins de quatre-vingts pas de l'église de São Antonio.

– Le front ne couvre pas plus de mille cinq cents mètres, dit le capitaine Guimarães, sans cacher sa déception. Nous sommes loin de les avoir encerclés. Pas même le quart de la circonférence. Ils peuvent sortir, entrer, recevoir des munitions.

– Nous ne pouvons pas élargir le front sans les renforts, se plaint le major Carreno. Pourquoi nous abandonne-t-on ainsi, mon général ?

Le général hausse les épaules. Depuis le jour de l'embuscade, en arrivant à Canudos, en voyant la mortalité parmi ses hommes, il a expédié des demandes urgentes justifiées, en exagérant même la gravité de la situation. Pourquoi l'autorité supérieure n'envoie-t-elle pas des renforts ?

– Si au lieu de trois mille, nous avions été cinq mille, Canudos serait en notre pouvoir, pense à voix haute un officier.

Le général les oblige à changer de sujet, en leur communiquant qu'il va passer en revue le front et le nouvel hôpital de campagne installé ce matin, près des ravins du Vasa Barris, une fois délogés de là les jagunços. Avant de quitter la maison du Fogueteiro, il boit une tasse de café, entendant les cloches et les Ave Maria des fanatiques si près que cela semble incroyable.

À cinquante-trois ans c'est un homme d'une grande énergie, qui se fatigue rarement. Il a suivi les détails de l'assaut avec ses lunettes, depuis cinq heures du matin, quand les corps d'assaut ont commencé à quitter la Favela, et il a marché avec eux, immédiatement derrière les bataillons d'avant-garde, sans repos ni nourriture, en se contentant de boire à sa gourde. Au début de l'après-midi, une balle perdue a blessé un soldat qui se trouvait à ses côtés. Il quitte la cabane. Il fait nuit ; pas une étoile. La rumeur des prières envahit tout, comme un sortilège, et stoppe les derniers tirs. Il donne des instructions pour qu'on n'allume pas de feux dans la tranchée, mais, malgré cela, dans le lent parcours intriqué qu'il fait, escorté de quatre officiers, en plusieurs points de la sinueuse, hiéroglyphique et abrupte barricade élevée par la troupe au moyen de décombres, terre, pierres, bidons et toute sorte d'objets et d'ustensiles, derrière laquelle ils sont alignés, assis le dos contre les briques, dormant les uns contre les autres, certains avec encore le courage de chanter ou d'avancer la tête au-dessus de la muraille pour insulter les bandits – qui doivent écouter, tapis derrière leur propre barricade, à cinq mètres de distance dans certains secteurs, à dix dans d'autres, ailleurs se touchant pratiquement –, le général Oscar trouve des braseros où des groupes de soldats font bouillir une soupe avec des restes de viande ou des bouts de viande salée, ou réchauffent des blessés qui tremblent de fièvre et qui n'ont pu être conduits jusqu'à l'hôpital de campagne à cause de leur état critique.

Il échange quelques mots avec les commandants de compagnie, de bataillon. Ils sont épuisés ; il découvre chez tous la même désolation, mêlée à la stupeur, qu'il ressent lui aussi pour les choses incompréhensibles de cette maudite guerre. Tandis qu'il félicite un jeune sous-lieutenant pour son comportement héroïque durant l'assaut, il se répète quelque chose qu'il s'est dit bien souvent : « Maudite soit l'heure où j'ai accepté ce commandement. »

Tandis qu'il était à Queimadas, se débattant avec les problèmes épineux du manque de transports, de bêtes de somme, de chariots pour les vivres, qui devaient le tenir enlisé là trois mois dans un ennui mortel, le général Oscar avait appris, avant que l'Armée et la présidence de la République lui offrissent le commandement de l'expédition, que trois généraux d'active avaient refusé de l'accepter. Maintenant il comprend pourquoi on lui avait fait ce que, dans sa naïveté, il avait cru être une distinction, un cadeau pour couronner brillamment sa carrière. Tandis qu'il serre des mains et échange des impressions avec officiers et hommes de troupe dont la nuit lui cache le visage, il pense à sa stupidité, lui qui a cru que ses supérieurs voulaient le récompenser en le tirant de son commandement militaire de la région du Piaui où il avait accompli, si paisiblement, son service de près de vingt années, pour lui permettre, avant la retraite, de diriger un glorieux fait d'armes : écraser la rébellion monarchico-restauratrice de l'intérieur bahianais. Non, ce n'est pas pour le dédommager de ses retards de carrière et reconnaître enfin ses mérites – comme il l'a dit à son épouse en lui annonçant la nouvelle – mais parce que les autres chefs de l'armée ne voulaient pas s'embarquer dans pareil bourbier. Les trois généraux avaient bien raison ! Est-ce qu'il était préparé, lui, un militaire professionnel, à cette guerre grotesque, absurde, totalement en marge des règles et conventions de la véritable guerre ?

À un bout de la muraille on dépèce une bête. Le général Oscar s'assoit pour manger un peu de viande grillée avec ses officiers. Il évoque avec eux les cloches de Canudos et ces prières qui viennent de cesser. Les bizarreries de cette guerre : ces prières, ces processions, ces carillons, ces églises que les bandits défendent avec tant d'acharnement. À nouveau il ressent du malaise. Il est choqué que ces cannibales dégénérés soient, malgré tout, des Brésiliens, c'est-à-dire, essentiellement semblables à lui. Mais ce qui le dégoûte le plus – lui, croyant dévot, rigoureusement respectueux des préceptes de l'Église, retardé dans sa carrière pour s'être obstinément refusé à être franc-maçon – c'est que les bandits proclament qu'ils sont catholiques. Ces manifestations de foi – les rosaires, les processions, les Vive le Bon Jésus ! – le troublent et le peinent, bien que le Père Lizzardo, dans toutes les messes de campagne, tonne contre les impies, les accusant d'être parjures, hérétiques et profanateurs de la foi. Même comme cela, le général Oscar ne peut soulager son malaise devant cet ennemi qui a fait de cette guerre quelque chose de si différent de ce qu'il attendait, une sorte de conflit religieux. Mais qu'il en soit troublé ne signifie pas qu'il ait cessé de haïr cet adversaire anormal, imprévisible, qui, en outre, l'a humilié en ne capitulant pas au premier choc, comme il était convaincu qu'il le ferait en acceptant cette mission.

Cet ennemi, il le déteste encore plus, au cours de la nuit, quand après avoir parcouru la barricade il traverse l'esplanade vers l'hôpital de campagne du Vasa Barris. À mi-chemin se trouvent les canons Krupp 7,5 qui ont accompagné l'assaut, bombardant sans relâche ces tours depuis lesquelles l'ennemi cause tant de dommages à la troupe. Le général

Oscar bavarde un moment avec les artilleurs qui, malgré l'heure avancée, creusent un parapet avec des pioches, renforçant l'emplacement.

La visite à l'hôpital de campagne, au bord du lit asséché, l'accable ; il doit lutter pour que médecins, infirmiers et agonisants ne le remarquent pas. Il remercie que cela se passe dans la semi-obscurité, car les lanternes et feux révèlent à peine une partie insignifiante du spectacle qui se déroule à ses pieds. Les blessés sont plus délaissés qu'à la Favela, sur l'argile et les graviers, groupés comme ils sont arrivés, et les médecins lui expliquent que, pour comble de malchance, une bourrasque a soufflé, tout l'après-midi et une partie de la nuit, de gros nuages de terre rougeâtre sur ces blessures ouvertes qu'il n'y a pas moyen de bander, désinfecter ni suturer. De tous côtés, il entend des hurlements, des gémissements, des pleurs, le délire des fièvres. La pestilence est asphyxiante et le capitaine Coriolano, qui l'accompagne, a soudain la nausée. Il l'entend se confondre en excuses. Il s'arrête de temps en temps pour dire des mots affectueux, tapoter un dos, serrer la main d'un blessé. Il les félicite pour leur courage, les remercie de leur sacrifice au nom de la République. Mais il reste muet quand ils font halte devant les corps des colonels Carlos Telles et Serra Martins, qui seront enterrés le lendemain. Le premier est mort d'un coup en pleine poitrine, au début de l'assaut, en traversant le lit du fleuve. Le second, au crépuscule, en montant à la tête de ses hommes à l'assaut de la barricade des jagunços, en un combat au corps à corps. On lui apprend que son cadavre, criblé de coups de poignard, de lance et de machette, a été châtré et qu'on lui a coupé aussi les oreilles et le nez. Dans un moment pareil, quand il apprend qu'un valeureux et éminent militaire est outragé de la sorte, le général Oscar se dit qu'il est juste d'égorger tous les sébastianistes qui sont faits prisonniers. La justification de cette politique, pour sa conscience, est de deux ordres : il s'agit de bandits, non de soldats que l'honneur commanderait de respecter ; et d'un autre côté, la pénurie de vivres ne permet pas d'autre alternative, car il serait plus cruel encore de les tuer de faim, et absurde de priver de rations les patriotes pour nourrir des monstres capables de faire ce qu'ils ont fait avec ce vaillant colonel.

Quand il a achevé sa visite, il s'arrête devant un pauvre soldat que deux infirmiers ceinturent tandis qu'on l'ampute d'un pied. Le chirurgien, agenouillé, scie, et le général l'entend demander qu'on essuie la sueur qui dégouline sur ses yeux. Il ne doit pas bien voir, de toute façon, car le vent souffle à nouveau et le feu vacille. Quand le chirurgien se relève, il reconnaît le jeune de São Paulo Teotónio Leal Cavalcanti. Ils échangent un salut. Quand le général Oscar entreprend de revenir, le visage maigre et tourmenté de l'étudiant, dont ses collègues et patients vantent l'abnégation, l'accompagne. Voici quelques jours ce jeune homme qu'il ne connaissait pas s'est présenté devant lui et a dit : « J'ai tué mon meilleur ami et je veux être puni. » Son adjoint, le lieutenant Pinto Souza, assistait à l'entrevue, et en apprenant à quel officier Teotónio, par compassion, avait tiré une balle dans la tempe, il est devenu livide. La scène a fait vibrer le général. Teotónio Leal Cavalcanti, la voix brisée, a expliqué l'état du lieutenant Pires Ferreira – aveugle, sans mains, brisé dans son corps et dans son âme –, ses supplications pour qu'il mît un terme à ses souffrances et les remords qui le rongent pour l'avoir fait. Le général Oscar lui a ordonné d'observer une réserve absolue et de continuer ses fonctions comme si de rien n'était. Une fois les opérations terminées, il statuera sur son cas.

Chez le Fogueteiro, allongé sur un hamac, il reçoit un rapport du lieutenant Pinto Souza qui revient de la Favela. La Septième Brigade sera ici à la première heure, pour renforcer la « ligne noire ».

Il dort cinq heures, et au matin suivant il se sent reposé, plein d'allant, tandis qu'il boit son café avec une poignée de ces galettes de maïs qui sont le trésor de sa dépense. Il règne un étrange silence sur tout le front. Les bataillons de la Septième Brigade sont sur le point d'arriver et, pour couvrir leur traversée de l'esplanade, le général ordonne de bombarder aux canons Krupp les tours. Dès les premiers jours, il a demandé à l'autorité supérieure, en même temps que les renforts, ces grenades spéciales, de soixante-dix millimètres, aux pointes d'acier, que l'on fabrique à la Maison de la Monnaie de Rio, pour perforer les coques des bateaux rebelles du 6 septembre. Pourquoi ne lui répond-on pas ? Il a expliqué au

Commandement général que les shrapnels et obus à l'essence ne suffisent pas à détruire ces maudites tours taillées dans le roc. Pourquoi ne reçoit-il aucune réponse ?

La journée reste calme, avec quelques tirs sporadiques, et le général Oscar la passe à disposer les troupes fraîches de la Septième Brigade le long de la « ligne noire ». Lors d'une réunion avec son état-major il écarte formellement un autre assaut, tant que les renforts ne seront pas arrivés. On maintiendra une guerre de positions, en essayant d'avancer graduellement par le flanc droit – le plus faible de Canudos, à première vue –, en déclenchant des attaques partielles, sans exposer toute la troupe. On décide aussi de faire partir une expédition à Monte Santo, évacuant les blessés en état de supporter le voyage.

À midi, quand les colonels de Silva Telles et Serra Martins sont enterrés, près du fleuve, dans une seule tombe avec deux petites croix de bois, on apporte au général une mauvaise nouvelle : le colonel Neri vient d'être blessé à la tête par une balle perdue, alors qu'il satisfaisait à une nécessité biologique à un carrefour de la « ligne noire ».

Cette nuit-là une forte fusillade le réveille. Les jagunços attaquent les deux canons Krupp 7,5 disposés sur l'esplanade et le 32e bataillon d'infanterie vient renforcer les artilleurs. Les jagunços ont traversé la « ligne noire » dans l'obscurité, à la barbe des sentinelles. Le combat est acharné, il dure deux heures et les pertes sont lourdes : sept soldats tués et quinze blessés, dont un sous-lieutenant. Mais les jagunços laissent sur le terrain cinquante morts et dix-sept blessés. Le général va les voir.

C'est l'aube, une irisation bleutée colore les collines. Le vent est si froid que le général Oscar se couvre d'une couverture en parcourant l'esplanade à grands pas. Les Krupp sont heureusement intacts. Mais la violence du combat et leurs compagnons morts et blessés ont exaspéré à ce point les artilleurs que le général Oscar trouve les blessés à demi morts sous les coups qu'ils ont reçus. Ils sont très jeunes, certains sont des enfants, et il y a parmi eux deux femmes, tous squelettiques. Le général Oscar confirme ce qu'avouent tous les prisonniers : la grande pénurie de vivres parmi les bandits. Ils lui expliquent que c'étaient les femmes et les jeunes qui tiraient, car les jagunços se proposaient de détruire les canons avec des pioches, des massues, des gourdins, des marteaux, ou à les combler de sable. Bon signe : c'est la seconde fois qu'ils le tentent, les Krupp 7,5 leur causent beaucoup de dommages. Les femmes, comme les enfants, portent des chiffons bleus. Les officiers présents sont écœurés par cette extrême barbarie : envoyer des femmes et des enfants au combat leur semble le comble de l'abjection, un outrage à l'art et la moralité de la guerre. Quand il se retire, le général Oscar entend les prisonniers, qui se rendent compte qu'ils vont être exécutés, crier Vive le Bon Jésus ! Oui, les généraux qui ont refusé de venir savaient ce qu'ils faisaient ; ils devinaient que guerroyer contre des femmes et des enfants qui tuent et qu'il faut donc tuer, et qui meurent en proclamant le nom de Jésus, est quelque chose qui ne peut produire aucune joie chez aucun soldat. Il a la bouche amère, comme s'il avait mâché du tabac.

Ce jour se passe sur la « ligne noire » sans rien à signaler, à l'intérieur de ce qui – pense le chef de l'expédition – sera la routine jusqu'à ce qu'arrivent les renforts : des tirs sporadiques de part et d'autre des deux barricades qui se défient, farouches et intriquées ; tournois d'insultes qui survolent les barrières sans que les insultés ne puissent s'apercevoir, et la canonnade contre les églises et le Sanctuaire, maintenant brève en raison de la pénurie de munitions. Ils se trouvent pratiquement sans rien à manger ; il reste à peine dix bêtes dans l'enclos derrière la Favela et quelques sacs de café et de céréales. Il réduit de moitié les rations de la troupe, qui étaient déjà congrues.

Mais cet après-midi le général Oscar reçoit une nouvelle surprenante : une famille de jagunços, de quatorze personnes, se présente spontanément comme prisonnière au campement de la Favela. C'est la première fois qu'il se produit quelque chose de ce genre, depuis le commencement de la campagne. La nouvelle remonte le moral de façon extraordinaire. La démoralisation et la famine doivent miner les cannibales. À la Favela, c'est lui-même qui interroge les jagunços. Ce sont trois petits vieillards ruineux, un couple adulte et des enfants rachitiques au ventre gonflé. Ils sont d'Ipueiras et selon eux – qui répondent aux questions en grinçant des dents d'effroi – ils ne se trouvent à Canudos que depuis un mois et demi ; ils se sont réfugiés là, non par dévotion pour le Conseiller, mais par peur en apprenant qu'une grande armée s'approchait. Ils ont fui en faisant croire aux bandits qu'ils allaient creuser des tranchées à la sortie de Cocorobó, ce qu'ils ont fait, en effet, jusqu'à la veille où, profitant que Pedrão ne faisait pas attention, ils se sont échappés. Le détour jusqu'à la Favela leur a pris un jour. Ils fournissent au général Oscar toutes les informations sur la situation du réduit et présentent un tableau lugubre de ce qui s'y passe, pire encore que ce qu'il supposait – la famine, les morts et les blessés s'entassant partout, une panique généralisée – et ils assurent que les gens se rendraient, n'étaient les cangaceiros comme João Grande, João Abade, Pajeú et Pedrão qui ont juré de tuer toute la famille de quiconque déserterait. Cependant, le général ne prend pas au pied de la lettre ce qu'ils disent : ils sont si visiblement terrorisés qu'ils diraient n'importe quel mensonge pour éveiller la pitié. Il ordonne de les enfermer dans l'enclos au bétail. La vie de tous ceux qui, suivant l'exemple de ceux-ci, se rendront, sera préservée. Ses officiers se montrent aussi optimistes ; certains pronostiquent que le réduit tombera par décomposition interne, avant l'arrivée des renforts.

Mais le lendemain la troupe essuie un dur revers. Une centaine et demie de bêtes, qui venaient de Monte Santo, tombent aux mains des jagunços de la façon la plus stupide. Par excès de précaution, pour éviter d'être victime de ces guides enrôlés dans le sertão qui se révèlent presque toujours complices de l'ennemi dans les embuscades, la compagnie de lanciers qui escorte les bêtes s'est guidée seulement d'après les cartes tracées par les ingénieurs de l'armée. La chance n'est pas avec eux. Au lieu de prendre le chemin de Rosario et des Umburanas, qui débouche sur la Favela, ils dévient par la route du Cambaio et du Tabolerinho, aboutissant soudain au milieu des tranchées des jagunços. Les lanciers livrent un valeureux combat, échappant à l'extermination, mais ils perdent toutes les bêtes, que les fanatiques se hâtent de diriger à coups de fouet sur Canudos. Depuis la Favela, le général voit avec ses jumelles ce spectacle inusité : le nuage de poussière et le bruit soulevés par le troupeau qui entre en courant dans

Canudos au milieu de la clameur de bonheur des dégénérés. Dans un accès de fureur, qui ne lui est pourtant pas habituel, il réprimande publiquement les officiers de la compagnie qui a perdu les bêtes. Cet échec retentira sur leur carrière ! Pour punir les jagunços de leur bonne fortune, la fusillade du jour est deux fois plus intense.

Comme le problème de l'alimentation devient critique, le général Oscar et son état-major envoient les lanciers gauchos – qui n'ont jamais démenti leur réputation de grands vachers – et le 27e bataillon d'infanterie se procurer des vivres « n'importe où et n'importe comment », car la faim fait déjà des ravages dans les rangs. Les lanciers reviennent au crépuscule avec vingt bêtes, sans que le général ne leur en demande la provenance ; elles sont immédiatement abattues et distribuées entre la Favela et la « ligne noire ». Le général et ses adjoints prennent des dispositions pour améliorer la communication entre les deux campements et le front. Des routes de sécurité sont établies, jalonnées de postes de surveillance et l'on renforce encore la barricade. Avec son énergie habituelle, le général prépare, aussi, l'évacuation des blessés. On fabrique des brancards et des béquilles, on répare les ambulances et l'on établit une liste de ceux qui partiront.

Cette nuit-là il dort dans sa baraque de la Favela. Le lendemain matin, quand il prend son café avec des galettes de maïs, il se rend compte qu'il pleut. Bouche bée, il observe le prodige. C'est une pluie diluvienne, accompagnée d'un vent sifflant qui apporte des trombes d'eau bourbeuse. Lorsqu'il sort se tremper de pluie, heureux, il voit tout le campement barboter sous la pluie, dans la boue, euphorique. C'est la première pluie depuis de nombreux mois, une véritable bénédiction après ces semaines de chaleur diabolique et de soif. Toute la troupe fait provision de ce précieux liquide dans les récipients dont elle dispose. Avec ses jumelles il tâche de voir ce qui se passe à Canudos, mais il y a une bruine épaisse et il ne distingue même pas les tours. La pluie ne dure pas longtemps ; quelques instants plus tard le vent chargé de poussière souffle à nouveau. Il a souvent pensé que lorsque cela finira, sa mémoire conservera de façon indélébile ces coups de vent continus, déprimants, qui vous prennent aux tempes. Tandis qu'il enlève ses bottes pour que son ordonnance les nettoie de leur boue, il compare la tristesse de ce paysage sans verdure, sans même une touffe de fleurs, avec l'exubérance végétale qui l'entourait au Piaui.

– Qui aurait dit que j'allais regretter mon jardin, avoue-t-il au lieutenant Pinto Souza, qui prépare l'ordre du jour. Je n'ai jamais compris la passion de mon épouse pour les fleurs. Elle les taillait et arrosait tout le jour. Sa tendresse pour un jardin me semblait être une maladie. Maintenant, face à cette désolation, je la comprends.

Tout le reste de la matinée, tandis qu'il dépêche ses différents subordonnés, il pense tout le temps à cette poussière qui aveugle et étouffe. Pas même à l'intérieur des baraques on n'échappe à ce supplice. « Quand on ne mange pas de la poussière avec sa grillade, on mange sa grillade avec de la poussière. Et toujours assaisonnée de mouches », pense-t-il.

Un échange de coups de feu le tire de ces philosophies, au crépuscule. Un groupe de jagunços s'élance soudain – émergeant de la terre comme s'ils avaient creusé un tunnel sous la « ligne noire » – contre une croisée de la barricade, avec l'intention de la couper. L'attaque prend par surprise les soldats, qui abandonnent la position, mais une heure plus tard les jagunços sont délogés avec de lourdes pertes. Le général Oscar et les officiers arrivent à la conclusion que cette attaque avait pour objectif de protéger les tranchées de la Fazenda Velha. Tous les officiers suggèrent pour cela de les occuper, à tout prix : cela précipitera la reddition du réduit. Le général Oscar transporte trois mitrailleuses de la Favela à la « ligne noire ».

Ce jour-là, les lanciers gauchos reviennent au campement avec trente bêtes. La troupe jouit de ce banquet qui améliore l'humeur de tout le monde. Le général Oscar inspecte les deux hôpitaux de campagne, où l'on effectue les derniers préparatifs pour l'évacuation des malades et des blessés. Pour éviter des scènes déchirantes, il a décidé de ne faire connaître qu'au dernier moment les noms de ceux qui feront le voyage.

Cet après-midi, les artilleurs lui montrent, joyeusement, quatre caisses pleines d'obus de Krupp 7,5, qu'une patrouille a retrouvées sur le chemin des Umburanas. Les projectiles sont en parfait état et le général Oscar autorise le lieutenant

Macedo Soares, responsable des canons de la Favela, à faire ce qu'il appelle « un feu d'artifice ». Assis près d'eux, et se bouchant les oreilles avec du coton, comme les servants des pièces, le général assiste à la mise à feu de soixante obus, dirigés tous contre le cœur de la résistance des traîtres. Dans la poussière soulevée par les explosions, il observe anxieusement les hautes masses qu'il sait bondées de fanatiques. Bien qu'elles soient décrépites et pleines de trous, elles résistent. Comment reste debout le clocher de l'église de São Antonio qui ressemble à une passoire et qui est plus penché que la tour de Pise ? Durant tout le bombardement il espère avidement voir s'effondrer cette tour en ruine. Dieu devrait lui accorder cette grâce, pour insuffler un peu d'enthousiasme à son esprit. Mais la tour ne tombe pas.

Le lendemain matin, il est debout à l'aube pour le départ des blessés. L'expédition comprend soixante officiers et quatre cent quatre-vingts soldats, tous ceux que les médecins croient en état de supporter le déplacement. Parmi eux se trouve le commandant de la Deuxième Colonne, le général Savaget, dont la blessure au ventre le rend inutile depuis son arrivée à la Favela. Le général Oscar se réjouit de le voir partir, car, malgré leurs relations cordiales, il se sent mal à l'aise devant ce général sans l'aide duquel, il en est sûr, la Première Colonne aurait été exterminée. Que les bandits aient été capables de le conduire à cette espèce d'abattoir, avec tant d'habileté tactique, voilà qui, en dépit du manque de preuves, fait encore penser le général Oscar que les jagunços peuvent être assistés par des officiers monarchistes, voire par des Anglais. Quoique cette éventualité ait cessé d'être mentionnée dans les conseils d'officiers.

Le départ des blessés évacués face à ceux qui restent n'est pas déchirant, avec des larmes et des protestations, comme il le redoutait, mais grave et solennel. Les uns et les autres s'embrassent en silence, échangent des messages, et ceux qui pleurent tâchent de le dissimuler. Il avait prévu que ceux qui partaient recevraient des rations pour quatre jours, mais la pénurie l'oblige à les ramener à un seul jour. Le bataillon des lanciers gauchos part avec les blessés et essaiera de leur trouver des vivres durant le trajet. En outre, le 33e bataillon d'infanterie les escorte. Quand il les voit s'éloigner, dans le jour qui pointe, lents, misérables, faméliques, leur uniforme en lambeaux, plusieurs d'entre eux pieds nus, il se dit que lorsqu'ils arriveront à Monte Santo – ceux qui ne succomberont pas en chemin – seront dans un état encore pire : peut-être l'autorité supérieure comprendra alors combien critique est la situation et enverra les renforts.

Le départ de l'expédition laisse un climat de mélancolie et de tristesse dans les campements de la Favela et la « ligne noire ». Le moral des troupes est tombé par manque de vivres. Les hommes mangent les cobras et les chiens qu'ils capturent et même grillent des fourmis et les avalent, pour apaiser leur faim.

La guerre consiste en tirs isolés, de part et d'autre des barricades. Les combattants se limitent à guetter, depuis leurs positions ; quand ils aperçoivent un profil, une tête, un bras, ils font feu. Cela dure à peine quelques secondes. Puis ce silence s'installe à nouveau qui est, aussi, abrutissant et suffocant. Il est perturbé par les balles perdues qui sortent des tours et du Sanctuaire, non pas dirigées sur une cible précise, mais vers les baraques en ruine qu'occupent les soldats : elles traversent les minces parois de piquets et de terre, et souvent blessent ou tuent des soldats endormis ou en train de s'habiller.

Ce soir-là, chez le Fogueteiro, le général Oscar joue aux cartes avec le lieutenant Pinto Souza, le colonel Neri (qui se remet de sa blessure) et deux capitaines de son état-major. Ils jouent sur des caisses, à la lumière d'une lampe à huile. Bientôt les voilà plongés dans une discussion au sujet d'Antonio le Conseiller et les bandits. L'un des capitaines, qui est de Rio, dit que l'explication de Canudos est le métissage, ce mélange de Noirs, d'Indiens et de Portugais qui a fait peu à peu dégénérer la race jusqu'à produire une mentalité inférieure, portée sur la superstition et le fanatisme. Cette opinion est combattue avec fougue par le colonel Neri. N'y a-t-il pas, par hasard, de semblables mélanges ailleurs au Brésil qui n'entraînent pas pour autant des phénomènes comparables ? Comme le croyait le colonel Moreira César qu'il admire et vénère presque, il pense que Canudos est l'œuvre des ennemis de la République, les restaurateurs monarchistes, les anciens esclavagistes, les privilégiés qui ont excité et troublé ces pauvres gens sans culture en leur inculquant la haine du progrès. « L'explication de Canudos ce n'est pas la race mais l'ignorance », affirme-t-il.

Le général Oscar, qui a suivi avec intérêt le dialogue, demeure perplexe quand on lui demande son opinion. Il hésite. Oui, dit-il enfin, l'ignorance a permis aux aristocrates de fanatiser ces misérables et de les lancer contre ce qui menaçait leurs intérêts, car la République garantit l'égalité des hommes, ce qui va à l'encontre des privilèges inhérents au régime aristocratique. Mais il se sent profondément sceptique sur ce qu'il dit. Quand les autres sont partis, il reste à réfléchir dans son hamac. Quelle est l'explication de Canudos ? Les tares sanguines des caboclos ? L'inculture ? La vocation à la barbarie de gens habitués à la violence et qui résistent par atavisme à la civilisation ? Cela a-t-il quelque chose à voir avec la religion, avec Dieu ? Rien ne le satisfait.

Le lendemain il est en train de se raser, sans miroir ni savon, avec un rasoir de barbier qu'il aiguise lui-même sur une pierre, quand il entend un galop. Il a ordonné d'effectuer tous les déplacements entre la Favela et la « ligne noire » à pied, car les cavaliers sont des cibles trop faciles pour les embusqués des tours, si bien qu'il bondit dehors pour censurer l'infraction. Il entend des hourras et des cris de victoire. Les nouveaux venus, trois cavaliers, franchissent indemnes l'esplanade. Le lieutenant qui met pied à terre près de lui et claque les talons, se présente comme le chef du peloton des éclaireurs de la brigade de renforts du général Girard, dont l'avant-garde arrivera dans deux heures. Le lieutenant ajoute que quatre mille cinq cents soldats et officiers des douze bataillons du général Girard sont impatients de se mettre à ses ordres pour anéantir les ennemis de la République. Enfin, enfin, le cauchemar de Canudos s'achèvera pour lui et pour le Brésil.

V

– Jurema ? dit le baron, surpris. Jurema de Calumbi ?

– Cela s'est produit durant le terrible mois d'août, le journaliste myope se détourna. En juillet, les jagunços avaient contenu les soldats dans la ville même. Mais en août arriva la brigade Girard. Cinq mille hommes de plus, douze bataillons supplémentaires, des milliers d'armes, des dizaines de canons. Et des vivres en abondance. Quel espoir pouvait-il leur rester ?

Mais le baron ne l'entendait pas :

– Jurema ? répéta-t-il. – Il pouvait remarquer la joie de son visiteur, le bonheur avec lequel il évitait de lui répondre. Et il remarquait aussi que sa joie et son bonheur venaient de ce qu'il la nommât, qu'il eût réussi à l'intéresser, que le baron fût maintenant celui qui l'obligerait à parler d'elle. – La femme du guide Rufino, de Queimadas ?

Pas plus cette fois le journaliste myope ne répondit :

– En août, de plus, le ministre de la Guerre, le maréchal Carlos Machado Bittencourt lui-même vint en personne de Rio mettre au point la campagne, poursuivit-il en s'amusant de son impatience. Cela, nous ne l'avons pas su là-bas. Que le maréchal Bittencourt s'était installé à Monte Santo, avait organisé le transport, l'approvisionnement, les hôpitaux. Nous ne savions pas que les soldats volontaires, les médecins, les infirmières pleuvaient sur Queimadas et Monte Santo. Que le maréchal Bittencourt lui-même avait dépêché la brigade Girard. Tout cela, en août. C'est comme si le ciel s'était ouvert pour décharger contre Canudos un cataclysme.

– Et au milieu de ce cataclysme, vous étiez heureux, murmura le baron – car c'étaient les paroles que le journaliste myope avait dites. – S'agit-il de la même personne ?

– Oui. – Le baron remarqua que son bonheur n'était plus secret, que la voix du myope en était imprégnée et affectée. – C'est justice que vous vous la rappeliez, car elle se souvient beaucoup de vous et de votre épouse. Avec admiration, avec tendresse.

Ainsi, c'était la même, cette jeune fille élancée et châtain clair qui avait poussé à Calumbi, en servant Estela, et qu'ils avaient tous deux mariée au travailleur honnête et tenace qu'était Rufino en ce temps-là. Cela le dépassait. Ce petit animal sauvage, cet être rustique qui n'aurait dû changer qu'en pire après avoir laissé le service d'Estela, avait été mêlé, aussi, au destin de l'homme qu'il avait devant lui. Parce que le journaliste avait dit, littéralement, ces paroles inconcevables : « Mais justement, quand le monde s'est mis à dégringoler et l'horreur a touché à son apogée, moi, aussi incroyable soit-il, j'ai commencé à être heureux. » À nouveau le baron se sentit envahi par cette impression d'irréalité, de songe, de fiction, que lui provoquait toujours Canudos. Ces hasards, coïncidences et associations le mettaient sur des charbons ardents. Le journaliste savait-il que Galileo Gall avait violé Jurema ? Il ne le lui demanda pas, il demeura perplexe en songeant à l'étrange géographie du hasard, à cet ordre clandestin, à cette insondable loi de l'histoire des peuples et des individus qui rapprochait, éloignait, séparait et unissait capricieusement les uns et les autres. Et il se dit qu'il était impossible que cette pauvre enfant du sertão bahianais pût se douter même qu'elle avait été l'instrument de tant de bouleversements dans la vie de gens aussi dissemblables : Rufino, Galileo Gall et cet épouvantail qui maintenant souriait avec délectation en se la rappelant. Il sentit le désir de revoir Jurema ; peut-être cela ferait-il du bien à la baronne de voir celle qu'autrefois elle avait traitée avec tant d'affection. Il se rappela qu'à cause de cela, Sebastiana nourrissait envers elle un sourd ressentiment et qu'elle fut bien soulagée en la voyant quitter Queimadas avec le guide.

– À vrai dire, je ne m'attendais pas à vous entendre parler en ce moment d'amour, de bonheur, murmura-t-il en s'agitant sur son siège. Et moins encore en relation avec Jurema.

Le journaliste s'était remis à parler de la guerre.

– N'est-ce pas curieux qu'elle s'appelât brigade Girard ? Parce que, ainsi que je l'apprends maintenant, le général Girard n'a jamais mis les pieds à Canudos. Une curiosité de plus de la plus curieuse des guerres. Août commença avec l'apparition de ces douze bataillons de troupes fraîches. Il y avait encore des gens pour arriver à Canudos, à la hâte, parce qu'ils savaient qu'avec la nouvelle armée, maintenant, l'encerclement serait définitif. Et qu'ils ne pourraient plus pénétrer ! – Le baron l'entendit partir d'un de ses éclats de rire absurdes, exotiques, forcés, et répéter : – Non qu'ils ne pourraient sortir, entendez-moi bien, mais qu'ils ne pourraient entrer. C'était leur problème. Peu leur importait de mourir, pourvu qu'ils mourussent à l'intérieur.

– Et vous, vous étiez heureux... dit-il.

N'était-il pas encore plus timbré qu'il lui avait toujours semblé ? Tout cela n'était-il pas un tissu de mensonges ?

– Ils les virent arriver, s'installer sur les collines, occuper l'un après l'autre les endroits par où jusqu'alors ils pouvaient entrer et sortir. Les canons se mirent à bombarder vingt-quatre heures sur vingt-quatre et aux quatre points cardinaux. Mais comme ils étaient trop près et pouvaient se tuer entre eux, ils se limitaient à bombarder les tours. Parce qu'elles n'étaient pas encore tombées.

– Jurema, Jurema, s'écria le baron. La petite jeune fille de Calumbi vous a apporté le bonheur, vous a transformé spirituellement en jagunço ?

Derrière les gros verres, comme des poissons dans un aquarium, les yeux myopes s'agitèrent, battirent des paupières. Il était tard, il était là depuis des heures, il devrait se lever et aller auprès d'Estela, depuis la tragédie il n'était pas resté autant de temps loin d'elle. Mais il continua à attendre, avec une impatience bouillonnante.

– L'explication c'est que je m'étais résigné, l'entendit-il murmurer d'une voix à peine audible.

– À mourir ? dit le baron, en sachant que ce n'était pas à la mort que son visiteur pensait.

– À ne pas aimer, à n'être aimé d'aucune femme, le vit-il répondre, d'une voix qu'il entendit à peine. À être laid, à être timide, à ne jamais tenir dans mes bras une femme sans qu'elle me fît payer pour cela.

Le baron en resta comme deux ronds de flan. Dans ce bureau où tant de secrets avaient été révélés, tant de conspirations tramées, nul n'avait jamais confessé quelque chose d'aussi inattendu et surprenant.

– C'est quelque chose que vous ne pouvez comprendre, dit le journaliste myope comme si on l'accusait. Parce que vous avez probablement connu l'amour dès votre plus jeune âge. Bien des femmes ont dû vous aimer, vous admirer, se donner à vous. Vous avez probablement pu choisir votre très belle épouse, entre autres très belles femmes qui n'attendaient que votre assentiment pour se jeter dans vos bras. Vous ne pouvez comprendre ce qui se passe en nous qui ne sommes ni beaux, ni attirants, ni favorisés par la fortune et riches comme vous l'avez été. Vous ne pouvez comprendre ce que c'est que de se savoir repoussant et ridicule pour les femmes, exclu de l'amour et du plaisir. Condamné aux putains.

« L'amour, le plaisir », pensa le baron, déconcerté : deux mots inquiétants, deux météorites dans la nuit de sa vie. Il lui sembla sacrilège que ces mots, beaux et oubliés, apparussent sur les lèvres de cet être risible, replié comme un héron sur son siège, les jambes nouées. N'était-ce pas comique, grotesque qu'une petite chienne bâtarde du sertão fît parler d'amour et de plaisir un homme, malgré tout, cultivé ? Est-ce que ces mots-là n'évoquaient pas le luxe, le raffinement, la sensibilité, l'élégance, les rites et sagesses d'une imagination nourrie de lectures, de voyages et d'éducation ? N'étaient-ce pas des mots incompatibles avec Jurema de Calumbi ? Il pensa à la baronne et une blessure s'ouvrit dans son cœur. Il fit un effort pour revenir à ce que le journaliste disait. Dans une autre de ses brusques transitions, il parlait à nouveau de la guerre :

– Il n'y eut plus d'eau – et il paraissait toujours récriminer contre lui. – Tout ce que buvait Canudos provenait des points d'eau de la Fazenda Velha, des puits près du Vasa Barris. Ils avaient creusé là des tranchées et les défendirent avec acharnement. Mais face à cinq mille soldats tout frais même Pajeú ne put empêcher l'effondrement. Alors il n'y eut plus d'eau.

Pajeú ? Le baron frémit. Il revoyait le visage d'Indien, olivâtre, la cicatrice à la place du nez lui annonçant de sa voix calme qu'au nom du Père il allait brûler Calumbi. Pajeú, l'individu qui incarnait toute la méchanceté et la stupidité dont avait été victime Estela.

– Oui, Pajeú, dit le myope. Je le détestais. Et le craignais plus que les balles des soldats. Parce qu'il était amoureux de Jurema, et en levant seulement le petit doigt il pouvait me la ravir et me faire disparaître.

Il rit à nouveau, d'un petit rire strident, nerveux, qui s'acheva en éternuements sifflants. Le baron, distrait de lui, continuait à détester, lui aussi, ce bandit fanatique. Qu'était devenu l'auteur du crime inexpiable ? Il eut peur de le demander, d'entendre qu'il était sain et sauf. Le journaliste répétait le mot eau. Il eut du mal à sortir de lui, à saisir. Oui, les eaux du Vasa Barris. Il savait très bien comment étaient ces puits, parallèles au lit du fleuve, où l'eau pénétrait pendant les crues et qui donnaient à boire à hommes, oiseaux, chevreaux, vaches, durant les longs mois (et parfois années) où le Vasa Barris restait à sec. Et Pajeú ? Et Pajeú ? Était-il mort au combat ? Avait-il été capturé ? Il avait la question au bout de la langue et ne la posait pas.

– Ces choses-là, il faut les comprendre, disait maintenant le journaliste myope, avec conviction, énergie et colère. Moi je pouvais à peine les voir, naturellement. Mais je ne pouvais non plus les comprendre.

– De qui parlez-vous ? dit le baron. J'ai perdu le fil, j'étais distrait.

– Des femmes et des enfants, regimba le journaliste myope. On les appelait les « gamins ». Quand les soldats s'emparèrent des puits, ils allaient avec les femmes, la nuit, essayer de voler des bidons d'eau pour que les jagunços pussent continuer à combattre. Eux, eux seuls. Et il en fut de même, aussi, pour ces restes immondes qu'ils appelaient des vivres. Vous m'avez entendu ?

– Dois-je m'étonner ? dit le baron. Être surpris ?

– Vous devez essayer de comprendre, murmura le journaliste myope. Qui dictait ces dispositions ? Le Conseiller ? João Abade ? Antonio Vilanova ? Qui décida que ce seraient seulement les femmes et les enfants qui ramperaient jusqu'à la Fazenda Velha pour voler de l'eau, en sachant que les soldats les attendaient pour leur tirer dessus, en sachant que sur dix un ou deux seulement reviendrait ? Qui décida que les combattants ne devaient pas s'exposer à ce suicide moindre, car il leur revenait cette forme supérieure de suicide qui consistait à mourir au combat ? – Le baron vit qu'il cherchait à nouveau son regard avec angoisse. – Je crois bien que ce n'était ni le Conseiller ni les chefs. C'étaient des décisions spontanées, simultanées, anonymes. Sinon, ils ne les auraient pas respectées, ils n'auraient pas été à l'abattoir avec tant de conviction.

– Ils étaient fanatiques, dit le baron, conscient du mépris qu'il y avait dans sa voix. Le fanatisme pousse les gens à agir ainsi. Ce ne sont pas des raisons élevées, sublimes, qui expliquent toujours l'héroïsme. Il y a aussi le préjugé, l'étroitesse d'esprit, les idées les plus sottes.

Le journaliste myope le regarda ; son front dégoulinait de sueur et il semblait chercher une réponse dure. Il pensa qu'il allait entendre quelque impertinence. Mais il le vit acquiescer, comme pour se débarrasser de lui.

– Ce fut, bien entendu, le grand sport des soldats, un divertissement dans leur existence ennuyeuse, dit-il. Se poster à la Fazenda Velha et attendre que la clarté de la lune leur révélât ces ombres qui venaient en rampant puiser de l'eau. Nous entendions les tirs, le son quand une balle trouait un bidon. Au matin il y avait plein de cadavres, de blessés. Mais, mais...

– Mais vous ne voyiez rien de cela, l'interrompit le baron.

L'agitation qu'il voyait chez son interlocuteur l'irritait suprêmement.

– Jurema et le Nain les voyaient, dit le journaliste myope. Je les entendais. J'entendais les femmes et les « gamins » qui partaient à la Fazenda Velha, avec leurs bidons, gourdes, cruches, bouteilles, en disant adieu à leurs parents, à leur mari, se donnant la bénédiction, se donnant rendez-vous au ciel. Et j'entendais ce qui arrivait quand ils parvenaient à revenir. Le bidon, le seau, la cruche ne servaient pas à donner à boire aux vieux moribonds, aux bébés fous de soif. Non. L'eau allait aux tranchées pour que ceux qui pouvaient encore tenir un fusil pussent le faire quelques heures, quelques minutes de plus.

– Et vous ? dit le baron. – Le malaise que produisait chez lui ce mélange de respect et de terreur avec lequel le journaliste myope parlait des jagunços était chaque fois plus grand. – Comment n'êtes-vous pas mort de soif ? Vous n'étiez pas un combattant, n'est-ce pas ?

– Je me le demande, dit le journaliste. S'il y avait une logique dans cette histoire, j'aurais dû mourir plusieurs fois.

– L'amour n'ôte pas la soif, le baron tenta de le blesser.

– Il ne l'ôte pas, acquiesça l'autre. Mais il donne la force d'y résister. Et de plus, nous buvions un peu. Ce qu'on pouvait sucer, lécher. Du sang d'oiseaux, même s'il s'agissait d'urubus. Nous mastiquions des feuilles, des tiges, des racines, tout ce qui produisait du jus. Et de l'urine, naturellement. – Il chercha les yeux du baron et celui-ci pensa à nouveau : « comme pour m'accuser ». – Vous ne le saviez pas ? Même quand on ne boit pas, on continue à uriner. C'est une découverte importante que j'ai faite, là-bas.

– Parlez-moi de Pajeú, voulez-vous, dit le baron. Qu'est-il devenu ?

Le journaliste myope glissa soudain à terre. Il l'avait fait plusieurs fois au cours de la conversation et le baron se demanda si ces changements de position étaient dus à son trouble intérieur ou à ses muscles engourdis.

– Vous disiez qu'il était amoureux de Jurema ? insista-t-il. – Il avait, soudain, l'absurde impression que son ancienne domestique de Calumbi était la seule femme du sertão, une fatalité féminine sous la domination inconsciente de laquelle tous les hommes liés à Canudos tombaient tôt ou tard. – Pourquoi ne l'a-t-il pas prise avec lui ?

– Peut-être à cause de la guerre, dit le journaliste myope. C'était un des chefs. Au fur et à mesure que l'encerclement se resserrait, il avait moins de temps. Et moins d'envie, j'imagine.

Il se mit à rire d'une façon si déchirante que le baron déduisit que son rire, cette fois, n'allait pas dégénérer en éternuements mais en pleurs. Rien de cela ne se produisit.

– Si bien que je me suis trouvé désirant, parfois, que la guerre continue, et même empire, pour que Pajeú soit occupé. – Il aspira une bouffée d'air. – Je désirais que la guerre ou quelque chose le tuât.

– Qu'est-il devenu ? insista le baron.

L'autre ne prêta pas attention.

– Mais, malgré la guerre, il aurait très bien pu la prendre avec lui et en faire sa femme, dit-il, méditatif, les yeux au sol. D'autres jagunços ne le faisaient-ils pas ? Ne les entendais-je pas, au milieu des fusillades, la nuit ou le jour, chevauchant leur femme sur le hamac, la paillasse ou par terre ?

Le baron sentit son visage s'empourprer. Il n'avait jamais toléré certains sujets, si fréquents chez les hommes seuls, pas même avec ses plus intimes amis. S'il continuait sur ce chemin, il le ferait taire.

– Si bien que la guerre n'était pas l'explication. – Il le regarda à nouveau, comme se rappelant qu'il était là. – Il était devenu saint, voyez-vous ? Ainsi disait-on : il est devenu saint, l'ange l'a embrassé, l'ange l'a touché, l'a frôlé. – Il acquiesça, à plusieurs reprises. – Peut-être. Il ne voulait pas la prendre de force. C'est l'autre explication. Plus fantastique, sans doute, mais probable. Que tout se fasse selon la volonté de Dieu. Selon la religion. Se marier avec elle. Je l'ai entendu le lui demander. Peut-être.

– Qu'est-il devenu ? répéta le baron, lentement, en soulignant les mots.

Le journaliste myope le regardait fixement. Et le baron remarqua son étrangeté.

– Il a brûlé Calumbi, expliqua-t-il lentement. C'est lui qui... Est-il mort ? Comment fut sa mort ?

– Je suppose qu'il est mort, dit le journaliste myope. Comment ne serait-il pas mort ? Comment ne seraient-ils pas morts João Abade, João Grande, lui, eux tous ?

– Vous n'êtes pas mort et, d'après ce que vous m'avez dit, Vilanova non plus. A-t-il pu échapper ?

– Ils ne voulaient pas échapper, dit le journaliste, avec chagrin. Ils voulaient entrer, rester, mourir là. L'histoire de Vilanova fut exceptionnelle. Lui non plus ne voulait pas partir. On le lui ordonna.

De sorte qu'il ne saurait pas vraiment si Pajeú était mort. Le baron l'imagina, reprenant son ancienne vie, libre à nouveau à la tête d'un cangaço reconstitué avec des coquins pris ici ou là, ajoutant à sa légende des forfaits sans fin, au Ceará, à Pernambouc, dans des régions plus reculées. Il ressentit un vertige.

« Antonio Vilanova », murmure le Conseiller, et il se produit comme une décharge électrique dans le Sanctuaire. « Il a parlé, il a parlé », pense le Ravi, tous les pores de sa peau hérissés par l'impression. « Loué soit le Père, loué soit le Bon Jésus. » Il avance vers le lit de roseaux en même temps que Maria Quadrado, le Lion de Natuba, le Père Joaquim et les béates du Chœur Sacré ; dans la lumière taciturne du crépuscule, tous les yeux se clouent sur ce visage sombre, allongé, immobile, aux paupières collées. Ce n'est pas une hallucination : il a parlé.

Le Ravi voit cette bouche aimée, que la maigreur a laissée sans lèvres, s'ouvrir pour répéter : « Antonio Vilanova ». Ils réagissent, disent « oui, oui, mon Père », se bousculent jusqu'à la porte du Sanctuaire pour demander à la Garde Catholique d'aller chercher Antonio Vilanova. Plusieurs hommes se mettent à courir entre les sacs et les pierres du parapet. À cet instant, il n'y a pas de tirs. Le Ravi revient au chevet du Conseiller : il est à nouveau silencieux, tranquille, sur le dos, yeux clos, les mains et les pieds à l'air, ses os ressortant sous sa tunique violette dont les plis dénoncent ici et là son épouvantable maigreur. « Il est désormais esprit plus que chair », pense le Ravi. La Supérieure du Chœur Sacré reprend courage en l'entendant et lui approche une tasse avec un peu de lait. Il l'entend murmurer, pleine de recueillement et d'espoir : « Veux-tu prendre quelque chose, mon Père ? » Il l'a entendue poser la même question plusieurs fois ces jours-ci. Mais cette fois, à la différence des autres, où le Conseiller restait sans répondre, la tête squelettique sur laquelle tombent, en désordre, de longs cheveux gris, remue en disant que non. Un souffle de bonheur envahit le Ravi. Il est vivant, il va vivre. Parce que ces jours-ci, quoique le Père Joaquim s'approchât régulièrement pour lui prendre le pouls, écouter son cœur et leur dire qu'il respirait, et malgré ce petit liquide qui coulait constamment sous lui, le Ravi ne pouvait s'empêcher, face à son immobilité et son silence, de penser que l'âme du Conseiller était montée au ciel.

Une main le tire depuis le sol. Il rencontre le regard agrandi, anxieux, lumineux du Lion de Natuba, au milieu des mèches emmêlées de sa crinière. « Va-t-il vivre, Ravi ? » Il y a une telle angoisse chez le scribe de Belo Monte que le Ravi a envie de pleurer.

– Oui, oui, Lion, il va vivre pour nous, il va vivre encore longtemps.

Mais il sait qu'il n'en est rien ; quelque chose, au fond de ses entrailles, lui dit que ce sont les derniers jours, peut-être les dernières heures de l'homme qui a changé sa vie et celle de tous ceux qui sont au Sanctuaire, de tous ceux qui là-dehors meurent, agonisent et combattent dans les tranchées et les trous qui constituent maintenant Belo Monte. Il sait que c'est la fin. Il l'a su depuis qu'il a appris, simultanément, la chute de la Fazenda Velha et son évanouissement au Sanctuaire. Le Ravi sait déchiffrer les symboles, interpréter le message secret de ces coïncidences, accidents, hasards apparents qui passent inaperçus pour les autres ; il a une intuition qui lui permet de reconnaître immédiatement, sous l'aspect innocent ou banal des choses, la présence profonde de l'au-delà. Il se trouvait ce jour-là dans l'église de São Antonio, faisait réciter le rosaire aux blessés, malades, parturientes et orphelins de ce lieu transformé en dispensaire depuis le début de la guerre, élevant la voix pour que la dolente humanité saignante, purulente et à demi morte entende ses Ave Maria et ses Pater dans le fracas des fusillades et des canonnades. Et là-dessus il a vu entrer en même temps, en courant, sautant par-dessus les corps entassés, un « gamin » et Alejandrinha Correa. L'enfant parla le premier :

– Les chiens sont entrés dans la Fazenda Velha, Ravi. João Abade dit qu'il faut dresser un mur à l'angle des Martyrs, parce que les athées peuvent maintenant passer librement par là.

Et à peine le « gamin » avait-il fait demi-tour que l'ancienne faiseuse de pluie, d'une voix plus décomposée que son visage, lui murmura à l'oreille une autre nouvelle qu'il pressentait infiniment plus grave : « Le Conseiller est tombé malade. »

Ses jambes tremblent, sa bouche est sèche, son cœur se serre, comme ce matin-là, voici déjà six, sept, dix jours ? Il a dû faire un gros effort pour que ses pieds lui obéissent et courir derrière Alejandrinha Correa. Quand il est parvenu au Sanctuaire, le Conseiller avait été porté sur son lit et rouvert les yeux, tranquillisant de son regard les béates atterrées et le Lion de Natuba. Cela lui était arrivé en se relevant, après avoir prié plusieurs heures, comme il le faisait toujours, prosterné les bras en croix. Les béates, le Lion de Natuba, la Mère Maria Quadrado avaient remarqué sa difficulté à se relever sur un genou, s'aidant d'une main, puis de l'autre, et sa pâleur sous l'effort ou la douleur de se mettre debout. Et puis tout soudain il s'était effondré comme un sac d'os. À ce moment – c'était il y a six, sept, dix jours ? – le Ravi avait eu la révélation : l'heure était venue.

Pourquoi était-il si égoïste ? Comment ne pas se réjouir que le Conseiller se reposât, montât recevoir sa récompense pour l'œuvre accomplie sur terre ? Ne devrait-il pas plutôt chanter hosanna ? Il devrait. Mais son âme transpercée l'en empêche. « Nous resterons orphelins », pense-t-il une fois encore. Là-dessus, il est distrait par le petit bruit qui sort du lit, qui s'échappe sous le Conseiller. C'est un petit bruit qui n'agite pas le corps du saint, mais déjà la Mère Maria Quadrado et les béates courent l'entourer, lui retirer sa tunique, la nettoyer, recueillir humblement ce qui, pense le Ravi, n'est pas de l'excrément, car l'excrément est sale et impur, tandis que rien de ce qui provient de lui ne peut l'être. Comment serait-il sale et impur, ce petit liquide qui sourd sans cesse depuis six, sept, dix jours ? de ce corps meurtri ? Est-ce que par hasard le Conseiller a mangé quelque chose ces jours-ci pour que son organisme ait des impuretés à évacuer ? « C'est son essence qui s'écoule par là, c'est une partie de son âme, quelque chose qui nous abandonne. » Il l'a deviné sur-le-champ, dès le premier moment. Il y avait quelque chose de mystérieux et de sacré dans ces petits pets subits, tamisés, prolongés, dans ces attaques qui semblaient ne jamais finir, accompagnées toujours de l'émission de cette petite eau. Il l'a deviné : « Ce sont des oboles, non de l'excrément. » Il a très clairement compris que le Père, ou le Divin Saint-Esprit, ou le Bon Jésus, ou la Maîtresse, ou le Conseiller lui-même voulaient les soumettre à une épreuve. Heureusement inspiré, il s'est avancé, a tendu la main au milieu des béates, a trempé ses doigts dans le liquide et les a portés à sa bouche en psalmodiant : « Est-ce ainsi que tu veux que ton esclave communie, mon Père ? Cela n'est-il pas pour moi de la rosée ? » Toutes les béates du Chœur Sacré ont communié aussi comme lui.

Pourquoi le Père le soumettait-il à une pareille agonie ? Pourquoi voulait-il lui faire passer ses derniers moments à déféquer, déféquer, quoique de son corps il ne s'échappât que de la manne ? Le Lion de Natuba, la Mère Maria Quadrado et les béates ne le comprennent pas. Le Ravi a essayé de le leur expliquer et de les y préparer : « Le Père ne veut pas qu'il tombe aux mains des chiens. S'il l'emporte c'est pour qu'il ne soit pas humilié. Mais il ne veut pas non plus que nous croyions qu'il le délivre de la douleur, de la pénitence. C'est pourquoi il le fait souffrir avant la récompense. » Le Père Joaquim lui a dit qu'il a bien fait de les préparer ; lui aussi craint que la mort du Conseiller ne les bouleverse, ne leur arrache des protestations impies, des réactions nocives pour leur âme. Le Chien guette et ne perdra pas une occasion de s'emparer de ces proies.

Il se rend compte que la fusillade a repris – forte, nourrie, circulaire – quand la porte du Sanctuaire s'ouvre. Voilà Antonio Vilanova. Accompagné de João Abade, Pajeú, João Grande, exténués, en sueur, sentant la poudre, mais le visage radieux : ils savent qu'il a parlé, qu'il est vivant.

– Voici Antonio Vilanova, mon Père, dit le Lion de Natuba, se dressant sur ses pattes de derrière jusqu'au Conseiller.

Le Ravi cesse de respirer. Les hommes et les femmes qui remplissent la pièce – ils sont si serrés qu'aucun ne pourrait lever les bras sans frapper son voisin – scrutent, ébahis, la bouche sans lèvres et sans dents, le visage qui ressemble à un masque mortuaire. Va-t-il parler, va-t-il parler ? Malgré les tirs bruyants, sporadiques, de dehors, le Ravi entend à nouveau le petit bruit caractéristique. Ni Maria Quadrado, ni les béates ne vont le nettoyer. Ils restent tous immobiles, penchés sur le lit, attendant. La Supérieure du Chœur Sacré approche sa bouche de l'oreille couverte de fibres grisâtres et répète :

– Voici Antonio Vilanova, mon Père.

Ses paupières battent légèrement, la bouche du Conseiller s'entrouvre. Il comprend qu'il fait des efforts pour parler, que la faiblesse et la souffrance ne lui permettent d'émettre aucun son et il supplie le Père de lui accorder cette grâce en s'offrant, en échange, à recevoir n'importe quel tourment, quand il entend la voix aimée, si faible que toutes les têtes s'avancent pour écouter :

– Tu es là, Antonio ? Tu m'entends ?

L'ancien commerçant tombe à genoux, prend une des mains du Conseiller et la baise avec onction : « Oui, mon Père, oui, mon Père. » Il transpire, bouffi, suffocant, tremblant. Il sent l'envie de son ami. Pourquoi a-t-il été l'appelé ? Pourquoi lui et pas le Ravi ? Il se repent de cette pensée et craint que le Conseiller ne les fasse sortir pour lui parler seul à seul.

– Va vers le monde porter témoignage, Antonio, et ne reviens pas traverser le cercle. Moi je reste ici avec le troupeau. Toi tu iras là-bas. Tu es un homme fait pour le monde, va, apprends à compter à ceux qui ont oublié l'enseignement. Que le Divin te guide et le Père te bénisse.

L'ex-commerçant se met à sangloter en faisant la lippe. « C'est son testament », pense le Ravi. Il a parfaitement conscience de la solennité et de la transcendance de cet instant. Ce qu'il voit et entend sera rappelé pendant des années et des siècles, entre des milliers et des millions d'hommes de toutes les langues, races et géographies ; sera rappelé par une immense humanité pas encore née. La voix brisée de Vilanova prie le Conseiller de ne pas le faire partir, tandis qu'il embrasse avec désespoir la main osseuse et brune aux longs ongles. Il doit intervenir, lui rappeler qu'en ce moment il ne peut discuter un désir du Conseiller. Il s'approche, pose une main sur l'épaule de son ami et la pression affectueuse suffit à le calmer. Vilanova le regarde les yeux pleins de larmes, implorant son aide, ses éclaircissements. Le Conseiller demeure silencieux. Va-t-il encore entendre sa voix ? Il entend, par deux fois consécutives, le petit bruit. Plusieurs fois il s'est demandé, chaque fois que cela se produit, que le Conseiller a des tiraillements, des élancements, des secousses, des crampes, si le Chien lui mord le ventre. Maintenant il sait qu'il en est ainsi. Il lui suffit de regarder cette mince grimace sur le visage blême, qui accompagne les pets, pour savoir qu'ils sont accompagnés de flammes et de couteaux martyrisants.

– Emmène avec toi ta famille, pour que tu ne sois pas seul, murmure le Conseiller. Et emmène aussi les amis étrangers du Père Joaquim. Que chacun accède au salut par son effort. Comme toi, mon fils.

Malgré l'attention hypnotique qu'il apporte aux paroles du Conseiller, le Ravi saisit la grimace qui contracte le visage de Pajeú : la cicatrice semble se gonfler, se fendre, et sa bouche s'ouvre pour demander quelque chose ou, peut-être, protester à l'idée que cette femme avec laquelle il veut se marier s'en aille de Belo Monte. Stupéfait, le Ravi comprend pourquoi le Conseiller, en cet instant suprême, s'est souvenu des étrangers que protège le Père Joaquim. Pour sauver un apôtre ! Pour sauver l'âme de Pajeú de la chute que pourrait représenter peut-être pour lui cette femme ! Ou simplement, veut-il mettre à l'épreuve le caboclo ? Ou lui faire gagner des indulgences avec cette souffrance ? Pajeú est à nouveau inexpressif, vert, sombre, serein, tranquille, respectueux, le chapeau de cuir à la main, regardant le grabat.

Maintenant le Ravi est sûr que cette bouche ne s'ouvrira plus. « Seule son autre bouche parle. » Quel est le message de cet estomac qui fait eau et vent depuis six, sept, dix jours ? Il est angoissé à l'idée qu'il y ait, dans ces vents et dans cette eau, un message à lui adressé, qu'il pourrait mal interpéter, ne pas entendre. Il sait que rien n'est accidentel, que le hasard n'existe pas, que tout a un sens profond, une racine dont les ramifications conduisent toujours au Père, et que, si l'on est assez saint, on peut entrevoir cet ordre miraculeux et secret que Dieu a instauré dans le monde.

Le Conseiller est à nouveau muet, comme s'il n'avait jamais parlé. Le Père Joaquim, à un coin du chevet, remue les lèvres, priant en silence. Les regards brillent. Personne n'a bougé, bien que tous devinent que le saint a dit ce qu'il devait dire. L'heure a sonné. Le Ravi avait compris qu'elle approchait depuis la mort de l'agnelet blanc tué par une balle perdue, quand, tenu par Alejandrinha Correa, il accompagnait le Conseiller de retour au Sanctuaire, après les conseils. Ce fut l'une des dernières fois que le Conseiller sortit du Sanctuaire. « On n'entendait plus sa voix, il était déjà dans le jardin des oliviers. » Faisant un effort surhumain, il quittait encore le Sanctuaire chaque soir pour grimper aux échafaudages, prier et donner des conseils. Mais sa voix était un murmure à peine compréhensible pour ceux qui se trouvaient à ses côtés. Le Ravi lui-même, qui demeurait à l'intérieur du mur vivant de la Garde Catholique, ne saisissait que des paroles éparses. Quand la Mère Maria Quadrado lui demanda s'il voulait qu'on enterrât dans le Sanctuaire le petit animal sanctifié par ses caresses, le Conseiller répondit par la négative et ordonna de le servir comme aliment à la Garde Catholique.

À cet instant la main droite du Conseiller se déplace, cherche quelque chose ; ses doigts noueux montent, descendent sur le matelas de paille, se contractent et se tendent. Que cherche-t-il, que veut-il ? Le Ravi lit dans les yeux de Maria Quadrado, de João Grande, de Pajeú, des béates, sa même angoisse.

– Lion, es-tu là ?

Il sent un coup de poignard dans son cœur. Il aurait donné n'importe quoi pour que le Conseiller prononçât son nom, pour que sa main le cherchât, lui. Le Lion de Natuba se dresse et avance sa grande tête ébouriffée vers cette main, pour la baiser. Mais la main ne lui en laisse pas le temps, car dès qu'elle sent la proximité de ce visage, elle l'escalade rapidement et enfonce ses doigts dans l'épaisse crinière. Ce qui se passe est voilé par les larmes du Ravi. Mais il n'a pas besoin de le voir, il sait que le Conseiller gratte, épouille, caresse avec ses dernières forces, comme il l'a vu le faire au long des années, la tête du Lion de Natuba.

Le furieux fracas qui secoue le Sanctuaire l'oblige à fermer les yeux, à se contracter, à lever les mains devant ce qui ressemble à une avalanche de pierres. Aveugle, il entend le bruit, les cris, les gens qui courent, il se demande s'il est mort et si c'est son âme qui tremble. Il entend, enfin, João Abade. « Le clocher de São Antonio s'est effondré. » Il ouvre les yeux. Le Sanctuaire s'est couvert de poussière, tout le monde a changé de place. Il se fraie chemin jusqu'au grabat, en sachant ce qu'il en est. Il aperçoit dans un nuage la main tranquille sur la tête du Lion de Natuba, agenouillé dans la même position. Et il voit le Père Joaquim, l'oreille collée sur la maigre poitrine. Après un moment, le curé se relève, la mine défaite :

– Il a rendu son âme à Dieu, balbutie-t-il et la phrase est pour l'assistance plus fracassante que le fracas extérieur.

Personne ne pousse de cris de douleur, ne tombe à genoux. Ils sont tous pétrifiés. Ils évitent de se regarder les uns les autres, comme si, en se croisant, leurs yeux allaient révéler des saletés réciproques, dévoiler, en ce moment suprême, des hontes intimes. Il tombe de la terre de la toiture, des murs et les oreilles du Ravi comme celles d'une autre personne, continuent d'entendre dehors, près et très loin, hurlements, pleurs, bruits de courses, cris, éboulements, et les rugissements par lesquels les soldats des tranchées de celles qui étaient les rues de São Pedro et de São Cipriano et le vieux cimetière accueillent la chute de la tour de l'église, qu'ils ont tant canonnée. Et l'esprit du Ravi, comme si c'était celui d'un autre, imagine les dizaines d'hommes de la Garde Catholique qui sont tombés avec le clocher, et les dizaines de blessés, malades, invalides, parturientes, nouveau-nés et vieux centenaires qui doivent être à cette heure aplatis, brisés, triturés sous les briques, les pierres et les poutres, morts, maintenant sauvés, maintenant corps glorieux montant l'échelle d'or des martyrs vers le trône du Père, ou, peut-être, encore agonisant dans d'épouvantables douleurs au milieu des décombres fumants. Mais en réalité le Ravi n'entend, ne voit ni ne pense : le monde s'est vidé, il est resté sans chair, sans os, il est une plume flottant désemparée dans les tourbillons d'un précipice. Il voit, comme à travers les yeux d'un autre, le Père Joaquim retirer la main du Conseiller de la crinière du Lion de Natuba et la reposer près de l'autre, sur le corps. Le Ravi, alors, se met à parler, avec le ton grave, profond sur lequel il psalmodie à l'église et dans les processions :

– Nous le conduirons au Temple qu'il a fait construire et nous le veillerons trois jours et trois nuits, pour que tous les hommes, toutes les femmes puissent l'adorer. Et nous le porterons en procession par toutes les maisons et rues de Belo Monte pour que, une dernière fois, son corps purifie la ville de l'ignominie du Chien. Et nous l'enterrerons sous le maître-autel du temple du Bon Jésus et nous planterons sur sa sépulture la croix de bois qu'il fit de ses mains au désert.

Il se signe dévotement et tous se signent, sans écarter les yeux du grabat. Les premiers sanglots que le Ravi entend sont ceux du Lion de Natuba ; son petit corps bossu et asymétrique se contorsionne tout entier sous les pleurs. Le Ravi se met à genoux et tous l'imitent ; maintenant il peut entendre d'autres sanglots. Mais c'est la voix du Père Joaquim, priant en latin, qui prend possession du Sanctuaire, et durant un bon moment elle efface les bruits extérieurs. Tandis qu'il prie, les mains jointes, revenant lentement à lui, récupérant son ouïe, ses yeux, son corps, cette vie terrestre qu'il semblait avoir perdue, le Ravi sent cet infini désespoir qu'il n'avait pas ressenti depuis qu'enfant il avait entendu le Père Moraes dire qu'il ne pouvait pas être prêtre, parce qu'il était un enfant bâtard. « Pourquoi nous abandonnes-tu en ces moments, mon Père ? » « Qu'allons-nous faire sans toi, mon Père ? » Il se souvient du fil de fer que le Conseiller avait passé autour de sa taille, à Pombal, et qu'il porte encore là, rouillé et tordu, maintenant chair de sa chair, et il se dit que c'est maintenant une relique précieuse, comme tout ce que le saint a touché, revêtu ou dit durant son passage sur terre.

– On ne peut pas, Ravi, affirme João Abade.

Le Commandant de la Rue est agenouillé à côté de lui ; ses yeux sont injectés et sa voix altérée. Mais son ton reste catégorique :

– On ne peut pas le conduire au temple du Bon Jésus ni l'enterrer comme tu veux. Nous ne pouvons faire cela aux gens, Ravi ! Veux-tu leur planter un couteau dans le dos ? Vas-tu leur dire qu'il est mort alors qu'ils combattent pour lui bien qu'il n'y ait plus ni balles ni vivres ? Vas-tu être aussi cruel ? Ne serait-ce pas pire que les méchancetés des francs-maçons ?

– Il a raison, Ravi, ajoute Pajeú. Nous ne pouvons pas leur dire qu'il est mort. Pas maintenant, pas en ce moment. Tout s'écroulerait, ce serait la débandade, la folie des gens. Il faut le cacher, si nous voulons qu'ils continuent à combattre.

– Non seulement pour cela, dit João Grande et c'est la voix qui l'étonne le plus, car depuis quand ce géant timide ouvre-t-il la bouche pour donner son opinion, lui à qui il a toujours fallu tirer les paroles par force ? – Car les chiens ne chercheront-ils pas sa dépouille avec toute la haine du monde pour la déshonorer ? Nul ne doit savoir où il est enterré. Veux-tu que les hérétiques trouvent son corps, Ravi ?

Le Ravi sent ses dents s'entrechoquer, comme s'il avait la fièvre. C'est vrai, c'est vrai, dans son désir de rendre hommage au maître aimé, d'organiser une veillée mortuaire et un enterrement à la hauteur de sa majesté, il a oublié que les chiens sont à peine à quelques pas et qu'en effet ils s'acharneraient comme des loups rapaces sur sa dépouille. Oui, il comprend maintenant – c'est comme si le toit s'ouvrait et une lumière aveuglante, avec le Divin au centre, l'illuminait – pourquoi le Père l'a pris précisément en ce moment, et quelle est l'obligation des apôtres : préserver sa dépouille, empêcher que le démon ne la souille.

– C'est vrai, c'est vrai, s'écrie-t-il, véhément, contrit. Pardonnez-moi, la douleur m'a troublé, peut-être le Malin. Je comprends maintenant, maintenant je sais. Nous ne dirons pas qu'il est mort. Nous le veillerons ici, nous l'enterrerons ici. Nous creuserons sa tombe et personne sauf nous ne saura où elle se trouve. Telle est la volonté du Père.

Voici un instant il en voulait à João Abade, Pajeú et João Grande de s'opposer à la cérémonie funèbre et maintenant, en revanche, il leur est reconnaissant de l'avoir aidé à déchiffrer le message. Menu, fragile, précaire, plein d'énergie, impatient, il se déplace entre les béates et les apôtres en les poussant, en leur intimant l'ordre de cesser de pleurer, de rompre cette paralysie qui est un piège du Démon, les implorant de se lever, de bouger, d'apporter des pelles et des pioches pour creuser. « Il n'y a pas de temps, pas de temps », les effraie-t-il.

Et ainsi obtient-il ce qu'il veut : ils se lèvent, sèchent leurs larmes, reprennent courage, se regardent, acquiescent, se mettent en mouvement. C'est João Abade, dont le sens pratique ne l'abandonne jamais, qui ourdit le pieux mensonge pour les hommes des tranchées qui protègent le Sanctuaire :

ils vont creuser, cela s'est fait tant de fois à Belo Monte, un de ces tunnels qui font communiquer entre eux les tranchées et les maisons, pour le cas où les chiens bloqueraient le Sanctuaire. João Grande sort et revient avec des pelles. Ils commencent aussitôt à creuser, près du grabat. Ainsi le font-ils, par quatre à tour de rôle et, lorsqu'ils sont relevés de cette tâche ils s'agenouillent et prient. Ainsi feront-ils pendant des heures, sans s'apercevoir que dehors la nuit est tombée, que la Mère des Hommes allume une veilleuse et que, à l'extérieur, les tirs, les cris de haine ou de victoire ont repris, se sont interrompus et ont recommencé. Chaque fois que quelqu'un, près de la pyramide de terre qui s'est élevée en même temps que la fosse s'agrandissait, interroge, le Ravi répond : « Plus profond, plus profond. »

Quand son inspiration lui dit que cela suffit, tous, à commencer par lui, n'en peuvent plus, les cheveux et la peau recouverts de terre. Le Ravi a l'impression de vivre un rêve quand, lui, prenant la tête, la Mère des Hommes l'une des jambes, Pajeú l'autre, João Grande un bras, le Père Joaquim l'autre, ils soulèvent le corps du Conseiller pour que les béates puissent placer au-dessous la natte de paille qui sera son suaire. Quand le corps est installé, Maria Quadrado lui pose sur la poitrine le crucifix métallique qui était le seul objet qui décorait les murs du Sanctuaire et le chapelet aux grains sombres dont elle ne se sépare jamais aussi loin que tous s'en souviennent. Ils soulèvent sa dépouille, enveloppée de la natte, et João Abade et Pajeú la reçoivent au fond de la fosse. Tandis que le Père Joaquim prie en latin, ils travaillent à nouveau en se relayant, accompagnant les pelletées de terre de leurs prières. Dans cette étrange sensation de rêve à laquelle contribue la maigre clarté, le Ravi voit même le Lion de Natuba, sautillant entre les jambes des autres, aider à combler la sépulture. Tandis qu'il travaille il contrôle sa tristesse. Il se dit que cette veillée humble et cette tombe pauvre sur laquelle on ne mettra ni inscription ni croix sont quelque chose que l'homme pauvre et humble que fut le Conseiller de son vivant aurait sûrement demandé pour lui. Mais quand tout est consommé et le Sanctuaire reste comme avant – le grabat vide – le Ravi se met à pleurer. Au milieu des sanglots, il sent les autres pleurer. Après un moment, il se maîtrise et leur demande, à mi-voix, de jurer sur le salut de leur âme de ne jamais révéler, quelle que soit la torture, le lieu où repose le Conseiller. Il les fait tous jurer, un par un.

Elle ouvrit les yeux et continua de se sentir heureuse, comme la nuit passée, la veille et l'avant-veille, succession de jours qui se confondaient jusqu'au soir où, après l'avoir cru enterré sous les décombres du magasin, elle trouva à la porte du Sanctuaire le journaliste myope, se jeta dans ses bras, l'entendit dire qu'il l'aimait et lui dit qu'elle aussi l'aimait. C'était la vérité ou, en tout cas, dès qu'elle le lui dit cela commença d'être vrai. Et à partir de ce moment, malgré la guerre qui faisait rage autour d'elle, malgré la faim et la soif qui tuaient plus de gens que les balles, Jurema était heureuse. Plus qu'elle ne se souvenait de l'avoir jamais été, plus qu'en son mariage avec Rufino, plus qu'en son enfance confortable à l'ombre de la baronne Estela à Calumbi. Elle avait envie de se jeter aux pieds du saint pour le remercier de ce qui lui était arrivé dans sa vie.

Il entendait tirer tout près – elle l'avait entendu en rêve, toute la nuit – mais elle ne remarquait pas de mouvement dans la ruelle de l'Enfant-Jésus, ni les cris ni les courses ni la fièvre frénétique à entasser la pierre et le sable, à creuser des tranchées, à renverser murs et toits pour élever des barricades, toutes choses qui étaient le lot quotidien de Canudos durant ces dernières semaines, au fur et à mesure que la ville se recroquevillait et reculait partout, derrière barricades et tranchées successives, concentriques, et les soldats s'emparaient de maisons, rues, coins, et l'encerclement se rapprochait des églises et du Sanctuaire. Rien de tout cela ne lui importait : elle était heureuse.

C'est le Nain qui découvrit cette maison de pisé restée sans propriétaires dans cette ruelle de l'Enfant-Jésus qui reliait le Campo Grande, où il y avait maintenant une triple barricade pleine de jagunços dirigés par João Abade lui-même, et la fragile artère de la Mère-Église, devenue, dans la Canudos rétrécie de ces derniers jours, frontière nord de la ville. Les Noirs de Mocambo s'étaient repliés sur ce secteur, après la perte de leur quartier, ainsi que les rares Kariris de Mirandela et de Rodelas qui n'étaient pas morts. Indiens et Noirs coexistaient maintenant dans les tranchées et sur les barricades de la Mère-Église, avec les jagunços de Pedrão qui, à leur tour, avaient reculé jusqu'ici après avoir contenu les soldats à Cocorobó, Trabubú, aux enclos et étables des environs. Quand Jurema, le Nain et le journaliste myope vinrent s'installer dans cette maisonnette, ils trouvèrent un vieillard couché sur son mousqueton, mort dans la fosse creusée dans l'unique pièce. Mais ils trouvèrent, en outre, un sac de farinha et un pot de miel qu'ils avaient fait durer parcimonieusement. Ils sortaient à peine, pour traîner les cadavres jusqu'à des puits transformés en ossuaires par Antonio Vilanova et pour aider à faire des barrières et des fossés, tâche qui occupait tout le monde désormais bien plus de temps que la guerre elle-même. On avait creusé tant de tranchées, à l'intérieur et l'extérieur des maisons, qu'il était pratiquement possible de circuler dans tout ce qui restait de Belo Monte – de maison à maison, de rue à rue – sans sortir à la surface, comme les lézards et les taupes.

Le Nain remua dans son dos. Elle lui demanda s'il était réveillé. Il ne répondit pas et un moment plus tard elle l'entendit ronfler. Ils dormaient tous trois l'un contre l'autre, dans l'étroit fossé où ils tenaient à peine. Ils le faisaient non seulement à cause des balles qui traversaient sans difficulté les murs de pisé, mais aussi parce que la nuit la température baissait et leurs organismes, affaiblis par le jeûne forcé, tremblaient de froid. Jurema scruta le visage du journaliste myope qui dormait replié contre sa poitrine. Il avait la bouche entrouverte et un filet de salive, transparent et mince comme une toile d'araignée, pendait à sa lèvre. Elle avança la bouche et, avec délicatesse pour ne pas le réveiller, absorba le fil de salive. L'expression du journaliste myope était maintenant sereine, une expression qu'il n'avait jamais quand il était éveillé. Elle pensa : « Maintenant il n'a pas peur. » Elle pensa : « Pauvre petit, pauvre petit, si je pouvais lui ôter sa peur, faire quelque chose pour qu'il n'ait plus jamais peur. » Parce qu'il lui avait avoué que, même dans ces moments où il était heureux avec elle, la peur était toujours là, comme un poids sur son cœur, qui le tourmentait. Bien qu'elle l'aimât maintenant comme une femme aime un homme, bien qu'elle eût été sienne comme une femme appartient à son mari ou son amant, Jurema continuait à s'occuper de lui, à le cajoler, à jouer mentalement avec lui comme une mère avec son fils.

L'une des jambes du journaliste myope se tendit et, après avoir fait pression un peu, se glissa entre les siennes. Immobile, sentant une bouffée de chaleur au visage, Jurema imagina qu'à cet instant même il allait avoir envie d'elle et qu'en plein jour, comme il le faisait dans l'obscurité, il allait déboutonner son pantalon, relever ses jupes et entrer en elle, jouir d'elle et la faire jouir. Une vibration la parcourut des cheveux aux pieds. Elle ferma les yeux et demeura tranquille, essayant d'entendre les tirs, de se rappeler la guerre si proche, de penser aux Sardelinha et à Catarina, aux autres femmes qui mettaient leurs dernières forces à soigner les blessés et les malades, les nouveau-nés aussi dans les deux derniers dispensaires, à transporter tout le jour les vieillards morts à l'ossuaire. De la sorte elle parvint à étouffer cette sensation, si nouvelle dans sa vie. Elle n'avait plus honte. Non seulement elle faisait des choses qui étaient péchés, mais elle pensait à les faire, elle désirait les faire. « Suis-je folle ? » pensa-t-elle. « Possédée ? » Maintenant qu'elle allait mourir, elle commettait avec son corps et sa pensée des péchés qu'elle n'avait jamais commis. Parce que, bien qu'elle eût appartenu auparavant à deux hommes, ce n'est que maintenant qu'elle avait découvert que le corps aussi pouvait être heureux, dans les bras de cet être que le hasard et la guerre (ou le Chien ?) avaient placé sur son chemin. Maintenant elle savait que l'amour était aussi une exaltation de la peau, un embrasement des sens, un vertige qui semblait la compléter. Elle se serra contre l'homme qui dormait près d'elle, colla son corps au sien le plus étroitement possible. Dans son dos, le Nain remua encore. Elle le sentait, menu, recroquevillé, recherchant sa chaleur.

Oui, elle avait perdu toute honte. Si quelqu'un lui avait dit un jour qu'elle dormirait ainsi, serrée entre ces hommes, quoique l'un d'eux fût un nain, elle aurait été épouvantée. Si quelqu'un lui avait dit qu'un homme avec lequel elle n'était pas mariée relèverait ses jupes et la prendrait à la vue d'un autre qui resterait là, à côté d'elle, dormant ou faisant l'endormi, tandis qu'ils jouissaient et se disaient bouche contre bouche qu'ils s'aimaient, Jurema aurait été atterrée, se serait bouché les oreilles. Et pourtant, cela se produisait chaque nuit depuis ce fameux soir, et au lieu d'avoir honte et peur elle trouvait cela naturel et elle était heureuse. La première nuit, en voyant qu'ils s'étreignaient et s'embrassaient comme s'ils étaient seuls au monde, le Nain leur demanda s'ils voulaient qu'il s'en allât. Non, non, il était aussi nécessaire et cher pour eux deux qu'auparavant. Et c'était certain.

La fusillade s'intensifia soudain et, durant quelques secondes, ce fut comme si elle éclatait à l'intérieur de la maison, au-dessus de leurs têtes. La tranchée s'emplit de terre et de poudre. Ramassée, les yeux fermés, Jurema attendit, attendit la décharge, la salve, le coup, l'effondrement. Mais un moment plus tard les tirs s'étaient éloignés. En rouvrant les yeux, elle retrouva le regard blanc et humide qui semblait glisser sur elle. Le pauvre s'était réveillé et était à nouveau mort de peur.

– J'ai cru que c'était un cauchemar, dit dans son dos le Nain.

Dressé, il sortait la tête au-dessus de la fosse. Jurema aussi épia, agenouillée, tandis que le journaliste myope restait allongé. Beaucoup de gens couraient dans la rue de l'Enfant-Jésus jusqu'à Campo Grande.

– Que se passe-t-il, que se passe-t-il ? entendit-elle à ses pieds. Que voyez-vous ?

– Beaucoup de jagunços, la devança le Nain. Ils viennent de chez Pedrão.

Et là-dessus la porte s'ouvrit et Jurema vit une grappe d'hommes dans l'embrasure. L'un d'eux était le tout jeune jagunço qu'elle avait rencontré sur les pentes de Cocorobó, le jour où les soldats étaient arrivés.

– Venez, venez, leur cria-t-il d'une voix qui essayait de couvrir la fusillade. Venez aider.

Jurema et le Nain aidèrent le journaliste myope à sortir de la fosse et le guidèrent dans la rue. Elle était habituée, depuis toujours, à faire automatiquement les choses que quelqu'un, avec autorité ou pouvoir, lui disait de faire, de sorte que cela ne lui coûtait rien, dans des cas comme celui-ci, de sortir de sa passivité et de travailler au coude à coude avec les gens, où que ce fût, sans demander ce qu'ils faisaient ni pourquoi. Mais avec cet homme aux côtés de qui elle courait dans la ruelle de l'Enfant-Jésus, cela avait changé. Il voulait savoir ce qui se passait, à droite et à gauche, devant et derrière, pourquoi faisait-on et disait-on les choses, et c'est elle qui devait chercher à le savoir pour satisfaire sa curiosité, dévorante comme sa peur. Le jeune jagunço de Cocorobó leur expliqua que les chiens attaquaient les tranchées du cimetière depuis ce matin. Ils avaient lancé deux assauts et, bien qu'ils n'eussent pas réussi à s'en emparer, ils avaient pris position à l'angle du Baptiste, en s'approchant de la sorte, par l'arrière, du Temple du Bon Jésus. João Abade avait décidé d'élever une nouvelle barrière, entre les tranchées du cimetière et des églises, pour le cas où Pajeú se verrait obligé de se replier une fois de plus. C'est pour cela qu'il rassemblait les gens, pour cela qu'ils venaient, eux, qui se trouvaient avec Pedrão dans les tranchées de la Mère-Église. Le jeune jagunço accéléra, pressa le pas. Jurema sentait haleter le journaliste myope et le voyait trébucher contre les pierres et les ornières de Campo Grande et elle était sûre que, comme elle, il pensait en ce moment à Pajeú. Maintenant oui, ils devraient l'affronter. Elle sentit le journaliste myope lui serrer la main et elle lui rendit sa pression.

Elle n'avait pas revu Pajeú depuis le soir où elle avait découvert le bonheur. Mais le journaliste myope et elle avaient beaucoup parlé du caboclo au visage balafré dont tous deux savaient qu'il constituait pour leur amour une menace encore plus grave que les soldats eux-mêmes. Depuis ce soir-là ils s'étaient cachés dans les abris du nord de Canudos, la zone la plus éloignée de la Fazenda Velha ; le Nain faisait des incursions pour savoir ce que devenait Pajeú. Le matin où le Nain – ils se trouvaient sous une toiture de bidonville dans la ruelle de São Eloy, derrière Mocambo – vint leur raconter que l'armée attaquait la Fazenda Velha, Jurema avait dit au journaliste myope que le caboclo défendrait ses tranchées jusqu'à la mort. Mais cette même nuit, ils avaient su que Pajeú et les survivants de la Fazenda Velha se trouvaient dans ces tranchées du cimetière qui étaient maintenant sur le point de tomber. L'heure était donc venue d'affronter Pajeú. Mais même cette pensée ne put la priver de ce bonheur qui était devenu, comme ses os, comme sa peau, une partie de son corps.

Le bonheur la sauvait, elle, comme la myopie et la peur celui qu'elle conduisait par la main, et comme la foi, le fatalisme ou l'habitude ceux qui avaient encore des forces et descendaient aussi, en courant, boitant, marchant, élever cette barricade, voir ce qui se passait autour, réfléchir et tirer des conclusions que le bon sens, la raison ou le simple instinct auraient pu tirer de ce spectacle : ces ruelles autrefois en terre et gravier qui étaient maintenant trouées par les obus, encombrées des débris des choses foudroyées par les bombes ou abattues par les jagunços pour dresser des parapets, et ces êtres allongés qu'on pouvait difficilement, désormais, qualifier d'hommes ou de femmes parce qu'il n'y avait plus de traits sur leurs visages ni de lumière dans leurs yeux ni de force dans leurs muscles, mais qui, par quelque perverse absurdité, vivaient encore. Jurema les voyait et ne se rendait pas compte qu'ils étaient là, désormais indistincts des cadavres que les vieux n'avaient pas eu le temps de ramasser et qui ne s'en différenciaient que par le nombre de mouches qui les couvraient et le degré de pestilence qu'ils exhalaient. Elle voyait et ne voyait pas les vautours qui volaient au-dessus d'eux et parfois aussi tombaient, tués par les balles, ainsi que ces enfants qui grattaient, d'un air somnambule, les ruines ou mâchaient de la terre. Cela avait été une longue course et, quand ils s'arrêtèrent, elle dut fermer les yeux et s'appuyer contre le journaliste myope, jusqu'à ce que le monde cessât de tourner.

Le journaliste lui demanda où ils se trouvaient. Jurema eut du mal à découvrir que cet endroit méconnaissable était la ruelle de São João, étroit goulet entre les maisonnettes entassées autour du cimetière et l'arrière du temple en construction. Tout était décombres, fossés ; une foule s'agitait, creusant, remplissant des sacs, des bidons, des caisses, des barils et des tonneaux avec de la terre et du sable, traînait des madriers, des tuiles, des briques, des pierres, et même des squelettes d'animaux à la barricade qui se dressait là où auparavant une haie de bois limitait le cimetière. Les tirs avaient cessé ou les oreilles de Jurema, devenues sourdes, ne les distinguaient plus des autres bruits. Elle disait au journaliste myope que Pajeú n'était pas là, mais qu'il y avait, en revanche, Antonio et Honorio Vilanova, quand un borgne rugit à leur intention : qu'attendaient-ils ? Le journaliste myope se laissa tomber par terre et commença à gratter. Jurema lui procura un bout de fer pour qu'il pût mieux le faire. Et elle s'enfonça, alors, une fois de plus, dans la routine qui consistait à remplir des sacs, les apporter où on le lui disait, et attaquer des murs à la pioche pour rassembler des pierres, des briques, des tuiles et du bois pour renforcer la barricade maintenant large et haute de plusieurs mètres. De temps en temps, elle allait retrouver le journaliste myope qui entassait du sable et des cailloux pour lui faire savoir qu'elle était tout près. Elle ne se rendait pas compte que, derrière l'épaisse barricade, les coups de feu reprenaient, diminuaient, cessaient et ressuscitaient et que, de temps en temps, des groupes de vieux passaient avec des blessés en direction des églises.

À un moment, des femmes parmi lesquelles elle reconnut Catarina, la femme de João Abade, lui mirent entre les mains des os de poule avec un peu de peau à ronger et une casserole d'eau. Elle alla partager ce cadeau avec le journaliste et le Nain mais eux aussi avaient reçu des rations semblables. Ils mangèrent et burent ensemble, heureux, déconcertés par ce repas. Parce qu'il y avait bien des jours que les vivres étaient épuisés et on savait que les restes existants étaient réservés aux hommes qui restaient nuit et jour dans les tranchées et les tours, les mains brûlées par la poudre et les doigts calleux de tant tirer.

Elle reprenait son travail, peu après cette pause, quand elle regarda la tour du Temple du Bon Jésus et quelque chose l'obligea à continuer de regarder. Sous les têtes des jagunços et des canons de fusils et escopettes qui dépassaient des parapets du toit et des échafaudages, une petite silhouette de gnome, mi-enfant mi-adulte, était restée suspendue, dans une position absurde, à l'échelle qui montait au clocher. Elle le reconnaissait : c'était le carillonneur, le petit vieillard qui s'occupait des églises, le sacristain et majordome du culte, celui qui, disait-on, flagellait le Ravi. Il avait continué à monter ponctuellement au clocher tous les soirs pour sonner les cloches de l'Ave Maria, après lesquelles, guerre ou pas guerre, tout Belo Monte récitait le rosaire. On l'avait tué la veille, sans doute, après le carillon, car Jurema était sûre de l'avoir entendu. Une balle avait dû l'atteindre, il était resté accroché à l'échelle et personne n'avait eu pas même le temps de le décrocher.

– Il était de mon village, lui dit une femme qui travaillait à côté d'elle, en lui montrant du doigt la tour. Chorrochó. Il était charpentier là-bas quand l'ange le toucha.

Elle revint à son travail, oubliant le carillonneur et elle-même, et resta ainsi tout l'après-midi, allant de temps en temps à l'endroit où se trouvait le journaliste. Au crépuscule elle vit les frères Vilanova s'éloigner en courant vers le Sanctuaire et elle entendit dire qu'étaient également passés par là, venant de différentes directions, Pajeú, João Grande et João Abade. Quelque chose allait se passer.

Peu après, elle était penchée, parlant au journaliste myope, quand une force invisible l'obligea à s'agenouiller, à se taire, à s'appuyer sur lui. « Que se passe-t-il, que se passe-t-il ? » dit celui-ci en la saisissant à l'épaule, en la palpant. Et il s'entendit lui crier : « On t'a blessée, tu es blessée ? » Aucune balle ne l'avait atteinte. Simplement, toute force avait fui de son corps. Elle se sentait vide, sans courage pour ouvrir la bouche ou lever un doigt, et quoiqu'elle vît sur le sien le visage de l'homme qui lui avait appris le bonheur, ses yeux humides s'écarquillant et clignant pour mieux la voir, et qu'elle se rendît compte qu'il était effrayé, et qu'elle devait le tranquilliser, elle ne pouvait faire aucun geste. Tout était loin, étrange, inventé, et le Nain était là, la touchant, la caressant, lui massant les mains, le front, lissant ses cheveux, et il lui sembla même que lui aussi, comme le journaliste, lui embrassait les mains, les joues. Elle n'allait pas fermer les yeux, parce que si elle le faisait elle mourrait, mais un moment arriva où elle ne put plus les garder ouverts.

Quand elle les ouvrit, elle n'avait plus aussi froid. Il faisait nuit ; le ciel était plein d'étoiles, la lune était pleine, et elle s'appuyait contre le corps du journaliste myope – dont elle reconnut l'odeur, la maigreur et le bruit à l'instant – et le Nain était là qui lui massait encore les mains. Étourdie, elle remarqua la joie des deux hommes en la voyant revenue à elle et se sentit étreinte et embrassée par eux de telle façon que ses yeux s'emplirent de larmes. Était-elle blessée, malade ? Non, c'était la fatigue, elle avait fourni un trop gros effort. Elle ne se trouvait plus au même endroit. Tandis qu'elle était évanouie, la fusillade s'était intensifiée et les jagunços étaient sortis des tranchées du cimetière, en courant. Le Nain et le journaliste avaient dû la porter jusqu'à ce coin pour qu'on ne la piétinât pas. Mais les soldats n'avaient pu franchir la barricade construite à São João. Les jagunços échappés du cimetière et ceux nombreux venus des églises les avaient contenus là. Elle entendit le myope lui dire qu'il l'aimait et là-dessus la terre vola en éclats. Son nez et ses yeux s'emplirent de poussière, elle se sentit frappée et écrasée, car, sous la force de la secousse, le journaliste et le Nain furent jetés contre elle. Mais elle n'eut pas peur ; elle se recroquevilla sous les corps qui la recouvraient, faisant des efforts pour que les bruits nécessaires sortissent de sa bouche pour savoir s'ils étaient saufs. Oui, seulement meurtris par la grêle de pierrailles que l'explosion avait éparpillées. Un brouhaha confus, affolé, multiple, dissonant, incompréhensible hérissait l'obscurité. Le myope et le Nain se relevèrent, l'aidèrent à s'asseoir, tous trois se serrèrent contre l'unique mur à rester debout à ce coin de la rue. Qu'était-il arrivé, qu'arrivait-il ?

Des ombres couraient dans toutes les directions, des hurlements épouvantables déchiraient l'air, mais ce qu'il y avait de bizarre, pour Jurema, qui avait replié sur lui ses jambes et appuyait sa tête sur l'épaule du journaliste myope, c'était qu'en même temps que les pleurs, les rugissements, les gémissements et les lamentations, elle entendait des rires, aux éclats, des vivats, des chants et maintenant, un seul chant, vibrant, martial, poussé avec fracas par des centaines de gorges.

– L'église de São Antonio, dit le Nain. Ils l'ont touchée, ils l'ont détruite.

Elle regarda et dans la faible luminosité lunaire, tout là-haut, où se dissipait, poussée par une brise qui venait du fleuve, la fumée qui la cachait, elle vit la silhouette massive, imposante du Temple du Bon Jésus, mais non celle du clocher et du toit de São Antonio. De là venait le fracas. Les hurlements et les pleurs venaient de ceux qui étaient tombés avec l'église, de ceux que l'église avait écrasés et malgré cela n'étaient pas morts. Le journaliste myope, la tenant toujours enlacée, demandait à grands cris ce qui se passait, quels étaient ces rires et chants, et le Nain dit que c'étaient les soldats, fous de joie. Les soldats ! Les cris, le chant des soldats ! Comment pouvaient-ils être si près ? Les exclamations de triomphe se confondaient dans ses oreilles avec les plaintes et semblaient encore plus près qu'elles. De l'autre côté de cette barricade qu'elle avait aidé à construire se pressait une foule de soldats, chantant, prêts à franchir les quelques pas qui les séparaient d'eux trois. « Mon Père, pria-t-elle, je te demande de nous faire mourir ensemble. »

Curieusement la chute de São Antonio, au lieu d'attiser la guerre sembla l'interrompre. Peu à peu, sans bouger de ce coin, ils entendirent diminuer les cris de douleur et de triomphe et, ensuite, un calme qui n'avait pas régné de plusieurs nuits. On n'entendait ni coups de canon ni tirs, mais des pleurs et des gémissements isolés, comme si les combattants s'étaient accordé une trêve pour se reposer. Parfois, il leur semblait qu'elle s'endormait et quand elle s'éveillait elle ne savait pas s'il s'était écoulé une seconde ou une heure. Elle restait toujours au même endroit, à l'abri entre le journaliste et le Nain.

Une fois elle vit un jagunço de la Garde Catholique qui s'en allait. Que voulait-il ? Le Père Joaquim les faisait appeler : « Je lui ai dit que tu ne pouvais bouger », murmura le myope. Un moment après, trottant dans l'obscurité, apparut le curé de Cumbe. « Pourquoi n'êtes-vous pas venus ? » l'entendit-elle dire d'une façon bizarre, et elle pensa : « Pajeú. »

– Jurema est épuisée, entendit-elle le journaliste myope dire. Elle s'est évanouie plusieurs fois.

– Elle devra rester, donc, répondit le Père Joaquim avec la même voix étrange, pas furieuse, plutôt brisée, découragée, triste. Vous deux, venez avec moi.

– Rester ? entendit-elle le journaliste myope murmurer, le sentant devenir tendu.

– Silence, ordonna le curé. Est-ce que vous ne vouliez pas vous en aller ? Vous en aurez l'occasion. Mais, pas un mot. Venez.

Le Père Joaquim commença à s'éloigner. Elle fut la première à se mettre debout, surmontant sa fatigue et coupant de la sorte le bégaiement du myope – « Jurema ne peut, moi, moi... » – et lui démontrant qu'elle pouvait, qu'elle était là, qu'elle marchait derrière l'ombre du curé. Quelques secondes plus tard elle courait, tenant la main du myope et du Nain, entre les ruines et les morts et blessés de l'église de São Antonio, sans pouvoir croire encore ce qu'ils avaient entendu.

Elle se rendit compte qu'ils allaient au Sanctuaire, dans un dédale de galeries et barricades avec des hommes armés. Une porte s'ouvrit et elle vit, à la clarté d'une lampe à huile, Pajeú. Sans doute prononça-t-il son nom, alertant le journaliste myope, car celui-ci, sur-le-champ, fut plié en deux sous les éternuements. Mais ce n'était pas pour le caboclo que le Père Joaquim les avait amenés ici, car Pajeú ne leur prêtait pas attention. Il ne les regardait même pas. Ils se trouvaient dans la petite pièce des béates, l'antichambre du Conseiller, et par les fentes Jurema voyait, agenouillées, les femmes du Chœur Sacré et la Mère Maria Quadrado, ainsi que les profils du Ravi et du Lion de Natuba. Dans l'étroite enceinte, outre Pajeú, se trouvaient Antonio et Honorio Vilanova et les Sardelinha, avec sur leurs visages à tous, comme dans la voix du Père Joaquim, quelque chose d'inhabituel, d'irrémédiable, de fatidique, de désespéré et de sauvage. Comme s'ils n'étaient pas entrés, comme s'ils n'étaient pas là, Pajeú continuait à parler à Antonio Vilanova : il entendrait des tirs, du désordre, de la confusion, mais ils ne devraient pas encore bouger. Jusqu'à ce qu'ils entendent les sifflets. Alors oui : ce serait le moment de courir, de voler, de s'éclipser comme des renards. Le caboclo fit une pause et Antonio Vilanova acquiesça, funèbre. Pajeú parla encore : « Ne cessez de courir sous aucun prétexte. Ni pour relever celui qui tombera ni pour revenir en arrière. Cela dépend de vous et du Père. Si vous arrivez au fleuve avant qu'ils s'en aperçoivent, vous passerez. Au moins, vous avez une possibilité. »

– Mais tu n'en as aucune de sortir de là, ni toi ni personne de ceux qui t'accompagneront au campement des chiens, gémit Antonio Vilanova. Il pleurait. Il saisit les bras du caboclo et l'implora – Je ne veux pas quitter Belo Monte et moins encore au prix de ton sacrifice. Tu es plus indispensable que moi. Pajeú, Pajeú !

Le caboclo s'esquiva avec une sorte de contrariété.

– Il faut que ce soit avant le lever du jour, dit-il sèchement. Après on ne pourrait plus.

Il se tourna vers Jurema, le myope et le Nain qui restaient pétrifiés.

– Vous allez partir vous aussi, parce qu'ainsi le veut le Conseiller, dit-il comme s'il parlait à travers eux trois à quelqu'un qu'ils ne pouvaient voir. D'abord jusqu'à la Fazenda Velha, en file indienne, en vous baissant. Et à l'endroit que vous indiqueront les gamins, vous attendrez les coups de sifflet. Vous traverserez le campement, vous courrez vers le fleuve. Vous passerez, si le Père le permet.

Il se tut et observa le myope, qui, tremblant comme une feuille, étreignait Jurema.

– Éternuez maintenant, lui dit-il sans changer de ton. Pas après. Pas quand vous attendrez les coups de sifflet. Si vous éternuez alors, on vous plantera un couteau dans le cœur. Ce ne serait pas juste que par vos éternuements ils les capturent tous. Loué soit le Bon Jésus Conseiller.

Quand il les entend, le soldat Queluz est en train de rêver à l'ordonnance du capitaine Oliveira, un soldat pâle et jeunot autour de qui il rôde depuis longtemps et qu'il a vu ce matin, accroupi derrière un monticule de pierres et déféquant, près des fosses d'eau du Vasa Barris. Il conserve intacte l'image de ces jambes imberbes et de ces fesses blanches qu'il a entrevues, suspendues dans l'air du petit matin, comme une invite. Elle est si nette, consistante, vivante que la verge du soldat Queluz se redresse, gonflant son uniforme et le réveillant. Le désir est si impérieux qu'en dépit des voix qu'il perçoit tout près et qu'il lui faut bien reconnaître comme celles de traîtres et non de patriotes, son premier mouvement n'est pas de prendre son fusil mais de porter ses mains à sa braguette pour caresser sa verge enflammée par le souvenir des fesses rondes de l'ordonnance du capitaine Oliveira. Soudain il comprend qu'il est seul, en rase campagne, près d'ennemis, il se réveille tout à fait, le sang se glace dans ses veines. Et Leopoldinho ? Ont-ils tué Leopoldinho ? Ils l'ont tué : il a entendu, bien clairement, que la sentinelle n'a pu pousser un cri, ni savoir qu'on la tuait. Leopoldinho est le soldat avec lequel il partage le service, sur ce terrain qui sépare la Fazenda Velha du Vasa Barris, où se trouve le 5e Régiment d'Infanterie, le bon compagnon avec lequel il alterne pour dormir, ce qui rend plus supportables les gardes.

– Beaucoup, beaucoup de bruit, pour qu'on nous croie plus nombreux, dit celui qui les commande. Et surtout, les étourdir, qu'il ne leur reste ni le loisir ni l'envie de regarder du côté du fleuve.

– Autrement dit, faire du foin, Pajeú, dit un autre.

Queluz pense : « Pajeú ». Pajeú est là. Couché en rase campagne, entouré de jagunços qui le liquideront en un tour de main s'ils le découvrent, en apprenant que parmi ces ombres, tout près de lui, se trouve l'un des plus féroces bandits de Canudos, cette prise de choix, Queluz sent une impulsion qui le met à deux doigts de se lever, de saisir son fusil et de foudroyer le monstre. Il gagnerait ainsi l'admiration du monde, du colonel Madeiros, du général Oscar. On lui donnerait les galons de caporal qu'on lui doit. Parce que, malgré ses années de service et son comportement au combat qui aurait dû lui valoir de l'avancement depuis longtemps, il a toujours été retardé sous le prétexte stupide qu'il a été trop souvent fouetté pour avoir poussé les recrues à commettre avec lui ce que le Père Lizzardo appelle le « péché contre nature ». Il tourne la tête et, dans la lumineuse clarté de la nuit, il voit les silhouettes : vingt, trente. Comment ne l'ont-elles pas piétiné ? Par quel miracle ne l'ont-elles pas vu ? En bougeant seulement les yeux, il tâche de reconnaître, parmi les visages estompés, la fameuse balafre. C'est Pajeú qui parle, il en est sûr, qui rappelle aux autres d'utiliser les cartouches plutôt que les fusils car la dynamite fait plus de bruit, et que nul ne souffle dans son sifflet avant lui. Il l'entend partir d'une façon qui le fait rire : Loué soit le Bon Jésus Conseiller. Le groupe se pulvérise en ombres qui disparaissent en direction du régiment.

Il n'hésite plus. Il se lève, prend son fusil, met en joue les jagunços qui s'éloignent et tire. Mais la détente ne bouge pas, bien qu'il appuie de toutes ses forces. Il jure, crache, tremble de colère à cause de la mort de son compagnon, et en même temps qu'il murmure : « Leopoldinho, es-tu là ? » il tente encore de tirer un coup pour alerter son régiment. Il secoue son fusil pour le convaincre de ne pas s'enrayer en ce moment, quand il entend plusieurs explosions. Ça y est, ils ont pénétré dans le campement. C'est sa faute. Ils font exploser des cartouches de dynamite sur ses compagnons endormis. Ça y est, les fils de pute, les maudits font une vraie boucherie de ses compagnons. Et c'est sa faute.

Confus, furieux, il ne sait que faire. Comment ont-ils pu arriver jusqu'ici sans être découverts ? Parce qu'il n'y a pas de doute, puisque Pajeú est parmi eux c'est qu'ils sont sortis de Canudos et ont traversé les tranchées des patriotes pour arriver jusqu'ici attaquer le campement par derrière. Qu'est-ce qui pousse Pajeú à s'en prendre avec vingt ou trente hommes à un campement de cinq cents soldats ? Maintenant, dans tout le secteur occupé par le 5e Régiment d'Infanterie il y a du mouvement, de l'agitation, des tirs. Il se sent désespéré. Que va-t-il lui arriver ? Quelle explication donnera-t-il quand on lui demandera pourquoi il n'a pas donné l'alerte, pourquoi il n'a pas tiré, crié ou n'importe quoi lorsqu'ils ont tué Leopoldinho ? Qui le délivrera d'une nouvelle volée ?

Il étreint son fusil, aveuglé par la rage, et le coup part. Il lui frôle le nez et lui laisse un relent chaud de poudre. Que son arme fonctionne lui redonne courage, lui rend cet optimisme qu'à la différence des autres il n'a pas perdu durant ces mois, pas même quand tant de gens mouraient et qu'ils avaient tant faim. Sans savoir ce qu'il va faire, il court à travers champs, en direction de ce foin sanglant que font, en effet, les jagunços, et il tire en l'air les quatre coups qui lui restent, en se disant qu'une preuve qu'il n'était pas endormi, qu'il s'est battu, est ce canon de fusil tout brûlant. Il trébuche et tombe à plat ventre. « Leopoldinho ? dit-il, Leopoldinho ? » Il palpe le sol, devant, derrière, sur les côtés.

Oui, c'est lui. Il le touche, le secoue. Les maudits. Il crache sa nausée, contient son envie de vomir. Ils l'ont égorgé comme un mouton, sa tête ressemble à celle d'un pantin quand il le soulève en le prenant sous les bras. « Maudits, maudits », dit-il, et sans que cela dissipe sa douleur et sa colère pour la mort de son compagnon, il pense que s'il regagne le campement avec le cadavre il convaincra le capitaine Oliveira qu'il n'était pas en train de dormir quand les bandits ont approché, qu'il leur a fait face. Il avance, lentement, en titubant sous le poids de Leopoldinho sur son dos, et il entend, entre les coups de feu et l'agitation du campement, un ululement aigu, pénétrant, d'oiseau inconnu, suivi d'autres. Les sifflets. Que veulent-ils ? Pourquoi les traîtres fanatiques entrent au campement en jetant de la dynamite pour se mettre à souffler dans des sifflets ? Il vacille sous le poids et se demande s'il ne vaut pas mieux s'arrêter pour se reposer.

Au fur et à mesure qu'il s'approche des baraquements il constate le chaos qui règne là ; les soldats, arrachés au sommeil par les explosions, tirent à tort et à travers, sans que les cris et rugissements des officiers y mettent bon ordre. À cet instant, Leopoldinho frémit. La surprise de Queluz est si grande qu'il le lâche. Il se laisse tomber à ses côtés. Non, il n'est pas vivant. Quel idiot ! C'est l'impact d'un projectile qui l'a secoué. « C'est la seconde fois que tu me sauves cette nuit, Leopoldinho », pense-t-il. Ce coup de couteau il aurait pu le recevoir, cette balle aurait pu l'atteindre. Il pense : « Merci, Leopoldinho. » Il est contre terre, pensant que ce serait le comble d'être tué par les propres soldats de son régiment, contrarié à nouveau, confus à nouveau, sans savoir s'il doit rester là jusqu'à ce que cesse la fusillade ou tenter à tout prix d'atteindre les baraquements.

Il est rongé par ce doute quand, dans les ombres qui sur le flanc des coteaux commencent à se défaire en irisation bleutée, il perçoit deux silhouettes qui courent vers lui. Il va crier « Au secours, à l'aide ! » quand un soupçon glace son cri. Jusqu'à ce que ses yeux lui brûlent il s'efforce de savoir si elles portent un uniforme, mais la clarté n'est pas suffisante pour le savoir. Il a saisi son fusil qu'il portait en bandoulière, saisi les cartouches dans sa musette, il charge et arme quand les hommes sont maintenant tout près : aucun n'est soldat. Il tire à bout portant sur celui qui représente la meilleure cible et, sous le tir, il entend son rugissement animal et le choc du corps sur le sol. Et son fusil s'enraye à nouveau : il presse la détente qui ne recule pas d'un millimètre.

Il jure et se met de côté en même temps que, soulevant son fusil à deux mains, il frappe l'autre jagunço qui, passé une seconde d'hésitation, s'est jeté sur lui. Queluz sait se battre, il s'est toujours distingué dans les épreuves de force qu'organise le capitaine Oliveira. Le souffle anxieux de l'homme lui chauffe le visage et il sent ses coups de tête tandis qu'il atteint le principal, chercher ses bras, ses mains, en sachant que le danger n'est pas dans ces coups de tête, aussi durs soient-ils, mais dans le couteau qui doit prolonger l'une de ses mains. Et en effet, en même temps qu'il trouve et serre ses poignets il sent la déchirure de son pantalon et le frôlement d'une pointe acérée sur sa cuisse. Tout en donnant des coups de tête lui aussi, en mordant et en insultant, Queluz lutte de toutes ses forces pour contenir, écarter, tordre cette main où se trouve le danger. Il ne sait combien de secondes, de minutes ou d'heures cela lui prend, mais soudain il se rend compte que le traître perd de sa brutalité, cède, que le bras qu'il empoigne se met à fléchir sous la pression du sien. « Tu es foutu, lui crache Queluz, tu es mort, traître. » Oui, quoiqu'il morde encore, quoiqu'il donne de la tête et du pied, le jagunço faiblit et renonce. À la fin, Queluz sent ses mains libres. Il se relève d'un bond, saisit son fusil, le dresse et enfonce sa baïonnette dans son estomac en se laissant tomber sur lui, quand – ce n'est plus la nuit mais l'aube – il voit le visage barré par une horrible balafre. Le fusil en l'air, il pense : « Pajeú ». Clignant des yeux, haletant, son cœur explose d'excitation ; il crie : « Pajeú ? Tu es Pajeú ? » Il n'est pas mort, il a les yeux ouverts, il le regarde. « Pajeú ? » crie-t-il, fou de joie. « Cela veut dire que je t'ai capturé, Pajeú ? » Le jagunço, quoiqu'il le regarde ne fait pas cas de lui. Il essaie de brandir son couteau. « Tu veux encore te battre ? » se moque Queluz, en lui écrasant la poitrine. Non, il ne lui prête pas attention, il essaie de... « Alors tu veux te tuer, Pajeú ? » rit Queluz, faisant sauter d'un coup de pied le couteau de sa main molle. « Ce n'est pas ton affaire, traître, mais la nôtre. »

Capturer vivant Pajeú est une prouesse encore plus grande que de l'avoir tué. Queluz contemple le visage du caboclo : gonflé, griffé, mordu par lui. Mais, en outre, il a une balle dans la jambe, car tout son pantalon est imprégné de sang. Il trouve incroyable qu'il soit à ses pieds. Il cherche l'autre jagunço et, en même temps qu'il le voit, à terre, se tenant l'estomac, peut-être pas encore mort, il voit approcher plusieurs soldats. Il leur fait des gestes, frénétique : « C'est Pajeú ! Pajeú ! J'ai attrapé Pajeú ! »

Quand après l'avoir touché, flairé, scruté et retouché – et lui avoir décoché quelques coups de pied, mais pas trop car tous conviennent qu'il vaut mieux l'amener vivant au colonel Medeiros – les soldats emmènent Pajeú au campement, Queluz reçoit un accueil d'apothéose. Le bruit court qu'il a tué l'un des bandits qui les ont attaqués et qu'il a capturé Pajeú, et tous sortent le regarder, le féliciter, lui donner des tapes dans le dos et l'embrasser. On lui tend des gourdes, un lieutenant lui allume une cigarette. Il ne peut se maîtriser et se met à pleurer. Il marmonne qu'il a de la peine pour Leopoldinho mais c'est pour ce moment de gloire qu'il pleure.

Le colonel Medeiros veut le voir. Tandis qu'il se rend au poste de commandement, comme en transe, Queluz ne se rappelle pas la fureur dans laquelle se trouvait la veille le colonel Medeiros – fureur qui s'était traduite en punitions, avertissements et réprimandes auxquels n'avaient échappé ni majors ni capitaines – à cause de la frustration ressentie par l'écartement de la Première Brigade de l'assaut de ce matin ; on avait même dit que le colonel Medeiros avait eu une prise de bec avec le général Oscar parce que ce dernier n'avait pas consenti à ce que la Première Brigade donnât l'assaut et qu'en apprenant que la Deuxième Brigade, celle du colonel Gouveia, avait pris les tranchées du cimetière des fanatiques, le colonel Medeiros avait pulvérisé par terre sa tasse de café. On avait enfin dit que la veille au soir, quand l'état-major avait fait interrompre l'assaut, à cause du nombre élevé des pertes et de la résistance féroce des assiégés, le colonel Medeiros avait bu de l'eau-de-vie comme s'il fêtait quelque chose, comme s'il y avait eu quelque chose à fêter.

Mais, en entrant dans le baraquement du colonel Medeiros, Queluz se rappelle immédiatement tout cela. Le visage du commandant de la Première Brigade est sur le point d'éclater de rage. Il ne l'attend pas à la porte pour le féliciter, comme il le croyait. Assis sur sa chaise pliante, il tempête et peste. Contre qui ? Pajeú. Entre les dos et les profils des officiers qui emplissent la baraque, Queluz aperçoit par terre, aux pieds du colonel, le visage olivâtre barré en deux par la balafre grenat. Il n'est pas mort ; il a les yeux entrouverts et Queluz auquel nul ne prête attention, qui ne sait pas pourquoi on l'a amené et a envie de s'en aller, se dit que la rage du colonel est due sans doute à la façon absente, méprisante dont le regarde Pajeú. Mais ce n'est pas cela, c'est l'attaque du campement ; elle a causé dix-huit morts.

– Dix-huit ! Dix-huit ! répète-t-il comme s'il avait un frein. Trente et quelques blessés ! À nous, nous qui restons ici toute la sainte journée à nous gratter les roubignoles tandis que la Deuxième Brigade combat, tu viens toi avec tes dégénérés et tu nous infliges plus de pertes qu'à elle.

« Il va se mettre à pleurer », pense Queluz. Effrayé, il imagine que le colonel saura d'une façon ou d'une autre qu'il s'est endormi et a laissé passer les bandits sans donner l'alerte. Le commandant de la Première Brigade saute de son siège et se met à piétiner, à fouler aux pieds le jagunço. Les épaules et les profils lui cachent ce qui se passe à terre. Mais quelques secondes après il le voit : la cicatrice rouge s'est agrandie, elle couvre tout le visage du bandit, une masse de terre et de sang sans traits ni forme. Mais il a encore les yeux ouverts et il y a encore en eux cette indifférence si offensante et si étrange. Une bave sanguinolente affleure à ses lèvres.

Queluz voit un sabre dans les mains du colonel Medeiros et il est sûr qu'il va achever Pajeú. Mais il se borne à lui appuyer la pointe sur le cou. Un silence total règne dans la baraque et Queluz est pris par la même gravité hiératique que tous les officiers. À la fin, le colonel Medeiros se calme. Il s'assoit à nouveau sur sa chaise et jette son sabre sur son lit de camp.

– Te tuer serait te faire une grâce, mâchonne-t-il avec amertume et rage. Tu as trahi ton pays, assassiné tes compatriotes, volé, pillé, commis tous les crimes. Il n'y a pas de châtiment à la hauteur de ce que tu as fait.

« Il se moque », s'étonne Queluz. Oui, le caboclo est en train de rire. Il a plissé son front et la petite crête qui lui reste de son nez, entrouvert la bouche et ses petits yeux fendus brillent en même temps qu'il émet un bruit qui, sans aucun doute, est un rire.

– Cela te fait rire ce que je dis ? articule le colonel Medeiros. – Mais sur-le-champ il change de ton, car le visage de Pajeú est devenu rigide. – Examinez-le, docteur...

Le capitaine Bernardo da Ponte Sanhuesa s'agenouille, colle son oreille sur la poitrine du bandit, observe ses yeux, lui prend le pouls.

– Il est mort, mon colonel, l'entend dire Queluz.

Le colonel Medeiros change de couleur.

– Son corps est une passoire, ajoute le médecin. C'est un miracle qu'il ait duré autant avec tout le plomb qu'il a à l'intérieur.

« Maintenant, pense Queluz, c'est à moi. » Les petits yeux vert-bleu du colonel Medeiros le chercheront parmi les officiers, le trouveront et accusateurs le perceront à jour : « Pourquoi n'as-tu pas donné l'alerte ? » Mensonge, il jurera sur Dieu et sur sa mère qu'il l'a donnée, qu'il a tiré, qu'il a crié. Mais les secondes passent et le colonel Medeiros reste sur sa chaise à contempler le cadavre du bandit qui est mort en riant de lui.

– Queluz est là, mon colonel, entend-il le capitaine Oliveira dire.

Maintenant, maintenant. Les officiers s'écartent pour qu'il puisse s'approcher du commandant de la Première Brigade. Celui-ci le regarde, se lève. Il voit – son cœur saute dans sa poitrine – que l'expression du colonel Medeiros se relâche, qu'il tâche de lui sourire. Il lui sourit aussi, reconnaissant.

– Ainsi c'est toi qui l'as pris ? dit le colonel.

– Oui, mon colonel, répond Queluz, au garde-à-vous.

– Finis le travail, lui dit Medeiros en lui tendant son sabre d'un mouvement énergique. Crève-lui les yeux et coupe-lui la langue. Ensuite, tu lui arracheras la tête et la jetteras par-dessus la barricade, pour que les bandits vivants sachent ce qui les attend.

VI

Quand le journaliste myope partit enfin, le baron de Canabrava qui l'avait reconduit jusqu'à la rue découvrit qu'il faisait bien nuit. Après avoir fermé, il resta le dos appuyé à la lourde porte, les yeux clos, tâchant d'éloigner ce flot d'images confuses et violentes. Un domestique accourut, à la hâte, une lampe à la main : voulait-il qu'on réchauffât son dîner ? Il dit que non et, avant de l'envoyer se coucher, il lui demanda si Estela avait dîné. Oui, bien auparavant, et elle s'était retirée ensuite dans sa chambre.

Au lieu de monter dans sa chambre, le baron revint comme un somnambule, en entendant résonner ses pas, à son bureau. Il huma, il vit, dans l'air épais de la pièce, flottant comme du duvet, les paroles de cette longue conversation qui, lui semblait-il maintenant, avait été, plus qu'un dialogue, une série de monologues séparés. Il ne reverrait plus le journaliste myope, il ne reparlerait plus avec lui. Il ne permettrait pas à cette monstrueuse histoire où avaient naufragé ses biens, son pouvoir politique et sa femme, de ressusciter. « Elle seule a de l'importance », murmura-t-il. Oui, il aurait pu se résigner à toutes les autres pertes. Pour ce qui lui restait à vivre – dix, quinze ans ? – il avait de quoi maintenir le train de vie auquel il était habitué. Peu importait qu'il s'achevât avec lui : avait-il des héritiers pour s'inquiéter de leur sort ? Et quant au pouvoir politique au fond il était content de s'être soulagé de ce poids. La politique avait été une charge qu'il s'était imposée à cause de la carence des autres, de l'excessive stupidité, négligence ou corruption des autres, non par vocation intime : elle l'avait toujours ennuyé, lassé, elle lui avait fait l'effet d'une tâche insipide et déprimante, car elle révélait mieux que toute autre les misères humaines. Il nourrissait, en outre, une secrète rancœur contre la politique pour lui avoir sacrifié cette disposition scientifique qu'il avait dans son enfance, quand il collectionnait les papillons et faisait des herbiers. La tragédie à laquelle il ne se résignerait jamais c'était Estela. Il avait coupé les amarres avec le monde et ne les rétablirait pas. Rien ni personne ne lui rappellerait cet épisode. « Je lui ferai donner du travail au journal, pensa-t-il. Correcteur d'épreuves, chroniqueur judiciaire, quelque chose de médiocre comme il lui convient. Mais je ne le recevrai ni ne l'écouterai plus jamais. Et s'il écrit ce livre sur Canudos, qu'il n'écrira naturellement pas, je ne le lirai pas non plus. »

Il ouvrit le coffret à liqueurs et se servit un verre de cognac. Tandis qu'il réchauffait l'alcool dans la paume de sa main, assis dans le fauteuil en cuir depuis lequel il avait dirigé un quart de siècle de vie politique bahianaise, le baron de Canabrava écouta l'harmonieuse symphonie des grillons du jardin, à laquelle faisait écho, par moments, le chœur éraillé des grenouilles. Qu'est-ce qui le troublait ainsi ? qui lui produisait cette impatience, ce chatouillement dans le corps, comme s'il avait oublié quelque chose de très urgent, comme si en ces secondes quelque chose d'irrévocable et de décisif allait se produire dans sa vie ? Canudos, encore ?

Canudos n'était pas sortie de sa tête : elle y était à nouveau. Mais l'image qui s'était dressée et illuminée devant ses yeux n'était pas quelque chose qu'il avait entendu des lèvres de son visiteur. Cela s'était passé quand ni cet homme ni la petite servante de Calumbi qui était maintenant sa femme, ni le Nain ni aucun des survivants de Canudos n'étaient plus là. Le vieux Murau le lui avait rapporté en prenant un porto, la dernière fois qu'ils s'étaient vus ici, à Salvador, quelque chose que Murau tenait du propriétaire de la fazenda Formosa, une des nombreuses propriétés rasées par les jagunços. L'homme était resté là, malgré tout, par amour pour sa terre ou parce qu'il ne savait où aller. Et il était resté là durant toute la guerre, vivant grâce au commerce qu'il faisait avec les soldats. Apprenant que tout était fini, que Canudos était tombée, il se hâta d'y aller avec un groupe de péons pour aider à la tâche. L'armée n'y était plus quand ils avisèrent les collines de l'ancienne citadelle des jagunços. Ils avaient été surpris, de loin, raconta-t-il à Murau et le baron était là qui écoutait, par l'étrange, l'indéfinissable bruit, si fort que l'air en vibrait. Et il y avait là, aussi, l'épouvantable puanteur qui retournait l'estomac. Mais ce n'est qu'en dépassant la côte pierreuse, grisâtre, du Poço Trabubú et en trouvant à leurs pieds ce qui avait cessé d'être Canudos pour être ce qu'ils voyaient, qu'ils comprirent que ce bruit était celui des battements d'ailes et des coups de bec de milliers d'urubus, de cette mer interminable, aux vagues grises, noirâtres, dévorantes, rassasiées, qui recouvrait tout et qui, en même temps qu'elle s'empiffrait, dévoilait ce qui n'avait pu être pulvérisé par la dynamite ni par les balles ni par les incendies : ces membres, extrémités, têtes, vertèbres, viscères, peaux que le feu avait respectés ou carbonisés à moitié et que ces animaux avides trituraient maintenant, coupaient en morceaux, avalaient, déglutissaient. « Des milliers et des milliers de vautours », avait dit Murau. Et aussi, disait-il, épouvantés face à ce qui ressemblait à la matérialisation d'un cauchemar, le propriétaire de Formosa et ses péons, comprenant qu'il n'y avait plus personne à enterrer, car les rapaces étaient en train de le faire, étaient partis de là à la hâte, en se bouchant le nez. Cette image intruse, offensante s'était enracinée dans son esprit et il ne parvenait pas à la chasser. « La fin que Canudos méritait », avait-il répondu avant de l'obliger à changer de sujet.

Était-ce cela qui le perturbait, l'angoissait et le mettait sur des charbons ardents ? Cet essaim d'oiseaux de proie dévorant la pourriture humaine qui était tout ce qui restait de Canudos ? « Vingt-cinq années de sale et sordide politique, pour sauver Bahia des imbéciles et des ineptes qui en avaient la charge et étaient incapables d'assumer cette responsabilité, pour que tout cela se termine sur un festin de vautours », pensa-t-il. Et à cet instant, sur l'image de l'hécatombe, réapparut le visage tragi-comique, le pitre au regard bigle et humide, aux yeux impertinents, au menton excessif, aux oreilles absurdement tombées, lui parlant de son amour fiévreux et du plaisir : « Ce qu'il y a de plus grand au monde, baron, la seule chose à travers laquelle l'homme peut trouver un certain bonheur, savoir ce que l'on appelle le bonheur. »

C'était cela, cela qui le perturbait, le troublait, l'angoissait. Il but une gorgée de cognac, retint un moment dans sa bouche le brûlant alcool, l'avala et le sentit glisser le long de sa gorge et la réchauffer.

Il se leva : il ne savait encore ce qu'il allait faire, ce qu'il voulait faire, mais il éprouvait comme une crépitation dans ses entrailles, et il lui semblait se trouver à un instant crucial où il devait prendre une décision aux conséquences incalculables. Qu'allait-il faire, que voulait-il faire ? Il reposa son verre dans le coffret à liqueurs, et sentant son cœur, ses tempes palpiter, son sang se précipiter à travers tout son corps, il traversa son bureau, le grand salon, le vaste palier – tout désert à cette heure, et dans l'obscurité, mais éclairé par les réverbères de la rue – jusqu'à l'escalier. Une petite lampe éclairait les marches. Il les gravit à la hâte, en marchant sur la pointe des pieds, de façon à ne pas même entendre ses propres pas. En haut, sans hésiter, au lieu de gagner sa chambre il alla vers la chambre où dormait la baronne et qu'un paravent seulement séparait de l'alcôve où s'était installée Sebastiana, pour être plus près d'Estela pour le cas où elle aurait besoin d'elle dans la nuit.

Au moment d'allonger la main vers le loquet l'idée lui traversa l'esprit que la porte pouvait être fermée à clé. Il n'y était jamais entré sans s'annoncer. Non, elle n'était pas verrouillée. Il ferma la porte derrière lui et tourna la clé. Dès l'entrée il aperçut la lumière jaune de la veilleuse – une mèche flottant dans un verre d'huile – qui réussissait à éclairer une partie du lit de la baronne, l'édredon bleu, le dais et les rideaux de mousseline. Où il était, sans faire le moindre bruit, sans que ses mains tremblassent, le baron se déshabilla totalement. Quand il fut nu, il traversa la pièce sur la pointe des pieds jusqu'à l'alcôve de Sebastiana.

Il atteignit le bord du lit sans la réveiller. Il y avait une faible clarté – l'éclat du réverbère de la rue qui devenait bleu en traversant les rideaux – et le baron put voir les formes de la femme qui dormait, pliant et soulevant les draps, sur le côté, sa tête appuyée sur un oreiller rond. Les cheveux en liberté, longs, noirs, épars, tombaient sur le lit et se répandaient sur le côté jusqu'à frôler le sol. Il pensa qu'il n'avait jamais vu Sebastiana les cheveux défaits, debout, qui devaient assurément lui arriver jusqu'aux talons et dans lesquels elle avait dû parfois s'envelopper, devant son miroir ou devant Estela, pour jouer, comme dans une soyeuse couverture, et cette image commença à éveiller en lui un instinct endormi. Il porta sa main au ventre et se palpa le sexe : il était flasque mais, dans sa tiédeur, dans sa douceur, dans la célérité et la joie avec lesquelles il se laissa découvrir, le gland émergea en se séparant du prépuce, et il sentit qu'il y avait là une vie profonde, qui ne demandait qu'à être convoquée, ravivée, répandue. Ce qu'il avait redouté tandis qu'il s'approchait – quelle serait la réaction de la servante ? Et celle d'Estela si celle-là se réveillait en criant ? – disparut aussitôt et – surpris, halluciné – le visage de Galileo Gall comparut à son esprit et il se rappela le vœu de chasteté que, pour concentrer son énergie sur des choses qu'il croyait plus élevées – l'action, la science – le révolutionnaire avait fait. « J'ai été aussi bête que lui », pensa-t-il. Sans l'avoir fait, il avait tenu un vœu semblable pendant très longtemps, renonçant au plaisir, au bonheur, pour cette tâche vile qui avait apporté le malheur à l'être qu'il aimait le plus au monde.

Sans y penser, de façon automatique, il se pencha jusqu'à s'asseoir sur le bord du lit, en même temps qu'il avançait ses deux mains, l'une pour retirer les draps qui couvraient Sebastiana, et l'autre vers sa bouche, pour étouffer son cri. La femme se contracta, resta rigide, ouvrit les yeux et un souffle de chaleur lui parvint, l'intimité du corps de Sebastiana, dont il n'avait jamais été si près ; il sentit immédiatement son sexe s'animer, et ce fut comme s'il avait pris conscience que ses testicules existaient aussi, qu'ils étaient là, renaissant entre ses jambes. Sebastiana n'était pas arrivée à crier, à se redresser : elle avait seulement émis une exclamation étouffée qui porta l'air chaud de son souffle contre la paume de la main que le baron tenait à un millimètre de sa bouche.

– Ne crie pas, il vaut mieux que tu ne cries pas, murmura-t-il, en sentant que sa voix n'était pas assurée, mais ce n'était pas le doute qui la faisait trembler, c'était le désir. Je te prie de ne pas crier.

Avec la main qui avait repoussé les draps, il caressait maintenant, par-dessus la chemise qu'elle avait boutonnée jusqu'au cou, les seins de Sebastiana : ils étaient grands, bien galbés, extraordinairement fermes pour quelqu'un qui devait friser la quarantaine ; il les sentait se dresser sous ses doigts, pris de froid. Le baron promena ses doigts sur son nez, ses lèvres, ses sourcils, avec toute la délicatesse dont il était capable, et les enfonça enfin dans l'écheveau des cheveux pour les enrouler dans ses mèches, doucement. Entre-temps il tâchait de conjurer en souriant la peur bleue qu'il apercevait dans le regard incrédule, ébahi, de la femme.

– J'aurais dû faire cela depuis longtemps, Sebastiana, dit-il en lui effleurant les joues de ses lèvres. J'aurais dû le faire le premier jour que je t'ai désirée. J'aurais été plus heureux. Estela aurait été plus heureuse et peut-être toi aussi.

Il abaissa son visage, cherchant de ses lèvres celles de la femme, mais elle, faisant un effort pour briser la paralysie où la tenaient la peur et la surprise, s'écarta et le baron, en même temps qu'il lisait la supplication de ses yeux, l'entendit balbutier : « Je vous en prie, sur ce que vous aimez le plus, je vous en supplie... La maîtresse, la maîtresse. »

– La maîtresse est ici et je l'aime plus que toi, s'entendit-il dire, mais il avait l'impression que c'était un autre qui parlait et essayait encore de penser ; lui, il n'était que ce corps échauffé, ce sexe maintenant tout à fait réveillé qu'il sentait dressé, dur, humide, cognant contre son ventre. Je fais cela aussi pour elle, quoique tu ne puisses le comprendre.

Caressant ses seins, il avait trouvé les boutons de sa chemise et les faisait sauter de leur boutonnière, l'un après l'autre, en même temps que de l'autre main il prenait Sebastiana derrière la nuque et l'obligeait à lui offrir ses lèvres. Il les sentit froides, farouchement fermées, et remarqua que les dents de la servante claquaient, qu'elle tremblait toute et qu'en une seconde elle s'était inondée de sueur.

– Ouvre la bouche, ordonna-t-il, sur un ton qu'il avait rarement employé dans sa vie avec les serviteurs ou les esclaves, quand il en avait. Si je dois t'obliger à être docile, je le ferai.

Il sentit que, conditionnée sans doute par une habitude, la crainte ou l'instinct de conservation qui venaient chez elle de très loin, avec une tradition séculaire que son ton avait su lui remettre en mémoire, la servante lui obéissait, en même temps que son visage, dans la pénombre bleue de l'alcôve, se décomposait en une grimace où maintenant un infini dégoût se mêlait à la crainte. Mais cela ne lui importait guère, tandis que sa langue entrait dans sa bouche, se heurtait à la sienne, la poussait d'un côté et de l'autre, explorait ses gencives, son palais et qu'il s'ingéniait à lui passer un peu de salive et à lui prendre et avaler la sienne. En même temps il continuait à déboutonner sa chemise, arracher ses boutons et essayait de la lui enlever. Mais quoique l'esprit et la bouche de Sebastiana se fussent résignés à obéir, tout son corps continuait à résister, malgré la peur ou peut-être parce qu'une peur encore plus grande que celle qui lui avait appris à respecter la volonté de celui qui avait pouvoir sur elle, la faisait défendre ce qu'on voulait lui ravir. Son corps demeurait contracté, rigide, et le baron qui s'était étendu sur le lit et essayait de l'étreindre, se sentait contenu par les bras que Sebastiana avait placés comme un bouclier devant son corps. Il l'entendait implorer quelque chose en un murmure étouffé et fut sûr qu'elle s'était mise à pleurer. Mais il n'était attentif qu'à l'effort de lui ôter sa chemise qui restait accrochée à ses épaules. Il avait pu passer un bras autour de sa taille et l'attirer à lui, l'obligeant à se coller contre son corps, tandis que de l'autre main il achevait de lui enlever sa chemise. Après une lutte qui dura il ne sut combien de temps et où, tandis qu'il poussait et pressait, son énergie et son désir ne cessaient de croître, à la fin il réussit à monter sur Sebastiana. Tandis qu'il essayait de la forcer à ouvrir les jambes qu'elle tenait soudées, il la baisa avidement dans le cou, sur les épaules, la poitrine et, longuement, sur les seins. Il sentit qu'il allait éjaculer contre son ventre – une forme ample, chaude, molle contre laquelle frottait sa verge – et il ferma les yeux, faisant un gros effort pour se retenir. Il y parvint et alors glissa sur le corps de Sebastiana, la caressant, la respirant, lui baisant les hanches, l'aine, le ventre, les poils du pubis qu'il découvrait maintenant, épais et bouclés, dans sa bouche. De ses mains, de son menton il fit pression de toutes ses forces, sentant qu'elle sanglotait, jusqu'à lui faire séparer les cuisses suffisamment pour pouvoir atteindre son sexe avec sa bouche. Quand il le baisait, le suçant doucement, y enfonçant la langue et absorbant son suc, plongé dans une ivresse qui le libérait finalement de tout ce qui l'attristait et le rendait amer, de ces images qui rongeaient son existence, il sentit une douce pression de doigts sur son dos. Il écarta la tête et regarda, sachant ce qu'il allait voir : Estela était là, debout, qui le regardait.

– Estela, mon amour, mon amour, dit-il avec tendresse, en sentant la salive et le suc de Sebastiana lui dégouliner des lèvres, toujours agenouillé à terre, toujours séparant avec ses coudes les jambes de la servante. Je t'aime, plus que tout au monde. Je fais cela parce que je le désire depuis longtemps et par amour pour toi. Pour être plus près de toi, mon amour.

Il sentait le corps de Sebastiana secoué de convulsions et l'entendait sangloter avec désespoir, la bouche et les yeux cachés dans ses mains, et il voyait la baronne, immobile à ses côtés, qui l'observait. Elle ne semblait pas effrayée, furieuse ou horrifiée, mais légèrement intriguée. Elle portait une chemise fine sous laquelle, dans la semi-clarté, il devinait, estompés, les contours de son corps, que le temps n'avait pas réussi à déformer – c'était une silhouette encore harmonieuse, bien dessinée – et ses cheveux clairs, dont la pénombre dissimulait tous les fils gris, ramassés dans une résille dont quelques mèches s'échappaient. Autant qu'il pouvait le voir, son front ne portait pas ce pli profond, solitaire, qui était le signe indubitable chez elle de la contrariété, le seul qu'Estela n'avait jamais pu contrôler, comme toutes les autres manifestations de sentiment. Elle n'était pas renfrognée, quoique sa bouche fût, elle, légèrement entrouverte, soulignant l'intérêt, la curiosité, la tranquille surprise de ses yeux. Mais c'était bien nouveau chez elle, aussi infime qu'il y parût, que de se tourner vers l'extérieur, de s'intéresser à quelque chose d'autrui, car le baron n'avait pas revu dans les yeux de la baronne, depuis cette nuit de Calumbi, une autre expression que celle de l'indifférence, du retrait, de l'enfermement spirituel. Sa pâleur était maintenant plus accentuée, peut-être à cause de la pénombre bleue, peut-être à cause de ce qu'elle éprouvait. Le baron sentit l'émotion le suffoquer au point de se mettre à pleurer. Il devina à peine les pieds blêmes, nus, d'Estela sur le plancher lustré, et obéissant à une impulsion, il se pencha pour les baiser. La baronne ne bougea pas tandis qu'à genoux il couvrait de baisers ses orteils, ses ongles, ses talons, avec un infini amour et respect, et balbutiait ardemment contre eux qu'il les aimait, qu'il les avait toujours trouvés très beaux, dignes d'un culte intense pour lui avoir donné, au long de sa vie, tant de plaisir suprême. Après les avoir embrassés derechef et avoir glissé ses lèvres le long de ses mollets fragiles, il sentit chez son épouse un mouvement et leva rapidement la tête, à temps pour voir la main qui lui avait touché l'épaule venir de nouveau vers lui, sans hâte ni violence, avec ce naturel, cette distinction, cette sagesse qui caractérisaient les mouvements, les paroles, la conduite habituelle d'Estela, et il la sentit se poser sur ses cheveux et y demeurer, complaisante, douce, en un contact qu'il remercia du fond de son être parce qu'il n'y avait là rien d'hostile ou de réprobateur, mais plutôt quelque chose d'aimable, d'affectueux et de tolérant. Son désir qui s'était totalement évaporé reparut alors à nouveau et le baron sentit son sexe durcir à nouveau. Il saisit la main d'Estela, la porta à sa bouche, l'embrassa et, sans la lâcher, il retourna sur le lit où Sebastiana demeurait enfoncée en elle-même, le visage caché, et allongeant sa main libre il la plaça sur le pubis de la femme étendue, dont la peau noire contrastait si nettement avec la couleur mate de son corps.

– J'ai toujours voulu la partager avec toi, mon amour, balbutia-t-il, la voix brisée par des sentiments opposés – timidité, honte, émotion et désir renaissant – mais je n'ai jamais osé, parce que je craignais de t'offenser, de te faire du mal. Je me trompais, n'est-ce pas ? Je ne t'aurais pas blessée ni offensée, n'est-ce pas ? Tu l'aurais accepté, non ? avec joie ? N'est-ce pas que ç'aurait été une autre façon de te démontrer mon amour, Estela ?

Sa femme continuait à l'observer, pas fâchée, plus surprise mais avec ce regard paisible qui était le sien depuis des mois. Et il vit qu'après un moment elle se tournait vers Sebastiana qui continuait à sangloter, toute recroquevillée, et il comprit que ce regard, jusqu'alors neutre, s'intéressait et s'adoucissait. Respectant l'indication qu'il recevait de lui, il lâcha la main de la baronne. Il vit Estela faire deux pas vers le chevet, s'asseoir au bord, et étendre les bras avec cette grâce inimitable qu'il admirait dans tous ses gestes pour prendre Sebastiana par les joues, avec grand soin, grande précaution, comme si elle avait craint de la briser. Il ne voulut pas voir davantage. Le désir était revenu avec une sorte de fureur et le baron se pencha à nouveau vers le sexe de la servante, lui séparant les jambes, l'obligeant à s'étirer, afin de pouvoir à nouveau le baiser, le respirer, l'absorber. Il resta là longtemps, les yeux fermés, ivre, jouissant, et quand il sentit qu'il ne pouvait plus contenir son excitation, il se releva, rampa et se jucha sur Sebastiana. Lui séparant les jambes, s'aidant d'une main incertaine, il chercha son sexe et réussit à la pénétrer en un mouvement qui ajouta douleur et déchirure à son plaisir. Il la sentit gémir et réussit à voir, à l'instant tumultueux où la vie sembla éclater entre ses jambes, que la baronne avait toujours ses deux mains sur le visage de Sebastiana, qu'elle regardait avec une tendresse de pitié, tandis qu'elle soufflait lentement sur son front pour décoller des cheveux de sa peau.

Quelques heures plus tard, quand tout cela eût passé, le baron ouvrit les yeux comme si quelque chose ou quelqu'un l'avait éveillé. La lumière du matin entrait dans la chambre et l'on entendait le chant des oiseaux et la rumeur murmurante de la mer. Il se dressa sur le lit de Sebastiana, où il avait dormi seul ; il se mit debout, en se couvrant du drap qu'il avait ramassé par terre et fit quelques pas vers la chambre de la baronne. Sebastiana et elle dormaient, sans se toucher, dans le vaste lit, et le baron resta un moment à les observer avec un sentiment indéfinissable à travers la gaze transparente de la moustiquaire. Il sentait de la tendresse, de la mélancolie, de la reconnaissance et une vague inquiétude. Il avançait vers la porte du couloir, où la veille il s'était déshabillé, quand en passant près du balcon la baie enflammée par le soleil levant l'arrêta. C'était quelque chose qu'il avait vu d'innombrables fois et qui ne le lassait jamais : Salvador à l'heure où le soleil apparaissait ou mourait. Il se pencha et contempla, du balcon, le majestueux spectacle : l'avide verdeur de l'île d'Itaparica, la blancheur et la grâce des voiliers qui voguaient, l'azur clair du ciel et le gris-vert de l'eau et, plus près, à ses pieds, l'horizon fragmenté, vermillon, des toitures des maisons où il pouvait deviner l'éveil des gens, le commencement de la routine quotidienne. Avec une nostalgie aigre-douce il s'amusa à tâcher de reconnaître, d'après les toits des quartiers du Desterro et de Nazareth, les terrains de ceux qui avaient été ses compagnons politiques, ces amis qu'il ne voyait plus : le baron de Cotagipe, le baron de Macaúbar, le vicomte de São Lorenço, le baron de São Francisco, le marquis de Barbacena, le baron de Maragogipe, le comte de Sergimiruin, le vicomte d'Oliveira. Sa vue parcourut à deux reprises différents points de la ville, les toits du Séminaire, les Ladeiras pleines de verdure, l'antique collège des Jésuites, l'Élévateur Hydraulique, la Douane, et il apprécia un moment la réverbération du soleil sur ces pierres dorées de l'église de Notre-Dame-de-la-Conception-de-la-Plage qu'avaient rapportées, taillées et façonnées, du Portugal deux naufragés reconnaissants envers la Vierge, et bien qu'il ne pût la voir, il devina la fourmilière multicolore que devait être à cette heure le Marché aux poissons de la plage. Mais soudain son attention fut attirée par quelque chose et il regarda très sérieux, plissant les yeux, avançant la tête pardessus le rebord. Après un moment, il alla en toute hâte à la commode où il savait qu'Estela rangeait ses petites jumelles d'écaille qu'elle utilisait au théâtre.

Il revint au balcon et regarda, avec un sentiment croissant de perplexité et de gêne. Oui, les bateaux étaient là, à égale distance de l'île d'Itaparica et du fort arrondi de São Marcelo, et, en effet, les marins ne pêchaient pas mais jetaient des fleurs dans la mer, y répandaient des pétales, des corolles, des gerbes, et se signaient, et bien qu'il ne pût les entendre – son cœur cognait fortement – il fut certain que ces gens priaient aussi et peut-être chantaient.

Le Lion de Natuba entend dire que c'est le premier jour d'octobre, anniversaire du Ravi, que les soldats attaquent Canudos sur trois côtés, essayant de franchir les barricades de la Mère-Église, de São Pedro et du Temple du Bon Jésus, mais c'est l'autre chose qu'il entend qui résonne dans sa grosse tête hirsute : la tête de Pajeú, sans yeux, langue ni oreilles, se balance depuis des heures sur un pieu fiché sur les tranchées des chiens, du côté de la Fazenda Velha. Ils ont tué Pajeú. Ils ont dû tuer aussi tous ceux qui ont pénétré avec lui dans le campement des athées pour aider à sortir de Canudos les Vilanova et les étrangers, et ils ont dû aussi torturer et décapiter ces derniers. Combien de temps reste-t-il pour qu'il en aille de même pour lui, pour la Mère des Hommes et toutes les béates qui se sont agenouillées pour prier pour le martyre de Pajeú ?

Le vacarme et la fusillade assourdissent le Lion de Natuba lorsque la petite porte du Sanctuaire s'ouvre, poussée par Jão Abade :

– Sortez ! Sortez ! Allez-vous-en d'ici ! rugit le Commandant de la Rue, en les invitant des deux mains à se presser. Au Temple du Bon Jésus ! Courez !

Il fait demi-tour et disparaît dans la poussière qui est entrée avec lui dans le Sanctuaire. Le Lion de Natuba n'a pas le temps d'avoir peur, de penser, d'imaginer. Les paroles de João Abade soulèvent en l'air les béates, et les unes criant, les autres se signant, elles se précipitent vers la sortie en le poussant, en l'écartant, en l'acculant contre le mur. Où sont ses gants-sandales, ces semelles de cuir cru sans lesquelles il ne peut guère avancer car ses paumes se blessent ? Il tâte d'un côté et de l'autre dans l'atmosphère noircie de la pièce, sans les trouver, et, conscient que toutes s'en sont allées, que même la Mère des Hommes est partie, il trotte hâtivement vers la porte. Toute son énergie, sa vive intelligence sont concentrées sur la décision d'arriver au Temple du Bon Jésus, comme l'a ordonné João Abade, et tandis qu'il avance en se cognant, en s'égratignant, sur le chemin de défenses qui entoure le Sanctuaire, il voit que les hommes de la Garde Catholique ne sont plus là, pas les vivants en tout cas, car ici et là il voit sur, entre, sous les sacs et les caisses de sable des êtres humains dont ses mains et ses pieds heurtent les jambes, les bras, la tête. Quand il émerge du dédale des barricades sur l'esplanade et va la traverser, cet instinct de défense qu'il a plus développé que personne, qui lui a appris depuis l'enfance à détecter le danger avant tout le monde, mieux que personne, et aussi à savoir instantanément choisir entre plusieurs dangers, le fait s'arrêter, se tapir au milieu de barils troués par où le sable s'écoule. Il n'arriverait jamais au Temple en construction : il serait roulé, piétiné, trituré par la foule qui court dans cette direction, emportée, frénétique et – les grands yeux vifs et pénétrants du scribe le savent au premier coup d'œil – même s'il arrivait jusqu'à cette porte il n'arriverait jamais à se frayer passage dans cet essaim de corps qui se poussent, s'aplatissent et se glissent dans ce goulot de bouteille qu'est l'entrée du seul abri solide, aux murs de pierre, qui reste à Belo Monte. Mieux vaut rester ici, attendre la mort ici, plutôt qu'aller la chercher dans cette mêlée pour laquelle son squelette précaire n'est pas préparé, cette cohue qui est ce qu'il a le plus craint depuis qu'il est mêlé à cette vie grégaire, collective, processionnelle et cérémonieuse de Canudos. Il pense : « Je ne t'accuse pas de m'avoir abandonné, Mère des Hommes. Tu as le droit de lutter pour ta vie, d'essayer de durer un jour de plus, une heure de plus. » Mais une grande douleur habite son cœur : cet instant ne serait pas aussi dur, aussi amer si elle, ou n'importe laquelle des béates, était là.

Caché entre barils et sacs, épiant de côté et d'autre, il se fait une idée de ce qui se passe dans le quadrilatère des églises et du Sanctuaire. La barricade dressée voici à peine deux jours derrière le cimetière, celle qui protégeait l'église de São Antonio, a cédé et les chiens sont entrés, sont en train d'entrer dans les maisons de Santa Inés, qui jouxtent l'église. C'est de Santa Inés que vient la foule qui essaie de se réfugier dans le Temple, vieux, vieilles, femmes avec des nourrissons dans les bras, sur les épaules, serrés contre la poitrine. Mais dans la ville il y a beaucoup de gens qui résistent encore. En face de lui, des tours et échafaudages du Temple du Bon Jésus jaillissent des rafales continuelles et le Lion de Natuba peut voir les étincelles avec lesquelles les jagunços mettent le feu à la poudre de leurs fusils à pierre, les impacts qui ébrèchent les pierres, tuiles, bois et tout ce qui l'entoure. João Abade, en même temps qu'il est venu les avertir de se sauver, a sans doute emmené avec lui les hommes de la Garde Catholique du Sanctuaire, et maintenant ils sont tous à combattre à Santa Inés, ou à dresser une autre barricade, fermant un peu plus ce cercle dont parlait – « et avec tant de raison » – le Conseiller. Où sont les soldats, par où verra-t-il arriver les soldats ? Quelle heure du jour ou de l'après-midi est-il ? La terre et la fumée, chaque fois plus épaisses, lui irritent la gorge et les yeux, et il respire avec difficulté, toussant.

– Et le Conseiller, et le Conseiller ? entend-il dire presque à son oreille. Est-ce vrai qu'il est monté au ciel, que les anges l'ont emporté ?

Le visage couvert de rides de la petite vieille étendue par terre a une seule dent et la chassie lui bouche les yeux. Elle ne semble pas blessée, seulement exténuée.

– Il est monté, acquiesce le Lion de Natuba, avec une claire perception que c'est la meilleure chose qu'il puisse faire pour elle en ce moment. Les anges l'ont emporté.

– Viendront-ils aussi emporter mon âme, Lion ? murmure la vieille.

Le Lion acquiesce de nouveau, plusieurs fois. La petite vieille lui sourit avant de rester tranquille et la bouche ouverte. La fusillade et les cris du côté de l'église effondrée de São Antonio s'intensifient brusquement et le Lion de Natuba a l'impression qu'une grêle de tirs lui frôlent la tête et que plusieurs balles s'incrustent dans les sacs et barils du parapet derrière lequel il s'abrite. Il reste aplati contre le sol, les yeux fermés, attendant.

Quand le bruit diminue, il dresse la tête et épie l'entassement de décombres provoqué depuis deux nuits par l'effondrement du clocher de São Antonio. Là sont les soldats. Sa poitrine est en feu : ils sont là, ils sont là, remuant entre les pierres, tirant sur le Temple du Bon Jésus, criblant de balles la foule qui se débat à la porte et qui, à ce moment, après quelques secondes d'indécision, en les voyant surgir et tirer, se précipite sur eux en courant, les mains brandies, les visages congestionnés par la colère, l'indignation et le désir de vengeance. En quelques secondes, l'esplanade devient un champ de bataille corps à corps, et dans la poussière qui envahit tout le Lion de Natuba voit des couples et des groupes lutter et rouler à terre, il voit des sabres, des baïonnettes, des couteaux, des machettes, il entend des rugissements et des insultes, Vive la République, À mort la République, Vive le Conseiller, le Bon Jésus et le Maréchal Floriano. Parmi la foule, outre les vieux et les vieilles, il y a maintenant des jagunços, des gens de la Garde Catholique qui continuent d'arriver par un côté de l'esplanade. Il lui semble reconnaître João Abade et, plus loin, dans la silhouette sombre qui avance avec un pistolet dans une main et une machette dans l'autre, João Grande ou, peut-être, Pedrão. Les soldats sont aussi sur le toit de l'église effondrée. Ils sont là, où se trouvaient les jagunços, tirant sur l'esplanade, on aperçoit leurs képis, leurs uniformes. Et il comprend enfin ce que fait l'un d'eux, suspendu presque dans le vide, sur le toit tronqué de la façade. Il place un drapeau. Ils ont hissé le drapeau de la République sur Belo Monte.

Il imagine ce qu'aurait senti et dit le Conseiller s'il avait vu flotter ce drapeau, maintenant déjà plein de trous provoqués par les salves que les jagunços déchargent immédiatement contre lui depuis les toits, tours et échafaudages du Temple du Bon Jésus, quand il voit le soldat le mettre en joue, lui tirer dessus.

Il ne s'aplatit, ne fuit ni ne bouge et l'idée lui traverse l'esprit qu'il est un de ces oiseaux que le cobra hypnotise sur l'arbre avant de les avaler. Le soldat le met en joue et le Lion de Natuba sait qu'il a tiré d'après la contraction de son épaule qui reçoit le choc de la crosse. Malgré la poussière, la fumée, il voit les petits yeux de l'homme qui le vise à nouveau, cet éclat vif en le voyant à sa merci, sa joie sauvage de savoir que cette fois il le touchera. Mais quelqu'un l'arrache d'où il est et l'oblige à sauter, à courir, à demi disloqué par la main de fer qui lui serre le bras. C'est João Grande, demi-nu, qui lui crie, et lui montrant Campo Grande :

– Par là, par là, vers l'Enfant-Jésus, São Eloy, São Pedro. Ces barricades tiennent bon. Échappe-toi, va par là-bas.

Il le lâche et se perd en direction des églises et du Sanctuaire. Le Lion de Natuba, sans la main qui le tenait suspendu, se désarticule au sol. Mais il ne reste là qu'un moment, tandis qu'il recompose ses os qui semblent s'être disloqués dans la course. C'est comme si la bourrade que lui a donnée le chef de la Garde Catholique avait activé un secret moteur, car le Lion de Natuba se remet à trotter, entre les décombres et les ordures de ce qui fut Campo Grande, l'unique artère qui par son ampleur et son alignement méritait le nom de rue et qui est maintenant, comme les autres, un champ plein de trous, de gravats et de cadavres. Il ne voit rien de ce qu'il laisse en arrière, qu'il esquive, collé au sol, il ne sent pas les frottements, les coups, les aiguillons des pierres et des bouts de verre, car tout en lui est absorbé par l'acharnement à arriver là où on lui a dit, la ruelle de l'Enfant-Jésus, celle de São Eloy et São Pedro Mártir, ce serpent qui zigzague jusqu'à la Mère-Église. Là il sera à l'abri, il durera, il durera. Mais en tournant au troisième angle de Campo Grande, là où était l'Enfant-Jésus et où se trouve maintenant un tunnel bondé, il entend des rafales de fusil et voit des flammes rougeâtres, jaunâtres, des spirales grisâtres s'élever vers le ciel. Il reste accroupi contre une brouette renversée et une haie de pieux qui est tout ce qui reste d'une maison. Il hésite : est-ce sensé d'aller au-devant de ces flammes, de ces balles ? N'est-il pas préférable de revenir sur ses pas ? En haut de la rue, où se croisent l'Enfant-Jésus et la Mère-Église, il aperçoit des silhouettes, des groupes allant et venant sans hâte, parcimonieux. C'est donc là la barricade. Il vaut mieux y aller, il vaut mieux mourir où il y a d'autres personnes.

Mais il n'est pas aussi seul qu'il le croit, car au fur et à mesure qu'il grimpe la côte de l'Enfant-Jésus, en sautillant, son nom sort de terre, murmuré, crié, à droite et à gauche : « Lion ! Lion ! Viens ici ! Abrite-toi, Lion ! Cache-toi, Lion ! » Où, où ? Il ne voit personne et continue d'avancer sur des tas de terre, de décombres, de gravats, de cadavres, quelques-uns éventrés, les viscères éparpillés et des lambeaux de chair arrachés par la mitraille depuis déjà plusieurs heures, peut-être des jours, à en juger par cette pestilence qui l'entoure et qui, en même temps que la fumée qui vient à sa rencontre, le fait pleurer et suffoquer. Et soudain les soldats sont là. Six, trois d'entre eux avec des torches qu'ils trempent dans une boîte de fer qu'un autre porte et qui doit contenir du pétrole, car aussitôt après ils les enflamment et les lancent sur les maisons, en même temps que les autres tirent à bout portant contre ces mêmes maisons. Il se trouve à moins de dix pas d'eux, là où il est resté paralysé en les voyant, et il les regarde ahuri, à demi aveuglé, quand la fusillade éclate tout autour de lui. Il s'aplatit contre le sol, mais sans fermer les yeux qui, fascinés, voient s'écrouler, se tordre, rugir, lâcher leurs fusils, les soldats atteints par les tirs. D'où, d'où ? Un des athées roule en se tenant le visage jusqu'à lui. Il le voit s'immobiliser, la langue hors de la bouche.

D'où leur a-t-on tiré dessus, où sont les jagunços ? Il reste à l'affût, attentif aux soldats tombés, ses yeux sautant de l'un à l'autre, s'attendant à ce qu'un des cadavres se relève pour venir l'achever.

Mais ce qu'il voit est quelque chose de collé à terre, de rampant et rapide, surgi comme un ver d'une maison et quand il pense « un gamin ! » l'enfant n'est plus un mais trois, les autres arrivés aussi en rampant. Les trois enfants fouillent les morts. Ils ne les dénudent pas, comme le Lion de Natuba le croit au début : ils leur arrachent leurs sacs de munitions et leurs gourdes. Et l'un des « gamins » s'attarde encore à planter dans le soldat le plus proche – qu'il croyait mort et qui n'était que moribond – un couteau grand comme son bras, avec lequel il le voit se hisser en faisant pression.

« Lion, Lion. » C'est un autre « gamin » qui lui fait signe de le suivre. Le Lion de Natuba le voit se perdre par la porte entrouverte d'une des maisons, pendant que les autres s'éloignent dans des directions opposées, tirant leur butin, et ce n'est qu'alors que son petit corps pétrifié par la panique lui obéit et qu'il peut se traîner jusque-là. Des mains énergiques le saisissent au seuil. Il se sent soulevé, passé à d'autres mains, descendu, et il entend une femme : « Donnez-lui la gourde. » On la lui met dans ses mains ensanglantées, et il la porte à sa bouche. Il boit un long trait, en fermant les yeux, reconnaissant, ému par cette impression de miracle qu'est le liquide humidifiant ses entrailles qui lui semblent de braise.

Tandis qu'il répond aux six ou sept personnes armées qui sont dans la fosse ouverte à l'intérieur de la maison – visages noircis, en sueur, les uns bandés, méconnaissables – et leur raconte en haletant ce qu'il a pu voir sur l'esplanade des églises, alors qu'il venait par ici, il se rend compte que la fosse est un tunnel. Entre ses jambes surgit un « gamin » qui lui dit : « Encore des chiens avec des torches, Salustiano. » Ceux qui l'écoutaient s'agitent, le poussent de côté, et à ce moment il se rend compte que deux d'entre eux sont des femmes. Elles ont aussi des fusils, elles visent aussi d'un œil fermé vers la rue. À travers les pieux, comme une image récurrente, le Lion de Natuba voit se profiler à nouveau des silhouettes de soldats armés de torches allumées qu'ils jettent sur les maisons. « Feu ! » crie un jagunço et la pièce se remplit de fumée. Le Lion entend l'explosion et d'autres explosions toutes proches. Quand la fumée se dissipe un peu, deux « gamins » sautent de la fosse et rampent vers la rue à la recherche de munitions et de gourdes.

– Laissons-les s'approcher et tirons alors, comme ça ils ne nous échapperont pas, dit un des jagunços tout en nettoyant son fusil.

– Ils ont mis le feu à ta maison, Salustiano, dit une femme.

– Et à celle de João Abade, ajoute celui-ci.

Ce sont celles d'en face ; elles se sont embrasées ensemble et, sous le crépitement des flammes, on perçoit de l'agitation, des voix, des cris qui arrivent jusqu'à eux avec les grosses bouffées de fumée qui les laissent à peine respirer.

– Ils veulent nous griller, Lion, dit tranquillement un des jagunços de la fosse. Tous les francs-maçons entrent avec des torches.

La fumée est si dense que le Lion de Natuba se met à tousser, en même temps que son esprit actif, créatif, fonctionnant, rappelle quelque chose que le Conseiller avait dit une fois et qu'il avait écrit sur ces cahiers du Sanctuaire qui doivent aussi se consumer : « Il y aura trois feux. Les trois premiers je les éteindrai moi et le quatrième je l'offrirai au Bon Jésus. » Il dit d'une voix forte en s'étouffant : « Est-ce le quatrième feu, est-ce le dernier feu ? » Quelqu'un demande timidement : « Et le Conseiller, Lion ? » Il l'attendait, depuis qu'il est entré dans la maison il savait que quelqu'un oserait lui poser la question. Il voit, dans la fumée, sept, huit visages graves et pleins d'espoir.

– Il est monté, tousse le Lion de Natuba. Les anges l'ont emporté.

Un autre accès de toux le plie en deux et lui ferme les yeux. Dans le désespoir que représente le manque d'air, sentir que les poumons se dilatent, souffrent, sans recevoir ce qu'ils désirent, il pense que maintenant c'est vraiment la fin, qu'il ne montera sans doute pas au ciel car pas même en cet instant il parvient à croire au ciel, et il entend comme en rêve les jagunços tousser, discuter et à la fin décider qu'ils ne peuvent rester ici parce que le feu va s'étendre jusqu'à cette maison. « Lion, nous partons », entend-il. « Baisse-toi, Lion », et lui, qui ne peut ouvrir les yeux, tend les mains et sent qu'on le saisit, qu'on le tire et le traîne. Combien de temps dure ce déplacement à tâtons, s'étouffant, se cognant contre les parois, des bâtons, des gens qui obstruent le passage et le font rebondir d'un côté et de l'autre, vers l'avant, dans l'étroit goulet où, de temps en temps, on l'aide à refaire surface par une fosse creusée dans une autre maison pour ensuite redescendre à nouveau dans la terre et le traîner ? Peut-être des minutes, peut-être des heures, mais au long de tout ce trajet son intelligence ne cesse une seconde de passer en revue mille choses, de ressusciter mille images, concentrée sur elle-même, ordonnant à son petit corps de résister, de durer au moins jusqu'à la sortie du tunnel et s'étonnant que son corps lui obéisse et ne tombe pas en morceaux comme il lui semble que cela va arriver à tout moment.

Soudain la main qui le tenait le lâche et il s'écroule, mollement. Sa tête va éclater, son cœur exploser, le sang de ses veines jaillir et son petit corps meurtri s'éparpiller en l'air. Mais rien de tout cela n'arrive, et peu à peu il se calme, il s'apaise, sentant un air moins vicié lui rendre graduellement la vie. Il entend des cris, des tirs, un intense remue-ménage. Il se frotte les yeux, nettoie ses paupières noircies, et s'aperçoit qu'il se trouve dans une maison, pas dans une fosse mais à la surface, entouré de jagunços, de femmes portant des bébés sur leurs jupes, assises par terre, et il reconnaît celui qui prépare les feux d'artifice : Antonio le Fogueteiro.

– Antonio, Antonio, que se passe-t-il à Canudos ? dit le Lion de Natuba.

Mais aucun son ne sort de sa bouche. Ici il n'y a pas de flammes, seulement un nuage de poussière qui confond toute chose. Les jagunços ne parlent pas entre eux, ils écouvillonnent leurs fusils, ils chargent leurs escopettes, et se relaient pour faire le guet à l'extérieur. Pourquoi ne peut-il parler, pourquoi sa voix ne sort-elle pas ? Sur les coudes et les genoux il va vers Fogueteiro et s'accroche à ses jambes. Celui-ci s'accroupit à ses côtés tandis qu'il amorce son arme.

– Nous les avons arrêtés ici, lui explique-t-il, la voix pâteuse, absolument pas troublée. Mais ils se sont introduits par la Mère-Église, par le cimetière et Santa Inés. Ils sont partout. João Abade veut dresser une barricade à l'Enfant-Jésus et une autre à São Eloy, pour qu'ils ne nous tombent pas sur le dos.

Le Lion de Natuba imagine sans difficulté ce dernier cercle qu'est devenu Belo Monte, entre les ruelles brisées de São Pedro Mártir, de São Eloy et de l'Enfant-Jésus : même pas le dixième de ce qu'il était.

– Cela veut-il dire qu'ils se sont emparés du Temple du Bon Jésus ? dit-il et sa voix sort enfin de sa bouche.

– Ils l'ont pris tandis que tu dormais, répond Fogueteiro, avec le même calme, comme s'il parlait du temps. La tour est tombée et le toit s'est effondré. Le bruit a dû s'entendre à Trabubú, à Bendengó. Mais toi, Lion, il ne t'a même pas réveillé.

– Est-ce vrai que le Conseiller est monté au ciel ? l'interrompt une femme qui parle sans remuer la bouche ni les yeux.

Le Lion de Natuba ne lui répond pas : il entend, voyant s'écrouler la montagne de pierres, les hommes aux brassards et chiffons bleus tomber comme une pluie solide sur l'essaim des blessés, malades, vieillards, parturientes et nouveau-nés, il voit les béates du Chœur Sacré broyées, Maria Quadrado transformée en bouillie de chair et d'os.

– La Mère des Hommes te cherche partout, Lion, dit quelqu'un qui semble répondre à sa pensée.

C'est un « gamin » squelettique, la peau tendue sur ses petits os, qui porte un caleçon effiloché. Les jagunços le soulagent des gourdes et sacs de munitions qu'il porte. Le Lion de Natuba le saisit par le bras :

– Maria Quadrado ? Tu l'as vue ?

– Elle est à São Eloy, sur la barricade, affirme l'enfant. Elle demande à tout le monde après toi.

– Conduis-moi à elle, dit le Lion de Natuba, la voix angoissée et suppliante.

– Le Ravi s'est rendu chez les chiens avec un drapeau, dit le « gamin » à Fogueteiro, comme se rappelant.

– Conduis-moi vers Maria Quadrado, je t'en prie, crie le Lion de Natuba, accroché à lui et sautillant.

L'enfant regarde Fogueteiro, indécis.

– Emmène-le, dit ce dernier. Dis à João Abade qu'ici c'est

tranquille maintenant. Et reviens vite, on a besoin de toi. – Il a distribué les gourdes aux gens et tend au Lion celle qu'il garde pour lui : – Bois un coup avant de partir.

Le Lion de Natuba boit et murmure : « Loué soit le Bon Jésus Conseiller. » Il sort de la baraque derrière l'enfant. À l'extérieur, il voit des incendies partout, des hommes et des femmes qui essaient de les éteindre avec des seaux de terre. São Pedro Mártir connaît moins de décombres et ses maisons sont pleines de gens. Les uns l'appellent, lui font des gestes et plusieurs fois lui demandent s'il a vu les anges, s'il était là quand le Conseiller est monté. Il ne leur répond pas, il ne s'arrête pas. Il a grand mal à avancer, tout son corps est douloureux, il peut à peine appuyer ses mains au sol. Il crie au « gamin » de ne pas aller si vite, il ne peut le suivre, et à un moment le garçon – sans pousser un cri, sans dire un mot – se jette par terre. Le Lion de Natuba se traîne vers lui, mais il n'arrive pas à le toucher car à la place de ses yeux il y a du sang et quelque chose de blanc s'en écoule, peut-être un os, peut-être une substance. Sans chercher à savoir d'où le coup est parti, il se met à trotter avec plus de courage, en pensant : « Mère Maria Quadrado, je veux te voir, je veux mourir avec toi. » Au fur et à mesure qu'il avance, plus de fumée et plus de flammes viennent à sa rencontre et il sait maintenant qu'il ne pourra passer : São Pedro Mártir s'interrompt sur un mur crépitant de flammes qui ferme la rue. Il s'arrête, haletant, sentant la chaleur de l'incendie sur son visage.

« Lion, Lion. »

Il se retourne. Il voit l'ombre d'une femme, un fantôme d'os saillants et de peau fripée dont le regard est aussi triste que sa voix. « Jette-le, toi, au feu, Lion, lui demande-t-elle. Moi, je ne peux pas, mais toi oui. Qu'ils ne le mangent pas, comme ils vont me manger, moi. » Le Lion de Natuba voit le regard de l'agonisante et, presque à côté, sur un cadavre rougi par le feu, il voit le festin : des quantités de rats, peut-être des dizaines, qui courent sur le visage et le ventre de ce qu'il n'est plus possible d'identifier, homme ou femme, jeune ou vieux. « Ils sortent de tous côtés à cause des incendies, ou parce que le Diable a maintenant gagné la guerre, dit la femme en articulant avec difficulté. Qu'ils ne le mangent pas, lui, qui est encore un ange. Jette-le au feu, petit Lion.

Pour le Bon Jésus. » Le Lion de Natuba observe le festin : ils ont mangé le visage, ils s'acharnent sur le ventre, les cuisses.

– Oui, Mère, dit-il en s'approchant sur ses quatre pattes. – Se dressant sur ses extrémités arrière, il saisit le petit paquet enveloppé que la femme porte sur ses jupes et le serre contre sa poitrine. Et levé sur ses pattes de derrière, courbé, ardent, il halète : – Je l'emporte, je l'accompagne. Ce feu m'attend depuis vingt ans, Mère.

La femme l'entend, tandis qu'il va vers les flammes, psalmodier de toutes les forces qui lui restent une prière qu'elle n'a jamais entendue, où est répété plusieurs fois le nom d'une sainte qu'elle ne connaît pas non plus : Almudia.

– Une trêve ? dit Antonio Vilanova.

– C'est ce que cela veut dire, répliqua le Fogueteiro. Un chiffon blanc sur un bâton veut dire cela. Je ne l'ai pas vu quand il est parti, mais beaucoup l'ont vu. Je l'ai vu quand il est revenu. Il portait encore son chiffon blanc.

– Et pourquoi a-t-il fait cela ? demanda Honorio Vilanova.

– Il a eu pitié des innocents qu'il voyait mourir brûlés, répondit Fogueteiro. Les enfants, les vieillards, les femmes enceintes. Il est allé dire aux athées de les laisser quitter Belo Monte. Il n'a consulté ni João Abade, ni Pedrão, ni João Grande, qui étaient à São Eloy et à São Pedro Mártir. Il a fabriqué son drapeau blanc et s'est rendu à la Mère-Eglise. Les athées l'ont laissé passer. Nous croyions qu'ils l'avaient tué et qu'ils allaient le rendre comme Pajeú : sans yeux, langue ni oreilles. Mais il est revenu, avec son chiffon blanc. Nous avions déjà fermé São Eloy, l'Enfant-Jésus et la Mère-Église. Et éteint de nombreux incendies. Il est revenu au bout de deux ou trois heures, durant lesquelles les athées n'ont pas attaqué. C'est ce qu'on appelle une trêve. Le Père Joaquim l'a expliqué.

Le Nain se pelotonna contre Jurema. Il tremblait de froid. Ils étaient dans une grotte où autrefois les bergers passaient la nuit, non loin de ce qui avait été, avant d'être dévorée par les flammes, la minuscule ferme de Caçabú, à un coude du sentier entre Mirandela et Quijingue. Ils étaient cachés là depuis douze jours. Ils faisaient de rapides excursions à l'extérieur pour ramener des herbes, des racines, n'importe quoi à mastiquer et de l'eau d'une source proche. Comme toute la région était infestée de troupes qui, par petites sections ou gros bataillons, revenaient vers Queimadas, ils avaient décidé de rester cachés là un temps. La nuit, la température baissait considérablement, et comme Vilanova ne permettait pas qu'on fît du feu de crainte d'attirer l'attention de quelque patrouille, le Nain mourait de froid. Des trois, c'était le plus frileux, parce qu'il était le plus petit et celui qui avait maigri le plus. Le myope et Jurema le faisaient dormir entre eux, en le réchauffant de leurs corps. Mais, même ainsi, le Nain voyait avec terreur la nuit arriver car, malgré la chaleur de ses amis, il claquait des dents et sentait ses os glacés. Il était assis entre eux, écoutant Fogueteiro, et à tout moment ses petites mains potelées exigeaient de Jurema et du myope qu'ils se serrassent contre lui.

– Qu'est-il arrivé au Père Joaquim ? entendit-il le myope demander. Lui aussi...

– Ils ne l'ont ni brûlé ni égorgé, répondit aussitôt, sur un ton tranquille, comme heureux de pouvoir donner enfin une bonne nouvelle, Antonio Fogueteiro. Il est mort par balle, sur la barricade de São Eloy. Il était près de moi. Il a aidé aussi à mourir pieusement. Serafino le charpentier estima que peut-être bien le Père ne voyait pas d'un bon œil cette mort. Ce n'était pas un jagunço mais un prêtre, n'est-ce pas ? Peut-être que le Père ne voyait pas d'un bon œil qu'un homme de soutane mourût le fusil à la main.

– Le Conseiller lui aura expliqué pourquoi il avait un fusil à la main, dit une des Sardelinha, et le Père lui aura pardonné.

– Sûrement, dit Antonio Fogueteiro. Il sait ce qu'il fait.

Bien qu'il n'y eût pas de feu de bois et que l'entrée de la grotte fût dissimulée par des buissons et des cactus entiers arrachés aux alentours, la clarté de la nuit – le Nain imaginait la lune jaune et des myriades d'étoiles brillantes observant avec effarement le sertão – filtrait jusqu'à l'endroit où ils se trouvaient et il pouvait voir le profil d'Antonio Fogueteiro, son nez aplati, son front et son menton taillés à la serpe. C'était un jagunço que le Nain se rappelait fort bien, parce qu'il l'avait vu, là-bas à Canudos, préparer ces feux d'artifice qui, les nuits de procession, éclairaient le ciel de rutilantes arabesques. Il se souvenait de ses mains brûlées par la poudre, les cicatrices de ses bras et comment, au début de la guerre, il s'était consacré à préparer ces cartouches de dynamite que les jagunços lançaient sur les soldats par-dessus les barricades. Le Nain avait été le premier à le voir apparaître à la grotte cet après-midi, il avait crié que c'était Fogueteiro pour que les Vilanova, qui avaient dégainé leur pistolet, ne tirent pas.

– Et pourquoi le Ravi est-il revenu ? demanda Antonio Vilanova au bout d'un moment. – C'était lui qui posait presque exclusivement les questions, lui qui avait interrogé Antonio Fogueteiro tout l'après-midi et toute la nuit, après qu'ils l'eurent reconnu et embrassé. – Était-il devenu illuminé ?

– Sûrement, dit Antonio Fogueteiro.

Le Nain tâcha d'imaginer la scène, la petite silhouette pâle aux yeux ardents retournant au réduit, avec son drapeau blanc, parmi les morts, les décombres, les blessés, les combattants, au milieu des maisons brûlées et des rats qui, selon Fogueteiro, étaient soudain apparus partout pour se précipiter voracement sur les cadavres.

– Ils ont accepté, dit le Ravi. Vous pouvez vous rendre.

– Que nous sortions un par un, sans aucune arme, les mains sur la tête, expliqua Fogueteiro sur le ton qu'il emploie pour raconter la fantaisie la plus échevelée ou la déraison d'un ivrogne. Ils nous considéreraient comme prisonniers et ils ne nous tueraient pas.

Le Nain l'entendit soupirer. Il entendit soupirer l'un des Vilanova et il lui sembla qu'une des Sardelinha pleurait. C'était curieux, les femmes des Vilanova, que le Nain confondait si facilement, ne pleuraient jamais en même temps : elles le faisaient l'une après l'autre. Mais elles ne l'avaient fait qu'après qu'Antonio Fogueteiro eut commencé cet après-midi à répondre aux questions d'Antonio Vilanova ; durant la fuite de Belo Monte et tout le temps qu'ils étaient restés cachés ici, il ne les avait pas vues pleurer. Il tremblait tellement que Jurema passa son bras autour de ses épaules et lui frotta le corps avec force. Tremblait-il à cause du froid de Caçabú, parce que la faim l'avait rendu malade, ou était-ce ce que racontait Fogueteiro qui provoquait chez lui ces tremblements ?

– Ravi, Ravi, te rends-tu compte de ce que tu dis ? gémit João Grande. Te rends-tu compte de ce que tu demandes ? Veux-tu vraiment que nous jetions nos armes, que nous allions les mains sur la tête nous rendre aux francs-maçons ? C'est ce que tu veux, Ravi ?

– Toi non, dit la voix qui semblait toujours prier. Les innocents. Les gamins, les femmes qui vont accoucher, les vieillards. Qu'ils aient la vie sauve, tu ne peux décider pour eux. Si tu ne les laisses pas se sauver, c'est comme si tu les tuais. Cette faute retombera sur toi, le sang innocent retombera sur ta tête, João Grande. C'est un crime contre le ciel de permettre que les innocents meurent. Ils ne peuvent pas se défendre, João Grande.

– Il a dit que le Conseiller parlait par sa bouche, ajouta Antonio Fogueteiro. Qu'il l'avait inspiré, qu'il lui avait demandé de les sauver.

– Et João Abade ? demanda Antonio Vilanova.

– Il n'était pas là, expliqua Fogueteiro. Le Ravi revint à Belo Monte par la barricade de la Mère-Église. Lui se trouvait à São Eloy. On l'avertit, mais il tarda à venir. Il était occupé à renforcer cette barricade, qui était la plus fragile. Quand il arriva, ils avaient commencé à aller derrière le Ravi. Femmes, enfants, vieillards, malades se traînant.

– Et nul ne les contint ? demanda Antonio Vilanova.

– Personne n'osa, dit Fogueteiro. C'était le Ravi, le Ravi. Pas quelqu'un comme toi ou moi, mais quelqu'un qui avait accompagné le Conseiller depuis le début. C'était le Ravi. Lui aurais-tu dit qu'il était devenu illuminé, qu'il ne savait pas ce qu'il faisait ? Ni João Grande ne l'osa, ni moi, ni personne.

– Mais João Abade, oui, murmura Antonio Vilanova.

– Sûrement, dit Antonio Fogueteiro. João Abade eut cette audace.

Le Nain sentait ses os se glacer et son front brûler. Il se représenta facilement la scène : la silhouette élevée, souple, ferme de l'ex-cangaceiro apparaissait là, le couteau et la machette à la ceinture, le fusil sur l'épaule, les chapelets de balles en travers de la poitrine, pas fatigué mais au-delà de la fatigue. Il était là, voyant la file incompréhensible de femmes enceintes, d'enfants, de vieillards, d'invalides, ces ressuscités qui allaient les mains sur la tête vers les soldats. Il ne l'imaginait pas : il le voyait, avec la netteté et la couleur d'un des spectacles du Cirque du Gitan, ceux de la belle époque, quand c'était un cirque nombreux et prospère. Il voyait João Abade : sa stupéfaction, sa confusion, sa colère.

– Halte ! Halte ! cria-t-il, les yeux exorbités, regardant à droite et à gauche, faisant des gestes à l'intention de ceux qui se rendaient, essayant de les en empêcher. Êtes-vous devenus fous ? Halte ! Halte !

– Nous lui expliquâmes, dit Fogueteiro. João Grande le lui expliqua, lui qui pleurait et se sentait responsable. D'autres aussi, Pedrão, le Père Joaquim. Deux mots suffirent pour qu'il se rendît compte de tout.

– Ce n'est pas qu'ils vont les tuer, dit João Abade, en haussant le ton, chargeant son fusil et essayant de viser ceux qui avaient déjà traversé et s'éloignaient. Ils vont tous nous tuer, tous. Eux, ils vont les humilier, ils vont les outrager comme Pajeú. On ne peut le permettre, précisément parce qu'ils sont innocents. On ne peut permettre qu'ils leur coupent le cou ! On ne peut permettre qu'ils les déshonorent !

– Il était déjà en train de tirer, dit Antonio Fogueteiro. Déjà nous tirions tous. Pedrão, João Grande, le Père Joaquim, moi. – Le Nain remarqua que sa voix, ferme jusqu'ici, fléchissait. – Avons-nous mal fait ? Ai-je mal fait, Antonio Vilanova ? João Abade a-t-il mal fait en nous faisant tirer ?

– Il a bien fait, dit aussitôt Antonio Vilanova. C'étaient des morts pieuses. Ils les auraient tués au couteau, fait ce qu'ils ont fait à Pajeú. J'aurais tiré, moi aussi.

– Je ne sais, dit Fogueteiro. Cela me tourmente. Est-ce que le Conseiller l'approuve ? Je vais vivre en me posant cette question, en essayant de savoir si après avoir suivi le Conseiller pendant dix ans, je serai damné pour une erreur de dernier moment. Parfois...

Il se tut et le Nain se rendit compte que, maintenant, les Sardelinha pleuraient en même temps ; l'une avec des sanglots forts et honteux, l'autre de façon étouffée, en hoquetant.

– Parfois... ? dit Antonio Vilanova.

– Parfois je pense que le Père, le Bon Jésus ou la Maîtresse ont fait le miracle de me sauver d'entre les morts pour que je me rachète de ces tirs, dit Antonio Fogueteiro. Je ne sais. Je ne sais rien, à nouveau. À Belo Monte tout me semblait clair, le jour était le jour et la nuit la nuit. Jusqu'à ce moment, jusqu'à ce que nous commencions à tirer sur les innocents et le Ravi. Tout est devenu difficile, à nouveau.

Il soupira et demeura silencieux, écoutant, comme le Nain et les autres, les sanglots des Sardelinha pour ces innocents auxquels les jagunços avaient donné une mort pieuse.

– Parce que, peut-être, le Père voulait que nous montions au ciel en martyrs, ajouta Fogueteiro.

« Je suis en sueur », pensa le Nain. Ou en sang ? Il pensa : « Je me meurs. » Des gouttes coulaient le long de son front, glissaient sur ses sourcils et cils, lui bouchaient les yeux. Mais, quoiqu'il suât, le froid était là, lui gelant les entrailles. Jurema, de temps en temps, lui épongeait le visage.

– Et que se passa-t-il après ? entendit-il le journaliste demander. Après que João Abade, vous et les autres...

Il se tut et les Sardelinha, qui avaient cessé de pleurer, surprises par son intervention, recommencèrent.

– Il n'y eut pas d'après, dit Antonio Fogueteiro. Les athées ont cru que nous leur tirions dessus. Ils enrageaient de voir que nous leur volions ces proies qu'ils croyaient à eux. – Il se tut et sa voix vibra. – « Traîtres », criaient-ils. Nous avions rompu la trêve et nous allions le payer, disaient-ils. Ils nous sont tombés dessus de tous côtés. Des milliers d'athées. Ce fut une chance.

– Une chance ? dit Antonio Vilanova.

Le Nain avait compris. Une chance de devoir à nouveau tirer contre ce torrent d'uniformes qui avançaient avec leurs fusils et leurs torches, une chance de ne pas devoir continuer à tuer des innocents pour les sauver du déshonneur. Il le comprenait, et au milieu de la fièvre et du froid, il le voyait. Il voyait les jagunços épuisés, qui avaient administré des morts pieuses, se frotter leurs mains pleines d'ampoules et de brûlures, heureux d'avoir à nouveau en face d'eux un ennemi clair, défini, flagrant, reconnaissable. Il pouvait voir cette furie qui avançait en tuant ce qui n'avait pas encore été tué, en brûlant ce qu'il restait à brûler.

– Mais je suis sûre qu'il ne pleura même pas en cet instant, dit une des Sardelinha, et le Nain ne sut si c'était la femme d'Honorio ou celle d'Antonio. Je les imagine, João Grande, le Père Joaquim, pleurant d'avoir dû faire cela aux innocents. Mais lui ? Est-ce qu'il pleura, peut-être ?

– Sûrement, murmura Antonio Fogueteiro. Quoique je ne l'aie pas vu.

– Personne n'a jamais vu pleurer João Abade, dit la même Sardelinha.

– Tu ne l'as jamais aimé, murmura, déçu, Antonio Vilanova et le Nain sut alors de laquelle des sœurs il parlait : Antonia.

– Jamais, admit cette dernière, sans cacher sa rancœur. Et moins encore maintenant. Maintenant que je sais qu'il est mort, non pas en tant que João Abade, mais en tant que João Satan. Celui qui tuait pour tuer, volait pour voler et prenait plaisir à faire souffrir les gens.

Il y eut un silence épais et le Nain sentit le myope s'effrayer. Il attendit, tendu.

– Je ne veux plus jamais t'entendre dire cela, murmura, lentement, Antonio Vilanova. Tu es ma femme depuis des années, depuis toujours. Nous avons tout vécu ensemble. Mais si je t'entends répéter cela, tout sera fini. Et toi aussi.

Tremblant, suant, comptant les secondes, le Nain attendit :

– Je jure sur le Bon Jésus que je ne le répéterai plus jamais, balbutia Antonia Sardelinha.

– J'ai vu pleurer João Abade, dit alors le Nain. – Ses dents s'entrechoquaient et les mots sortaient en spasmes, mâchés. Il parlait le visage aplati contre la poitrine de Jurema. – Vous ne vous en souvenez pas, ne vous l'ai-je pas dit ? Quand il entendit la Terrible et Exemplaire Histoire de Robert le Diable.

– Il était fils de roi et lorsqu'il naquit sa mère avait déjà les cheveux blancs, se rappela João Abade. Il naquit par un miracle, si l'on appelle miracles aussi ceux du Diable. Elle avait fait un pacte pour que Robert pût naître. N'est-ce pas comme cela que ça commence ?

– Non, dit le Nain, avec une sûreté qui venait de toute une vie consacrée à raconter cette histoire dont il ne savait quand ni où il l'avait apprise, et qu'il avait promenée dans les villages, rapportée des centaines, des milliers de fois, l'allongeant, l'abrégeant, l'embellissant, l'attristant, la réjouissant, la dramatisant, en accord avec l'état d'esprit de son changeant auditoire. Pas même João Abade ne pouvait lui apprendre le commencement. – Sa mère était stérile et vieille et elle dut faire un pacte pour que Robert naquît, oui. Mais il n'était pas fils de roi, il était fils de duc.

– Du duc de Normandie, admit João Abade. Raconte l'histoire une bonne fois.

– A-t-il pleuré ? entendit-il, comme venue de l'autre monde, la voix qu'il connaissait si bien, cette voix toujours effrayée, et en même temps curieuse, cancanière, indiscrète. En entendant l'histoire de Robert le Diable ?

Oui, il avait pleuré. À un moment, peut-être quand il s'adonnait aux grandes tueries et iniquités, quand, possédé, poussé, dominé par l'esprit de destruction, force invisible à laquelle il ne pouvait résister, Robert enfonçait son couteau dans le ventre des femmes enceintes ou égorgeait les nouveau-nés (« Ce qui veut dire qu'il était du Sud, pas du Nord-Est », précisait le Nain), qu'il empalait les paysans et mettait le feu aux chaumières où dormaient les familles, il avait remarqué chez le Commandant de la Rue le regard brillant, un miroitement sur les joues, le menton tremblant et la poitrine qui montait et descendait. Déconcerté, effrayé, le Nain s'était tu – quelle pouvait être son erreur, son oubli ? – et avait regardé anxieusement Catarina, cette femme si maigre qu'elle semblait ne pas occuper d'espace dans le réduit de la rue de l'Enfant-Jésus, où João Abade l'avait conduit. Catarina lui fit signe de poursuivre. Mais João Abade ne le laissa pas :

– Était-ce sa faute s'il le faisait ? dit-il, transformé. Était-ce sa faute s'il commettait tant de cruautés ? Pouvait-il faire autrement ? N'était-il pas en train de payer la dette de sa mère ? À qui le Père devait-il faire payer ces méchancetés ? À lui ou à la duchesse ? – Il cloua ses yeux sur le Nain, avec une angoisse terrible : – Réponds, réponds.

– Je ne sais pas, je ne sais pas, trembla le Nain. Ce n'est pas dans l'histoire. Ce n'est pas ma faute, ne me fais rien, je suis seulement celui qui raconte.

– Il ne va rien te faire, murmura la femme qui ressemblait à un esprit. Continue à raconter, continue.

Il avait poursuivi, en voyant Catarina sécher les yeux de João Abade avec le pan de sa jupe, s'accroupir à ses pieds, promener ses mains sur ses jambes et appuyer sa tête sur ses genoux, pour qu'il ne se sente pas seul. Il n'avait pas recommencé à pleurer, ni à s'agiter et interrompre l'histoire jusqu'à cette fin qui, parfois, consistait en la mort de Robert le Saint transformé en pieux ermite, et, parfois, s'achevait sur Robert coiffant la couronne qui lui revenait lorsqu'il découvrait qu'il était le fils de Richard de Normandie, un des Douze Pairs de France. Il se souvenait qu'en finissant cet après-midi – ou cette nuit ? – João Abade l'avait remercié de son histoire. Mais quand, à quel moment cela se passait-il ? Avant l'arrivée des soldats, quand l'existence était paisible et Belo Monte semblait l'endroit idéal pour passer sa vie ? Ou quand la vie était devenue mort, faim, ruine et peur ?

– Quand était-ce, Jurema ? demanda-t-il, anxieux, sans savoir pourquoi il était si urgent de situer la chose exactement dans le temps. Myope, myope, était-ce au début ou à la fin de la représentation ?

– Qu'a-t-il ? entendit-il une des Sardelinha demander.

– La fièvre, répondit Jurema en se serrant contre lui.

– Quand était-ce ? dit le Nain. Quand était-ce ?

– Il délire, entendit-il le myope dire et il sentit qu'il lui touchait le front, lui caressait les cheveux et le dos.

Il l'entendit éternuer, deux, trois fois, comme chaque fois que quelque chose le surprenait, l'amusait ou l'effrayait. Maintenant assurément il pouvait éternuer. Mais il ne l'avait pas fait la nuit où ils fuyaient, cette nuit où un éternuement lui aurait coûté la vie. Il l'imagina lors d'une représentation de village, éternuant vingt, cinquante, cent fois, quand la Femme à barbe lançait ses pets dans le numéro des clowns, sur des registres et tonalités hautes, basses, longues, courtes, et cela lui donna aussi envie de rire, comme le public qui assistait au spectacle. Mais il n'en eut pas la force.

– Il s'est endormi, entendit-il Jurema dire, en installant bien sa tête entre ses jambes. Demain il ira bien.

Il n'était pas endormi. Du fond de cette réalité ambiguë de feu et de glace qu'était son corps recroquevillé dans l'obscurité d'une caverne, il continua d'entendre encore le récit d'Antonio Fogueteiro, reproduisant, voyant cette fin du monde qu'il avait déjà anticipée, connue, sans qu'il soit nécessaire que ce ressuscité d'entre les charbons et les cadavres la lui rapportât. Et bien qu'il se sentît malade, frissonnant et loin de ceux qui parlaient à côté de lui, dans la nuit du sertão bahianais, dans ce monde désormais sans Canudos ni jagunços, et qui serait bientôt aussi sans soldats quand ceux qui avaient accompli leur mission s'en retourneraient, et ces terres reviendraient à leur orgueilleuse et misérable solitude de toujours, le Nain s'était intéressé – impressionné et étonné – à ce qu'Antonio Fogueteiro rapportait.

– On peut dire que tu as ressuscité, entendit-il Honorio, le Vilanova qui parlait si peu que lorsqu'il le faisait il ressemblait à son frère.

– C'est possible, répondit Fogueteiro. Mais je n'étais pas mort. Ni même blessé par balle. Je ne sais pas, je ne sais pas cela non plus. Je n'avais pas de sang sur le corps. Peut-être une pierre m'était-elle tombée sur la tête. Mais rien ne me faisait mal non plus.

– Tu t'es évanoui, dit Antonio Vilanova. Comme les gens s'évanouissaient à Belo Monte. On t'a cru mort, c'est ce qui t'a sauvé.

– C'est ce qui m'a sauvé, répéta Fogueteiro. Mais pas seulement ça. Parce qu'en me réveillant et me voyant au milieu des morts, j'ai vu aussi que les athées achevaient ceux qui étaient à terre à la baïonnette et à coups de feu s'ils bougeaient. Ils passèrent à côté de moi, plusieurs, et aucun ne vint vérifier que j'étais bien mort.

– Autrement dit tu es resté un jour entier à faire le mort, dit Antonio Vilanova.

– Les sentant passer, achever les vivants, poignarder les prisonniers, dynamiter les murs, dit Fogueteiro. Mais ce n'était pas le pire. Le pire c'étaient les chiens, les rats, les urubus. Ils dévoraient les morts. Je les entendais fouiller, mordre, becqueter. Les animaux ne se trompent pas. Ils savent qui est mort et qui ne l'est pas. Les urubus, les rats ne mangent pas les vivants. Ma peur allait aux chiens. Ce fut le miracle : ils me laissèrent tranquille.

– Tu as eu de la chance, dit Antonio Vilanova. Et maintenant que vas-tu faire ?

– Retourner à Mirandela, dit Fogueteiro. J'y suis né, j'y ai été élevé, j'y ai appris à fabriquer des fusées. Je ne sais pas, peut-être. Et vous ?

– Nous irons loin d'ici, dit l'ex-commerçant. À Assaré, peut-être. Nous venons de là-bas, c'est là-bas que nous avons commencé notre vie, fuyant, comme maintenant, la peste. Une autre peste. Peut-être irons-nous achever tout où cela a commencé. Que pouvons-nous faire d'autre ?

– Sûrement, dit Antonio Fogueteiro.

Pas même quand on lui dit de courir au poste de commandement du général Artur Oscar s'il veut voir la tête du Conseiller avant que le lieutenant Pinto Souza l'emmène à Bahia, le colonel Geraldo Macedo, commandant le Bataillon de Volontaires de la Gendarmerie Bahianaise, ne cesse de penser à ce qui l'obsède depuis la fin de la guerre : Qui l'a vu ? Où est-il ? Mais comme tous les commandants de brigade, de régiment et de bataillon (ce privilège n'est pas accordé aux officiers de moindre rang) il va contempler ce qui reste de cet homme qui a tué et fait mourir tant de gens et que pourtant, selon tous les témoignages, jamais personne n'a vu tenir personnellement un fusil ou un couteau. Il ne voit pas grand-chose, néanmoins, parce qu'on a placé la tête dans un sac de plâtre en raison de sa décomposition : seulement quelques touffes de cheveux grisâtres. Il fait à peine acte de présence au baraquement du général Oscar, à la différence d'autres officiers qui restent là à le féliciter pour la fin de la guerre et à faire des projets d'avenir maintenant qu'ils retournent à leur famille et leur ville. Le colonel Macedo pose un instant ses yeux sur cette touffe de cheveux, il se retire sans faire le moindre commentaire, et revient pénétrer dans l'amoncellement fumant de ruines et de cadavres.

Il ne pense plus au Conseiller, ni aux officiers exultants

qu'il a laissés au poste de commandement, officiers dont il ne s'est jamais senti l'égal, au demeurant, et auxquels, depuis son arrivée sur les collines de Canudos avec le Bataillon de la Gendarmerie Bahianaise, il a toujours rendu le mépris qu'ils lui manifestent. Il sait quel est son surnom, comment on l'appelle dans son dos : Traque-bandits. Peu lui importe. Il est fier d'avoir passé trente années de sa vie à nettoyer maintes et maintes fois des bandes de cangaceiros les terres de Bahia, d'avoir gagné tous ses galons et d'être arrivé à être colonel, lui, un modeste métis né à Mulungo do Morro, hameau qu'aucun de ces officiers ne pourrait localiser sur la carte.

Mais ses hommes, qui savent qu'il a risqué sa peau en affrontant toute la lie de ces régions, eux s'en soucient ; ces policiers bahianais qui, voici quatre mois, ont accepté de venir combattre le Conseiller par loyauté personnelle envers lui – il leur a dit que le gouverneur de Bahia le lui avait demandé, qu'il était indispensable que le corps de gendarmerie se proposât d'aller à Canudos pour désarmer les perfides ragots qui dans le reste du pays accusaient les Bahianais de mollesse, d'indifférence et même de sympathie et de complicité avec les jagunços, pour démontrer au gouvernement fédéral et à tout le Brésil que les Bahianais étaient aussi prêts que n'importe qui à tous les sacrifices pour défendre la République – eux s'en offensent et sont blessés de ces affronts et vexations qu'ils ont dû essuyer depuis qu'ils se sont incorporés à la Colonne. Ils ne se contiennent pas comme lui : ils répondent aux insultes par des insultes, aux surnoms par des surnoms, et durant ces quatre mois ils ont été mêlés à d'innombrables incidents avec les soldats des autres régiments. Ce qui les exaspère le plus c'est que le commandement aussi fait de la discrimination à leur égard. Dans toutes les actions, le Bataillon de Volontaires de la Gendarmerie Bahianaise a été tenu en marge, à l'arrière-garde, comme si l'état-major lui-même accordait crédit à l'infamie selon laquelle les Bahianais sont monarchistes de cœur et des partisans honteux du Conseiller.

La pestilence est si forte qu'il doit tirer son mouchoir et se couvrir le nez. Bien que plusieurs incendies se soient éteints, l'air est plein d'escarbilles, d'étincelles et de cendres qui lui irritent les yeux tandis qu'il explore, épie, écarte des pieds pour voir le visage des jagunços morts. La majorité sont carbonisés, ou si défigurés par les flammes que même s'il le connaissait, il ne pourrait l'identifier. Par ailleurs, même s'il se conserve intact, comment le reconnaîtrait-il ? L'a-t-il une seule fois vu d'aventure ? Les descriptions qu'il a de lui sont insuffisantes. C'est une bêtise, naturellement. Il pense : « Naturellement. » Pourtant, c'est plus fort que sa raison, c'est cet obscur instinct qui lui a tant servi dans le passé, ces soudaines intuitions qui lui faisaient précipiter sa brigade volante en une inexplicable marche forcée de deux ou trois jours pour tomber sur un hameau où ils surprenaient, en effet, ces bandits qu'ils avaient recherchés sans succès pendant des semaines ou des mois. Maintenant c'est la même chose. Le colonel Geraldo Macedo continue de fouiller parmi les cadavres puants, le nez et la bouche couverts de son mouchoir, l'autre main écartant des essaims de mouches, se débarrassant parfois à coups de pied des rats qui grimpent le long de ses jambes, parce que contre toute logique, quelque chose lui dit que lorsqu'il rencontrera le visage, le corps ou les simples os de João Abade, il saura que c'est lui.

– Mon colonel, mon colonel. – C'est son adjoint, le lieutenant Soares, qui accourt, le visage également couvert de son mouchoir.

– L'avez-vous trouvé ? s'enthousiasme le colonel Macedo.

– Pas encore, mon colonel. Le général Oscar dit qu'il faut sortir d'ici parce que les sapeurs vont commencer la démolition.

– La démolition ? – Le colonel Macedo jette un œil autour de lui, déprimé. – Reste-t-il quelque chose à démolir ?

– Le général a promis qu'il ne resterait pas une pierre sur une pierre, dit le lieutenant Soares. Il a donné l'ordre de dynamiter les murs qui ne sont pas encore écroulés.

– Quel gâchis, murmure le colonel. – Il a la bouche entrouverte sous le mouchoir et, chaque fois qu'il réfléchit, il lèche sa dent en or. Il regarde avec chagrin l'étendue des décombres, la pestilence, la charogne. Il finit par hausser les épaules. – Bon, nous nous en irons sans savoir s'il est mort ou s'il s'est échappé.

Toujours en se bouchant le nez, son adjoint et lui reviennent au campement. Peu après, dans leur dos, commencent les explosions.

– Puis-je vous poser une question, mon colonel ? dit le lieutenant Soares, qui nasille sous son mouchoir ; le colonel acquiesce. Pourquoi le cadavre de João Abade vous importe-t-il tellement ?

– C'est une vieille histoire, grogne le colonel. – Sa voix aussi est nasillarde. Ses petits yeux sombres cherchent, ici et là. – Une histoire qui a commencé avec moi, semble-t-il. C'est ce qu'on dit, du moins. Parce que j'ai tué le père de João Abade voici au moins trente ans. C'était un compagnon d'Antonio Silvino, à Custodia. On dit qu'il est devenu cangaceiro pour venger son père. Et ensuite, bon... – Il regarde à nouveau son adjoint et se sent, soudain, vieux. – Quel âge as-tu ?

– Vingt-deux, mon colonel.

– Tu ne peux donc pas savoir qui était João Abade, grogne le colonel Macedo.

– Le chef militaire de Canudos, un grand scélérat, réplique le lieutenant Soares.

– Un grand scélérat, acquiesce le colonel Macedo. Le plus féroce de Bahia. Celui qui m'a toujours échappé. Je l'ai pourchassé pendant dix ans. Plusieurs fois j'ai été sur le point de mettre la main sur lui. Il m'échappait toujours. On disait qu'il avait fait un pacte avec le diable. On l'appelait Satan, en ce temps-là.

– Maintenant je comprends pourquoi vous voulez le trouver, sourit le lieutenant Soares. Pour voir si cette fois il ne vous a pas échappé.

– En réalité je ne sais pourquoi, grogne le colonel Macedo en haussant les épaules. Parce qu'il me rappelle ma jeunesse, peut-être. Chasser des bandits valait mieux que de s'ennuyer.

Il y a un chapelet d'explosions et le colonel Macedo peut voir, depuis les pentes et les sommets des collines, des milliers de personnes contempler les derniers murs de Canudos qui volent en l'air. Ce n'est pas un spectacle qui l'intéresse et il ne prend pas la peine de regarder ; il continue à marcher vers le cantonnement du Bataillon de Volontaires Bahianais, au pied de la Favela, aussitôt après les tranchées du Vasa Barris.

– À vrai dire, il y a des choses qui n'entrent pas dans la tête, même si on l'a grande, dit-il en crachant le mauvais goût que lui a laissé son exploration avortée. D'abord, compter des maisons qui ne sont plus des maisons mais des ruines. Et maintenant, faire dynamiter des pierres et des briques. Est-ce que tu comprends, toi, pourquoi cette commission du colonel Dantas Barreto a compté les maisons ?

Ils avaient passé toute la matinée parmi les miasmes fumants, et établi qu'il y avait cinq mille deux cents maisons à Canudos.

– Ils se sont embrouillés et ne retombaient pas sur leurs pattes, se moque le lieutenant Soares. Ils ont calculé une moyenne de cinq personnes par maison. Autrement dit quelque trente mille jagunços. Mais la commission du colonel Dantas Barreto n'a trouvé à peine que six cent quarante-sept cadavres.

– Parce qu'ils n'ont compté que les cadavres entiers, grogne le colonel Macedo. Ils ont oublié les morceaux, les os, et c'est dans cet état que la plupart se trouvaient. À chacun sa marotte.

Au campement, un drame attend le colonel Geraldo Macedo, un de plus parmi ceux qui ont jalonné le séjour des gendarmes bahianais sur la colline de Canudos. Les officiers tentent de calmer les hommes en leur ordonnant de se disperser et de cesser de parler du sujet. Ils ont disposé des gardes sur tout le périmètre du cantonnement, craignant que les gendarmes bahianais n'aillent régler leur compte à ceux qui les ont provoqués. À voir la colère dans les yeux de ses hommes, le colonel Macedo comprend la gravité de l'incident. Mais avant d'entendre aucune explication, il reprend vertement ses officiers :

– Alors quoi, on n'a pas obéi à mes ordres ! Alors quoi, au lieu de rechercher le corps du bandit, on permet aux hommes de se battre ! Ne vous ai-je pas dit d'éviter les bagarres ?

Mais ses ordres ont été respectés à la lettre. Des patrouilles de gendarmes bahianais ont parcouru Canudos jusqu'à ce que le commandement les en fasse partir, pour laisser la place aux sapeurs. L'incident a surgi justement avec une de ces patrouilles qui cherchaient le cadavre de João Abade, trois Bahianais qui, en suivant la barricade du cimetière et les églises, ont été jusqu'à cette dépression qui a dû être un jour un ruisseau ou un bras du fleuve et qui est l'un des points où se trouvent concentrés les prisonniers, ces quelques centaines de personnes qui sont maintenant presque exclusivement des femmes et des enfants, parce que les hommes qu'il y avait parmi eux furent passés au fil de l'épée par l'équipe du sous-lieutenant Maranhão, dont on dit qu'il s'est porté volontaire pour cette mission parce que les jagunços avaient tendu une embuscade à sa compagnie voici des mois, ne lui laissant sains et saufs que huit hommes sur les cinquante qu'elle comportait. Les gendarmes bahianais se sont approchés pour demander aux prisonniers s'ils savaient quelque chose de João Abade et là-dessus l'un d'eux reconnut, en une prisonnière, une parente du village de Mirangaba. En le voyant embrasser une jagunça, le sous-lieutenant Maranhão s'est mis à l'insulter et à dire, en le montrant du doigt, qu'il y avait là la preuve que les gendarmes du Traque-bandits, en dépit de leur uniforme républicain, étaient traîtres dans l'âme. Et quand le gendarme essaya de protester, le sous-lieutenant, dans un accès de colère, le culbuta d'un coup de poing. Ses deux compagnons et lui furent poursuivis par les gauchos de l'équipe qui de loin les traitaient de « jagunços ! ». Ils sont rentrés au campement tremblants de colère et ils ont rameuté leurs compagnons qui, depuis une heure, s'agitent et veulent aller se venger de ces injures. C'était ce que le colonel Geraldo Macedo attendait : un incident, semblable à vingt ou trente autres, pour les mêmes raisons et avec presque les mêmes mots.

Mais cette fois, à la différence des autres, où il calme ses hommes et, tout au plus, il présente une plainte au général Barboza, le commandant de la Première Colonne à laquelle est rattaché le Bataillon de Volontaires de la Gendarmerie Bahianaise, ou au commandant des Forces Expéditionnaires lui-même, le général Artur Oscar, s'il considère le sujet plus sérieux, Geraldo Macedo sent un bouillonnement curieux, symptomatique, un de ces pressentiments auxquels il doit la vie et les galons.

– Ce Maranhão n'est pas un type qui mérite le respect, commente-t-il en léchant rapidement sa dent en or. Passer ses nuits à égorger des prisonniers, on ne peut pas dire que ce soit un métier de soldat, mais plutôt de boucher. Ne trouvez-vous pas ?

Ses officiers restent tranquilles, ils se regardent entre eux et, tandis qu'il parle et se lèche sa dent en or, le colonel Macedo remarque la surprise, la curiosité, la satisfaction sur les visages du capitaine Souza, du capitaine Jerónimo, du capitaine Tejada et du lieutenant Soares.

– Aussi je ne crois pas qu'un boucher gaucho puisse se permettre le luxe de maltraiter mes hommes, ni de les appeler traîtres à la République, ajoute-t-il. Son devoir est de nous respecter, n'est-ce pas vrai ?

Ses officiers ne bougent pas. Il sait qu'il y a chez eux des sentiments divergents, de la joie pour ce que ses paroles laissent supposer et une certaine inquiétude.

– Attendez-moi ici, que personne ne fasse un pas en dehors du campement, dit-il en se mettant à marcher ; et comme ses subordonnés protestent en même temps et exigent de l'accompagner, il les contient sèchement : C'est un ordre. Je vais régler ce problème tout seul.

Il ne sait pas ce qu'il va faire quand il sort du campement, suivi, appuyé, admiré par ses trois cents hommes dont il sent le regard dans son dos comme une chaude pression ; mais il va faire quelque chose, parce qu'il ressent de la rage. Il n'est pas un homme colérique, il ne le fut jamais, pas même en son jeune temps à cet âge où on a coutume de l'être, et il a plutôt la réputation de ne sortir de ses gonds que rarement. Son sang-froid lui a sauvé la vie bien des fois. Mais maintenant il est en rage, il sent au ventre un chatouillement qui est comme le claquement de la mèche qui précède l'éclatement d'une charge de poudre. Est-il en colère parce que ce coupeur de cous l'a appelé Traque-bandits et a traité les volontaires bahianais de traîtres à la République ? C'est la goutte qui a fait déborder le vase. Il marche lentement, les yeux sur la terre crevassée et le gravier, sourd aux explosions qui démolissent Canudos, aveugle aux ombres des urubus qui tracent des cercles au-dessus de sa tête et, entre-temps, ses mains, en un mouvement autonome, rapide et efficace comme aux meilleurs temps – car les années ont quelque peu fripé sa peau et courbé son dos, mais certainement pas émoussé ses réflexes ni l'agilité de ses doigts – il tire son revolver de sa cartouchière, l'ouvre, vérifie qu'il y a bien six balles dans les six trous du barillet, et le remet dans l'étui. La goutte qui fait déborder le vase. Parce que ce qui allait être la meilleure expérience de sa vie, le couronnement de cette carrière périlleuse vers la respectabilité, s'est avéré plutôt une série de désillusions et de contrariétés. Au lieu d'être reconnu et bien traité, comme commandant d'un bataillon qui représente Bahia dans cette guerre, il a été l'objet de discriminations, humilié et offensé, dans sa personne et dans ses hommes, et on ne lui a même pas donné l'occasion de montrer ce qu'il vaut. Sa seule prouesse a été jusqu'ici de faire preuve de patience. Un échec cette campagne, du moins pour lui. Il ne se rend même pas compte que les soldats qu'il croise sur son chemin le saluent.

Quand il atteint la dépression du terrain où se trouvent les prisonniers, il aperçoit, fumant, le regardant venir, le sous-lieutenant Maranhão, entouré d'un groupe de soldats avec ces pantalons bouffants que portent les gauchos. Le sous-lieutenant a un physique en rien imposant, un visage qui ne dénonce pas cet instinct assassin auquel il donne libre cours la nuit : petit, mince, le teint clair, les cheveux blonds, une petite moustache bien taillée et des yeux bleus qui, au premier abord, semblent angéliques. En même temps qu'il avance vers lui, sans se hâter, sans que la moindre contraction, la moindre ombre indiquent sur son visage aux traits indiens prononcés ce qu'il prétend faire – quelque chose qu'il ne sait même pas lui-même – le colonel Geraldo Macedo observe que les gauchos qui entourent le sous-lieutenant sont au nombre de huit, qu'aucun ne porte de fusil – les fusils sont disposés en faisceaux, près d'un baraquement – mais qu'ils ont, en revanche, des couteaux à la ceinture, tout comme Maranhão, qui porte en outre une cartouchière et un pistolet. Le colonel traverse le terre-plein couvert de spectres féminins, serrés, écrasés. À croupetons, allongées, assises, inclinées les unes contre les autres, tout comme les fusils des soldats, les femmes prisonnières le regardent passer. La vie semble réfugiée uniquement dans leurs yeux. Elles ont des enfants aux bras, dans leurs jupes, attachés dans leur dos ou allongés par terre près d'elles. Quand il est à deux mètres de lui, le sous-lieutenant Maranhão jette sa cigarette et se met au garde-à-vous.

– Deux choses, sous-lieutenant, dit le colonel Macedo, si près de lui que le souffle de ses paroles doit atteindre le sudiste au visage comme un petit vent tiède. La première : vérifiez en interrogeant les prisonnières où est mort João Abade, ou, s'il n'est pas mort, ce qu'il est devenu.

– Elles ont déjà été interrogées, mon colonel, répond le sous-lieutenant Maranhão docilement. Par un lieutenant de votre bataillon. Et ensuite par trois policiers que j'ai dû blâmer pour insolence. Je suppose qu'ils vous en ont informé. Aucune ne sait rien de João Abade.

– Essayons à nouveau, nous verrons si nous avons plus de chance, dit sur le même ton Geraldo Macedo : neutre, impersonnel, contenu, sans trace d'animosité. Je veux que vous les interrogiez en personne.

Ses petits yeux sombres, avec des pattes d'oie au coin, ne s'écartent pas des yeux clairs, surpris, méfiants du jeune officier ; ils ne bougent pas, ni à droite ni à gauche, ne cillent pas. Le colonel Macedo sait, parce que ses oreilles ou son intuition le lui disent, que les huit soldats sur sa droite se sont raidis et que les yeux de toutes les femmes sont léthargiquement posés sur lui.

– Alors, je vais les interroger, dit, après un moment d'hésitation, l'officier.

Tandis que le sous-lieutenant, avec une lenteur qui traduit son trouble vis-à-vis d'un ordre dont il ne sait s'il lui a été donné parce que le colonel veut faire une dernière tentative pour connaître le sort du bandit, ou dans l'intention de lui faire sentir son autorité, parcourt la mer de guenilles qui s'ouvre et se ferme sur son passage, demandant après João Abade, Geraldo Macedo ne bouge pas une seule fois pour regarder les soldats gauchos. Ostensiblement il leur tourne le dos et, les mains à la ceinture, le képi rejeté en arrière, dans une position qui est la sienne mais est aussi l'attitude caractéristique de n'importe quel vacher du sertão, il suit des yeux le sous-lieutenant parmi les prisonnières. Au loin, derrière les élévations du terrain, on entend encore des explosions.

Aucune voix ne répond aux questions du sous-lieutenant ; quand il s'arrête devant une prisonnière et, la regardant dans les yeux, l'interroge, elle se borne à secouer la tête. Concentré sur ce qu'il est venu faire, toute son attention attirée par les bruits qui viennent du côté des huit soldats, le colonel Macedo a le temps de penser que le silence qui règne parmi tant de femmes est bien étrange, étrange aussi que tant d'enfants ne pleurent ni de faim, ni de soif ni de peur, et il se demande si beaucoup de ces minuscules squelettes ne sont pas déjà morts.

– Vous voyez bien, c'est inutile, dit le sous-lieutenant Maranhão en s'arrêtant devant lui. Aucune ne sait rien, je vous l'avais bien dit.

– Dommage, observe le colonel Macedo. Je vais partir d'ici sans savoir ce qu'est devenu João Abade.

Il reste à la même place, tournant toujours le dos aux huit soldats, regardant fixement les yeux clairs et le visage pâli du sous-lieutenant, dont la nervosité se reflète dans l'expression.

– En quoi d'autre puis-je vous être utile ? murmure-t-il enfin.

– Vous êtes de très loin d'ici, n'est-ce pas ? dit le colonel Macedo. Alors vous ne savez certainement pas quelle est pour les gens du sertão la pire offense.

Le sous-lieutenant Maranhão est devenu très sérieux, le sourcil froncé, et le colonel se rend compte qu'il ne peut attendre davantage, car cet homme-là finira par sortir son arme. D'un geste foudroyant, imprévisible, il frappe violemment ce visage blanc de sa main ouverte. Le coup fait tomber le sous-lieutenant qui ne parvient pas à se relever et reste à quatre pattes, regardant le colonel Macedo qui s'est avancé pour se mettre près de lui et l'avertit :

– Si vous vous relevez vous êtes mort. Et si vous essayez de prendre votre revolver, sûrement.

Il le regarde froidement dans les yeux et pas plus maintenant le ton de sa voix n'a changé. Il voit le doute sur le visage rougi du sous-lieutenant, à ses pieds, et il sait maintenant que le sudiste ne se lèvera pas ni ne tentera de prendre son revolver. Il n'a pas, pour sa part, tiré le sien, il s'est contenté de porter la main droite à sa ceinture, à la placer à quelques millimètres de la cartouchière. Mais en réalité il est suspendu à ce qui se passe dans son dos, devinant ce que pensent, ce que sentent les huit soldats en voyant leur chef dans cette situation. Mais quelques secondes après il est sûr qu'ils ne feront rien non plus, qu'ils ont perdu, eux aussi, la partie.

– Porter la main à un homme sur son visage, ainsi que je l'ai fait, dit-il, tandis qu'il ouvre sa braguette, tire rapidement son sexe et voit sortir le petit jet d'urine transparent qui éclabousse le pantalon du sous-lieutenant Maranhão. Mais ce qui est pire encore, c'est de lui pisser dessus.

Tandis qu'il rentre son sexe et reboutonne sa braguette, l'oreille toujours attentive à ce qui se passe dans son dos, il voit que le sous-lieutenant s'est mis à trembler, comme s'il avait les fièvres, il voit ses larmes dans ses yeux car il ne sait que faire de son corps, de son âme.

– Moi, peu m'importe qu'on m'appelle Traque-bandits, parce que je l'ai été, dit-il enfin en voyant se redresser le sous-lieutenant, pleurer, trembler, sachant combien il le hait et sachant aussi qu'il ne tirera pas son pistolet. Mais mes hommes n'aiment pas qu'on les accuse d'être des traîtres à la République, parce que c'est faux. Ils sont aussi républicains et patriotes que tout un chacun.

Il caresse de sa langue sa dent en or, très vite.

– Il vous reste trois choses à faire, sous-lieutenant, dit-il en dernier lieu. Présenter une plainte au commandement en m'accusant d'abus d'autorité. On peut me dégrader et même me mettre à la porte de l'Armée. Cela n'aurait pas grande importance, car tant qu'il y aura des bandits je pourrai toujours gagner ma vie en les pourchassant. La seconde est de venir me demander des explications pour que vous et moi réglions ça en privé, en enlevant nos galons, au revolver ou au couteau, ou avec l'arme que vous préférez. Et la troisième, essayer de me tuer dans le dos. Alors, laquelle choisissez-vous ?

Il porte sa main à son képi en faisant un simulacre de salut. Ce dernier coup d'œil lui apprend que sa victime choisira la première, peut-être la seconde, mais pas la troisième, du moins pas en ce moment. Il s'éloigne, sans daigner regarder les huit soldats gauchos qui n'ont pas encore bougé. Quand il sort de la foule des squelettes en guenilles pour regagner son campement, deux crochets maigres se prennent à sa botte. C'est une petite vieille sans cheveux, menue comme une enfant, qui le regarde à travers ses yeux chassieux :

– Tu veux savoir ce qu'il est devenu, João Abade ? balbutie la bouche édentée.

– Je veux, acquiesce le colonel Macedo. L'as-tu vu mourir ?

La petite vieille fait non en claquant sa langue, comme si elle suçait quelque chose.

– Alors il s'est échappé ?

La petite vieille fait non à nouveau, encerclée par les yeux des prisonnières.

– Des archanges l'ont fait monter au ciel, dit-elle en claquant sa langue. Je les ai vus.

LEXIQUE

Angico : espèce d'acacia du Brésil.
Bolacha : galette de farinha.
Caatinga : brousse dense du Nordeste (ce mot indien signifie « forêt blanche »).
Caboclo : indigène du Brésil, paysan misérable du sertão.
Cachaça : eau-de-vie de canne.
Cafuso : métis de Noir et d'Indien.
Cajarana : arbre fruitier au Brésil, produisant une sorte de noix de cajou.
Calumbi : plante du Brésil, sorte de palmier.
Candomblé : religion des Noirs de Bahia, proche du vaudou des Antilles.
Cangaceiro : bandit légendaire du Nordeste.
Cangaço : bande de cangaceiros.
Canutos : petits roseaux qui sont à l'origine du nom de Canudos.
Capanga : homme de main au service d'un propriétaire terrien.
Carioca : habitant de Rio de Janeiro.
Carnauba : sorte de palmier du Nordeste.
Chapada : colline des plateaux arides du Nordeste.
Charqui : viande de bœuf desséchée au soleil ou à l'air.
Cipo : plante grimpante du Brésil.
Colonel : quand il ne s'agit pas du grade militaire, désigne le propriétaire terrien, tout-puissant seigneur sur ses terres.
Conseiller : personnage historique d'Antonio dit Conselheiro (le donneur de conseils) qui, après avoir parcouru des années durant le sertão en prêchant la fin des temps et la résurrection du roi Sebastião du Portugal, s'enferma avec

ses disciples dans une ville misérable, Canudos, qui résista à quatre expéditions militaires avant d'être rasée, le 30 septembre 1897.

Curandeiro : guérisseur.

Curiboca : métis d'Indien.

Farinha : farine, généralement de manioc.

Favela : nom de la colline qui domine Canudos. Également acacia du sertão, dont les feuilles produisent la nuit une sorte de rosée et dont l'écorce, riche en tanin, produit de la gomme arabique.

Fazenda : grande exploitation rurale du Brésil.

Fazendeiro : propriétaire terrien.

Feijão : gros haricot noir. Entre dans la composition de la feijoada, le plat national brésilien.

Fogueteiro : artificier, fabricant de feux d'artifice.

Hangu : pâte de farine de manioc cuite dans du bouillon de viande.

Icó : plante de la caatinga.

Imbuzeiro : arbre sacré du sertão, sorte d'anacardier de deux mètres de haut, dont le fruit est comestible.

Jagunço : habitant de Canudos. Au sens propre, brave ou bravache, et donc rebelle.

Joazeiro : arbre de la caatinga toujours fleuri, aux feuilles d'un vert intense et aux fleurs dorées.

Jurema : sorte de mimosa du Nordeste.

Ladeira : versant, pente de colline ou de montagne.

Macambira : plante qui conserve l'eau dans ses spathes et permet aux bouviers de boire.

Mameluco : métis d'Indien.

Manaca : arbuste médicinal et ornemental de la famille des solanées.

Mandacarú : cactus de la caatinga de quatre à cinq mètres de haut.

Mangaba : fruit de la mangabeira ; proche de la mangue (manga), fruit de la mangueira (manguier).

Moço : Mocuba ou mocubuçu, arbre de la flore brésilienne.

Pauliste : habitant de São Paulo.

Pitanga : arbre de la famille des myrtacées à feuilles odorantes et au fruit comestible.

Quixaba : fruit de la quixabeira, sorte de sapotier.

Rapadura : aliment à base de mélasse de sucre qui se présente sous forme de tablettes.

Ravi : il s'agit d'Antonio Beatinho (« le petit béat ») qui fut le bras droit et le sacristain du Conseiller.

Réis : pluriel de real, ancienne monnaie du Brésil. Actuellement l'unité monétaire du Brésil est le cruzeiro. Contos de réis : mille réaux.

République : le Brésil est un Empire jusqu'en 1889 où l'armée destitue Pedro II et proclame la République.

Retirante : paysan du Nordeste obligé de « se retirer » de sa terre affectée par la sécheresse et d'émigrer temporairement vers le Sud.

Sébastianisme : mouvement messianique en faveur au Brésil à la fin du XIXe siècle – et encore vivace de nos jours, au Portugal – fondé sur la résurrection du roi Dom Sebastião du Portugal qui, au XVIe siècle, disparut avec son armée.

Senzala : la maison des esclaves dans la fazenda, opposée à la maison des maîtres.

Serra : montagne, ou chaîne de montagnes.

Sertão : la brousse, l'intérieur sauvage du Nordeste brésilien.

Sertanejo : habitant du sertão, indigène qui parcourt le sertão.

Suçuarana : variété de panthère du Brésil.

Tabaréu : paysan du Nordeste, sertanejo.

Umbu : ou imbu, fruit de l'imbuzeiro.

Umburana : arbre proche de l'anacardier.

Urubu : rapace charognard, sorte de vautour.

Xique-xique (se prononce « chic-chic ») : cactus de la caatinga aux branches rampantes et recourbées.

Velame : plante médicinale, de la famille des euphorbiacées.

DU MÊME AUTEUR

Aux Éditions Gallimard

LA VILLE ET LES CHIENS (Folio n° 1271)
LA MAISON VERTE (L'Imaginaire n° 76)
CONVERSATION À « LA CATHÉDRALE »
LES CHIOTS, *suivi de* LES CAÏDS
PANTALEÓN ET LES VISITEUSES (Folio n° 2137)
L'ORGIE PERPÉTUELLE (Flaubert et *Madame Bovary*)
LA TANTE JULIA ET LE SCRIBOUILLARD (Folio n° 1649)
LA DEMOISELLE DE TACNA, *théâtre.*
LA GUERRE DE LA FIN DU MONDE (Folio n° 1823)
HISTOIRE DE MAYTA.
QUI A TUÉ PALOMINO MOLERO? (Folio n° 2035)
KATHIE ET L'HIPPOPOTAME, *suivi de* LA CHUNGA, *théâtre*
L'HOMME QUI PARLE (Folio n° 2345)
CONTRE VENTS ET MARÉES
ÉLOGE DE LA MARÂTRE (Folio n° 2405)
LA VÉRITÉ PAR LE MENSONGE
LE FOU DES BALCONS, *théâtre*
LE POISSON DANS L'EAU (Folio n° 2928)
LITUMA DANS LES ANDES (Folio n° 3020)
EN SELLE AVEC TIRANT LE BLANC
LES ENJEUX DE LA LIBERTÉ
UN BARBARE CHEZ LES CIVILISÉS
LES CHIOTS/LOS CACHORROS (Folio bilingue n° 15)
LES CAHIERS DE DON RIGOBERTO
L'UTOPIE ARCHAÏQUE. José Maria Arguedas et les fictions de l'indigénisme

Impression Brodard et Taupin
à La Flèche (Sarthe),
le 13 septembre 2000.
Dépôt légal : septembre 2000.
1er dépôt légal dans la collection : avril 1987.
Numéro d'imprimeur : 4098.

ISBN 2-07-037823-3 / Imprimé en France.

98270